»LA GAJA SCIENZA«

VOLUME 522

LE PIETRE DELLA LUNA

Romanzo

di MARCO

BUTICCHI

LONGANESI & C.
MILANO

ISBN 88-304-1408-5

Finito di stampare
nel mese di gennaio 1997
per conto della Longanesi & C.
dal Nuovo Istituto Italiano d'Arti Grafiche - Bergamo
Printed in Italy

LE PIETRE DELLA LUNA

A Mel Fisher, al suo coraggio, alla sua perseveranza.
A chi ancora crede che, dove finisce un arcobaleno,
si possa scoprire una pentola piena d'oro.

PROLOGO

Roma. Maggio 1996.

La primavera piena stendeva sulla città il meglio della sua tavolozza cromatica. Gialli dorati, cremisi stemperati, verdi brillanti. Nelle strade il clima era caldissimo. Tra la folla non particolarmente frettolosa si vedeva più di una persona tergersi il sudore dalla fronte e rivolgere uno sguardo al cielo, più perplessa che implorante. Quando finirà questo tormento? sembravano chiedere. Figurarsi, sembravano aggiungere, l'estate è ancora di là da venire. Ma lo spirito filosofico del carattere romano prevaleva immancabilmente. Il caldo sarebbe passato e finito, sarebbe arrivato l'inverno, e le lamentele sarebbero state di altro tenore. Anche quel caldo, in fondo, era mandato da Dio, il Dio temporaneamente in carica, uno dei tanti che avevano presieduto il cielo e le sorti di Roma nei suoi ben più che duemila anni di storia.

Comunque, maledizione, faceva un gran caldo.

Non, però, dietro le grandi finestre azzurrate di un terzo piano, nel quartiere dell'EUR. Un ufficio come tanti altri, apparentemente: il distaccamento di un ministero, un ente governativo, il centro studi di una banca, la sede di una multinazionale. Chi sollevava lo sguardo al cielo non aveva certamente né tempo né soprattutto motivo di soffermarsi su quelle finestre. Un po' diverse dall'usuale, certo, ma se i romani dovessero meravigliarsi delle cose inusuali che ha loro riservato la storia, dovrebbero cominciare a farlo nei primi istanti della vita e continuare fino agli ultimissimi.

Lassù, dietro quelle finestre azzurrate, avevano semplicemente sede gli uffici di un centro studi. Un centro molto particolare, finanziato con fondi internazionali e creato al fine di cercar di decifrare i reperti archeologici dell'antica Roma, in qualsiasi forma essi fossero.

Dietro due di queste finestre, in particolare, una giovane studiosa era al lavoro davanti al grande monitor di un computer, diviso in tre settori (due vaste fasce verticali e una orizzontale,

larga e bassa) e collegato a un'apparecchiatura che a un occhio profano sarebbe potuta sembrare una fotocopiatrice. Un po' strana, certo, con un'arcana serie di luci, lucette e lucine che baluginavano o scorrevano su piccoli schermi oblunghi. Tasti, pulsanti, levette. Cavi, cavetti, fili.

In realtà non era affatto una fotocopiatrice, ma un sofisticatissimo esemplare di scanner scientifico – di cui erano equipaggiati non più di venti centri di ricerca in tutto il mondo –, realizzato attraverso una complessa combinazione di luce ultravioletta, radiazione infrarossa, beta-radiografia e raggi laser, in grado di leggere e trasferire in chiaro sullo schermo del computer il contenuto invisibile di certi antichi rotoli o fogli che un'altrettanto sofisticata apparecchiatura separava, scollava e restaurava prima che venissero fatti scorrere sul ripiano di cristallo dello scanner. Su di esso erano stati letti e interpretati decine di testi e documenti antichi, in forma di papiro, di pergamena, di tessuto, di cera o altro. Redatti in latino, in greco antico, in egizio, in aramaico, in siriaco. In tante altre lingue e alfabeti.

Questa volta, però, la sofisticata macchina non era alle prese con niente di tutto ciò. Stava leggendo comune carta. Ma una carta grossa, povera, friabile e sul punto di andare in polvere. Quando si era trovata davanti il suo impasto legnoso, la giovane studiosa aveva rischiato di scoraggiarsi.

Le pagine, in uno stato pietoso, erano così amalgamate tra loro da far temere che non sarebbe mai stato possibile separarle. Le muffe avevano avuto il sopravvento sui labili inchiostri vegetali.

Ma Sara Terracini non si era persa d'animo, non era nel suo carattere. Aveva immediatamente chiamato con il telefono interno il più prezioso dei suoi collaboratori, Toni Marradesi. Tra il fango dell'alluvione di Firenze, da giovanissimo volontario, aveva saputo risolvere situazioni persino peggiori. E da allora la tecnologia aveva fatto passi da gigante. Lo stanziamento di fondi da parte del programma comunitario Laser Analysis and Restoration of Art aveva consentito al laboratorio in cui operava insieme a Sara di essere all'avanguardia nel mondo.

Sara gli aveva spiegato la situazione in poche parole. Dopo alcuni minuti il non più giovanissimo – anche se ancora quasi volontario, in termini di retribuzione – Toni era già al lavoro, operando con la freddezza di un chirurgo. Aveva rimosso i resti di legatura, recidendo i fili, e proceduto a una prima separazio-

ne dei blocchi di pagine ovunque era possibile. Quindi, prelevato un campione microscopico di carta, lo aveva inserito nell'analizzatore automatico di aminoacidi. Il responso della macchina lo avrebbe messo in condizione di stabilire il grado di corrosione per il bagno di separazione.

Sara lo aveva lasciato al suo lavoro, sicura di avere messo nelle mani migliori il preoccupante regalo mandatole dal suo vecchio amico Oswald Breil. Era tornata al suo posto di lavoro, in attesa di un messaggio di Toni.

Rimasto solo nel suo antro di stregone del restauro, Marradesi aveva eseguito una spettroscopia di fluorescenza sui blocchi di pagine incollate. La stessa tecnica usata per «vedere», sotto un dipinto, eventuali disegni preparatori o ripensamenti dell'artista. Lo schermo si era illuminato, rivelando segreti che nessuna radiografia di tipo tradizionale avrebbe potuto scoprire. Con aria soddisfatta si era alzato dal trespolo dove aveva l'abitudine di appollaiarsi come Eta Beta e si era messo ad armeggiare con alcune provette e con acqua distillata. Aveva incrociato le dita e immerso il primo dei gruppi di pagine nella soluzione.

Aveva scandito il tempo secondo per secondo, osservando il cronometro, e finalmente aveva estratto il blocco di fogli. Aveva controllato la temperatura del forno a conversione e regolato l'umidità. Poteva soltanto sperare, alla stessa stregua di un medico dopo un intervento rischioso.

Ma finalmente aveva potuto posare sul suo tavolo le prime pagine ingiallite, staccate le une dalle altre, seppure ancora illeggibili. Ci avrebbe pensato Sara. Adesso toccava a lei. Era salito di persona a portarle i primi risultati del suo lavoro.

Sottoposta a vicende sicuramente tormentose, per quanto ormai non più note a nessuno, quella carta sembrava non voler concedere al comune occhio umano niente di ciò che su di essa era stato puntigliosamente scritto al fine di tramandarlo ai posteri. Aveva sofferto sole e tempesta, acqua e aria, sale e sabbia.

Soltanto la rara macchina da svariate decine di migliaia di dollari, gestita con precisione chirurgica da Sara Terracini, avrebbe forse potuto penetrare nel suo segreto. *Forse*. Dopo tre giorni di lavoro, infatti, il dubbio restava. Fino a quel momento, nonostante l'ostinato impegno della giovane studiosa, l'antica carta non aveva voluto concedere assolutamente niente nemmeno a quella macchina avveniristica.

Ma Sara non desisteva. Aveva affrontato ben altre imprese. E di ben altra difficoltà sarebbe stato l'incarico affidatole se, invece di dover interpretare quei fogli scritti a mano, le fosse stato chiesto di decifrare i ben più antichi rotoli, purtroppo perduti, di cui, secondo Breil, essi erano probabilmente una prima trascrizione.

Sommessi ronzii e *bip* elettronici turbavano appena il silenzio. La giovane studiosa era una donna di incisiva bellezza – capelli corvini su un sano colorito bruno, naso aquilino, brucianti occhi neri –: per strada non capitava di rado che un uomo si voltasse a seguirla con sguardo ammirato. Un'attrice degli studi televisivi di Saxa Rubra, una modella delle annuali sfilate di moda, pensavano. Certo, non conoscendola, era difficile pensare che si trattasse di una scienziata di grande rigore e professionalità. Se in quel momento Sara aveva caldo, non era certamente per il clima esterno. Dal suo laboratorio, caldo e umidità erano rigorosamente banditi.

Diversi piccoli schermi digitali inseriti nelle pareti, più uno appoggiato direttamente sul suo piano di lavoro, segnalavano con la massima tempestività ogni variazione di temperatura e tasso di umidità. Le due cifre erano quasi costantemente fisse sul 21 e sul 50. Se lo scostamento superava soltanto il mezzo grado o la mezza decina in più o in meno, il soffio sommesso ma perfettamente avvertibile dei condizionatori si affrettava in pochi secondi a ristabilire ai livelli ottimali. 21 gradi centigradi, 50 per cento di umidità. Le condizioni ideali per la sopravvivenza dei preziosissimi manufatti che in quel laboratorio venivano esaminati, studiati e decifrati, cedendo a poco a poco i loro secolari segreti.

Ma, nonostante il caldo della primavera romana, temperatura e tasso di umidità erano rimasti costantemente perfetti per tutto il pomeriggio. Il calore da cui si sentiva pervadere la giovane era di ben diversa origine. A provocarglielo erano i dati e le immagini che aveva cominciato a veder scorrere sulle due metà splittate in verticale del grande schermo davanti a cui era al lavoro, manovrando una tastiera molto più grande di quelle che di norma fanno da accessorio a un computer da scrivania.

Verificando la metà sinistra del monitor, zeppa di caselle e dati su uno sfondo argentato, modificò un'ultima volta i parametri. Di valori quasi infinitesimi rispetto all'ampiezza delle gamme possibili.

OPACITÀ SUPPORTO: +0,1
OUTPUT: +0,4
ILLUMINAZIONE MEZZI TONI: +3
CONTRASTO: −2
QUALITÀ: ExtraExtra & +2
ROTAZIONE: Right & 0,00001

Si morse il labbro superiore, intenta. Niente avrebbe potuto distrarla dal lavoro. Il pollice della mano destra andò a percuotere con estrema decisione il tasto di Ritorno. L'immediata scomparsa del lungo rettangolo argentato sulla sinistra dello schermo e una serie di ronzii e fremiti segnalarono che il lettore aveva ricevuto le istruzioni e le stava elaborando. Nessun *bip* di avvertimento venne a fermare il sordo *crunk-crunk* con cui la complessa apparecchiatura iniziava il suo ennesimo tentativo di interpretazione. I parametri erano stati accettati. Anche se questo non significava assolutamente che la lettura, possibile alla macchina, lo divenisse anche per lo schermo del computer e di conseguenza per gli occhi della bella studiosa. La quale, con la sinistra abbandonata sul fianco, compì un gesto tipico dello spirito popolaresco italiano: aprì indice e mignolo a formare due corna.

Per il resto rimase immobile, lo sguardo fisso sulla metà verticale destra dello schermo, ancora inesorabilmente bianca. Se nella stanza fosse riuscita a penetrare una mosca, il suo ronzio si sarebbe probabilmente levato alto sopra quello delle apparecchiature. Se accanto alla giovane ci fosse stata una persona, avrebbe con ogni probabilità potuto sentire il battere ritmico del suo cuore. Oltre a questo, silenzio e immobilità erano assoluti.

Nella parte bianca del video cominciarono a baluginare alcune forme grigiastre. Indefinite, indeterminabili, illeggibili per un occhio comune, per quanto acuto, ma non di sicuro per quello perfettamente addestrato di Sara Terracini.

La giovane si morse con rinnovata energia il labbro inferiore. Staccò il palmo della destra dalla tastiera e accostò tre dita ai pulsanti della luminosità, del colore e del contrasto, alla base dello schermo. La lunga esperienza le consentiva di manovrarli contemporaneamente. Le minuscole forme scure sulla colonna bianca dello schermo, a destra, si fecero più definite.

Sara si lasciò sfuggire un'espressione di trionfo che l'abituale controllo di sé le avrebbe certamente inibito. Ma ora tutte le

sue facoltà erano spasmodicamente concentrate su quella metà dello schermo, che con una lentezza quasi crudele stava cominciando a rivelare il mistero della prima pagina dei quattro grossi volumi di carta antica, devastata dalle vicissitudini di assai più di una vita.

La giovane lesse le prime righe, comprensibilissime nonostante l'italiano arcaico in cui erano state puntigliosamente vergate quattro secoli prima, costellato di espressioni spagnole altrettanto arcaiche. Espressioni che risvegliarono in Sara Terracini un tumulto di emozioni. Era la lingua in cui si esprimevano i suoi *abuelos* materni, costretti a lasciare Granada più di un secolo prima che quei quattro volumi venissero vergati con cura certosina: un sontuoso castigliano antico che, nella sua famiglia, veniva tramandato di generazione in generazione per consentire la lettura dei diari che avevano fissato la memoria della cacciata di quella famiglia di ebrei dalla Spagna di Isabella la Cattolica, regina di Castiglia, e di Ferdinando II d'Aragona. Perché la memoria di quei lontanissimi, dolorosi eventi rimanesse viva. Fez, Algeri, Alessandria, Aleppo, Smirne, Salonicco, Costantinopoli. Com'era stato lungo il viaggio, prima che la famiglia si stanziasse definitivamente a Roma...

L'attenzione di Sara si tese spasmodicamente a cercar di interpretare quello che si cominciava a intravedere sulla parte bianca dello schermo. Per quanto fremente, l'attenzione non le consentì tuttavia di ignorare una bandierina colorata che, accompagnata dallo squillare imperioso di una campana, era scattata nell'angolo in alto a destra del suo computer: MESSAGE! MESSAGE! MESSAGE! Premette rapidamente uno dei tasti piccoli nella zona superiore della tastiera.

Nella parte bassa dello schermo, in orizzontale, si aprì una lunga e stretta finestra nera, dentro cui cominciò a scorrere in bianco il messaggio. Composto da una parola sola: ALLORA?

Sara sorrise e scosse la testa. Batté in rapida successione i tasti CTRL e R e poi poche lettere sulla tastiera. La sua risposta, anch'essa composta di una parola sola, scorse rapida nella striscia nera: EUREKA.

BRAVA, fu la laconica nuova risposta del sistema di comunicazione telematica. Una risposta che veniva da migliaia di chilometri di distanza. Chissà dov'era, in quel momento, il suo interlocutore. Diabolico individuo.

Sempre sorridendo al pensiero dell'amico da cui aveva rice-

vuto il messaggio elettronico – un vero mago nell'uso delle apparecchiature computerizzate di ricerca, un uomo a cui era legata da un'intensa simpatia personale oltre che da un'incrollabile stima professionale –, ma soprattutto, ancora, per il senso di trionfo da cui era pervasa, Sara riportò l'attenzione alla lunga strisciata sulla destra del computer, dove ormai si leggeva con discreta chiarezza un testo scritto a mano in un'antica calligrafia spigolosa, che tuttavia la macchina si era dichiarata in grado di decifrare.

Ormai sarebbe bastato tradurlo in una qualsiasi delle sette lingue moderne – oltre alle diverse antiche – che la giovane era perfettamente in grado di padroneggiare. L'italiano, naturalmente, ma anche il francese, lo spagnolo, l'inglese, il tedesco, il russo e l'ebraico. Più qualche concreto rudimento di arabo, cinese e giapponese, che le aveva consentito di badare molto bene a se stessa nei diversi viaggi di studio e piacere che aveva compiuto in Medio ed Estremo Oriente.

Con pochi movimenti di tasti e barre della tastiera, Sara provvide a salvare il testo originale con un programma di scrittura. In pochi istanti la macchina lesse il testo e lo fece comparire in una nuova finestra, sulla sinistra dello schermo, accanto a quella in cui si continuava a vedere il manoscritto quasi illeggibile. La giovane cominciò a leggere, provando, come le capitava ogni volta, quasi un senso di timore reverenziale nei confronti dei diabolici *geek* dell'elettronica capaci di elaborare un programma in grado di leggere qualsiasi calligrafia, per quanto involuta e antica potesse essere.

Il testo era ben lontano dalla perfezione. Il programma di decifrazione aveva tempestato quello di scrittura di una lunga serie di « ~ », a indicare un'altrettanto lunga serie di caratteri non interpretati. Ma, nel suo complesso, il testo era quasi perfettamente comprensibile. Salvata e chiusa la finestra del programma di decifrazione e aperta una nuova finestra del programma di scrittura di fianco a quella in cui la macchina aveva interpretato l'antico testo, cominciò velocemente a trascriverlo.

Le prime parole erano semplicissime. Dicevano: *Regio~e Re~ia. Confine No~d Orientale de lo I~pero Ro~ano. Anno 823 de ~a Fo~da~ione de Ro~a.* Perfettamente comprensibili, nonostante i caratteri non riconosciuti dalla macchina.

Qualche problema cominciava invece appena sotto, per lo

stile aulico e involuto del testo, che era sì comprensibile ma difficile da rendere in una lingua moderna.

«Infelice mortale», cominciò a digitare Sara, «egli che mai avrà vissuto della pugna il clamore. Costui, certo, mai potrà giungere a fantasticare» – a *fantasticare*? Uhm, pensò tra sé Sara – «le emozioni dei guerrieri, l'intensità dello spirito...» Bello, però... Smise di digitare, meditabonda.

In quel preciso istante lo squillare imperioso della campana e lo sventolare della bandierina nell'angolo in alto l'avvertirono dell'arrivo di un nuovo messaggio. Nella stretta finestra nera al piede dello schermo vide scorrere velocemente le seguenti parole: NIENTE VOLI PINDARICI, COMUNQUE. MI RACCOMANDO. NIENTE *LETTERATURA*. IN QUESTO MOMENTO ABBIAMO PRIMA DI TUTTO BISOGNO DI *CAPIRE*, NON DI *EMOZIONARCI* PER LA BELLEZZA DELLA PROSA. CASO MAI, *RIASSUMI* E, SE NECESSARIO, *INTEGRA* CON GIUDIZIO.

Digitò CTRL-R e compose immediatamente la risposta. Una semplicissima sigla, seguita da una parola e da un punto esclamativo: OK. OK. ACCIDENTI!

BENISSIMO. BUON LAVORO, fu la laconica conclusione del brevissimo scambio elettronico di battute.

Sara scoppiò in una fresca risata. Accidenti davvero. Dannato Oswald Breil, era capace di leggere nel pensiero anche attraverso le reti telematiche, a migliaia di chilometri di distanza? Diavolo di uomo. Sì, diavolo di un uomo. Del resto, lo sapeva già che era fatto così.

Le sembrava di vederlo, appollaiato di fronte a una centrale di computer persino più complessa e futuribile di quella davanti a cui era seduta lei, in mezzo a un'intera selva di dischi rigidi, dischi ottici, lettori, decodificatori, scanner, diavolerie, con la grossa testa china verso lo schermo e i piedi sollevati da terra. Diavolo di un *omino*. Di un... ma sì: di un *nano*! Amatissimo *nano*.

Okay, Oswald, mormorò tra sé. Niente voli pindarici, niente *letteratura*. Abbiamo bisogno di *capire*. Ancora ridendo, riprese alacremente a digitare sui tasti la sua trascrizione.

PARTE PRIMA

TERRA
Le radici

1.

**Regione Rezia. Confine nordorientale dell'impero romano.
Anno 823 dalla Fondazione di Roma.
[70 d.C. (N.D.T.)]**

Chi non ha mai conosciuto il clamore della battaglia non può nemmeno immaginare le sensazioni dei combattenti: l'intensità del pensiero, che quasi si materializza e prende forma tra i fumi dell'atmosfera irreale e caotica che precede lo scontro. La paura di morire, certo, anche quella. Ma, per contro, il desiderio di sopraffare, di vincere, di uccidere il nemico.

Ci eravamo fronteggiati per tre giorni senza che nessuno dei due eserciti accennasse ad assumere uno schieramento definito, ognuno sui due versanti della valle del Reno. Ormai le formazioni si trovavano a poche centinaia di cubiti l'una dall'altra, pronte all'attacco. I germani erano forse in numero inferiore ai dodicimila uomini della legione, ma non per questo da sottovalutare: sono un popolo guerriero, che sa combattere con una ferocia senza pari.

Controllai i legacci che mi assicuravano alla schiena la faretra con i sette giavellotti. Da lontano sentivo arrivare lo scalpiccio della cavalleria e i nitriti inquieti degli animali. Sapevo per esperienza che erano i rumori cui dovevo prestare la massima attenzione: compito delle nostre squadre era balzare fuori dallo schieramento prima che le formazioni venissero a contatto e, di concerto con la cavalleria, produrre una prima azione di disturbo. L'unico segnale, per i quindici uomini che comandavo, sarebbe stato il tuonare del galoppo.

La pelle di lupo mi scendeva lungo la schiena, le fauci spalancate dell'animale sovrastavano minacciose la mia fronte. Lo squillo di tromba scosse tutti da un apparente torpore. Muovemmo quasi all'unisono, lasciando aperti pochissimi varchi tra gli scudi e le lance della prima linea.

Ormai distinguevo perfettamente il nemico, vedevo il balenare sinistro delle armi, i visi feroci, gli occhi... Ecco arrivato il

momento: vedevamo lo scuro delle pupille, dovevamo attaccare! Fu sufficiente un cenno: sgusciammo agili tra gli scudi dei nostri e ci scagliammo in avanti, bilanciando nelle mani il primo dei giavellotti. Qualcuno dei legionari urlava, forse per farsi coraggio; io preferivo mantenere il controllo della mente. Calcolai la distanza e identificai il mio bersaglio: un barbaro dai lunghi capelli. Inarcai la schiena e lasciai partire il *pilum*. Non potevo rimanere fermo a controllare l'esito del lancio: dovevo scoccare i giavellotti prima che il nemico ci fosse addosso o prima che le avanguardie della legione ci sopravanzassero. Finita la nostra azione saremmo stati risucchiati all'interno dello schieramento, pronti a sguainare la spada.

Una volta riguadagnata la nostra postazione alle spalle degli astati, non ci fu quasi il tempo di riprendere fiato. Immediato e formidabile sentii arrivare l'urlo dei guerrieri, seguito dal cozzo delle armi. Vidi le spalle dei legionari della prima linea contrarsi per reggere lo scontro, pochi passi dinanzi a me. Sguainai la corta spada e mi preparai a combattere.

La battaglia era cominciata da poco, e ancora nessuno dei due eserciti aveva abbandonato lo schieramento originario; lo spostarsi avanti e indietro per pochi passi delle due avanguardie assomigliava all'onda senza fine di un mare in tempesta. Sentii passare di bocca in bocca un urlo: « Hanno sfondato, sulla destra ». Sapevo quale pericolo si celasse in quella frase. Voltatomi istintivamente, vidi che una parte dei nostri guerrieri sbandava senza ordine, costretta alla ritirata da un centinaio di barbari. Ordinai ai miei di seguirmi: dovevamo assolutamente tentare di chiudere quel varco e interrompere la penetrazione tra le nostre linee. Cogliemmo i nemici alle spalle; davanti a noi l'avanguardia della legione si richiuse ermeticamente, imprigionando il manipolo di germani in un tranello mortale.

Combattevo con impeto e con una straordinaria lucidità di mente. Più volte mi trovai a tu per tu con il nemico e ingaggiai feroci corpo a corpo, avendo sempre la meglio. La cosa che maggiormente mi esaltava, più che uccidere, era guardare negli occhi lo sfidante, riconoscervi la paura dopo i primi colpi di gladio e infine vederlo fuggire disperatamente. Spettacolo non frequente, con i germani: erano uomini votati alla morte, per niente al mondo propensi a ritirarsi se avevano ingaggiato un duello.

Lo scontro si protraeva ormai da parecchio tempo, e il compatto fronte iniziale si era frantumato in diversi focolai di battaglia. La legione stava avendo la meglio. Le frecce incendiarie degli arcieri avevano disseminato il campo di piccoli fuochi, che arrivavano spesso a piantare le loro radici nel costato di un guerriero.

Riconobbi a poca distanza da me il nostro generale Publio Marzio. Montava uno stallone nero come la notte. Lo vidi lanciarsi tra una selva di uomini spronando l'animale. Per un attimo scomparve, poi la sua figura si stagliò netta, la spada animosamente in pugno, le ginocchia serrate sui fianchi del cavallo. Lo osservai menare fendenti poderosi; sembrava persino, pur da quella distanza, di sentire il sibilo della lama. Distolsi lo sguardo dal nostro tribuno e lo rivolsi alla collina, da dove, davanti alla sua tenda, attorniato da strateghi e guardie personali, il legato imperiale ci stava osservando.

Ma il vero condottiero di tutti noi era Marzio; era lui a darci l'esempio con il suo comportamento. Sapevo che schemi e tattiche da noi adottati in battaglia erano frutto della sua mente. Il legato Cestio era soprattutto una figura simbolica, un buon padre di nobile famiglia, inviato a compiere la carriera d'obbligo presso una legione ai margini estremi dell'impero. Tornai a guardare in direzione del tribuno. Un movimento alle sue spalle attrasse la mia attenzione. Con grande preoccupazione mi accorsi che un barbaro stava correndo verso di lui; di lì a qualche istante gli sarebbe stato addosso da tergo.

Mi era rimasto un solo giavellotto, ma mi sarebbe comunque mancato il tempo per un altro lancio. Lo presi dalla faretra, era il più pesante: la gittata sarebbe forse stata inferiore, ma un giavellotto pesante garantisce una precisione maggiore e può essere letale in qualsiasi parte del corpo colpisca. Mossi la spalla destra, caricando il braccio. Feci tre passi veloci in avanti, prendendo la mira, e inarcai il corpo come un arco di legno di sandalo. Il giavellotto sibilò nell'aria, passandomi accanto all'orecchio, poi iniziò la sua parabola in direzione del nemico. Non lo persi mai di vista; lo vidi ridiscendere con la precisione del falco. Incontrò il corpo del germano a pochi passi dal cavallo del mio signore. Il barbaro sembrò incespicare.

Vidi la punta di ferro trapassargli la coscia in una parte non coperta dal corto gonnellino di maglia. Cadde, lasciandosi sfuggire un urlo di rabbia più che di dolore. Soltanto in quel mo-

mento Marzio sembrò accorgersi dello scampato pericolo. Osservò un attimo l'uomo che si dibatteva a terra, con l'asta che trapassava una gamba conficcandosi nell'altra. Io ero lontano, come affascinato da quel volo magico, quasi non del tutto cosciente del fatto che a guidare l'arma era stata la mia mano. Ma mi sembrò che Marzio sollevasse lo sguardo verso me, riconobbi distintamente un accenno di sorriso sulle sue labbra e un leggero movimento della testa. Poi la mente mi si annebbiò. Ero stato colpito. Non ebbi tempo di provare dolore: l'attimo fu comunque sufficiente a farmi intravedere la soglia della morte.

Mi risvegliai in un giaciglio dell'ospedale del fortilizio. Il dolore alla testa era insopportabile. Il volto bruno del giovane medico che mi stava davanti emerse da un vago alone di foschia.

« Ben tornato dal viaggio nell'Averno, legionario. Hai passato tre giorni e tre notti nel regno dei morti. È stato il tribuno Marzio a dare l'ordine di portarti qui, sebbene le tue condizioni sembrassero disperate. » I modi effeminati non avrebbero mai potuto fare di lui un buon soldato ma, in quanto esperto di ferite e cure, il giovane egizio sembrava sapere il fatto suo. Mi spiegò di avere appreso che un nemico mi aveva assalito alle spalle. « Devi la vita a questa vecchia pelle di lupo », continuò, mostrandomela. Presi dalle sue mani il fedele paramento: la testa dell'animale, proprio nel punto in cui la calotta cranica non era stata rimossa per dare un aspetto più realistico alle fauci, presentava una profonda fenditura. L'osso frontale era del tutto sbriciolato.

« Marzio », continuò l'egizio, « ha chiesto di essere costantemente informato sul tuo stato. Devo correre ad avvertire una delle sue guardie che ti sei finalmente svegliato! » Non mi diede il tempo di ribattere – forse non ne avrei nemmeno avuto la forza – e scappò via. I lamenti dei miei compagni d'armi mi costrinsero a guardarmi attorno. Ero circondato da feriti, molti dei quali adagiati per terra. Lo spettacolo riuscì a incutermi lo stesso senso di angoscia che si prova su un campo dove si è appena conclusa una cruenta battaglia.

Fui costretto a chiudere di nuovo gli occhi. Ero mortalmente stanco, il dolore sembrava comprimermi in una morsa le ossa della testa.

Credo fosse trascorso poco tempo quando una voce pacata e

cordiale mi ridestò da quello stato di torpore. Vidi Publio Marzio ai piedi del mio giaciglio, notai l'espressione compiaciuta del suo viso.

«Sei di tempra rocciosa, legionario», disse. «Non avevo dubbi circa la tua guarigione. Come ti chiami?»

«Sono Giunio, signore, Giunio della città di Luna.»

«Sono debitore della vita», riprese Marzio, rivolto al suo seguito e alla piccola folla di convalescenti che stavano seguendo in un silenzio religioso le sue parole, «a questo valoroso soldato. Devo al suo tempismo e alla sua precisione di tiratore se sono ancora il vostro comandante. Per salvare me, ha messo a repentaglio la vita. Dispongo che tu venga promosso al grado di centurione, Giunio della città di Luna. Ti aspetto nel mio alloggio, non appena ti sarai rimesso del tutto.»

Nonostante il ronzio che continuavo a sentire negli orecchi, fui pervaso da un moto di orgoglio e soddisfazione. Le promozioni sul campo erano ormai una leggenda dei tempi delle grandi conquiste imperiali. Il nostro compito si limitava a difendere i confini della romanità, senza troppo concedere alle espansioni né di conseguenza – ciò che più contava – al bottino. Il Reno sembrava diventato il limite invalicabile dei territori dell'impero fin dai tempi di Augusto. Certo, i germani e le altre bellicose popolazioni barbare continuavano a costituire una minaccia, ma, in confronto alle grandi battaglie del passato, le nostre si potevano considerare secondarie scaramucce di confine.

Sarei diventato comandante di una centuria, avrei goduto del privilegio di combattere a cavallo. Ero fermamente convinto che, nonostante la mia giovane età, l'esperienza accumulata mi avrebbe consentito di dimostrarmi un ottimo ufficiale.

Roma odierna.

Sara scosse la testa, stringendo distrattamente una matita tra i denti. Era perplessa. Per la prima volta in vita sua, almeno da quanto ricordava, aveva avuto una notte difficile, tormentata. Aveva sì dormito, ma il suo sonno era stato agitato da sogni di guerrieri, battaglie, epiche gesta, sangue. In ciascuna di esse, nitidissima, perfettamente stagliata sul brulicare di corpi avvinghiati nel combattimento, si levava alta la figura di Giunio.

Svegliatasi di buon mattino, in preda a un'agitazione del tut-

to ignota, si era accorta di avere un solo pensiero. Correre al più presto al suo laboratorio e riprendere il lavoro di trascrizione. Che cos'era successo, ancora, a Giunio e al suo mondo di antichi romani?

Quindi eccola lì, nel silenzio totale dei laboratori ancora deserti, seduta davanti allo schermo del computer. Già il sofisticatissimo scanner aveva interpretato a suo beneficio molte altre sbiadite e collose pagine del primo dei quattro volumi antichi in cui erano state trascritte in italo-spagnolo le gesta del legionario. Nella vicenda entrava in scena un nuovo personaggio, evidentemente destinato ad assumere una notevole importanza.

« Ahi ahi! » ridacchiò tra sé. « *Cherchez la femme!* » e si sfregò le mani. Le imprese di Giunio della città di Luna si stavano rivelando un vero e proprio romanzo d'avventura. Chissà che cosa intendeva il buon Oswald Breil, dannato omino, ovunque fosse e qualsiasi cosa stesse facendo, quando le aveva comunicato così seccamente che prima di tutto aveva bisogno di *capire*. *Capire* che cosa? Vabbè: *riassumiamo*, si disse. E, caso mai, *integriamo* con giudizio. Ma prima di tutto passiamo alla terza persona. All'opera.

ANNO 821 DE LA FONDA~IONE, lesse sullo schermo. Aperto in un angolo un elementare programma di calcolo preparato da lei stessa la sera prima, procedette in una frazione di istante alla conversione della data: il 68 dopo Cristo.

Roma imperiale. Anno 821 dalla Fondazione. [68 d.C. (N.D.T.)]

L'Aedes Vestae, il tempio dedicato a Vesta, era situata nel Foro; pochi passi separavano la struttura circolare del luogo sacro dall'Atrium Vestae, la dimora delle vestali. Secondo la tradizione, le candidate erano venti, tutte di famiglia libera, non segnate da difetti fisici e figlie di genitori viventi e non dediti a mestieri ignobili. Le più giovani avevano appena superato i sei anni, le più adulte non superavano i dieci. Clelia, che stava per compierli, era totalmente presa nel suo sacrale ruolo di vergine prescelta per il possibile servizio della dea.

Avrebbero potuto suscitare qualche sorriso intenerito, mentre incedevano con passo solenne, piccolo corteo più simile a

una nutrita e compunta scolaresca femminile che a un gruppo di fanciulle elette. Ma, no, nessuno avrebbe mai potuto sorridere: il popolo riconosceva in loro la volontà divina; chi stazionava nei pressi del Foro osservava il loro corteggio con spirito di sacra venerazione.

I littori precedevano la processione. L'espressione del volto di Cornelia, la Vestale Massima, non poteva lasciare dubbi circa la severità dei suoi modi.

Clelia osservò il portale di bronzo spalancato. Spinse lo sguardo nel tempio sorretto da diciotto colonne poste in cerchio attorno al grande compluvio. Le fiamme del braciere erano alte e rosse, la luce che riflettevano sulle pareti di marmo bianco sapeva davvero infondere la sacra tranquillità familiare a cui il culto di Vesta era votato. Quel fuoco non doveva mai spegnersi, ma ardere perenne, quasi a illuminare la sconfinata maestà dell'impero. Se si spegneva, la sacerdotessa responsabile della terribile sventura veniva punita personalmente dal Pontefice Massimo con la sferza. Il fuoco veniva poi riacceso non già usando un fuoco preesistente, ma creandone uno nuovo e incontaminato con gli specchi ustori.

Novaesium. Valle del Reno.
Anno 825 dalla Fondazione di Roma.
[72 d.C. (N.D.T.)]

L'inverno calava spinto dai primi venti gelidi di Aquilone. Al loro seguito sarebbero venute le nevi a ricoprire ogni cosa e a rendere impossibile qualsiasi attività militare. Per le truppe era tempo di riparare gradualmente all'interno del campo stabile, nella bassa valle del fiume. I quattro manipoli si erano messi in marcia alle prime luci. La brezza gelida si incuneava vorticosa tra i passi montani, acquistando ancor più vigore prima di abbattersi sulle file dei legionari.

Il carro del legato Cestio era esattamente al centro dello schieramento, che marciava in formazione ordinata nonostante le asperità del sentiero. Giunio non si accorse subito del pericolo. La pioggia di dardi infuocati piombò su di loro senza preavviso, seminando morte e scompiglio. Gli uomini ruppero le file, cercando improbabili ripari nel terreno brullo e pianeggiante.

Giunio vide le due pariglie trascinare via il carro del legato; i cavalli correvano come impazziti, una scia di fumo bianco si disperdeva nell'aria al loro seguito. Finché il carro non avvampò in una fulminea fiammata, non consentendo scampo a nessuno degli occupanti. Giunio osservò impotente i loro corpi ardere come faci, più volte intravide figure umane torcersi avvolte dalle fiamme. Nessuno riuscì a intervenire.

Già il tribuno Marzio si aggirava sul campo dell'agguato, cercando di ripristinare con la sicura calma dei suoi ordini gli schieramenti, di organizzare le difese. I militi romani erano intrappolati nella gola, in completa balia degli arcieri germani che li tenevano sotto tiro da una posizione elevata.

Giunio alzò lo sguardo: riuscì a distinguere le traiettorie delle frecce infuocate e il punto da cui venivano scagliate, dall'alto degli speroni di roccia, due o trecento piedi sopra di loro. Valutò che i nemici non dovevano essere molti, al massimo una trentina, ma erano comunque riusciti a immobilizzare i romani e li stavano decimando. Quando Marzio gli si avvicinò, stava ancora osservando attentamente un canalone che saliva a perpendicolo, restringendosi in diversi punti. Dagli spazi pianeggianti, lungo la costa, in cui erano appostati, i germani non potevano tenere sotto controllo quella fenditura nel fianco della montagna.

«Cestio è morto, Giunio», lo informò il tribuno, con una voce capace di levarsi sopra le grida dei fanti, «e temo che presto molti di noi faranno la stessa fine. Dobbiamo a ogni costo respingere l'assalto.»

Preso da una repentina ispirazione, ma senza rinunciare al tono deferente, Giunio lo pregò di ordinare che venissero approntate due catapulte. Sapeva bene che i proiettili non avrebbero mai potuto raggiungere le alture da cui i germani li tenevano sotto tiro: la mossa non era che uno stratagemma per tenere concentrati gli assalitori su un bersaglio, mentre lui avrebbe tentato di scalare il canalone e di cogliere i nemici alle spalle.

Chiese il permesso di condurre con sé dieci arcieri siriaci e una ventina di uomini scelti tra i più agili e valorosi. Cominciarono a salire, aggrappandosi agli spuntoni di roccia e puntando i piedi sui provvidenziali sostegni offerti dal fianco della montagna. Le grida dei legionari in difficoltà arrivavano fino a loro distinte, stimolandoli ad attaccare la parete con ancor più veemente vigore.

Quando finalmente affrontarono l'ultimo tratto, avevano tutti le mani e le gambe escoriate e indolenzite. Il camino nella roccia era poco più largo delle loro spalle, ma, puntellandosi con i piedi su un versante e con la schiena su quello opposto, gli uomini erano riusciti a issarsi a due per volta. Raggiunta la meta, si raccolsero in una zona pianeggiante per organizzarsi.

Un'altura coperta di vegetazione impediva loro di vedere i germani, ma per fortuna lo stesso valeva per i nemici. Strisciarono nel silenzio più assoluto fino alla macchia di cespugli. Appena superato il crinale, Giunio avvistò i germani: almeno venticinque arcieri, disposti di spalle immediatamente sul ciglio del precipizio. Dietro a quelli erano appostati una decina di uomini, con il compito di intingere i dardi nella pece rovente e di incendiare le punte delle frecce incoccate nell'arco. Osservò i suoi siriaci che, con perfetta, silenziosa, ammirevole disciplina, si disponevano in linea. Vide le corde dei loro archi tendersi all'unisono. Le frecce avevano le piume della cocca disposte a spirale, in modo da imprimere un moto circolare al dardo. La penetrazione nell'aria diventava maggiore, con conseguente aumento della gittata e della precisione.

Attesero il segnale, immobili come cani che avessero fiutato la preda, quindi rilasciarono le corde, tese fino quasi a spezzarsi. Le dieci frecce raggiunsero i bersagli con precisione, sebbene i nemici si trovassero a una sessantina di passi. Vide molti dei germani cadere trafitti da tergo e gli altri chiaramente disorientati dall'attacco improvviso. Non diede loro il tempo di organizzarsi e, mentre i suoi arcieri si preparavano a un nuovo lancio, esortò gli assalitori all'attacco. Molti dei nemici non fecero quasi nemmeno in tempo a impugnare la spada.

Qualche istante più tardi si affacciavano vittoriosi sul bordo del precipizio. I legionari imprigionati nella valle li riconobbero, prorompendo in un liberatorio urlo di gioia e trionfo. Il giovane e ardito comandante avevo perso solamente due uomini, e altrettanti erano rimasti feriti in maniera lieve.

Scescero dalla vetta mentre il sole calava. Marzio venne loro incontro. A Giunio i suoi modi erano ormai ben noti: accadeva di rado che si lasciasse andare a frasi adulatorie o a celebrare i successi dei suoi uomini. Un suo sguardo era sufficiente a infondere esaltazione o, per converso, l'onta della punizione.

« Grazie, centurione Giunio! » furono le sole parole che disse. « A te e ai tuoi uomini. » Tanto bastava.

La notte fu trascorsa in un campo improvvisato, poco distante dalla gola dell'imboscata. Il giorno seguente, alle prime luci, la carovana riprese il cammino verso la cittadella militare. Marzio volle che il centurione lo raggiungesse alla testa della colonna; dopo la morte di Cestio, il comando era ormai di sua esclusiva pertinenza. Nell'animo di tutti albergava la certezza che sarebbe presto arrivata da Roma la sua nomina a legato dell'impero.

Roma imperiale. Anno 821 dalla Fondazione.
[68 d.C. (N.D.T.)]

Trascorsi alcuni mesi, Clelia aveva visto perlomeno appannarsi gli entusiasmi dei primi tempi. Le giornate delle aspiranti erano piatte e monotone. Concluse le abluzioni obbligatorie e l'istruzione mattutina, cominciavano le ormai abituali operazioni sacre, sempre uguali, ripetitive, scandite dalla disciplina di ferro e dagli aspri rimbrotti dell'inflessibile Cornelia cui erano affidate. In pratica le giovani avevano tutti gli obblighi di una vera sacerdotessa, non ricevendo in cambio alcuno dei molti privilegi a esse riservati.

Spesso era lo stesso *Protomagister*, incaricato dall'imperatore di sostituirlo nella funzione di Pontefice Massimo, a tenere loro le lezioni di pratica religiosa o di comportamento. Ed era stato proprio durante uno dei suoi lunghi e rauchi sermoni che Clelia, per vincere il tedio, aveva cominciato a interrogare i propri sentimenti, rendendosi conto che una parte di vita le era sfuggita via senza che nemmeno se ne accorgesse: una piccola fetta di esistenza dopo i candidi giochi della prima infanzia. Si era imposta con fermezza di non ripercorrere mentalmente il passato, di non recriminare. Ma ormai si era resa conto con terrore che il futuro, nella migliore delle ipotesi, non poteva riservarle attimi, ore, giorni, mesi, anni diversi da quelli che stava vivendo.

La pubertà stava arrivando precocemente, il corpo stava assumendo le prime rotondità, i pensieri prendevano sempre maggiore spessore e concretezza. La bambina aveva una mente aperta e intelligente, pronta a imparare. Proprio per questo, forse, la Vestale Massima aveva provato fin dai primi giorni una sorta di malcelata avversione epidermica nei suoi confronti; per converso, le capacità di apprendimento della giovanissima can-

didata non cessavano di suscitare in lei un'acre meraviglia. Malgrado il carattere per niente remissivo, a tratti persino quasi riottoso, Clelia era una delle allieve più versate nello studio delle materie canoniche.

Le aspiranti vivevano in una residenza immediatamente a ridosso dell'Atrium Vestae. Gaia, la compagna di camera di Clelia, era una ragazza vivace e dal sorriso gentile. Tra le due bambine era nata fin dai primissimi giorni un'amicizia profonda e indissolubile.

Novaesium. Anno 827 dalla Fondazione di Roma.
[74 d.C. (N.D.T.)]

L'accampamento permanente era una sorta di piccola città funzionale e autosufficiente, dotata di officine, mercato, ospedale e luoghi di culto. Le camerate dei legionari ospitavano otto uomini ciascuna, con il loro nutrito equipaggiamento personale: nel corso degli spostamenti tattici, ogni legionario doveva trasportare a spalla quasi la metà del suo peso.

Erano probabilmente le sue origini di legionario a indurre Giunio a una visione più dinamica delle tattiche di combattimento e, di conseguenza, alla ferma convinzione che quel fardello costituisse un grave impedimento. Era giovane e si considerava beneficato dal dio della buona sorte, perciò non osava ancora dare spavaldamente voce alle proprie convinzioni, ma mordeva il freno: ardeva dal desiderio di farlo e sapeva che, non appena gli si fosse presentata l'occasione, sarebbe stata la sua stessa irruenza giovanile a imporglielo.

La maggior parte degli edifici erano riscaldati, compresi i dormitori della truppa, disposti in modo che ciascun blocco di isolati ospitasse due centurie. Gli alloggi dei centurioni erano situati alle estremità di ciascun blocco. Nel corso di quegli anni, Giunio aveva guadagnato altre due piccole onorificenze, ma quel che più contava, e lo riempiva di orgoglio, era il fatto che Marzio si fermava spesso a parlare con lui di tattiche e strategie. Spesso la parola del giovane centurione era ascoltata al pari di quella di un tribuno, sebbene il suo grado fosse quello di un ufficiale inferiore.

Una guardia venne a chiamarlo mentre si addestrava nel per-

corso d'equitazione. Marzio lo aspettava nei suoi alloggi. La nomina a legato gli era arrivata a soli pochi mesi dall'imboscata in cui era rimasto ucciso Cestio.

Gli alloggi del comandante erano collocati esattamente al centro dell'accampamento fortificato. Quattro guardie presidiavano costantemente le due palazzine del quartier generale. All'interno degli edifici si trovava il forziere nel quale era custodito il bottino di guerra. Un convoglio era incaricato di condurre periodicamente a Roma le ricchezze che i suoi combattenti riuscivano a catturare al nemico.

Marzio era in piedi davanti al tavolo. Con lui c'erano quattro dei cinque tribuni. «Tribuni», annunciò, «questo è il comandante della sesta coorte, il centurione Giunio.» Il giovane ufficiale salutò militarmente i superiori.

Marzio riprese subito a parlare, e soltanto in quel momento Giunio si rese conto di essere stato invitato a prendere parte a una riunione dello stato maggiore.

«I rigori dell'inverno si stanno attenuando», disse il generale, spostandosi verso un modello in terra argillosa che rappresentava con buona fedeltà il territorio dove erano stanziate le truppe romane. «Sarà quindi bene scrollare di dosso a noi stessi e ai nostri soldati il torpore di sapersi al sicuro nella città militare. Tra breve riprenderemo gli addestramenti. È inutile che mi soffermi a sottolineare l'importanza della nostra missione: nessuno è mai riuscito a varcare il Reno in maniera definitiva e ad annientare la minaccia dei germani. Ci aspettano battaglie difficili, ma il compito che ci ha affidato l'impero è arrivare dove altri non sono mai arrivati.» Quindi, indicando a una a una le località sulle montagnole d'argilla, Marzio cominciò a descrivere i luoghi ove si sarebbe accampata la legione e le valli che avrebbero potuto essere teatro degli scontri, sottolineando vantaggi e difetti di questo o quel terreno.

Il generale fece una pausa e chiese se qualcuno dei suoi collaboratori volesse prendere la parola. Giunio capì che il suo gesto rischiava di apparire irriverente ai patrizi gratificati del grado di tribuno militare, ma, non potendo trattenere la sua esuberanza giovanile, cercò di porvi rimedio esordendo: «Mi scuso con voi, nobili ufficiali, se, pur nella precisa coscienza di essere il più basso in grado, tenterò ugualmente di esprimere un mio parere. Forse, a indurmi alla visione personale che sto per esporvi, sono

proprio le mie origini e l'abitudine a colpire con la massima velocità per poi ritirarmi nelle retrovie».

Così detto, fece una pausa, accorgendosi tuttavia che i superiori lo stavano ascoltando con attenzione. «La legione», riprese, «è lenta, generale. Gli uomini marciano piegati sotto il carico dei loro *impedimenta*, tanto da essersi meritati, come certamente sapete tutti, il soprannome di Muli di Mario, dal console che, duecento anni or sono, ha provveduto a riformare i ranghi militari. Da allora, poche cose sono cambiate, se si eccettuano le modifiche apportate da Augusto alla tecnica di battaglia. I nostri uomini si muovono con lentezza, arrivano stremati alla fine delle marce, affaticati dal peso delle salmerie e dell'attrezzatura da campo.»

Intervenne Sestilio, il tribuno che aveva raggiunto la legione quasi contemporaneamente alla promozione di Marzio. Il tono con cui si rivolse al giovane ufficiale, se non proprio di disprezzo, era perlomeno di sufficienza: «E tu che cosa proporresti, centurione? Che gli uomini marcino scalzi e disarmati per essere più agili?» Gli altri sorrisero, seppure con toni diversi, ma un perentorio gesto del generale incoraggiò Giunio a continuare.

«No, tribuno Sestilio», osservò, chiedendosi intanto come avrebbe potuto il fisico di quel cittadino azzimato – inviato all'estremo fronte dell'impero per semplici motivi di carriera e di equilibrio politico – affrontare le fatiche e le angustie cui erano costretti i soldati. «No, non arriverei mai a tanto. Quello che sostengo ha radici nell'esperienza che ho vissuto sul campo, più che nei trattati di tattica militare. Ricordi, legato Marzio, quando i germani ci hanno teso quell'imboscata, lo scorso autunno? Ricordi quanti dei centotrenta uomini che abbiamo lasciato sul terreno indossavano ancora lo zaino e gli altri fardelli?»

Il generale annuì e lui continuò di getto, rinfrancato: «La nostra legione è forte di un numero doppio di uomini rispetto alla norma, proprio perché ha il compito di presidiare un territorio difficile e un nemico insidioso. I veri addetti alla logistica sono soltanto i vivandieri e i cuochi. La quasi totalità delle altre operazioni sono affidate ai legionari, che si adattano alle esigenze più disparate, costretti a lasciare quasi all'ultimo posto quella che invece dovrebbe essere assolutamente primaria: la difesa dei sacri confini della patria romana. Chiedo, dunque: perché non potenziare progressivamente il settore logistico, lasciando ai soldati il solo compito di combattere? Il trasporto di quanto è

necessario per erigere palizzate e accampamenti, sia cura di reparti specializzati».

Marzio ascoltava con espressione intenta, due dei tribuni stavano dimostrando un vivo interesse. Non così Sestilio, che prese di nuovo la parola. «Bene, così noi ufficiali di grado superiore stiamo qui a farci impartire lezioni da un semplice centurione, un giovane presuntuoso, convinto di poterci indottrinare sulle sue personalissime visioni delle tattiche militari, dimenticando il fatto per lui trascurabile che è proprio grazie a un assetto collaudato nei decenni che l'esercito di Roma ha conquistato il mondo. Non dire eresie, centurione Giunio, e controlla le tue parole.»

Giunio non era abituato a simili modi. Aveva semplicemente espresso un suo punto di vista, non capiva il motivo di tanta sufficienza. Mantenne comunque la calma e riprese: «Non giudicarmi avventato o, peggio, uno smidollato, nobile Sestilio, ma è mia precisa convinzione che un'armata più dinamica e leggera sarebbe capace di portarci a quel risultato a cui aneliamo ormai da molti decenni. La legione si muove come un elefante in catene: ha forza e velocità, nonostante la mole, ma le catene ne limitano i movimenti».

«Dicci, centurione, illuminaci. Siamo tutto orecchi», ribatté Sestilio in un tono fattosi sprezzante.

Imperturbabile, Giunio si rivolse direttamente al comandante: «Marzio», riprese, «chiedo che mi venga affidato un contingente di trecento uomini scelti, insieme con l'autorità di potermi muovere al di fuori degli schieramenti della legione».

Fu con un autentico tuffo al cuore che vide il legato chinare la testa in cenno di assenso. Qualcosa di molto simile a un brivido gli corse nella spina dorsale: non poteva, non doveva fallire la prova.

Le sortite cominciarono a essere intensificate ai primi segni del disgelo. Quando venne approntato l'accampamento estivo e cominciarono i preparativi per le estenuanti manovre di contrapposizione all'esercito nemico, i suoi uomini erano ormai perfettamente addestrati. Giunio aspettava con dissimulata ansia il momento del primo scontro.

I trecento uomini ai suoi ordini avevano lasciato lo schieramento della legione la sera prima. Adesso, distanti quasi mille

passi dal terreno della battaglia, potevano sembrare un semplice drappello della retroguardia.

Erano lì quando gli squilli di tromba diffusero nella valle il segnale della battaglia. Ma non era ancora il momento di agire. Il centurione segnalò silenziosamente agli uomini di aspettare, prima di procedere alla mossa accuratamente studiata, piombando sul fianco del nemico. Dopo qualche lungo minuto, valutato che fosse giunto il momento, alzò il braccio. I trecento uomini scattarono come un unico corpo perfettamente coordinato, agile, inarrestabile, letale. L'impatto, tanto più tremendo in quanto imprevisto, fece vacillare lo schieramento dei germani di quel tanto che bastava per romperne il fronte.

La strada per la conquista della Germania si aprì con quella prima, fulminea e schiacciante vittoria.

« Se devo essere sincero », continuava Giunio nelle sue memorie trascritte in italiano spagnoleggiante, « non so quale sia stato il preciso contributo dato al successo dalla manovra del mio contingente. Ricordo soltanto che Marzio mi mandò a chiamare, in un raro momento di pausa tra le battaglie che si susseguivano ininterrotte a mano a mano che avanzavamo. Sembrava che nessuno fosse in grado di opporci resistenza. »

« Siediti, Giunio », gli disse il generale, non appena fu entrato nella sua tenda. Quindi, invitati con un gesto pacato ma perentorio i presenti a lasciarli soli, riprese: « Ho deciso che d'ora in avanti tu debba partecipare a tutte le riunioni dello stato maggiore. È giusto ».

« Generale », si schermì il giovane, « il grado che porto non consente un simile privilegio. Sai bene quanto non sia facile per un ufficiale inferiore godere della fiducia di un tribuno o anche soltanto essere ascoltato da lui! » Non era falsa modestia. Giunio sapeva perfettamente che più di uno dei suoi diretti superiori avrebbe osteggiato una qualsiasi presenza estranea nella loro cerchia, e di conseguenza fatto di tutto per rendergli difficile la vita, se non impossibile.

« Voglio parlarti con estrema sincerità, Giunio. Sono diversi anni che sei ai miei ordini. Ti ho osservato, ho avuto modo di apprezzare i tuoi progressi, la tua costanza e il tuo valore. Sai, invece, a chi sono di fatto affidati i nostri uomini? »

Fissò lo sguardo negli occhi del centurione, scosse la testa e

riprese: «Lo sai come lo so io, è troppo tempo che vivi nelle tende militari e all'addiaccio, ma te lo ripeterò ugualmente. A cinque giovincelli patrizi, nominati tribuni militari sebbene non abbiano alcuna esperienza sul campo, con la testa piena di presunzione e unicamente in cerca della gloria che possa garantire loro un ruolo politico, tra un paio d'anni, una volta rientrati a Roma. Per questo sento la necessità di avere al mio fianco la tua esperienza e il tuo senso di responsabilità. Considera Sestilio, per esempio: tra meno di un anno rientrerà nella capitale per ricevere un incarico diplomatico, poi si stabilirà definitivamente a Roma, con la carica di magistrato se non addirittura di senatore. Che cosa vuoi che sappia della ferocia della guerra e dello sguardo micidiale del nemico? Quando mai li ha incontrati sul suo cammino?»

«Signore», replicò Giunio con imbarazzo, «non mi è certamente lecito confrontare le mie nozioni con quelle dei miei superiori. Ricopro questo grado soltanto grazie alla tua magnanimità.»

Marzio sollevò con impeto un braccio, quasi volesse scacciare un insetto fastidioso. «La tua preparazione, Giunio, è perlomeno pari a quella di qualsiasi altro dei miei collaboratori, e hai il vantaggio di essere più giovane di molti di loro. Del tuo coraggio non voglio nemmeno parlare. Certo, le origini nobiliari degli altri possono costituire una differenza, ma si tratta di una differenza apparente, non certo sostanziale; l'esperienza che hai fatto sul campo è più che sufficiente per pareggiare i conti.»

«La tua, generale, è la forza del nome che porti. Mentre le mie origini sono delle più modeste: ho visto la luce nelle terre dei liguri, non tra i fasti patrizi di Roma...» interloquì d'impulso il giovane centurione.

Il tono di Marzio cambiò. Il saggio generale assunse un tono a metà tra lo scherzoso e il minaccioso. «Giunio della città di Luna, non è lecito a un centurione interrompere il suo generale, e tanto meno cercare di contraddire le sue decisioni. Roma ha bisogno della tua esperienza. E il mio è un ordine.» Così detto, Marzio batté seccamente le mani due volte, facendo comparire come per incanto uno schiavo sulla soglia della tenda. Recava in mano calzari, elmo e corazza dorati. La toga candida era orlata di porpora, l'ornamento delle uniformi da parata degli alti ufficiali.

«Hai vissuto la gelida notte delle Alpi avendo come sola

protezione la pelle di lupo che portavi sulla testa. Ti sei battuto con valore, contribuendo in maniera decisiva alla nostra avanzata. Da questo momento, per i tuoi meriti, decido che tu venga promosso al grado di tribuno militare.»

Il rimescolio nell'intimo di Giunio stava raggiungendo i limiti della tollerabilità. Il giovane stentava a credere a ciò che sentiva. Le sue gesta sul campo di battaglia erano già diventate una leggenda tra gli uomini della legione. Ma soltanto nei suoi sogni più segreti e non svelabili avrebbe potuto immaginare una simile gratificazione. Gli girava la testa, sentì le gambe diventare molli in un modo molto poco confacente a un militare. Qualche istante più tardi, chi lo vide farsi strada tra le tende dell'accampamento con la divisa da alto ufficiale tra le braccia e un sorriso trasognato dipinto in viso poté pensare che il valoroso centurione fosse uscito di senno.

Negli otto mesi che seguirono, i romani dilagarono nel territorio dei germani, e quell'inverno non rientrarono al campo stabile: proseguirono inarrestabili la conquista del nuovo territorio. Marzio vietava ogni forma di violenza gratuita contro la popolazione inerme: soltanto in pochi casi fu costretto a ordinare che qualche villaggio di nemici irriducibili venisse raso al suolo, facendone una terra desolata e inabitabile. Di fatto i suoi soldati agivano da testa di ponte dell'impero; spettava loro spianare la strada alla civiltà di Roma, con le sue leggi e il suo ordine.

Roma odierna.

Riassumiamo, riassumiamo, pensò Sara Terracini, accesa in volto, tempestando con rinnovata energia sulla tastiera. Ma un po' le dispiaceva. Era la storia della sua Città Eterna che si dipanava nei fogli marcescenti, quasi illeggibili, che Toni Marradesi continuava a recuperare con impegno certosino e lo scanner elettronico a leggere con ostinazione implacabile. Avanti, avanti. Stranamente, quel giorno, Oswald Breil non si era ancora fatto vivo. Dov'era finito?

Le sofisticate apparecchiature dello scanner continuavano con delicatissima e silenziosa precisione a leggere le pagine incartapecorite e a interpretarle. Avanti, avanti.

Roma imperiale. Anno 821 dalla Fondazione.
[68 d.C. (N.D.T.)]

Clelia si svegliò di soprassalto, tirandosi a sedere di scatto sul letto. La sua mente era ancora scossa dall'incubo.

« Che cosa succede, Clelia? » le chiese, assonnata, la voce di Gaia dall'altro letto.

« Niente, ho solamente fatto un brutto sogno. »

Gaia ravvivò la lucerna e si sollevò sui gomiti: « Dev'essere stato un incubo terribile: urlavi di terrore ».

« Ho sognato che ero stata condannata alla pena capitale e venivo condotta al Campo Scellerato da un drappello di guardie. »

« Non siamo ancora sacerdotesse e già temi la punizione estrema? » replicò l'altra. Quindi fece una pausa e continuò meditabonda: « È diverso tempo che ti vedo strana, Clelia, agitata, preoccupata. Che cosa ti turba? Vuoi che ne parliamo? »

« Ho paura, Gaia, ho paura di non riuscire a sopportare questa vita di clausura », rispose la giovane con spontanea sincerità.

« Non è facile per nessuno, amica mia, vivere in queste angustie, isolate, costrette alle ferree regole della Vestale Massima. Cerca di fartene una ragione: è il passaggio obbligato per diventare, domani, una delle sei sacre sacerdotesse. »

« È proprio questo, Gaia, che temo: non so se riuscirò mai a diventarlo. E non tanto per le probabilità del sorteggio, quanto piuttosto per i dubbi che mi sorgono dentro. Non so se riuscirò a sopportare quel genere di vita, l'intransigenza di quei princìpi. »

« I momenti di sconforto capitano a tutti... » provò a consolarla l'amica. Ma la convinzione era scarsa.

« Non si tratta soltanto di un momento », ribatté Clelia. « È diverso tempo, ormai, che mi interrogo su passato e presente, e che temo il futuro. Mi sembra che la nostra esistenza qui dentro sia da paragonare a quella di tanti infelici animali in gabbia. Mi ritrovo spesso a compiere i sacri uffici con gesti meccanici, senza nessuna convinzione. »

Novaesium. Anno 829 dalla Fondazione di Roma.
[76 d.C. (N.D.T.)]

Gli uomini del tribuno Giunio varcarono le mura del campo stabile alla testa della legione. Anche grazie al loro valore, la Germania era ormai da tre mesi, di fatto, una provincia dell'impero. I soldati agli ordini del legato Marzio erano riusciti dove tutti gli altri avevano fallito.

Giunio non avrebbe mai voluto rischiare l'accusa di peccare di superbia, ma nell'intimo aveva la certezza che i suoi suggerimenti avevano contribuito – mai si sarebbe azzardato a valutare in quale misura – a conferire allo schieramento e al morale degli uomini una parte dell'impeto ancora necessario per completare la conquista di Augusto.

Tutti gli occupanti della cittadella erano ad attenderli sulle mura, dai furieri alle meretrici cui spettava l'ambiguo ma prezioso compito di ritemprare lo spirito dei legionari. La festa sarebbe iniziata quella stessa sera, e chissà per quanto tempo sarebbe proseguita tra libagioni e canti.

Il messo imperiale li aspettava nei pressi del comando; li accolse con calorose parole di benvenuto. Marzio smontò da cavallo, scambiò alcune frasi di circostanza, quindi varcò la soglia della sua residenza, seguito dal messo.

Giunio raggiunse i suoi alloggi: dopo un anno trascorso sul campo, tra i sentieri infangati e i glaciali inverni del Nord, la muratura delle stanze riservate ai tribuni gli parve il concretizzarsi di un sogno.

Si spogliò della tenuta da viaggio, il tepore del riscaldamento ipocaustico sciolse le sue membra infreddolite. Comandò che gli venisse preparato un bagno caldo e assaporò finalmente i piaceri del meritato riposo. Dopo poche ore era già a rapporto dal suo generale. Ormai lo conosceva come conosceva se stesso: riconobbe immediatamente l'orgogliosa espressione del suo sguardo.

« Il messo imperiale è venuto a comunicare il mio trasferimento. Tra due mesi verrò sostituito da un altro legato. » Una notizia non certamente positiva per le sorti future di quel teatro di guerra. Giunio l'accolse in un silenzio più espressivo di molte parole. Aveva capito che il tono di Marzio riservava altre novità.

« Vengo richiamato a Roma, tribuno Giunio », riprese il le-

gato, e le sue labbra si aprirono in un franco sorriso: « L'imperatore ha deciso di celebrare un trionfo in onore delle nostre imprese! »

Un trionfo, trasalì Giunio: il più alto riconoscimento dell'impero!

« Credo che questo », continuò il legato, « preluda alla fine della mia carriera militare e all'inizio di un impegno nuovo quanto affascinante. »

Lo smarrimento espresso dallo sguardo dell'interlocutore lo indusse a proseguire: « Volevo chiederti di seguirmi in questo mio viaggio, tribuno Giunio ».

Lo smarrimento si convertì in tumultuosa confusione. « A Roma... Io... La richiesta mi riempie di onore, generale. Ma non posso esimermi dal chiedere a te e a me stesso: ne sono degno? Sarò in grado di esserti d'aiuto fuori del campo di battaglia? Sono un soldato, Marzio. Non so cosa saprei fare lontano dalle armi. »

« La tua sincerità ti fa onore, tribuno, ma il mio consiglio è di non sottovalutare le tue possibilità. In altre persone che ti conoscessero meno bene di me, inoltre, un simile atteggiamento potrebbe suscitare pericolosi equivoci. Sei giovane e valoroso, hai imparato a scrivere e a fare di conto, e l'acume dei tuoi suggerimenti ha contribuito alla nostra vittoria. Come hai saputo primeggiare sul terreno, così saprai distinguerti in ogni altro campo. Ne sono sicuro. La politica del più vasto impero mai conosciuto mi aspetta, e ti chiedo di affrontare al mio fianco questa nuova avventura. »

Marzio non dovette insistere ulteriormente: Giunio lo avrebbe seguito anche da solo contro un esercito di germani. E più che mai adesso, che gli chiedeva di diventare il suo uomo di fiducia. D'altra parte, come sapeva benissimo, ogni suo volere equivaleva a un ordine.

Roma imperiale. Anno 821 dalla Fondazione.
[68 d.C. (N.D.T.)]

Il sorteggio tra le aspiranti avveniva con largo anticipo sulla data dell'investitura. Il fato sceglieva le nuove sacerdotesse a gruppi di cinque, e nell'ordine del sorteggio esse subentravano alle

altre quando un posto si rendeva vacante. Il Consiglio Pontificio era schierato al gran completo nel tempio di Vesta. Il *Protomagister* si erse in tutta la sua statura e diede solennemente inizio al sorteggio. Rappresentava la più alta carica religiosa di Roma, ai suoi fianchi avevano preso posto le vestali. Molte di loro mostravano i segni inesorabili del tempo. La Vestale Massima era invece rigidamente eretta accanto al Palladio, il sacro simulacro di Minerva che la leggenda voleva portato nei lidi laziali da Enea.

Il nome che Cornelia scandì con voce grave e perentoria in apertura della cerimonia fu quello di Gaia. Il *Protomagister* pronunciò in ieratici toni bassi la formula rituale della «cattura». «*Te, Amata, capio...*» disse: «Così io ti prendo, o Amata, come sacerdotessa vestale per celebrare i riti che una sacerdotessa vestale è giusto che celebri nell'interesse del popolo romano e dei Quiriti, essendo compiutamente idonea per la legge». E, afferrata la giovane per il braccio come una prigioniera di guerra, la condusse nell'angolo ritualmente preposto.

La cerimonia proseguì immediatamente. Il viso di Cornelia si torse in una smorfia, che nessuno poté tuttavia percepire nella penombra del tempio. Dopo un breve silenzio carico di significati imperscrutabili, la sua voce si incrinò leggermente nel pronunciare il nome successivo: «Clelia».

E anche la seconda nuova vestale fu «catturata», sotto lo sguardo commosso del padre, a cui il *Protomagister* la sottraeva per sempre. Per almeno trent'anni sua figlia sarebbe stata totalmente dedita a Vesta e alla verginità.

Clelia e Gaia erano ormai indissolubilmente unite nella sorte come nell'amicizia.

Novaesium. Anno 830 dalla Fondazione di Roma.
[77 d.C. (N.D.T.)]

Le procedure di affiancamento ai nuovi ufficiali superiori durarono quasi tutto l'inverno. Erano gli ultimi giorni di febbraio quando il legato e Giunio si accinsero a partire. Marzio aveva disposto che un contingente di trecento uomini li accompagnasse nel viaggio verso la capitale e aveva affidato al giovane tribuno il compito di comporre la coorte. I sette carri che trasporta-

vano il tesoro conquistato ai germani potevano sicuramente costituire un validissimo motivo per spingere un gruppo di briganti ad attaccarli. La strada per Roma era lunga e pericolosa. Giunio andò a cercare a uno a uno i componenti del suo contingente scelto e concesse loro l'opportunità di far parte del corpo di spedizione. Nessuno di essi rifiutò l'onore. Rinunciavano alla maggiorazione di soldo destinata ai militari impegnati sul fronte, ma il miraggio del trionfo era tale da vincere ogni dubbio.

La legione fu schierata in ordine perfetto, appena fuori della cittadella. Gli scudi color sangue di bue formavano una linea interminabile. Le insegne dorate riflettevano in infiniti bagliori la luce del sole e il biancore dei campi ancora innevati. Giunio procedeva con cautela, controllando con attenta perizia il passo del cavallo: doveva non sopravanzare il generale, ma al tempo stesso mantenersi all'altezza del tribuno Sestilio, che procedeva al suo fianco. Al loro passaggio, centurioni e alfieri presentavano fieramente le armi. Raggiunto il centro dello schieramento, venne loro incontro il nuovo comandante con il corteggio degli alti ufficiali.

Con molti di essi Giunio aveva diviso le ansie della battaglia, il dolore delle ferite, le gioie della conquista. Al pensiero che stava abbandonando per sempre il furore dei combattimenti, l'odore della battaglia, provò una sensazione di vuoto. Il passo del suo cavallo rischiò per un istante di vacillare. Era giusta, la decisione che stava prendendo? Soltanto il tempo avrebbe potuto dirlo. Si erse fieramente in tutta la sua statura e proseguì oltre.

La cerimonia del passaggio delle consegne fu semplice. Quando fu conclusa, Marzio rivolse un'allocuzione agli uomini con cui aveva diviso il pane del guerriero. Un silenzio attento e carico di rispetto accompagnò le sue parole, pronunciate con voce sicura e stentorea in modo da farsi udire dal maggior numero possibile di militari, ma anche, forse, chissà, da dissimulare un'inevitabile punta di commozione.

« Uomini », disse, « eroi di Roma e della civiltà. L'imperatore mi chiama per tributarmi il più alto onore che possa essere riconosciuto a un soldato. Ho precisa coscienza del fatto che questa gratificazione non spetta a me solo ma a tutti voi: dal primo degli ufficiali al più umile degli inservienti delle stalle. La Germania è romana soltanto grazie a voi. I tribuni Giunio e Sestilio e i

militari che mi accompagneranno in questo viaggio rappresentano l'intera legione, sono ognuno di voi. Lascio questa terra pacificata e le mie truppe al comando di un valoroso comandante e di molti ufficiali che già conoscete bene. Gli dei siano con voi, intrepidi romani.»

Malgrado la strenua disciplina della parata, un irresistibile mormorio si alzò dalla truppa per trasformarsi a poco a poco in un tonante boato: il nome di Marzio si levò alto verso le vette perennemente innevate delle Alpi. Tale fu il saluto dei soldati di Roma a un comandante stimato e amato.

Quando si affiancò al generale, appena intrapreso il cammino, Giunio si rese immediatamente conto dell'intensa commozione di quell'uomo saggio e giusto: era pari a quella da cui era pervaso lui stesso.

Roma imperiale. Anno 821 dalla Fondazione.
[68 d.C. (N.D.T.)]

«Così sei stata prescelta per servire la Sacra Dea!» Il tono di Cornelia non fece niente per dissimulare il disappunto.

Deferente come imponeva il suo ruolo, Clelia rispose con un disciplinato cenno di assenso, e la superiora continuò: «Certo, se non fosse dipeso dalla sorte ma dal mio giudizio, non so se saresti stata scelta: ho seri dubbi su di te. Sia comunque fatta la volontà degli dei». E il suo sguardo si fece cattivo e pericoloso, mentre continuava: «Attenta, Clelia, da questo momento ti osserverò in ogni istante. Nessun tuo errore, benché minimo, nessuna tua titubanza troverà la mia comprensione. Non hai alternative, prescelta tra le novizie: o diventerai una casta ed esemplare servitrice di Vesta o subirai le punizioni più inesorabili. Ho finito, puoi andare».

La bambina uscì dalla stanza. Nel cortile della dimora delle vestali, le due novizie godettero i raggi di un sole timido, assaporando uno dei rari e brevi momenti di svago.

Osservando il volto scuro dell'amica, Gaia si accorse subito del suo turbamento. Non appena fu messa al corrente del colloquio con la Vestale Massima, la esortò con calore: «Sta' in guardia, Clelia, quella donna è potente quanto malvagia. E, chissà per quale misterioso motivo, è chiaro ormai da tempo

che non ti ama. Forse perché sei tanto bella, Clelia, anche se una eletta non dovrebbe mai cedere a simili considerazioni. Ma, ahimè, nonostante la sacra funzione rimaniamo ugualmente esseri umani. E quella donna inacidita non può mai essere stata bella. Non come te, in ogni caso, gli dei mi perdonino. Per lei, condannarti al peggiore dei supplizi sarebbe una specie di gioco perverso. Guardati da lei! »

Alpi Rezie. Anno 830 dalla Fondazione di Roma.
[77 d.C. (N.D.T.)]

Il cammino era impervio. Avevano superato passi innevati e sentieri pericolosi, aggirato cime invalicabili. Gli uomini sembravano tuttavia non sentire stanchezza; si dedicavano con ogni energia ai sette carri colmi del bottino conquistato ai germani, cercando di sopperire con i loro sforzi alle difficoltà del percorso. Dopo quasi dieci giorni dalla partenza da Novaesium, Giunio si accorse che il cammino si stava facendo via via meno aspro. Le foreste avevano ceduto prima alle prataglie e poi ai campi coltivati, i germogli di un verde luminoso brillavano al sole del mattino. Decisero di accamparsi in uno slargo protetto da imponenti speroni di roccia. Diradatesi tensione e fatica, l'occhio addestrato del tribuno stava però cominciando ad avvistare nei legionari qualche pericoloso segno di rilassamento. Si ingiunse di stare più che mai all'erta.

La tormenta di neve arrivò quasi inaspettata, anche se, per fortuna, quando le tende erano già state montate, perché in caso contrario la coorte avrebbe avuto serie difficoltà a erigere il campo. Il sole si oscurò di colpo, nubi basse e grigie cominciarono a scorrere veloci, spinte da un vento gelido e umido. I primi fiocchi caddero sparsi, infittendosi via via sempre più fino a diventare una muraglia invalicabile per gli sguardi. In breve il manto bianco coprì ogni cosa. L'esperienza insegnava che, data la stagione, la tormenta non poteva durare a lungo. Ben altra cosa sarebbe stata se la tempesta li avesse colti non ai piedi delle montagne ma ancora lungo i sentieri precipiti tra le rocce.

Lasciato un turno di dieci uomini di guardia, Giunio si ritirò nella sua tenda. Il vento fischiava rabbiosamente, impedendogli di riposare. Era inspiegabilmente teso e nervoso, ma imputava

questo suo stato alla furia degli elementi. Non riusciva a chiudere occhio, si rivoltava pieno di agitazione sullo spartano giaciglio da campo che gli era stato allestito. Inutile rimanere lì. Tornò a indossare gli indumenti pesanti; per antica abitudine, più che per scelta, prese con sé un arco e alcune frecce e uscì nella tormenta. Sperava di imbattersi in qualche animale commestibile uscito dalla tana in cerca di nutrimento. Un po' di carne fresca non avrebbe fatto male alla loro mensa.

Il muro bianco limitava la visibilità a pochi passi. I fiocchi di neve turbinavano quasi orizzontali prima di posarsi a terra.

La stessa abitudine antica gli fece volgere lo sguardo intorno a sé in cerca delle sentinelle. Nel riverbero della tormenta non riuscì a vedere nessuno, finché una voce possente non gli intimò di fermarsi. Poco distante vide la prima. Appena lo riconobbe, il legionario abbandonò ogni tono aggressivo e ne assunse uno quasi sottomesso: « Scusami, tribuno Giunio », disse. « Non ti avevo riconosciuto ».

« Fai buona guardia, Vito », rispose: aveva combattuto fianco a fianco con ognuno di loro, li conosceva tutti per nome. « Meglio stare all'erta, anche se credo che l'unica minaccia possa provenire da un qualche orso affamato! »

Quindi lo salutò, dopo avere scambiato con lui alcune brevi battute sulle prede che avrebbe potuto catturare. Si avviò lungo il tracciato battuto dai passi del legionario. Calcolò mentalmente la distanza che avrebbe dovuto intercorrere tra un posto di guardia e l'altro. La neve arrivava già ai polpacci, il solco scavato dai passi regolari della sentinella gli consentiva se non altro di non sprofondare. Pensò di avere ormai raggiunto l'area di sorveglianza di un'altra guardia. Improvvisamente le orme si fecero più numerose e sparse. Le macchie di sangue risaltavano sul candore della neve. Il corpo della guardia era poco lontano; chi lo aveva ucciso aveva cercato di nascondere il corpo in un cespuglio.

Si avvicinò con grande cautela, all'erta, tendendosi in tutte le sue facoltà. Il sangue sgorgava ancora dalla gola recisa, circondato da un alone di condensa. Gli occhi erano vitrei nell'immobilità della morte. L'assassino non doveva essere lontano. Istintiva la sua mano destra si portò sopra la spalla e le dita estrassero una freccia dalla faretra. Contemporaneamente la sinistra sollevò l'agile arco siriaco. La punta del dardo guidava il suo sguardo. Girò il busto in direzione della foresta. Li vide subito:

si muovevano con l'agilità dei cervi. Alcuni, per meglio dissimularsi nell'ambiente innevato, portavano una pelle candida sulla schiena. Spuntavano da dietro gli alberi, facevano pochi passi e di nuovo scomparivano dietro un altro nascondiglio. Si voltò verso l'accampamento o, meglio, verso il luogo dove riteneva fosse il campo, al di là di quella bianca cortina impenetrabile. Era troppo lontano per lanciare l'allarme. Tornò sui suoi passi. Non ebbe quasi tempo di accorgersi che anche Vito giaceva a terra esanime.

Avvistate le prime tende, urlò con quanto fiato aveva in gola: « All'armi, romani, all'armi! Siamo attaccati! All'armi! »

Gli uomini uscirono precipitosamente dai loro ripari, la maggior parte già con la spada in pugno; pochi istanti più tardi i misteriosi assalitori erano loro addosso. Se fossero riusciti a cogliere di sorpresa l'accampamento, quasi sicuramente avrebbero avuto ragione dei romani. Erano almeno ottanta, ma, contrariamente alle loro previsioni, non si trovarono di fronte un gregge di militari storditi dal sonno ma un corpo scattante di legionari in armi pronti a respingere lo scontro. Spentosi l'impeto del primo assalto, i romani furono finalmente in grado di organizzare al meglio le forze e di far valere la schiacciante superiorità numerica. Gli aggressori si dimostrarono ottimi combattenti, ma poco avrebbero potuto in uno scontro così impari. Batterono in ritirata di lì a poco, dopo aver lasciato almeno venti uomini sul terreno.

Perplesso, pur nella concitazione dell'inseguimento, a Giunio parve quasi che alcuni rallentassero la fuga per dare il colpo di grazia ai compagni feriti. Li inseguirono per un breve tratto, ma poi preferirono tornare nei pressi dei carri del bottino: la lunga esperienza insegnava che poteva essere soltanto un diversivo per allontanarli dal campo. Trentasei legionari erano rimasti uccisi e dodici feriti.

Giunio si avvicinò al corpo di uno degli assalitori: aveva un grosso squarcio al petto e il collo seccamente reciso nella parte posteriore. Colpi chiaramente inferti in momenti diversi. Rimase qualche istante immobile, chino sul cadavere, immerso in profonde riflessioni. Quello che gli era parso di intuire corrispondeva a verità: i briganti non volevano lasciarsi dietro testimoni. Perché? L'uomo impugnava ancora la spada, forzò le sue dita per liberarla. Poco sotto l'elsa vide perfettamente inciso il

marchio delle fucine imperiali. Lo conosceva fin troppo bene: ogni arma in dotazione ai legionari portava lo stesso marchio.

« Quanti uomini abbiamo perso? » chiese Marzio, ricevendo una risposta puntuale e immediata. Annuì in tono preoccupato. « Tanti », commentò a mezza voce. « Ma sarebbe andata molto peggio », considerò, « se una delle sentinelle non fosse riuscita a dare l'allarme. Giunio, voglio conoscere il valoroso che ha salvato la vita a tutti noi e il prezioso carico che portiamo a Roma. »

In realtà era stata soltanto una serie di circostanze a far sì che Giunio avvistasse gli assalitori. La sua sincerità innata gli impose di spiegarlo al suo signore, informandolo concitatamente che a dare l'allarme era stata la sua voce.

Marzio annuì una seconda volta, con espressione meditabonda. « Strano e fortunato destino, il mio, Giunio. Ti sono tre volte debitore della vita », disse, rivolgendogli un gesto di paterno affetto.

Sestilio si era mantenuto in disparte. Giunio non ricordava di averlo visto durante la battaglia. Fu costretto a riflettere che il suo pari grado non sembrava davvero animato dalla propensione al combattimento che contraddistingueva lui come ogni altro soldato inviato dall'impero in quelle remote regioni di confine: nelle rare occasioni in cui doveva arrivare allo scontro, il nobile tribuno si faceva circondare da un manipolo di guardie scelte, con la dichiarata scusa di guidarle all'assalto, ma in realtà in modo da esserne protetto.

Strano soldato davvero. Gli tornarono rapidamente alla memoria le spontanee e amare considerazioni di Marzio sui motivi di puro vantaggio personale per cui certi rampolli della nobiltà romana chiedevano di essere mandati per qualche tempo al fronte. La carriera politica. Sestilio sembrava già perfettamente versato in quelle arti sottili e subdole. Sarebbero mai riusciti a impararle due uomini addestrati soltanto alla guerra, come lui e Marzio? Ma non era tempo di riflessioni. Bisognava agire, rimanendo il più possibile all'erta.

« Rinforzate i turni di guardia », ordinò agli uomini, cercando di sovrastare il rombo della tormenta. « Le sentinelle si dispongano in modo da vedersi l'una con l'altra. I legionari in tenda tengano le armi a portata di mano. » Quindi si rivolse nuovamente a Marzio: « Perdonami, comandante. Debbo parlarti ».

Pochi istanti più tardi entrava nella sua tenda. La presenza di Sestilio, che da quando lo aveva visto non si era più allontanato da lui, aveva ormai il potere di metterlo profondamente a disagio. Chiedeva protezione anche a lui? Chissà. In certi momenti gli sembrava addirittura che lo controllasse. Cercò di scacciare il pensiero. Sestilio era un ufficiale dell'impero romano come lui, inviato in quelle terre direttamente dall'imperatore.

Si scrollò di dosso la neve e batté i piedi sul suolo; al centro della tenda ardeva un braciere, la temperatura era accettabile, quasi confortevole. Con poche battute mise al corrente il legato delle modalità dell'assalto, soffermandosi sugli aspetti oscuri dell'imboscata. « I nostri assalitori », concluse, « si muovevano in maniera esperta e combattevano ordinatamente. Hanno preferito uccidere i loro compagni piuttosto che lasciare testimoni in mano nostra. Inoltre, particolare davvero inquietante, alcune delle loro armi provenivano dalle officine imperiali. »

Marzio rimase pensieroso qualche istante, ma poi sembrò voler scacciare la tensione, rimandando ogni decisione. « L'importante è che siamo riusciti a limitare le perdite e che il tesoro dei germani non ci sia stato trafugato », disse. « Auguriamoci che i briganti non stiano raccogliendo le forze per un nuovo attacco. »

« Non credo che torneranno », intervenne Sestilio, facendo sentire la propria voce per la prima volta; la paura sembrava non aver ancora consentito ai suoi lineamenti di rilassarsi.

« Sono battuti in ritirata », proseguì, « non appena si sono accorti che la sorpresa era fallita. Se avessero avuto rinforzi li avrebbero di sicuro utilizzati subito, nel corso del primo attacco. Perché avrebbero dovuto lasciare altri uomini nelle retrovie? »

Una logica apparentemente ineccepibile. Quando voleva, Sestilio sapeva manifestare le doti di un saggio stratega.

Giunio sapeva tuttavia che avrebbe trascorso la notte in piedi, ispezionando più volte la catena delle sentinelle.

2.

Roma imperiale. Anno 821 dalla Fondazione.
[68 d.C. (N.D.T.)]

Se le vestali si avventuravano fuori del breve percorso dall'Atrium all'Aedes Vestae, ciò era in genere dovuto a motivi minuziosamente contemplati dalla legge, come l'obbligo di assistere alle funzioni sacre prescritte. In conseguenza di ciò, a una sola settimana dalla loro investitura Clelia e Gaia assistettero per la prima volta in vita loro a un sacrificio, inviatevi in rappresentanza della loro autorità religiosa. Dinanzi ai gradini del tempio dove erano state condotte videro l'animale, *intactum* e ancora ignaro del giogo, con la testa acconciata e il ventre fasciato. Videro i servitori con piatti di frutta e dolci, il sacrificante che, la testa semicoperta dalla toga, gettava sulla brace grani d'incenso. Videro comparire sulla porta del tempio il simulacro della divinità.

La vittima sacrificale venne aspersa di vino sulla fronte e poi cosparsa di *mola salsa*, il farro macinato misto a sale che avevano preparato nella loro dimora le tre vestali anziane e che un giorno anche Clelia e Gaia sarebbero state chiamate a preparare.

Se la sorte avesse loro consentito di diventare vestali anziane, ogni anno, dalle None di maggio fino al giorno prima delle Idi di maggio, avrebbero dovuto porre quotidianamente alcune spighe di spelta in ceste da mietitore; quindi, una volta seccate, le avrebbero frante e macinate. Infine, tre volte all'anno – per i Lupercali, per la festa della loro Divina Vesta e alle Idi di settembre –, a questo macinato avrebbero aggiunto sale bollito e sale non raffinato, coperto di gesso, cotto al forno e successivamente tagliato con una sega di ferro, ottenendo appunto il tritello da sacrificio, o *mola salsa*, da usare per la *immolatio* degli animali.

La *immolatio* fu accompagnata dalla preghiera con cui la vittima venne presentata alla divinità. Quindi l'ignaro animale fu

stordito con un colpo d'ascia, e gli venne aperta un'arteria con un coltello a doppio taglio. A quel punto la bambina Clelia chiuse gli occhi e non vide più niente.

Non vide l'animale morire dissanguato tra mille cautele del sacrificante e dei presenti, affinché il sangue non avesse a macchiare l'altare o la loro persona. Non lo vide sventrare per l'esame di cuore, fegato, polmoni, milza, reni. Soltanto dalle preghiere che si levavano alte e fervide capì che gli organi erano senza difetto e quindi il sacrificio riuscito.

Quando finalmente si costrinse a riaprire gli occhi, timorosa che qualcuno si accorgesse del suo atteggiamento e le facesse infliggere una punizione dalla Vestale Massima; già le interiora bollite venivano raffreddate con vino, trinciate e nuovamente cosparse di *mola salsa* per essere deposte sull'altare e arse. Il fuoco avrebbe sottratto agli uomini il piatto destinato alla divinità; tramutato in vapore e fumo, il cibo sarebbe salito al cielo.

A quel punto, sul piazzale del tempio ebbe inizio il banchetto conclusivo della cerimonia. Non tenute a parteciparvi anche a motivo dell'età, le due giovanissime vestali si avviarono a rientrare nella loro dimora, ritualmente precedute dai littori. Al loro passaggio la gente mostrava grande deferenza; c'era chi si inchinava, chi le benediceva, chi osava avvicinarsi per chiedere un'intercessione presso la Divina Vesta.

Nei pressi del Foro, però, alcune urla concitate le spinsero a fermarsi, più incuriosite che spaventate. In una via laterale, attorniato da due ali di folla inferocita, videro un uomo anziano e curvo, coperto di sangue e di ferite provocate dalle continue percosse dei persecutori.

Clelia fece segno ai littori di proteggerla e si avviò verso l'orribile scena.

Non appena riconobbe la vestale, la gente si fermò e fece silenzio. «Quali reati ha commesso questo vecchio?» chiese la giovane, rivolta ai più esagitati.

«Rinnega i nostri dei!» le fu risposto.

«È cristiano!» incalzò un altro.

Clelia guardò il volto anziano e sfigurato dai colpi; negli occhi non vide paura ma l'orgoglio di morire in nome del Dio in cui lo sventurato credeva.

«Come ti chiami?» gli chiese.

«Valeriano, nobile sacerdotessa!» rispose il vecchio, incapa-

ce di sollevare il corpo martoriato, ma alzando uno sguardo franco e limpido.

« Queste persone sostengono che hai rinnegato gli dei. »

« Io credo in un solo Dio, vestale, che ha mandato suo figlio Gesù di Nazareth in terra », rispose ancora il vecchio.

A quelle parole uno degli uomini che brandiva un bastone lo colpì ai fianchi, inveendo. « Abbi almeno il ritegno di non bestemmiare di fronte alla messaggera di una dea, cane cristiano! »

« Fermo! » ordinò Clelia, alzando la voce. Avrebbe potuto essere figlia di molti di loro, eppure la canea si placò immediatamente. « Dove lo state portando? »

« Alle carceri, dove rimarrà chiuso per sempre senza poter provocare ulteriori guasti », rispose la folla quasi a una voce.

E due dei quattro littori si posero ai fianchi del cristiano, che a stento si rialzò sulle proprie gambe. Senza dire più niente, Valeriano fissò sulla giovanissima sacerdotessa uno sguardo indomito, che con la sua intensità le fece correre un inesplicabile brivido lungo la schiena. Sembrava che non riuscisse a distogliere lo sguardo da lei; mentre veniva trascinato via, cercò più volte di voltarsi a guardarla.

Clelia rimase ferma a lungo a osservarlo, chiedendosi quanto amore potesse legare quell'uomo al suo dio, al punto da infondergli, anche di fronte alla prospettiva del carcere perenne, il coraggio di un guerriero in battaglia.

Mentre la raggiungeva, si vide guardare da Gaia con un'espressione severa. « Non dovevi comportarti così, Clelia! » la ammonì severamente l'amica. « Ricordati che sei una sacerdotessa di Vesta e non una protettrice dei malfattori. »

« Quell'uomo era un cristiano, non un malfattore! » ribatté prontamente, senza riflettere.

« Non capisco dove sia la differenza », replicò l'altra. « Chi è responsabile dell'incendio di Roma e di crimini inauditi non può trincerarsi dietro il proprio blasfemo dio per giustificarli. Questi cristiani stanno attentando all'impero, Clelia, e meglio sarà riuscire a metterli a tacere in ogni modo, prima che la loro empia fede si diffonda ancora di più. »

Raggiunsero l'Atrium Vestae e riguadagnarono le stanze separate a cui erano state assegnate dopo la nomina. Non trascorse molto tempo che Cornelia mandò a chiamare Clelia. I toni con cui commentò il suo gesto furono severi e intransigenti.

« Non azzardarti mai più a interessarti della sorte di un cristiano. Vuoi forse conoscere fin da adesso i piaceri del Campo Scellerato? »

Il solo nome fece rabbrividire la giovanissima sacerdotessa: era quello dell'orribile luogo dove, in segreti cunicoli sotterranei, venivano seppellite vive le vestali macchiatesi della colpa di avere mancato al voto di verginità.

L'istinto l'avrebbe indotta a ribattere, a difendere gli ideali di giustizia e di civiltà che si era sentita nascere nello spirito pur nel breve percorso della sua vita, ma preferì tacere e, chinando il capo, annuì.

L'ira di Cornelia sembrò placarsi di fronte alla sua sottomissione. « Lo considereremo soltanto un incidente dovuto alla tua giovanissima età », disse. « Tieni però ben presente che non ammetterò altri errori da parte di una Sacra Vergine Vestale. »

Clelia sentì le lacrime salire agli occhi, ma si impose di non darle ulteriore soddisfazione. Con il cuore gonfio di pena si congedò da lei, e soltanto quando fu sola nella sua stanza consentì libero sfogo allo sconforto. Aveva stranamente fisso negli occhi e nella mente lo sguardo del cristiano e le sue parole.

In vista della città di Luna.
Anno 830 dalla Fondazione di Roma.
[77 d.C. (N.D.T.)]

Si affacciarono dalla sommità di una collina coperta di verde e, lontano, videro risplendere di mille bagliori il mare. Il mare! Una vista che provocò in Giunio una profonda emozione. Laggiù, sotto di lui, si stendeva la sua terra. Si trattenne a stento dal gridare tutta la gioia che si era sentito montare in petto.

Dopo tanti anni passati in terre remote e inospitali, tra il gelo delle nevi e i picchi ghiacciati delle montagne, rivedere quel familiare luccichio di acqua e sole lo riportò con il pensiero all'infanzia, alla famiglia, ai vecchi amici del luogo.

Seguì con lo sguardo il corso del fiume che si snodava sotto di loro fino a versarsi nel mare. A poca distanza dall'estuario si stagliavano distinte le mura della città di Luna; già si scorgevano la grande struttura del Circo e, in posizione più elevata, il tempio di Venere.

A sud si perdeva una sottile striscia di sabbia; a nord, quasi d'improvviso, la costa si ergeva prepotente. Ancora più in là, nella sconfinata distesa d'acqua, le due isole compagne di tanti suoi sogni di bambino sdraiato sulla rena.

Aveva il cuore pieno di una gioia tumultuosa. Marzio gli si avvicinò senza che se ne accorgesse. « Capisco quello che stai provando, tribuno Giunio », disse. Furono le sole parole che pronunziò prima di comandare che si riprendesse la marcia e, questa volta, a passo veloce.

Poi si rivolse nuovamente al tribuno. « Prima di sera potrai riabbracciare i tuoi cari, Giunio », disse, rivolgendogli una di quelle espressioni di sincero affetto che il giovane aveva ormai imparato bene a riconoscere.

Gli sembrò che quella breve distanza fosse interminabile, ma finalmente, seguendo il corso tranquillo del Magra, il convoglio giunse in vista delle mura. Lontano, davanti al porto, si vedevano diverse navi da carico alla fonda, in attesa del loro turno per riempire le stive del prezioso marmo di Luna da trasportare in ogni angolo dell'impero.

Sapeva che un tempo suo padre usava rimanere nei campi fino al tramonto, sicché fece compiere al drappello una breve deviazione per verificare se ciò fosse ancora vero.

Al centro del ben noto campo coltivato, a circa mezzo miglio dalle mura, vide un grosso bue che spingeva un *vallus*.

Un uomo di corporatura alta ed eretta, nonostante gli anni, teneva la mano sinistra sulla cassa dell'attrezzo. I ganci ricurvi sistemati sul davanti del *vallus* raccoglievano legumi, foglie e piante all'interno della cassa; più tardi sarebbero state le donne a separare i baccelli commestibili dagli scarti.

Giunio spronò il cavallo verso la figura isolata, a cui le ombre del tramonto conferivano una particolare suggestione. Il vento tiepido di primavera gli batteva sul viso, sentiva l'odore del mare. L'uomo non si girò verso di lui, sebbene il suo galoppo fosse stato volutamente rumoroso.

« Cerco Giunio, vecchio! » disse il giovane non appena lo raggiunse, cercando di alterare la voce.

L'uomo si fermò, ebbe un attimo di esitazione, ma poi, sempre rivolto in un'altra direzione, rispose. « Sono sicuramente vecchio, e anche cieco, ma, grazie agli dei, non ancora sordo. Non riuscirai a ingannarmi così facilmente, legionario! »

Il giovane smontò rapidamente da cavallo, in preda a una

commozione irrefrenabile. «Padre... Padre!» Furono le sole parole che riuscì a pronunciare, mentre le lacrime gli segnavano il volto temprato dalle battaglie. Il vecchio lo abbracciò con tenerezza, facendo scorrere a lungo le mani sul suo viso e sul corpo.

«Ti credevo impegnato a batterti contro i barbari, invece sento che non porti ferite né, gli dei ne scampino, mutilazioni. Qual buon vento ti riporta a casa, figliolo?»

La voce di Marzio, alle sue spalle, prevenne la risposta del giovane: «Il tribuno Giunio della città di Luna ha scelto di accompagnarmi a Roma e di diventare mio uomo di fiducia».

Gli occhi vacui del padre si girarono da quella parte, quasi potessero vedere la fonte da cui proveniva la voce autorevole. «Chi ha parlato?» chiese, puntando la testa verso di essa, ma in un atteggiamento strano.

Soltanto in quel momento Marzio capì di avere a che fare con un cieco; sceso da cavallo, si accostò al vecchio, spiegando. «Sono il legato Marzio, comandante della legione nella quale ha eroicamente combattuto tuo figlio, meritandosi la gratitudine mia e di tutto l'impero.»

Il vecchio, pur avendo a sua volta vissuto una lunga esperienza militare, non aveva mai avuto l'opportunità di scambiare una sola parola con un così famoso generale. Fece un cenno di sottomissione con la testa, ma le salde braccia del legato gli impedirono di inchinarsi.

«Marzio, la tua fama ti ha preceduto luminosa, consentendo anche ai miei occhi privi di luce di vedere le vostre gesta contro i germani, quasi fossi lì al vostro fianco, con l'arma in pugno come un tempo. Ho pregato a lungo che mio figlio non dovesse subire la mia stessa sorte, e che non venisse colpito dal nemico. Ma, dimmi, legato, dici il vero quando affermi che Giunio è un tribuno? Non menti?»

Espressioni irriverenti, ma il generale seppe capire l'incredulità di un uomo costretto a vivere al buio. «Certo, buon vecchio», rispose, «ha meritato sul campo e con il suo valore diverse promozioni, fino a raggiungere i gradi più alti e sedere al mio fianco, meritandosi non soltanto il mio rispetto ma anche il mio affetto.»

Le mani del padre vagarono per un istante nell'aria, incerte, prima di incontrare nuovamente il volto del figlio. A quel punto, vinto a sua volta dall'emozione e con un nodo in gola, il vec-

chio mormorò: «Quanto onore ci hai dato, figlio mio. Quanto orgoglio nutro per te... Tua madre... Dobbiamo andare a casa da tua madre... Non ha mai smesso di aspettarti».

Entrarono in città in formazione da parata; da ogni angolo le persone spuntavano sempre più numerose, pronte a festeggiare l'evento. C'era chi chiamava a gran voce il nome di Marzio, ma, non appena qualcuno riconosceva negli abiti di un alto ufficiale il concittadino Giunio, era il suo nome a risuonare alto per le anguste vie della città di Luna.

Il comandante della guarnigione locale, preoccupato per l'imprevisto movimento di truppe, si era fatto incontro al convoglio prima che raggiungesse le mura, scortato da un nutrito manipolo di uomini. Riconosciute le insegne, aveva però spronato alacremente il cavallo incontro ai combattenti tornati da tanto lontano, ansioso di organizzare un comitato di benvenuto che non lo facesse sfigurare di fronte al suo generale.

Giunio aveva fatto montare dietro di sé sul cavallo il padre, che adesso si teneva aggrappato saldamente alle sue vesti in preda a una gioia incontenibile. Gli gridava senza tregua negli orecchi: «Senti come chiamano il tuo nome, senti che accoglienza? È un grande onore per un vecchio, figlio mio, un grande onore».

Le truppe furono condotte fino allo spiazzo nei pressi del teatro, dove si sarebbero accampate per la notte. Poi, Marzio, Sestilio, Giunio e suo padre si diressero verso la casa di famiglia.

Non appena il giovane arrestò con perizia il cavallo, il genitore pretese di precederlo. «Non vorrei», disse, «che l'immensa gioia potesse avere pericolose ripercussioni sulla salute di tua madre, figlio.» Dovette individuare a tentoni lo stipite ma, una volta all'interno, si mosse come se ci vedesse.

Raggiunta la stanza dove la moglie trascorreva gran parte della giornata a cucire, non riuscì a nascondere la sua felicità. «Donna», annunciò, «credo che tu non possa immaginare chi è venuto...» Non poté finire la frase.

«Giunio!» gridò la madre e, abbandonati stoffe e fili, si precipitò fuori ad abbracciare il figlio.

Pianse a lungo, tenendolo stretto come se fosse ancora il bambino di tanti anni prima, accarezzandogli la testa e il viso

con tanta dolcezza e amore da far comparire una punta di commozione anche negli occhi induriti da tante battaglie del generale.

«Sette anni lunghissimi, figlio mio», continuava a ripetere. «Sette anni interminabili in cui ho pregato ogni giorno gli dei che ti risparmiassero il buio dell'Averno.» Quindi, staccatasi finalmente dall'abbraccio, osservò attentamente il figlio. «Come sei stanco e sciupato, figliolo, ma... ma porti le vesti di un alto ufficiale!»

«È stato promosso al rango di tribuno, moglie», dichiarò il padre in tono solenne. «Nostro figlio è tribuno!» ripeté, non provando nemmeno a dissimulare l'intensa felicità.

«Questo, madre», riuscì finalmente a dire Giunio, indicando il suo generale, «è il legato Marzio, accompagnato dal tribuno Sestilio.»

«È un onore che un così valoroso generale visiti la nostra umile casa», rispose la donna, accennando una timida riverenza. Già stava percorrendo a una a una con la mente le stanze, timorosa che non fossero sufficientemente in ordine per ricevere due persone così eminenti.

Il clima di serena felicità sembrava avere contagiato anche Marzio e l'imperscrutabile Sestilio. Finita la frugale ma squisita cena, gli uomini rimasero nel triclinio. Il padre raccontò le sue avventure di veterano nelle legioni di Giunio Domizio Nerone. Indicando le ferite alle tempie, spiegò con profonda amarezza: «L'ultimo ricordo che ho della luce del sole è accompagnato dalla visione del volto feroce di un arciere nemico, che mi sta precipitando nel buio con la sua arma». Una freccia acuminata gli aveva infatti attraversato il cranio da parte a parte, all'altezza delle tempie, lasciandolo miracolosamente in vita ma irrimediabilmente cieco.

Era ormai tardi e la compagnia stava per congedarsi, malgrado la conversazione si fosse fatta sempre più piacevole, coinvolgendo tutti nel clima familiare della casa. Prima che si alzassero, il padre chiese licenza di consegnare una cosa al figlio e uscì con passo sicuro dalla sala, riapparendo dopo poco portando con sé un involto.

«Figlio», disse, «tu sai quanta importanza abbiano per noi e per la nostra gente queste piccole statue. Vorrei che riposassero a fianco dei tuoi Lari nella tua casa. Abbi cura di loro e proteggile. Loro proteggeranno te.»

E così detto consegnò l'involucro di paglia secca al figlio con gesti degni della solennità di un sacerdote. Giunio rimosse con cautela la paglia, anche per soddisfare la curiosità dei presenti.

Alla tenue luce delle lanterne apparvero le tre stele della Luna, luminose, sfavillanti. Tre singolari figure antropomorfe, un poco tozze, con la testa in forma di luna: la prima calante e la seconda crescente; la terza rappresentava la luna piena. L'oro massiccio con cui erano costruite non mostrava il segno dei secoli, sebbene fosse molto duttile e di un colore rossastro.

Quante volte le aveva viste. Quante volte ne aveva sentito raccontare la vicenda. Senza parole per l'emozione, Giunio tornò a riporle prudentemente nel loro involucro, quindi abbracciò il padre, sapendo benissimo che l'indomani lo avrebbe visto nella piazza dell'accampamento molto prima dello spuntar del sole, venuto lì per salutarlo.

Improvvisamente, con il sorgere del giorno, la città di Luna si animò. Sembrava che tutti fossero scesi in strada per rendere omaggio agli eroi dell'impero in partenza per la capitale.

Il convoglio aveva avuto ragione dell'impenetrabile ostilità dei monti, arrancando per superare passi impervi, inerpicandosi fin quasi ai limiti delle possibilità umane o scendendo cautamente per dirupi franosi. Sicché, adesso, la strada lastricata e pianeggiante che si trovavano davanti assomigliava ai loro occhi al placido corso di un largo fiume ove, comodamente sdraiati su di una zattera, si poteva lasciarsi trasportare dalla corrente.

I blocchi di pietra del selciato erano disposti con estrema precisione, con una perfezione di intarsi tale da ricordare un mosaico. La convessità del lastricato era stata accuratamente realizzata per favorire lo scolo delle acque piovane. Quanti uomini e schiavi dovevano aver lavorato a quell'opera e alle tante altre che testimoniavano la grandezza di Roma e il suo grado di civiltà.

Giunio era assorto in simili pensieri, quando sentì farsi più vicino lo scalpitare del cavallo di Marzio. «A che cosa pensi, tribuno?» gli chiese il legato.

«Sono felice, generale», rispose sincero il giovane. «Sono felice di poter vedere presto Roma, di aver potuto condividere le tue vittorie e che mi sia concessa la possibilità di lavorare al tuo fianco per il bene dell'impero.»

« Già », riprese Marzio. « Il bene dell'impero... Impegno tutt'altro che agevole, o privo di rischi. Nell'Urbe si fronteggiano schiere contrapposte di nemici giurati, che manovrano negli schemi di una politica ove tutto è lecito. La presenza di un militare al senato sarà tollerata, ma non certamente gradita: metterà in crisi gli equilibri preesistenti, già di per sé labili. » Così detto, Marzio fece una breve pausa, in preda a un'evidente inquietudine, ma lo sguardo curioso del suo interlocutore, ansioso di capire, lo indusse a continuare. « Sai quale credo sia l'unica vera differenza tra le nostre battaglie al fronte e la vita politica? Che in battaglia si può guardare il nemico negli occhi, mentre in politica questa facoltà non è concessa. Apparentemente tutti ti sono amici, ma nella realtà sono pronti a distruggerti con ogni mezzo. Non da ultimo, anche con un pugnale fatto vibrare da un sicario nella schiena. »

Per la prima volta, dopo l'attacco dei briganti, a Giunio tornò in mente in un lampo la visione, tra le loro mani, di quelle armi forgiate nelle officine imperiali. « Quei singolari aggressori con armi romane... » mormorò, dando voce alle proprie riflessioni.

Proprio in quel momento si accorse che Sestilio li aveva raggiunti come uscendo dal nulla, mettendosi a cavalcare alla sinistra di Marzio. Aveva evidentemente sentito, sembrò voler proporre una risposta logica per l'inquietante interrogativo: « Le avevano probabilmente sottratte a un nostro contingente », disse, con il tono di sufficiente onniscienza che usava spesso.

I destrieri marciavano affiancati alla testa del contingente, incrociando spesso carri o uomini a piedi che si fermavano sul ciglio della strada per levare con deferente rispetto il loro saluto non appena riconoscevano le insegne di un generale.

« Che cosa sono quelle statuette d'oro che ti ha consegnato tuo padre? » chiese Marzio a un tratto, dando voce a una curiosità che probabilmente nutriva dalla notte prima.

« Sono la cosa più sacra della mia città, vengono tramandate da secoli e secoli di padre in figlio e gelosamente custodite. Secondo la leggenda, alla morte del primo sommo sacerdote, quelle tre figure furono scolpite nella pietra per rappresentare le fasi della luna e tutti gli inesplicabili fenomeni ad esse connessi. Successivamente le tre statue sarebbero state tumulate assieme al corpo del sacro messaggero dell'Aldilà.

« Una notte Minerva sarebbe scesa nella tomba del sacerdote

e lo avrebbe riportato in vita, conducendolo con sé come prezioso consigliere. Il mattino dopo le tre statue giacevano all'esterno del sepolcro; inesplicabilmente, non erano più scolpite nella rozza pietra ma in oro massiccio.

« I saggi della città disposero subito un'ispezione alla tomba: i sigilli risultavano intatti, ma il corpo del sacerdote non era più lì. Fu pertanto stabilito che le stele della Luna fossero assegnate in proprietà ai discendenti del sommo sacerdote – un mio antico avo –, che la dea aveva evidentemente voluto ripagare del fatto di aver loro sottratto il corpo mortale dell'eminente antenato.

« Si sostiene che siano dotate di poteri arcani e straordinari, e che sappiano salvaguardare il focolare presso cui sono conservate. In effetti, nel corso del tempo sono state sottratte diverse volte alla mia famiglia, ma, misteriosamente, sono sempre tornate di nostra proprietà. »

« Speriamo possano preservare anche noi dalla sventura », commentò a mezza voce Marzio. E le sue parole manifestarono ancora una volta come fosse importante il legame che si era venuto a formare tra lui e il giovane tribuno.

Sestilio mantenne un silenzio accigliato. Era roso dall'invidia, non poteva scopertamente sopportare il fatto che a lui, patrizio romano di antica stirpe, venisse preferito un qualsiasi provinciale di origini plebee.

Il convoglio percorreva circa novanta miglia al giorno, accampandosi per la notte e riprendendo il cammino alle prime luci dell'alba.

Secondo Giunio, quattro giorni di marcia sarebbero dovuti bastare per raggiungere la grande città imperiale, ma, quando Marzio gli rese noto il suo programma di viaggio, dovette correggere le proprie previsioni. « Faremo sosta presso la mia tenuta di famiglia a Ostia », disse una sera il legato, « in modo che uomini e animali possano riposare un paio di giorni e presentarsi in buon aspetto all'accoglienza trionfale. Nel frattempo tu, Giunio, compilerai un inventario accurato del tesoro. Insieme a Sestilio mi accompagnerai poi dall'imperatore, a cui comunicheremo il momento dell'arrivo del convoglio e la precisa consistenza del bottino, concordando con la sua augusta persona le modalità dell'ingresso in Roma. »

« Di solito », considerò il giovane, « è l'intera legione a mar-

ciare in parata nelle sfilate trionfali. È dunque un grande privilegio quello che ti viene concesso, Marzio.»

«È vero», riconobbe il generale, «sembra che si voglia tributare l'onore prevalentemente alla mia persona, più che all'operato complessivo delle nostre armate. Presumo che tutto questo rientri in un unico disegno, teso a ricomporre i dissidi che dividono la famiglia dei Flavii e altre legate ai Vitellii come la mia. Cercherò comunque di approfittare dell'opportunità per gettare le basi della mia candidatura al senato.»

Sestilio ascoltava sempre con la massima attenzione, anche se per converso sembrava calibrare con estrema cautela e precisione le parole dei suoi interventi. «A mio umile giudizio, comandante», disse, «è opportuno che tu proceda per gradi. Tieni nel giusto conto il fatto che, qualora la tua candidatura al senato dovesse fallire, il tuo avvenire politico sarebbe segnato, o comunque limitato in partenza.»

«Discendo comunque da una famiglia patrizia», replicò Marzio, «e i miei successi militari, ulteriormente amplificati dall'eco del trionfo, dovrebbero senz'altro garantirmi un seggio nella Curia.»

«In politica», riprese Sestilio con i suoi soliti modi di argomentare, insinuanti ma non per questo meno convincenti, «sai benissimo che niente è scontato. Personalmente ti consiglierei di frenare l'irruenza propria di noi militari e di agire con la massima cautela. A mio modo di vedere, una tua candidatura, preparata e rafforzata da un breve periodo di esperienza politica con risultati positivi, potrebbe essere più sicura.»

L'espressione di Marzio si fece pensosa; le argomentazioni del suo consigliere erano in buona misura condivisibili. Soltanto *in buona misura*, però. «Non posso certamente ricominciare tutto da capo e salire la scala degli onori partendo da edile o da questore per arrivare al senato soltanto tra dieci o venti anni, ti pare?» obiettò.

«Non era questo che pensavo, signore», precisò Sestilio. «Non intendo certamente sminuire l'eminenza della tua persona, ma non credi che essere uno dei *duoviri* di Ostia ti conferirebbe un credito più ampio presso la Curia, a maggior ragione avendo alle spalle una fortunata ed eroica carriera militare?»

Le sue parole stavano facendo breccia; i cenni di assenso di Marzio si andavano facendo sempre più frequenti. Quasi se ne sentisse spronato, il giovane patrizio incalzò: «La tua *gens* è ori-

ginaria di quella città, vi ha diversi possedimenti e innumerevoli *clientes*. La carica di *duovir* dura soltanto un anno, e potrebbe comunque costituire un'esperienza utile. Ostia è una città importante, il fulcro dei commerci di Roma, il maggiore porto dell'impero, sicché, a mio modesto giudizio, potrebbe rappresentare un giusto piedistallo da cui mettere in luce le tue qualità politiche».

Così detto, Sestilio osservò di sottecchi Marzio: sapeva che le sue parole si sarebbero fatte strada nel suo spirito, arrivando a segno. A Giunio, nella sua limitata esperienza, sembrava che avessero una logica perfetta. Un anno, pensò, non è poi un periodo così lungo.

Roma imperiale. Atrium Vestae. Anno 828 dalla Fondazione. [75 d.C. (N.D.T.)]

Gli anni erano trascorsi lentissimi, tediosi. La vita delle vestali era di una monotonia soffocante: la cura diuturna del fuoco sacro, le preghiere nel tempio; ogni mese di giugno la meticolosa organizzazione delle Vestalia, le festività della Dea. Otto giorni durante i quali corso il *penus*, la parte più interna del tempio, veniva sottoposto a solenne pulitura. Le immondizie venivano portate via per essere gettate nelle acque del Tevere, l'edificio veniva purificato con acqua sorgiva, la macina della *mola* e l'asino che la manovrava venivano ornati con corone. Finché, alla metà del mese, non arrivava il giorno contrassegnato dai calendari con la sigla QSDF, ovvero *Quando Stercum Delatum Fas*: lo «sterco», il sudiciume, era stato rimosso; in tutta la città, come nel tempio di Vesta, riprendevano le attività normali.

Tutto ciò inframmezzato – e via via più di frequente con il crescere di Clelia e Gaia – dal dovere di partecipare a una serie di manifestazioni pubbliche, dalle cerimonie solenni ai cruenti giochi del Circo. Ma costantemente sotto lo sguardo arcigno della Vestale Massima, sempre pronta a richiamare con durezza all'ordine le giovani sacerdotesse.

Clelia, ormai diciassettenne, sembrava non sapersi adattare a quel genere di reclusione; le capitava spesso di lasciar vagare la mente in confusi sogni di libertà. Le rare volte che ne aveva occasione, osservava con un doloroso senso di invidia le coetanee

intente al complicato gioco dell'adolescenza, fatto di passioncelle e curiosità, per quanto futili e frivole.

«Che strano», rifletteva tuttavia, «magari lo stesso sentimento lo provano loro nei miei confronti, sacra sacerdotessa di Vesta, tutta presa da gravi cure.»

Singolarmente, nei momenti di più profondo sconforto, quando le sembrava impossibile continuare in quella finzione ma non osava confidare le pene del suo spirito nemmeno a Gaia, l'unica cosa che sembrava poterla consolare era il ricordo degli occhi del vecchio cristiano, così pieni di luce e di gratitudine.

Pensava con quanto coraggio quell'uomo era pronto ad affrontare la morte per il suo dio e, per contro, alle difficoltà che incontrava lei nel vivere una vita vissuta sì nel nome di una divinità, ma ricca di privilegi.

Dove trovavano origine, su quale misteriosa forza si basavano la tersa luminosità dello sguardo di quel vecchio, l'evidente incrollabilità della sua convinzione?

Fu Gaia, un giorno, a confidarle: «Ho saputo da un edile, mio cugino, che quel vecchio Valeriano è ancora chiuso nelle segrete delle carceri, dove, contro ogni logica, sopravvive ad angustie indescrivibili, capaci di uccidere uomini ben più gagliardi e forti di lui».

Clelia fece finta di non prestare grande attenzione alle parole, ma si sentì riempire di un'emozione tumultuosa e giurò a se stessa che avrebbe cercato in ogni modo di incontrare ancora una volta il vecchio. Costasse quel che costasse. Doveva sapere. Capire.

Città di Ostia. Anno 830 dalla Fondazione di Roma.
[77 d.C. (N.D.T.)]

Giunsero in vista della città portuale quando il sole era ormai prossimo al tramonto. Gli uomini erano stanchi, ma fu ugualmente deciso di continuare la marcia fino alla dimora di famiglia del generale. I possedimenti di Marzio furono raggiunti a notte fonda e venne disposto che il campo fosse eretto su un'altura a circa mille passi dalla casa.

Dalla posizione in cui si trovava, Giunio poté osservare tutto

lo sviluppo del perimetro della villa: non aveva mai visto niente di simile ed era convinto che niente potesse essere più magnifico e spettacolare.

Marzio si assicurò che la truppa fosse accudita dagli schiavi, accorsi in massa per salutare il ritorno del loro signore, poi chiese ai due tribuni di accompagnarlo alla villa, dove avrebbero passato la notte.

L'edificio sorgeva a poca distanza dal mare ed era protetto da un alto muro di cinta costellato di garitte equidistanti tra loro. Lungo la parte anteriore, al piano terreno, correva un grande porticato che dava su di un giardino perfettamente curato. Le oltre quindici arcate sorreggevano, al primo piano, un loggiato, anch'esso aperto sul giardino, sul quale si affacciavano le stanze dell'appartamento padronale. Ai lati dell'edificio principale si estendevano orti e appezzamenti coltivati, che continuavano anche al di fuori della cinta murata. A poca distanza dalla casa padronale sorgeva il quartiere rustico dove venivano spremuti gli oli e le uve, accuditi i cavalli nelle scuderie, preparati i formaggi e immagazzinati raccolti e sementi.

Ogni locale della villa, dall'impluvio al triclinio, dal peristilio all'atrio, era riccamente decorato con pitture murali e stucchi. La maggior parte dei pavimenti erano in mosaico dalle azzurre tonalità del mare.

Quasi sapesse leggere i pensieri del giovane ospite e comprendesse la sua meraviglia, Marzio spiegò: « Questa è la dimora della mia famiglia. Sarà la nostra isola di tranquillità quando, una volta stabiliti a Roma, torneremo qui per rilassarci e riprenderci dalle fatiche della politica ».

Il fattore che curava gli interessi di Marzio durante le sue interminabili assenze manifestava apertamente la gioia di essere di nuovo al fianco del padrone. Organizzò in brevissimo tempo una cena sontuosa.

La serata fu trascorsa in piacevoli conversazioni, sempre in compagnia del fattore, nei confronti del quale il padrone di casa manifestava un affetto paterno, ricambiando le sue appassionate spiegazioni circa i miglioramenti dei raccolti con racconti delle imprese militari sue e dei suoi ospiti. Soltanto a notte fonda la compagnia si ritirò nelle stanze assegnate: finalmente in un letto.

Non disturbato dai rumori dell'accampamento e dal senso di attiva preoccupazione che essi sempre suscitavano nel suo spirito improntato alla disciplina militare, Giunio si svegliò molto

tardi. Scese nel cortile dove era stato sistemato il tesoro, guardato a vista da venti uomini, e iniziò il non facile lavoro dell'inventario.

Pur con l'assistenza di quattro uomini fidati, l'impresa richiese quasi due giorni interi. Concluso il lavoro, Giunio confrontò l'inventario appena compilato con quello redatto alla data della partenza. Rimase interdetto. Verificò il tutto una prima e poi una seconda volta. Lo stupore non poté che aumentare. Dall'ultimo carro sigillato mancavano settantacinque libbre d'oro, per un valore di circa trecentomila sesterzi. Una cifra enorme.

Quando fu messo al corrente della scoperta, Marzio si informò dello stato di chiusure e sigilli, ma nel complesso cercò di minimizzare, addebitando la differenza, più che a un furto, a una trascrizione affrettata e quindi errata al momento del primo inventario. In effetti, la pur rilevante somma significava molto poco rispetto al valore dell'intero bottino, che superava i trenta milioni di sesterzi.

« Ecco », disse quella sera stessa, « adesso siamo pronti per recarci al cospetto di Vespasiano. » Il mattino seguente, scortati da trenta uomini a cavallo, il legato e i due tribuni partirono alla volta della città imperiale.

Nel corso di una delle tante veglie serotine attorno ai fuochi del campo, celebrando con espressione sognante le bellezze di Roma, Marzio aveva chiesto a Giunio se l'avesse mai visitata. Alla risposta negativa del giovane ufficiale, gli aveva battuto allegramente una mano su una spalla e gli aveva profetizzato: « Bene, tribuno, ti assicuro che avrai di che meravigliarti ». Mai profezia avrebbe potuto corrispondere di più al vero.

Tra le due strade che da Ostia portavano a Roma, il legato aveva scelto quella a sud del Tevere, molto meno ingombra di traffico di quella settentrionale, che puntava direttamente sul porto. « In questo modo », aveva spiegato, « raggiungeremo la capitale e il Foro con un notevole risparmio di tempo. »

Varcate le imponenti mura della città, dopo aver superato gli accampamenti di diseredati e piccoli commercianti che soggiornavano fuori della cinta, davanti agli occhi di Giunio si presentò uno spettacolo straordinario. Un reticolo di vie, in tutto e per tutto simile a un labirinto, si snodava tra case in mattoni alte quattro o cinque piani, le insule. Se avesse perso il contatto con la sua eminente guida, non sarebbe sicuramente mai riuscito a ritrovare da solo la strada del ritorno.

Non aveva mai visto niente di simile. Continuava a girarsi da una parte e dall'altra, frastornato, osservando con gli occhi sgranati la vita che si svolgeva tutto attorno a lui. Botteghe e taverne a ogni passo, zeppe di persone intente alle compere o a oziare beatamente in compagnia. Marzio cavalcava al suo fianco e, tenendo l'animale al passo, gli illustrava pazientemente le cose degne di nota: «La popolazione censita è di quasi un milione di persone», disse, «ma penso che in realtà ammonti a quasi il doppio. Per questo le strutture urbane sono in costante sviluppo, soggette a continue modifiche per rimanere al passo con le nuove esigenze della popolazione».

Via via che procedevano accanto a un'interminabile sfilata di monumenti e templi, ne descrisse le origini e la destinazione. Improvvisamente si parò loro davanti un'immensa arena. Senza attendere domande e indicando i cavalli che sputavano schiuma dalla bocca e dalle nari, Marzio spiegò: «È il Circo Massimo, giovane amico. Sai bene qual è la sua destinazione prevalente. Nei suoi vari ordini di posti può ospitare quasi trecentomila persone».

Fu poi la volta di un cantiere, dove si intravedevano le fondamenta di una grande struttura ellittica. «Quello è il nuovo anfiteatro voluto da Vespasiano», continuò il legato. «Sarà prevalentemente destinato ai combattimenti tra uomini. Nella valle dove adesso vedi il cantiere e sui colli Oppio e Celio che la racchiudono, Nerone, al culmine della sua follia, aveva voluto che gli venisse riservata una superficie enorme, dove aveva edificato la sua residenza, la Domus Aurea. Ho avuto modo di visitarla prima che venisse rasa al suolo nel tentativo di cancellare ogni ricordo dell'imperatore folle. Non puoi avere idea dello sfarzo sfrenato che regnava al suo interno.»

Lasciati i cavalli e la scorta a poca distanza dal tempio di Venere, finalmente raggiunsero il Foro. Giunio non poté fare a meno di confrontare le strutture e le dimensioni degli edifici sacri e degli stadi che andava via via incontrando con gli unici termini di confronto a sua conoscenza: il tempio di Venere, il Foro e il teatro della città di Luna. Non era davvero possibile fare paragoni.

Il movimento frenetico nella piazza del Foro si faceva ancor più caotico. Ovunque si vedeva un autentico turbinare di persone indaffarate in mille occupazioni, che passavano da questo a

quell'edificio pubblico, o parlavano animatamente raccolte in piccoli crocchi, o si aggiravano sul lastricato di marmo.

Il modo incantato, quasi ammaliato, in cui Giunio girava continuamente la testa, soffermandosi ad ammirare ogni cosa, aveva già suscitato più di un moto di stizza in Sestilio, che ormai lo trattava apertamente alla stregua di un campagnolo ignaro di qualsiasi uso di mondo. Giunio se ne accorse, ma non si adontò. Il giovane patrizio aveva ragione: le uniche cose grandiose che avesse mai visto erano le vette delle Alpi.

Marzio, invece, sembrava orgoglioso di potergli mostrare gli splendori dell'Urbe e continuava a non lesinare le spiegazioni, qualsiasi fosse la struttura o l'oggetto che attirava lo sguardo del suo affascinato pupillo.

«L'altura che vedi di fronte a noi», disse, «è il colle del Campidoglio, con i templi di Giove e Giunone. In basso, sotto il *Tabularium*, ci sono invece quello della Concordia e quello di Vespasiano, appena ultimato. A destra, nel tempio di Saturno, viene custodito l'immenso tesoro dello stato. Migliaia e migliaia di libbre d'oro e argento, Giunio. Pietre preziose e monete per milioni e milioni di sesterzi.»

Quindi compì una rotazione completa del busto e continuò nella spiegazione: «Quello, invece, è l'arco di Augusto, fatto erigere dal senato per celebrare la restituzione delle insegne legionarie catturate dai parti. Proprio sotto quell'arco sfileremo nei prossimi giorni, e il mio nome sarà scolpito nella lapide interna, accanto a quello di tanti altri eroici condottieri». La sua voce aveva assunto toni di un'euforia che a Giunio risultava completamente nuova ma del tutto comprensibile.

«All'interno di quel tempio rotondo, dedicato a Vesta, arde il fuoco sacro», proseguì, mentre dirigevano verso il Palatino. «E quelle costruzioni sono le sedi dei pubblici uffici e dei tribunali.»

E finalmente, abbandonata la piazza del Foro e percorsa la via Sacra, il terzetto raggiunse la residenza dell'imperatore, sul cui monumentale ingresso dovette passare tra una lunga, doppia schiera di guardie e sottostare al controllo dei pretoriani, che procedettero alla loro identificazione e si accertarono che fossero attesi da Vespasiano, dopo di che ordinarono a due militari di condurre gli ospiti al cospetto del sovrano. Attraversarono sale sfarzose, con fontane zampillanti e colonne. Ogni cosa sembrava concepita per esaltare il potere dell'imperatore. Al

centro esatto della residenza si trovava un immenso peristilio rettangolare, delimitato da un portico in marmo numidico, i cui capitelli corinzi sembravano capaci di sorreggere il mondo come Atlante. Al centro spiccava una grandiosa fontana a forma ottagonale, tra i cui alti giochi d'acqua si distingueva un blocco statuario in bronzo ricoperto d'oro. Le fattezze delle divinità che lo componevano ricordarono a Giunio certi busti che aveva visto anche agli estremi confini dell'impero: vi erano raffigurati l'imperatore e i suoi figli Tito e Domiziano.

Giunsero infine di fronte a una porta in bronzo, davanti a cui stazionavano due littori con i grandi fasci armati tra le braccia. Al loro arrivo si spalancò di scatto; sentirono uno schiavo annunziare con voce stentorea i loro nomi. Furono introdotti in un'immensa sala, non coperta da una volta a cupola ma con diverse capriate che sostenevano uno sterminato soffitto a cassettoni, decorato con dipinti ricorrenti dai colori tenui; nelle pareti mirabilmente affrescate dominavano invece i toni purpurei, ocra e i verdi accesi.

Vespasiano imperatore sedeva in fondo alla sala, a più di quaranta passi dall'ingresso, su un trono coperto di seta arabescata; alla sua destra era assiso il collaboratore più fidato: il figlio Tito. Nella sala si trovavano altri cinque uomini, che Giunio comprese essere senatori dal laticlavio.

Quante cose nuove. Persino troppe. Ricordò improvvisamente le parole del suo signore circa la diversità dei rischi che si possono correre in battaglia e nella vita politica, dove essi possono essere infinitamente più sottili e subdoli.

Accolto il loro reverente inchino, l'imperatore prese subito la parola, rivolgendosi con solennità a Marzio: « Legato dell'impero », disse, « ho appreso dei tuoi valorosi successi sul Reno, che fin dai tempi del divino Augusto sembrava costituire l'estremo limite nordorientale dell'impero di Roma. Oggi, invece, grazie a te, so che così non è. Da quanto mi risulta, le legioni al tuo comando hanno ampliato i territori di Roma per centinaia di miglia, costringendo alla sottomissione popoli feroci e ribelli che costituivano una grave minaccia per la romanità. La conquista di città e territori ha già fruttato cospicui bottini, e mi risulta che ulteriori tesori mi sono recati in dono da te. Per il tuo valore, Publio Marzio, ho deciso ti venga tributato l'onore del trionfo militare, che sarà celebrato da oggi a... » – si girò verso Tito, che gli suggerì la data – « da oggi, dicevo, a dodici giorni. Così

ho deciso». La faccia dell'imperatore era arrossata dallo sforzo di parlare a voce così alta, onde rendere più solenne il suo dire e farlo amplificare dalle volte della sala.

La conclusione del discorso equivaleva comunque a un congedo, sicché, disciplinati, non appena Marzio ebbe consegnato nelle mani di Tito una copia delle dodici pergamene dell'inventario meticolosamente stilato da Giunio, i tre lasciarono la sala delle udienze.

«Chissà», pensò il giovane, reso sfrontato dalla sua stessa ingenuità e inesperienza. «Chissà che tutto quel luccicare di gemme non addolcisca un poco la tua freddezza, divino Vespasiano. Dal canto mio», non poté trattenersi dal concludere, «sarei pronto a giurarci.»

Mai avrebbe immaginato di poter provare così poco timore reverenziale al cospetto di un imperatore. Ma nella sua memoria si affollavano troppi aneddoti irriverenti sentiti raccontare nelle camerate ai margini dell'impero. Il giovane edile Vespasiano che, reo di non aver fatto pulire adeguatamente le strade dalla spazzatura, viene coperto di fango dai soldati per ordine di Caio Cesare. Il proconsole Vespasiano che, durante un viaggio in Acaia, si addormenta e russa sonoramente mentre il divino imperatore Nerone canta, suscitando la sua furibonda rabbia e cadendo in pericolosa disgrazia. L'imperatore Vespasiano che, dietro ansiosa richiesta di un cieco, gli sputa negli occhi per fargli recuperare la vista, secondo una prescrizione ricevuta in sogno da Serapide.

Ma anche il rude e valoroso soldato che, infuriato, scaccia dalla propria augusta presenza un giovane prefetto, colpevole di prestare più attenzione ai profumi che al rispetto della disciplina: «Avrei preferito che puzzassi di aglio», si diceva gli avesse gridato, revocandogli il grado... Giunio si scoprì a ridacchiare, tanto da doversi portare una mano davanti alla bocca.

Furono accompagnati fuori della residenza dai cinque senatori, uno dei quali, quando furono di nuovo per strada, si accostò senza ambagi al legato. «Publio Marzio», disse, «sono il senatore anziano Menenio. Consenti che ti esprima la mia gratitudine per quanto hai fatto.» Quindi, ascoltate a stento poche parole di ringraziamento dell'altro, riprese immediatamente con uno strano lucore negli occhi: «Ai miei orecchi è giunta la voce che vorresti rientrare a Roma per dedicarti alla vita politica. È vero?»

Marzio sembrò disorientato dall'immediatezza della domanda; gli erano con ogni probabilità tornate alla mente le parole di Cesare: «La fama viaggia più veloce del vento, precedendo spesso gli avvenimenti».

«Niente è ancora deciso», rispose finalmente, «ma non ti nascondo che mi farebbe piacere poter essere di nuovo utile alla comunità.»

«Sappi, nobile generale», replicò il senatore, «che nel consesso che presiedo ci sarà sempre posto per persone del tuo valore.» Quindi alzò il braccio destro in segno di saluto e si allontanò rapido come era arrivato, accompagnato dai colleghi togati. I tentacoli della politica cominciavano evidentemente a tendersi prima ancora che l'eroe di tante battaglie combattute in nome dell'impero si fosse affacciato sul suo insidioso percorso.

Sestilio aveva mantenuto un silenzio enigmatico, che ruppe tuttavia d'improvviso, mentre il terzetto stava per riguadagnare i cavalli, con una proposta singolare: «È ancora presto, mio generale; perché non ci fermiamo in qualche taverna a festeggiare l'evento?» Fatto davvero strano, per un uomo perennemente assorto nei calcoli della convenienza.

Marzio scosse la testa, senza lasciar intendere i suoi sentimenti. «No», rispose seccamente. «Avremo tempo e modo di festeggiare una volta concluso il trionfo.» E senza ulteriori commenti montò la sua cavalcatura.

«Be'», insistette il tribuno, «perché, allora, non conduciamo il tribuno Giunio alla tua dimora di città, in modo da potergli mostrare gli infiniti altri splendori dell'Urbe?»

Giunio non poté non stupirsi del repentino cambio di atteggiamento da parte di Sestilio, che fino a quel momento era parso profondamente annoiato dallo svolgersi degli eventi, forse infastidito dallo scarso interesse rivolto alla sua persona, e che adesso invece insisteva per continuare la visita di Roma. A beneficio del giovane collega d'armi, per di più. Ancora non guastato dalle tortuose logiche della capitale, Giunio non volle prestarvi attenzione più di tanto. Attribuì il cambiamento di modi di Sestilio alla soddisfazione di essere arrivato al cospetto dell'imperatore, per di più alla presenza di un gruppo di senatori.

«Va bene», concluse non meno seccamente Marzio. «Allungheremo un poco la strada e passeremo davanti all'antica dimora della mia famiglia per rientrare a Ostia lungo la via settentrionale.» E pungolò immediatamente il cavallo.

Oltrepassato il Tevere su uno dei tanti ponti monumentali che lo sovrastavano, Marzio indicò a Giunio, tra molte altre ville, la casa patrizia della sua famiglia. Non sostarono tuttavia che pochi istanti, dopo di che proseguirono verso il mare incuneandosi bravamente tra il traffico commerciale diretto al porto, che, nonostante la loro perizia di cavallerizzi, frenò non poco il loro passo.

Giunti in vista della villa con notevole ritardo sul previsto, la singolarità di un fatto li avvertì immediatamente che qualcosa non andava: sopra il muro di cinta non si vedeva alcuna sentinella. Li prese un gelido senso di preoccupazione. Il presentimento di una tragedia andò facendosi più concreto a mano a mano che, avvicinandosi, sempre più chiaro appariva che la casa era deserta. Anche negli orti non ferveva la solita animazione degli schiavi intenti alla cura delle coltivazioni.

La spiaggia davanti alla villa era preclusa al loro sguardo da un avvallamento. Senza dire una sola parola, Marzio spronò il cavallo, immediatamente imitato dagli altri due. Superato di slancio l'avvallamento, ai loro occhi si presentò uno spettacolo di desolazione. L'accampamento mostrava tutti i drammatici segni di un assalto. Gli uomini lasciati di guardia vagavano come disorientati, brandendo armi ormai inutili. Alcuni di essi indicavano una vela all'orizzonte.

Sulla spiaggia si vedevano tre carri. Le loro ruote, insabbiate, avevano evidentemente impedito agli assalitori di trafugarli. Dalle cinte di ferro che rinforzavano i cassoni appariva chiaro che erano parte dei carri del bottino. E gli altri?

Un ufficiale si fece loro incontro e, confuso e concitato, riferì l'accaduto. Poco dopo la loro partenza per Roma, una flottiglia di piccole imbarcazioni da pesca aveva cominciato a incrociare nel tratto di mare davanti alla casa. Sembravano pescatori intenti a una battuta, nessuno aveva prestato loro grande attenzione; nemmeno quando si erano accostati a riva per tirare le reti. Al di là di esse era apparsa una grossa nave, con la balconata sovrastata da un grande aplustro in forma di cigno, che aveva ammainato le vele a poca distanza dalla costa.

L'ufficiale era con il resto della guarnigione all'interno dell'accampamento e, come tutti gli altri uomini appostati sulla collina, si era reso conto che stava succedendo qualcosa di grave soltanto quando aveva scorto i carri aggiogati correre sulla sabbia. Si era precipitato armi in pugno verso il mare, ma trop-

po tardi. Abbandonati senza indugi sulla sabbia i carri insabbiati, i falsi pescatori avevano assicurato ciascuno degli altri a due barche da pesca disposte parallelamente ai loro lati.

Gli oltre duecento legionari non avevano potuto fare niente di più che rimanere lì a guardare le imbarcazioni che si allontanavano con larghissima parte del tesoro destinato all'imperatore, che era stato caricato sulla nave, pronta a prendere immediatamente il largo.

« Gli uomini nella villa... che sorte è toccata al corpo di guardia? » gridò Giunio, già presagendo la portata della tragedia.

L'ufficiale scosse la testa, sconsolato, e la smorfia del suo viso diede conferma ai più tristi presagi.

Quando raggiunsero la casa, attraverso il portale di bronzo spalancato, ai loro occhi si presentò un orribile spettacolo di morte e devastazione. Le tre sentinelle poste a guardia del muro perimetrale erano state trafitte da frecce precise, che le avevano falciate spietatamente senza lasciare loro alcuna possibilità di dare l'allarme.

Gli assalitori erano dunque penetrati nella cinta, infierendo sugli altri difensori, colti completamente alla sprovvista. Erano tra i migliori uomini scelti da Giunio: il fatto che giacessero riversi e orrendamente mutilati testimoniava la crudeltà ma soprattutto l'esperienza degli assalitori.

Giunio vide il suo generale inginocchiarsi accanto a un corpo coperto di sangue. Non si accorse subito che si trattava di una donna. La moglie del fattore. Poco più in là videro lo stesso fattore, trafitto da un giavellotto che, dopo averlo colpito e trapassato da parte a parte, si era conficcato profondamente in una porta di legno, inchiodandovelo ancora ritto. E adesso il fedele servitore sembrava guardarli con gli occhi sbarrati e una chiazza di sangue rappreso sul petto tutto attorno all'asta assassina.

Almeno cinquanta schiavi erano stati rinchiusi, sotto la minaccia delle armi, all'interno del magazzino del grano. Altrettanti giacevano a terra accanto ai corpi dei legionari. Nel giardino della casa non c'era più traccia del tesoro dei barbari.

I saccheggiatori non avevano limitato il loro scempio all'esterno della casa, ma avevano razziato tutte le stanze. Con un tuffo al cuore, Giunio si precipitò verso la cassapanca dove aveva riposto le stele d'oro della Luna, nella camera da letto che gli era stata assegnata. Quando vide che non erano più lì, la sua an-

goscia si fece infinita. Il loro singolare destino di scomparse e ritrovamenti sembrava volersi ripetere all'infinito.

Quella notte, adempiuto al triste compito di dare sepoltura ai morti, nessuno riuscì a prendere sonno. All'alba le ultime speranze di rientrare in possesso del bottino di guerra parvero cadere. Avevano subito mandato un plotone al porto, per far salpare due navi in caccia degli assalitori, ma un messaggero rientrò alla villa riferendo che, nonostante le ricerche, quella dei predatori, pur così riconoscibile, sembrava essersi dissolta nel nulla.

Le ricerche sarebbero comunque continuate per altri due giorni, ma le possibilità di individuare i fuggitivi nel mare erano ormai molto scarse.

Giunio non riusciva a darsi pace; gli sembrava impossibile che gli assalitori si fossero dileguati senza lasciare traccia. Il luogo migliore per iniziare le indagini non poteva che essere il porto di Ostia: avrebbe interrogato gli equipaggi di tutte le navi in arrivo, chiedendo se avessero incrociato un vascello con un grande cigno a poppa. Chiunque lo avesse avvistato non avrebbe mai potuto scordarselo.

Poco dopo già si stava aggirando tra le taverne affacciate sul molo principale, in cerca degli equipaggi in attesa di un ingaggio, ma soprattutto di quelli occupati a ritemprare con il vino le fatiche di un viaggio appena concluso.

Era prostrato. La notte insonne e la tensione, unite al profondo sconforto per la perdita delle Pietre della Luna – cimelio tanto prezioso per la sua famiglia, che glielo aveva affidato –, pesavano sul suo fisico più di quanto avrebbe mai potuto immaginare.

Per quanto girasse, scrutasse e interrogasse, nessuno sembrava aver incontrato gli assalitori. Sconsolato, stava per abbandonare le ricerche, quando la sua attenzione venne richiamata da due uomini in vesti dimesse, seduti a un tavolo appartato in una taverna sgangherata.

Due volti alla cui vista sentì il sangue montare alla testa e le gambe, suo malgrado, piegarsi. Uno di essi era il senatore Menenio. Ascoltava con i crudeli lineamenti da falco torti in un'espressione torbidamente soddisfatta. Quanto all'altro, che parlava animatamente, non avrebbe mai potuto non riconoscerlo: era Sestilio.

Giunio si nascose dietro lo spigolo scrostato della porta e ri-

mase lì qualche istante, cercando di recuperare il fiato e la capacità di riflettere. Che cosa ci facevano in quel luogo, chiaramente mascherati sotto vesti dimesse procurate chissà dove e da chi, quei due ambigui individui?

Impostesi calma e cautela, si dileguò in silenzio prima che i due si accorgessero di lui. Come comportarsi? Decise che per il momento era prematuro rendere partecipe Marzio della sua singolare scoperta: quell'incontro poteva essere frutto del caso, assolutamente nulla lo legittimava a esternare i suoi sospetti.

Rientrato alla villa, apprese che il generale, prima di mettere l'imperatore al corrente dell'accaduto, aveva deciso di aspettare il rientro degli inseguitori, ma che poi, caduta anche l'ultimissima speranza di recuperare i quattro carri trafugati, aveva deciso di recarsi immediatamente a Roma per chiedere udienza a Vespasiano.

L'imperatore lo ricevette senza farlo attendere. Sicuramente era già stato informato dell'accaduto, ma, sentendosi raccontare i dettagli dell'imboscata, finse ugualmente stupore.

« Così vorresti dire », tuonò, « che più della metà di un bottino appartenente al popolo di Roma ti è stato sottratto per la negligenza tua e dei tuoi uomini? » Sulla sala calò un silenzio minaccioso. « Non posso accettarlo », proseguì Vespasiano. « Dispongo pertanto che il trionfo che avrebbe dovuto celebrare le tue gesta venga annullato, anche se la mia magnanimità mi impone di tenere ugualmente conto delle tue valorose imprese. Ritieniti graziato dall'accusa di alto tradimento e inchinati alla mia persona, ringraziando gli dei che mi hanno ispirato nel farti salva la vita. »

Non occorreva altro. Dopo tanti anni passati al servizio di Roma, dopo interminabili battaglie e sacrifici inenarrabili, sotto sole, pioggia, tempesta e neve, dopo avere visto tanto sangue e avere versato in più occasioni anche il proprio, il legato Marzio era un uomo finito agli occhi di ogni romano. L'umiliazione che provava lo spinse a non tentare nemmeno una difesa. S'inchinò meccanicamente e abbandonò la stanza.

Quando Giunio tornò alla villa, dopo aver effettuato un ulteriore, ostinato giro di indagini infruttuose al porto, né Marzio né

Sestilio, che non appena informato della partenza del generale per Roma si era precipitato a seguirlo, erano ancora rientrati.

Imponendosi di superare ogni scrupolo, si insinuò di nascosto nella stanza di Sestilio e rovistò con metodo tra le sue cose. Ma che cosa cercava? Che cosa avrebbe potuto trovare per dare corpo alle sue supposizioni? Perché di supposizioni si trattava, e niente di più, si ripeté più volte; probabilmente generate dalla scarsa simpatia che Sestilio manifestava apertamente per lui, dal suo tono di sufficienza, persino dal suo elegante latino di cittadino di Roma, tanto diverso dal suo, greve di inflessioni provinciali.

Scuotendo la testa, scontento di se stesso, decise di smettere con quella follia. Doveva mettere da parte ogni dubbio, ogni dissapore personale; di Sestilio doveva fare un alleato nelle ricerche. Stava per mettere la mano sulla pesante maniglia della porta, quando sulla parete opposta notò una cassapanca in cui, nella concitazione del momento, non aveva guardato. Ancora una volta mise da parte gli scrupoli e l'aprì. Come aveva ispezionato tutta la camera, poteva ispezionare anche quella.

Nella cassapanca aperta, come prevedibile, non vide che gli indumenti di Sestilio. Ma sul fondo, in un angolo, un lieve bagliore metallico colse il suo sguardo. Infilò la mano tra il legno e gli indumenti. Quando la ritirò, stringeva un piccolo disco di bronzo. Portatolo accanto a una finestra, lo osservò attentamente. L'effigie a rilievo che recava era una copia identica del sigillo che si vedeva sull'anello di Marzio. Che cosa poteva significare? A quale uso era destinato quel dischetto di bronzo? A ingannare quali occhi? E, se di eventuali inganni si poteva parlare, anche il mistero dell'oro mancante avrebbe forse potuto cominciare a mostrare contorni più definiti. E Sestilio poteva non essere estraneo ai due sanguinari attacchi subiti dal convoglio. Possibile?

Inutile vivere di dubbi. Decise che, appena fosse riuscito a rimanere solo con Marzio, lo avrebbe informato delle sue scoperte, fossero o non fossero soltanto supposizioni.

Rientrato sul far della sera, il generale gli raccontò l'esito dell'incontro con l'imperatore. Nessuno avrebbe potuto riconoscere in lui lo spavaldo condottiero, il vincitore di tante battaglie sui limiti estremi dell'impero. La sua proverbiale forza indomita, la saggezza che lo aveva fatto amare da migliaia di soldati sembravano dissolte.

Purtroppo, però, fino al momento di ritirarsi ciascuno nelle proprie stanze, Sestilio non li abbandonò nemmeno per un istante, sicché Giunio non ebbe modo di esternare i suoi sospetti. D'altra parte, gli sembrava veramente poco opportuno, per non dire inutile, dare ulteriori preoccupazioni a Marzio proprio quella sera. « Domani », pensò, « avrò tutto il tempo di restare solo con lui. »

All'alba, invece, fu svegliato di soprassalto da uno scalpiccio di cavalli al galoppo. Uscito dalla stanza, si affacciò al loggiato che dava sul giardino. Due pretoriani, accompagnati da dieci guardie imperiali, stavano varcando la cinta. Scese al piano inferiore per riceverli, accorgendosi che anche Marzio, inquietato dalla visita, si era a sua volta precipitato in giardino.

« Chi di voi è il tribuno Giunio? » chiese uno dei pretoriani.

Giunio si fece avanti e quello continuò con voce stentorea: « Abbiamo l'ordine dell'imperatore di condurti a Roma ».

Cercò di chiedere spiegazioni, di conoscere i motivi della convocazione, ma il pretoriano si strinse sprezzantemente nelle spalle: « Non sei convocato, tribuno, sei in arresto ».

Roma imperiale. Atrium Vestae.

La soppressione della solenne cerimonia che avrebbe dovuto celebrare il trionfo di Marzio offrì a Clelia uno spiraglio di libertà. Chiese e ottenne di potersi recare in visita alla propria famiglia, che non vedeva da lungo tempo.

Velata, irriconoscibile, si sarebbe mossa senza la scorta dei littori, così come era d'uso nelle rare occasioni non ufficiali che connotavano la vita di una sacerdotessa. Giunta in prossimità dell'ingresso del carcere, tuttavia, lo imboccò senza esitazione, scostando brevemente il velo per far riconoscere l'abito.

Le guardie rimasero attonite: non soltanto una donna, ma addirittura una divina sacerdotessa chiedeva di parlare con un prigioniero. Un cristiano, per di più.

« Questore », disse la giovane, rivolgendosi al più alto in grado e sfoderando come meglio poteva il tono imperativo che era prerogativa del suo stato sacrale, « la legge e gli dei mi conferiscono il privilegio di cercare di riportare quell'uomo sulla giusta

via, di fargli abbandonare le sue stolte e criminali convinzioni per tornare ai nostri diletti dei e in particolare a Vesta.»

Il capo delle guardie, costretto alla remissività di fronte a una tra le più alte personalità dell'impero ma anche convinto della nobiltà della missione della giovane vestale, non oppose resistenza.

Clelia fu fatta entrare in una stanza buia e maleodorante, dove venne pregata di attendere che il prigioniero venisse prelevato dalle segrete e condotto lì. Nell'attesa si guardò intorno, non riuscendo a immaginare in che stato dovessero versare quelle segrete, se il fetido, buio locale in cui si trovava era la stanza di accoglienza.

La porta si spalancò e una guardia spinse dentro il vecchio, richiudendo immediatamente l'uscio. Valeriano era di una magrezza spaventevole, con la barba e i capelli incolti, la pelle dei polsi e delle caviglie ridotta a un'unica piaga sanguinante nei punti dove stringevano le catene. Ma gli occhi erano tuttora pieni della luce, della fierezza e imperturbabilità che Clelia portava impresse nella memoria.

La giovane allungò una mano e sfiorò il volto martoriato, senza dire una sola parola. Gli occhi del vecchio si riempirono di lacrime, le sue braccia si tesero.

«Questa è la carità che ha predicato Cristo», disse. «Questo è l'amore di cui spesso non riusciamo a capire la vera natura. Ho pregato a lungo per te, vestale, perché nei tuoi occhi ho visto l'innocenza, l'amore e la misericordia propri del Gesù di Nazareth.»

«Ti ho pensato», rispose lei, «ti ho pensato molto, Valeriano, ogni volta che cadevo in preda a sconforto e desolazione. Ho pensato ai tuoi occhi fieri, al tuo Dio che insegna l'amore tra gli uomini, al tuo sacrificio. E ogni volta questo è bastato perché la nebbia che avevo nell'anima si diradasse come per incanto.»

Incerto, non osando toccarla con le dita sudicie e torte dai ferri, il vecchio le sfiorò il viso con grande tenerezza, replicando: «Dio saprà ricompensare il tuo operato, giovane donna. Non ti chiedo di abbandonare la strada che hai scelto o ti è stata imposta: diverresti immediatamente vittima delle inesorabili leggi delle tue divinità. Ma, qualsiasi cosa accada, promettimi che agirai sempre per il bene e nel rispetto del prossimo».

«Te lo giuro, uomo di fede.»

Proprio in quel momento la guardia bussò alla porta; il tempo concesso era volato. Quando il vecchio fu sgarbatamente allontanato da lei, Clelia ebbe la sensazione che le venisse strappata una parte del cuore.

3.

Roma imperiale. Caserma dei pretoriani.
Anno 830 dalla Fondazione.
[77 d.C. (N.D.T.)]

GIUNIO venne immediatamente trascinato in una cella, senza che nessuno si degnasse di notificargli di quali reati fosse accusato. Si aggirava nell'angusto e buio sudiciume delle quattro mura come un leone in gabbia. Il senso di impotenza, l'essere all'oscuro delle imputazioni e la convinzione, comunque, della sua innocenza avrebbero potuto farlo impazzire.

Dopo tre giorni di isolamento e digiuno, venne finalmente prelevato e, sempre in catene, condotto davanti al magistrato. Il viso arcigno del difensore della legge si accompagnava con la durezza e intransigenza dei suoi toni. Formulate le domande tese ad accertare l'identità dell'uomo portato al suo cospetto, rimosse dal tavolo un drappo di stoffa.

Le Pietre della Luna apparvero con i loro riflessi d'oro rossastro. Sebbene stremato, Giunio non riuscì a trattenere un sorriso nel rivedere le familiari figure: sapeva che non potevano rimanere a lungo lontane da lui. Aveva sempre avuto la certezza che un giorno o l'altro le avrebbe riavute lì, davanti a sé.

« Conosci queste statue, tribuno? » chiese il magistrato con un grave tono inquisitorio che lo fece trasalire. Che cosa stava succedendo? Che cosa si voleva da lui?

« Certo che riconosco le Pietre della Luna », rispose prontamente. « Fanno parte dei beni della mia famiglia da tempi remoti, forse ancora da prima che Enea sbarcasse sugli arenili di Lavinio ».

« Tu menti, Giunio! » tuonò il magistrato. « Questi ori fanno sì parte di un tesoro, ma di quello del popolo di Roma. Ancora non sappiamo come tu abbia potuto fare, ma ti sei introdotto nelle stanze dell'Erario e hai sottratto ai romani il loro oro. È un reato grave, tribuno, punibile con la morte! »

Giunio cercò di respirare lentamente, di vincere il tremito

che sentiva in tutte le membra, effetto di prostrazione, fame e sete. Era comunque più tranquillo. Si erse in tutta la sua statura di combattente. «Ci sono diversi testimoni», rispose, «che possono confermare che quelle statue le ho ricevute in dono pochi giorni or sono da mio padre, nella città di Luna, dopo che erano state custodite per secoli dai miei avi.»

«Questi testimoni saranno ascoltati al processo, che decreto sia tenuto nella piazza del Foro, al cospetto del popolo di Roma», concluse sprezzante il giudice, facendo bruscamente cenno alle guardie di portare via il prigioniero.

Giunio rimase chiuso nella cella della caserma dei pretoriani un tempo che il buio non gli consentì di calcolare con precisione: il corpo, abituato alla disciplina militare, gli permise tuttavia, in base al ritmo di veglia e sonno e allo scarso e fetido cibo che gli veniva portato, di valutarlo in una decina di giorni. Un mattino venne finalmente trascinato in catene all'appuntamento con la giustizia. Dopo tanto buio, la luce abbagliante non gli permetteva di vedere niente. Le gambe, anchilosate dalla lunga immobilità a cui le avevano costrette i ceppi, stentavano a muoversi. Procedeva meccanicamente, con gli occhi semichiusi, sentendo sulla schiena i colpi dei suoi custodi che lo pungolavano come se fosse un animale.

Quando finalmente riuscì a vincere il dolore e a socchiudere gli occhi brucianti, vide che la piazza del Foro era gremita di folla: per i cittadini romani, avidi di giochi crudeli e di intrighi, il processo pubblico a un tribuno militare accusato di furto ai danni dell'impero era uno spettacolo da non perdere. Sulla tribuna dei rostrati era schierato il consiglio dei giudici nella veste dell'alto rango: l'imputato fu spinto in catene davanti al loro consesso.

Giunio vide il volto di Marzio, pallido, sconvolto, spuntare tra le teste delle prime file. Lo vide scuotere la testa con rabbia e rassegnazione. Capì quanto profonda e astutamente congegnata fosse la macchinazione.

Lo stesso giudice che lo aveva interrogato dichiarò aperta l'udienza e, con voce profonda e squillante, simile a quella degli attori tragici, comandò: «Sia sentito il sacro custode dell'Erario».

La lunga toga bianca ornata di porpora di un senatore fece

sentire il suo fruscio nel silenzio assoluto, carico di aspettative, del pubblico. Menenio andò a sistemarsi al centro della tribuna e, rivolgendosi al consesso dei giudici, ma in modo da poter essere udito da tutta la piazza, dichiarò: « Ho portato con me l'inventario del sacro tesoro dai tempi del divino Augusto ». E, così detto, indicò con un dito simile a un artiglio una moltitudine di rotoli ordinatamente disposti in una scaffalatura mobile in legno. « È da allora », continuò in tono grave, dardeggiando sguardi di fuoco sul pubblico, « da quei tempi gloriosi e remoti, che le tre stele in oro raffiguranti le fasi della luna fanno parte del tesoro di Roma. »

La celebre eloquenza del senatore anziano aveva affinato negli anni tutti gli artifici oratori necessari per fare presa sulla gente assiepata, per inchiodare a sé l'attenzione degli ascoltatori. Per quanto conoscesse alla perfezione il proprio diritto e sapesse benissimo che tutto ciò non poteva essere vero, Giunio non poté trattenere un fremito di angoscia, che lo scosse in tutto il corpo. Aveva la certezza che quelle statue appartenevano ai suoi avi fin dalla notte dei tempi, eccettuate le poche volte che erano state sottratte, per essere tuttavia recuperate in modi arcani.

Il sacro custode dell'Erario aveva senza dubbio contraffatto i documenti dell'inventario. Ma come avrebbe potuto, lui, ignaro di ogni intrigo, del tutto inerme di fronte alle tortuose macchinazioni della capitale, dimostrare la propria innocenza? Capì di essere perduto. Sentì che il pubblico cominciava a rumoreggiare. Era allo stremo delle forze, gli occhi bruciavano nelle orbite, le tempie gli martellavano, le membra anchilosate faticavano a reggersi erette. Con uno sforzo formidabile si impose di non cedere.

« Chiedo », stava dicendo il perfido Menenio, « che il magistrato prenda visione dei documenti e confermi quanto sostengo. »

Il presidente del tribunale estrasse un rotolo indicatogli dall'amanuense e prese a leggere: « Tre piccole statue in oro rosso del peso di cento once ciascuna, raffiguranti le fasi della luna, donate al divino Augusto dalla gente di Liguria ». La descrizione, precisa, apparentemente inconfutabile, si ripeteva anno per anno fino all'ultimo inventario, compilato poco tempo prima.

« Quest'uomo », riprese Menenio, puntando l'artiglio accusatore sull'imputato e concitando ulteriormente i toni terribili della sua perorazione, « è penetrato con arti subdole nelle stan-

ze del tesoro, eludendo scaltramente ogni sorveglianza, e si è impadronito del vostro oro, cittadini di Roma. Ci sono sette persone oneste pronte a testimoniarlo. Sette, vi dico.»

La gravità dell'affermazione, lo stesso numero dei testimoni, ritenuto magico da molti aruspici e dal popolino, fece immediatamente la presa desiderata. La folla cominciò ad agitarsi rabbiosamente e a urlare furibondi insulti all'imputato, finché un gesto imperioso del senatore non riportò il silenzio.

«Fortuna ha voluto che un probo cittadino di cui preferisco non rivelare il nome abbia smascherato il ladro e recuperato la refurtiva. Chiedo che il reato sia punito con la morte per crocifissione, come prescrive la legge dei romani per ladri e traditori!»

Dalla piazza si levò un boato di approvazione.

Per quanti sforzi facesse, Giunio non riuscì a tenere gli occhi aperti. La sua mente non riusciva ad accettare la realtà del fatto che proprio lui fosse il protagonista di quella farsa tragica. Ma gli occhi chiusi gli ridiedero la lucidità. Tutto si stava chiarendo: dallo strano attacco dei briganti sulle pendici delle Alpi, al massacro dei suoi uomini, alla sottrazione del tesoro. E, con esso, delle Pietre della Luna, preda evidentemente altrettanto ambita per motivi che lui, per quanto si sforzasse, non riusciva a chiarire. Che cosa si voleva da lui? Di quale spietato gioco era diventato una pedina inconsapevole?

Fu quindi la volta dei testimoni, che sfilarono argomentando le loro deposizioni con resoconti della più agghiacciante accuratezza. Chi avrebbe mai potuto smascherarli? C'era chi sosteneva di avere visto il tribuno entrare nel tempio di Saturno con aria circospetta, chi lo aveva osservato a lungo mentre si dirigeva con mosse furtive verso le stanze dell'Erario, chi lo aveva visto scendere la grande scalinata con un involto tra le braccia.

Il fatto stesso di vedersi definitivamente perduto caricò Giunio di una forza sovrumana. Riuscì a ergersi di nuovo in tutta la sua statura, puntò uno sguardo di fuoco sul suo principale accusatore, che lo osservava con un'espressione crudele e beffarda, provò un ultimo, disperato tentativo di autodifesa nell'unico modo che gli risultava possibile: raccontando la verità.

«Non so», disse, mettendo il massimo impegno nel mantenere ferma e squillante la voce, come aveva imparato dal suo subdolo accusatore, «quali artifici tu abbia messo in atto per entrare in possesso di quelle tre stele, senatore. So soltanto che

venti eroici legionari – uomini onesti e intrepidi, davvero pronti a dare la vita per difendere e accrescere i tesori di Roma – sono morti soltanto per cercare di salvaguardare immense ricchezze dello stato che essi stessi, con il loro sudore e il loro sangue, avevano contribuito a conquistare ai barbari. E, senza saperlo, per cercare di mantenere il possesso di quelle piccole statue al loro legittimo proprietario. Cioè a me, il loro comandante militare, tribuno Giunio della città di Luna. Se c'è un traditore, quello non sono certo io, ma gli infidi uomini che si sono macchiati dell'omicidio di tanti valorosi soldati, difensori del bene dei romani fino al sacrificio estremo. Le stele sono proprietà della mia famiglia fin dall'antichità, come può testimoniare ogni abitante della città di Luna. Quegli inventari ufficiali sono stati contraffatti al solo scopo di farmi cadere vittima di una congiura. Badate bene, voi che mi ascoltate: si tratta di una violazione sacrilega. »

« E tu credi, tribuno », lo interruppe sempre più sprezzante Menenio, con voce addestrata in tante battaglie oratorie e quindi agevolmente in grado di sovrastare la sua, « credi, ripeto, che la testimonianza dei tuoi genitori e di qualche parente stretto possa mettere in dubbio quanto risulta dagli antichi documenti imperiali e viene confermato da sette – badate bene, romani!, sette! – testimoni spontanei, privi di qualsiasi interesse personale nella vicenda? »

E il senatore concluse la sua allocuzione con una risata sarcastica, che salì fino ai toni striduli del grido di un falco. Quanto aveva dichiarato era di una logica inconfutabile: la montatura era perfetta. Quasi a coronare il successo del raggiro, Menenio riprese: « Tuttavia, ho immaginato fin dal principio che la tua linea di difesa avrebbe cercato di basarsi su questi espedienti meschini e risibili, sicché ti ho prevenuto ». Quindi, fatta una pausa abilmente studiata, lasciando scorrere sul pubblico il suo sguardo di rapace, concluse a gran voce: « Chiedo che avanzi al cospetto del tribunale, onde rendere la sua testimonianza, un cittadino libero della città di Luna, nelle terre dei liguri ».

Giunio non ricordava di averlo mai visto, eppure il nuovo convenuto asserì di essere un suo conterraneo e di conoscerlo fin dall'infanzia. Disse tra l'altro che era vero che un tempo le Pietre della Luna erano di proprietà degli avi dell'imputato, stimata famiglia, irreprensibili cittadini romani, ma che il padre

del padre di suo padre ne aveva fatto dono al divino Augusto durante un viaggio dell'imperatore nelle terre dei liguri.

Giunio si sentì pervadere da una rabbia furente, cercò di scagliarsi alla cieca contro la perfida mente che aveva architettato tutta la macchinazione, ma le guardie ebbero facilmente ragione del suo corpo esausto prima che riuscisse a raggiungere Menenio.

« Tu sai che sono innocente », urlò fuori di sé, « maledetto mentitore assassino, vipera sanguinaria. Dopo aver fatto massacrare i miei valorosi uomini per rubare il bottino conquistato ai germani, che cosa vogliono ancora da me le tue sordide trame? »

Venne immediatamente ridotto al silenzio e all'impotenza da una schiera di nerborute guardie nubiane, che lo tempestarono di tremende sferzate su tutto il corpo. Il presidente del tribunale si alzò e, non appena le guardie furono con discreta fatica riuscite a ristabilire l'ordine tra il pubblico tumultuante, pronunciò l'espressione di rito: « Chi è a conoscenza di qualche fatto a noi ignoto lo dichiari adesso, prima che venga emessa la sentenza ».

Una voce si levò dalle prime file della canea inferocita. « Chiedo la parola. » Era Marzio, che fendeva senza fatica la folla, intimidita e ammutolita dalla sua imponente figura di grande comandante militare. « Chiedo di essere ascoltato. »

Giunio sentiva il sapore del sangue in bocca, aveva la vista annebbiata da un velo rosso. Sentì le gambe cedere. L'onesto, incorruttibile Marzio, accorrendo generosamente in suo aiuto, rischiava di mettersi alla totale mercé degli spietati organizzatori dell'intrigo. Per una scelta precisa, vista irrimediabilmente compromessa la propria posizione, il giovane tribuno aveva evitato di chiamarlo in causa come testimone. Sapeva di dover morire e riteneva del tutto inutile invischiare nella turpe vicenda altre persone, con il solo effetto di avere qualche compagno sulla croce.

Giunto davanti al palco dei giudici, Marzio enunciò con toni solenni il suo grado di generale e il nome patrizio che portava. La gente lo riconobbe e il silenzio calò ancora più profondo sulla piazza percorsa dai fremiti della passione popolare.

« Ho conosciuto quest'uomo in battaglia », disse infine quando gli fu concessa la parola. « L'ho visto combattere sui limiti estremi dell'impero in nome di Roma e per il bene dei romani.

Il grado di alto ufficiale che porta è premio del suo valore e della sua incorruttibile onestà. Il tribuno Giunio ha recuperato tesori inestimabili e li ha destinati all'imperatore. Io stesso ho visto suo padre fargli dono di quelle statue pochi giorni orsono, e sono pronto a giurarlo al cospetto degli dei.»

Un mormorio si diffuse tra la folla. L'ostilità nei confronti dell'imputato si era attenuata: nei presenti regnava una nuova incertezza, che venne peraltro immediatamente spazzata via non appena Menenio riprese la parola.

«È un vero piacere apprendere l'opinione di un così valente condottiero; tanto valente da lasciarsi trafugare, nel giardino della sua stessa villa, quasi sotto i suoi occhi, senza muovere un solo dito – un solo dito, romani –», ripeté, levando più che mai alto il suo artiglio, «metà del tesoro conquistato ai germani e, secondo le sue parole, destinato al tesoro del popolo di Roma.

«Il tuo estremo, quanto penoso e vano, tentativo di difesa mi commuove, Marzio», continuò sarcastico. Ma il lampo di perfidia che non riuscì a dissimulare nello sguardo fece finalmente capire chi fosse il vero obiettivo della congiura. «Tuttavia», riprese, «non saprei con precisione quale espressione impiegare. Mi commuove o mi insospettisce? Ripeto: non saprei. Potrebbe essere, legato dell'impero, che il tesoro dei barbari sia ancora in possesso dei tuoi uomini? Chissà.»

Un'accusa infamante, e Menenio lo sapeva. «Quanto poi all'onestà del tuo protetto», riprese con un risolino sprezzante, «consentimi di nutrire seri dubbi. Risponde o no a verità che durante il solo viaggio di ritorno è sparito oro per un valore di trecentomila sesterzi? Quanti si può dunque temere che ne siano stati trafugati lassù, in quelle che vi compiacete di definire le gelide e selvagge terre del nemico?»

Facendo scorrere lo sguardo sul pubblico, Giunio ebbe la certezza che nessuno ormai nutriva più il minimo dubbio circa la sua colpevolezza. Si sentì squassare da un brivido incontenibile al pensiero che le uniche persone al corrente dell'ammanco erano Marzio, lui stesso... e il ladro. Gli apparve finalmente fin troppo chiaro come avesse fatto Menenio a entrare in possesso dell'informazione: ecco svelati i motivi delle sue frequentazioni nelle taverne più turpi, e la presenza, tra gli effetti di Sestilio, della copia del sigillo di famiglia di Marzio... Valeva qualcosa, avere capito? Come impedire a quelle terribili persone di conseguire i loro sordidi fini?

Quasi fulminato da identici pensieri, Marzio tentò un estremo tentativo di difesa attaccando. « Risponderai in seguito di queste tue falsità infamanti, Menenio. Quello che mi preme adesso è salvare un innocente dalla morte e dalla vergogna. Il tribuno Sestilio, che tu stesso ti sei stranamente precipitato a inviare in missione lontano da Roma soltanto qualche giorno fa, era presente con me alla consegna delle statue da parte del padre di Giunio. »

« Quand'anche fosse vero, e tutto non sembrasse smentirti in maniera lampante e clamorosa », ribatté il senatore con un sorriso di trionfo sulle labbra livide, « ciò non sposta il problema di un solo crine, per così dire, d'asino. La legge prescrive comunque la morte, per chi ruba come per chi ricetta refurtiva proveniente dal tesoro imperiale. Quindi, va' in pace, *valente* condottiero, e consenti al tribunale di pronunciare il suo verdetto. Va'. »

La sentenza fu emessa in pochi istanti: l'imputato, riconosciuto colpevole, era condannato alla pena capitale, oltre che spogliato di ogni suo avere e dei gradi di alto ufficiale dell'impero romano, che aveva disonorato con i suoi atti.

La voce del magistrato risuonò lontana come l'eco che mille volte Giunio era rimasto ad ascoltare nelle remote valli tra i monti. Aveva affrontato la morte un numero incalcolabile di volte, non poteva averne il minimo timore, ma a prostrare ogni sua residua volontà di resistenza era il modo infamante in cui sarebbe morto, e la consapevolezza della mostruosa beffa congegnata ai suoi danni.

Fu circondato da otto guardie nubiane che, fendendo la folla, lo trascinarono verso il suo triste destino. Non vedeva niente. Non sentiva niente. Non chi sputava sulla sua persona, non chi lo riempiva di ingiurie, non chi cercava di sfondare lo sbarramento delle otto gigantesche guardie per aggredirlo, non le pietre che lo colpivano. Più niente.

A poca distanza dal luogo del suo martirio, una giovanissima vestale, celata sotto i canonici veli, stava percorrendo frettolosamente i pochi passi che la separavano dalla dimora delle sue consimili. Appena superato il portico degli Dei Consenti, si accorse che la piazza del Foro era gremita. Come spinta da un impulso irresistibile, prese a farsi largo tra la folla che, non appena si accorgeva della sua sacra presenza, si affrettava a scansarsi.

Il prigioniero procedeva ormai quasi in stato di incoscienza

tra due ali di persone inferocite. Mai avrebbe saputo quale forza irresistibile lo avesse spinto ad aprire, per quella che riteneva l'ultima volta, gli occhi. La vide a poca distanza da sé, visione celestiale, eretta in tutta la sua luminosa presenza, con il velo a riparare la testa e i capelli, ma aperto più sotto per rivelare la veste di sacra sacerdotessa di Vesta.

Giunio pensò a un miraggio di preannunzio della morte, alla visione ultramondana di una dea. I loro sguardi si incontrarono per un lungo istante: quelli della vestale erano del colore degli zaffiri ed esprimevano al tempo stesso una bontà profonda e un intenso dolore nel vedere un uomo tradotto a morte.

La folla era improvvisamente ammutolita. Nessuno sputava più, nessuno tirava pietre, nessuno spingeva, finché nel silenzio non si levò stentoreo un grido: «Gli dei non vogliono che quest'uomo sia giustiziato».

«Sia applicata la legge e rispettata la volontà di Vesta!» gli fece immediatamente eco un'altra voce.

Soltanto in quel momento Giunio si rese conto che la celestiale apparizione rappresentava il salvacondotto per la grazia. Le guardie si fermarono, incerte, poi si voltarono di nuovo verso la tribuna dei rostri e si avviarono a ripercorrere a ritroso la piazza.

I magistrati non avevano ancora abbandonato il palco. Confabularono tra loro a lungo, con toni agitati di voce e gesti concitati, ma infine il presidente del tribunale si alzò per pronunziare la nuova e definitiva sentenza.

«La legge dispone che tu sia graziato, Giunio. Devi la vita alla dea Vesta, che nella sua imperscrutabile saggezza e pietà ha voluto farti incontrare una sacra sacerdotessa sul tuo percorso verso la giusta punizione. Non so tuttavia in quale misura ti convenga gioire di tanta pietà. Da oggi, infatti, sei condannato a vita ai lavori pesanti di pubblica utilità per il popolo di Roma. Mai ti sarà consentito di toglierti le catene.»

Roma imperiale. Anno 831 dalla Fondazione.
[78 d.C. (N.D.T.)]

Sesto Giulio mise da parte i disegni del percorso di una nuova condotta indispensabile, quella che attingeva alla polla dell'A-

nio Novus, e si preparò a lasciare il suo luogo di lavoro nella Basilica Giulia, proprio sulla piazza del Foro. L'unica cosa che riusciva a distrarlo un po' dal fluire dell'acqua nelle gallerie degli acquedotti era il Circo, con gli spettacoli gladiatorii di cui era appassionato seguace. Quel pomeriggio doveva recarsi ad assistere a un torneo equestre, e per niente al mondo sarebbe stato disposto a perdersi lo spettacolo delle bighe lanciate in corsa sfrenata.

Sesto Giulio Frontino ricopriva il grado di Curatore delle Acque. La sete dell'Urbe era un tarlo per la sua mente. La sua unica ragione di vita sembrava essere diventata il rifornimento delle oltre mille fontane, dei dieci grandi complessi termali e dei circa settecento di più modeste dimensioni, dei quindici ninfei e dei due laghi artificiali usati per le battaglie navali, per non parlare delle esigenze di quasi due milioni di cittadini. Roma era un immenso pozzo in cui si perdevano giornalmente centoquarantacinque milioni di litri d'acqua, convogliati da undici acquedotti. E sembrava che non fosse ancora sufficiente.

Quando incontrava il suo eminente protettore politico, il senatore Menenio, era solito ripetergli: «Le grandi civiltà della storia ci hanno lasciato opere munifiche, ma improduttive. Pensa alle tombe dei faraoni o alle arti dei greci e paragonale alle nostre costruzioni, ai tortuosi e interminabili percorsi degli acquedotti, che sono portatori di vita». Nella sua logica aveva perfettamente ragione. Forse proprio per questo Menenio non lesinava mai nell'attingere dai beni della comunità per soddisfare le richieste del responsabile dell'approvvigionamento idrico.

Le immense arcate che convogliavano l'acqua nella città rappresentavano soltanto una parte del percorso di un acquedotto, che doveva snodarsi anche sotto terra. Laggiù, gli schiavi condannati ai lavori pesanti erano uniti a tre a tre con pesanti catene di poche maglie di ferro e lavoravano in condotte a malapena sufficienti per permettere il passaggio di un uomo. Alle difficoltà create dall'angustia degli spazi si aggiungeva dunque il doloroso impedimento di queste catene. Se tra i prigionieri non regnavano affiatamento e una perfetta combinazione dei tempi, riuscire a portare a termine il lavoro era quasi impossibile.

Il compito principale della squadra di Giunio era quello di scavare il cunicolo combattendo con le rocce, le asperità e la polvere acre che si depositava nei polmoni. Dovevano sempre mantenere una linea discendente, cercando per quanto possibi-

le di traguardare i tre piedi di pendenza ogni mille di tracciato. Un agrimensore si sarebbe successivamente preoccupato di verificare le pendenze effettive utilizzando i suoi strumenti e immergendosi in calcoli. Le squadre che seguivano avrebbero infine provveduto a rifinire il lavoro, rivestendo di calcestruzzo la condotta e riducendo la discesa ai valori prestabiliti.

Da ormai quasi un anno Giunio lavorava all'ultimazione dell'Acquedotto Nuovo. Per fortuna aveva raggiunto con i due prigionieri aggiogati alla sua stessa catena un grado di sincronia che permetteva loro di muoversi come se fossero un corpo unico. Erano diventati letteralmente inseparabili. I suoi due compagni di pena erano accusati di reati secondari. Uno di essi aveva la pelle scura come il mogano e la forza di un cavallo da soma. Sosteneva di discendere da una stirpe di guerrieri della sua tribù, nel cuore dell'Africa. Era stato rinominato Leone per il passo agile che ricordava una fiera. L'altro era un giovanetto greco che aveva avuto l'imprudente arroganza di non cedere alle voglie del patrizio che lo aveva pagato ben milleduecento sesterzi. Era simpatico e colto, di sicuro più debole degli altri due, ma sapeva sopperire ai limiti fisici con un'intelligenza pronta e viva. Si chiamava Pericle. Ormai da diversi giorni era squassato da forti colpi di tosse e mostrava in volto i segni della malattia, anche se la sua indole coraggiosa gli vietava di essere d'impaccio ai due compagni di sofferenze.

L'ultimo diaframma che li separava dall'aria aperta stava per cadere, dopo di che, alla luce del sole, lavorare sarebbe stato più agevole. Faticavano da diverse ore, quando Leone vibrò con il piccone un colpo apparentemente più poderoso degli altri. O forse, di diverso, c'era soltanto il suono che rimbombò dalla roccia. Si sentì un forte scricchiolio, seguito da un rumore di smottamenti e crolli. Posatasi la polvere, i tre schiavi videro un abbagliante fascio di luce filtrare da un minuscolo foro nella roccia. Il possente africano ricaricò le braccia, e il sottile strato di pietra rovinò tra le grida di gioia dei lavoratori. Su novanta miglia di percorso totale, ben settanta erano state scavate sotto terra.

Ormai rimanevano da erigere soltanto i ponti e le grandi arcate; infine, una volta raggiunta la città, gli schiavi avrebbero dovuto costruire la grande cisterna. La luce del sole costrinse Giunio a socchiudere gli occhi. Mentre usciva coperto di polve-

re dal cunicolo, si accorse che Leone aiutava il giovane greco a reggersi in piedi.

Il grido di trionfo dei compagni di sventura li distrasse per un momento, ma la voce inesorabile del capo delle guardie li richiamò immediatamente alla dura realtà. «Inutile festeggiare, schiavi. Il vostro lavoro non è ancora finito: ci sono quei blocchi di pietra da trasportare fino alle arcate.» E, così detto, il rozzo individuo fece schioccare la frusta, quasi a sottolineare che non avrebbe ammesso indugi da parte di nessuno.

Come ogni sera Giunio si coricò con le membra a pezzi, ascoltando preoccupato gli ansiti del giovanissimo Pericle al suo fianco. Sapeva che quella vita di stenti, la fatica e la scarsa alimentazione, prima o poi, avrebbero ucciso anche lui, ma cercava di tenere duro con ferrea determinazione, nella certezza che un giorno – chissà quando, chissà come, ma senza il minimo dubbio – avrebbe riacquistato la libertà.

L'indomani erano già al lavoro per un tratto delle arcate lungo un quarto di miglio e alto quasi cento braccia. Eccitato dalla luce del sole e dalla purezza dell'aria dopo tanto tempo trascorso nei bui e maleodoranti condotti sotterranei, Giunio osservava per quanto gli era possibile il lavoro dei posatori e ascoltava quasi con piacere il rumore del martello che batteva sulla chiave di volta per assicurarsi della solidità di un arco. Ogni rintocco rappresentava un ulteriore passo verso la fine dell'opera e, conseguentemente, l'avvicinarsi di un possibile periodo di fatica meno massacrante.

I tre schiavi erano stati assegnati a un argano che controllava il movimento laterale di un'enorme gru. Quel giorno era in programma la visita del Curatore imperiale, sicché la già spietata severità dei carcerieri era aumentata.

Mentre il braccio stava basculando sotto la pressione di un grosso masso squadrato, Pericle cedette. I suoi due compagni di fatica cercarono di bilanciare il peso del macigno con le sole loro forze, ma non fu possibile. La ruota dell'argano si mise a girare vorticosamente e li travolse. Il masso andò a schiantarsi con violenza contro i pilastri, e fu un vero miracolo se la struttura dell'intero sistema di sollevamento non andò in frantumi.

Il capo degli aguzzini fu loro addosso mentre Leone e Giunio si rialzavano doloranti e coperti di polvere. La frusta sibilò nell'aria, aprendo una striscia di fuoco sulla spalla dell'ex tribu-

no. Quindi si abbatté sulla pelle bruna del suo compagno, senza che questi emettesse un solo lamento.

Pericle era accasciato a terra accanto a loro, esanime. Un fiotto di bava gli usciva dalla bocca. La frusta si alzò ancora e si abbatté sul petto del giovane, che non ebbe nessuna reazione. Quasi indispettito, il carceriere urlò: « Alzati, cane », e colpì una seconda volta. « Ti ordino di alzarti! » Il corpo del giovanissimo greco fu squassato da una convulsione, mentre un rivolo di sangue gli sgorgava dalla bocca. La guardia caricò una terza volta il braccio armato di frusta.

Prima che potesse colpire, tuttavia, Giunio sentì le catene tendersi e si trovò trascinato in avanti, mentre la potente mole bruna di Leone si scagliava come una belva infuriata contro il carceriere. Il moro travolse l'aguzzino, ed entrambi gli schiavi rotolarono con lui nella polvere. Giunio vide distintamente la mano del suo compagno strappare la frusta al persecutore, ma quasi nello stesso istante si accorse che il guardiano aveva impugnato la spada.

Con un movimento fulmineo il gladio penetrò fino all'elsa nel costato dell'africano. Il capo delle guardie si rialzò con un'espressione di trionfo, mentre lo schiavo ferito era scosso da convulsioni. Incredibilmente, il poderoso africano ebbe comunque la forza di alzarsi in piedi e di accennare una nuova reazione. Il carceriere gli fu addosso, gli passò alle spalle, e la lama recise la gola, facendone sgorgare un fiotto di sangue rosso e rovente.

« Credo che lo spettacolo di questa tua testa scellerata servirà da esempio », esclamò la voce rauca della guardia. Bloccato dai ceppi a pochi passi di distanza, Giunio vide che affondava la spada nel collo del suo compagno, da cui il sangue continuava a sgorgare abbondante, nel tentativo di recidere completamente la testa.

Il rosso di quel sangue sembrò colorare tutta la sua visione, invadergli la mente. Nonostante l'impedimento dei ceppi, con uno strattone sovrumano riuscì a rimettersi in piedi e a scagliarsi contro il militare chino sul corpo ormai senza vita del suo compagno.

Ma si trattava appunto di un militare, rotto ai combattimenti e addestrato a tenere sotto controllo ogni possibile pericolo. Sapeva di dover temere una reazione del compagno di pena dell'uomo ucciso, e ne stava seguendo le mosse con la coda dell'occhio. Scartò repentinamente di lato con un balzo agile, vanifi-

cando l'impatto della carica. Giunio lo vide alzare il braccio e vibrare il colpo dall'alto in basso. Ma i lunghi anni di guerra sul confine, contro uomini feroci e abilissimi nell'uso delle armi, lo avevano a sua volta temprato, insegnandogli a schivare mosse ben più pericolose. La spada non lo sfiorò nemmeno; prima che l'avversario potesse rialzare l'arma, lo colpì ai genitali con un calcio in cui cercò di mettere tutta la forza che gli rimaneva. L'uomo si lasciò sfuggire il fiato con un sibilo rumoroso, ma non si piegò. I suoi occhi sprizzavano odio.

Giunio lo fronteggiò cercando di mettersi in una posizione che gli consentisse di scartare rapidamente di lato, ma la catena e i corpi esanimi dei due compagni riducevano a quasi niente le sue possibilità di movimento. Il nemico lo caricò frontalmente con impeto furibondo, mulinando la spada. Giunio riuscì ancora una volta a schivare il colpo e, quando l'altro lo sorpassò trasportato dallo slancio, gli sferrò un colpo di taglio sulla nuca. L'uomo barcollò un solo istante, ma tanto bastò perché lui gli fosse addosso, riuscendo a immobilizzarlo.

Più che la mente, a suggerirgli le mosse successive fu la lunga abitudine al combattimento. Prese la catena che lo serrava alle caviglie e che lo univa senza più tensione ai corpi esanimi dei compagni, la sollevò di scatto e la strinse attorno al collo dell'aguzzino. Ebbe un attimo di esitazione, nella mente improvvisamente lucida gli balenarono le sicure conseguenze del suo gesto, ma poi vide il corpo morente di Pericle, straziato dai segni delle frustate. Poco più in là giaceva il guerriero africano con la testa semistaccata dal busto. Non volle vedere più niente. Strinse le maglie con una forza che la furia rendeva sovrumana, finché non avvertì il rantolo di morte del nemico.

Riaprì gli occhi soltanto quando lo sentì completamente immobile. Si rialzò coperto di polvere, di sudore e del sangue dell'avversario. Sapeva di non avere più scampo. Rimase a testa china, le braccia basse, in attesa delle conseguenze. Invece sentì soltanto una voce pacata, alle sue spalle, priva di qualsiasi emozione. «Come ti chiami, schiavo?»

Si voltò. Stagliato nella luce del sole, non ebbe difficoltà a riconoscere l'imperiale Curatore delle Acque.

«Giunio della città di Luna», rispose meccanicamente, il petto ancora squassato dall'affanno.

«Ah, il tribuno Giunio.» Evidentemente Sesto Giulio Frontino conosceva la storia del prigioniero. Il suo protettore Mene-

nio aveva senza dubbio provveduto a raccomandargli un trattamento particolare nei suoi confronti.

«A quanto pare, quel che ho sentito raccontare delle tue gesta guerresche corrisponde al vero», riprese la voce, tuttora priva di qualsiasi emozione. «Uhm... Sarebbe un vero peccato far giustiziare un così valido combattente», continuò, in tono meditabondo. «Va bene. Dispongo che tu non venga passato per le armi sul posto, come imporrebbe la legge, ma assegnato a una scuola gladiatoria, affinché della morte di un cane rabbioso tuo pari possano almeno avvantaggiarsi i giochi del Circo.» E, fatto un rapido cenno alle due guardie che lo affiancavano, voltò la schiena e scomparve.

Roma imperiale. Atrium Vestae.

«Come stanno i tuoi genitori?» le aveva chiesto Cornelia non appena era rientrata. Sembrava scesa appositamente nell'ombroso atrio per aspettare il suo rientro.

«Bene!» aveva risposto Clelia, mentendo a cuor leggero. L'incontro con il condannato a morte, l'essere riuscita a salvare una seconda vita, l'aveva riempita di una felicità senza limiti. Nella sua mente, il viso dolente e martoriato del vecchio cristiano era adesso costantemente affiancato da quello – le era apparso giovane, schietto e di virile bellezza anche sotto la patina di sudiciume – dell'uomo che aveva sentito chiamare Giunio.

L'espressione di Cornelia si era torta repentinamente in una smorfia di furore, gli occhi si erano trasformati in due globi di fuoco.

«Tu menti!» aveva esclamato la donna, rauca. «Non sei nemmeno passata da casa tua, ma hai compiuto un gesto inaudito. Sei andata alle carceri per incontrarti con quel prigioniero cristiano!»

Era inutile negare l'evidenza. Clelia aveva chinato la testa ed era rimasta in silenzio.

«Comunque», aveva continuato la Vestale Massima, dimostrando di essere al corrente di ogni movimento delle sacerdotesse affidate alle sue arcigne cure, «visto che la tua occupazione preferita sembra essere portare soccorso ai nemici dell'imperatore condannati alla loro giusta pena, è mia convinzione che sia opportuno infliggerti una punizione esemplare. Da oggi re-

sterai chiusa nella dimora per un anno intero, senza nessuna possibilità di uscire né di vedere alcuno all'infuori delle tue compagne. »

Clelia ricordava le spietate parole a una a una. Le aveva accolte senza nessuna particolare emozione. Aveva il cuore gonfio di ben altri sentimenti. Le era sembrata una punizione pesante ma sopportabile.

Adesso, invece, a quasi sette mesi da quel giorno, la condizione di clausura la faceva sentire come un animaletto in gabbia. Si era chiusa in se stessa e non partecipava quasi più alle discussioni delle sacerdotesse, anche perché gli argomenti affrontati riguardavano soprattutto un mondo al quale non aveva più accesso. La vita di Roma e del suo popolo.

Erano sicuramente stati quei silenzi coatti, le interminabili ore trascorse a riflettere, il continuo interrogarsi su se stessa e sulla vacua scelta di vita che le era stata imposta, il confronto della sua perenne, privilegiata malinconia con la luminosità dello sguardo del vecchio Valeriano, con la sua serenità anche nell'estrema disgrazia, a riempirla di un'intensa curiosità per la spiritualità dei cristiani, che sempre più le appariva un universo di vita in confronto all'anticamera della morte in cui si sentiva reclusa. Per il loro... sì, per il loro misterioso dio unico e onnipotente, di cui non sapeva nulla.

Scuola gladiatoria di Stabia.

Si mormorava che Velio il Trace, essendo un assassino sanguinario e spietato ma capace di tacere anche sotto le più terribili torture, avesse prestato i propri nefandi e prezzolati servigi a ben più di un potente di Roma. Per questo, si diceva ancora, invece di essere condannato a un più che giusto supplizio da un tribunale del popolo romano, si era ritrovato a gestire una scuola di gladiatori, una delle migliori dell'impero, quella di Stabia.

Giunio vi fu portato di notte, ma non appena arrivato venne ugualmente condotto al cospetto del lanista, il direttore di quello sciagurato genere di scuola. Il Trace lo scrutò a lungo, facendolo girare più volte su se stesso e notando subito che l'uso degli attrezzi pesanti aveva modellato i suoi muscoli in un modo poderoso e perfetto.

« Hai un fisico da combattente, schiavo. Non credo che quel-

lo che mi è stato riferito di te sia stato solamente effetto della fortuna. Hai esperienza delle armi? » chiese, senza distogliere un solo attimo lo sguardo dalle membra dell'uomo che aveva davanti.

« Conosco abbastanza bene la lotta e l'uso delle armi da taglio e da lancio », rispose brevemente Giunio. Un improvviso senso di prudenza gli sconsigliava di parlare della sua esperienza militare.

La faccia del gladiatore sembrava un sacco di pelle di montone cucito in fretta e male. Le cicatrici la solcavano; l'occhio sinistro era coperto da una benda nera. « Bene », concluse Velio. « Domani stesso vedremo che cosa sai fare. » Quindi ordinò alle due guardie che avevano scortato il suo nuovo allievo di togliergli le catene. « Non è mai successo che qualcuno riuscisse a scappare dalla mia scuola », rise cavernosamente.

Giunio venne condotto in una camerata simile a quelle dei legionari, dove gli fu indicato un giaciglio. Si massaggiò le caviglie, quasi incredulo di sentirle finalmente libere dopo più di un anno di ferri. Nei punti dove le fasce metalliche avevano serrato la pelle si erano formate due vaste zone callose. Non se ne curò più di tanto, gustando soltanto il piacere di potersi allungare senza essere costretto dai ferri a mantenere la posizione supina. Una sensazione che temeva di avere dimenticato e di non provare mai più. La stanchezza del viaggio ebbe quasi subito il sopravvento. Sprofondò in un sonno senza sogni.

Il rumore degli altri occupanti la camerata lo svegliò molto presto; guardandosi attorno, immediatamente all'erta, si accorse subito che in quell'ambiente sconosciuto regnavano uno spirito di corpo e una solidarietà molto simili a quelli dei ranghi militari. I suoi nuovi compagni vennero spontaneamente a conoscerlo e a presentarsi. Erano tutti schiavi, prigionieri di guerra o criminali sfuggiti all'esecuzione capitale, ma si comportavano da buoni commilitoni, in nome del destino che li accomunava e che non avrebbe lasciato loro scampo. Alla scuola del Trace vivevano più di trecento gladiatori o aspiranti.

Provveduto alle abluzioni obbligatorie, consumato l'abbondante pasto del mattino – il primo decente che consumasse da mesi e mesi a quella parte – e uscito a godere la luce del sole, scrutò con attenzione gli edifici che componevano la scuola. Sul lato orientale erano situati gli alloggi dei gladiatori e quelli del lanista, su quello occidentale i magazzini e l'armeria. Al centro

del perimetro si trovava l'arena della palestra, dove si svolgevano gli allenamenti. Le stalle erano in una costruzione appartata, a monte, di fianco alla pista per le bighe. Uno dei quattro lati confinava con una scogliera a picco sul mare.

Attraverso una scalinata si arrivava all'approdo, attrezzato di un molo di legno e di bitte per l'ormeggio delle imbarcazioni. Su uno scalo vide alcuni scafi tirati in secco. Si accorse subito che erano miniature di navi da guerra, identiche in tutto tranne che nelle dimensioni. Misuravano circa due terzi delle oltre settanta braccia di una quinquereme da battaglia, e il pescaggio era ridotto in modo – come avrebbe appreso successivamente – da consentire il combattimento nelle arene allagate.

La baia era riparata dai venti e dal mare, aperta soltanto al tepore dell'Austro. Verso monte, sul lato opposto, la scena era dominata dalla mole fumante di un vulcano.

Venne chiamato quasi subito alle prove di abilità. Sotto il severo sguardo di Velio gli fu consegnata una spada smussata e non affilata. Il lanista volle cominciare per gradi, facendolo scontrare con avversari prima mediocri e poi via via sempre più temibili. I lungi mesi di viaggio e di prigionia avevano non poco appannato la sua esperienza di combattente, ma si accorse subito che riusciva comunque a tenere testa in maniera soddisfacente agli altri gladiatori.

La vera scoperta venne però quando impugnò il giavellotto; non credeva di saper lanciare ancora, né che la sua mira fosse rimasta quella di un tempo. Su dieci tiri da distanze progressivamente maggiori, non sbagliò un solo colpo.

Il Trace sembrava molto soddisfatto, e più volte gli batté la mano sulla spalla in segno di compiacimento. «Dovrai prendere dimestichezza con la rete», disse, congedandolo con un'ultima robusta pacca sul dorso nudo, «ma, vista l'abilità che dimostri con le armi lunghe, sono convinto che diventerai un ottimo reziario.»

Giunio non aveva mai assistito ai giochi del Circo, ma aveva sentito molte volte parlare delle diverse categorie di gladiatori. Sapeva che il reziario combatteva armato di forca e di una rete appesantita da piombi alle estremità, non portava né elmo né armatura e vestiva una corta tunica stretta da un largo cinturone. Nei combattimenti veniva generalmente contrapposto agli inseguitori, che si battevano armati di gladio, elmo e scudo in bronzo.

Fu inevitabile che ripensasse alla sua vita di legionario, ai lunghi anni passati con la pelle di lupo sulla testa e il giavellotto in pugno. Velio aveva visto giusto: il suo nuovo allievo dalle spalle poderose e dai muscoli che sembravano scolpiti nel marmo sarebbe diventato un ottimo reziario. Al di là di ogni più rosea previsione.

La discussione tra Sesto Giulio Frontino e Menenio sulla distribuzione delle acque si stava concludendo. Il senatore si era congratulato con il funzionario per la fermezza dimostrata nel reprimere la corruzione dilagante in quel genere di lavori pubblici e nel soffocare i continui tentativi degli abitanti meno abbienti di attingere abusivamente alla rete idrica. Non vedeva tuttavia motivo di soffermarsi sul trascurabile particolare che gran parte del danaro recuperato da Sesto con le sue operazioni di disciplina non finiva affatto nelle casse imperiali, bensì nelle sue capaci e fameliche borse.

Sul punto di congedarsi dall'ottimo funzionario, come per caso, chiese con aria vaga: « Quello schiavo... Giunio, mi pare... ti avevo raccomandato di riservargli un trattamento particolare, è riuscito a sopravvivere alle tue attenzioni? »

« Non soltanto è sopravvissuto, ma stava acquistando un pericoloso ascendente sui compagni di fatica », rispose prontamente Sesto, convinto di aver avuto una intuizione geniale. « Così, quando ha massacrato il comandante delle guardie, ho ritenuto opportuno e prudente affidarlo alla scuola di Velio il Trace. In quell'ambiente sapranno sicuramente accorciargli la vita! »

Menenio spalancò gli occhi. « Ha ucciso un capo delle guardie? » urlò stridulo. « E me lo dici con questo tono idiota? Hai avuto la possibilità di toglierlo definitivamente da questo mondo e invece lo hai graziato, elevando addirittura la sua condizione a gladiatore? »

« Ho pensato di agire nel migliore interesse di tutti, signore, e principalmente nel tuo », rispose costernato il funzionario. « Facendolo giustiziare, visto l'ascendente che aveva sugli altri, avrei rischiato una rivolta. Sai bene quali tempi calamitosi stiamo vivendo con gli schiavi, come stia dilagando perniciosamente tra loro l'idea del dio dei cristiani, che li rende pronti ad affrontare la morte con il sorriso sulle labbra, nella convinzione di

finire in non so bene quale vita superiore e celeste. Illusi. Ma riottosi e pericolosi.

« In secondo luogo, ho affidato la sua vita alle sapienti mani di un tuo fedele servitore che, grazie alla tua generosità, gestisce la scuola gladiatoria più titolata dell'impero. Non credo ti sarebbe difficile ottenere che un banale incidente in allenamento tolga di mezzo il già tribuno Giunio, senza pericolosi echi o ripercussioni sul popolino superstizioso, legato all'idea che la sua vita sia stata risparmiata dal volere di Vesta. Ah! Vesta! Gli dei! Ehm... perdonami, signore, mi sono lasciato trascinare... Ma presta orecchio a quanto ti dice un fedele servitore: nei giochi di quest'anno potresti avere un motivo in più per divertirti. »

Una smorfia, più simile al ringhio di un lupo che a un sorriso, torse le labbra del senatore. L'infimo omuncolo aveva probabilmente ragione; la sua lungimiranza sarebbe stata ancora una volta oggetto di encomio e premio. Altrimenti... Be', lo avrebbe spedito a occuparsi delle fogne cittadine, che avevano bisogno di cure almeno come gli acquedotti. Quanto a Giunio, avrebbe davvero potuto provvedere il Trace. Ma vederlo squartare nel Circo, o sbranare da una fiera...

Roma odierna.

« Una prospettiva di sogno », digitò rapidamente Sara Terracini. « Al pensiero, il patrizio romano sentì un fremito all'inguine, reso flaccido dagli eccessi più che dall'età. »

E, battuto sui tasti CTRL+SAVE, la giovane studiosa si abbandonò sullo schienale della poltroncina ergonomica, con le belle labbra carnose socchiuse in un sorriso malizioso. Chissà che cosa avrebbe pensato l'omino denominato Oswald Breil leggendo queste parole. Diabolico com'era, si poteva giurare che avrebbe capito subito che si trattava di una volgare interpolazione. Quando mai il pudibondo frate che, secondo lui, aveva provveduto alla trascrizione delle pergamene dal latino in un italiano irto di espressioni spagnole, avrebbe usato il termine « inguine ». « Flaccido », per di più...

Ma se non le veniva lasciato qualche infinitesimale spazio di libertà, se non poteva dare almeno un po' di sfogo all'innato spirito romanzesco che l'aveva indotta ad affrontare quell'este-

nuante esperienza di quasi clausura personale per soddisfare gli indecifrabili ghiribizzi di un nano inafferrabile...

A proposito, che cosa potevano mai combinare le vestali chiuse nei loro casti conventi protofemministi? Bisognava pensare un po' anche alla piccola e sfortunata Clelia... E il buon Oswald andasse pure nella più vicina delle Geenne.

Oh, be', la quasi reclusione che stava vivendo non faceva di lei una vestale. Dio ne scampi. Sara si scoprì ancora una volta con le dita della destra tese nel gesto delle corna. Scoppiò in una risata allegra. Fuori delle finestre si vedeva uno splendido tramonto romano, reso ancora più teatrale dalla colorazione dei vetri. Niente al mondo avrebbe potuto privarla di una serata delle più piacevoli in un locale di Trastevere, se non addirittura nel fresco dei Castelli. In ottima compagnia. Ottimissima, anche se non si poteva dire.

Tornò ad allungare la destra alla tastiera e premette alcune volte CTRL+QUIT. La macchina chiuse disciplinatamente tutte le finestre aperte sullo schermo, zittendo di botto ogni fruscio e ronzio.

«Quittiamola qui», esclamò ad alta voce Sara, a esclusivo beneficio delle pareti. «La vestale del computer se la batte, caro dottor Breil. Buonanotte.»

Stabia. Anno 832 dalla Fondazione di Roma.
[79 d.C. (N.D.T.)]

La notizia della morte di Vespasiano giunse poco prima della prevista partenza dei gladiatori per Roma, dove Giunio avrebbe dovuto prendere parte al suo primo combattimento. Ma ogni rappresentazione fu sospesa in segno di lutto e rinviata a data da destinarsi.

Al defunto imperatore era succeduto il figlio Tito, ma più di una voce malevola sosteneva che quest'ultimo, sebbene fosse stato un ottimo consigliere per il padre, non potesse essere all'altezza del ruolo di guida suprema dell'impero.

I gladiatori continuarono comunque gli allenamenti, in vista dei ludi che avrebbero dovuto celebrare l'ormai imminente inaugurazione dell'anfiteatro Flavio.

Giunio aveva acquisito sempre maggiore dimestichezza ed

esperienza con la forca e la rete; in particolare, dei continui esercizi si erano avvantaggiate le gambe, fattesi sempre più forti e agili. Com'era inevitabile, la voce dei suoi trascorsi di tribuno militare aveva fatto in fretta ad arrivare anche alla scuola, guadagnandogli un soprannome canzonatorio che accomunava le sue esperienze alle sue origini: per tutti era ormai Giunio, il tribuno di Luna.

Durante un allenamento si sentì chiamare alle spalle. Pur non avendo riconosciuto subito la voce, il tono ostile e gelido di essa gli diede un istintivo brivido alla spina dorsale. Istantaneamente in guardia, si voltò.

Vide il Trace al fianco di Menenio, accompagnato come sempre dal suo fedelissimo seguito di membri del senato.

« Dunque », disse il senatore anziano, « ci rivediamo, schiavo Giunio. Pensa alla fortuna di cui hanno voluto favorirti gli dei: dovresti essere stato giustiziato almeno due volte e invece ti scopro vivo. E proprio qui, in questa scuola che è la mia stessa generosità a finanziare. » Il solito ghigno malvagio, più simile al ringhio di un lupo che a un sorriso, gli torse le fattezze del viso... « Vedo che ti trovi bene nella pratica di questa arte nobile e pericolosa. Mi auguro che i successi nei combattimenti ti aiutino ad abbandonare le brutte strade che avevi intrapreso. »

Un augurio che suonò come una maledizione. Senza ulteriori parole, il senatore si allontanò con portamento altero, seguendo il lanista nelle sue stanze. Giunio ebbe l'amara certezza che, a partire da quel momento, la sua vita sarebbe diventata ancora più complicata e piena di insidie. Lo assillava inoltre un'ulteriore angustia: se il finanziatore della scuola, così notoriamente generoso, era l'infido senatore, nessuno poteva toglierli dalla testa che i suoi rapporti con Velio non si limitassero all'addestramento dei combattenti. C'era sicuramente dell'altro. Giurò a se stesso che avrebbe fatto tutto il possibile per scoprirlo.

« Quell'individuo ha tante vite come le divinità degli inferi », stava intanto inveendo Menenio, furente, rimasto solo con Velio. « Devi garantirti nel modo più assoluto che non venga a sapere niente del nascondiglio dei carri, né dei nostri rapporti privati. Nemmeno un vago accenno, la minima traccia, l'indizio più evanescente. Chiaro? Anzi, no, lasciamo perdere le strampalate idee di quello sciocco di Giusto Frontino. Avrò occasione di veder morire tanti altri uomini nel Circo. Vediamo quindi, non appena se ne presenta l'occasione, di fare in modo che un

incidente tolga di mezzo questo tribuno di Luna. È un uomo molto pericoloso. »

« Come comandi, signore », replicò il lanista, raggrinzendo la cartapecora del volto in un ghigno scaltro. « Mi occuperò personalmente di lui. »

Inaspettatamente, Giunio doveva avere conferma dei suoi sospetti già il mattino dopo, quando, affacciandosi sullo specchio della baia dalla finestra della sua camerata, non riuscì a frenare un moto di sorpresa e indignazione. Davanti ai suoi occhi, tranquillamente all'àncora, la nave da carico che i suoi uomini avevano cercato con tanto inutile impegno beccheggiava pacifica sulle onde. I marinai erano intenti a ripiegare le vele e si accingevano alla manovra di accosto.

Il grande aplustro in forma di testa di cigno svettava sulla balconata di poppa. Scese precipitosamente la scala che conduceva al mare, costringendosi a dissimulare l'ira. Quando chiese a un inserviente addetto all'ormeggio di chi fosse la nave, conosceva già la risposta. « Appartiene alla scuola », rispose l'uomo, « viene utilizzata per il trasporto delle provviste o dei gladiatori. »

Animato da una nuova determinazione, salì di nuovo verso gli edifici della scuola. Le rocce che costeggiavano la scala erano di natura lavica e si aprivano di frequente in immense grotte o in cunicoli profondi. Arrivato nella palestra, vide che Velio lo stava aspettando. La sua aria ambigua lo mise immediatamente in guardia.

« Hai fatto progressi straordinari, Giunio », disse il lanista. « Addirittura impensabili, nonostante l'esperienza che ho di uomini e combattimenti. Ho notato con vero piacere che ormai, in allenamento, nessuno riesce più a tenerti testa. Oggi voglio pertanto metterti alla prova. Ti allenerai con me. »

A terra giacevano già la rete e la forca spuntata. Velio strinse la cinghia dell'elmo e gli fu addosso prima ancora che potesse raccoglierle.

Con un abile scarto, Giunio riuscì a svincolarsi dalla stretta e a impugnare fulmineamente le sue armi. Per farlo, aveva tuttavia perso istanti preziosi. Schivò un primo colpo di spada, ma il secondo, abbattutosi potentissimo sul manico ligneo della sua arma, lo tranciò di netto. La lama di Velio non era di quelle innocue che i gladiatori usavano in allenamento: aveva il filo arrotato alla perfezione. Giunio capì che l'incontro con Menenio

aveva avuto immediatamente l'effetto prevedibile. Il lanista era pronto a uccidere, come confermava la luce livida del suo sguardo.

Si lasciò cadere sulla sabbia e rotolò più volte su se stesso, non abbandonando mai la forca, sebbene fosse ormai ridotta a uno spezzone poco più lungo del suo braccio, e la rete. Non disponeva di altri strumenti di difesa o attacco. Cercò di parare con la rete il secondo assalto, ma la lama affilata lo sfiorò sulla parte alta del torace, facendo scaturire un fiotto di sangue.

Una ferita superficiale, di quelle che nei lunghi anni di guerra aveva imparato a non tenere in nessun conto: sarebbe guarita in pochi giorni. Ma ben più letali minacciavano di diventare gli effetti degli attacchi del Trace. L'unica maniera per cercare di difendersi era trasformarsi da aggredito in aggressore. Ma Velio aveva dalla sua decenni di esperienza: scartando di lato con una potente torsione delle gambe e del busto, schivò l'affondo del moncone di forca e affibbiò un calcio poderoso allo stomaco dell'avversario. Giunio rimase senza fiato per qualche istante, cercando di tenere lontano il lanista con tutti i mezzi possibili per riuscire a riprendere fiato e vendere cara la pelle. Appena il dolore si fu attenuato, fece roteare la rete sopra la testa e la lanciò in direzione dell'assalitore, già ripartito alla carica.

Lo vide tentare di districarsi dalle solide maglie, ma ogni suo movimento otteneva l'effetto contrario. Cadde rovinosamente a terra e lui gli fu addosso in un lampo, premendogli le ginocchia sui bicipiti immobilizzati al suolo.

Levò alta sopra la testa la forca, che era sì spuntata ma comunque in grado di provocare la morte se vibrata con decisione da così poca distanza, ma fu costretto a bloccarsi un attimo, quasi ipnotizzato dall'unico occhio del suo avversario. Vi si vedeva una paura livida, incontenibile, forse la medesima paura di morire che lo stesso Trace aveva visto dipinta sul volto del fattore di Marzio o in quello di sua moglie. Sentì svanire ogni esitazione. « Muori! » gridò, e vibrò il colpo.

Ma aveva sottovalutato la forza del lanista, addirittura raddoppiata dalla disperazione. Con un guizzo poderoso, Velio si liberò dalla morsa delle sue gambe e lo fece ruzzolare a poca distanza. Giunio fece in tempo a vedere che si stava liberando dalla rete, ma in un lampo, prima che potesse rialzarsi, si trovò a sua volta immobilizzato.

Vide la letale lama abbassarsi verso la sua gola. « Sarai tu a

morire, cane!» sibilò il Trace, alitandogli in faccia un respiro fetido. Lo vide prepararsi all'esecuzione, attese con rassegnazione il colpo mortale. Aveva fatto tutto quello che poteva.

Ma evidentemente gli dei non si erano ancora dimenticati di lui. In quel preciso istante la terra tremò e si aprì sotto di loro come mai avrebbe immaginato che potesse succedere. In un lampo gli edifici furono ridotti a macerie polverose, e una fenditura, larga diversi passi, si fece strada a grande velocità esattamente al centro del cortile, con una tremenda serie di crepiti e schianti. Vide alcuni gladiatori cadere e sparire nel baratro, mentre contemporaneamente sentiva la presa dell'avversario farsi meno potente. Il tremito della terra si fece ancora più terribile, tutto sembrava andare in frantumi, inabissarsi, esplodere. Velio era come paralizzato, il braccio ancora levato a colpire, un ginocchio a terra, uno sguardo di terrore fisso sullo spaventevole scenario di distruzione.

Chiamate disperatamente a raccolta le ultime forze, Giunio inarcò la schiena e se lo scrollò di dosso, scaraventandolo lontano. Il corpo di Velio rotolò sul terreno fino alla tremenda fenditura, che sembrava essersi fermata proprio per aspettare lui. Lo vide precipitare, scomparire, lasciando cadere sul terreno la letale spada. Le dita opposero un'ultima resistenza, macchiandosi di sangue, aggrappate per qualche istante ai bordi della voragine. Finché un nuovo scossone del terreno, meno violento ma ugualmente devastante, non lo fece precipitare verso il ventre della terra, fino al posto sicuramente a lui destinato nell'Averno.

Il vulcano stava vomitando fuoco e seminando distruzione ovunque. Sotto lo sguardo attonito di Giunio e degli altri gladiatori accorsi all'aperto, gli orli del baratro si riaccostarono, suturandosi come una ferita e chiudendo per sempre la tomba del malvagio Trace. Gli altri, disorientati e in preda a un panico incontenibile, presero a fuggire in ogni direzione. Lui no. Gli dei gli avevano mostrato in maniera inequivocabile il loro volere: gli avevano assegnato una missione, e doveva portarla a termine. Il sospetto sorto in lui quel mattino, per quanto persino più labile di quelli nati alla vista del colloquio segreto tra Menenio e Sestilio, era un motivo imprescindibile per rischiare ancora. Chi poteva essere stato, se non gli stessi dei, a mettere sotto il suo sguardo in quel modo la nave oneraria dal lungo collo di cigno?

Sapeva che nelle stalle c'era un magazzino il cui accesso era

rigorosamente precluso a tutti i gladiatori. Raccolta meccanicamente la spada di Velio, si precipitò in quella direzione, mantenendo faticosamente l'equilibrio sul suolo tuttora scosso da squassanti tremiti. Mentre correva verso la costruzione, da cui sentiva arrivare i nitriti degli animali impazziti per il terrore, cercò di dare ordine ai suoi sospetti. Se era stato lui a trafugarle, Menenio non poteva essersi disfatto in così breve tempo delle enormi ricchezze del bottino conquistato ai germani. Non avrebbe mai potuto farlo senza dare pericolosamente nell'occhio. Sarebbe stato smascherato in breve tempo: le guardie imperiali erano in possesso del meticoloso inventario redatto da lui stesso nella residenza di Marzio a Ostia, oggetto per oggetto: barre d'oro, gemme, monili d'ambra, fibule.

Doveva averlo nascosto da qualche parte, in attesa che le acque fossero più tranquille. E la scuola dei gladiatori poteva essere un posto buono come tutti gli altri. Il migliore, anzi, il più inavvicinabile, il meglio protetto.

Appena superato l'ingresso, l'odore pungente dello stallatico gli riempì le narici, coprendo addirittura quello di zolfo di cui era impregnata tutta l'atmosfera. Nelle stalle, tra i poveri animali, abbandonati al loro destino dagli stallieri fuggiti alla prima scossa, regnava una confusione inverosimile. I cavalli, legati a un'unica solida fune, stavano strattonando rabbiosamente il morso, riducendosi la bocca a una maschera di bava e sangue. Ma per il momento Giunio non si curò di loro. Non aveva tempo. Era preso da un'urgenza incontenibile, un fremito fratello in tutto e per tutto di quelli che avevano appena devastato la terra. In fondo allo stanzone aveva avvistato la porta rinforzata del magazzino vietato. Si precipitò in quella direzione, ma, fatti pochi passi, si bloccò. Con le sue sole forze non avrebbe mai potuto avere ragione di quel portale di bronzo, fermato da una sbarra trasversale dello stesso metallo.

Scelse i due animali che sembravano meno terrorizzati e li separò dagli altri, legandoli in fondo alla stalla, verso la porta del magazzino segreto, lontano dal cavo che attraversava l'ambiente da un capo all'altro e al quale erano assicurate tutte le cavezze. Quindi fece passare l'estremità di una fune nel primo dei due anelli terminali di ferro che, uno dopo l'altro, tenuti uniti da una correggia tripla di cuoio, fissavano il cavo comune alla parete di fondo della stalla. Infine, assicurata con una serie di esperti nodi l'altra estremità della fune alla sbarra di bronzo che

univa i due montanti della porta del magazzino, tagliò la tripla correggia con un colpo secco dell'affilatissima spada del Trace e incitò i cavalli con urla e scudisciate.

Il cavo comune, improvvisamente libero dalla tensione che lo teneva fissato al muro, vibrò come un serpente, torcendosi nell'aria con una sferzata tremenda che colpì diversi cavalli, aumentandone la frenesia. Come impazziti, gli animali scattarono verso l'ampia uscita, trascinandosi dietro tutto il cavo, in cui le cavezze erano rimaste incastrate. L'anello di ferro che fissava il cavo verso l'apertura della stalla cedette di schianto, lasciandoli finalmente liberi di scappare, e i pochi attimi di tensione della forza di venti cavalli sani e robusti sulla sbarra che bloccava il portale furono sufficienti a svellerlo.

Uno dei due battenti si abbatté di schianto e venne trascinato rovinosamente per diversi metri sul pavimento della stalla, sollevando una nuvola fetida di polvere e stallatico, e finalmente il branco delle bestie imbizzarrite riuscì a fuggire verso la libertà.

Quando il denso pulviscolo si fu diradato, Giunio entrò nel magazzino. In un istante i suoi sospetti trovarono conferma. I quattro carri che aveva portato dalla Rezia erano lì allineati, con le braghe disposte verso l'uscita.

Non perse tempo, incurante delle scosse di terremoto che continuavano a succedersi e dei paurosi gorgoglii del vulcano. Aggiogò ciascuno dei due animali separati in precedenza dal branco a un carro e, tenendo a mano le briglie, si lanciò di corsa verso lo strapiombo sul mare.

Sebbene a fatica, i poveri cavalli, terrorizzati ma lieti di poter fuggire lontano dall'inesplicabile furia delle rocce, riuscivano a trainare lo stesso peso a cui, nel corso del viaggio della legione verso Roma, erano aggiogate ben due coppie di tiro per ogni turno.

Nel corso degli addestramenti, Giunio aveva notato l'esistenza di una grotta a poca distanza dall'inizio della scala che scendeva all'approdo. Dal mare era impossibile vederla, in quanto completamente riparata dietro uno sperone di roccia. Non senza difficoltà, riuscì a guidare i cavalli appaiati fino all'inizio del vertiginoso dirupo che si levava dalla spiaggia, e poi, legate le briglie del secondo animale al primo carro, fece avanzare il più possibile il duplice convoglio all'interno della grotta fino a un

punto in cui, restringendosi, le pareti impedivano di proseguire oltre.

Quindi, liberati dal giogo i puledri, montò il più fresco dei due e, stringendo le briglie dell'altro, raggiunse nuovamente il magazzino delle stalle per ripetere l'operazione. Precisamente in quel momento metà della montagna sembrò esplodere con un fragore tale da provocargli un cocente dolore alle orecchie. Una massa di rocce volò verso il cielo ricadendo come una pioggia martellante di pietre roventi e cenere.

Governare i cavalli era diventato quasi impossibile, ma riuscì comunque ad abbandonare la stalla con il suo prezioso carico nello stesso istante in cui un blocco di lava incandescente colava sul tetto, facendo cedere di schianto la struttura già lesionata dal terremoto.

Una vera pioggia di fuoco accompagnò il secondo viaggio verso la grotta. I due poveri animali dovettero essere frustati a sangue e trascinati con tutte le forze per il morso, ma finalmente la missione richiesta dagli dei protettori del tesoro di Roma fu compiuta.

Liberati i cavalli e lasciatili andare con una sonora pacca sul dorso schiumante di sudore, Giunio rimase qualche istante a osservarli galoppare verso sud, in cerca della salvezza. Avesse potuto imitarli e scappare in quel modo anche lui, libero come un giovane animale sano.

Ma non era possibile. La missione di cui si sentiva investito dagli dei aveva un seguito obbligato, a cui non avrebbe mai potuto sottrarsi. Alzò gli occhi alla scuola. Delle strutture originarie non rimanevano che poche rovine fumanti. Corse verso il mare, scendendo la scalinata con la velocità del vento.

Una bonaccia gonfia di vapori irrespirabili bloccava la nave dove avevano cercato scampo i suoi compagni. Dall'alto vide che, martellata com'era dall'incessante pioggia di proiettili fiammeggianti, sembrava bersaglio del lancio di mille catapulte.

Le vele erano strappate in più punti e stavano per essere preda delle fiamme. A bordo regnava il panico; nessuno riusciva a ordinare la fuga. Si tuffò dal pontile e raggiunse la murata nuotando in un mare che sembrava ribollire. Issatosi a bordo a forza di braccia, mise a profitto i lunghi anni di comando militare e di vita marina, e, cercando di mantenere lui stesso la calma, tentò di ristabilire una parvenza di ordine tra gli uomini terrorizzati.

Erano più di centocinquanta, stipati in ogni spazio disponi-

bile. Levando alta sul frastuono degli elementi una voce a cui cercò di conferire una sicurezza che non provava affatto, ordinò a un gruppo di occuparsi di domare gli incendi, altri li comandò alla voga con i sei lunghi remi normalmente utilizzati per le sole manovre o per i vuoti di vento. E finalmente, con una lentezza esasperante, la grossa nave cominciò ad allontanarsi dalla baia e dalla mortale portata delle esplosioni del vulcano.

Appena raggiunta la sicurezza, non poté non riflettere su quanto fossero strane le coincidenze: quella nave, che aveva seminato la morte tra i suoi legionari determinando un radicale cambiamento della sua vita, adesso lo stava portando in salvo.

Spinse lo sguardo a poppa, al di là della grande testa del cigno. L'aria era tuttora oscurata da una densa nebbia giallastra, formata dalle ceneri in sospensione, ma a tratti si riuscivano a distinguere la vetta del Vesuvio e i fiumi di lava che ne rigavano il versante a mare, travolgendo e distruggendo ogni cosa. Se quello che aveva vissuto era l'effetto dell'eruzione sulla lontana zona di Stabia, che cosa poteva mai esserne stato di località più vicine al vulcano, come Pompei o Ercolano? Su tutta la costa martoriata, i superstiti dovevano essere ben pochi.

L'oscurità calò con notevole anticipo, favorita dalla coltre impenetrabile che gravava sulla zona. Il buio rimase pervaso da un turbinio di livide iridescenze rosse e violacee, testimonianza visibile delle colate laviche e delle fiamme che dilagavano ovunque.

Gli uomini osservavano ammutoliti il terribile, inarrestabile spettacolo. La lava era ormai arrivata al mare, sprofondando tra vapori e fumi. Ogni cosa cedeva al peso e al calore di quel fiume rosso. Dalla vetta rimbombavano ancora sinistre esplosioni; qua e là, nel buio venato di rosso, si intravedevano le colonne d'acqua sollevate dai proiettili esplosi dal vulcano.

Ma la furia degli dei nei confronti degli uomini era ben lungi dal placarsi. Nel cuore della notte la tempesta scoppiò improvvisa, preannunciata soltanto da un refolo di vento nella calma più piatta. Il mare montò, quasi volesse non dimostrarsi da meno di fronte allo scatenarsi degli elementi terrestri.

Le vele erano state ammainate e alcuni uomini stavano cercando di riparare i grossi strappi provocati dai lapilli incandescenti. Non sarebbero comunque mai riuscite a reggere la furia del vento che si scatenò dopo pochi minuti.

I fuggiaschi cercarono di riparare dietro le isole di Ischia e

Procida, ma governare la nave era diventato impossibile. I colpi del mare si abbattevano senza sosta sul ponte stipato di uomini, trascinandone alcuni in acqua ogni volta.

Le onde avevano ormai distrutto quattro remi su sei, i timoni erano prossimi a spezzarsi. Rivolto lo sguardo al ribollire delle acque, Giunio pregò mentalmente Nettuno di perdonarlo. Quali potevano essere le sue colpe di fedele servitore dell'impero romano? Se altri dei gli avevano affidato una missione, non avrebbe voluto il dio dei flutti marini consentirgli di portarla a termine?

La nave offrì il fianco alle onde; preoccupato si volse verso il lato della tuga dove si trovava il timone di sopravvento, che avrebbe dovuto essere ancora in grado di preservarli da quella pericolosa manovra. Non vide tracce del timoniere, probabilmente trascinato via da un'onda. Gli apparve evidente che, se avessero subìto ancora qualche colpo di mare al traverso, sarebbero stati inevitabilmente travolti. Si trovava qualche braccio più in alto rispetto al timone di dritta, quindi si lanciò nel vuoto, cercando di afferrare al volo durante la caduta la lunga impugnatura della pala del timone. Spinse con tutto il peso del corpo e sentì che a poco a poco, con uno sforzo sovrumano, lo scafo aveva ragione della sbandata, finché non vide la prora allinearsi alle onde e fendere le mortali pareti d'acqua.

Sperò che le strutture dell'oneraria non li abbandonassero proprio allora, ma il fasciame sembrò tenere senza grossi problemi; era di vitale importanza non presentare di nuovo il fianco alle onde.

Vento e mare li flagellarono per quasi tutta la notte. Una notte di paura e invocazioni agli dei: vedere la morte in faccia sgomentava anche quegli uomini votati a doversi giocare giorno per giorno un'esistenza comunque breve. Gli dei vollero essere clementi con loro: alle prime luci dell'alba, improvvisa com'era venuta, la tempesta cessò e il sole cominciò a colorare di rosso le murate di sinistra.

Presero terra nei lidi a sud di Roma, abbandonando al suo destino la nave oneraria con la grande scultura a forma di cigno. Era ormai irreparabilmente danneggiata dalla furia di quella sola notte di tempesta.

Giunio la seguì con lo sguardo, vedendola andare alla deriva

e finalmente scomparire: senza gli uomini impegnati a gettare fuori bordo l'acqua imbarcata, si inabissò in pochi istanti. Vedendo il cigno scomparire per sempre tra i flutti, provò un inesplicabile senso di sollievo.

Nessuno dei gladiatori pensò di approfittare della libertà concessa loro dalle forze della natura. E del resto sarebbe stata una libertà precaria. Dopo una rapida consultazione tra i capi riconosciuti del gruppo, fu deciso di fermarsi a una certa distanza dalla città e che una delegazione si sarebbe recata dal senatore Menenio, patrono della scuola, a chiedere istruzioni.

Quinto, il giovane ordinato alla guida della delegazione, tornò il giorno dopo, promosso al grado di lanista. Il senatore aveva disposto che venisse loro assegnata una caserma dell'esercito temporaneamente abbandonata, nei pressi della città, dove il nuovo lanista avrebbe potuto riorganizzare la scuola e prepararla ai giochi indetti da Tito.

Data la giovane età, Quinto era entusiasta dell'incarico ricevuto – ogni gladiatore sognava di poter un giorno dirigere una scuola –, ma sapeva che quella carica era soltanto temporanea. Trascorse infatti un brevissimo periodo nel corso del quale ciascuno dei suoi compagni accettò disciplinatamente di trattarlo con il rispetto dovuto al capo, ma già dopo pochi giorni, assieme al carico delle armi, giunse il nuovo lanista, e Quinto fu rispedito senza cerimonie ad allenarsi con gli altri.

Il nuovo titolare della scuola, Celsio, era un ottimo istruttore militare, e fu forse per questo che tra lui e Giunio nacque una spontanea affinità. Ma la sua esperienza di combattimenti circensi era evidentemente scarsa, al punto di indurre spesso i gladiatori a rimpiangere i consigli del malfido e crudele Trace scomparso nel ventre della terra.

Per loro fortuna, tuttavia, arrivati in prossimità dei giochi, le redini della scuola vennero di fatto prese saldamente in mano dall'impresario, Saulo, un uomo originario dell'asiatica Galazia, che ostentava una grande padronanza dei giochi. A suo dire, la scuola di Stabia avrebbe dovuto in gran parte la propria fama ai suoi continui interventi di organizzazione e al suo costante interessamento. Non aveva certamente l'aspetto del combattente: era grasso e molle, con pochi capelli su una testa perennemente sudaticcia, e i pochi denti rimastigli in bocca erano ridotti a moncherini di un colore brunastro, ma per il resto era piacevole ascoltare i racconti che, finiti gli allenamenti, dispensava ai gla-

diatori raccolti attorno a lui per il consueto scambio di opinioni e giudizi.

«Credo che nessuno di voi», disse una sera il Galata, «possa nemmeno immaginare la maestosità del nuovo anfiteatro voluto dalla famiglia Flavia.» E così dicendo tracciò un'ellisse sulla rena, mettendosi a descrivere la struttura fin dalle fondamenta. «Sotto il piano si trovano i magazzini e un labirinto di sotterranei, nei quali aspetterete il vostro turno. Vi sono poi gabbie capaci di contenere fino a quasi cinquecento fiere, e sistemi di sollevamento per introdurle nell'arena senza alcun contatto diretto con gli inservienti. Per celebrare il nuovo anfiteatro, il divino Tito Flavio ha indetto cento giornate ininterrotte di giochi. Quasi cinquantamila persone potranno assistere ogni giorno alle lotte e agli spettacoli.

«Ma ricordate, e ficcatevelo bene in quelle teste dure, che il torneo sarà a eliminazione», sogghignò, mostrando i pochi denti malati, «e del resto non potrebbe essere altrimenti. Vi esibirete secondo un calendario prestabilito che prevede, per ogni turno, un giorno di battaglia e uno di riposo. Le due scuole che riusciranno ad arrivare allo scontro finale si cimenteranno in una tra le più grandiose battaglie navali mai allestite in un Circo. Come sempre: massima gloria o morte.»

Quindi, fatta una breve pausa perché tutti assimilassero a fondo le sue parole, riprese: «Voglio augurarmi che le recenti disavventure non abbiano compromesso lo spirito della scuola di Stabia, la più valorosa che sia mai esistita».

Parole che suonarono come un incitamento alla battaglia: gli uomini risposero con un boato carico di ardore: «Massima gloria!»

«Non c'è bisogno», riprese ancora il Galata, «che spieghi proprio a voi che l'imperatore sarà magnanimo con chi si distinguerà nei giochi. Molti di voi potrebbero tornare uomini liberi, talmente ricchi da comperarsi non una ma dieci scuole.»

Il discorso dell'impresario aveva toccato nel vivo quei combattenti: uomini forti e senza paura, ma schiavi. Dopo quella sera gli allenamenti furono condotti da tutti con impegno ancor più indefesso. Massima gloria o morte.

4.

Roma imperiale. Anno 833 dalla Fondazione.
[80 d.C. (N.D.T.)]

TRASCORRERE un intero anno chiusa tra quattro mura costituiva senza dubbio un sacrificio duro, anche se gli ampi e lussuosi spazi della dimora delle vestali non erano certamente paragonabili a una prigione. La scadenza del termine della sua punizione si stava avvicinando, e Clelia aspettava con ansia l'inaugurazione del nuovo anfiteatro, evento a cui, data la particolare solennità con cui l'imperatore aveva ordinato venisse celebrata la cerimonia, nessuna delle sacerdotesse sarebbe potuta mancare. Finalmente, in anticipo di quasi una settimana sullo scadere del castigo, la giovane sarebbe potuta rientrare in possesso della libertà personale, seppure nella consueta forma limitata e controllata.

Gaia era stata la sola persona che sembrasse rendersi conto del suo stato di prostrazione. Al rientro dalle preghiere nel tempio o dalle cerimonie, trascorreva ogni volta diverso tempo in compagnia dell'amica, raccontandole con dovizia di particolari ogni evento degno di nota. Ma non era il solo argomento delle loro conversazioni. Una sera, per esempio, Clelia chiese a Gaia che cosa si dicesse in città dei cristiani. La seconda assunse un'aria preoccupata.

«Una notte che non riuscivo a dormire, venuta nella tua camera in cerca di un po' di compagnia sperandoti sveglia, ti ho invece sentito parlare nel sonno dell'uomo di Nazareth», disse per tutta risposta. «Bada bene, Clelia, fino a che sono io a scoprire i tuoi segreti non corri alcun pericolo, ma cerca di immaginarti che cosa accadrebbe se fosse Cornelia a origliare alla tua porta e ad ascoltare le preghiere che ti sento a volte recitare. Te l'ho già detto diverse volte e te lo ripeto: sta' in guardia. Temo che aspetti l'occasione buona per disfarsi di te fin dal momento in cui sei stata consacrata alla dea.

«Non c'è bisogno che sia io a ricordartelo: il suo cuore è di

pietra. Ha un concetto quasi fanatico della propria e nostra funzione sacrale. Se arrivasse soltanto a sospettare quello che so io, non credo avrebbe la minima esitazione a metterti una lucerna nella destra e un tozzo di pane nella sinistra e a segregarti a vita in una delle celle sotterranee del Campo Scellerato.»

Erano ormai trascorsi sette mesi dalla data dell'eruzione, e le calde serate primaverili costringevano i gladiatori a rimanere svegli fino a tardi, in animate discussioni sui metodi di lotta. Con il passare dei giorni i ranghi dell'antica scuola di Stabia si erano reintegrati. Dei centoquarantuno uomini riusciti a salvarsi con la nave, oltre ottanta erano gladiatori, gli altri costituivano parte dei famigli e degli addetti alle scuderie o al cantiere navale. Altre duecento persone circa, anch'esse scampate alla furia del vulcano fuggendo via terra, li avevano raggiunti non appena erano venuti a sapere dove si era ricostituita la scuola del Trace.

Così, alla vigilia degli importantissimi giochi di inaugurazione della nuova arena imperiale, una delle più apprezzate scuole dell'impero sembrava essere stata semplicemente sfiorata dal disastro. In una cosa Velio aveva dimostrato di conoscere alla perfezione gli uomini affidati ai suoi insegnamenti: a nessuno dei gladiatori, sebbene schiavi, era venuto in mente di fuggire. Erano uomini votati alla morte: il loro destino era quello, non avrebbero mai potuto immaginarne un altro.

Giunio trascorse insonne diverse notti di vigilia, come un tempo, ripercorrendo mentalmente con puntiglio gli schemi appresi presso la legione e i compiti che gli spettavano in battaglia, dapprima come legionario e poi come ufficiale. Mai aveva tuttavia provato le sensazioni da cui era pervaso in quel frangente. Era trepidante, forse persino intimorito come una recluta alla prima missione.

Dell'ultima notte insonne pensò per un momento di trovare la causa nel grande banchetto che si era svolto quella sera in onore dei gladiatori della sua scuola. Banchetto offerto dai sostenitori che desideravano osservarli da vicino e valutarli, al fine di avere gli elementi di giudizio in base a cui, il giorno dopo, correre a scommettere. Ma in fondo sapeva che l'impossibilità di dormire non dipendeva dal cibo e dal vino, dei quali non aveva peraltro abusato. Dopo lunghe ore passate con gli occhi sbarrati nel buio, si appisolò quando mancava poco all'alba, ca-

dendo in un sogno agitato in cui antichi ricordi del mare vicino alla città di Luna si mescolavano con altri meno antichi, riguardanti questa o quella battaglia, e ad altri ancora più recenti. Al filtrare della prima luce nella camerata si trovò sveglio. Provveduto alle abluzioni e a un pasto, scese a prepararsi per l'adunata nel cui corso sarebbe stata indicata la prima squadra di combattenti. I nomi dei prescelti venivano volutamente annunciati all'ultimo momento, al fine di evitare tensioni o un eccessivo rilassamento negli uomini il cui impegno era rimandato a più tardi: ognuno di loro doveva essere pronto a battersi sempre.

Era quasi sicuro di appartenere al novero dei primissimi candidati, ma quando il lanista pronunciò il suo nome per ultimo, accompagnato dal grado di comandante della squadra, si sentì ugualmente pervadere da un fremito. Montarono sui carri quando il sole appena sorto illuminava le mura della città, facendole sembrare un interminabile serpente, rossastro e minaccioso. Nonostante la brevità del riposo, si sentiva carico e concentrato come non mai.

Improvvisamente notò una grande animazione: una moltitudine di persone si dirigeva a passo veloce verso la medesima meta. Dopo pochi istanti, maestoso e imponente, davanti ai loro sguardi apparve il luogo dove avrebbero riscattato la loro vita o incontrato una morte orribile.

L'anfiteatro Flavio era composto da tre ordini di immense arcate, sovrastati da un'ulteriore soprelevazione. L'intera circonferenza era delimitata da oltre duecento pali di ferro progettati per sorreggere l'enorme velario, che riparava il pubblico dalla pioggia o dal sole e la cui manovra era affidata ai marinai della flotta imperiale di Miseno. I due ordini di arcate che sovrastavano le ottanta porte di accesso erano adorni di statue in varie pose di combattimento.

Il convoglio dei carri raggiunse finalmente la piazza nella valle, tra il Palatino, il Celio e l'Esquilino, dove sorgeva il Circo. A poca distanza, la statua in oro del dio Sole – un tempo simulacro del folle Nerone – sembrava osservare dall'alto dei suoi quaranta cubiti l'inesauribile affluire di pubblico.

La folla si assiepava attorno all'ingresso e, non appena alcuni riconobbero le insegne della scuola di Stabia, si levarono grida e incitamenti mescolati a improperi e dileggi. Abituato all'attività militare, alla solenne gravità delle manifestazioni ad essa connesse, mai Giunio avrebbe immaginato che la passione per i

combattimenti del Circo potesse portare a simili manifestazioni. I carri si fecero largo, avanzando con difficoltà in mezzo alla moltitudine vociante. Sulla sua destra, Giunio notò la presenza di almeno altre cinquecento persone, dall'aria dimessa, guardate a vista da molti militari.

Stupito, chiese a Saulo chi fossero, e il Galata rispose con un sorriso maligno: « Non lo sai? Dove sei vissuto fino adesso, gladiatore? Sono i bestiari che non riescono a trovare posto nei sotterranei, ormai zeppi ». Ancora più stupito, Giunio obiettò: « Non mi sembra che vestano le armature, o che abbiano le armi di chi combatte contro le belve, anzi... »

« E chi ha detto », ribatté il Galata con una volgare risata, che rese stridula la sua voce tenuta alta per sovrastare le acclamazioni della folla, « chi ha detto che un cristiano debba godere del beneficio delle armi per difendersi da un leone? Non hanno già la protezione del loro dio unico e misericordioso a preservarli dal male? » E la risata si levò ancora più alta e sinistra.

Entrarono direttamente nella caserma dei gladiatori, subito a ridosso della cinta dell'anfiteatro, prendendo possesso della grande stanza rettangolare loro assegnata e cercando di ingannare la febbrile attesa compiendo esercizi o esaminando le armi. Giunio prese tra le mani la rete e ne verificò la robustezza maglia per maglia, quindi bilanciò il tridente nella destra, rendendosi conto per la prima volta di quanta sicurezza fosse capace di infondergli l'unica arma di offesa di cui disponeva. Infine varcò la soglia e si mise a girovagare nel dedalo di corridoi fino a raggiungere il sottopassaggio che portava ai sotterranei esterni del Circo. Il forte odore selvatico degli animali gli riempì le narici, sempre più pungente a mano a mano che si avvicinava alle gabbie. Osservò a lungo l'eleganza dei movimenti delle belve, le loro dimensioni, la ferocia delle loro espressioni. Ve n'era di ogni tipo, dai maestosi leoni d'Africa alle temibili pantere. Sembravano pronti, appena liberi, a far pagare con un sanguinoso tributo di vite umane lo stato di cattività in cui erano tenute.

Quando degli inservienti comunicarono loro di prepararsi a entrare nell'arena, non sapeva quanto tempo fosse passato: come gli avevano preannunciato i compagni esperti, era sembrato interminabile, a lui come a tutti gli altri. Accertatosi che i trenta gladiatori al suo comando fossero pronti, si mise alla guida del drappello dirigendosi verso le scale che conducevano all'ingresso. Le torce illuminavano gli angusti passaggi, deformando ulte-

riormente i volti dei suoi uomini, già stravolti da curiose smorfie di tensione.

L'improvvisa luce del sole lo abbagliò per qualche momento, mentre un urlo assordante si levava da oltre cinquantamila gole. L'interno dello stadio corrispondeva in tutto alla maestosità che aveva avuto modo di osservare all'esterno: ogni ordine di gradinata era stipato di pubblico urlante che non aspettava altro se non l'inizio dei combattimenti e delle carneficine.

A poco a poco, abituandosi alla luce, lo sguardo gli rivelò uno spettacolo straordinario: il perimetro dell'arena era scandito da accurate scenografie che raffiguravano con meticolosa precisione scorci di paesaggi d'oltremare, macchie di foresta inestricabile, colline e laghetti artificiali. Erano i ripari dove avrebbero dovuto sfuggire agli inseguitori, i nascondigli da cui tendere le imboscate.

Sebbene l'eccitazione rischiasse di prendere il sopravvento sulla lucidità della sua mente, ricordò a uno a uno gli insegnamenti del Galata e le su^ descrizioni circa i vari punti di riferimento. Sulla destra vide la porta da cui venivano evacuati i corpi privi di vita. Il pensiero che molti di loro, se non forse lui stesso, sarebbero stati trascinati per le braccia o per le gambe attraverso quell'anticamera dell'Averno, con le membra abbandonate nella sabbia, gli diede un nuovo brivido di furore. Era pronto a vendere carissima la vita.

Esattamente di fronte a sé vide il palco dell'imperatore, su cui troneggiavano due colonne adorne delle insegne imperiali. Puntò con passo risoluto verso Tito, seguito dai suoi uomini in ordine di marcia. Un silenzio irreale aveva avvolto ogni cosa. Erse fieramente la testa e, rivolto all'imperatore, pronunziò le frasi di rito, provate e sentite provare tante volte durante gli allenamenti, e presentò la sua forza.

« Divino Tito », disse con voce stentorea, sentendo le sue parole levarsi alte tra l'attenzione spasmodica, « davanti a te è schierata la scuola di Stabia, pronta a battersi con onore fino alla morte. *Ave, Caesar, morituri te salutant!* » Un boato gli riempì le orecchie: migliaia di voci scandivano il nome della scuola.

Si accorse che in quello stesso istante entravano in campo gli avversari, anch'essi accolti dagli incitamenti del pubblico. Valutò con occhio esperto la struttura fisica di ciascuno di essi: era ormai abituato a quei volti segnati dalle lame affilate, l'aspetto truce dei nemici non poteva impressionarlo. Il cerimoniale di

saluto si ripeté e, finalmente, un cenno della mano di Tito diede il via al combattimento.

Si dispersero prontamente nel grande spazio, trovando riparo dietro i giganteschi monoliti adagiati sulla sabbia o tra gli alberi piantati in aiuole di terra riportata; cercando, comunque, di non perdere mai di vista l'avversario.

Al primo cozzo di armi, Giunio sentì il sangue scorrere più veloce e, scorto uno degli inseguitori nemici, lo fronteggiò mulinando la rete e puntandogli il tridente al petto. Cominciò a combattere sotto un sole alto e sfolgorante; quando stava per tramontare, ebbe ragione dell'ultimo avversario. La sua squadra aveva perso solamente due uomini, mentre una sorte ben più amara aveva subito il nemico. Abbandonarono l'arena accompagnati dagli incitamenti entusiasti e sfrenati della folla.

Quegli spettacoli cruenti non erano certamente fatti per rallegrare lo spirito di Clelia che, al contrario delle altre, rimaneva quasi in disparte nel palco riservato alle sacre sacerdotesse, immediatamente di fianco a quello dell'imperatore. Non riusciva a darsi ragione di come le scie di sangue lasciate sulla sabbia dagli uomini feriti o morenti potessero infiammare gli animi di tutti, compreso quello della Vestale Massima che, abbandonato ogni ritegno e sporgendosi dalla balaustra, gridava espressioni inaudite alla volta dei gladiatori perdenti.

Quando poi vide il gruppo malconcio e impaurito che aspettava inerme la morte al centro della grande platea, non riuscì a trattenere le lacrime. I cristiani erano una cinquantina; li vide stringersi l'uno all'altro quasi per farsi coraggio. Vide vecchi, donne e bambini, riparati al centro dell'improvvisato schieramento circolare, mentre nella parte esterna erano disposti gli uomini validi, disarmati.

Nel silenzio spasmodico dell'attesa, un cigolio sinistro sembrò riempire lo stadio: le gabbie erano state aperte, e nell'arena si riversavano da ogni lato leoni e pantere. Vide le fiere fermarsi un attimo, interdette, probabilmente accecate dalla luce improvvisa, e poi, annusata l'aria, dirigersi con le loro andature eleganti e letali verso le prede. Ebbe ancora la forza di guardarle girare lentamente attorno a quella povera gente, quasi volessero valutarne la pericolosità, e poi le vide balzare con gli artigli protesi.

In quell'istante chiuse gli occhi. Ma non poté fare a meno di sentire le urla disperate, i ruggiti delle fiere, il clamore della folla. Si sentì invadere da un dolore intollerabile. Una misericordiosa forza celeste ebbe pietà di lei, perse i sensi.

Quando riprese conoscenza si trovava nell'infermeria del Circo, e Gaia le stava accanto tenendole la mano.

« Perché? » chiese con voce tremante. « Perché? »

« Il tuo malessere mi ha evitato di assistere al resto dello spettacolo », rispose una Gaia completamente nuova, un tempo tanto eccitata all'idea degli spettacoli del Circo e adesso, invece, tremante, indignata. « Non puoi sapere con quanto sollievo abbia abbandonato gli spalti. Ma temo che, nostro malgrado, dovremo abituarci. La regola vuole che presenziamo a tutti i cento giorni di combattimenti. »

Lo svenimento di Clelia costituì tuttavia un alibi accettabile. Dal giorno seguente la giovane poté fingersi malata, evitando di assistere nuovamente a quegli spettacoli di intollerabile crudeltà.

Roma imperiale. Anfiteatro Flavio.

A mano a mano che Giunio e i suoi procedevano di vittoria in vittoria, il valore dei loro avversari si faceva sempre più elevato. E insieme aumentava la passione del pubblico, che ormai conosceva tutti i nomi dei suoi favoriti, i quali, nel corso di un combattimento, si sentivano esaltare in maniera cieca dall'urlo della folla.

Nuovo a quegli spettacoli, Giunio non si era forse reso conto fino in fondo di quanto fosse idolatrato dalla folla, ma non poté non notare che ogni volta che scendeva nell'arena il suo nome si levava alto. La folla aspettava i gladiatori all'esterno dell'arena, nella speranza di poterli accostare, vedere da vicino, toccare, di poter manifestare loro il suo favore con frasi di incoraggiamento.

Una sorta di pazzia collettiva da cui a poco a poco si era lasciato contagiare. Continuava a ritenere inutile provocare la morte di un avversario ormai sconfitto, ma con sempre minore esitazione affondava l'arma nella gola del nemico quando la folla inferocita gli gridava: « Non avere pietà, Giunio di Luna, sgozzalo! » E per converso, nei rari casi in cui il pubblico e l'im-

peratore ritenevano degno di grazia un gladiatore battutosi con particolare coraggio e valore, gli sembrava di non compiere a fondo la sua opera. La fine dei giochi si avvicinava rapidamente; sempre più prossimo diventava il giorno dello scontro finale.

Aveva chiesto più volte a Saulo notizie di Marzio, ma non era mai riuscito a cavare dal torbido impresario dei giochi niente più di qualche frase generica. Finché, improvvisamente, una sera, venne da lui tratto in disparte e si sentì dire: «Ho finalmente saputo dove si trova il generale Marzio». Quindi, accertatosi con una pausa di avere conquistato tutta la sua attenzione, il Galata riprese: «Pochi giorni dopo il tuo processo, è stato a sua volta condannato per alto tradimento e poi graziato dalla pena capitale in virtù dei suoi meriti militari. È comunque accusato di appropriazione di beni della collettività, a causa della scomparsa del tesoro dei germani. Attualmente è chiuso nelle carceri di Ostia, dove sconta una condanna a venti anni».

«Marzio in carcere?» replicò, incredulo.

«Sì, e ti assicuro che, se fosse stato chiuso al Mamertino invece che in quelle più umane prigioni vicine al porto, a quest'ora non sarebbe di certo più in vita.»

Lo sguardo di Giunio si perse nel vuoto. Adesso aveva davvero qualcosa in cui credere e per cui combattere.

Cento giorni possono non sembrare molti, ma, come sempre, nel chiuso della dimora delle vestali il tempo sembrava non passare mai. Clelia trascorreva le sue giornate in un'inedia totale, fino al rientro delle compagne dai giochi. Ma anche allora continuava a fingersi malata, cospargendosi il viso di ciprie chiare e sottolineando con un tocco di tinture d'Egitto le cerchiature sotto gli occhi. Aveva colto più volte lo sguardo sospettoso della Vestale Massima, ma era riuscita a schivare abilmente le sue pressanti domande fingendo violenti colpi di tosse convulsa. Sapeva comunque che la finzione non poteva continuare a lungo.

Parlandole dei giochi, Gaia si era soffermata a lungo sulle gesta di Giunio, un gladiatore invincibile, capace di infiammare gli animi con il suo coraggio e il suo valore.

A poco a poco Clelia si era lasciata convincere. Se fosse stata smascherata, avrebbe pagato caro il suo stratagemma. Quindi decise di ridurre gradualmente i falsi sintomi del malessere e di essere presente all'ultima giornata dei giochi. L'arena sarebbe

stata allagata per una finta battaglia navale, e Clelia pensava, a torto, che lo spettacolo sarebbe stato meno cruento.

Nel corso dell'ultima settimana gli allenamenti si erano fatti ancora più duri: in aggiunta ai consueti esercizi di lotta, i gladiatori trascorrevano molto tempo sulle imbarcazioni da battaglia, esercitandosi nelle manovre e negli speronamenti, simulando fughe o volando all'inseguimento, pronti ad arrembare. Nelle manovre di accostamento avevano raggiunto una tale sincronia, una tale perfezione e velocità da stupirsi essi stessi. Quando il corvo – la lunga passerella che permetteva di trasformare uno scontro navale in una battaglia corpo a corpo – era solidamente conficcato nel fasciame del ponte avversario, facevano destramente ruotare l'imbarcazione in modo da affiancarla all'altra. Quindi, invece di avanzare dove era naturale che i nemici li aspettassero, scavalcavano le murate contigue delle due navi e dilagavano sul ponte.

La prima volta che Giunio aveva ordinato ai suoi di provare questa ardita tecnica, la squadra con cui si stavano allenando era stata colta di sorpresa, ancora schierata a prua in attesa di un assalto proveniente dalla passerella d'arrembaggio.

Negli ultimi due combattimenti nel Circo, Giunio aveva perso un numero rilevante di uomini, quasi il doppio di quanti ne erano caduti in tutti gli altri giorni, ma ormai gli restava da affrontare soltanto una squadra nell'attesissima battaglia finale.

Venivano da una terra lontana, a oriente di qualsiasi paese conosciuto; la loro forza si ammantava di leggenda; l'abilità con cui si battevano era tale da suscitare al tempo stesso ammirazione e sconcerto. Portavano armi inusuali e sopperivano a evidenti limiti fisici con un'agilità mai vista e una tecnica micidiale. I gladiatori della scuola d'Oriente erano temuti e rispettati ovunque: combattere contro di loro significava quasi sempre soccombere.

Nella valle scorreva un piccolo rio, che un tempo alimentava il laghetto posto al centro della monumentale residenza di Nerone. Durante i lavori di costruzione dell'anfiteatro, il corso del ruscello era stato deviato e il suo letto incanalato con le stesse tecniche di costruzione di un acquedotto. L'apertura di una chiusa bastava per allagare il piano dell'arena. Nel giro di una notte l'acqua arrivò a lambire la base del palco imperiale, con-

sentendo alle navi di navigare agevolmente. I magazzini e gli accessi che si trovavano sotto il livello dell'acqua erano stati sigillati con pesanti portali di legno, nelle cui fessure era stata colata pece fusa.

Nonostante i giorni passati a combattere al centro dell'arena, vedere l'anfiteatro così trasformato per accogliere l'ultimo scontro provocò in Giunio una profonda emozione. Quando poi ebbe modo di osservare gli occhi sottili e freddi degli avversari, provò una sensazione che dovette riconoscere di disagio, se non addirittura di timore.

Ai due poli dell'ellisse, gli scenografi avevano creato due isole artificiali, dove erano ormeggiate le imbarcazioni. Le due flotte, ciascuna di tre navi, si fronteggiavano minacciose in attesa del segnale d'inizio del combattimento. Una terza isola era stata sistemata direttamente davanti al palco imperiale: su quel rialzo i vincitori avrebbero ottenuto il meritato trionfo.

Il pubblico appariva diviso in due fazioni quasi uguali; i nomi che venivano alternativamente scanditi, mischiandosi spesso con un effetto curioso, sembravano essere solamente il suo e quello di uno degli avversari. Viste da lontano, le navi erano una copia esatta delle *deceres*, ma con una riduzione proporzionale delle dimensioni che ne consentiva quel tipo di impiego. Invece di oltre seicento uomini, tra fanti e marinai, ne potevano accogliere ottanta ciascuna. Anche il numero dei remi e dei manovratori era proporzionalmente ridotto. La linea rimaneva snella e filante, e i vessilli sventolavano sgargianti nella calda brezza estiva.

Notato un inesplicabile ribollire dell'acqua in una zona del campo di battaglia, Giunio cercò di capirne il motivo. Aveva sentito parlare più volte di quei ripugnanti animali, simili a gigantesche lucertole con la pelle più dura della pietra, ma non li aveva mai visti. Invece, adesso, a pochi passi da lui, ne vedeva diversi impegnati a contendersi con furia un grosso pezzo di carne sanguinolenta. Distinse con chiarezza le fauci dai denti aguzzi. Capì che nessuno, una volta caduto in acqua, poteva avere scampo.

Le sue navi si portarono al centro dello specchio d'acqua con rapidi colpi di remi, immediatamente raggiunte da quelle degli avversari. Con le prore rivolte verso l'imperatore, entrambe le squadre levarono alto il saluto, rimanendo in attesa del segnale.

Erano ancora affiancati, con gli sguardi fissi sul grosso vessil-

lo che, una volta issato, avrebbe decretato aperti i giochi, quando Giunio notò una strana agitazione sulle navi nemiche. Di norma gli attacchi veri e propri erano preceduti da momenti di attesa in cui gli avversari si studiavano prima di decidere le tattiche dell'assalto. Ma quella volta non fu così.

Il vessillo non aveva ancora raggiunto la sommità dell'asta, quando, improvvisamente, dalle torri in legno che sovrastavano la poppa di ogni vascello nemico vide partire una pioggia di dardi che si lasciavano dietro una scia di fumo nero, piombando sul ponte della sua nave più vicina e seminando il panico tra l'equipaggio. Sentì arrivare chiarissime le imprecazioni degli uomini che tentavano di spegnere i molti incendi scoppiati simultaneamente. La nave avvampò come un fuscello secco e in un baleno divenne un rogo indomabile. Vide i suoi uomini cercare scampo gettandosi in acqua. Sulla piccola isola posta davanti al palco di Tito, scorse gli animali strisciare sulla terraferma, apparentemente goffi ma in realtà veloci, per tuffarsi in acqua e puntare sulle prede indifese.

Fu costretto ad assistere impotente al massacro, fremendo a ogni invocazione di aiuto, presto soffocata dagli spasimi di una morte atroce. Gli uomini scampati al nutrito lancio di frecce incendiarie venivano fatti a pezzi dalle fauci voraci dei coccodrilli. Adesso si trovavano in netto svantaggio, oltre che disorientati dall'improvviso attacco.

Non ci volle molto perché si riprendesse dallo sgomento e organizzasse la difesa. Guardò le tre navi nemiche che viravano con sincronia perfetta. Vide le loro prore, sollevate dal vigore dei vogatori, avanzare minacciose verso l'altro suo vascello. Si accorse che quei suoi compagni cercavano di sottrarsi all'impari sfida. Curiosamente, la nave amica e le tre avversarie presero a inseguirsi una in coda all'altra. Vide che i suoi arcieri stavano mietendo vittime sul ponte della prima delle inseguitrici. Decise che era il momento di intervenire.

Ordinò di manovrare in modo da accodarsi alla fila, fino a che la loro prua non fu a ridosso della poppa nemica. Gli orientali ebbero un attimo di esitazione, un impercettibile rallentamento che fu sufficiente per cozzare contro di loro con forza. Gli giunse distinto il frastuono del fasciame che cedeva di schianto sotto la potenza del rostro. Gridò immediatamente ai suoi di invertire la direzione di voga, in modo che lo sperone di

bronzo a triplice punta si liberasse dai legni dello scafo avversario.

Un nuovo schianto secco lo avvertì che si stavano disincagliando. Vide una colonna d'acqua riversarsi nella poppa della nave orientale attraverso l'ampio squarcio; l'imbarcazione si inclinò quasi subito, cessando di inabissarsi soltanto quando incontrò il fondo dello specchio d'acqua. Comandò all'arrembaggio soltanto una parte dei suoi, già pronti, preferendo trattenerne a bordo la maggioranza per fronteggiare eventuali nuove minacce.

Vide gli uomini scagliarsi dal parapetto contro il vascello così curiosamente inclinato, mentre dalla loro torre le frecce continuavano a bersagliare i nemici non caduti in acqua per il contraccolpo. Li osservò battersi con tenacia ma, prima di poter essere certo dell'esito della battaglia, si accorse che una seconda nave nemica stava dirigendo verso di loro. Tentò di scostare, ma la catena dell'*harpago* li teneva saldamente ancorati agli attaccanti. Prima di raggiungerli, infatti, gli orientali avevano scagliato con la catapulta la pesante pertica armata di uncino, e adesso sembrava si stessero preparando all'arrembaggio.

Abbandonata la sua postazione a poppa, corse verso il punto dove si era conficcata la punta di ferro che li tratteneva. Già diversi uomini stavano cercando inutilmente di estrarre il grosso arpione. Gli orientali erano ormai loro addosso, sicché non poterono fare altro che prepararsi allo scontro. Giunio aveva insegnato ai suoi a non lasciare mai l'iniziativa agli avversari. Ordinò pertanto di rientrare i remi: non appena le murate si urtarono e prima che gli altri avessero il tempo di invadere il loro scafo, si riversarono sul ponte nemico seminandovi lo scompiglio. Nel raggiungere la bitta a cui era assicurata la catena di ferro dell'*harpago*, Giunio riuscì ad abbattere almeno tre orientali. Liberate rapidamente le volte, lasciò scivolare le maglie fuori bordo. Quindi, al segnale prestabilito, la maggior parte dei suoi riguadagnò con perfetto tempismo il proprio scafo, che finalmente era tornato in grado di governare.

La manovra di allontanamento fu rapida, e altrettanto improvvisa fu, non appena preso un po' di abbrivio, la forza con cui speronarono l'imbarcazione nemica. Lo squarcio che si aprì quando si allontanarono fu tale da far colare a picco l'imbarcazione in pochi istanti. Sul ponte ancora emerso dall'acqua, notò diversi nemici rimasti in assetto di battaglia. Decise che sarebbe

stato meglio occuparsi in seguito di quel manipolo di uomini, immobilizzato dalla chiglia posata sul fondo e quindi inoffensivo, rivolgendo altrove la sua attenzione.

La carena della loro terza imbarcazione emergeva in tutta la sua lunghezza, mentre con inaudita violenza il rostro di quella nemica continuava a percuoterla dopo brevi rincorse. Dal ribollire dell'acqua attorno allo scafo capovolto si rese conto che anche per quei valorosi gladiatori non c'era scampo. Ormai rimanevano soltanto due navi: la sua e l'altra ammiraglia.

Gli orientali puntarono velocissimi su di loro, e per alcuni interminabili momenti i due vascelli si inseguirono a vicenda, accompagnando ogni avvicinamento con un nutrito lancio di frecce.

Mentre accostavano da prora l'avversaria, un gruppo degli uomini di Giunio era intento alle manovre del corvo. Rilasciate le cime, la passerella si abbatté oltre la murata dell'altra nave e lo sperone d'acciaio penetrò profondamente nel pagliuolo. I nemici si assieparono nel punto in cui terminava il sottile ponte, su cui già si stavano riversando alcuni degli attaccanti. Intenti a fronteggiare l'assalto simulato, gli orientali non si accorsero che i vogatori, mentre rientravano i remi da una murata, dall'altra remavano a tutta forza, creando mulinelli con le pale nell'acqua torbida.

Le murate vennero a contatto e furono ancora una volta scavalcate per un nuovo arrembaggio. L'improvviso assalto dal fianco trovò gli orientali impreparati, e gli uomini di Giunio avrebbero potuto concludere la battaglia con quello scontro, se la passerella di prora non avesse ceduto di schianto. Le due navi si sarebbero presto separate.

Giunio emise di nuovo il fischio che significava la ritirata, e i suoi lo seguirono in perfetto ordine, scavalcando i parapetti che ormai stavano allontanandosi l'uno dall'altro. Saltò per ultimo, quando la distanza tra i due scafi era diventata quasi invalicabile. Fu soltanto la certezza della morte per mano degli avversari o, prospettiva ancora più orrenda, nelle fauci fameliche dei coccodrilli a dare alle sue gambe la sovrumana forza necessaria per superare il vuoto. Atterrò pesantemente sul bordo del parapetto, accolto da un urlo di trionfo dei suoi uomini.

Calcolò di avere praticamente dimezzato le forze nemiche: adesso era lui a trovarsi in vantaggio, già vedeva la vittoria a portata di mano. Sicuramente consapevole dello stato di infe-

riorità in cui si trovava, il comandante nemico fece accostare l'imbarcazione al lato opposto dell'arena, e da lì puntò nuovamente la prora, prendendo una lunga rincorsa.

Giunio ordinò immediatamente ai suoi di comportarsi nello stesso modo, sicché i due scafi si fronteggiarono, lanciati uno contro l'altro. L'urto frontale avrebbe sicuramente comportato la perdita delle due navi, ma qualsiasi tentativo di manovra rischiava di far mostrare il fianco al rostro di bronzo del nemico.

Giunio vedeva due baffi di spuma formarsi davanti alla prora che avanzava minacciosa: l'impatto era questione di attimi. Sull'arena era calato un silenzio greve, rotto soltanto dal ritmo dei tamburi che davano il tempo ai rematori.

L'urto fu tremendo e lo scaraventò sul ponte; colpì con la nuca la base della torre, perse i sensi per qualche istante. Fu il contatto con l'acqua a rianimarlo istantaneamente: si trovava in equilibrio su un'ordinata di legno della nave. Era miracolosamente illeso. Sorte ben peggiore stava toccando ai pochi uomini che, caduti in acqua, cercavano di combattere un'impari lotta contro i giganteschi sauri.

Vide, a poca distanza da sé, Quinto impegnato in duello con uno di questi nemici invisibili, che lo trascinava sotto il pelo dell'acqua. Sporse le mani per tirarlo in salvo, ma quando riuscì finalmente a sollevarlo e a estrarlo dall'acqua vide con raccapriccio che le gambe del suo compagno non esistevano più. Non poté fare altro che rigettarlo in acqua, cercando di vincere la nausea.

La corrente e pochi guardinghi colpi con le mani nell'acqua lo portarono fino all'isoletta davanti al palco di Tito. Respirando a fatica, la bocca invasa dal sapore della bile, il petto squassato da singhiozzi privi di lacrime, si stava avviando verso il palco quando si accorse che la folla era ammutolita, e fu forse quel silenzio innaturale a metterlo all'erta. Si voltò di scatto e vide il comandante degli avversari ergersi dall'acqua con due occhi sottili e gonfi di odio.

La mano destra era già corsa istintivamente al fodero del pugnale, la sinistra aveva afferrato la rete mai abbandonata e ancora portata a bandoliera. L'orientale gli fu addosso con piccoli passi agili e veloci. Lo vide spiccare un salto; i piedi uniti volarono nell'aria, colpendolo in pieno sterno, togliendogli il respiro e facendolo ruzzolare a terra. Precipitatosi su di lui, l'irriducibile nemico cercò di immobilizzarlo inchiodandogli le braccia

al suolo. Mai Giunio avrebbe pensato che un giorno sarebbe stato costretto a ringraziare Velio il Trace e le sue lezioni. Ma furono proprio i trucchi da lui appresi a consentirgli di sottrarsi alla presa mortale.

Si sentì tuttavia colpire di taglio a mani nude, quindi vide l'orientale allontanarsi e prendere una nuova rincorsa. Lo intercettò a mezz'aria con un abile lancio della rete e, quando lo vide a terra, ormai immobilizzato, gli si scagliò addosso. Con tutta la rabbia che aveva nei visceri sollevò le mani congiunte, scaricando sulla nuca indifesa la forza omicida che si era sentito decuplicare in corpo. Sapeva che un colpo del genere avrebbe potuto uccidere un uomo, ma il comandante degli orientali, apparentemente invincibile, perse soltanto i sensi.

Giunio raccolse il pugnale che gli era scivolato di mano nel corso del combattimento, pronto a fargli pagare la vita di tutti i suoi uomini. L'urlo della folla salì in un crescendo inarrestabile. «Sgozzalo!» gridavano a una sola voce i cinquantamila spettatori.

Come imponeva la rigida norma, volse lo sguardo verso il palco di Tito per ricevere l'ordine imperiale, ma si sentì paralizzare da due occhi color cobalto fissi nei suoi. Attraverso la nebbia di terra e sudore, in quello che ormai sapeva essere il palco delle vestali, vide una giovane bellissima. Leggermente in disparte rispetto alle compagne, osservava la scena con espressione sgomenta. La riconobbe subito, sebbene la sua smorfia di orrore fosse parzialmente coperta dal velo. A quel viso doveva la vita.

L'urlo del pubblico si levò ancora più forte; l'avversario stava riprendendo conoscenza. Lo fissò negli occhi, già sapendo che cosa vi avrebbe visto. Non avrebbero mai potuto esprimere paura; la loro fierezza gli vietò di vibrare il colpo fatale. Un impulso irresistibile lo costrinse a voltarsi ancora una volta verso il palco delle vestali. Le sacerdotesse sembravano aver perso ogni contegno e si sporgevano dalla balconata unendosi smodatamente all'urlo della folla: «*Iugula, Iunius!*» «Sgozzalo, Giunio!» puntando spietate il pollice verso il suolo.

Soltanto lei taceva, immobile. Ma finalmente, dopo qualche interminabile istante, quasi avesse colto la domanda espressa dallo sguardo di Giunio, schiuse le labbra in un sorriso malinconico e volse il pollice al cielo.

Il gladiatore chinò la testa e ripose la lama nel fodero.

Tra gli spettatori e nel palco dello stesso Tito calò un silenzio smarrito. Un istante brevissimo, seguito da un crescendo di voci. Evidentemente appagata dal sangue scorso, la folla prese a scandire il nome di Giunio, prima quasi in sordina e poi sempre più alto, fin quando Tito non si compiacque di mostrare a tutti il pollice alzato.

Giunio si erse in tutta la sua gagliarda statura sull'isola artificiale di fronte al palco imperiale. Vide uno schiavo avvicinarsi a Tito reggendo sulle braccia protese un cuscino ricamato. L'imperatore sollevò verso il cielo la spada di legno che gli era stata portata, simbolo della riacquistata libertà dello schiavo, e gliela gettò. Giunio ne seguì con sguardo incredulo il volo fin quando non arrivò a toccare terra ai suoi piedi. La raccolse trepidante e la sollevò a sua volta al cielo: gli dei lo avevano assistito, era di nuovo un uomo libero.

Roma imperiale.

Clelia non riusciva a cancellare dalla mente il volto del gladiatore. Le era stranamente familiare, sebbene non ricordasse dove potesse avere già incontrato quell'uomo, il cui nome le era stato rivelato dalle urla della folla e delle sue stesse compagne: Giunio della città di Luna.

Il ricordo non voleva abbandonarla, finché un pensiero confuso non si fece strada nel buio della sua mente. Rivide una piazza gremita di folla inferocita, un uomo condotto a morte, coperto di insulti e sputi. Le apparvero due occhi sgomenti e increduli. Ecco il perché dello sguardo angosciosamente interrogativo che si era levato a lei dall'arena, del privilegio concessole di decidere per la vita di un altro uomo.

Quel corpo atletico e segnato dalle ferite, quel viso sconvolto dalla fatica e dal dolore, quello sguardo fiero e onesto. Il nome le affiorò spontaneo alle labbra, irresistibile. «Giunio», mormorò. Si lasciò cadere sul letto. Capì che avrebbe portato per sempre con sé il pensiero di quell'uomo.

Sapeva che si trattava di un pensiero vietato, sacrilego. Ma non poteva mentire a se stessa: avrebbe voluto avere quell'uomo accanto a sé.

Il cavallo correva a briglia sciolta. In lontananza si scorgeva il mare, sulla cui sponda spiccava la residenza di Marzio. Da quella distanza sembrava che niente fosse cambiato, ma, a mano a mano che si avvicinava, agli occhi ansiosi di Giunio divenne sempre più evidente lo stato di degrado della proprietà. Quando abbandonò la cavalcatura all'interno del cortile, si vide circondare da uno stuolo di schiavi e inservienti, inquieti quanto lui.

Il nuovo fattore lo mise al corrente delle difficoltà che stavano attraversando, rappresentate anzitutto dalla chiusura di ogni sbocco per le merci provenienti dalle tenute di un patrizio accusato di essere un traditore della patria. Insieme a lui, Giunio organizzò la spedizione per le prime ore della mattina seguente.

Giunsero a Stabia al tramonto. Aveva condotto con sé trenta schiavi a cavallo, due carri carichi di attrezzi e dodici animali da soma. Era ormai trascorso un anno da quando il Vesuvio aveva seminato morte e desolazione. Il paesaggio era completamente cambiato. Dove un tempo c'erano verdi vallate ubertose e prosperi centri abitati, adesso si vedeva un'unica distesa di ceneri e roccia lavica solidificata a comporre curiose sculture, o drammaticamente venata di solchi e crepacci. Uno spettacolo desolante.

Mentre si dirigevano verso il mare, Giunio si augurò che la colata non avesse ostruito l'ingresso della grande grotta in cui aveva portato i carri, o che gli uomini di Menenio non avessero scoperto il nuovo nascondiglio del tesoro. Notò che la morfologia delle coste era stata trasformata dalla colata lavica, e che le ampie strade di accesso al mare erano scomparse. Analoga sorte avevano subìto gli edifici della scuola. Ormai il manto bruno si stendeva sopra ogni cosa.

Localizzò a mente la posizione della grotta. La grande imboccatura originaria era stata parzialmente ostruita, ma rimaneva un'angusta fenditura, quasi messa lì da una forza superiore per segnalare ai suoi occhi la posizione esatta del nascondiglio. Introdottosi nel cunicolo con una torcia, verificò l'integrità dei carri.

Lottarono tutta la notte contro la roccia dura come il ferro, ma, finalmente, alle prime luci dell'alba il foro d'entrata era abbastanza ampio da lasciar passare un carro. Lavorarono senza sosta, con l'aiuto di diversi argani, sin quando – sul far del tra-

monto – i carri del bottino di guerra non furono allineati in un viottolo di campagna risparmiato dalla lava.

Decise di non ascoltare le proteste degli uomini che, esausti, reclamavano qualche ora di meritato riposo, e diede l'ordine di dirigersi verso Roma. Una volta estratto da quel recesso inviolabile ed esposto agli sguardi del mondo, il tesoro poteva trasformarsi in un'arma micidiale. Sapeva per antica esperienza che Menenio aveva occhi e tentacoli ovunque. La perdita anche solo di pochi minuti poteva essere fatale. La marcia si rivelò più faticosa che all'andata; i buoi sbuffavano rumorosamente dalle narici nel trascinare l'enorme peso dell'oro dei germani. Ma, fortunatamente, le due notti e il giorno necessari per completare il viaggio trascorsero senza incidenti.

Alla mattina del secondo giorno entrarono in città. Giunio sapeva che, come ogni primo del mese, l'imperatore avrebbe presenziato alla riunione della Curia. Aveva scelto con cura la data; e anche per questo aveva cercato di evitare ogni indugio. Guidò la carovana fin sulla piazza del Foro.

Gli sarebbe certamente stato difficile incolpare Menenio dei suoi crimini: nessun tribunale sarebbe mai stato disposto a prendere per buone accuse tanto infamanti nei confronti del senatore da parte di un ex gladiatore. Perché lui ormai era questo, e nient'altro. Non un fedele servitore dell'impero, un soldato che aveva versato con onore il sangue per Roma, ma un ex schiavo sottratto alla catena soltanto per la sua scelta di uccidere altri uomini nei ludi del Circo. Ma non gli importava. Ciò che più gli stava a cuore in quel momento era rendere la libertà a Marzio.

I littori che montavano la guardia al senato si meravigliarono nel vedere i quattro carri percorrere il lastricato della piazza, ma, colti di sorpresa e in assenza di istruzioni, preferirono non intervenire. Con l'avanzare del mattino la folla si andava intanto facendo sempre più numerosa, finché, sulla soglia della Curia, non comparve lo stesso Tito, accompagnato dalle guardie e da un seguito di senatori. Nessuno di loro avrebbe potuto non vedere i quattro carri ordinatamente allineati. Sottile fu il piacere di Giunio, quando vide Menenio impallidire.

« Chi osa turbare le riunioni del senato di Roma? » tuonò la voce dell'imperatore, sovrastando il brusio dei presenti.

« Il mio nome è Giunio, divino Cesare, uomo libero grazie al tuo magnanimo volere », rispose.

A quelle parole Tito abbassò uno sguardo furente sull'uomo che aveva osato rivolgergli la parola, violando la più elementare regola del cerimoniale. Lo scrutò a lungo, tanto perplesso da tardare a impartire l'ordine che lo sfrontato venisse fatto sparire dalla sua vista, finché sembrò ricordarsi improvvisamente del gladiatore a cui soltanto pochi giorni prima aveva conferito la libertà.

« In segno di gratitudine per il dono che hai fatto alla mia umile persona », si affrettò a riprendere Giunio, prima che l'effetto della sorpresa svanisse, « ho recuperato la parte misteriosamente scomparsa del tesoro del popolo di Roma. Per questi carri colmi d'oro, noi legionari abbiamo combattuto con valore e abnegazione tra i freddi perenni, portando le nostre insegne al di là del Reno. Ma, ahimè, chi ci ha guidato con ardore e patriottismo alla vittoria oggi langue in prigione, ingiustamente infamato da accuse gravi quanto false. »

« Che cosa vuoi dire, gladiatore? » chiese Tito con voce rauca, ormai sorpreso al punto da avere lui stesso dimenticato le regole.

« Che ciò che ti porto in dono appartiene unicamente a Roma, signore. L'ho recuperato io stesso dalle mani traditrici che lo avevano sottratto. » E, a un gesto della sua mano – aveva imparato combattendo nell'arena quanto il pubblico potesse essere infiammato da un gesto plateale fatto al momento giusto –, uno degli schiavi sollevò la copertura del carro più vicino alla scalinata.

Gli ori e le gemme lanciarono lampi di luce sotto i raggi di sole, suscitando nella piazza un mormorio di meraviglia. Rinfrancato, ormai sicuro dell'esito del suo azzardo, Giunio alzò la voce a sovrastarlo e continuò: « Ecco, imperatore di Roma: il tribuno Giunio, poiché tale io sono, riconsegna al popolo di Roma il tesoro dei germani ».

Menenio, ancora mortalmente pallido, si fece strada fino a mettersi di fianco a Tito e intervenne in tono concitato: « E come mai, Giunio di Luna, quel tesoro torna soltanto adesso al suo legittimo proprietario? Se non sbaglio eri stato condannato a morte per il suo furto. Negalo, se puoi! Il mio legittimo sospetto è che tu voglia salvare in ogni modo la vita al tuo complice, il tuo scaltro comandante, anche a costo di rinunciare all'enorme ricchezza che insieme avete sottratto ai romani ».

Giunio gli fissò negli occhi uno sguardo privo di timori. Ave-

va affrontato uomini ben più letali, sebbene meno infidi. Decise di giocare il tutto per tutto, nella speranza che Menenio capisse la velata minaccia delle sue parole.

«Non sono venuto qui», riprese, continuando a fissare uno sguardo di fuoco negli occhi sfuggenti del malvagio senatore, «per cercare facile gloria raccontando le mille insidie che ho dovuto superare per condurre a Roma questi carri dal fronte del Reno, né per parlare dei traditori che ho dovuto fronteggiare per restituire al nostro popolo quanto costoro, e non già Marzio e io, gli avevano sottratto. Senza contare, senatore Menenio, che, se il ladro fossi davvero io, avrei potuto approfittare della libertà per impadronirmi del bottino di guerra e non per riconsegnarlo al divino Cesare e al popolo. Chiedo soltanto che venga resa giustizia a un innocente.»

Lo sguardo truce dell'imperatore dissuase Menenio dal riprendere la parola. E fu personalmente Tito a replicare, alzando la destra: «Siamo stupiti dalle tue gesta, tribuno Giunio. L'intera città ti sia grata per quello che hai fatto. Ordino che il generale Marzio sia rimesso immediatamente in libertà e che gli vengano resi tutti gli onori che gli sono stati negati per un'accusa palesemente ingiusta. Così ha deciso l'imperatore di Roma».

Avvistato il drappello che si avvicinava provenendo da Ostia, Giunio saltò agilmente dal muro di cinta da dove scrutava l'orizzonte. Anche da quella distanza aveva riconosciuto la figura di Marzio e il suo modo di cavalcare. Quando il drappello varcò il portale della villa, era già nel parco, pronto a dare il benvenuto al suo generale.

Il sorriso illuminava un volto pallido e sciupato, ma Marzio abbandonò la cavalcatura con l'agilità di sempre. Tenendo a freno l'entusiasmo, Giunio si mantenne a rispettosa distanza in posizione marziale, alzando la destra in cenno di saluto. Marzio gli si accostò rapidamente e lo strinse al petto con grande trasporto, non facendo niente per nascondere la commozione. Poi, scostatosi ma continuando a tenergli le mani sulle spalle, scrutò a lungo il fedele amico.

«Sei più vecchio e più segnato, legionario», disse con il suo ben noto sorriso, indicando le cicatrici del volto di Giunio.

Era vero: i cento giorni di combattimenti avevano marchiato la sua pelle più degli anni trascorsi al servizio delle legioni e

persino degli interminabili mesi trascorsi tra gli stenti del lavoro coatto.

«Ho avuto un po' di traversie, signore», rispose in tono scherzoso, mentre il generale lo prendeva sottobraccio.

«Avrai tempo e modo di raccontarmi tutto, Giunio», concluse Marzio, avviandosi verso l'interno della villa.

Menenio era adagiato sul triclinio alla destra dell'imperatore e sembrava prestare scarsa attenzione all'aspetto delle portate che si susseguivano, una più fastosa e ricercata dell'altra. Ma le sue dita, grondanti grasso, dimostravano chiaramente quanto, pur nel totale disinteresse per le scenografie del servizio, lo assorbissero i piaceri della gola. Trangugiava ogni cosa con avidità, senza ritegno. Spentosi il clamore suscitato tra i commensali da una portata di particolare teatralità, valutò giunto il momento opportuno per dare il via a un'ennesima trama.

«Pensi davvero, nobile Augusto», chiese in tono falsamente distratto, facendo intanto cenno di avvicinarsi a un giovanissimo coppiere, un fanciullo di Bitinia celebre per la sua pelle di velluto, «pensi davvero che Marzio meriti il trionfo che gli hai promesso?»

Tito conosceva troppo bene la doppiezza degli uomini che avrebbero dovuto essere i pubblici servitori di Roma, per farsi incantare. Lanciò un'occhiata in tralice a Menenio, chiedendosi dove volesse andare a parare. «Ritengo», rispose poi, «che la carcerazione di un eroe del popolo come Marzio abbia avuto soltanto risvolti negativi, rendendo ancora più tesi i rapporti con i vertici militari. Penso quindi di aver fatto bene riabilitandolo, tanto più che quel gladiatore lo aveva scagionato di fronte a tutti.»

Ma sapeva che la cosa non sarebbe finita lì. Fin troppo note gli erano la scaltrezza e la tenacia del senatore anziano.

«Su questo hai sicuramente ragione, signore», replicò Menenio reggendo con una mano unta una coscia di cigno e accarezzando con l'altra il tenero collo del coppiere accorso al suo comando. «Ma rimane ancora tutta da verificare la veridicità dei racconti di quello schiavo. Un uomo dal passato perlomeno oscuro, che non gode certo di una buona reputazione.»

«Buona o non buona», tagliò corto Tito, «quell'uomo è il vincitore del torneo e ha sul popolo la stessa presa di una divi-

nità.» Si stava annoiando. La conversazione rischiava di rovinargli la splendida cena. Con un movimento del ciglio destro chiamò a sé una delle giovanissime danzatrici fatte appositamente venire dalla remota Corinto per allietare quella serata.

«Hai l'impagabile fortuna di essere giovane, divino Tito, e non ricordi il male che hanno provocato Aulo Vitellio e i suoi sodali alla tua famiglia», riprese in tono accorato il senatore, facendo una pausa sapiente affinché le sue parole arrivassero a segno. Quindi riprese: «Ma rimane vero che uno di questi sodali, uno dei più convinti sostenitori di Aulo, uno zio di Marzio, ha partecipato alla congiura per uccidere il fratello di tuo padre, mio signore... Eppure, nonostante questo esecrabile ricordo, hai ordinato di conferire a Marzio un trionfo. Che cosa potranno dedurne i nemici della tua imperiale carica, gli dei li sprofondino nell'Averno?»

«Non ricordo affatto male, Menenio, ma sono storie vecchie e superate», rispose l'imperatore, troppo soddisfatto dei piaceri offerti dalla serata per aver voglia di perdersi in discussioni sgradevoli. «Nel caos seguito alla morte di Nerone, qualcuno doveva pur prendere il potere. Aulo Vitellio fu uno dei tre reggenti che si susseguirono nello stretto giro di quell'anno tenebroso. L'importante, oggi, è che la pace civile sia rafforzata e che il comando sia saldamente in mano all'unica *gens* di sangue imperiale: i Flavii, la mia famiglia.»

«Ed è giusto che sia così», convenne il senatore con voce ridotta a un sussurro, «ma ti prego di non scordare il contributo che ho personalmente dato perché questo avvenisse, scaraventando Aulo nel precipizio...»

«Vedo», tagliò corto Tito, «che la prospettiva di un'eventuale carriera politica di Marzio ti preoccupa. Va bene, tienilo sotto controllo, visto che la questione ti sta tanto a cuore, ma senza eccessi. E in ogni caso ti ordino di riferirmi minuziosamente le tue eventuali scoperte.»

E, così detto, Tito lasciò chiaramente intendere che la questione era chiusa. Il suo sguardo, dimentico della giovane danzatrice, prudentemente ritrattasi tra le compagne, era già perso su un'altra giovane di suprema bellezza, introdotta in quel momento nella sala dal responsabile delle stanze imperiali. Non ebbe bisogno di fare cenni.

«Le donne ti porteranno alla tomba», pensò malignamente Menenio, memore della passione dell'imperatore per la bella

principessa giudea Berenice e della ridda di voci malevole che essa aveva suscitato. Quindi infilò la mano lurida nell'ampia tunica dell'adolescente coppiere e lo attirò contro il proprio corpo, mentre la stupenda fanciulla si accomodava languidamente sulla sponda del triclinio di Tito.

Con accurate ricerche, Giunio era riuscito a rintracciare quasi duecento soldati appartenenti alla sua vecchia legione. Li guardava marciare fieri al suo fianco, preceduti dal loro amato generale. Aveva già avuto occasione di vedere la città parata a festa, ma adesso tutto gli sembrava diverso. Il suo spirito era sicuramente più sereno di quanto non fosse dopo la vittoria nel torneo circense, quando la sua mente era oppressa dal rimorso di essere l'unico superstite.

La gente si assiepava sui lati della via che conduceva al Foro, inneggiando a Marzio. Ovunque ondeggiavano stendardi con i simboli del più grande impero mai esistito sotto la luce del sole. Giunio era fiero di Roma, dell'immensità del suo territorio, di quella città densa di storia e di memorie. Ammirava i monumenti, che il suo stato d'animo gli faceva apparire persino più belli e imponenti della prima volta che li aveva visti in compagnia di Marzio. Lo vedeva, da dietro, inchinarsi per rispondere ai saluti della folla, immaginava il suo sorriso. Voleva bene a quell'uomo forse quanto a suo padre, non lo avrebbe abbandonato per niente al mondo. Gioiva nel vedere coronata la più alta aspirazione di un militare.

Pensava alle pene che aveva dovuto soffrire una persona della sua rettitudine infangata da false accuse. Sentiva di essergli debitore: se non fosse stato per lui, per il modo in cui lo aveva notato tra la calca dei combattenti, forse adesso ci sarebbe stato un umile soldato in più con il petto trapassato da una lancia e sepolto per sempre sotto i ghiacci delle Alpi.

Giunio vestiva gli abiti di tribuno militare, grado nel quale era stato reintegrato in seguito all'ordine dell'imperatore. Gli sembrava che il tempo si fosse fermato e che quegli anni infami fossero volati via senza lasciare ricordi. E fu forse quell'andare a ritroso nel tempo che lo spinse a pensare a Sestilio. Aveva saputo che il suo pari grado di un tempo stava raccogliendo onori in Giudea, dove, dopo la distruzione di Hierosolyma da parte delle legioni di Vespasiano guidate da Tito, permanevano preoccu-

panti focolai di ribellione tra la popolazione locale. Era del tutto probabile che l'importante incarico rientrasse nel prezzo pagato da Menenio per i suoi servigi.

Immerso in questi pensieri, raggiunse la piazza del Foro addobbata a festa. Richiamato al presente ammirò le insegne della legione che aprivano la parata; come per ogni contingente, sotto l'aquila di bronzo, simbolo degli eserciti imperiali, era posto lo stemma della loro armata, raffigurante un simbolo zodiacale. Al seguito dei veterani, l'imperatore aveva disposto che sfilasse un contingente di quasi mille militari: un trionfo con soltanto duecento uomini sarebbe stato una rappresentazione scialba, con il rischio anzitutto di sminuire la munifica figura di Tito, sempre attento a distrarre la plebe dalle cure quotidiane con pubblici svaghi di grande splendore.

L'imperatore aveva preso posto nella stessa tribuna dei rostrati che aveva visto Giunio condannato a morte soltanto poco tempo prima. Adesso, avvicinandosi in ben altro stato d'animo, poté notare lo sfavillio dei rostri bronzei delle antiche navi dei volsci, perpetua testimonianza di valore. Tito si alzò, cercando di assumere un'aria imponente: non era di alta statura, e un viso tondeggiante accentuava la pinguedine del corpo. Ma era il divino Augusto.

Un ampio gesto del suo braccio impose il silenzio: « Credo », esordì, « che siano note a ogni cittadino romano le ingiuste ragioni che hanno portato a rinviare la data del trionfo. Ma non puoi sapere, valoroso Marzio, quanta gioia alberghi nel nostro cuore nel vedere resa giustizia ai tuoi ineguagliabili e indubitabili meriti ».

Quindi si rivolse alla folla, alzando ulteriormente i toni della voce e riprendendo: « È in ogni caso bene ricordare tutto ciò che questo impavido comandante e i suoi valorosi legionari hanno fatto per Roma, portando le insegne dell'impero al di là del fiume Reno, che sembrava l'insormontabile confine dell'impero fin dai tempi di Augusto. Preferisco, invece, non tornare sulle infondate accuse che hanno rischiato di macchiare la sua nobile figura, preferisco dimenticarle, addirittura cancellarle dalla memoria, ma ritengo sia da accreditare alla giustizia di Roma il merito di saper riconoscere gli errori compiuti e porvi rimedio. Questo accade perché l'errore è insito nella natura degli uomini, ma ciò che conta, non appena lo si sia individuato, è avere il coraggio di ammetterlo e riabilitare la dignità di chi è ri-

masto ingiustamente offeso. Così ho dunque agito, poiché l'equità delle nostre leggi è il perno di ogni civiltà».

Giunio non poté fare a meno di sorridere amaro alla disinvolta sicurezza dell'imperatore, convinto, con quella sua abile allocuzione, di avere cancellato ogni ingiustizia, di avere posto rimedio a quasi due anni di carcere scontati da un innocente. Per non parlare di tutto ciò che aveva dovuto subire lui. Così, rifletté, sono i potenti.

«Ho personalmente preso visione dei tesori che i tuoi valorosi hanno recuperato ben due volte», stava intanto dicendo Tito, «sottraendoli con gravi rischi alle mani criminali che li avevano trafugati. L'Erario dei romani non può che felicitarsi per questo tuo ulteriore servigio, Marzio. Ho stabilito che ti venga donata la somma di un milione di sesterzi, affinché mai lo spettro della necessità possa gravare sulla tua nobile persona. Delibero inoltre che siano distribuiti gratuitamente cinquecentomila assi di grano al popolo, e che tale regalia sia fatta a tuo nome. Per concludere», e Tito abbandonò i modi imperiali, rivolgendosi a Marzio come se parlasse con persona di pari rango, «mi sia consentito esprimere il desiderio di stringerti al petto, eroe di Roma.»

Mentre Marzio si avviava verso le scale della tribuna, Giunio rifletté sull'entità della somma con cui si cercava di cancellare ogni possibile, pericoloso risentimento da parte di un grande condottiero. Era enorme, certo, ma, tutto considerato, rispetto al bottino di guerra conquistato dalla loro legione e inviato a Roma nel corso dei lunghi anni passati al fronte, rappresentava poco più di un'inezia.

Il generale aveva ormai raggiunto Tito. Giunio li osservò scambiarsi il gesto di affetto voluto dall'imperatore, mentre la folla inneggiava al condottiero. Toccò quindi a Marzio prendere la parola.

«Divino Augusto, popolo di Roma. Non voglio ricordare in questa sede il dolore che ha gravato sul mio animo di fedele servitore dell'impero mentre languivo in carcere coperto d'infamia. Desidero anch'io, più di ogni altra cosa, dimenticare. Voglio però sia noto a tutti che, se un tempo ero giustamente convinto di dover attribuire una parte dei miei successi al più fedele e valoroso dei miei uomini, oggi il debito che ho nei suoi confronti è ingigantito dal fondamentale contributo che egli ha dato alla realizzazione del mio sogno di essere un giorno gratifica-

to del trionfo militare al cospetto dell'imperatore e del popolo di Roma. Tutti voi conoscete sicuramente le gesta di Giunio della città di Luna, la fama del suo coraggio travalica ormai i confini della città. In questa giornata di felicità, chiedo pertanto che l'uomo che considero alla stregua di un figlio condivida con me un onore che pertiene di diritto anche a lui.»

Giunio fu colto di sorpresa. I presenti cominciarono a indicarlo e a invocare il suo nome. Quando Tito gli fece cenno di salire sul palco, ebbe una reazione poco degna di un soldato rotto a mille battaglie: troppe cose si stavano sommando, l'emozione ebbe di nuovo il sopravvento, rischiò di inciampare nella scala che portava alla tribuna.

L'imperatore gli fece cenno di accostarsi e lo abbracciò. Arrivava a stento alla spalla dell'erculeo guerriero e gladiatore, ebbe qualche difficoltà a cingere il suo torace con le braccia tozze. Finalmente, liberato dalla frettolosa e impacciata stretta, e sempre più commosso, Giunio poté voltarsi verso Marzio, ma le parole lo tradirono. Avrebbe voluto esprimere con eleganza la propria devozione, ma tutto quel che riuscì a dire fu: «Sia gloria a te, di nuovo tra gli uomini liberi, generale».

Passato il momento di intensa commozione, Giunio girò il suo sguardo sugli astanti, osservandoli con attenzione a uno a uno: le massime autorità di Roma, gli uomini più vicini all'imperatore.

Era un soldato, un gladiatore, era abituato a misurare la pericolosità degli avversari con un solo sguardo, negli istanti che precedono lo scontro. Davanti a sé vedeva espressioni abituate al potere, volti da cui si potevano dedurre stati d'animo e sentimenti meglio che da qualsiasi *curriculum vitae*. Tra gli uomini ordinatamente schierati alle spalle dell'Augusto e del suo generale c'erano persone capaci di mandare al massacro intere legioni, di condannare a morte con infamia famiglie, di distruggere con un solo gesto un'intera vita onesta e devota.

Contro simili persone aveva combattuto una battaglia che ora sembrava vinta. L'idea lo riempì di un'improvvisa incertezza. Poteva essere vero?

Vedeva volti paffuti, guance rosee, fisici un tempo da combattente ora logorati dagli anni, toghe orlate di porpora, vesti confezionate con preziose stoffe d'Oriente. L'unico tratto comune che scorgeva in quei volti allineati era la cieca fame di potere, la bramosia che si era impadronita di quegli uomini e che

mai li avrebbe abbandonati, un bisogno insaziabile, il cui traguardo era rappresentato dal raggiungimento del massimo gradino possibile nella lunga scala di onori che portava su su fino al divino Augusto, imperatore di Roma.

Quegli sguardi sapevano riflettere come una superficie d'acqua immobile gli umori di Tito, emulare il suo stato di compiacimento o irritazione, fare da specchio al gradimento o al fastidio che questo o quel notabile suscitava in quel momento nell'imperatore.

Giunio continuò a osservarli rapidamente ancora per qualche istante. La sua attenzione fu inesorabilmente attratta da qualcosa di indefinibile, eppure di inequivocabilmente estraneo a quella massa omogenea di espressioni, una nota che stonava in tutta quella compatta e cieca bramosia. Fu catturato da uno sguardo azzurro cobalto. Lo guardò a lungo, a sua volta guardato.

Era un uomo di guerra, abituato a muoversi con accostamenti furtivi, senza farsi notare. Fece dunque in modo di arrivare come per caso vicino alla vestale. Non consentì che l'imbarazzo e le rigide regole dell'etichetta prevalessero, le rivolse immediatamente la parola: «Le nostre strade sembrano incontrarsi di frequente, sacerdotessa. Spero di avere modo un giorno di sdebitarmi».

Le labbra della giovane si aprirono in un sorriso, sentì la sua voce rispondergli: «Credo tu non abbia nessun debito nei miei confronti, tribuno. Ad appagarmi e rendermi felice basta il fatto che sei vivo».

Giunio si sentì percorrere da un brivido: gli parve che in quelle parole risonassero tonalità più che umane. Non poté tuttavia non notare con apprensione che la Vestale Massima li stava osservando severamente.

La festa seguita al trionfo durò fino a tarda notte, tra banchetti, danze, spettacoli e libagioni. Invano Giunio cercò più volte la giovane che lo aveva ferito al cuore, ma dovette arrendersi alla possibilità che l'etichetta vietasse alle vestali di intervenire a simili festeggiamenti.

Cornelia aveva comandato bruscamente alle sacerdotesse di rientrare alla dimora, vietando loro di intervenire persino ai preliminari del banchetto, cui erano normalmente ammesse.

Era evidentemente in preda a un'ira incontenibile. Non appena furono rientrate tra le mura della dimora, convocò in tono imperativo Clelia.

« Ho dovuto ancora una volta notare un tuo atteggiamento sconveniente », attaccò senza preamboli appena furono sole.

« Ti sbagli, sacra Vestale Massima; non credo di avere fatto niente che non dovessi », provò a giustificarsi timidamente la giovane.

« Ah, no, vero? Credi non abbia notato il tuo sguardo mentre rivolgevi la parola a quell'uomo... a quel... a quel gladiatore. Un gladiatore! Un ex schiavo! Non mentire. So fin troppo bene che cosa significano certe occhiate. » E il tono si fece minaccioso. « Non credo sia il caso di ricordarti il giuramento solenne e la sacralità della veste che porti. O devo farlo? »

Ormai certa di una punizione terribile, Clelia si limitò ad annuire in atteggiamento remissivo. Invece Cornelia si limitò a concludere: « Se dovesse succedere di nuovo, non esiterò a punirti in un modo che tu stessa troverai esemplare. Adesso ritirati nella tua stanza ».

Clelia obbedì senza fiatare. Tornata nella sua cella, si coricò e spense immediatamente la lanterna, non sicura che la severa custode della sua vita non avesse un ripensamento. Non riusciva tuttavia a prendere sonno. La voce virile che aveva osato rivolgerle la parola, gli occhi verdi e fieri di Giunio della città di Luna le arrivavano all'anima, scatenando un sentimento che sapeva perfettamente esserle vietato.

Soltanto dopo lunghe ore inquiete si abbandonò esausta ai sogni che, ormai da tempo, avevano un protagonista.

Molte cose versavano in stato di abbandono, anche se il degrado non era sicuramente imputabile a negligenza da parte dei famigli di Marzio. Nonostante le somme che gli erano state messe a disposizione, Giunio era consapevole che restituire la proprietà alla sua primitiva floridezza avrebbe richiesto molto tempo e grandi sacrifici. Si gettò con passione nell'impresa, godendo via via dei risultati sempre più evidenti.

Faceva la spola tra Roma e la residenza di Ostia, dove, memore delle lunghe giornate trascorse nella primissima giovinezza nei campi del padre, aveva riorganizzato i piani del lavoro nei campi, le semine e i raccolti. In quei lunghi mesi di abban-

dono, gli animali avevano costituito la sola forma di nutrimento disponibile per gli occupanti della fattoria, di fatto estromessi da ogni commercio durante la prigionia di Marzio. Il loro numero si era pertanto ridotto di troppo. Fu dunque suo immediato impegno recarsi personalmente alle aste e ai mercati, dove, con una spesa rilevante ma non eccessiva, riuscì a ricostituire il nutrito patrimonio di bovini e cavalli.

La parsimonia e l'attenzione che usava nel maneggiare danaro non suo divennero in breve tempo proverbiali, tanto che i mercanti con cui trattava avevano cominciato a trattarlo con un rispetto non scevro di un certo astio. A lui, invece, sembrava del tutto naturale comportarsi in quel modo, quasi fosse ancora sul campo di battaglia: come allora aveva cercato di difendere la vita del suo comandante, così adesso ne curava gli interessi. Puntualmente, ogni fine settimana, stilava un rendiconto meticoloso per Marzio, esponendogli le sue opinioni e valutando i preventivi delle nuove spese.

Un ricordo non avrebbe mai potuto uscirgli dalla mente: quello delle Pietre della Luna. Vi pensava di continuo, elaborando avventurosi piani per rientrarne in possesso. Adesso che aveva riconquistato la libertà, avrebbe potuto cercare, con l'appoggio di Marzio, una via legale per rientrare in possesso di ciò che gli apparteneva per diritto famigliare.

Non poteva avere occasione migliore per mettere il generale al corrente delle sue idee, e infatti ricevette la promessa che si sarebbe tentata ogni strada perché le sacre statue gli venissero restituite.

Marzio era uomo abituato a tenere fede alla parola data. Già il giorno seguente, infatti, lui e il suo fido collaboratore si recarono a Roma, da Cocceio Nerva, un parente di Marzio che rivestiva un alto incarico nella magistratura. Il togato si dimostrò di profonda affabilità e disponibilità; in sua compagnia si inoltrarono nel *Tabularium*, il grande edificio ove si trovavano gli archivi dello stato. Cocceio si fece consegnare gli atti del processo cui era stato sottoposto Giunio e li esaminò con attenzione, quasi avvertendo la febbrile eccitazione dei due ospiti, i quali dovettero tuttavia attendere diversi interminabili minuti per avere il suo responso.

«Voi sapete», disse finalmente Cocceio Nerva, alzando lo sguardo dal rotolo, «che la sacralità del tesoro del popolo di Roma è seconda soltanto a quella del divino Giove. Per niente

al mondo un bene di proprietà dell'Erario può essere alienato, a meno che non si tratti di grave causa di pubblica necessità. Dai documenti processuali rilevo altresì che le prove e le testimonianze tese a suffragare la proprietà delle statue da parte dello stato sono inconfutabili, visto che in ogni inventario annuale compare la loro puntuale descrizione e che diverse persone hanno deposto concordemente. Temo che il tribuno Giunio debba mettersi l'animo in pace e considerare perso per sempre ciò che sostiene appartenergli. Non vedo quali possano essere gli estremi per chiedere una riapertura del processo, e credo che nemmeno l'imperatore in persona si assumerebbe la responsabilità di commettere una grave violazione della legge, riconsegnando le Pietre della Luna.»

Malgrado il responso non gli lasciasse speranze, Giunio non si perse d'animo: a dargli forza rimaneva la leggenda secondo cui quelle statue erano comunque destinate a rientrare in possesso dei loro legittimi proprietari. Sapeva che in tutto il mondo conosciuto non potevano esistere migliori custodi delle grandi mura del tempio di Saturno, vegliate giorno e notte da sentinelle armate.

Bastava aspettare: era fermamente, incrollabilmente convinto che il tempo avrebbe dato ragione all'antica credenza.

5.

Roma imperiale. Anno 834 dalla Fondazione.
[81 d.C. (N.D.T.)]

In passato la figura di Tito era stata fatta oggetto di commenti malevoli: particolarmente discussa, per esempio, era stata la sua relazione con la bellissima principessa Berenice, al punto da costringerlo a rinunciarvi con grande dolore. Ma le responsabilità connesse con il suo alto ufficio sembravano averlo trasformato rapidamente. Da imperatore era diventato un vero padre del popolo romano. Nessuno avrebbe potuto dimenticare l'affettuosa sollecitudine e l'energia con cui aveva affrontato la grande calamità dell'eruzione del Vesuvio, la gravissima epidemia che aveva colpito Roma e l'incendio che aveva devastato la città per tre giorni e tre notti: ad adornare i templi e i monumenti che più avevano sofferto aveva addirittura destinato tutti gli ornamenti delle sue ville di campagna. Celebre era diventata la sua frase: « Preferisco morire che essere causa di morte ».

Fu quindi con sentimenti di profonda malinconia che la romanità apprese la notizia della sua morte, provocata da febbri nella stessa villa di suo padre, in Sabina. Gli era succeduto da soli due anni, due mesi e venti giorni. Messa da parte ogni malevola speculazione, fu pianto come valente generale e buon governante.

Nell'apprendere la notizia, Giunio provò un dispiacere sincero: fino a quel momento, tra Marzio e quell'imperatore era intercorso un rapporto di mutuo rispetto, esente da ogni ostilità. Tito non poteva sicuramente provare particolari trasporti per i discendenti degli amici dei Vitellii, ma in questo come in molti altri casi sembrava non essersi mai lasciato turbare da un cieco sentimento di rancore. « Il principato », lo si sapeva aver ammonito i sospetti di una congiura, perdonandoli, « è un dono del destino. »

L'avvento al trono di Roma di suo fratello Domiziano, invece, rischiava di rimettere in discussione ogni cosa, soprattutto vista la sua amicizia di antica data con Menenio.

Il completo assorbimento nei suoi nuovi impegni distoglieva comunque Giunio da simili rovelli. Nel corso dei tredici mesi appena trascorsi, oltre ad avere riassestato la situazione finanziaria di Marzio, aveva cominciato a notare interessanti incrementi nelle produzioni e, come conseguenza, negli introiti. Il tutto senza attingere mai niente, se non agli inizi, dal milione di sesterzi donati da Tito. Era sicuro che un corretto reinvestimento dei guadagni fosse la via giusta per l'ampliamento di ogni attività. Così, accanto alle produzioni originarie di carattere prevalentemente agricolo, aveva convinto il suo signore a intraprendere una serie di attività collaterali, cercando di completare ogni ciclo produttivo.

Per esempio, il vino della fattoria veniva invasato in anfore costruite nelle loro fornaci, il trasporto verso Roma era effettuato da barche fluviali di loro proprietà, trainate da loro animali. Era poi arrivato l'acquisto della prima oneraria, da destinare al trasporto dei prodotti verso la Gallia e la Spagna, seguita da altre due e, finalmente, addirittura dall'acquisto di un cantiere di costruzioni navali poco distante dalla foce del Tevere.

Queste iniziative diedero ai loro traffici un formidabile impulso, anche in conseguenza della necessità di non far mai viaggiare a vuoto le navi. Così, dalla Gallia importavano ceramiche, mentre i vascelli che rientravano da Cadice, dopo un viaggio di nove o dieci giorni, avevano le stive piene di metalli, preziosi o no, cavalli e tessuti. Due collegamenti mensili venivano effettuati con la città natale di Giunio: assieme ai grandi blocchi del marmo di Luna, il comandante gli portava regolarmente notizie dei suoi genitori. La famiglia di Marzio era inoltre proprietaria di grandi magazzini in disuso proprio sul fronte del porto, che furono rapidamente riadattati a depositi per grano, di cui a Ostia venivano sbarcati annualmente dieci milioni di sacchi.

A Giunio piaceva arrivare di mattino presto nella piazza delle *scholae* o corporazioni, dove avevano sede le agenzie dei mercanti e degli armatori di ogni parte dell'impero: Narbona, Cagliari, Alessandria, Sabratha, Cartagine. Era il fulcro della vita commerciale, il luogo dove si concludevano affari e trattative, si concordavano carichi, noli e pagamenti. Marzio, pur non risparmiando i consigli, lo lasciava fare, consapevole e più che soddisfatto dei risultati raggiunti.

La vita tranquilla aveva assorbito Giunio con i suoi ritmi regolari. La giornata lavorativa si concludeva nel primo pomerig-

gio. Il luogo di ritrovo nelle ore di svago erano le terme, dove continuavano comunque le relazioni di affari e di politica nel piacere delle piscine riscaldate e dei massaggi. Lui, che era stato soldato e gladiatore, amava mantenere il fisico allenato, sicché, dopo una sana ginnastica, si attardava tra i vapori del sudatorio, lasciando poi che le abili mani degli schiavi gli detergessero e massaggiassero la pelle.

«Mi fa piacere notare», gli disse un giorno Marzio durante uno dei suoi resoconti settimanali, «che non mi sono sbagliato quando ho detto che la tua abilità non poteva limitarsi alle battaglie. Vedo con piacere che le vesti dell'uomo d'affari ti calzano a meraviglia, e questo mi incoraggia a perseguire una mia antica aspirazione.»

Giunio aveva capito a che cosa mirasse, ma volle ugualmente averne conferma. «Che cosa intendi dire, Marzio?»

«Il Consiglio dei decurioni vedrebbe bene una mia investitura a *duovir* della città di Ostia. Qualora accettassi, considererei questa prima esperienza una verifica delle mie reali possibilità in politica, per poi puntare al senato di Roma. Come sai, una delle condizioni per entrare a fare parte della Curia è quella di non esercitare un'attività mercantile. Quindi, visto che ti occupi di tutto in maniera egregia, non vedo ostacoli all'idea di intraprendere la carriera politica, mettendo completamente nelle tue mani la gestione delle mie proprietà.»

La prospettiva di essere lasciato solo nella gestione di quelle ormai molteplici attività suscitò in Giunio una certa apprensione. Certo, ormai operava di sua iniziativa, ma la ratifica delle sue scelte da parte del proprietario costituiva una sorta di autorizzazione a decidere circa l'utilizzo di risorse non sue, mentre d'altro canto era convinto che gli indirizzi e interventi di Marzio fossero indispensabili. Ma a inquietarlo era soprattutto un dubbio, il più grave di tutti. Decise di parlare chiaro.

«Fino a oggi, Marzio, nessuno ha cercato di ostacolarci, e abbiamo goduto della tranquillità necessaria per dedicarci al nostro lavoro. Ma non temi che un tuo nuovo interessamento alla politica possa riaccendere la sfida con il terribile Menenio e attirarci di nuovo in una trappola fatale?»

«Vedi, Giunio», rispose pronto il patrizio, «io ho passato la vita a combattere perché il confine dell'impero avanzasse di qualche lega, o a presidiare il territorio affinché popoli ostili non turbassero la sicurezza dei cittadini di Roma. Sapere che le

mie ricchezze personali si stanno accrescendo grazie alla tua abilità mi riempie certo di gioia, ma non può bastarmi. Sono nato per essere un uomo pubblico. Se il prezzo che devo pagare sarà quello di scontrarmi di nuovo con gli intrighi di Menenio, saprò stare in guardia.»

Giunio non poté replicare. La decisione era presa e irrevocabile. Marzio divenne *duovir* di Ostia il mese seguente, mentre i freddi dell'inverno cominciavano a calare portati da Aquilone.

Fin dalle prime avvisaglie della brutta stagione le loro attività subivano un forte rallentamento, sia per il ridursi dei lavori agricoli, sia per l'impossibilità del naviglio di avventurarsi in un mare divenuto insidioso. In quei mesi, per i commerci di materiali pregiati si preferiva ricorrere al trasporto terrestre, integrato dove possibile dal piccolo cabotaggio, sebbene questo facesse lievitare i costi di trenta o quaranta volte rispetto al trasporto marittimo. In ogni caso, Giunio approfittava di quei momenti di relativa calma per dedicarsi alla ricerca di nuove relazioni e attività commerciali. E, nei limiti del possibile, cercava di aiutare Marzio nelle incombenze del nuovo incarico.

L'importanza della città di Ostia era chiarissima nella mente di ogni cittadino dell'Urbe: assediare Ostia significava porre sotto assedio Roma. Se le cose non funzionavano alla perfezione nella più importante base logistica, in grado di soddisfare i bisogni quotidiani di ben oltre un milione di abitanti, gravi e immediate erano le ripercussioni nella capitale. E dipendeva probabilmente da questo motivo se spesso era l'imperatore in persona ad assumere la reggenza del Consiglio della città portuale; in particolare quando, ogni cinque anni, i *duoviri* ricevevano la qualifica di censori e con essa poteri eccezionali. La nomina di Marzio era venuta proprio in uno di questi anni censorii, ma Domiziano, appena salito al potere, aveva ben altre preoccupazioni e impegni che sobbarcarsi anche il governo di un piccolo centro: fu sicuramente per questo motivo se ratificò senza battere ciglio la decisione dei decurioni.

La città vera e propria si estendeva a sud della foce del Tevere, poco lontano da un'ansa molto ampia del fiume, e sorgeva sull'antico scheletro di un accampamento militare stabile, tanto da presentarne ancora la struttura viaria, fatta di strade tra loro perpendicolari. L'attività portuale si svolgeva invece quasi due

miglia più a nord, fin da quando l'imperatore Claudio aveva costruito bacini e canali capaci di ricevere oltre duecento navi. Nel porto permanevano comunque diversi seri problemi, dovuti all'insabbiamento e alla pericolosa esposizione dei moli alle bizze del clima. Pochi anni prima, infatti, oltre centocinquanta navi da carico erano andate perdute a causa di un fortunale.

Un canale artificiale collegava il porto al Tevere, e da lì le merci prendevano la via d'acqua fino a Roma e oltre. In breve tempo, quella che tutti definivano la città di Porto si era andata arricchendo di magazzini, taverne e abitazioni. Il territorio circostante, invece, dove lo consentivano le zone paludose, era costellato di campi coltivati.

Il terreno su cui era stata fondata la città originaria era alquanto instabile, costituito da sabbie e argille, e un'opera di consolidamento si era resa necessaria già da diverso tempo, visti i continui smottamenti avvenuti nel centro urbano. Marzio si presentò al popolo proponendo proprio un ciclopico lavoro di riempimento. I lavori, subito cominciati, innalzarono di diversi piedi il livello originario del suolo. Una seconda opera di pubblico interesse e di vaste dimensioni ordinata da Marzio non appena arrivato al potere fu la ristrutturazione integrale delle terme.

Il consenso nei confronti di Marzio cresceva di giorno in giorno. Nessuno, in precedenza, sebbene rimasto in carica diversi mandati, era mai riuscito a fare quello che aveva messo in opera lui in quei pochi mesi. Per un uomo abituato come lui all'azione non era certamente facile destreggiarsi tra gli equilibri politici e le aspettative del popolo, ma riusciva comunque ad assolvere il suo compito con grande dignità, non venendo mai meno alle sue note doti di sincerità e schiettezza.

Roma imperiale. Anno 836 dalla Fondazione.
[83 d.C. (N.D.T.)]

Nella residenza imperiale era ormai in corso da diverse ore la cerimonia conclusiva del duplice trionfo indetto per le vittorie sui catti e sui daci e l'allargamento dei confini di Roma agli *Agri decumates*. All'evento presenziavano anche le sacerdotesse custodi del fuoco sacro, austeramente mescolate alla folla delle più alte cariche religiose, militari e civili dell'impero.

Nonostante passasse instancabilmente da un gruppo di persone all'altro per scambiarsi melliflue frasi di cortesia o per discutere con questa o quella personalità, lo scaltro Menenio non perdeva mai di vista l'imperatore, in attesa del momento favorevole per rivolgergli la parola. « Divino Domiziano », gli disse finalmente, quando si presentò un momento propizio, « negli ultimi mesi ho notato un notevole incremento di attività nella città e nel porto di Ostia. »

« Sì, certo », rispose l'imperatore, « sembra che le autorità locali si stiano dando molto da fare per il bene di Roma. »

« Per il bene? » replicò Menenio, mentre un lampo sinistro gli balenava negli occhi. « Mah! Io sarei di un altro parere. » Quindi, espressamente richiesto di un chiarimento, continuò: « Ho la sensazione che la solerzia di queste autorità, soprattutto da parte di un valente militare come Marzio, possa far nascere velleità di autonomia dal potere dell'impero. Ripeto: è una semplice sensazione, gli dei ne scampino, ma tu sai bene, signore, che cosa vorrebbe dire se i granai che ci riforniscono venissero a mancare, o se mani traditrici si impossessassero del sacro Tevere. Per Roma e i suoi abitanti significherebbe la fine nel giro di pochi giorni ».

Il volto di Domiziano si fece pensoso, un reticolo di rughe gli segnò la fronte.

« Hai fatto bene a manifestarmi i tuoi sospetti. Sarà opportuno rimuovere il *duovir* Marzio alla prima occasione possibile; ma con cautela, senza creare un martire e suscitare conseguenze pericolose. Direi anzi che alla sua opera è il caso di tributare un riconoscimento. Un alto riconoscimento. » E sul viso gli si dipinse un sorriso non meno sinistro di quello del senatore.

Menenio si congedò soddisfatto: il messaggio era arrivato a segno.

In un angolo dell'immensa sala, Clelia osservava sgomenta e nauseata quella moltitudine di persone impegnate a mettersi in mostra in ogni modo possibile soltanto per strappare un cenno di approvazione o di riconoscimento da parte dell'imperatore. Sentì impellente il bisogno di una boccata d'aria e uscì nell'ampio parco che circondava la residenza imperiale. Si aggirò a lungo tra le siepi di lauro perfettamente potate e per i sentieri delimitati da sempreverdi.

Fu proprio mentre si soffermava ad annusare una bacca esotica di particolare fragranza, così strana in quella stagione, che li scorse. Il corpo di Menenio, in piedi, si agitava ritmicamente. Il suo viso era contorto in una torva smorfia di piacere. Cornelia, china di spalle davanti a lui, aveva le vesti rivoltate fino ai fianchi; il suo grosso deretano biancastro strusciava nudo contro il nudo bacino dell'uomo. Le anche si torcevano nei movimenti della passione erotica, dalla bocca uscivano mugolii e rantoli, inframmezzati da una sequela di espressioni irripetibili, sacrileghe.

Clelia rimase impietrita, non riuscendo a credere di essere veramente testimone di quel sacrilego atto di piacere carnale. L'esitazione le fu fatale, impedendole di cercare subito un riparo dalla vista dei due. Quando vide gli occhi gonfi di malsana libidine della Vestale Massima aprirsi, si precipitò a nascondersi dietro una siepe, fuggendo poi in direzione della residenza imperiale.

I due amanti non potevano non averla vista, le rimaneva soltanto da sperare che non l'avessero riconosciuta. Angosciata e senza fiato, tornò a mescolarsi agli invitati, cercando di nascondere dietro un atteggiamento annoiato l'affanno e l'angoscia provocati in lei dal suo segreto. Cornelia raggiunse la grande sala affrescata pochi minuti dopo di lei. Sul volto non aveva dipinti i segni del sacrilegio, ma una smorfia di perfidia. Fece girare uno sguardo carico d'odio e, non appena i suoi occhi si posarono su di lei, Clelia capì che da quel momento la sua esistenza si sarebbe fatta ancora più difficile.

« Ma no », aveva detto Menenio, affettando un sorriso di circostanza, « devi esserti sbagliata. » Però era profondamente infastidito. Chiunque fosse stato a scoprirli, non sarebbe certamente andato in giro a raccontare che la Vestale Massima e il senatore si dilettavano a spregiare il nome degli dei compiendo affannati commerci carnali in piedi, nel parco dell'imperatore, come due cani infoiati. Ma da quel momento sarebbero stati costretti ad agire con molta più circospezione, e questo lo riempiva di bile. Per tutta la vita era sempre andato in cerca di sensazioni vietate dal comune senso naturale.

Gli piaceva, per così dire, praticare sentieri impervi, corrompere, stuprare, violare, quali che fossero il sesso, l'età o il ruolo della controparte. E non intendeva certamente negarsi il piacere di profanare una donna sacra a Vesta e vincolata alla castità.

Che, oltre a tutto, sapeva abbandonarsi a oscene empietà capaci di quintuplicare il suo piacere.

«Non preoccupiamoci troppo», aveva concluso. «Cercheremo di stare più attenti. E, caso mai, non faticheremo ad agire.»

Con atteggiamento parimenti distaccato, Cornelia aveva risposto: «Sì, probabilmente hai ragione, ma terrò comunque d'occhio la giovane e la punirò con la massima severità per la minima mancanza, in modo che, se ha notato qualcosa, implori gli dei di stendere sulla sua mente un velo di oblio. Donnicciola di ghiaccio... Una vergine bellissima... oh, certo, com'è bella! Ma per sua sventura il destino l'ha voluta frigida».

«Be'... dal canto mio lo considererei un aspetto di grande interesse», ridacchiò Menenio, avviandosi a tornare tra gli invitati. «Saprei bene io che cosa insegnarle.»

L'espressione di Cornelia si fece impenetrabile. Lo seguì in silenzio, immersa nei suoi pensieri.

Alle prime avvisaglie della bella stagione, durante il periodo consacrato alle celebrazioni in memoria di Cesare, Giunio decise di recarsi nelle sue terre per alcuni giorni. Erano ormai diversi anni che non si concedeva un po' di riposo ed era convinto che un breve periodo di svago non avrebbe potuto che fargli bene. I cantieri navali avevano appena varato una oneraria di dimensioni inusitate, da lui fatta costruire proprio per il trasporto dei grandi blocchi di marmo. Cogliendo l'occasione del viaggio inaugurale, prese il largo in una fredda mattina di marzo.

La brezza sostenuta e costante di Aquilone proveniva dalla loro stessa direzione di marcia, rendendo difficile risalire il vento. Il viaggio durò sei giorni, contro gli usuali tre o quattro con vento favorevole. Durante il giorno, allungato a prora, Giunio godeva il tiepido sole, di notte rimaneva sveglio fino a tardi ad ascoltare lo sciacquio delle onde lungo la fiancata, adagiato sulla branda in una cabina della tuga. In quel vascello, le misure classiche delle navi da carico erano state stravolte: la stiva poteva contenere diecimila anfore, contro la normale capacità di tre-quattromila. Anche le dimensioni erano circa il doppio di quelle di una nave da carico: invece di misurare trenta o trentacinque passi, era lunga da poppa a prora ben sessantadue. Giunio contava, nel corso della successiva brutta stagione, di poter effettuare viaggi anche di medio raggio, convinto che le dimensio-

ni della nave avrebbero consentito di affrontare ogni tipo di mare.

In lontananza si cominciava a scorgere la terra che conosceva tanto bene, e l'ansia di arrivare a destinazione si era impadronita di lui, facendogli sembrare interminabili le distanze e i tempi necessari per superarle. Prima si delinearono le colline di contorno al corso del fiume, poi scorse da lontano il profilo delle due isole e infine apparvero perfettamente distinte le mura della città di Luna. Ancora una volta si presentò a casa senza preavviso, pregustando la gioia dei suoi genitori.

La madre, tuttavia, gli sembrò molto provata, notò con preoccupazione sul suo viso i segni della fatica e del tempo. Il padre, invece, esibì secondo il suo solito i modi rudi del militare, conditi da una dolcezza che forse soltanto il figlio riusciva a cogliere fino in fondo.

« Sento che qualcosa ti turba, figlio mio », si sentì tuttavia dire a bruciapelo, appena cessata la commozione dell'incontro. Suo padre aveva avvertito immediatamente il segreto che lo angustiava, probabilmente per effetto dell'affinamento di sensibilità generato dal buio della cecità.

« Mi sono state sottratte le Pietre della Luna, padre », rispose di getto Giunio, trovando un profondo sollievo nell'opportunità di rivelare l'accaduto.

L'espressione del padre, tuttavia, lo meravigliò: non un cenno di disappunto, non un moto di stizza. « Come è successo, Giunio? » gli chiese il vecchio, mostrando una calma inaspettata.

Giunio raccontò in breve i particolari della congiura, la sua schiavitù e la prigionia del suo signore, le battaglie nel Circo e la riconquistata libertà. « Purtroppo », concluse, « sembra che non ci siano strumenti legali per rientrare in possesso delle sacre statue. »

« Non devi darti pena, figlio mio », replicò suo padre, con un tono di voce sereno che fu come miele per il suo spirito. Le parole sembrarono avere il potere di assolverlo da una colpa. « Le Pietre sono nostre, e nessun altro può appropriarsene a lungo », continuò il vecchio. « Si dice che siano state trafugate ben tre volte ai nostri avi, ma sono sempre tornate al loro altare. Non angustiarti, non temere. Vedrai che un giorno ti si presenterà l'occasione di rientrarne in possesso. »

Fu allora la madre a prendere la parola, senza distogliere lo sguardo dal lavoro di tessitura in cui era impegnata. « Pensavo

che fossi venuto a comunicarci qualche novità, Giunio... Il matrimonio... L'arrivo di un nipote... » E alzò finalmente con aria interrogativa lo sguardo al figlio, che sembrò rendersi conto soltanto in quel momento del fatto che prima le vicissitudini della vita e adesso gli impegni di lavoro lo avevano completamente sottratto a quel genere di vincoli.

Le schiave della villa erano sufficienti per appagare l'appetito di qualsiasi uomo, e lui non aveva mai pensato a un legame che andasse oltre il congiungimento carnale. Evocato da quei pensieri, affiorò prepotente il ricordo della giovane vestale, mentre cercava con fatica le parole per rispondere.

« Sai, madre », riuscì finalmente a balbettare. « Prima ci sono state le armi, poi tutto quello che vi ho raccontato; e oggi il lavoro non mi lascia molto tempo per... » Non finì la frase. A toglierlo dall'imbarazzo venne un provvidenziale intervento del padre. « Lasciamo perdere questi discorsi da donnicciole, figlio. Devi assaggiare il vino della scorsa vendemmia, è dolce e profumato come non era mai successo. »

Bevvero in allegria, ringraziando gli dei per avere loro concesso di stare insieme ancora una volta. La sera seguente, non appena completate le operazioni di carico, Giunio sarebbe ripartito alla volta di Ostia, e chissà quando avrebbero avuto l'occasione di rivedersi.

Quando Giunio varcò la porta nord delle mura, cavalcando uno splendido baio donatogli dal padre, era mattino presto. Desiderava rimanere solo per un po' e ripercorrere i sentieri della sua infanzia, immersi nel verde delle terre dei liguri. Cavalcò alcune ore in assoluta libertà, fermandosi spesso a osservare il panorama di quel mare amico. Rivide golfi e insenature il cui ricordo si perdeva nel tempo, oltrepassò villaggi fatti di poche case di pescatori. Infine, tornando verso la città di Luna, si soffermò a osservare dall'alto delle colline il tortuoso corso del fiume Magra. Arrivato a casa, trascorse qualche ora con i genitori, che vollero poi accompagnarlo fino al porto.

La nave era all'ancora: se ne potevano facilmente confrontare le inusitate dimensioni con quelle degli altri mercantili intenti a caricare o scaricare merci. Il comandante gli venne incontro raggiante: « Siamo riusciti a stivare quasi tre volte la quantità di un normale viaggio, tribuno Giunio », spiegò.

E finalmente, abbracciati con profonda commozione i genitori, mentre il sole stava per calare dietro le montagne, Giunio

riprese la navigazione verso il porto di Ostia. Adesso Aquilone li spingeva da poppa, e le lanterne di bordo illuminavano il ponte con una luce fioca.

Il giorno seguente Giunio volle fare una breve sosta nell'isola Ilva, poco distante dalle coste dell'Etruria: era un viaggio che aveva programmato da tempo per esaminare nuove opportunità commerciali. Era convinto che i minerali ricchi di ferro di quelle terre potessero costituire una valida fonte di traffici. Fin dall'inverno precedente aveva infatti scritto al proprietario, preannunciandogli una visita.

Il comandante della nave conosceva alla perfezione insenature e porti. Ormeggiarono in una rada riparata. A terra si vedevano lunghe file di schiavi gravati di ceste di giunco: stavano caricando una nave affiancata al molo.

Sceso a riva con la scialuppa, Giunio si soffermò qualche tempo a osservare la fatica dipinta sul volto di quegli uomini. Nel suo spirito bruciava ancora il ricordo del lavoro forzato di minatore cui era stato condannato, degli infiniti scavi sotterranei per gli acquedotti, di quella polvere letale. Mentre guardava la scena, uno schiavo ruppe l'ordine monotono della fila, fermandosi davanti a lui. Aveva la disperazione dipinta negli occhi e la voce roca, scossa da pesanti colpi di tosse. « Tribuno Giunio », disse in tono accorato, « ho fatto parte con onore delle legioni, ho combattuto al tuo comando nella valle del Reno, e adesso sto per morire nelle viscere di questa maledetta terra. »

Non lo ricordava, ma sarebbe forse stato impossibile che lo riconoscesse. « Perché sei qui, legionario? » gli chiese.

« Ho rubato, signore », rispose con estrema franchezza lo schiavo. « Da quando sono stato congedato, ho dovuto patire fame e povertà. Ho rubato soltanto per non vedere i miei figli morire di stenti. Quindi credo che la punizione che ho ricevuto sia eccessiva ».

In quel momento si sentì il sibilo della frusta nell'aria. La mano di Giunio si alzò istintivamente, intercettando la striscia di cuoio che stava per abbattersi sul suo sventurato interlocutore. Senza riflettere, diede uno strattone allo scudiscio, facendo perdere l'equilibrio alla guardia. Un altro uomo gli si avvicinò immediatamente, chiedendogli in tono autoritario: « Chi sei, straniero, per malmenare le mie guardie? »

« Il mio nome è Giunio, tribuno militare e membro della confederazione mercantile di Ostia. Sono sbarcato sull'isola per

verificare l'opportunità di intraprendere un commercio del vostro minerale.»

L'uomo sembrò abbandonare i modi minacciosi e, con voce più calma, riprese: «Sono lieto della tua visita, Giunio. Ritienimi a tua disposizione per soddisfare ogni curiosità. Ti stavo aspettando da tempo. Sono Venanzio, proprietario di quelle miniere», continuò, indicando con la mano le montagne rossastre di minerali di scarto, «e dal canto mio sarò lieto di valutare ogni tua proposta». Infine, in tono di nuovo irritato, ordinò alla guardia: «Che cosa aspetti con quegli occhi sbarrati da bue? Porta via quello schiavo, che non importuni il nostro ospite».

«Quell'uomo non mi stava importunando, Venanzio. È un mio vecchio soldato, e ti prego di lasciarlo ancora in mia compagnia», intervenne prontamente Giunio.

«Ogni tua richiesta per me è un ordine, nobile tribuno», replicò il proprietario delle miniere, a cui premeva entrare in rapporti di affari con una delle confederazioni mercantili più potenti dell'impero.

Quando riprese il largo, alcune ore più tardi, Giunio aveva già concordato non soltanto il periodo in cui si sarebbe svolto il primo viaggio, ma anche il prezzo che avrebbe pagato per ogni libbra di quel carico di prova. Dopo alcune resistenze, dovute allo stato di affidamento dello schiavo, Venanzio aveva anche accettato di cederglielo per la somma di soli cinquanta sesterzi, a patto che gli cambiasse il nome e che sulla faccenda venisse mantenuto il segreto più assoluto. Qualche giorno dopo avrebbe denunciato la morte di un condannato, e tutto sarebbe finito lì.

Una volta a bordo, quando il legionario si fu ripulito e vestito con abiti decenti, Giunio quasi non lo riconobbe. Aveva un fisico tarchiato, braccia forti e sguardo intelligente, anche se sembrava far fatica a guardare l'interlocutore negli occhi. Giunio non poté non notare la cosa con un vago senso di inquietudine. A suo dire, aveva fatto parte della cavalleria imperiale, che da tempo veniva reclutata presso gli abitanti delle province, non essendo i romani abili cavalieri. Era originario di Cartagine e si era trasferito a Roma in giovanissima età. Dopo il congedo aveva tentato diverse strade, ma senza successo, riducendosi infine a rubare per fame.

Lo scafo fendeva veloce il mare azzurro, i rigori dell'inverno venivano spazzati via da una brezza tesa e sostenuta. Nonostan-

te le sue iniziali incertezze, Giunio provava compassione per quel militare, squassato dai colpi di tosse e duramente provato nel fisico. Si convinse che i suoi occhi abbassati esprimevano un misto di timidezza e profonda riconoscenza; decise che poteva fidarsi di lui. Dietro sua richiesta, da quel giorno lo chiamarono Dario.

Dopo il loro ritorno, la primavera si annunciò repentina, accompagnata dalle piogge calde che segnalavano l'imminenza della bella stagione.

Come la natura, anche ogni attività sembrava uscire dal lungo torpore invernale, ovunque fervevano lavori e preparativi. La città di Porto sembrò rianimarsi, le vie e le piazze di Ostia si colorarono delle vesti variopinte dei mercanti. File di schiavi carichi di merci ripresero a percorrere le banchine. Quell'atmosfera aveva sul fisico ancora giovane di Giunio lo stesso effetto degli speroni sui fianchi di un cavallo. Si sentiva forte e instancabile.

Dal canto suo, il nuovo venuto, Dario, mostrava doti difficilmente riscontrabili nei suoi soliti collaboratori. Sapeva scrivere e fare di conto, aveva un fiuto innato per gli affari e non si stancava mai di imparare.

Roma imperiale.

Da quando aveva scoperto il suo sacrilego segreto, Clelia viveva nell'angosciosa attesa della vendetta di Cornelia. Allorché, dopo alcuni giorni di indecifrabile silenzio, una delle ancelle venne a chiamarla al cospetto della Vestale Massima, capì che il momento era arrivato. Si preparò ad affrontare la terribile donna con il massimo coraggio.

Ma non poca fu la sua meraviglia quando, superata al centro dell'*atrium* la statua di Numa, fondatore del culto della dea, invece che verso la stanza da studio di Cornelia si vide condurre verso il suo *cubiculum* e poi, attraverso quello, fu introdotta nel *balineum*, il bagno rigorosamente riservato alla Vestale Massima e, per quanto ne sapeva, inaccessibile alle altre vestali. Stupita, inquieta, immaginò che Cornelia fosse malata.

Appena entrata nel *balineum*, si sentì avvolgere dalla temperatura elevata e dall'umidità. L'ancella le chiuse la porta dietro le spalle. Attraverso il vapore, gli occhi di Clelia riuscirono finalmente a individuare la grande vasca in marmo bianco, molto

più grande di quella del *balineum* comune riservato a loro. L'acqua calda continuava ad affluire, diffondendo vapore, da una bocca di leone azzurra sporgente poco sopra l'orlo. Le membra di Cornelia affioravano molli, biancastre. Sulle labbra della donna aleggiava un sorriso indecifrabile.

«Ecco la migliore delle sacerdotesse!» si sentì accogliere con una strana voce roca, in un tono che non riuscì a capire se era cordiale o sarcastico. L'inquietudine persistente le impose di rimanere all'erta. Per una punizione, era un luogo ben strano.

Con profondo imbarazzo notò che il pelo pubico di Cornelia, nero e ispido, emergeva dall'acqua come una chiazza di vegetazione palustre. La Vestale Massima non faceva niente per nascondere i suoi segreti, sembrò anzi divaricare le gambe. «Questi vapori salutari rilassano lo spirito e la mente, e predispongono all'indulgenza. Non ho intenzione di punirti ancora per i tuoi comportamenti incauti, per certe curiosità che non si addicono di sicuro a una sacra sacerdotessa...»

Curiosità? pensò Clelia. Dunque, come temeva, era stata riconosciuta. Ma non era certamente stata la curiosità a portarla alla sconvolgente scoperta degli atti sacrileghi di Cornelia.

«Non nutro alcuna curiosità particolare, Sacra Vestale Massima, al di là del necessario per adempiere con coscienza alle mie mansioni quotidiane», replicò in tono sottomesso ma fermo.

«Sì, certo Clelia», la interruppe Cornelia, «so con quanta dedizione assolvi al tuo ufficio. Se finora mi sono comportata duramente con te, ciò era imposto dall'esigenza di fare di te una vera sacerdotessa di Vesta. E finalmente, osservandoti con attenzione, credo di esserci riuscita. Rimane qualche minimo dettaglio, ma supereremo anche quello. Con l'esperienza, la conoscenza e, finalmente, tra noi, una vera amicizia.

«Vieni, dunque, cara giovane, immergiti anche tu tra questi balsami. Ne trarrai sicuramente beneficio, le tue membra si rilasseranno. E potremo conversare in piena serenità, da buone amiche, tranquille, non disturbate.»

Così detto batté due volte le mani, e come dal nulla apparvero due schiave. Dopo pochi istanti Clelia si trovò nuda. La sua pelle d'avorio rifletteva la luce delle lanterne. Rimase un attimo dov'era, incerta. Ma anche sollevata: l'offerta di amicizia da parte di Cornelia la stupiva, ma finalmente aveva capito i motivi del malanimo mostratole fino a quel momento. Le era stato spiegato. Era finto, imposto dall'alto ufficio di Cornelia.

Era arrivata in quella stanza pronta a ricevere rimproveri e punizioni. Invece era attesa con amicizia in quell'acqua calda e profumata. Scese rapidamente i quattro scalini. Cornelia la seguì con lo sguardo in ogni mossa, gli occhi fissi sulla perfezione del suo corpo, riempiendola di ulteriore imbarazzo. Cercò di proteggersi alla meglio tenendo le mani sul ventre. Nessuna l'aveva mai vista nuda, nemmeno la sua compagna di camera, Gaia, che invece non si vergognava a spogliarsi e rivestirsi allegramente davanti a lei.

Le venne in aiuto uno sconosciuto tono di dolcezza della Vestale Massima: « Vieni, Clelia, non temere, non arrossire. Sono donna, come te e come le tue compagne. Il mio corpo è uguale al vostro. Sono stata giovanissima, come te e Gaia. So quanto sia difficile per una donna affrontare le privazioni della vita sacerdotale, e tanto più per una così bella... Come potrei non saperlo? Credi che anch'io non abbia sentito e non senta tuttora gli impulsi del corpo? »

Cornelia le si era fatta più vicina. « Credi che non conosca il fremito insopprimibile da cui siamo prese in certi momenti? » continuò, mentre, sotto la superficie dell'acqua, le sue mani cominciavano a carezzarle le cosce sode e tornite.

« Credi che non riconosca il profumo degli umori più segreti? » Le dita della donna raggiunsero il ventre di Clelia, lo accarezzarono dolcemente e poi scesero. Fecero una pressione leggera.

« No... no... » protestò Clelia sottovoce, ritraendosi. Ma improvvisamente Cornelia si erse, uscendo dall'acqua. I vapori che si disperdevano dalla sua pelle la facevano sembrare un personaggio salito dall'Averno. Con una mano ferma e forte afferrò la nuca della giovane seduta e la trasse a sé.

L'odore del sesso di Cornelia le entrò nelle narici. Clelia se ne sentì invadere, violare, rivoltare. Si divincolò. « No! » gridò disperata. « Mai! Meglio il supplizio. Meglio la morte! » Un grido di terrore e angoscia. Clelia aveva già riguadagnato il bordo della vasca. Senza ascoltare le frasi sconnesse che le rivolgeva la voce arrochita di Cornelia, ancora in piedi nell'acqua come una terribile creatura degli abissi terreni, avvolse alla meglio il corpo in un telo di lino e si precipitò verso l'uscita, sentendosi urlare alle spalle un'oscura minaccia: « La morte? Il supplizio? Proverai qualcosa di molto più sottilmente duro, Clelia: ti manderemo a conoscere il mondo! »

Città di Ostia.

La strada che portava al porto di Roma era invasa dal traffico commerciale. Il percorso del piccolo corteo veniva continuamente ostacolato dai lenti carri stracarichi. I littori precedevano la portantina dove, dietro fini tende di seta, si celava la sacra sacerdotessa. Seguiva quindi una scorta di dodici armati che non l'avrebbero mai abbandonata nel corso di tutto il viaggio.

« Ti manderemo a conoscere il mondo... » Che cosa poteva mai significare? Come poteva essere più dura della morte l'ebbrezza della libertà che le era stata inopinatamente concessa?

Senza alcun preavviso, mentre aspettava angosciata lo svolgersi degli eventi chiusa nel suo *cubiculum*, da cui non osava uscire, le era arrivato un ordine perentorio. Doveva partire. I territori della Giudea erano tuttora pervasi da fremiti di rivolta, rinfocolati dalle eresie nate in quelle terre. Era improcrastinabile che vi venisse ristabilito l'ordine della vera religione di Roma, e che, tra gli altri, il culto di Vesta tornasse a esservi rispettato in tutta la sua sacra importanza.

Così aveva decretato l'imperatore, e il *Promagister*, d'accordo con la Vestale Massima, aveva indicato lei per l'altissimo incarico. Lei, la più giovane e quindi la più forte delle vestali, e di conseguenza quella maggiormente in grado di affrontare le difficoltà e i pericoli del lungo viaggio, un evento inaudito nella tradizione dell'Aedes Vestae. Giunta in Giudea avrebbe operato in stretta collaborazione con il governatore della provincia, nei modi che quest'ultimo avrebbe giudicato più opportuni in base alla sua profonda conoscenza del territorio e delle popolazioni.

Proprio lei, inesplicabilmente, per una missione di estrema delicatezza e inaudito azzardo, pochissimi giorni dopo che la Vestale Massima le aveva gridato l'oscura minaccia: « Ti manderemo a conoscere il mondo... » Che cosa poteva significare? Quale prezzo non sarebbe stata disposta a pagare per quell'inattesa libertà?

Stordita dal precipitare degli eventi, Clelia guardava attraverso una fessura tra le tende l'animato spettacolo della strada ingombra, respirando l'aria salubre e fresca, godendo il rigoglio della natura che si risvegliava al caldo sole primaverile.

Oltrepassata Ostia lasciandola sulla sinistra, si diressero verso la città di Porto, dove li attendeva una nave militare. Fu nei

pressi dei magazzini che, con un tuffo al cuore, quasi un mancamento, Clelia rivide Giunio.

La liburna era accostata a dritta della banchina principale. Giunio si soffermò a lungo a studiare ammirato la maestosità della macchina da guerra, i colori forti dello scafo lungo quasi settanta passi e i minacciosi disegni sulla prora, dove svettava il corvo. Dalla murata spuntavano le pale dei due ordini di remi, opportunamente ritirati nella manovra di accosto. Generalmente l'equipaggio di quelle regine del mare era composto da duecento uomini, di cui una settantina ai remi e i restanti divisi tra fanti di marina, ufficiali e sottufficiali.

Poco lontano dalla nave imperiale era ancorata un'oneraria al rientro dalle coste dell'Africa, che trasportava un carico di fiere destinate ai sanguinari spettacoli del Circo. Le gabbie dove erano rinchiusi gli animali venivano sollevate con grande cautela per mezzo di una gru e posate sui carri disposti lungo la banchina in attesa del carico. Le fiere sembravano impazzite, costrette in quegli spazi angusti si aggiravano agili e minacciose tra le robuste sbarre di ferro, emettendo ruggiti e digrignando i denti.

Una pantera si scagliava contro le sbarre, cercando invano la libertà. Giunio osservò per qualche tempo la linea scattante dell'animale, i muscoli possenti, la sua furia indomabile, ricordando i brividi del Circo, finché il suo sguardo non venne attratto dal piccolo corteo. La presenza dei littori denotava l'alto rango del personaggio che occupava la portantina dalle tende azzurre.

Con un trasalimento, vide il sublime volto della vestale affacciarsi tra le cortine, ne fissò gli occhi quasi volesse berne lo sguardo e, accortosi di un suo uguale sussulto al vederlo, sorrise. Si guardarono a lungo ancora una volta, e ancora una volta Giunio sentì che il trasalimento si trasformava in un inesplicabile tremito delle gambe.

Il momento magico fu bruscamente interrotto da un urlo: si voltò istintivamente proprio mentre la gabbia metallica si schiantava pesantemente a terra. La pantera si accucciò come un grosso gatto, pronta a compiere un balzo, finché non si accorse che le sbarre avevano ceduto. Fu libera in un istante.

Giunio vide la gente fuggire terrorizzata, il drappello di armati indietreggiare e scappare come davanti a un intero esercito. Gli otto schiavi che sorreggevano la portantina non ebbero

quasi il tempo di allontanarsi. La belva impazzita si avventò su quello più vicino e gli recise la gola con una sola unghiata. Gli altri mollarono istintivamente la presa. La portantina cadde a terra rovesciandosi.

Giunio vide la sacerdotessa ruzzolare fuori dal veicolo. La pantera sembrò distratta per qualche istante dalle vesti che volteggiavano nell'aria, poi si rimise in posizione d'attacco.

Dalla portantina, Clelia aveva sentito le urla degli uomini, ma non aveva provato paura: si era, anzi, stranamente scoperta ad ammirare la leggerezza e la velocità con cui l'animale superava la distanza che la separava da lei. A riportarla alla realtà furono lo scossone della lettiga che si rovesciava e il sangue del portatore schizzato fin sui cuscini.

Si ritrovò distesa sul selciato, i suoi occhi incontrarono quelli impazziti della belva. Di nuovo, il suo sguardo non esprimeva paura, quanto piuttosto rassegnazione. Vedeva davanti a sé quella morte che aveva tante volte invocato nei più cupi momenti di disperazione, poiché nient'altro se non la morte poteva essere ciò che la stava osservando con quegli occhi gialli e penetranti. Tra poco la belva avrebbe spiccato il balzo ed estratto gli artigli letali. E le pene di Clelia sarebbero finite per sempre.

Giunio raccolse da terra la lancia abbandonata da un uomo della scorta. Caricò il braccio quasi d'istinto e scoccò l'asta. Seguì con gli occhi il percorso dell'asta, che sembrò durare istanti interminabili, e cercò di prevederne la traiettoria: con un profondo senso di angoscia si rese conto che avrebbe mancato il bersaglio. La punta di ferro toccò infatti terra con violenza, lambendo quasi il muso dell'animale ma senza ferirlo. Vide che la pantera aveva distolto il suo interesse dalla facile preda che aveva davanti e stava ruotando la testa in cerca della minaccia.

La belva puntò poi lentamente sul nuovo nemico, quasi volesse gustare il piacere della vendetta. Giunio vide le sue scapole alzarsi ritmicamente e indietreggiò cautamente fino a che non ebbe le spalle a ridosso del muro di uno dei magazzini del porto. La belva lo fronteggiava, agilmente piantata sulle zampe. Cercò invano con lo sguardo una qualsiasi arma con cui difendersi. Vide soltanto alcune ceste e reti di pescatori. Il corpo agile del potente felino si contrasse nello sforzo, lo vide librarsi altissimo in aria.

Richiamati affannosamente alla memoria i lunghi allenamenti nelle arti gladiatorie, Giunio scartò fulmineamente di lato e si

gettò a terra, tirandosi dietro il lembo di una rete. La fiera ricadde tra le maglie di corda, tentando invano di divincolarsi con terribili ruggiti, ma riuscendo unicamente a impigliarsi sempre di più nella trappola. Giunio si alzò e rimase dov'era, fissando negli occhi l'animale ormai immobilizzato che continuava a cercare di liberarsi. In un lampo i bestiari gli furono addosso e lo legarono saldamente per le zampe.

Giunio girò lo sguardo in direzione della portantina rovesciata. Clelia era china sullo schiavo ferito a morte e stava cercando di portare un ultimo conforto al corpo squassato dai sussulti dell'agonia prima che l'ultima tenebra se ne impadronisse. Si avvicinò.

Quando la fanciulla rialzò lo sguardo, i suoi occhi erano pieni di lacrime.

« È... morto », disse, sconvolta.

« Tu come stai, nobile sacerdotessa? » ribatté lui, inquieto.

« Sto bene. Mi hai salvato la vita, Giunio, e non soltanto a me. Senza il tuo coraggioso intervento, chissà quante altre persone sarebbero state dilaniate dalla furia della belva. »

« Non dire niente, sacra vestale. Ricorda soltanto che ho un immenso debito nei tuoi confronti. E che non lo considero ancora saldato. »

Furono distratti da nuove urla alle loro spalle, questa volta non di terrore, ma di rabbia.

Incidenti di quel genere non erano rari durante gli sbarchi di animali feroci. La gente era ormai esasperata e sembrava voler far pagare ogni colpa all'armatore della nave dei bestiari. L'uomo, visibilmente impaurito, cercava di tenere testa con le parole a una turba di persone persino più inferocite della pantera fuggita. « Due mesi fa, un leone scappato ai tuoi uomini ha quasi ucciso mio figlio », urlò una donna brandendo un bastone.

In circostanze normali, Abis l'egizio doveva avere un colorito olivastro. Ma in quel momento il terrore di essere massacrato dalla folla lo faceva apparire di uno strano pallore tendente al verde. I suoi occhi continuavano a guizzare qua e là in cerca di aiuto, incontrando però soltanto volti pieni d'ira. « Che colpa ne ho io? » farfugliava con il suo strano accento africano. « Perché ve la prendete con me? Vi prego, ragionate! »

« Sei tu il responsabile di tutto questo! Senza l'intervento di Giunio, la tua pantera avrebbe seminato la morte in mezzo a noi! » esclamò un uomo di grossa corporatura, vibrandogli un

colpo sulla testa. Abis si piegò in due, e la rabbia della gente sembrò esplodere.

Giunio vide mani e bastoni abbattersi rabbiosamente, si rese conto che il poveretto sarebbe sicuramente stato ucciso. Conosceva personalmente quei concittadini a uno a uno, ma non fu facile ricondurli alla ragione. Dovette intervenire con la massima decisione per salvare lo sventurato da una fine orribile quanto immotivata. Preso l'egizio per un braccio, lo spinse da parte, mentre, coperto di graffi e di lividi, quello continuava a protestare la sua innocenza.

« È stato un incidente », disse facendogli scudo con il corpo. « Quest'uomo non ha nessuna colpa. » A parlare era Giunio, il grande soldato e gladiatore la cui fama aveva largamente superato le mura di Roma, l'uomo di fiducia di Marzio, che dava pane e lavoro a tanti di loro. La folla inferocita si placò a poco a poco e finalmente si sciolse, non senza avere rivolto nuove minacce al commerciante di animali.

Abis si inginocchiò, prese le mani di Giunio e se le portò al volto. « Grazie, nobile tribuno, grazie. » Aveva la pelle di ghiaccio, la fronte imperlata di sudore.

Quando Giunio cercò di nuovo Clelia con lo sguardo, si accorse che il corteo aveva ormai abbandonato il molo. Guardatosi attorno senza successo, lo vide finalmente spuntare da dietro la murata della nave della marina imperiale. Sapeva che quello stesso mattino il vascello militare sarebbe partito alla volta della Giudea. Sentì nuovamente vacillare le gambe, ma per un ben diverso motivo. L'eventualità di non vedere mai più la creatura dei suoi sogni gli parve intollerabile.

Il comandante era sceso a terra, accompagnato da alcuni ufficiali. Nelle vicinanze del canale che si congiungeva al Tevere era stata elevata una piccola ara in marmo dedicata a Nettuno. I militari le si disposero attorno. Uno reggeva tra le mani un remo, il comandante portava una ciotola colma di vino. Giunio li vide chinare il capo chiedendo al dio del mare di voler concedere loro un viaggio tranquillo e privo di insidie. E di punto in bianco si accorse che stava pregando fervidamente con loro, che la bellissima vergine non dovesse conoscere la furia della tempesta e potesse un giorno tornare lì. A lui.

Clelia rimase a osservare gli argani che mettevano in forza le cime, e il molo che si allontanava lentamente dalla fiancata. Non appena furono a una distanza sufficiente, gli oltre ottanta remi ridiscesero in acqua quasi all'unisono. Gli ordini degli ufficiali addetti alla manovra giunsero fino a lei secchi e precisi, mentre il ritmo dei grossi tamburi cominciava a scandire la voga. Pensò semplicemente che nel corso dei trenta giorni di viaggio avrebbe avuto modo di abituarsi a quel suono monotono e cupo. Rimase affacciata al parapetto finché la figura solitaria che si stagliava sul molo esterno non scomparve alla sua vista. Sapeva di amarlo, ma sapeva anche che il giuramento solenne le imponeva di cancellare ogni pensiero rivolto a lui.

Giunio rimase sull'estremità del molo finché le tre navi di cui si componeva il convoglio non divennero dei vaghi puntolini sull'orizzonte. Sentiva sulla pelle l'intensità degli sguardi della giovane che aveva per la prima volta saputo suscitare nel suo spirito il più incandescente degli amori, un amore che ormai sapeva lo avrebbe accompagnato per tutta la vita; vedeva le sue vesti mosse dal vento. Non c'era stato nessun gesto di saluto, ma non era necessario.

La voce di Dario venne a distoglierlo dal sogno a occhi aperti. « Si sta facendo tardi, Giunio, e abbiamo ancora diversi carichi da controllare. » Lo seguì a malincuore. Sentiva che una parte di sé si stava allontanando con quella nave da guerra. Era in preda a un incomprensibile senso di vuoto.

Tornò verso i magazzini, si fece largo tra i sacchi di grano e le altre derrate. Non aveva nessuna voglia di lavorare. Dario sembrò capire e si offrì per sostituirlo.

Abbandonò la città di Porto cavalcando il suo baio fino alla villa di Marzio. Aveva bisogno di parlare con qualcuno, di dividere e confrontare le sensazioni che stava provando. Cercò il padrone di casa, ma inutilmente. Gli fu spiegato che era andato a Roma. Irresoluto, chiamò due schiave nella sua stanza. Le loro voci allegre sembrarono distoglierlo da quella strana forma di ansia, le loro mani sciogliere la tensione del suo fisico, ma, una volta finito, il desiderio e il vuoto che si sentiva nell'intimo si fecero ancor più grandi e prepotenti.

I remi si tuffavano nell'acqua azzurra con un ritmo incessante, gli uomini erano ben addestrati e sembravano non sentire la fa-

tica. Dall'alto della tuga, a poca distanza dai grandi tamburi, Clelia osservava le schiene curve e muscolose piegarsi per compensare lo sforzo delle braccia. Le percussioni riempivano l'aria provocando un greve senso di fastidio alle orecchie. La giovane percorse tutto il ponte, fino a raggiungere la prora. Si sporse un poco dal parapetto e rimase affascinata a osservare la spuma che formava mulinelli attorno al rostro di bronzo. A ogni colpo di voga il vascello sembrava sollevarsi e volare sulle onde.

Era l'unica donna a bordo, ma mai nessuno le avrebbe mancato di rispetto o si sarebbe rivolto a lei con toni che non si confacessero a una sacra sacerdotessa di Vesta.

Ogni volta che raggiungevano un porto per fare provviste o cercare riparo dalle minacce del tempo, al momento della partenza venivano affiancati da altri vascelli che li accompagnavano per lunghi tratti. Quei mari erano pieni di insidie e di pirati, e le navi della marina imperiale rappresentavano un ottimo deterrente.

Oltrepassato lo stretto di Scilla a notte fonda, la giovane fu pervasa da uno strano senso di angoscia, di paura dell'ignoto che si celava al di là della distesa buia e interminabile. Un deserto infinito in cui l'unica loro guida erano le stelle.

Alcuni giorni più tardi avvistarono le coste della Cirenaica, basse e prive di vegetazione. Si spinsero ancora a oriente, senza però abbandonare la vista delle sconfinate distese di sabbia rossa. Quindi fecero una breve tappa ad Alessandria, per rifornirsi di acqua e viveri. Clelia non provò mai il desiderio di scendere a terra. Infine ripresero il viaggio verso la Giudea, sempre tenendo la costa molto vicina sulla dritta.

La giovane passava gran parte della giornata sotto la grande tenda di poppa a osservare il paesaggio. Ogni cosa le appariva nuova e diversa da ciò che aveva visto fino allora: i colori, la gente, le carovane di cammelli che a passo lento si avventuravano sulla spiaggia, il clima umido e caldo.

Le onde, il deserto, i silenzi la inducevano a cercare nel suo intimo le vere ragioni, il vero fine dell'esistenza degli uomini.

Il fatto che Dario si dimostrasse in grado di assolvere a ogni compito che gli veniva affidato provocava in Giunio sensazioni contrastanti: da un lato si sentiva sollevato da una mole di lavoro, potendo contare su un così valido collaboratore; dall'altro,

però, il confronto gli era continuamente di sprone a fare meglio, quasi non volesse che l'allievo superasse il maestro. A poco a poco l'atteggiamento del fenicio era andato cambiando, mettendo in luce un'altezzosità di modi, per non dire addirittura vanagloria, che costituiva un serio motivo di preoccupazione. Dal canto suo, Marzio aveva accolto il nuovo venuto con cortesia, ma aveva mantenuto con lui un rapporto distaccato.

I viaggi a Roma del patrizio si erano fatti sempre più frequenti e, quasi con la stessa frequenza, richiedevano la presenza al suo fianco di Giunio. Quando però rimaneva a Ostia si fermava immancabilmente a scrutare a lungo il mare dalla stessa estremità del molo da dove aveva visto allontanarsi la nave da guerra, sognando a occhi aperti di vederla spuntare all'orizzonte, diretta verso il porto. Ma al desiderio subentravano spesso apprensioni, paure. Quasi un secolo prima, un grande e sfortunato poeta, Ovidio, aveva scritto: *res est solliciti plena timoris amor*: «l'amore è un sentimento permeato di paure angosciose».

L'imperatore comandò ai presenti di abbandonare la sala. Il trono su cui era assiso si trovava proprio al centro di due grandi bracieri. Menenio era a capo chino in segno di sottomissione, ai piedi della breve scala di marmo che conduceva al seggio imperiale.

«Bene», disse Domiziano appena furono soli, «mio bravo Menenio, che novità mi porti dalla Curia?»

Il senatore era abbastanza scaltro da sapere che non era soltanto quello il motivo per cui l'imperatore lo aveva convocato, ma finse di stare al gioco, riferendo all'Augusto: «L'unanimità dell'assemblea ha approvato proprio oggi il provvedimento che tanto ti preme, divino Augusto. L'esercito sarà gradualmente abbandonato dai cittadini romani, che verranno via via rimpiazzati da abitanti delle province».

Menenio conosceva bene i motivi di quella scelta. Il primo, ufficiale, era costituito dal preoccupante spopolamento delle campagne da parte degli abitanti a favore della carriera militare, certo più rischiosa ma assai più remunerativa del lavoro agricolo. Ma il motivo vero, quello che aveva indotto Domiziano a volere la legge, era un altro: in quel modo, le alte gerarchie militari, notoriamente avverse all'imperatore, avrebbero a poco a poco perduto il favore di cui godevano presso la popolazione.

D'altra parte, agendo in quel modo, pilotando la scelta ma lasciandone la responsabilità alla Curia, Domiziano non si sarebbe compromesso, né si sarebbe esposto personalmente alle pesanti e inevitabili critiche di chi, con l'esercito di fatto in mano straniera, non si sarebbe sentito sufficientemente protetto.

Anche Menenio era convinto che quella decisione avrebbe segnato l'inizio della decadenza e un preoccupante rilassamento dei costumi marziali che avevano portato Roma a essere la capitale del mondo conosciuto. Ma era troppo scaltro e uso alle navigazioni tortuose: mai avrebbe dato modo all'imperatore di dubitare delle sue opinioni, nella giusta convinzione che il suo peso nelle gerarchie del potere si sarebbe potuto accrescere soltanto manifestando una fedeltà assoluta.

« Ma torniamo a una vecchia questione, Menenio », riprese l'Augusto dopo una pausa di silenzio. « Secondo i miei informatori, il *duovir* di Ostia starebbe raccogliendo consensi sempre più numerosi presso la popolazione. Devo dire in tutta sincerità che, a prescindere dalle opere pubbliche che fervono nella cittadina, anche qui nell'Urbe abbiamo notato un netto miglioramento dei traffici commerciali, una maggiore celerità. Ma questo ha suscitato in me profonde riflessioni. » E, mentre così diceva, nei suoi occhi comparve una luce maligna. « Sono sempre più convinto che tu abbia visto giusto. Temo che Marzio sia un uomo pericoloso e che la sua ascesa politica non vorrà limitarsi al controllo di un porto, seppure importante. Ritengo pertanto che i suoi servigi all'impero meritino... ehm, una promozione. Non credi? »

Certo, pensò Menenio, in quel modo la persona del generale sarebbe stata profondamente gratificata, ma nello stesso tempo i suoi poteri di *duovir* sarebbero stati notevolmente ridotti, dovendo egli rispondere delle proprie decisioni non più soltanto all'altro *duovir* di Ostia ma all'intera Curia senatoriale, che sapeva fin troppo bene soffocare qualsiasi voce fastidiosa e isolata.

Come aveva detto Domiziano fin dalla prima volta che avevano affrontato la questione, l'idea di uccidere il suo acerrimo rivale di sempre doveva essere scartata, almeno per il momento. Marzio era una figura celebre e amata dal popolo, molto più, persino, di quando si era coperta di onori al comando delle truppe imperiali. Uccidendolo si sarebbe soltanto creata la memoria di un martire, che col trascorrere del tempo sarebbe po-

tuta diventare pericolosa. Molto più facile tenerlo sotto controllo attirandolo nella tana del lupo.

«Hai ragione, mio imperatore», disse Menenio, con un identico lampo di malignità negli occhi. «Sono totalmente convinto anch'io che i meriti acquisiti dal nobile Marzio, prima come condottiero e poi come governatore del porto di Roma, rendano improcrastinabile un degno riconoscimento!»

Mancavano ormai pochi giorni alla scadenza del mandato di Marzio come reggente della piccola e florida città portuale. Forse anche perché confortato dal consenso dei cittadini, il grande patrizio aveva deciso di riproporre la propria candidatura al Consiglio dei decurioni. In quell'anno molte cose erano cambiate. Non che fosse unicamente merito dei governanti, ma era innegabile che ogni attività aveva avuto un impulso poderoso.

La nomina di Marzio a membro del senato di Roma arrivò inaspettata e improvvisa. Giunio non poteva non rallegrarsi della luce di soddisfazione e di orgoglio che vedeva brillare negli occhi del suo signore, ma, a suo modo di vedere, l'assegnazione della nuova carica apriva inquietanti spiragli su una serie di dubbi che solo il tempo avrebbe potuto chiarire. Nessuno, infatti, ignorava la naturale avversione dell'imperatore nei confronti dell'aristocrazia, ristretta cerchia di cui Marzio rappresentava una figura eminente. Tuttavia, quando cercò cautamente di esporre al novello senatore tutti i suoi dubbi, si accorse che Marzio era perfettamente consapevole di ciò che lo aspettava.

«Credi, Giunio», rispose, «che io non immagini chi possa essere stato a proporre questo riconoscimento inatteso? Credi che non sappia perché si tenta di mettermi da parte in questo modo, dando per converso l'impressione di volermi assegnare un alto riconoscimento? Pensi che non abbia capito che il governante di una piccola città ha di fatto un potere maggiore di uno solo degli oltre novecento senatori? Diamo tempo al tempo, amico mio. Non sarà di sicuro facile, ma mi rifiuto di pensare che il governo di Roma sia in mano unicamente a persone dello stampo di Menenio. A piccoli passi cercherò di conquistarmi credito e fiducia all'interno della Curia, e verrà il giorno in cui il serpente pagherà per le sue colpe.»

Ascoltata l'appassionata esposizione dei motivi del suo signore, Giunio sentì più tranquillo, ma un punto rimaneva tutt'altro

che chiaro: quale sarebbe stato il suo ruolo in questo nuovo scenario?

«Ho bisogno di te al mio fianco in questa nuova e difficile avventura», continuò Marzio, quasi gli avesse letto nel pensiero. «Come ai vecchi tempi.» E gli batté paternamente la mano su una spalla.

Giunio rivide mentalmente le orde dei barbari, la pelle di lupo che portava sulla testa, le battaglie, il sangue. Ancora una volta sentì risalire per la spina dorsale la febbre della sfida. Era pronto ad affrontare queste nuove battaglie, aveva ormai capito quanto più subdole e difficili potessero essere, e quindi impegnative, un confronto durissimo in cui era spesso impossibile determinare da quale parte il nemico avrebbe sferrato l'attacco. Unico elemento in comune, il prezzo della sconfitta: la morte. Ma, come sempre, si sentiva pronto ad affrontare anche quella.

Roma odierna. Fine di maggio 1996.

Sara Terracini allontanò le mani dalla tastiera e le portò alla nuca, indolenzita dalle lunghe ore passate in quella posizione innaturale. Stirò con forza dita e collo. Sbuffò: «Uffa!»

Sarebbe diventata gobba? Chissà. Per adesso era profondamente soddisfatta del suo lavoro. Molto divertita, persino. Quel giorno era stata alla tastiera più di quindici ore, con brevi pause per rifornire con i fogli restaurati da Toni Marradesi le infernali apparecchiature collegate allo scanner. Ma i primi due volumi delle memorie del tribuno romano, trascritte dal frate italo-spagnolo, erano stati interpretati e riassunti.

Ma il diabolico nano di nome Oswald Breil, riemerso dal nulla in cui si era eclissato, sembrava saperlo già. Nel primo pomeriggio, senza il minimo preavviso, la bandierina colorata si era messa a sventolare rumorosamente nell'angolo in alto a destra dello schermo, mentre nella striscia scura che attraversava la base scorreva rapidamente la scritta: ALLORA, POSSO COMINCIARE A VEDERE QUALCOSA?

OH, YES! aveva risposto d'impulso, in preda alla profonda allegria che sapevano sempre infondere in lei i contatti, in qualsiasi forma, con l'inafferrabile omino a cui doveva tanta parte della sua brillante carriera.

QUANDO? era stata la laconica nuova domanda che aveva attraversato lo schermo.

QUESTA SERA, aveva risposto immediatamente, rimanendo tuttavia un attimo perplessa. Dove poteva essere Oswald in quel momento? Seduto su quale parallelo, a cavallo di quale meridiano? Che senso aveva, per lui, l'espressione « questa sera »?

INSOMMA, si era affrettata a digitare di seguito sulla tastiera, FRA UN PO'.

MAGNIFICO! BRAVA! era stata l'immediata replica. COMPRESS AND ENCRYPT, PLEASE. ASPETTO. CIAO. E nella striscia scura dello schermo non si era visto più niente.

« Compress and encrypt »? Oh, bella. Che il documento computerizzato in cui aveva salvato il riassunto dei due volumi del frate dovesse essere « compresso » e quindi reso meno ingombrante, per una più rapida spedizione in rete elettronica, era del tutto normale.

Ma: « encrypt »? Perché doveva spedirlo « criptato »? Era noto a tutti che le reti telematiche erano completamente sforacchiate, violabili da intere torme di *crackers*, diabolici geniacci del computer capaci di penetrare ovunque con i loro trucchi elettronici, dalle apparecchiature delle maggiori banche internazionali fino al cuore del Pentagono, provocando guasti capaci di suscitare uragani di ilarità nell'universo di utenti e « filosofi » delle autostrade dell'informazione. Ma quale stravagante *cracker* poteva mai essere in volpina attesa di mettere occhi e mani sulle romanzesche vicende di un ex gladiatore romano e dei luminosi destini affidatigli dagli dei? Che cosa poteva... sì, diciamo pure: fregargliene?

Che si divertissero a sgraffignare un po' di milioncini di dollari da questo o quel forziere bancario computerizzato, o qualche segretissimo piano per una nuova spartizione del mondo tra le potenze, poteva capirlo chiunque, ma le memorie dell'adamantino ex gladiatore, della sua amata e ingenua vestale e delle enigmatiche Pietre della Luna, a chi diavolo potevano interessare?

Che cosa c'era sotto?

Mah.

Non erano problemi suoi. Oswald aveva comunicato: COMPRESS AND ENCRYPT, PLEASE, e lei si sarebbe comportata di conseguenza.

Riportò le mani sulla tastiera, aprì un programmino accura-

tamente nascosto nei meno accessibili visceri del suo computer e gli ordinò di occuparsi del file di testo intitolato PIETRE.

COMPRESSION LEVEL? le chiese immediatamente una finestra aperta al centro dello schermo dall'affidabilissimo programma.

MAX, rispose meccanicamente.

ENCRYPT? chiese di nuovo il programma, dopo pochi secondi di operazioni effettuate nel silenzio più assoluto. YES, rispose Sara, ridacchiando. Che domanda. Se Oswald voleva così...

Ancora un'attesa di pochi secondi.

SEND ENCRYPTED FILE?, chiese finalmente il programma. « Spedisco il documento criptato? »

« Ma sì », borbottò Sara, « spedisci, spedisci! » E picchiò una robusta ditata con il pollice sul tasto di ritorno.

Movimento tra i più sconsigliati dai filosofi dei nuovi malanni professionali.

Chissà come avrebbe preso, il sempre assente ma telepatico omino, le sue infiorettature. Oh, be', le prendesse come voleva, soprattutto visto che le voleva criptate. Ancora una volta: che cosa c'era sotto?

PARTE SECONDA

ACQUA

Le scoperte

6.

Alesund. Costa atlantica norvegese. 1995.

Che cosa c'era sotto? Se lo chiedeva con insistenza da diversi giorni. E in quel momento, ponendosi per l'ennesima volta la domanda, Laura Joanson stava cercando di vincere il senso di disagio che le provocava sempre il volo. Certo, il recupero di un sommergibile dell'ultima guerra avrebbe comunque fatto scalpore. Ma perché proprio l'*U115*? Perché, tra le migliaia di relitti che sarebbe stato molto meno impegnativo strappare agli abissi, erano andati a cercare un U-Boot malandato e nemmeno coperto di particolare gloria?

L'avversione naturale che provava per il volo era quasi paradossale, se raffrontata alle sensazioni di spazio infinito che sapeva infondere in lei un'immersione a centinaia di metri di profondità con un batiscafo.

Le ruote del McDonnell-Douglas delle linee internazionali norvegesi toccarono terra con un leggero scossone. Sebbene fosse nata e cresciuta negli Stati Uniti, Laura Joanson conservava gli originari caratteri fisici scandinavi. Era sicuramente una bella donna. Il viaggio transcontinentale, per quanto poco gradito, non sembrava averla stancata più di tanto. Non appena varcò il portellone del velivolo, si sentì avvolgere dal vento freddo del Nord; avvertì, sopra il sentore acre del kerosene, il profumo delle conifere e l'odore intenso dei muschi. Una certa aria di famiglia, una sensazione epidermica di benessere paragonabile al senso di protezione che sanno infondere le mura della propria casa dopo una giornata faticosa.

Appena messo il piede al suolo si diresse con passo spedito verso il bus che l'avrebbe portata al terminal. Gli sguardi incuriositi di diversi suoi compagni di viaggio la seguirono con ammirazione: non era difficile riconoscerla, visto che le sue foto comparivano con regolarità sulle copertine dei più popolari settimanali del mondo. Ogni romanzo di Laura Joanson costituiva un fenomeno letterario senza precedenti. Ma nel contempo lei portava avanti con il medesimo entusiasmo di sempre la sua

professione originale di esperta di ricerche sottomarine e fondatrice-direttrice del Museo dei Reperti Sommersi a Key Biscayne.

La storia, avrebbe cominciato ad apprendere di lì a poco, partiva da lontano e rimandava molto, molto indietro nel tempo.

Berlino. 13 aprile 1945.

Il dottor Leonard Speitz, direttore dell'osservatorio astronomico della capitale del Reich, era chino sui suoi calcoli, circondato da strumenti capaci di scrutare i più remoti angoli del cielo. Sembrava non curarsi del rombo sempre più vicino delle artiglierie russe: si aggirava indaffarato a passo veloce, orientandosi alla perfezione nel disordine della stanza. Scuoteva spesso la testa, meditabondo, con il solo effetto di far traballare gli occhiali. Sembrava che gli mancasse qualcosa: una tessera di un mosaico importante. Prese nuovamente posto sullo sgabello rotante, regolato in modo da avere l'asse ottico nelle immediate vicinanze del mirino del telescopio.

Osservò la Luna: era incredibile il fascino che provava ancora nello scrutare quei crateri silenziosi, quei reticoli arcani di segni, la loro infinita quiete. Era uno dei tanti modi di cui aveva imparato a servirsi per rilassarsi e pensare, riordinare la mente e trovare eventuali errori nei suoi calcoli. Si scostò di scatto dal telescopio e tornò a dedicarvisi, con un'espressione soddisfatta sempre più evidente sul viso.

Quando il tenente e gli uomini delle ss entrarono nella stanza, si stava accingendo a riformulare matematicamente una sua scoperta che riteneva – temeva – d'importanza cosmica.

«Doktor Speitz», si sentì chiamare. Si voltò: gli parve che, nell'atteggiamento del giovane ufficiale che aveva davanti, ogni asperità marziale si fosse smussata per lasciare il posto a una gran fretta. «Gli ordini del Führer sono di requisire ogni documento che possa risultare utile per la nostra offensiva e, comunque, di non lasciar cadere niente nelle mani del nemico», continuò il militare, estraendo un foglio da una cartella e mostrandolo rapidamente allo scienziato.

Speitz assunse un'aria infastidita e al tempo stesso ironica: «Che cosa credete? Che il mio lavoro possa interessare alle armate bolsceviche, quando arriveranno in questa stanza?»

«I russi non prenderanno mai Berlino», ribatté quasi isteri-

camente l'ufficiale. « Stiamo soltanto adottando alcune misure di sicurezza, nel caso si dovesse ricorrere a una ritirata strategica. » Il suo tono crebbe d'intensità a ogni parola pronunciata.

Avrebbe potuto essere suo figlio, forse persino suo nipote, pensò l'astronomo, e di quante fandonie gli era stata riempita la testa. Ormai i tempi tra lo sparo della bocca da fuoco e il rombo della deflagrazione si erano fatti molto ravvicinati.

Speitz contò i secondi e replicò in tono sarcastico: « Tenente, i russi si trovano a meno di dieci chilometri dalla periferia. Se continuano ad avanzare con questo ritmo, tra poche ore saranno padroni del Reichstag. E lei viene qui a dirmi che non prenderanno Berlino? » Ma si accorse immediatamente di essere stato troppo crudo, sicché tentò di mitigare il tono. « Comunque non si preoccupi, tra pochi minuti sarò a sua completa disposizione. »

Lo sguardo glaciale del tenente fece calare nel locale una cappa di paura. « Lei sta forse cercando di ritardare l'ordine del Führer? Devo pensare che sia animato da spirito disfattista nei confronti del Reich? »

« Un momento, soltanto un momento... » cercò di prendere tempo Speitz, questa volta in un tono fermo e sicuro, con la testa di nuovo china sui suoi calcoli. « Ancora una piccolissima modifica e... »

« Le ordino... » Ma lo sguardo di Speitz gelò le parole dell'ufficiale: due occhi scuri e penetranti, illuminati dalla forza di un'intelligenza vivace e profonda. Di fronte al suo carisma, il giovane nazista si rese conto della propria inferiorità, che lo spinse a portare la mano alla Lüger d'ordinanza. Gli occhi intimoriti dello scienziato non suscitarono in lui nessuna compassione; sembrava esaltato dall'idea di essere padrone incontestabile di una vita umana. Esplose tre colpi in rapida successione. I suoi uomini impiegarono poco più di venti minuti per chiudere ogni scritto trovato nello studio dentro due casse di abete di medie proporzioni, evitando però accuratamente di urtare il corpo esanime dello scienziato ogni volta che gli passavano accanto.

Amburgo. 29 aprile 1945.

Tra il ponte dell'*U115* e il piano della banchina c'era un dislivello di circa un metro. Il sommergibile era ormeggiato con la

sua curiosa sagoma di enorme pesce semisommerso nell'acqua lurida del porto di Finkenwerder. L'eccezionale dimensione delle fiancate, dovuta ai serbatoi supplementari, gli conferiva un profilo meno idrodinamico, ma l'*U115* era capace di una velocità di ventitré nodi in emersione e sette in immersione; inoltre, quel che più contava, di un'autonomia di 15.800 miglia a dodici nodi in superficie. Il comandante Reisberg firmò la bolla di carico proprio mentre l'ultima cassa a tenuta stagna veniva scaricata dal camion militare. Salutati in modo rigidamente marziale i due uomini in borghese, si diresse verso la passerella. Non aveva particolari simpatie per i fanatici dei servizi segreti, ma, di fatto, dipendeva da loro. Le tre buste rosse con gli ordini di viaggio, appena ricevute, ne costituivano la prova.

Sapeva che Berlino stava per cadere, e che secondo diverse voci non controllate il Führer sarebbe già fuggito. Doveva fare in fretta: tra non molto l'aviazione alleata avrebbe potuto cominciare a bombardare il porto.

L'*U115* era stato costruito soltanto pochi anni prima, e ben diverso era il fine a cui il comando della marina avrebbe voluto destinarlo. Era nato come mezzo da trasporto per una compagnia di incursori, apparteneva alle unità subacquee dell'ultima generazione. Molto più lungo di un normale sommergibile della classe U-Boot, era armato con due coppie di cannoni semiautomatici da 12,7 e due mitragliatrici antiaeree in coperta, quattro tubi lanciasiluri a prora e due a poppa.

Reisberg aveva seguito ogni dettaglio della sua costruzione, prefigurandosi sbarchi di guastatori in ogni angolo del territorio nemico, ma aveva finito con il rassegnarsi a quel compito sicuramente poco gradito al suo spirito di combattente. L'*U115* era una delle poche unità capaci di raggiungere, senza bisogno di rifornimento, le coste orientali americane. E quella era diventata la sua principale missione: fare la spola tra la Germania e la Nuova Scozia, per affidare a mani sicure, oltreoceano, le ricchezze personali dei gerarchi nazisti, i soli che sapessero da tempo da quale parte spirasse ormai il vento della vittoria.

Reisberg era convinto che quello sarebbe stato con ogni probabilità l'ultimo viaggio effettuato per conto del Terzo Reich. Nella sua mente balenò una punta di soddisfazione, subito repressa dal suo carattere severo. Rimase rigidamente eretto sulla torretta, salutando la bandiera rossa con la svastica nera in campo bianco che sventolava sopra la casamatta sulla riva destra

dell'estuario dell'Elba. L'*U115* aveva ordine di immergersi tra quarantacinque minuti, non appena il comandante avesse aperto la prima delle tre buste con le istruzioni di viaggio.

Mare di Norvegia. Marzo 1995.

Laura Joanson girò leggermente la testa verso il finestrino dell'elicottero della North Pole Oil. Si stava chiedendo come avrebbe fatto il pilota a centrare quella minuscola serie di cerchi concentrici con al centro la lettera H: le sembravano lontanissimi e sicuramente troppo stretti per poter accogliere la mole di quel velivolo da trasporto. Un errore di un solo metro avrebbe potuto farli precipitare sulla piattaforma petrolifera sottostante. Invece arrivarono a destinazione con una precisione impeccabile. Laura era in viaggio ormai da dodici ore, ma continuava a non sentire nessuna stanchezza.

«Benvenuta a bordo della piattaforma Crude Brent, dottoressa Joanson», sentì gridare da una voce alle sue spalle, talmente acuta da sovrastare il rumore delle pale dell'elicottero che ancora volteggiavano sospese a poca distanza da lei. Si voltò, ma dovette abbassare di molto lo sguardo prima di riuscire a vedere il cordiale omino che le stava davanti.

L'uomo le tese una mano in miniatura, sollevandosi sulla punta dei piedi: «Sono Oswald Breil, il dottor Oswald Breil, esperto di prospezioni sottomarine e comandante supremo di questa isoletta», disse, indicando la piattaforma petrolifera e facendole cenno di seguirlo per una ripidissima scaletta in metallo.

«Laura Joanson», ebbe solamente il tempo di rispondere la bella donna, stringendogli la mano. Provò comunque un immediato senso di simpatia per quell'uomo. Forse, sorrise tra sé, ho sempre sognato di incontrare un elfo... fin da piccola.

Appena furono giunti nella sala comando, immediatamente sotto il piano di atterraggio, Breil si tolse la sgargiante giacca a vento arancione, parlando e fissando sulla donna due occhietti vivaci e intelligenti: «Quello che non ho ben capito, dottoressa, è se devo mettermi ai suoi ordini o se posso mantenere il comando della nave anche nel corso di questa operazione. Come lei certamente saprà, la North Pole Oil ha messo a disposizione della missione la sua struttura oceanica più sofisticata e i suoi uomini più in gamba. Ma vedrà che collaboreremo nel migliore

dei modi. Una tazza di caffè, prima di farla accompagnare al suo alloggio?»

Laura lo ascoltò con attenzione, mentre percorrevano i corridoi di quel vero e proprio laboratorio galleggiante: aveva immediatamente avvertito il rispetto con cui ogni membro dell'equipaggio si rivolgeva a quell'uomo che arrivava sì e no alla cintola di una persona di media statura.

«La struttura della Crude Brent» continuava intanto l'omino, «è concepita in modo da permetterle spostamenti autonomi. A differenza di altre piattaforme, questa è ancorata con sistemi mobili al fondo marino, tali da renderla pronta a mettersi in movimento nel giro di poche ore. Grazie ai suoi piedi a forma di scafi, può raggiungere una velocità di crociera di otto nodi. Un sistema satellitare computerizzato le consente, tramite la sola tensione delle catene delle quattro ancore, di rimanere ferma sul punto di perforazione a cinquecento metri di profondità con una tolleranza di soli due metri. Il sistema di trivellazione è capace di perforare la crosta terrestre fino a cinquemila metri. Ogni attrezzatura di bordo è quanto di più avanzato si possa incontrare nel campo della ricerca sottomarina.» E intanto sgambettava velocissimo, indicando con rapidi cenni della testa o delle mani i particolari del sistema antincendio e altre sofisticate apparecchiature.

La stanza destinata a Laura Joanson era degna del più temprato guerriero di Sparta: dimensioni standard per ufficiali, mobilio standard, colori standard. La bella donna s'infilò nella doccia, in un bagno che, sebbene lillipuziano, le era apparso come un miraggio.

Mare del Nord. 29 aprile 1945.

Nonostante le sue quasi 4000 tonnellate di dislocamento in immersione, l'*U115* navigava agile e veloce; gli otto MWM diesel da duemiladuecento cavalli spingevano con prepotenza i suoi centoquindici metri di lunghezza quasi a pelo d'acqua. Sembrava un predatore degli abissi sempre pronto per il balzo finale. Reisberg si girò verso poppa per valutare l'emissione dei gas di scarico: un sommergibile in emersione aveva il primo grande nemico delle proprie capacità mimetiche in quel fumo denso e nero. Tornò a girarsi verso prora, fissando lo sguardo nella notte che

cominciava a scendere veloce. Nemmeno quelle acque potevano ormai considerarsi sicure.

Abbandonò la plancia, calandosi agilmente per la ripida scala in metallo accanto alla quale correva il tubo del periscopio. Accertatosi con un rapido sguardo che ciascuno degli uomini fosse al suo posto, entrò nella saletta nautica, immediatamente a ridosso del ponte di comando: in pratica, il suo ufficio a bordo. Dal peso delle casse aveva dedotto che dovevano contenere soprattutto incartamenti. Soltanto tre, a suo giudizio, dovevano avere un contenuto di effettivo valore, almeno pari ai forzieri, che sapeva pieni di lingotti d'oro, affidatigli per i viaggi precedenti. In uno slancio di confidenza, uno degli ufficiali dei servizi segreti addetti a consegnargli il carico gli aveva rivelato che si trattava di effetti personali del Führer. « Praticamente i soprammobili della sua casa di Berlino », aveva detto.

Aprì senza alcuna emozione la prima delle buste. Era sicuro che la rotta indicata sarebbe stata la solita: verso nord, seguendo le coste della penisola scandinava fino al primo dei due rifornimenti volanti, dopo di che avrebbe dovuto aprire la seconda busta. Ma era convinto che la destinazione finale del suo viaggio sarebbe comunque stata la costa americana.

Mare di Norvegia. Marzo 1995.

« Una nostra nave per ricerche », stava dicendo Breil, « ha identificato circa un anno fa quello che sembra un relitto. » Laura indossava un paio di jeans e un maglione marinaro blu a collo alto che faceva risaltare l'azzurro intenso dei suoi occhi.

« Ecco le foto scattate dal nostro robot subacqueo », concluse Oswald.

Facendo scorrere quelle carte patinate, a Laura sembrò di violare un segreto, di abbattere le porte di un tempio. Le sue riflessioni vennero interrotte dalla voce di Breil che chiedeva: « Perché ha fatto morire Patricia? Mi piaceva tanto ».

Le ci volle un attimo per emergere dalla concentrazione che l'esame delle foto richiedeva e capire a che cosa alludesse il suo nuovo amico. Oswald stava parlando della protagonista femminile del suo ultimo romanzo. Sebbene uscito da poco tempo, *Il colore del sole* era già stato tradotto in trentasei lingue ed era in testa alle classifiche di vendita in quasi tutti i paesi. Sorrise com-

piaciuta e provò un moto di ancor più intensa simpatia per la spontanea sincerità del suo ospite.

Nata come l'hobby di una giovane esperta di ricerche sottomarine, la sua attività di scrittrice era ormai diventata un'apparentemente inesauribile fonte di reddito. Laura non si era comunque lasciata guastare dal successo e aveva continuato a praticare con il medesimo impegno una professione cui dedicava una passione e una fantasia perlomeno pari a quelle che metteva nello scrivere i suoi fortunati romanzi di avventura. Una sola cosa era cambiata, grazie alla pioggia di diritti d'autore in tutto il mondo: i mezzi tecnici con cui la sua compagnia affrontava il lavoro. Il laboratorio di ricerche da lei creato e di sua proprietà si era conquistato sul campo una vasta fama grazie anche alle larghe disponibilità economiche di cui aveva potuto dotarlo. L'unico lusso – così le piaceva definirlo – che Laura si concedeva era il Museo di Key Biscayne che aveva intitolato alla memoria dei suoi genitori.

Mare del Nord. 30 aprile 1945.

L'acuto avviso acustico del sonar riempiva gli angusti spazi della sala comando. Navigavano pochi metri sotto il pelo dell'acqua, lasciando emergere soltanto la torretta e le prese d'aria. Reisberg era di fianco al timoniere, quando la monotonia del suono che scandiva distanze e profondità fu rotta da una voce concitata: « Nave in avvicinamento ore sei, comandante ».

« Immersione rapida, periscopio pronto, profondità dodici metri, stop ai diesel, silenzio assoluto. » I comandi uscirono di bocca a Reisberg in maniera meccanica, quasi istintiva.

L'*U115* scese docilmente fino a dodici metri, poi si arrestò immobile a mezz'acqua. Le ultime parole che risuonarono nello scafo metallico furono i nuovi ordini del comandante: « Chiudere porte stagne, casse di compensazione aperte, sonar in cuffia, periscopio fuori ». Da quel momento, gli unici rumori che si sentirono a bordo furono i rapidi cigolii delle maniglie e il ronzio del motore elettrico che estraeva il tubo a cannocchiale.

« Nave in avvicinamento a ore sei, distanza duemila metri », annunciò Reisberg agli uomini impegnati alle strumentazioni nella sala comando. « Tocca a lei, fonico. »

Era la prima volta che il comandante lo chiamava con il no-

mignolo che lo accompagnava da quando si era imbarcato. Il sergente maggiore posò gli spessi occhiali sul tavolo che aveva davanti, premendo entrambe le mani sulle parti metalliche delle cuffie.

« Motori diesel, da come cantano sembrerebbero due ventiquattro cilindri Rolls-Royce. Dirige verso di noi. Credo si tratti di un caccia inglese e penso che ci abbia intercettato », comunicò dopo qualche istante. Sapevano tutti che difficilmente sbagliava.

« Settanta metri, subito. Giù il periscopio. Comincia la caccia », ordinò Reisberg, chiudendo le due manopole sui fianchi del mirino ottico. I centodieci uomini dell'equipaggio si aggrapparono istintivamente a quanto di più saldo avessero nei pressi.

« Ci stanno passando sopra, comandante... Tuffo! » Un'espressione capace di suscitare terribile angoscia: significava che il caccia stava seminando un carico di morte nella sua scia. La deflagrazione della prima bomba di profondità echeggiò ancora abbastanza lontana, amplificandosi in un potente spostamento d'acqua che fece tremare gli oggetti a bordo. Il nemico, là sopra, non conosceva di sicuro la loro esatta posizione, né tanto meno la profondità a cui erano immersi. Sembrava lanciare a caso, nella speranza di un colpo fortunato. O forse stava soltanto aspettando rinforzi.

« Sonar, mi dica com'è il fondale nei dintorni: non credo che quel caccia sia solo », chiese Reisberg all'altro sottufficiale.

Quasi simultaneamente la voce del fonico riprese a trasformare in informazioni i rumori della superficie: « Ci sono altri tre bersagli, forse quattro, comandante ».

« Il fondale, sonar, voglio il fondale! » esclamò di nuovo Reisberg, con un tono che non ammetteva ritardi.

« Il fondo è a circa 2400 metri sotto di noi, neanche pensarci. Però a venti gradi sulla dritta, a circa mezzo miglio da noi, sembra che si alzi un picco. È a centottanta metri di profondità. »

C'era forse una via di scampo, anche se il sommergibile avrebbe dovuto immergersi molto oltre i limiti di sicurezza.

Le deflagrazioni delle bombe di profondità si stavano facendo sempre più vicine e gli spostamenti d'acqua sempre più violenti. Il comandante si rivolse a tutti gli uomini: « Quegli avvoltoi stanno girando sopra le nostre teste in cerchi concentrici. Avviare i motori elettrici a mezza forza, profondità 90 metri. Mettere nel tubo numero quattro un 'pacco per bambini pove-

ri' ». L'espressione indicava uno stratagemma con il quale si erano salvati diversi equipaggi di sommergibili in situazioni disperate. E quella in cui era incappato l'*U115* era senza dubbio un'avventura dalla quale sarebbe stato molto difficile uscire.

« Tuffo, qui sopra! » informò il fonico. La sua voce, oltre a quella del comandante, era l'unico suono autorizzato a rompere il silenzio mortale. Tutti gli uomini presero mentalmente a scandire i secondi. L'*U115* ebbe un sussulto violento. Pochi riuscirono a mantenersi in piedi. Reisberg prese immediatamente la cornetta dell'interfono per chiedere notizie sullo stato dell'equipaggio e le condizioni dei vari compartimenti stagni.

« Pare non ci siano danni allo scafo, e soltanto un ferito lieve », spiegò poi rivolto ai suoi. L'unica possibilità di salvezza era offerta dalla vetta sommersa, pensò il comandante. « Rotta due-sette-cinque », scandì chiaramente la sua voce. Un secondo boato, forse un po' più lontano, ruppe immediatamente l'istante di tranquillità. Di nuovo il sommergibile ondeggiò, mentre le luci all'interno lampeggiavano per qualche attimo, spegnendosi poi del tutto come ogni altra attività elettrica. « Emergenza », ordinò Reisberg. « Inserite l'impianto d'emergenza. Fuori il pacco dei poveri. »

Pochi istanti più tardi uno scossone avvertì gli occupanti del locale di comando che il tubo lanciasiluri aveva espulso litri di olio e carburante, salvagenti e qualsiasi rifiuto in grado di galleggiare. Da quel momento in poi potevano soltanto sperare nell'ingenuità del nemico, convinto del loro affondamento dall'emergere dei relitti.

« Avanti al minimo, per due-sette-cinque », ordinò di nuovo il comandante.

Il ronzio dei due motori elettrici da millecento cavalli era impercettibile. Ma una spinta formidabile quanto improvvisa da poppa fece loro capire che gli inglesi non avevano creduto alla messa in scena. Compresse dalle titaniche forze della profondità, le strutture cominciarono a emettere suoni simili a lamenti.

Il profilo della vetta del monte sottomarino era simile alle corna di un bue, un avvallamento abbastanza ampio da poter accogliere lo scafo dell'*U115*. La corrente non era forte, ma la manovra si presentava ugualmente difficile, avendo là sopra cinque cacciatorpediniere inglesi che li stavano cercando. Guidato lentamente, con estrema cautela, il sommergibile nel riparo

sommerso, Reisberg diede ordine di osservare il più assoluto silenzio e rimase in attesa che il loro destino si compisse.

Improvvisamente, senza alcun nesso logico, il suo pensiero tornò al carico che trasportava: sapeva che poteva trattarsi dei documenti privati e degli oggetti personali del Führer. Stranamente, questo rimase il suo pensiero fisso fino a quando lo scafo non venne squarciato sul lato di dritta. Con tutti i suoi uomini, non avrebbe mai più rivisto la luce del sole.

Roma odierna. Laboratorio di Sara Terracini.

Sara non poteva sapere che, poco più di un anno prima, Oswald Breil era occupato in una ricostruzione storica molto simile alla sua, e come la sua basata su vecchi documenti difficili da decifrare e interpretare, anche se molto meno antichi dei volumi del frate. Una ricerca, peraltro, molto più della sua fondata su congetture e infiorettature.

Né poteva sapere quale sottile ma tenacissimo filo collegasse la ricostruzione del suo piccolo amico a quella che stava effettuando lei nel suo laboratorio romano, dove Toni Marradesi le aveva appena portato i primi fogli restaurati del terzo volume.

Le prime righe del nuovo fragile foglio letto dallo scanner cambiavano completamente lo scenario, portandolo avanti di oltre millecinquecento anni. Evidentemente, nel corso dei secoli, passando di erede in erede, attraverso chissà quali vicissitudini, i quattro volumi originari non soltanto si erano sfasciati, ma anche scompaginati. A meno che, da un certo punto in avanti, il bravo compilatore della cronaca, oltre a costellarla di colorite espressioni castigliane, non vi avesse interpolato brani della propria vicenda personale. 1622, c'era chiaramente scritto nella seconda riga del foglio. Più o meno l'epoca a cui le analisi facevano risalire il materiale.

Bisognava che avvertisse al più presto Oswald, dovunque potesse essere. Intanto, però, avanti. Come aveva ordinato lui nei suoi frettolosi messaggi elettronici: anzitutto far *capire*. Poi, *riassumere*. E, caso mai, *integrare con giudizio*.

Portò le mani alla tastiera e ricominciò a digitare, riassumere o integrare *con giudizio*.

Cartagena. Colombia. Colonie spagnole dell'America del Sud. 28 luglio 1622.

La *Santa Esmeralda* era all'àncora esattamente al centro della rada; nonostante le oltre seicento tonnellate di stazza e il giardinetto molto elevato, tipico dei galeoni, aveva una linea snella. Era uno scafo moderno, costruito soltanto un anno prima dai più abili maestri d'ascia cubani. A poche centinaia di metri, le torce e i lampioni del molo illuminavano altre due navi, circondate da uomini e macchine da carico.

Juan Perez de la Molina aveva compiuto quarantadue anni, e ne aveva trascorsi almeno trenta a solcare mari e oceani. Era uno dei più valenti e giovani comandanti della Flota de Tierra Firme. Vestiva con abiti eleganti; il suo modo di portare la spada era spavaldo, quasi fosse sempre pronto alla reazione armata.

Camminava lungo la banchina con il primo ufficiale al suo fianco, arrestandosi di frequente per lasciare il passo agli uomini che conducevano i muli da soma. Osservando la lunga processione di schiavi e marinai scomparire nel ventre insaziabile della *Nuestra Señora de Atocha*, cercava di fare paragoni tra quel galeone e il suo gemello – la *Santa Esmeralda* – di cui era al comando dal momento del varo, anzi da ancora prima, da quando ne aveva seguito la costruzione nel porto di La Habana. Aveva visto nascere la sua nave, aveva studiato le soluzioni più ardite, con gli alberi e la zavorra più appruati, le vele più tese. Sportosi oltre la prora dell'*Atocha*, osservò in mezzo al golfo la sagoma della sua nave, le lanterne che segnalavano la fonda e le luci che filtravano dalle vetrate del castello di poppa.

Si voltò soddisfatto: al suo sguardo, pur alla luce fioca della luna, la *Santa Esmeralda* appariva senza dubbio più bella e slanciata della gemella, anche se gli occhi di un profano non avrebbero notato alcuna differenza tra quei due colossi del mare, alti più di due case e armati con quaranta cannoni. Per la sua nave ne aveva voluti due di meno, aumentando invece di sei unità le colubrine, più utili nel tiro ravvicinato e collocate nei due castelli, alle estremità del galeone.

«Señor Vasted», disse in tono autoritario, «non appena saranno iniziate le operazioni di carico, fate zavorrare a cinquecentosettanta tonnellate.»

Vasted, primo ufficiale da quasi un anno e responsabile del carico, sembrò perplesso: significava scaricare dal più profondo

della stiva circa trenta tonnellate di pietre di fiume che costituivano il fulcro della stabilità del veliero. Fece rapidamente i calcoli: « Sono oltre mille pietre », obiettò, « ci vorrà una giornata di lavoro, a scapito o quasi di ogni altra operazione di carico, signore ».

« Señor Vasted, avrete a disposizione tre ore », tagliò corto il comandante in un tono che non ammetteva repliche, « e non ho nessuna intenzione di consentire che si rallenti il caricamento. Siamo già in ritardo di una settimana. Avete idea di che cosa significa? Se il convoglio fosse arrivato con puntualità, avremmo dovuto essere già in mare. Stiamo entrando nel pieno della stagione degli uragani, e la prospettiva mi preoccupa molto. »

Vasted lo osservò di sottecchi: sapeva che mai una tempesta avrebbe potuto impensierire Perez de la Molina. Ben altro doveva essere il problema che lo rendeva cupo e nervoso. Ma che cosa? Non riusciva a capirlo. Pensieri che durarono pochi attimi, dopo di che i due ufficiali vennero risucchiati da un capannello di folla intenta a festeggiare, come ogni volta, la partenza della Flota.

Dalle miniere della Colombia, dal Perù e da ogni altro angolo delle colonie, oro, smeraldi, argento, legni pregiati e altre merci venivano cabotati lungo le coste occidentali dell'America del Sud. Giunti a Panama, venivano sbarcati e trasportati da interminabili carovane dirette a Portobello, appena al di là dell'istmo, o a Cartagena, sulla costa settentrionale della Colombia. Da lì, i galeoni della Flota de Tierra Firme facevano la spola tra il vecchio e il nuovo continente quasi senza soluzione di continuità. L'unico periodo in cui i traffici della flotta venivano sospesi era nella stagione delle tempeste.

Perez de la Molina sapeva bene che diverse pericolose perturbazioni avevano già cominciato a formarsi, flagellando l'arcipelago caraibico. Ma i veri problemi, quelli che lo angustiavano di più, erano la segretezza della missione e il carico che la sua nave avrebbe dovuto trasportare.

Le assi dei carri sprofondavano nella fanghiglia cui era ridotto il fondo stradale. Le difficoltà aumentavano a mano a mano che gli zoccoli dei buoi e le ruote degli oltre cinquanta mezzi affondavano sempre più nella melma o rimanevano incastrati nei profondi crepacci scavati dalle piogge tropicali. Il drappello di

soldati con il classico elmo ricurvo seguiva il convoglio in un ordine molto approssimativo, tra mille difficoltà. Quella che stavano percorrendo era l'unica via di comunicazione, ma sembrava un torrentaccio scavato tra due argini di foresta impenetrabile.

Le tre pariglie di cavalli che trainavano la carrozza procedevano sicuramente al di sotto delle loro possibilità: non potevano lasciare indietro i due carri da trasporto e la scorta composta da venti guardie papali a cavallo. Ma improvvisamente, anche quel passo relativamente veloce, rotto dai continui scossoni e dalle sbandate delle ruote nella fanghiglia, si interruppe. Il segretario del cardinale de Blasi si affacciò al finestrino, imbrattandosi la toga con gli schizzi di fango che coprivano il vetro. « Vetturino », chiese, « che cosa succede? »

« Davanti a noi ci sono diversi soldati e un convoglio di carri in difficoltà che ci sbarrano il passo », rispose uno degli uomini a cassetta.

« Andate a dire che si tolgano di mezzo, siamo già in ritardo di una giornata, e Sua Eminenza non può certo perdere la partenza della *Nuestra Señora de Atocha.* »

Il cocchiere scosse la testa e si diresse verso l'ufficiale che comandava la scorta. Scambiarono soltanto poche battute, dirigendosi poi insieme verso la carrozza adorna degli stemmi papali.

« Capitano Silva al servizio del viceré di Spagna, agli ordini, Eminenza. Che il Signore sia con voi. » E il militare si chinò con una certa goffaggine a baciare il grosso rubino che de Blasi portava al dito.

Il cardinale emerse dalla carrozza fino a mezzo busto: « Siamo in grave ritardo, capitano, e per niente al mondo posso tollerare ulteriori intoppi. Fate sgombrare la strada e lasciateci passare ».

« Sono desolato, Eminenza, ma la prossima radura dove possiamo cedervi il passo si trova a circa sette miglia da qui. Per di più abbiamo ben tre carri impantanati fino agli assi e ci vorranno alcune ore per liberarli. »

Il naso del messo papale sembrò farsi ancor più adunco e gli occhi più gelidi: « Capitano, io rappresento il Papa e la parola di Dio in queste terre di selvaggi, e trasporto beni di proprietà del Santo Padre. La nave sulla quale devo imbarcarmi salperà

da Cartagena nelle prime ore del mattino. Credo vi rendiate conto di quello che significa.»

«Capisco, Eminenza», rispose l'ufficiale, «e cercheremo di fare del nostro meglio, anche se ci vorrebbe davvero un miracolo per farvi giungere in tempo per la partenza dell'*Atocha.*»

La mano del cardinale disegnò meccanicamente una croce nell'aria, mentre la sua figura tornava a scomparire, adagiandosi sui sedili della vettura.

Fratello Pietro di Marzio costituiva un raro, quasi indescrivibile connubio tra un frate di campagna e un lupo di mare. I suoi modi erano quelli di un sant'uomo, ma si capiva che aveva vissuto, e una vita non certamente facile. Era imbarcato come cappellano di bordo sulla *Santa Esmeralda.* L'altissima considerazione che de la Molina aveva di lui era nata diversi anni prima, quando lo aveva visto impugnare la spada per dare senza esitazioni il suo contributo a respingere un arrembaggio di corsari olandesi.

Il fisico robusto del religioso sarebbe sicuramente stato più adatto per la divisa del guerriero che non per il saio francescano. Eppure la sua presenza a bordo era quasi indispensabile, soprattutto nelle ore di bonaccia negli oceani sterminati, in cui anche il peggiore degli uomini dell'equipaggio sentiva improvvisamente il bisogno di chiedere qualcosa allo spirito. Per loro era pronto fratello Pietro, con le sue parole semplici e intense, con i suoi racconti, con l'alone di mistero che circondava la sua vita, con la sua capacità di mostrarsi aperto e comprensivo.

Officiava la messa ogni mattino, anche quando la nave era alla fonda, sebbene in porto vi assistesse molta meno gente che nel corso delle traversate oceaniche, quando ogni membro dell'equipaggio non impegnato in un'attività marinara e ogni passeggero cercavano un senso di sicurezza nel rito quotidiano.

Frate Pietro ripose ostensorio e calice e si rivolse a Eduardo Ramos, comandante in seconda. Era l'esatto opposto di de la Molina: aveva appena passato i sessanta, preferiva il ragionamento all'irruenza del suo superiore, era dotato di uno spirito metodico che lo faceva contento del suo ruolo di subalterno.

«Mi emoziona pensare che la stessa maestà di quelle navi la esprime la nostra *Santa Esmeralda*», disse il frate, indicando la

Nuestra Señora de Atocha e la *Santa Margarita* che doppiavano il molo nel lasciare il porto.

Appena in acque libere, i galeoni avevano spiegato le vele quadre, e il refolo sembrava far vibrare ciascuno dei tre alberi. Il vento di mascone aveva gonfiato le tele, e gli scafi si erano inclinati leggermente, assumendo un'andatura maestosa.

Ramos sorrise al frate, poi si girò verso la batteria del primo ponte, abbassando la spada. Il silenzio fu rotto dal fragore dei diciannove cannoni della murata di dritta. Come rispondendo a un segnale, salve di saluto esplosero un po' ovunque. Ogni volta che la Flota partiva, era un avvenimento e una festa per tutti.

Ramos si volse di nuovo verso frate Pietro e chiese: « Vedete quelli? » indicando un gruppo di persone sulla banchina che salutavano i partenti e si abbandonavano a manifestazioni di smodata allegria. « Nessuno riesce a togliermi dalla testa che siano così contenti, ogni volta che la flotta parte, perché sanno di non dover pagare gabelle per più di un anno. »

« Per non parlare », rincarò il frate, « di tutto l'oro di contrabbando che stanno mandando in patria. » E il suo sguardo assunse un tono severo. Pietro sapeva benissimo che, con il consenso degli ufficiali, ogni nave trasportava quantità di preziosi non assoggettati al Quinto, la tassa reale del venti per cento, né all'Avería, un contributo per la protezione del convoglio che poteva arrivare fino al quaranta per cento.

« Capisco che non sia piacevole », continuò, « vedere ogni proprietà personale assoggettata ai bisogni delle avide casse della Corona, ma è anche vero che molti si stanno costruendo una fortuna contrabbandando ori e pietre preziose ottenuti con lo sfruttamento e la violenza sulle popolazioni indigene. »

Ramos si girò verso quattro schiavi che stavano ammucchiando le pietre della zavorra sul ponte. Non appena attraccata la nave, le avrebbero scaricate a terra. L'occhiata con cui rispose al religioso espresse a fondo quale fosse il suo pensiero in materia di razze.

« Sono stato vent'anni con uomini come quelli », disse il frate, ricordando la sua missione tra gli indios, « e vi assicuro che l'unica differenza tra loro e i cosiddetti civilizzatori sta nel minore attaccamento che hanno per l'oro e per i beni terreni. »

Pronunciando l'espressione « civilizzatori », la voce di Pietro di Marzio si era venata di un accento italiano che egli stesso riteneva di avere perso ormai da tempo.

« Fratello », replicò Ramos tagliando corto, « perdonatemi ma debbo disporre le cose per l'ormeggio di domani mattina. »

Il francescano si diresse verso la sua cabina. Un angusto loculo ricavato in un angolo degli alloggi ufficiali, dotato di un letto, uno scrittoio e una libreria a parete ricolma di volumi. Rovistato rapidamente nella sua cassettiera, ne estrasse il saio di ricambio e un cofanetto di legno privo di serratura. Nessuno a bordo avrebbe mai osato mettere le mani su qualsiasi cosa appartenesse a un uomo di Dio.

Aperto il coperchio del semplice scrigno, guardò per l'ennesima volta con un profondo senso di affetto le tre statue d'oro che aveva davanti agli occhi. Le uniche cose che non aveva consegnato all'ordine monastico quando si era spogliato di ogni suo bene terreno. Appartenevano ai padri dei suoi padri fin dalla notte dei tempi. Aveva chiesto perdono a Dio, ma se ne sarebbe separato unicamente per consegnarle al nipote designato, nel momento in cui fosse stato sicuro di sentire vicino il passo della morte.

Ma questa volta le Pietre della Luna gli comunicarono un senso di inquietudine. Era forse semplicemente il timore nei confronti dell'ignoto che provava chiunque si accingesse a varcare l'oceano, ma lo avvertì in un modo mai sperimentato.

« Partiremo tardi », pensò ad alta voce. « Tutta la Flota è partita tardi. E i mari sono pericolosi, pieni di tempeste. Assisti questi uomini, mio Dio. » E dicendolo giunse le mani, consolandosi tuttavia con il pensiero che a quel viaggio sarebbe seguito un periodo di riposo.

Si sedette allo scrittoio. Aveva mani lunghe e forti, che tuttavia mosse con grazia ed estrema cautela. L'ultima delle venti pergamene che aveva appena finito di tradurre in quello che riteneva un buon italiano venne ordinatamente riposta con le altre. In quelle antiche scritture ingiallite e indurite dai secoli erano raccontate le origini della sua famiglia, del suo stesso essere. Quando tornò a chiudere il bauletto che le conteneva, provò un senso di vuoto.

Poi i suoi occhi corsero ai quattro volumi posati sul tavolo. Aveva impiegato diversi anni per trascrivere quanto il romano Giunio aveva scritto perché rimanesse nella memoria dei suoi discendenti. Non avrebbe mai potuto dire di avere capito tutto alla perfezione. La pergamena era in più parti illeggibile, e la sua conoscenza del latino non si poteva di sicuro considerare

pari a quella di un erudito prelato. Ma aveva onestamente cercato di fare del suo meglio, di interpretare le parole con certosina pazienza. Se la sua limitata erudizione non gli aveva consentito di cogliere qualche sfumatura, era sicuro che il buon Dio lo aveva già perdonato, così come lo aveva sicuramente perdonato per aver voluto conservare le tre Pietre della Luna.

I suoi occhi rimasero fissi per qualche istante sui quattro volumi manoscritti come se non li vedesse, quasi che il confuso presagio da cui era stato turbato stesse assumendo contorni più nitidi. Poi li accarezzò, con un sospiro: sapeva con assoluta precisione che cosa avrebbe dovuto fare il mattino dopo, non appena la *Santa Esmeralda* si fosse accostata al molo di carico.

Corte di Spagna. 1622.

A corte, all'interno della ristretta cerchia di nobili prodiga di inchini e adulazioni, Filippo IV era considerato da due punti di vista. Tutti sostenevano pubblicamente che l'educazione da lui ricevuta era tale da abilitarlo a governare nonostante la giovane età: era stato incoronato re di Spagna a soli sedici anni. Alcuni, però, seppure una minoranza, non riuscivano a non provare fastidio nel doversi sottomettere a un giovinetto.

Di certo Filippo non aveva ereditato una situazione facile: territori sconfinati su cui mantenere se non addirittura estendere il proprio dominio, guerre che duravano da decenni contro inglesi e olandesi, forzieri reali in gravi difficoltà. Il giovane aveva però dimostrato di sapersi destreggiare abilmente, anche seguendo i suggerimenti di preziosi consiglieri, ma soprattutto in forza delle enormi ricchezze delle colonie a cui il regno di Spagna poteva attingere. Tra gli eminenti personaggi che lo avevano guidato in ogni sua scelta spiccava il duca di Figueres, ammiraglio di tutte le Armate, cui era legato anzitutto da un rapporto di profondo affetto. Quel giorno, infatti, era a consulto con lui.

«Sire», disse l'ammiraglio, «la Flota de Tierra Firme dovrebbe prendere il mare in questi giorni. Tra due mesi al più tardi dovremmo pertanto essere in grado di sedare le preoccupazioni dei grandi banchieri privati. Senza contare il beneficio che ne verrà al tesoro della famiglia reale.»

«Non temete, ammiraglio, che mettere per mare ventotto navi cariche di preziosi costituisca un rischio molto grave in

questa stagione? » chiese la voce ancora adolescenziale, seppure artefatta per renderla più grave e solenne, del re di Spagna.

« Certo, Maestà. Nel periodo delle tempeste sarebbe meglio tenerle al riparo in qualche porto, ma l'urgenza non ci dà altra scelta. Gli inglesi stanno costruendo nuove navi e cercano con ogni mezzo di contenderci il primato sui mari. I loro corsari ci razziano milioni di pesos ogni giorno. Dobbiamo dare una risposta esemplare al nostro nemico di sempre. E poi, non c'è motivo di preoccuparsi: galeoni come l'*Atocha* o la *Santa Margarita* hanno dimostrato di essere in grado di tenere qualsiasi mare e vento. »

« Non posso che convenirne con voi, ammiraglio. Ma che dire della *Santa Esmeralda*? Dovrà viaggiare da sola e senza scorta per un lungo tratto di mare. »

« Quella nave, Sire, trasporta una quantità di oro e pietre preziose pari a quella dell'intera Flota de Tierra Firme, e il suo carico andrà ad arricchire il vostro tesoro personale. Ho dunque pensato che fosse opportuno coprire il suo viaggio con il massimo di segretezza, anche per non far confluire i beni personalmente destinati a Voi nella voragine dei debiti del regno. Soltanto il comandante della *Santa Esmeralda*, un passeggero e alcuni ufficiali superiori conoscono la natura del carico. Vedrete, tra pochi giorni la nave si congiungerà alle altre del convoglio, e tutte insieme raggiungeranno sane e salve le coste spagnole. »

Cartagena. Colombia. 28 luglio 1622.

L'uomo era in abiti raffinati e costosi, al collo aveva una pesante catena d'oro a maglie molto grandi. Ogni maglia era cesellata a mano e pesava esattamente quanto un escudo: in pratica si trattava di un accessorio utilizzato come borsa dalla quale attingere per regolarizzare i pagamenti delle normali transazioni commerciali.

La carrozza su cui viaggiava occupava il terzo posto nella lunga carovana di veicoli che, superato il tratturo paludoso, sostava in una vasta radura. Sul sedile di fronte a lui, una giovane sembrò emergere dall'oscurità. Affacciatasi al finestrino e intravisti gli stemmi papali sul primo dei tre carri che stavano oltrepassando il loro convoglio, disse: « Padre, credete che si tratti

del messo del Papa a cui abbiamo tributato una così calorosa accoglienza a Lima? »

Francisco Llobet, indubbiamente uno degli uomini più ricchi del Nuovo – e forse anche del Vecchio – Mondo, sembrava assorto in tutt'altri pensieri. « E se anche fosse, Antonia? » rispose distrattamente.

« Consentitemi, padre », continuò lei, « ma non trovo assolutamente niente di santo nel cardinale di Blasi, o de Blasi, o come si chiama. Anzi, il suo sguardo mi fa paura. » Così detto, fece una breve pausa ma, non appena si accorse di avere richiamato l'attenzione del padre, riprese: « Dopo il suo passaggio, si mormora che nessuno dei tesori delle nostre chiese sia rimasto intatto ».

« Sono cose che non ti riguardano », tagliò corto il padre, che la sola parola « tesoro » era stata sufficiente a far ripiombare in cupi pensieri.

« L'importante è che non me lo trovi come compagno di viaggio... Un'intera traversata atlantica... Il duca di Figueres non vi ha assicurato che le mie ancelle e io saremo i soli passeggeri a bordo? » Ma lo sguardo severo del padre ebbe l'effetto di farle morire la frase in gola.

« Mi hanno assicurato che non ce ne saranno altri », ribatté Llobet in tono irritato. « Ti pregherei anzi di parlare il meno possibile degli alti personaggi di corte con cui ho concluso questo importante accordo. Dovessero chiederti qualcosa, dovrai dire che ti stai imbarcando per la Spagna, dove raggiungerai tua zia Margarita a Siviglia. Nient'altro. Per combinazione, sulla tua stessa nave viaggia un carico di legname pregiato proveniente dalle mie terre. Ricordatelo bene e una volta per tutte! » concluse Francisco Llobet, visibilmente irritato.

Antonia sapeva come farsi perdonare. Lasciò passare alcuni istanti in silenzio e poi riprese: « È veramente necessario che io parta, padre? »

L'irritazione era ormai scomparsa dal volto dell'uomo, lasciando il posto a un velo di malinconia. « Ciò che mi preme, in questo momento, anche se non sarà facile saperti così lontana, è la tua educazione, sono i tuoi studi. Da quando è mancata la tua sfortunata madre ho dovuto constatare quanto sia difficile educare una figlia che sta diventando donna. Quanto potrai apprendere sarà certamente di qualità molto più elevata rispetto a ciò che possono offrirti questi paesi selvaggi. » E Llobet si perse

con lo sguardo su ciò che lo circondava: in ciascuno di quei carri, insieme alle cataste di travi scure e squadrate, saldamente legate, viaggiava un valore pari alla produzione annua della più attiva delle sue miniere.

Tutto era cominciato un anno prima, quando il duca di Figueres, ammiraglio della marina spagnola, si era recato in visita nelle colonie d'oltreoceano come inviato del re. Llobet era stato il suo cortese anfitrione nel corso del viaggio in Perù: la loro intesa, nata in maniera casuale, si era andata via via sviluppando nel corso dei giorni. L'ammiraglio si era a poco a poco lasciato andare a confidenze su argomenti di grande riservatezza, di cui sembrava strano sentir parlare con tanta disinvoltura dall'uomo più vicino a Filippo IV. Ma Llobet era troppo uomo di mondo per non capire come certe osservazioni non fossero gettate lì a caso, ma perché si volevano da lui pareri e consigli. Se da un lato le casse del regno erano continuamente svuotate dalla politica di egemonia militare, dall'altro il tesoro personale del sovrano non versava in condizioni migliori. Il proprietario di due terzi di tutte le miniere delle colonie dell'America del Sud sarebbe dunque potuto risultare molto prezioso.

Con quali averi il sovrano di Spagna poteva pagare gli ori e le pietre preziose che Llobet era in grado di fornirgli? Il consigliere di Filippo IV e il mercante avevano elaborato rapidamente uno scaltro piano, organizzando nei dettagli un traffico fittizio di materiali verso le Filippine. Secondo i documenti, i trasporti si sarebbero susseguiti con cadenza mensile per un anno intero. Ma la merce non sarebbe mai partita, e i manifesti di carico falsi avrebbero fatto maturare il credito di Francisco Llobet nei confronti del regno di Spagna. Il pagamento dell'intera operazione, secondo la lettera di credito garantita da sei istituti bancari europei, sarebbe avvenuto contestualmente all'arrivo del presunto ultimo carico, da consegnare non nell'arcipelago asiatico ma nel porto di Cadice. Quest'ultimo carico viaggiava sulla *Santa Esmeralda*, l'unica nave effettivamente destinata alla fittizia serie di spedizioni. Anche in questo caso i documenti erano contraffatti: le cataste di legno semilavorato erano tali soltanto in apparenza, ma nascondevano nel loro ventre un preziosissimo segreto.

La voce di Antonia lo distolse dai suoi pensieri. «Che cosa avete, padre? Mi sembrate preoccupato.»

Lo era, infatti. Correva voce che la flotta appena partita, forte di ventotto navi protette da tre galeoni, trasportasse tre milioni di escudos in oro e gioielli, senza contare il carico clandestino, spesso superiore in valore a quello ufficiale. Tra il bruno legno pregiato che viaggiava sui suoi carri, poi, era ermeticamente nascosto un favoloso tesoro in barre d'oro, smeraldi e preziosi per oltre quattro milioni di pesos. Inoltre, una squadra di centotrenta schiavi, da poco inviata a Cartagena, stava per caricare cinquanta tonnellate di lingotti d'argento da venticinque chilogrammi ciascuno, anche questo in totale spregio delle leggi doganali ma in forza di un accordo privato tra Llobet e il comandante de la Molina.

Il rischio era grande. Un galeone destinato a viaggiare isolato e lontano dal convoglio fino a La Habana non poteva non rappresentare una preda estremamente appetibile per i corsari olandesi e inglesi che infestavano i Caraibi. Ma, una volta raggiunta la flotta a Cuba, la *Santa Esmeralda* avrebbe affrontato l'Atlantico con l'intera formazione. Questi erano gli accordi che il comandante de la Molina aveva preso personalmente con il Capitán General des Galeones, comandante della flotta. Così avevano riferito a Llobet le staffette inviate in avanscoperta e rientrate da Cartagena. Certo, aveva considerato il mercante, la Flota de Tierra Firme non può perdere giorni preziosi a causa del nostro ritardo.

Il mercante sorrise alla giovane. Le sue preoccupazioni riguardavano anche la figlia, prossima ad affrontare i rischi della traversata. Ma un galeone – si disse – era quanto di più sicuro ci fosse per varcare l'oceano. E Antonia aveva senza dubbio bisogno di un'educazione diversa da quella che le sarebbe stata impartita in una colonia.

Il sentiero era ormai molto più agevole, tale da consentire lunghi tratti al trotto. Cartagena era in vista a qualche lega di distanza, sulla costa colombiana quasi pianeggiante e costellata di larghe anse. Scrutando con attenzione si potevano intravedere due dei tre alberi di un galeone sporgere di diversi metri sopra i tetti delle case del porto.

«Ne ero sicuro. Mio Dio, ti ringrazio!» E le mani affusolate

del cardinale de Blasi si congiunsero, con un fruscio dei guanti di seta. «La *Nuestra Señora de Atocha* non ha ancora preso il largo.» Ma il cardinale si sbagliava: quegli alberi appartenevano alla *Santa Esmeralda*.

La *Nuestra Señora de Atocha*, invece, non era affatto in porto ma immobile, paralizzata dalla bonaccia circa sessanta miglia a nord di Cartagena. A partire dall'uscita del porto aveva incontrato un vento fresco che l'aveva accompagnata per tutta la notte, ma che all'improvviso era calato. Il compito del galeone era quello di guardare le spalle del convoglio veleggiando a mezzo miglio dall'ultima delle navi, ma l'assenza di vento aveva confuso distanze e formazioni, sicché adesso l'*Atocha* dondolava pigramente in mezzo alle altre imbarcazioni, con le vele flosce.

Il mattino, quando i primi raggi del sole torrido cominciavano ad arroventarla, dall'acqua si sprigionava una leggera nebbia che faceva assumere al convoglio un aspetto spettrale. A bordo della *Nuestra Señora de Candeleira*, il marchese di Cadereita, comandante di quella flotta di fantasmi, scrutò a lungo il breve tratto di mare che la nebbia gli consentiva di vedere: anche quel giorno niente lasciava presagire che il vento ricomparisse.

Rimase dunque dov'era ad ammirare le strutture della *Nuestra Señora de Atocha*, immobile a poche centinaia di metri dalla sua nave. Guardò il castello di poppa, alto più di dieci metri, le vele quadre che pendevano inerti, le bocche dei venti cannoni di dritta e, a poppa, la bandiera reale di Spagna che svettava sulle ampie vetrate degli alloggi ufficiali. Erano ormai intrappolati da cinque giorni, sicché, nella migliore delle ipotesi, non sarebbero mai potuti arrivare a La Habana prima del 20 agosto.

Già erano partiti con enorme ritardo. Tutto era cominciato con ritardo fin dal marzo precedente, in patria, quando gli era stato comunicato sui due piedi di prepararsi a ripartire per il Nuovo Mondo. Con i suoi uomini e la sua nave, era appena arrivato in Spagna. Erano stanchi di mare e vento, stremati dal sole e dalle onde. Si aspettavano soltanto di poter godere di un meritato riposo.

L'ordine si era abbattuto sulla Flota de Tierra Firme come un fulmine a ciel sereno, sebbene lo si sostenesse emanato in nome di validissimi motivi d'interesse nazionale: l'oro e le gemme trasportati nel corso dell'ultimo viaggio non erano stati sufficienti nemmeno per cominciare a soddisfare la interminabile lista dei creditori della Corona. Altre ricchezze erano in attesa

nelle Americhe, pronte per essere trasportate in Europa e contribuire al finanziamento di una delle tante interminabili guerre contro i nemici inglesi e olandesi.

Il marchese di Cadereita si sporse oltre la murata di dritta a osservare il mare, con quel suo singolare colore scuro e la totale assenza di vento; quindi mosse la testa quasi volesse annusare l'aria. Anche in quella calma piatta, il vecchio uomo di mare sapeva riconoscere il presagio, rispettare e temere il sempre possibile scatenarsi delle forze incontrollabili della natura.

L'arrivo ad andatura sostenuta delle tre pariglie e della carrozza papale gettò un certo scompiglio nella fila degli schiavi intenti a scaricare le pietre di zavorra con un lungo passamano. Il segretario del cardinale scese precipitosamente dalla carrozza, rischiando di inciampare nello scalino, e puntò risoluto su Vasted, il primo ufficiale della *Santa Esmeralda*, intento a controllare le operazioni di scarico della zavorra.

«Ufficiale, ufficiale!» urlò, curiosamente impacciato negli abiti della Compagnia di Gesù. «Grazie a Dio, non avete ancora levato le ancore. Vi prego di riferire i nostri ringraziamenti al vostro comandante per avere aspettato l'arrivo di Sua Eccellenza e del suo carico.»

Lo sguardo interrogativo di Vasted rese superflua ogni sua parola.

«Sì», continuò il gesuita, «non credo che la *Nuestra Señora de Atocha* sia rimasta in porto, mentre la flotta è evidentemente già partita, se non per aspettare il messo papale cardinale de Blasi.» Ma il tono incerto della sua frase tradiva il nascere di un dubbio.

«L'*Atocha*, padre», rispose il giovane ufficiale indicando con la testa un punto lontano sull'orizzonte, «sarà ormai quasi in vista di Cuba, se questo vento ha tenuto.»

Il segretario di de Blasi si sentì gelare il sangue nelle vene. Non sembrò comunque perdere il controllo di se stesso e incalzò immediatamente: «Dove siete diretti, signore, e come si chiama la vostra... la vostra nave... Si tratta di un galeone, vero?»

«La *Santa Esmeralda* è la gemella della *Nuestra Señora de Atocha*, costruita nello stesso cantiere a un solo anno di distanza. La nostra rotta è Cuba e poi l'Atlantico e la Spagna, padre.

La rigorosa consegna, se state pensando a questo, è di non accogliere nessun passeggero a bordo.»

«Capisco», annuì il prete. Ma conosceva ogni segreto del personaggio più potente al servizio del Papa, e molti dei modi in cui si può far cambiare idea agli uomini. «Credo tuttavia che, se il cardinale de Blasi potesse avere un colloquio con il vostro comandante, molti aspetti della faccenda sarebbero appianati.»

Quando, poco più tardi, Vasted vide i carri del cardinale accodarsi agli altri, pronti per essere scaricati, si rivolse al sottufficiale che gli stava di fianco. «Vedete, sergente, noi ci diamo un gran daffare per conquistare metà, un quinto, due dodicesimi di tutte le terre emerse», disse, indicando con il mento la figura di de Blasi che si sporgeva dalla murata. «Combattiamo, moriamo per pochi palmi di terra, mentre c'è chi detiene davvero il potere e non deve fare grandi sforzi per mantenerlo.»

Gli schiavi avevano appena finito di scaricare; pochi minuti di pausa e avrebbero ripreso a riempire la chiglia con le nuove zavorre, più compatte e pesanti, costituite da barre di piombo di forma trapezoidale.

Vasted salì a bordo e, passando vicino al cardinale, fece un profondo inchino di cui soltanto lui conosceva il senso ironico.

Il comandante de la Molina lo stava aspettando nel quadrato, seduto alla scrivania in noce intarsiata. Era capitato spesso che dovessero caricare o scaricare zavorra, ma in nessuna occasione – pensò Vasted – il comandante aveva preteso di essere informato così puntualmente sullo stato dell'operazione. Si convinse che il motivo della premura doveva risiedere nella serie di ritardi che avevano accumulato nel corso del viaggio.

«Abbiamo appena terminato di scaricare le pietre, signore», annunciò. «Tra pochi istanti cominceremo a caricare i lingotti di piombo.»

Il volto di de la Molina si aprì in uno dei suoi rari sorrisi. «Mi sembra che si stia rispettando la tabella di marcia, señor Vasted.» Ma riassunse immediatamente un tono grave. «Però non li chiamate così: non si tratta di lingotti ma di semplici pesi di piombo per zavorra. Non vorrei che la parola lingotto potesse scatenare le fantasie di qualche spia dei corsari o ispettore delle dogane.» E di nuovo sorrise.

Il giovane Vasted, incoraggiato forse dall'atteggiamento aperto del comandante, provò a indagare sulla presenza a bor-

do di de Blasi. «Signore, permettete... Non avevate detto che non ci sarebbe stato nessun passeggero a bordo, oltre alla figlia di un mercante con le sue ancelle?»

«Il cardinale è il messo del Papa, e il Papa rappresenta Dio in terra. Non avrei in alcun modo potuto negare a una così eminente e santa figura la possibilità di raggiungere la flotta a Cuba. Anzi, señor Vasted, ricordatevi di far caricare il bagaglio del cardinale in maniera che possa essere scaricato agevolmente, una volta a La Habana.» E così dicendo accarezzò una piccola tasca segreta cucita nella pettorina della divisa. La sagoma dello smeraldo grezzo di almeno venti carati sotto le dita provocò in lui un fremito di eccitazione; senza contare le barre d'oro che il cardinale gli aveva promesso una volta arrivati a Cuba.

«Due carri carichi fino all'inverosimile, e lui lo chiama bagaglio...» pensò Vasted, annuendo tuttavia meccanicamente e chiedendosi allo stesso tempo con preoccupazione dove avrebbe potuto sistemare il carico di quei carri in una stiva già zeppa di parallelepipedi di legno.

Nella sua mente si conservava vivido ogni ricordo della sua terra, ogni pianta delle alte montagne, ogni corso d'acqua, ogni lembo di cielo, ogni schiena di guanaco piegata sotto il peso delle sacche. Nei suoi occhi si leggevano l'orgoglio e la tragedia del suo popolo. Mai vi si sarebbe potuta vedere rassegnazione o paura. Come tutti gli altri, faceva parte della misera catena umana intenta a caricare i pesanti blocchi di piombo. Ma per la sua gente rimaneva e sarebbe sempre rimasto il Figlio del Dio Avvoltoio, il principe della dinastia. Per tutti gli altri, invece, era semplicemente Juan, anche perché nessuno degli spagnoli sarebbe riuscito a pronunciare il suo vero nome.

Tazpletacuz, re designato degli aztechi, si muoveva con grande agilità anche nel buio della chiglia. A lui era affidato il più gravoso dei compiti: doveva adagiare ogni peso di piombo in maniera precisa, uno accanto all'altro, forte solo delle sue braccia e dei muscoli lombari. Dopo quasi dieci anni di prigionia, capiva ormai perfettamente lo spagnolo, ma fingeva di non avere alcuna conoscenza della lingua e rivolgeva ai carcerieri unicamente il suo sguardo fiero e imperscrutabile.

Fu forse per un moto intimo di ribellione che la sua destra mancò la presa, lasciando cadere pesantemente la zavorra sugli

altri blocchi di metallo scuro. Prima che il dolore del colpo di frusta gli raggiungesse il cervello, notò che l'involucro di piombo si era spezzato di netto. Vide il lingotto d'argento. Il principe azteco avrebbe saputo riconoscere alla perfezione qualsiasi metallo prezioso anche se non avesse dovuto vivere tre anni da schiavo nelle miniere peruviane. Il suo guardiano gli fu immediatamente addosso e lo scansò con violenza per verificare eventuali danni. Raggiunta la catasta, si fece luce con la lampada a olio.

« Sergente Funches, venite qui, presto! » chiamò in tono carico di eccitazione.

Funches, il capo del plotone di sorveglianza, aveva due caratteristiche fondamentali: crudeltà gratuita e totale mancanza di scrupoli. Il suo accento portoghese era inconfondibile, come i suoi modi violenti e la sua testardaggine. Tutti sulla *Santa Esmeralda*, forse persino gli ufficiali e il comandante, avevano paura di lui.

« Rimetti a posto quel peso, cretino », urlò al sottoposto, affrettandosi ad aggiungere a voce più bassa, non appena le due parti dell'involucro di piombo furono ricongiunte in modo quasi perfetto: « Non farne parola con nessuno. Capito? »

L'uomo annuì, impaurito, mentre il sibilo della frusta brandita dal superiore fendeva il silenzio. La schiena dello schiavo Juan si tinse del rosso della carne viva, ma nessun lamento uscì dalla bocca del principe azteco.

« Anche tu non hai visto niente, Juan », ingiunse la voce gracchiante del portoghese, che tornò a far vibrare la frusta. Ma la sola risposta che ebbe fu il solito sguardo fiero e indomito.

Non appena frate Pietro fu salito sul ponte, gli bastò uno sguardo per capire che lo schiavo Juan aveva bisogno di cure. La striscia di pelle, scarnificata dal colpo di frusta, risaltava sulla carnagione scura. Scese la scala attraverso cui si accedeva al castello di poppa. « Sergente Funches », disse con voce ferma, « ho bisogno di uno schiavo che mi aiuti a trasportare questi quattro volumi fino al convento francescano. »

« Stiamo zavorrando, frate », ribatté Funches. Quindi sputò fuori bordo, con un sorriso sempre più irriverente. « Nessuno degli schiavi può essere distolto dal suo lavoro. »

Pietro gli si avvicinò con passo deciso. « Sergente, preferite

affidarmi un aiutante per pochi minuti di vostra spontanea volontà, o volete un ordine del comandante? »

Funches borbottò qualcosa, poi abbassò gli occhi e, con un gesto teatrale, indicò la fila di schiavi: « Avete preferenze, uomo di Dio? »

« Vorrei Juan. E ricordate che tutti gli uomini sono figli di Dio. »

Appena furono lontani dal porto, Pietro si chinò e aprì i ferri alle caviglie dello schiavo, lo guardò negli occhi e, pur pensando che Juan non potesse capire, gli disse comunque, parlando lentamente: « So che non fuggiresti mai, se non altro per il rispetto che hai per me ».

Quindi deterse le piaghe provocate dai ferri, mise un unguento sulla ferita inferta dalle scudisciate e, finita la pietosa incombenza, sollevò lui stesso due dei quattro volumi: « Divideremo il peso fino al convento. Frate Tomaso avrà cura dei miei scritti fino al nostro ritorno ».

La carrozza di Llobet giunse al porto alla testa della carovana dei cinquantadue preziosi carri. La presenza delle guardie papali di sentinella richiamò la sua attenzione nonostante l'oscurità rotta soltanto dai fuochi e dalle torce. Sulla *Santa Esmeralda* stavano ancora caricando derrate e merci minori. Stimò che non avrebbero potuto iniziare le operazioni prima dell'alba. « Credo che non sarai la sola passeggera », mormorò perplesso, rivolto alla figlia, indicando la carrozza del cardinale a poca distanza da loro.

« Quell'uomo non mi piace, padre », provò a dire Antonia, ma venne immediatamente zittita da un gesto imperioso della mano del mercante. Llobet aveva finalmente gettato la maschera anche con se stesso, ammettendo quali erano le sue reali paure. Ricordò le parole del consigliere del re, quando aveva sottoscritto l'accordo.

« La vostra cautela non mi stupisce, signor Llobet », aveva detto il duca di Figueres. « E mi rendo conto che richiedere un avallo bancario rientri nei vostri diritti. Ma quale garanzia potete offrire voi? Sarò più chiaro: le banche pagheranno non appena la *Santa Esmeralda* attraccherà a Cadice con un carico di legname. Ma chi può garantire al re che non si tratti veramente di solo legname pregiato, senza ulteriori pregi al suo interno? »

«Avete riscontrato voi stesso non poche difficoltà per ottenere una garanzia così cospicua, signor ammiraglio», aveva risposto Llobet. «Per fornirla... e al regno di Spagna, badate bene, non a un semplice commerciante come me, si sono dovute consorziare addirittura sei banche.»

«Non potranno certamente essere le banche a garantire il rispetto dei patti da parte vostra, signore, ma un pegno per voi molto più prezioso e caro. Su quella nave viaggerà la vostra unica figlia, Maria Antonia. In questo modo saremo sicuri che quanto concordato verrà rispettato fino all'ultima oncia di... materiale da voi spedito.»

Llobet sapeva dunque che stava rischiando tutto quello che aveva, sia nell'ambito finanziario che nella sfera degli affetti più cari. Rabbrividì al pensiero che un naufragio avrebbe potuto avvelenargli ogni giorno che gli rimaneva da vivere.

Cercò di trovare sollievo nel pensiero del tesoro ordinatamente allineato dietro di loro. Ogni carro aveva un contenuto pressoché identico: un parallelepipedo di tronchi bruni e squadrati, tanto serrati tra loro da costituire un corpo unico. Ciascun fascio misurava circa quindici piedi in lunghezza per sette di larghezza e altezza, misure accuratamente studiate per conciliare le esigenze del trasporto con quelle della cantieristica navale. Era all'interno che le cose cambiavano: in ciascuna delle cataste era stato realizzato un doppiofondo in cui erano sistemati i forzieri pieni di barre d'oro, pezzi da otto e pietre preziose che rappresentavano una ricchezza inestimabile.

Nessuno si sarebbe potuto comunque accorgere di niente, a meno che una delle cataste non si fosse sfasciata a causa di un fortissimo urto. Anche il tesoro era stato accuratamente suddiviso in modo che ogni blocco di travi non superasse di molto il peso di una comune catasta di legno.

7.

Mare di Norvegia. Marzo 1995.

Laura Joanson stava osservando con profonda concentrazione i tracciati del sonar e le fotografie del relitto. « Non sarà facile », disse rivolta a Oswald Breil. « Il sommergibile sembra incastrato nella concavità della roccia. Se si aggiunge la profondità, l'operazione di recupero appare al limite del possibile. Lei pensa che ci possa ancora essere aria all'interno del sommergibile? »

« Non so », rispose prontamente Oswald, « ma credo che dopo cinquant'anni le porte stagne dovrebbero aver ceduto comunque, anche se non sono state direttamente colpite dallo spostamento d'acqua o dallo scoppio. »

« È quello che dobbiamo appurare », riprese Laura, « prima di poter dire se riusciremo a portarlo a galla. Se l'interno del sommergibile non è completamente allagato, significa che lo scafo è ancora integro nelle zone non danneggiate dall'esplosione. E vogliamo recuperarlo appunto integro, anche se dovremo agire con la massima cautela. Non vorrei che una risalita veloce e mal coordinata provocasse torsioni nella struttura alle quali il vecchio *U115*, così malconcio, non può resistere. »

Quel mattino si erano incontrati molto presto. La prima cosa che avevano visionato era stata il *Gorgonia*, il batiscafo « tascabile » capace di raggiungere trecento metri di profondità. Il giorno seguente Laura vi si sarebbe immersa insieme al pilota e a un tecnico.

Il sole stava per calare in uno dei rari tramonti sereni del Nord. Erano circa le due del pomeriggio. Laura pensò con nostalgia alla luce della sua Florida, alla benedetta decisione dei genitori di trasferirsi a Miami, alcuni anni prima che lei nascesse.

Tra i bagliori rosso fuoco vide posarsi sulla piattaforma un elicottero, che però non era lo stesso che l'aveva condotta lì. Poco dopo venne convocata in sala riunioni.

Al tavolo centrale vide seduto il presidente della North Pole Oil, con accanto Oswald che, in piedi, sembrava una riprodu-

zione in scala ridotta di un essere umano. Al di là degli abiti eleganti e dei modi ostentatamente distaccati, l'aspetto di Robert Rustom era piuttosto rozzo.

La sua corporatura era massiccia e imponente, a tratti abbondante. I capelli rossicci si stavano striando di grigio. La carnagione chiara costituiva una cartina di tornasole dei suoi stati d'animo: la collera e l'eccitazione facevano tendere al cremisi il colorito del viso.

« Buonasera, dottoressa Joanson », disse. « Ho deciso di essere presente a questo suo tentativo di recupero. »

« Lieta di conoscerla, signor Rustom », rispose lei, mentre la grossa mano dell'inglese si serrava sulla sua. « Non sarà sicuramente un recupero facile. Anzi, si presenta ai limiti del possibile. Domani mattina scenderò con il *Gorgonia* e spero di riuscire a farmi un quadro più preciso della situazione. »

Parole che ebbero un effetto strano sull'uomo d'affari: invece di spronarla in qualche modo al compimento dell'operazione, sembrava quasi compiaciuto delle difficoltà che gli erano state prospettate. Forse, pensò Laura, in previsione dei diversi milioni di dollari che il recupero sarebbe costato alla sua compagnia, quale che potesse essere il risultato. Anche se...

« Bene », tagliò corto Rustom. « Se incontrasse troppe difficoltà, la prego di non mettere a repentaglio uomini o attrezzature per recuperare un vecchio relitto bellico tutto sommato di scarso interesse. »

« Egregio signore », ribatté Laura in tono risentito, « non sono un'avventuriera ma una studiosa del mare e di ciò che esso cela. Non capisco questa sua esortazione, visto che, se ha deciso di provare a effettuare il recupero e se ha scelto me, la vostra compagnia la giudicava un'operazione interessante e non pensava evidentemente di mettersi nelle mani di una spregiudicata incosciente. »

Il volto di Rustom espresse un misto di sfiducia e irritazione: « La decisione in merito alla sua presenza è stata presa senza interpellarmi, dato che ero impegnato in questioni di ben maggiore rilevanza che uno stupido recupero. Se fosse dipeso da me », aggiunse brutalmente, « penso che per questa operazione non avrei mai scelto una donna. »

« Allora non capisco quale interesse possa avere motivato la North Pole Oil a cercare di effettuare quello che secondo lei sarebbe semplicemente uno 'stupido recupero'. Come mai volete

tirare su quel sommergibile? O lo volevate tirare su senza di me? E le voci secondo cui il governo britannico avrebbe addirittura emanato un decreto per la fiscalizzazione degli oneri derivanti da questa operazione? Un bel risparmio, visto che a pagarla saranno i contribuenti del Regno Unito. Un grande prestigio a costo zero. E pare anche che la North Pole Oil sia stata la prima a farsi avanti, sentita l'offerta governativa.

«Comunque», continuò la giovane con un tono di gelida ironia, «sia chiaro che questo recupero è di estrema complessità e non potrebbe mai apparire facile a nessuno, nemmeno a una donna dissennata, giovane e inesperta come me.»

Aveva toccato nel vivo. Rustom si schiarì la voce e rimase qualche istante in silenzio, forse per cercare di conferire un tono più conciliante a quanto stava per dire. Come molti uomini potenti, anche il presidente di una tra le più ricche compagnie petrolifere britanniche diveniva incerto di fronte a chi era capace di mostrare i denti.

«L'interesse è e rimane l'*U115*, dottoressa Joanson. Le auguro buona fortuna», riuscì comunque soltanto a ribattere, uscendo di slancio dalla sala riunioni.

«Carino!» fu il commento ironico della giovane, non appena la porta si fu chiusa di schianto.

«Il calo del prezzo del greggio», cercò prontamente di giustificarlo Oswald, che nel corso della breve conversazione era rimasto zitto, «e i contemporanei aumenti sul mercato dei noli stanno evidentemente creando grosse preoccupazioni al nostro presidente. Rustom è un uomo rude, ma non ricordo di averlo mai visto comportarsi in questa maniera.»

«Okay, dottor Breil», replicò Laura, «vediamo di non lasciarci prendere dallo sconforto per le simpatiche parole del suo capo. Abbiamo ancora oltre settanta tra foto e diagrammi sonar da visionare attentamente. Domani mattina, subito dopo l'immersione, credo che riuscirò a essere più precisa circa la possibilità o meno di recuperare l'*U115*. Diamoci da fare, Oswald.»

Il *Gorgonia* si immerse esattamente alle sei e quarantacinque di un mattino buio e gelido. I fari sulla prora illuminavano il microcosmo marino, facendo brillare filamenti di plancton e occhi di pesci curiosi. A mano a mano che scendevano verso gli abissi, la fauna si andava facendo sempre più rara. La visibilità, comunque ottima, consentì loro di avvistare il picco con i due

corni di roccia quando erano ancora a diverse decine di metri di distanza.

L'*U115* sembrava uno strano animale impaurito che si fosse rifugiato nella tana adattando la sagoma del corpo alle asperità della pietra. Anche con il batiscafo fecero una notevole fatica per raggiungere la gola di roccia dove si trovava il relitto.

«E pensare che noi navighiamo a vista e siamo parecchio più piccoli e maneggevoli del sommergibile», commentò il pilota.

Lo scafo dell'*U115* aveva una falla sul lato destro, quello aperto al mare, talmente ampia da far passare un'auto di media cilindrata. La pressione subita dall'acciaio contro la roccia appariva evidente lungo tutte le giunture dei tre tronconi principali della chiglia. La linea, un tempo filante e armonica, assomigliava ormai a quella di una banana, saldamente incastrata nella sua prigione.

Laura scosse la testa, preoccupata, ma volle ugualmente ispezionare punto per punto le grandi saldature dei tronconi dello scafo.

Poche ore più tardi si trovava nell'ufficio di Oswald con quasi novanta fotografie ancora umide di stampa.

«Allora», disse risoluta, dopo un primo esame sommario, «quel relitto è una molla pronta a scattare e, nella migliore delle ipotesi, a rompersi in mille pezzi. Senza contare che non so quanti mesi di lavoro potranno essere necessari per liberare l'*U115* dalla sua trappola di roccia. Mi preoccupa anche il fatto che le saldature circolari, in corrispondenza dei tronconi, non sembrano aver risentito in alcun modo della compressione: lo scafo pare essersi adattato alla sua nuova forma a banana senza venire spezzato o danneggiato, fatta eccezione per la falla di dritta. Credo di poter affermare, anche se mi riservo ulteriori approfondimenti, che l'*U115* non appare recuperabile, se si vuole cercare di mantenerne integra la struttura.»

Le parole di Oswald servirono a sollevarla un po' da quello che considerava un fallimento. «Disponiamo di attrezzature di assoluta avanguardia: robot capaci di tagliare l'acciaio e di saldarlo a quattrocento metri di profondità, campane pressurizzate che consentono la discesa fino agli abissi più profondi. Credo sia bene che lei ci ripensi con attenzione, prima di rinunciare all'impresa... e al compenso della NPO.»

« Se fossi davvero fatta come pensa il suo presidente, ci metterei davvero poco a rimanere qui un mesetto sulla Crude Brent per riportare a galla soltanto qualche tonnellata di lamiera contorta. Ma ne va della mia serietà professionale, che non mi sento proprio di mettere a repentaglio. Comunque domani mattina scenderò di nuovo con il *Gorgonia* per effettuare una serie di prove sismologiche sullo scafo e sul corno di roccia che lo tiene imprigionato. Se tutto quello che penso sarà confermato, già domani sera Sua Eccellenza Sir Robert Rustom avrà sulla scrivania un rapporto negativo, insieme alla mia rinuncia. »

« Mi dispiacerà, Laura. Davvero. » E, non appena incontrarono quelli azzurri della giovane scienziata, gli occhi del simpatico omino assunsero un'espressione triste. Fatta scomparire da un sorriso di entrambi che esprimeva una profonda simpatia reciproca.

Il giorno dopo, il viaggio negli abissi a bordo del *Gorgonia* sembrò a Laura più veloce, sicuramente in conseguenza del fatto che aveva preso confidenza con il piccolo mezzo sottomarino e con il suo esperto equipaggio.

I due bracci meccanici sistemati sulla prora del batiscafo, appena sotto la grande semisfera di materiale plastico, si muovevano per leggeri scatti, depositando i sensori sismici con grande precisione. Ne furono piazzati diciotto nel giro di pochi minuti, alcuni sulla roccia, altri sullo scafo dell'*U115*. Fu poi la volta delle cinque piccole cariche al C4, anch'esse collocate in posizioni precise e meticolosamente studiate in precedenza.

Il batiscafo si allontanò di alcuni metri, e un unico tonfo sordo segnalò che la missione sottomarina aveva avuto successo. Adesso dovevano soltanto risalire in superficie, dove Laura avrebbe letto con attenzione i diagrammi, ricavandone importanti informazioni circa lo stato del relitto e delle rocce che lo circondavano. Le onde sonore le avrebbero detto tutto o quasi: dalla presenza di locali stagni allo stato di conservazione e solidità delle strutture in acciaio, alla consistenza dell'enorme cunicolo nella roccia.

Quando cominciò a stilare il verbale, erano ormai le prime ore del mattino. Si sentiva pervasa da un senso di vuoto, dovuto certamente in parte alla notte insonne, ma soprattutto alla prospettiva di dover abbandonare l'*U115* alle profondità del mare. Non le era mai piaciuto rinunciare. Contrastava con i suoi principi più saldi ed elementari.

Alle nove chiese al dottor Breil di annunciarla al presidente Rustom. Non le toccò naturalmente insistere perché all'incontro partecipasse anche Oswald.

Espose con pazienza e dovizia di particolari tecnici le sue convinzioni, illustrandole con esempi puntuali e obiettivi, fino a concludere: « Signor presidente, non credo sia possibile procedere al recupero dell'*U115* in tempi stretti, con il rischio di riportarne a galla soltanto pochi resti. Fatta salva un'ulteriore verifica, che effettuerò a mie spese una volta tornata nella mia sede, non posso accettare l'incarico ».

Era la prima volta che le succedeva, e il fatto non la faceva certamente sentir bene.

Ma, stranamente, a darle sollievo furono proprio le parole di Rustom. « Debbo onestamente ricredermi sul suo modo di operare, dottoressa Joanson, e scusarmi con lei per i miei modi bruschi di ieri sera. Provvederò a farle bonificare sul conto bancario di Miami che ci ha indicato il compenso per la sua splendida consulenza. Consideri il mio elicottero a sua disposizione per condurla all'aeroporto oggi stesso. » E Rustom le tese la mano oltre il tavolo della sala riunioni, concludendo: « La ringrazio davvero per la sua professionalità. E... se dovesse ripensarci, per alcuni giorni la Crude Brent non si muoverà da qui ».

Ma sapevano entrambi benissimo che i margini per un ripensamento erano estremamente ridotti.

Mentre salivano le scalette che portavano al punto di atterraggio, i pensieri che attraversavano la mente di Laura e Oswald erano sicuramente diversi, ma entrambi centrati sull'*U115*.

Fu Oswald a rompere il silenzio opprimente. « Non l'avevo mai visto così remissivo », mormorò, mentre cominciava a farsi sentire il rumore del rotore. « Ho girato tutti i mari del mondo con il terrore che Sir Rustom piombasse a bordo e ci costringesse, testardo come un mulo, a perforare chilometri di rocce che sembravano inattaccabili. Adesso, invece, si ferma alle prime titubanze di fronte alla possibilità di un recupero, e per di più del tutto esente da costi. »

Laura si chinò un po' per sentire meglio quello che diceva. « Ha ragione, Oswald », disse. « Non capisco davvero perché il suo capo non voglia fare qualche altro tentativo, magari interpellando altri esperti o provando a smuovere l'*U115* con i vostri mezzi. »

Erano ormai sulla pista circolare, dove il vento gelido veniva

ulteriormente rinforzato dai vortici provocati dalle pale dell'elicottero.

«Guardi però che non mi sono arresa del tutto, Oswald», sbottò improvvisamente Laura, cercando di non accentuare troppo il fatto di essersi dovuta quasi mettere in ginocchio per salutarlo.

«Si ricordi, però, che tra dieci giorni dovremo comunque spostare la piattaforma da qui», rispose Breil, con un ammicco. «Mi auguro proprio di rivederla prima, Laura.»

Dopo qualche istante l'elicottero si alzò in volo, mentre l'elfo rimaneva sulla pista tenendosi stretto alla testa il cappuccio del giaccone imbottito. Oswald Breil sapeva già che avrebbe rivisto Laura Joanson molto presto.

La Habana. Cuba. 22 agosto 1622.

La prima a entrare in porto fu la *Candeleira*, l'ammiraglia del Capitán General des Galeones, ossia il comandante in capo della flotta, il marchese di Cadereita. Quindi, uno dopo l'altro, seguirono i vascelli che dovevano effettuare operazioni nel porto di La Habana. Avevano impiegato diciannove giorni per compiere un viaggio che, con vento favorevole, avrebbe richiesto poco più di una settimana. Erano sempre più in ritardo, e la bonaccia che avevano incontrato non rappresentava di sicuro un buon presagio.

La *Santa Esmeralda* aveva lasciato Cartagena esattamente quattro giorni dopo l'*Atocha* e la *Santa Margarita*, sicché a quel punto era in mare da quindici giorni. Tra i marinai serpeggiava un malcontento che si manifestava per frasi pronunciate a mezza voce e sguardi sempre più impertinenti. L'enorme ricchezza nascosta nella stiva era argomento di continui conciliaboli segreti tra Funches e la sua cerchia di compari. La tensione a bordo era quasi palpabile.

Persino Antonia, che abbandonava di rado il suo alloggio, per lo più in occasione della messa mattutina, si era accorta che qualcosa non andava per il verso giusto.

Il segretario del cardinale de Blasi si era presentato a frate Pietro senza curarsi di rimuovere l'inevitabile diffidenza che un francescano poteva nutrire nei confronti di un gesuita.

«Sono lieto che a bordo di questo galeone ci sia un uomo di

Dio, e per di più di origine italiana, come Sua Eccellenza e il sottoscritto», aveva esordito, quando ancora non avevano lasciato la Colombia. «Credo sia giusto, frate Pietro, che le messe vengano celebrate alternandoci. Qualche volta potremmo persino avere l'onore di ascoltare una predica di Sua Eminenza.»

Pietro di Marzio aveva trascorso anni e anni a scacciare le mosche dai corpi malati degli indios, era arrivato a coprirsi di sterco per poter cacciare senza che gli animali si accorgessero del suo sentore di uomo, aveva fronteggiato attacchi di tribù nemiche. E tutto questo lo aveva fatto anzitutto nello spirito della sua missione, ma anche perché mal tollerava le gerarchie, in base a un'incrollabile convinzione circa l'uguaglianza di tutti gli uomini e in particolare di quelli che componevano la Chiesa.

E adesso questo pretino smunto, che continuava a ripulirsi con sdegno la tonaca dal fango, gli stava dicendo che avrebbero avuto «l'onore» di sentire una predica del cardinale. Come se fosse un invito a palazzo. Che cosa ne potevano sapere, quei due altezzosi emissari di Roma, della sua nave e, soprattutto, dei marinai che vi navigavano? Vero uomo tra gli uomini, perfettamente consapevole delle impellenti pulsioni della carne e della straziante fatica che costa mortificarla, Pietro sapeva bene quali fossero i costi che pagavano. La maggior parte di loro non toccava una donna da mesi. Pur conoscendo l'entità delle ricchezze che trasportavano attraverso gli oceani, vivevano di un soldo che era un pietoso eufemismo definire misero. Quel gesuita si comportava come un ufficiale di prima nomina che, non appena arrivato al fronte, mette da parte il migliore dei suoi veterani e pretende di fare di testa sua.

La *Santa Esmeralda* era partita con destinazione Cadice, carica – ufficialmente – di legno pregiato. Aveva a bordo quaranta fanti armati. Ogni galeone della Flota imbarcava parte dei militari del reggimento di fanteria che costituiva la scorta armata del convoglio. Un manipolo di uomini che rappresentava l'ultimo baluardo contro un assalto dei corsari o del nemico. Ogni galeone era una fortezza viaggiante, e cingerla d'assedio era operazione molto difficile e rischiosa.

La Flota formava dunque una sorta di città in viaggio sugli oceani, dotata di una precisa struttura gerarchica i cui vertici viaggiavano solitamente a bordo della nave ammiraglia. Ma un ordine insolito, impartito fin dal momento della partenza dalla Spagna, aveva richiesto che questa volta sia il *veedor general* sia

il *maestre de plata*, di fatto gli emissari reali responsabili del tesoro, rientrassero in patria a bordo della *Santa Esmeralda*.

Evenienza non poco singolare, visto il limitato valore di un carico di legname rispetto a quello del tesoro trasportato dalla Flota. Pochissime persone conoscevano il vero contenuto delle stive e quindi sapevano che i messi reali erano stati volutamente indirizzati su quella nave per salvaguardare gli interessi della Corona. Nemmeno i fanti e il loro comandante, il *gobernador de tercio*, potevano immaginare di essere lì a difesa di un'immensa ricchezza. Né lo sapevano le otto guardie papali imbarcate al seguito del cardinale. Sulla nave navigavano poi centoventi uomini d'equipaggio, ventuno schiavi, sette ufficiali e cinque passeggeri: Antonia con le due ancelle, il cardinale de Blasi e il suo segretario.

Prima di mettere gli altri al corrente della sua scoperta, il sergente Funches aveva riflettuto a lungo. Tutto considerato, sgraffignando soltanto una decina di quei lingotti d'argento ricoperti di piombo avrebbe potuto sistemarsi per molti anni, con il corredo di molti litri di Porto. Se tutto fosse andato per il verso giusto, nessuno avrebbe mai potuto incolparlo di niente.

Ma l'ingordigia aveva avuto il sopravvento, e l'arrivo a bordo dei due carri carichi dei forzieri blindati del cardinale lo aveva convinto a rompere ogni indugio. Con l'oro del Papa e i lingotti d'argento contrabbandati, ciascuno dei componenti di un manipolo di uomini risoluti avrebbe potuto vivere il resto della vita in ozio in uno qualsiasi dei paesi del Nuovo Mondo, tra piaceri nemmeno immaginabili. Certo, Funches non era al corrente di che cosa nascondessero le cataste di legna, altrimenti la sua decisione sarebbe stata molto più rapida.

Il comandante in seconda della *Santa Esmeralda* teneva l'astrolabio sospeso, con il pollice destro infilato nell'anello d'ottone. Spostò con cura la barra della scala graduata fino a che il sole non fu precisamente inquadrato nel mirino a essa collegato. Subito dopo lesse i gradi. L'altitudine dell'oggetto celeste avrebbe permesso di conoscere la latitudine a cui si trovavano. Eduardo Ramos aveva già calcolato la distanza percorsa, circa ottocento miglia, ed era in grado di comunicare al comandante la stima del punto nave.

Gli uomini sulla tolda rimasero in silenzio, in attesa del ripe-

tersi del rito quotidiano. Ramos rimase chino sulle carte alcuni istanti, poi si raddrizzò e annunciò: «Ci troviamo al traverso delle Cayman, circa centocinquanta miglia alla nostra destra. Cabo San Antonio, nell'isola di Cuba, si trova a duecento miglia su questa rotta. La *Santa Esmeralda* dovrebbe incrociare ora i diciotto gradi e undici di latitudine nord, signor comandante». Il comandante de la Molina diede ordine di tenersi vicini alle coste, in modo da sfruttare i refoli di terra e non incappare in bonacce.

La notte seguente all'avvistamento dell'isola, nelle due camerate che ospitavano i soldati divampò un incendio. Prima di potersi rendere conto che si trattava di una trappola, fanti e guardie papali caddero sotto le lame degli uomini di Funches, appostati all'uscita delle camerate e nascosti dal fumo denso che loro stessi avevano provocato appiccando il fuoco a paglia fresca e sterpi. Oltre metà dei soldati venne trucidata nell'imboscata, mentre cercava di trovare scampo alle fiamme.

Dopo di che gli uomini di Funches si fecero strada tra il fumo, colpendo alla cieca ma con ferocia e determinazione. Prima che il comandante, alloggiato tre ponti più in alto, potesse rendersi conto di quello che stava succedendo, la scorta militare era già stata annientata dai marinai agli ordini di Funches. De la Molina formò immediatamente una linea difensiva a protezione del quadrato con la minoranza degli uomini rimasti fedeli. La fila di moschetti venne piazzata in quella posizione, allineata ai piedi del castello di poppa, ad aspettare che l'orda dei ribelli completasse il massacro nelle camerate sottostanti.

Pochi tra i marinai avevano dimestichezza con quel tipo d'arma, e la loro inesperienza apparve evidente non appena l'onda sanguinaria, capitanata da Funches, si riversò sul ponte. In pochi istanti la fila dei moschettieri venne travolta dall'impeto degli ammutinati, che si impadronirono anche delle colubrine di poppa senza che nessuno dei cannoni sparasse un solo colpo. Infine i ribelli scardinarono la porta degli alloggi ufficiali.

Il comandante de la Molina e il suo secondo furono trucidati a sangue freddo e i loro corpi scaraventati in mare. Soltanto i passeggeri e il primo ufficiale vennero portati nella prigione di bordo e chiusi dietro una robusta porta di legno massiccio.

Vasted sapeva che era tutto interesse degli ammutinati tenerlo in vita, in modo da poter affrontare l'eventuale visita di un ispettore della Corona o uno sbarco a terra con la presenza di

un vero ufficiale, tenuto segretamente sotto la minaccia delle armi. Una volta al sicuro, però, Funches e i suoi non gli avrebbero certamente riservato una sorte migliore di quella inflitta agli altri.

Il giovane non si sarebbe mai venduto ai rivoltosi, nemmeno se gli avessero salvato la vita. Lo scempio che avevano compiuto pesava sulla sua mente come un macigno, e il fatto di essere l'unico ancora in vita gravava sulla sua coscienza come una terribile colpa. Erano in sette, tra uomini e donne, chiusi in uno stambugio di pochi passi, buio e senza aria. Il caldo caraibico, il rollio del mare e la paura contribuivano ad aggravare la situazione.

Sulla coperta della *Santa Esmeralda*, invece, sembrava essere in corso una sfrenata festa di vittoria: le urla dei marinai ubriachi giungevano fin nel profondo delle segrete, più sotto di ben quattro ponti rispetto al castello di prora. La notte seguente a quella dell'ammutinamento, la serratura fu aperta e i cardini ruotarono cigolando. Sulla soglia si affacciò malfermo sulle gambe, seguito da tre uomini armati, il braccio destro di Funches, un marocchino di pelle bianca chiamato Hasar. « Siamo qui per invitare le signore a partecipare alla festa », disse con una voce impastata dal rum, mentre i suoi uomini sghignazzavano.

Antonia e le sue accompagnatrici vennero prese per i polsi e trascinate via. Frate Pietro fu il primo ad avere una reazione: il suo corpo muscoloso volò quasi nello spazio ristretto. Quando toccò il pavimento aveva travolto due dei ribelli. Vasted non perse tempo e si scagliò verso gli altri due rimasti in piedi, approfittando del loro momentaneo disorientamento. In un attimo fu alla gola di Hasar: finirono entrambi a terra. Ma proprio nel momento in cui il volto del marocchino cominciava a diventare paonazzo, la punta dello stivale di Funches colpì con violenza i denti serrati nello sforzo di Vasted, che si sentì riempire la bocca delle schegge dei molari, mentre la saliva si mischiava al sangue. Il dolore non fu immediato, ma il giovane rimase ad attenderlo qualche istante sgomento, fino a che non gli annebbiò la mente.

Il capo dei rivoltosi era arrivato all'improvviso, e la sua comparsa era stata determinante per sopraffare i prigionieri. Il collo di frate Pietro mandava un bagliore chiaro alla luce fioca di una lampada a olio, la lama del portoghese balenava a poca distanza dalla carotide. L'altra mano del ribelle era serrata sulla barba del religioso e spingeva la testa verso l'alto.

La voce ubriaca di Funches gracchiò nello spazio angusto: « Voi mi servite, signori, e per questo non siete stati ancora eliminati. Ma », e la voce salì a un picco isterico, « cercate di evitare nuovi atti di eroismo, altrimenti sarò costretto a fare a meno di voi ».

E così detto abbandonò la presa con uno strattone, facendo sbattere pesantemente al suolo la testa del frate. « Se volete seguirci, signore, presto si apriranno le danze », concluse con un sorriso sordido, abbozzando goffamente un inchino derisorio.

Le donne ripresero a urlare e a torcersi, mentre la minaccia delle spade teneva calmi i quattro uomini prigionieri, finché non fu ancora Funches a parlare: « No, quella lì ci potrà essere molto più utile sana », disse, indicando Antonia. « La signorina Llobet è la figlia di uno degli uomini più ricchi del regno di Spagna. Don Francisco sarà sicuramente disposto a pagare un grosso riscatto per la sua unica creatura. »

Le parole sembrarono riscuotere di botto il cardinale de Blasi, fino a quel momento impietrito dal terrore in un angolo della cella. « Signore », esclamò facendosi avanti con imprevedibile agilità. « Anche Sua Santità sarà di sicuro disposto a riconoscervi un generoso compenso, a patto che io giunga in patria sano e salvo. » Quindi, infilata la destra nella veste purpurea, estrasse un oggetto piuttosto voluminoso. « Questo è un primo, significativo gesto di gratitudine per la vostra comprensione. »

La croce d'oro era lunga poco meno di una spanna. Sulle sue assi erano incastonati cinque smeraldi rettangolari, sottesi da uno ottagonale e da un diamante a goccia.

« Ecco i pensieri che mi fanno felice », ribatté il portoghese, rigirando il prezioso manufatto.

« Desidererei però ricordarvi », provò ad azzardare de Blasi, « che il carico che conduco in patria è di esclusiva proprietà della Chiesa e quindi del Nostro Signore Iddio. »

La risata del quintetto fu più che eloquente, ma, qualora non fosse stata sufficiente a chiarire le idee, Hasar fu pronto a commentare: « Abbiamo appena finito di dividere il bottino, e Sua Eminenza ci viene a dire che tutto quell'oro e quelle pietre sarebbero di proprietà del Signore ».

Il tono di volgare commiserazione del marocchino suscitò una nuova crisi di riso sgangherato da parte dei suoi compari. Le due donne vennero letteralmente trascinate via, nonostante

cercassero di opporre una resistenza disperata. Quando la porta si fu richiusa, Antonia ruppe in un pianto disperato.

I cadaveri e i feriti erano stati gettati subito in mare, attirando branchi di squali nel giro di pochi minuti. Stessa sorte era toccata ai soldati superstiti o ai membri dell'equipaggio rimasti apertamente fedeli al comandante. Delle quasi duecento persone imbarcate, ormai rimanevano a bordo soltanto una cinquantina di ammutinati, molti degli schiavi e i sette prigionieri.

Per i fuggiaschi, il primo ostacolo verso una libertà dorata era rappresentato dall'isola di Cuba. Avevano moltissime probabilità di imbattersi in qualche pattuglia marina in caccia dei corsari inglesi e olandesi che infestavano i Caraibi. Una volta in mare aperto, invece, sarebbe stato più difficile incappare in qualche controllo.

Le sagome di quattro Cromster olandesi si stagliarono all'orizzonte quando il sole era già alto. Funches conosceva benissimo le qualità di quelle navi, molto più piccole di un galeone ma non per questo meno pericolose. I Cromster erano capaci di manovre agili e di velocità elevate; inoltre, grazie alla velatura, per la maggior parte latina, sapevano stringere il vento come poche altre imbarcazioni. Con essi, gli olandesi seguivano i convogli a distanza, pronti a gettarsi come predatori su qualsiasi imbarcazione attardata o in difficoltà. Funches sapeva che, anche con tutto l'equipaggio in piena efficienza, un solo galeone non poteva reggere contro le quattro imbarcazioni corsare, addestrate a combattere in formazione.

Funches stava notando con preoccupazione che le imbarcazioni nemiche guadagnavano sempre più terreno. Tra poche ore le avrebbero avute addosso. Bisognava in ogni modo alleggerire il galeone per fargli acquistare velocità. Diede quindi l'ordine di imbragare a una a una le cataste di legname per gettarle fuori bordo con l'argano della stiva. Avevano appena sollevato il primo degli oltre quaranta parallelepipedi di tronchi, quando notò una strana manovra degli olandesi. Quasi nello stesso istante sentì la vedetta strillare: « Navi a sei miglia. Sembra la Flota ».

Per il momento erano salvi: gli olandesi avevano invertito la rotta. Adesso però si trattava di riuscire a trarre in inganno la marina del re di Spagna e non finire sulla forca.

Funches diede ordine di puntare a est e di accostare alla Flota de Tierra Firme.

Miami. Florida. Aprile 1995.

Il caldo aveva un effetto rilassante sulla mente di Laura Joanson; il sole della Florida riusciva sempre a ricaricarla in poche ore. Era appena tornata dal suo viaggio infruttuoso nel mare del Nord, che già Pete Dayle l'aveva cercata. Era un suo vecchio compagno di college, tra loro c'era anche stato qualcosa di tenero, ma adesso erano solo amici. Dayle dirigeva un delicato settore della Central Intelligence Agency, anche se lei non aveva mai capito bene di che cosa si occupasse veramente. Sapeva soltanto che era dell'agenzia, e lo stesso Dayle l'aveva chiamata più volte a fornire una consulenza o tenere un seminario sulle materie di cui era notoriamente un'esperta. Erano ormai diversi anni che Laura Joanson si adattava di buon grado a quella collaborazione segreta, nella convinzione che fosse un modo per rendersi utile al paese in cui era nata. Non aveva certamente mai avuto avventure alla Mata Hari e non le cercava nemmeno: il suo lavoro e il suo redditizio hobby erano più che sufficienti per riempirle la giornata.

«Questa volta», fu tuttavia costretta a pensare, «Pete ha fatto le cose in grande.»

Il Falcon 20 era ad attenderla sulla pista di un piccolo aeroporto a sud di Miami. Sul portellone spiccava ben visibile lo stemma dell'agenzia. Laura pensò ai molti viaggi precedenti – rigorosamente in classe turistica –, per recarsi a tenere lezioni a questo o quel gruppo di dipendenti dell'agenzia sui misteri del mondo sommerso. Visto lo spiegamento di mezzi e la premura con cui Pete le aveva chiesto – ma era quasi un ordine – di partire, decise che doveva trattarsi di una questione molto importante. Si adagiò nella comoda poltrona, rimase in attesa che le ruote si staccassero da terra, poi si tolse le scarpe e distese le lunghe gambe slanciate: dal momento del ritorno dall'Europa era riuscita a riposare soltanto poche ore.

Si svegliò quando l'aereo diminuì la velocità: stavano per toccare terra sulla pista privata, situata a poche centinaia di metri dalla sede centrale dell'Agenzia. Pete la accolse nel suo ufficio, nell'edificio centrale, dove si diceva fossero conservati tutti i segreti del mondo.

«Guarda un po' se devo venire a sapere le notizie dalla stampa e non direttamente da te», disse in tono scherzoso, non appena l'ebbe fatta accomodare.

Laura indossava un tailleur italiano di un giallo pastello che metteva ancora più in risalto l'abbronzatura e la sua prepotente bellezza. Sorrise, adeguandosi al gioco del suo ex compagno di studi: « Che cosa avresti saputo dai giornali, Pete? »

« Che Laura Joanson dirige le operazioni di recupero di un vecchio sommergibile nazista, affondato nel mare del Nord proprio mentre gli alleati prendevano Berlino. »

Laura sapeva benissimo che nessun giornale aveva pubblicato la notizia: « Che cosa ti serve, Pete? » tagliò corto.

« L'*U115* deve essere recuperato », rispose Pete con altrettanta fermezza. « È importante. »

« Scordatelo, Pete. Quel sommergibile può tornare a galla soltanto in pezzi non più grossi di un metro quadrato. » E, chinatasi sulla scrivania, la giovane fece per abbozzare un disegno su un foglio bianco, ma Dayle la fermò prima ancora che avesse cominciato.

« Sono o non sono al cospetto di quella che *Time* ha definito l'esperta di fondali marini seconda soltanto a Jacques Cousteau, e al tempo stesso l'autrice di best seller di ambiente subacqueo seconda soltanto a Clive Cussler? » chiese scherzosamente.

Laura fece spallucce, ma l'altro insistette: « Se le cose stanno così, datti da fare per riportare a galla il carico di quel sommergibile, e poi scrivimi un bel rapporto dettagliato ».

« Sei sempre più carino, Pete. Invecchiando, devo riconoscere che migliori. Dev'essere per questo che sto qui ad ascoltarti e non me ne vado sbattendo la porta. »

« Lo fai perché sei dei nostri, Laura Joanson. La CIA ti è entrata nel sangue, così come è entrata in ogni nostro globulo rosso. Dimmi che posso contare su di te. »

« Quando dimentichi i gradi e ti togli il mantello di Superman, viene quasi voglia di volerti bene, Pete. » Ormai si frequentavano poco, ma l'affinità creatasi nel corso di una gioventù trascorsa assieme non è cosa che si possa cancellare facilmente.

« Sta' a sentire », ribatté lui, « nonostante quella coppia di accostamenti banali – Cousteau, Cussler, bah –, *Time* ha trascurato quella che è di sicuro la tua qualità più interessante e inesplicabile: diventi sempre più bella, Laura Joanson! »

« Le tue melliflue adulazioni non serviranno certo a convincermi, Pete. Dispiace anche a me rinunciare al progetto, e prima di tutto per una questione di prestigio. Ma sento il dovere di

metterti in guardia: recuperare l'*U115* è quasi impossibile. Recuperarlo integro, intendo.»

«Vuoi dire che accetti?» esclamò lui, con un atteggiamento trepidante che non era del tutto scherzoso come cercava di far credere. E, senza nemmeno aspettare la risposta, azionò una parete elettrica scorrevole.

Dopo pochi istanti, non appena il locale fu oscurato, sullo schermo cominciarono a sfarfallare le immagini di una vecchissima pellicola in bianco e nero.

«Questo», spiegò la voce di Pete, che aveva ripreso il solito tono professionale e compassato, «è il salotto della casa di Adolf Hitler, così come l'hanno trovato i soldati dell'Armata Rossa. E questa è la camera da letto.»

Le immagini continuarono a scorrere, finché il dirigente della CIA non riaccese la luce e chiese a bruciapelo: «Che cos'hai notato?»

«C'è un grande ordine», rispose pronta Laura, «però mancano diversi quadri e tutti i soprammobili.»

Dayle la guardò di sottecchi con un'espressione compiaciuta: in fondo la considerava una sua creatura: «Esatto», riprese, «brava. Quando sono entrati nella casa del Führer, gli alleati non hanno trovato alcun oggetto veramente personale di Adolf Hitler, tranne libri e vestiti. Sono scomparsi persino diversi quadri di grande valore, descritti da molti testimoni e bottino delle razzie del Reich. Erano stati sostituiti con banali stampe. E noi siamo convinti che quella casa abbia subito un vero e proprio trasloco pochi giorni prima che venissero girate queste scene.»

Pete tornò ad azionare il telecomando e, mentre le luci si affievolivano di nuovo, le immagini ripresero a scorrere sullo schermo. Sulle labbra di Laura si dipinse un sorriso divertito ma indulgente. Pete era sempre andato pazzo per la coreografia elettronica, ma nelle sue spiegazioni riusciva a essere incisivo ed essenziale.

«Questo signore è un giornalista tedesco», riprese, «autore o vittima di una tra le più colossali bufale giornalistiche degli anni '80. Ha dato una notizia che ha suscitato sensazione in tutto il mondo: sosteneva di avere trovato i diari personali del Führer.»

«Me lo ricordo benissimo», lo interruppe lei. «Il tedesco *Stern*, ovvero uno dei settimanali più autorevoli del mondo, ha quasi perso la faccia.»

« Già. Comunque, quella che successivamente si è rivelata una formidabile beffa si è tradotta nella mobilitazione generale di tutti i servizi segreti del mondo. » E, così detto, Pete fece una pausa studiata, riprendendo tuttavia quasi subito, in risposta allo sguardo incuriosito di Laura: « Hai presente? Ogni volta che Los Angeles trema, si dice che la gente faccia le prove per la Grande Botta. Bene, quella truffa ai danni di *Stern* per noi è diventata la prova generale. Hitler era puntuale, metodico, pignolo, amava riportare ogni avvenimento della sua vita nei suoi famosi quaderni neri. A cinquant'anni di distanza, se i segreti più intimi del Führer venissero alla luce, il mondo potrebbe ancora tremare ».

E di nuovo Pete si concesse una breve pausa. Poi riprese: « Noi siamo convinti, e ce lo confermano diverse coincidenze, che sull'*U115* abbiano trovato riparo le cose più private e care di Hitler, compresi i suoi amati diari, i suoi appunti e altri documenti della massima riservatezza ».

Nella mente di Laura balenarono istantaneamente le immagini di un ritorno sulla piattaforma petrolifera, ed ebbe un moto di repulsione nel ripensare al viso e ai modi scostanti del presidente della NPO. Non le piaceva tornare sulle decisioni prese, e tanto meno le andava di ripresentarsi a Rustom con il capo cosparso di cenere. Per che cosa, poi, visto che lo stesso Rustom sembrava avere cambiato improvvisamente idea, di fronte alle grosse difficoltà connesse con il recupero?

Quasi le avesse letto nei pensieri, Pete riprese a parlare. « Quel relitto interessa al governo degli Stati Uniti come a quello britannico, Laura. Non badare alle apparenze. Noi non possiamo rimanere fuori dell'operazione. Vedrai che a bordo della Crude Brent ti stanno sicuramente aspettando a braccia aperte », disse. « E puoi sempre giustificare il tuo ripensamento raccontando che ti sei documentata su un nuovo metodo di recupero e vuoi sperimentarlo. »

Be', era effettivamente una buona scusa per evitare una brutta figura... Ma quante cose sapeva Pete di lei e di quell'operazione? Prima l'inesistente articolo di giornale e adesso il nome della piattaforma. E gli accenni all'interesse del governo britannico. E alle « apparenze ». Sapeva anche dello strano atteggiamento di Rustom? Quindi, ancora una volta, che cosa c'era veramente sotto? Decise di chiarirselo: « Inoltre, quel Sir Rustom mi è tutt'altro che simpatico », replicò.

Quando Pete si accorse di essere caduto in trappola, era ormai andato troppo in là. « Certo », tergiversò, « Rustom non è un uomo facile. Si dice che sia molto vicino all'MI5, il servizio di informazioni britannico. E di sicuro conduce gli affari della sua ditta con pochi scrupoli. »

Le sue labbra si aprirono in uno dei sorrisi assassini che lo avevano reso celebre all'università, mentre Laura sapeva perfettamente che l'essere costretto a uscire dalla tana lo rendeva nervoso e vulnerabile.

« Ti diverte molto scoprire quasi in tempo reale quello che faccio nella mia vita? » chiese in tono fintamente seccato.

« Solamente quando c'è di mezzo una questione che mi interessa », rispose prontamente lui. « O, meglio, che interessa al nostro paese. E in questo momento abbiamo un discreto interesse proprio per il relitto dell'ultimo sommergibile che ha lasciato le coste naziste. »

« Ah! Mi permetto dunque di prevedere che a bordo della piattaforma troverò diversi 'amici'. »

« Be', non posso di sicuro rivelarti i loro nomi, si tratta di agenti a copertura profonda. Ma ti assicuro che non sarai sola », rispose Pete.

« Ricordi quando avevi poco meno di vent'anni e facevi anche tu l'agente a copertura profonda negli insidiosi campus dell'università di Harvard? » chiese Laura con una punta di rimpianto.

« Certo. Perfettamente. Come ricordo che sei stata tú, con una serie di subdole trappole femminine, a smascherarmi e coprirmi di ludibrio nei panni dell'infiltrato della CIA alle prime armi. »

« Già », ammise Laura con aria sognante. « Forse la nostra storia è finita proprio per questo, perché ero riuscita a penetrare nei tuoi segreti più nascosti. Mentre tu... »

« Bah », replicò lui con uno scrollone delle ampie spalle. « Chi potrà mai dirlo, tranne noi due? Stasera, però, potresti fermarti a cena. In città hanno aperto uno squisito ristorante italiano, tutto mandolini, Chianti e lume di candela. L'aereo della ditta è a tua disposizione fino a domattina. »

Lei non poté non notare che la voce di Pete aveva assunto un tono completamente diverso.

« No », replicò. « Credo proprio che mi reimbarcherò subito su quell'ammasso di leghe metalliche assortite che hai mandato

a prendermi e rientrerò a Miami questa sera stessa. Prima di tornare nel mare del Nord reclamo il diritto ad almeno due giorni di riposo. Ti voglio bene, comandante.»

Gli accarezzò con affetto la testa e lo salutò con un bacio sulla guancia.

Coste settentrionali di Cuba. 4 settembre 1622.

Il marchese di Cadereita scrutava l'orizzonte. La sua espressione tradiva una grande inquietudine: nonostante tutti gli sforzi avevano ormai un ritardo di sei settimane sulla data di partenza prevista. E aveva un ulteriore motivo di preoccupazione: la *Santa Esmeralda* non aveva ancora raggiunto il convoglio. Certo, era classificata come «nave di registro», un'imbarcazione considerata talmente sicura da poter derogare alla legge spagnola che prescriveva il numero minimo di dieci navi in formazione per affrontare una traversata atlantica. Comunque, gli accordi presi con de la Molina erano chiari: una volta terminate le operazioni a La Habana, la flotta avrebbe ripreso il largo, magari ad andatura ridotta per aspettare l'ultimo galeone del convoglio.

La brutta stagione era cominciata, e quel vento teso e mutevole non lasciava presagire niente di buono. L'ammiraglio considerò con apprensione il colpo d'occhio offerto dalle ventotto navi che procedevano in formazione. Le strutture possenti dei tre galeoni di scorta svettavano sulle altre: la *Santa Margarita* navigava in testa al convoglio, la *Nuestra Señora de Atocha* lo chiudeva, mentre il galeone sede del comando, la *Nuestra Señora de Candeleira*, si trovava esattamente al centro della formazione.

«Vele di poppa! La prima a circa sei miglia!» Il grido della vedetta richiamò al parapetto una piccola folla.

Cadereita allungò il cannocchiale: «Sembrerebbe un galeone inseguito da quattro Cromster», sentenziò con assoluta sicurezza. «Sventate le vele e lasciamoci raggiungere.»

A mano a mano che la distanza si riduceva, i fatti diedero ragione all'ammiraglio: la *Santa Esmeralda* continuò a navigare verso di loro, mentre le quattro navi corsare scomparivano all'orizzonte.

«Gli uomini dell'*Esmeralda* stanno ammainando una lancia, comandante», disse uno degli ufficiali, mentre sul galeone am-

mutinato le manovre del ponte venivano compiute con la solita precisione e calma apparente.

« Señor Vasted », disse Funches con un tono di finta innocenza, « se doveste tentare un qualsiasi scherzo, vi ricordo che la signorina Llobet sarebbe la prima a morire. In un modo atroce. » E allargò di scatto le mani, nel gesto di squartare un animaletto vivo.

« Hanno issato la bandiera gialla, signor ammiraglio. Hanno un'epidemia a bordo. Calano una lancia », stava intanto annunciando sulla *Candeleira* il solito ufficiale, che non aveva mai staccato l'occhio dal cannocchiale.

Dopo pochi minuti la lancia messa in mare dalla *Santa Esmeralda* arrivò sotto bordo all'ammiraglia. Vasted era in piedi al centro dello scafo. L'uomo che lo accompagnava teneva un coltello nascosto nella manica. Anche i rematori erano armati sino ai denti.

« Siamo colpiti da un morbo sconosciuto, signore », gridò il primo ufficiale della *Esmeralda*, appena arrivato sotto bordo. « Chiediamo il permesso di accodarci al convoglio. »

« Avete avuto morti? » chiese l'ammiraglio de Cadereita, sporgendosi oltre la murata.

« Soltanto due, signore. Il morbo è di tremenda violenza e causa febbri altissime, ma non sembra essere letale per i fisici sani », rispose Vasted come era stato istruito a fare.

« Com'è il morale degli uomini? » chiese ancora il comandante della Flota.

Ci fu un attimo d'esitazione, poi Vasted rispose: « Buono. Per quelli non costretti sotto coperta in branda, naturalmente ».

« Porgete i miei saluti al comandante de La Molina, señor Vasted. Il permesso di unirvi al convoglio è accordato. Vi posizionerete in coda, al fianco della *Nuestra Señora de Atocha.* »

Ancora un momento d'esitazione da parte del giovane ufficiale, che poi rispose: « Provvederò senz'altro, signore, non appena il comandante sarà in grado di abbandonare gli alloggi ».

Il marchese di Cadereita rimase a osservare la lancia che si allontanava, chiedendosi se fosse la solita diffidenza generata in lui dall'esperienza o se c'era davvero qualche cosa di anormale nella presenza della *Santa Esmeralda.*

Le stranezze connesse con il viaggio di quella nave non gli erano piaciute fin dall'inizio, da quando si era soffermato a parlare a lungo con de la Molina in una casa ospitale di Cartagena.

Che senso poteva avere far partire un galeone dalla Spagna soltanto per caricarlo di legno da costruzione e mandarlo in viaggio per un lungo tratto isolato nel pieno della stagione degli uragani? Che fretta c'era? Cadereita capiva l'urgenza di trasportare oro e preziosi dal Nuovo Mondo, ma non le attenzioni che circondavano quel carico di legname. Anche l'ordine di far viaggiare il *veedor general* e il *maestre de plata* sulla *Santa Esmeralda* lo aveva infuriato. Come si permetteva il duca di Figueres di privarlo del suo stato maggiore nel corso di un viaggio così rischioso?

E, adesso, questa strana storia dell'epidemia. Mah! Era pur vero che aveva visto ciascun membro dell'equipaggio al suo posto di manovra, ma un normale incontro in mare aperto rappresentava sempre un avvenimento tale da far accorrere ai parapetti l'intero equipaggio, tanto più se la nave amica aveva contribuito a scongiurare un attacco da parte dei corsari olandesi.

« Sì, certo, c'è l'epidemia », rifletté l'ammiraglio. Ma se il resto dei marinai era costretto sotto coperta, Vasted avrebbe dovuto informarlo che avevano problemi con il turno degli uomini alle manovre. Inoltre non gli erano sfuggiti i modi imbarazzati dell'ufficiale, il colorito cereo del suo viso e il suo stato quasi di confusione, mentre aveva avuto modo di conoscerlo come un giovane brillante, spavaldo e pieno di vita. Certo, l'epidemia poteva spiegare anche quei comportamenti, ma qualcosa non quadrava. No.

Mare del Nord. Aprile 1995.

Il copione si ripeté in modo pressoché identico: l'elicottero che si posava sulla piazzola alla sommità della piattaforma, Oswald che si stringeva il cappuccio sulla testa, in attesa che Laura scendesse. Nemmeno un'ora più tardi erano già al lavoro. Come sempre, due soli giorni a Miami erano stati sufficienti per far riposare la mente della giovane scienziata e renderla fervida di nuove idee in merito al recupero dell'*U115*. Sul tavolo da riunioni era sparsa la documentazione riguardante il relitto.

Laura Joanson prese una penna e cominciò a indicare le parti di una sezione della roccia tracciate dall'ecoscandaglio.

« Vede, Oswald », spiegò, « in realtà i due spuntoni di roccia si sovrappongono, precludendo ogni via di uscita verso la su-

perficie. Per questo ho sempre considerato che l'*U115* si trovasse praticamente in una grotta passante e che di conseguenza fosse necessario recuperarlo da uno dei due lati aperti. Ma, viste le condizioni della struttura del sommergibile, continuo a non credere che questo sia possibile. Se invece riuscissimo in qualche modo a proteggere il ponte dell'*U115*, potremmo eliminare il dente di roccia che lo sovrasta, rendendo possibile un recupero dall'alto.»

Oswald era rimasto ad ascoltarla con attenzione, scuotendo perplesso la testa: «E come pensa di eliminare migliaia di tonnellate di roccia? Con martelli pneumatici e cavatori a quasi duecento metri di profondità?»

Laura sorrise. «Non è certamente questo a preoccuparmi. Sedici cariche ben collocate possono polverizzare un grattacielo in cemento armato. Ho già fatto alcuni calcoli precisi sulla scorta degli esami sismografici: penso che per eliminare quel dente bastino una trentina di cariche. Secondo me il vero problema sarà trovare una struttura capace di proteggere lo scafo del sommergibile dalla frana della roccia frantumata.»

«Realizzare una protezione artificiale in ferro o acciaio, sul tipo di quelle – per intenderci – delle gallerie stradali, a quelle profondità richiederebbe qualche anno di lavoro», commentò Oswald che, sebbene facesse la parte dell'avvocato del diavolo, si stava appassionando alla ricerca della soluzione.

Laura lo fissò con uno sguardo enigmatico. «E chi ha detto che si debba costruire la gabbia a quelle profondità?»

Quindi inserì un dischetto nel computer e digitò alcuni rapidi comandi sulla tastiera. Sul video comparve quasi immediatamente un grafico tridimensionale del fondo, con i contorni della roccia composti da linee rosse, mentre la sagoma dell'*U115* era colorata in giallo.

«È la lettura computerizzata dei dati trasmessi dall'ecoscandaglio», spiegò. «Ferma restando una più accurata verifica diretta dei diagrammi con un'immersione, ecco che cosa intenderei fare.»

Ancora una rapida manovra sui tasti, e la struttura bianca assunse forma e dimensioni nuove e ruotò sullo schermo, mostrando le sezioni e persino le dimensioni di ciascuna putrella, rete metallica e lamiera.

«La struttura la costruiremo a terra in tre elementi», riprese.

« Dopo di che la caleremo sul fondo e la monteremo in modo che sovrasti il relitto. »

Oswald la interruppe, con un sorriso da cui si capiva come il piano incontrasse la sua totale approvazione. « Mi faccia vedere se ho capito bene. Praticamente, Laura, lei intenderebbe inserire un'armatura tra lo scafo e la roccia sovrastante, fare saltare quest'ultima con trenta cariche di esplosivo e far scorrere i detriti sull'armatura metallica, senza toccare il sommergibile. Dopo di che, eliminato il corno di roccia, farebbe rimuovere la gabbia metallica, rendendo accessibile il relitto dall'alto. »

Così detto, l'omino fece una breve pausa, immerso nelle sue riflessioni, poi scosse la testa. « Ma anche procedendo in questo modo ci metteremo almeno quattro o cinque mesi. Le ricordo alcuni fattori importanti. Primo: il suo contratto con la North Pole Oil prevede per il recupero un tempo massimo di quarantacinque giorni. Secondo: un uomo riesce a lavorare là sotto per pochi minuti, dopo di che necessita di alcuni giorni in camera di decompressione. Terzo: un batiscafo, anche di massima avanguardia, a quella profondità non supera i diciotto minuti d'autonomia. »

« Anche in questo caso mi consenta una correzione fondamentale, Oswald », ribatté Laura. « Tutto quello che dice è esatto soltanto partendo dal presupposto che si debba cominciare dalla superficie. »

Lo sguardo interrogativo di Oswald la indusse a prolungare la pausa di silenzio per accrescere la sua curiosità.

« Ma si dà il caso che io abbia avuto assicurazione che la NASA potrebbe far arrivare qui il suo laboratorio subacqueo e i suoi tecnici in meno di cinque giorni. Entro quindici, poi, garantiscono di poterci consegnare le chiavi del nostro appartamento a centottanta metri di profondità. »

Naturalmente Laura evitò di menzionare quanto avesse pesato l'intervento di Pete per ottenere la completa disponibilità dell'ente spaziale americano.

Il mattino seguente la giovane scese fin sullo scafo anteriore sinistro della piattaforma, dove si trovava l'imbarcadero e venivano ormeggiati il *Gorgonia* e i mezzi di servizio. Non appena salita a bordo si accorse che ai comandi non c'era il solito pilota, ma Oswald Breil con stampato in faccia un largo sorriso di benvenuto.

« Si tranquillizzi, Laura », disse l'omino dal sedile anatomico

in cui affondava in un modo quasi ridicolo. «Ho progettato e collaudato personalmente il *Gorgonia*. Conosco questo batiscafo meglio della mia camera da letto.»

Dopo poco tempo il raggio laser stava già rilevando il profilo della roccia con tolleranze di pochi millimetri. Laura dovette convenire che Oswald era veramente molto esperto nel pilotare il batiscafo. Ancora pochi minuti e sarebbe stato possibile tracciare una fedele mappa tridimensionale della zona dov'era imprigionato il sommergibile nazista.

Quando risalirono in superficie, Laura emerse dalla botola stringendo nelle mani diversi fogli di carta sensibile e un dischetto per computer. La vista dell'elicottero presidenziale della NPO, non appena fu salita ai ponti alti della piattaforma, la avvertì che non le si prospettava una buona mattinata.

Il telefono della sua cabina cominciò infatti a trillare non appena ebbe varcato la soglia. Sir Rustom voleva vederla immediatamente in sala riunioni. Decise che non c'era fretta, anche perché quelle discese in profondità provocavano sempre in lei un forte senso di spossatezza. Si cambiò gli abiti e si sdraiò per un paio di minuti, poi si avviò con passo deciso per l'appuntamento con il lupo cattivo.

Già dal colorito sanguigno si capiva che il presidente della NPO era una specie di pentola a pressione in funzione da ore. Le tese comunque la mano e la invitò ad accomodarsi. Facendolo, Laura ebbe l'impressione che Oswald, presente anche in questa occasione, faticasse a non scoppiare a ridere.

Le parole di Rustom ruppero un silenzio pesante. «Vedo che anche una donna coraggiosa, preparata e intelligente come lei è capace di tornare sulle sue decisioni con la stessa facilità con cui decide di battere in ritirata.»

Niente male, come esordio, ma Laura aveva fermamente deciso di non raccogliere provocazioni. Rimase zitta, mentre Rustom riprendeva: «Il dottor Breil mi ha illustrato per sommi capi il suo piano. Mi sembra un'idea semplicemente pazzesca e senza senso. Se lei crede di poter buttare i soldi della mia compagnia e mettere a repentaglio le vite dei nostri tecnici migliori, si sbaglia di grosso».

Laura non riuscì a trattenersi. «Le ricordo che ho sottoscritto questa mattina un contratto con la sua ditta, in presenza dei

funzionari del fisco britannico, dove mi viene assegnata la direzione dei lavori, affidato un budget di un milione e trecentomila dollari e concesso un periodo di quarantacinque giorni per recuperare l'*U115*. Bene, io ho intenzione di cercare di riportarlo a galla non soltanto nel tempo messo a mia disposizione, ma anche con un notevole risparmio sui costi previsti. »

« Continuo a dire che trovo tutta questa situazione una farsa che non posso in nessun modo approvare. La invito pertanto a lasciare la piattaforma domattina e a considerare il contratto nullo », ribatté Rustom in tono sprezzante. « E mi faccia sapere che cosa le devo per il disturbo. »

« Vede, Sir Rustom », replicò la giovane con calma studiata, « i vostri valentissimi e costosissimi avvocati di Londra – senza dubbio nell'interesse della ditta che rappresentano, nonché del governo britannico – hanno ritenuto giusto inserire nel contratto una clausola di recesso unilaterale, fissando una penale astronomica per la parte che decidesse di rompere il contratto senza un motivo oggettivamente valido e controllabile. Quella parte, nelle loro intenzioni, sarei io. Che ragione potevano infatti avere i suoi legali di prevedere che la NPO potesse rimangiarsi quanto sottoscritto con una giovane testa matta? »

Sempre più paonazzo, Rustom accostò una mano tremante alla bottiglia di Vichy e, versatosene un bicchiere, ingollò l'acqua quasi in un sorso solo, mentre Laura si apprestava all'affondo finale.

« È mia ferma intenzione tentare il recupero di quel sommergibile, e nessuno s'illuda di poter considerare nullo un contratto valido e sottoscritto. Quindi, a parte quello che le costerebbe in danni, la invito a riflettere sulla bella figura che farebbe una gigantesca multinazionale petrolifera agli occhi del mondo intero. Messa in un angolo da una donnicciola esaltata da un'idea... Come ha detto, Sir Rustom? Ah, sì: 'un'idea semplicemente pazzesca e senza senso', se non ricordo male. »

Oswald ritenne opportuno inserirsi immediatamente nella conversazione, cercando di mostrare al suo presidente gli aspetti economicamente positivi dell'operazione.

« Abbiamo ottenuto dal governo britannico una fiscalizzazione forfettaria di settecentomila sterline, qualora avessimo accettato di procedere al recupero. Inoltre, i costi, anche in forza dell'intervento della NASA, si riducono notevolmente, soprattutto nella fase iniziale dell'operazione. Dovremmo praticamente

arrivare al momento della decisione definitiva circa il recupero del relitto senza avere speso più di duecentomila sterline. Comunque dovessero poi andare le cose, la società ne avrebbe un ritorno di immagine molto superiore a quello di due anni di spot pubblicitari a ciclo continuo su tutte le reti televisive del mondo. »

Di norma, il miraggio di un notevole vantaggio economico aveva su Rustom lo stesso effetto di un osso per un cane affamato. Questa volta invece non fu così. Borbottò qualcosa di scarsamente comprensibile – ma sicuramente irripetibile – e abbandonò la stanza, furente.

Oswald scoccò a Laura una strizzata d'occhio, ricevendo in cambio un sorriso luminoso.

Mar dei Caraibi. 4 settembre 1622.

Nelle prime ore della sera il vento si era rinforzato, la tempesta si stava avvicinando veloce. Ma, sebbene preoccupato per le condizioni del tempo, l'ammiraglio de Cadereita non riusciva a togliersi dalla mente il ricordo degli uomini della *Santa Esmeralda*.

Di punto in bianco ebbe un'illuminazione. « La spada! Vasted non portava la spada! Nessun ufficiale abbandonerebbe mai le sue armi, a meno che non vi sia costretto. »

L'anziano ammiraglio lasciò precipitosamente il suo alloggio e salì in coperta. Il vento trasportava violenti spruzzi d'acqua fin sul castello di poppa. « Nostromo », fu l'ordine che impartì. « Riduciamo le vele e lasciamo che l'*Atocha* e la *Santa Esmeralda* ci raggiungano. Passeremo qualche ora a controllare le retrovie. »

Il sottufficiale non pensò nemmeno lontanamente a mettere in discussione quello che doveva sembrargli un ordine quanto meno bizzarro, ma si limitò a emettere alcuni fischi precisi. E forse proprio quella manovra imprevista consentì alla nave ammiraglia di non venire investita dal repentino peggioramento del tempo.

Nel giro di pochi minuti il vento raddoppiò di velocità e, di conseguenza, il mare prese a montare sempre di più. Tra il fragore delle onde si distinguevano le grida dei marinai delle altre navi, impegnati nel difficile compito di ridurre la velatura.

Per puro caso, le decisioni prese a seguito dei dubbi sorti nella mente dell'ammiraglio avevano coinciso con la scatenarsi della buriana. Ma ciò nonostante ne guadagnò la fama di grande marinaio che circondava la figura del comandante della Flota de Tierra Firme. Effettivamente, grazie alle vele ridotte, la *Nuestra Señora de Candeleira* era la sola nave in grado di reggere i colpi di mare e le raffiche con sufficiente stabilità. Gli altri velieri, invece, piegati dalla forza del vento e delle onde erano costretti a pericolose sbandate senza controllo.

Cadereita osservò la Flota sfilargli davanti e si mise a pregare per la salvezza di tutti quegli uomini. Ogni volta che si trovava sulla cresta dell'onda, scrutava il mare verso poppa. Identificò con facilità l'*Atocha*, che aveva scarrocciato molto più a nord rispetto alla rotta che avrebbe dovuto seguire, ma non riuscì più a vedere la *Santa Esmeralda*.

Funches aveva deciso di abbandonare il convoglio non appena si fosse fatto buio. Aveva intenzione di dirigere verso il golfo del Messico, risalire la costa, abbandonare la nave in un punto riparato e andare a godersi il bottino in qualche parte del Nuovo Mondo.

Ma la tempesta si era scatenata improvvisa per lui come per tutti gli altri. Il vento spingeva il galeone da tre quarti di poppa, mettendone a dura prova strutture e stabilità. Il capo degli ammutinati si era consigliato rapidamente con i suoi accoliti. Avevano convenuto che sarebbe bastato proseguire su quella rotta per lasciare le coste della Florida diverse decine di miglia sulla dritta e guadagnare le acque tranquille del golfo del Messico.

Da basso, il primo ad accorgersi che il tempo stava peggiorando fu il frate. I colpi di mare si susseguivano sempre più violenti e, nello spazio angusto della cella, il rollio si avvertiva con maggiore disagio che altrove. Vasted, che non aveva praticamente più aperto bocca dal momento in cui era stato ricondotto in cella, alzò il capo e guardò nella direzione del frate.

«Avete ragione, frate Pietro», disse. «Siamo incappati in una tempesta tropicale. Speriamo che quella banda di assassini riesca a governare la *Santa Esmeralda* anche con questo tempo. Soprattutto in considerazione del fatto che, da quanto ho visto, là sopra non devono essere rimasti in tanti.»

« Certo, ma questo che cosa cambia? » chiese la voce di Antonia da un angolo della stanza, dove la giovane stava prestando le sue cure all'unica delle due ancelle sopravvissuta alle sevizie. « Non so se sia peggio morire tra la furia dei marosi o durante un'orgia di quegli aguzzini. »

Il cardinale de Blasi era seduto sul pavimento al lato opposto della cella, in preda a continui conati di vomito per il mal di mare. Il suo segretario aveva confusamente cercato di prodigarsi in cure, ma nel giro di poco tempo era stato sopraffatto anche lui dal malessere.

La furia degli elementi stava esercitando il suo effetto anche sul carattere ottuso e malvagio di Funches. Il capo dei rivoltosi sembrava perduto, l'equipaggio era privo di ordini. Le onde spazzavano il ponte, trascinando via parte delle attrezzature e del carico esterno.

A tarda notte la tempesta diventò un uragano e il vento si mise a soffiare a settantacinque nodi. La forza del mare si era fatta incontenibile. Due dei tre alberi della *Santa Esmeralda* erano ridotti a spezzoni. La precaria governabilità del galeone era assicurata soltanto dalla presenza di due tormentine sull'albero di maestra. Ogni manovra era preclusa, i pochi tra gli ammutinati ancora in grado di lavorare cercavano riparo dalle onde dietro il rifugio offerto dal castello di prora. Quando si accorsero della barriera corallina, era troppo tardi.

« Giù le ancore! » urlò Funches, nella speranza di riuscire ad arrestare l'inesorabile deriva, ma la sua voce venne sopraffatta dal fragore dell'uragano. Il portoghese si precipitò verso prora, alcuni uomini lo scorsero tra gli spruzzi d'acqua e le lame di pioggia e accorsero in suo aiuto. L'àncora di circa due tonnellate venne liberata con grande difficoltà dai fermi. Mancavano soltanto poche centinaia di piedi all'impatto con l'impenetrabile striscia di corallo che difendeva l'atollo. Lo scafo della *Santa Esmeralda* sembrò sprofondare nell'avvallamento di un'onda maestosa proprio mentre l'àncora veniva abbandonata fuori bordo. Poi la nave risalì, lasciando brandeggiare le due tonnellate di ferro fuori bordo. La spinta dell'onda rinforzò il moto oscillatorio e l'àncora, schiantandosi contro la paratia, aprì uno squarcio di qualche metro.

Il rumore delle assi che si sfasciavano ebbe l'effetto di riscuotere anche il cardinale dal suo stato di torpore. Il getto d'acqua

entrò con prepotenza nella prigione, provocando ulteriori danni nella fiancata, finché la nave non tornò a impennarsi. Prima che lo scafo ricadesse nel mare in tempesta, l'acqua che aveva invaso la cella tornò a uscire dalla falla, trascinandosi dietro tutti i prigionieri.

8.

Mare di Norvegia. Aprile 1995.

Laura Joanson guardò la nave militare americana che aveva dato fondo a poche centinaia di metri dalla piattaforma. La puntualità con cui la NASA era riuscita a far arrivare nel mare del Nord le sue preziose apparecchiature era veramente impeccabile. A giudicare dai risultati, rifletté, il suo compagno di scuola Pete doveva aver fatto una bella carriera nella Central Intelligence Agency. E la questione *U115* interessava evidentemente davvero.

La Deep-House, o « Casa-Profonda » – così avevano soprannominato quella specie di sigaro in lega di titanio i tecnici della NASA, parafrasando il celebre film hardcore *Gola Profonda* – era lunga quasi quindici metri e alta quasi due e mezzo. Se non fosse stato per i quattro oblò e per il complesso di antenne, apparecchiature e fari che si vedevano sul tetto, si sarebbe potuta scambiare per un container dalle forme arrotondate.

L'interno era diviso in tre comparti distinti: una camera stagna ad allagamento rapido, dove poteva trovare posto un turno di quattro subacquei, un alloggio con dieci brande e un locale igienico dotato di doccia e, per finire, una stanza di decompressione dotata di tutta la strumentazione più avanzata.

I lavori di allestimento furono rapidissimi. Dodici giorni più tardi la Deep-House si trovava già a circa quaranta metri dal relitto, adagiata su un rilievo a poca distanza dalle rocce che imprigionavano il sommergibile.

La stazione sottomarina consentiva a una squadra di otto-dieci uomini di lavorare a quella profondità per una settimana di seguito. Ognuno degli occupanti poteva effettuare tre escursioni giornaliere di circa quaranta minuti ciascuna, respirando una miscela a base di elio e utilizzando mute e caschi simili a quelli degli astronauti.

La chiatta che trasportava la struttura metallica giunse invece sul posto soltanto tre giorni dopo che i vertici della NASA avevano dato il via libera per l'utilizzo della base sottomarina.

Laura chiese di far parte del primo turno di immersione e si imbarcò sul *Gorgonia*, che avrebbe fatto la spola tra la base e la superficie. La parte superiore del batiscafo era stata anch'essa modificata, onde consentire un aggancio perfetto con il portellone stagno della base sottomarina. Quando furono vicini alla Deep-House, il pilota fece ruotare il minisommergibile su un fianco, in modo che i due portelli combaciassero. Avvenuto l'aggancio, entrarono istantaneamente in funzione i martinetti idraulici che avrebbero compresso le guarnizioni fino a far combaciare perfettamente le strutture. Il sibilo dell'aria compressa segnalò agli occupanti del *Gorgonia* che le operazioni stavano per concludersi.

Sia Oswald sia il pilota si tenevano in costante contatto radio con la base sottomarina. Prima di mettere mano al volante in acciaio che serviva ad aprire l'unica via d'uscita del batiscafo, attesero il segnale di via libera.

Ma qualcosa non doveva essere andato per il verso giusto. Con una punta di panico, Laura si accorse che uno zampillo d'acqua stava filtrando nel sommergibile. Per fortuna Oswald aveva usato tutte le cautele possibili, altrimenti non sarebbero sopravvissuti.

« Risalita rapida! » ordinò il direttore della piattaforma, mentre con le minuscole mani cercava di stringere nuovamente con forza il volantino. Ma era già troppo tardi: le guarnizioni stavano cedendo alla pressione, rendendo impossibile arrestare l'acqua. Quando, quattro minuti più tardi, il batiscafo raggiunse la superficie, il suo interno ne era invaso fino all'altezza di dieci centimetri, e molte attrezzature erano state danneggiate.

Laura tirò comunque un sospiro di sollievo, ben consapevole del rischio che avevano corso. Oswald, invece, imperturbabile, aveva già aperto il portello e si era messo a esaminare attentamente le apparecchiature del raccordo, in cerca delle cause dell'incidente. Avrebbe sicuramente dovuto passare diverse ore a smontare martinetti idraulici e guarnizioni.

Mar dei Caraibi. 4 settembre 1622.

Vasted fu il primo a riemergere. Impotente, vide lo scafo del galeone ripiombare sul frate, che stava cercando di tenere a galla l'ancella di Antonia. Voltatosi, si rese conto che la giovane Llo-

bet se la stava cavando abbastanza bene, e in ogni caso meglio del segretario del cardinale, costretto a trascinarsi dietro il pesante corpo privo di sensi del prelato. Il giovane ufficiale li raggiunse con poche potenti bracciate, prese per la testa de Blasi in modo che il naso e la bocca rimanessero fuori dell'acqua e, cercando di superare la furia degli elementi, urlò: « Via, via, presto, per l'amor di Dio, prima che le onde ci buttino sulla barriera corallina ».

Quindi cominciò a nuotare con la nuca rivolta al vento, trascinandosi dietro il cardinale. Antonia e il prete lo seguirono, cercando di vincere le poderose muraglie di acqua che li sollevavano di diversi metri, scagliandoli in abissi apparentemente senza fondo. Privi di un galleggiante a cui aggrapparsi, non avrebbero certamente potuto resistere per più di qualche decina di minuti.

La *Santa Esmeralda* sbandò sulla dritta, ingavonandosi nella montagna d'acqua che aveva davanti. Quella entrata dalla falla di prora doveva averne compromesso in maniera irreparabile la stabilità. Lo scafo si imbarcò, mettendosi in una posizione quasi verticale. Vasted rimase impietrito a guardare la sua nave che si capovolgeva e spariva tra i flutti nel giro di pochi istanti.

La pioggia battente e il fitto pulviscolo che il vento sollevava dalle onde offuscavano i contorni di ogni cosa, conferendo tratti sempre più irreali alla scena, che nella mente annebbiata dell'ufficiale stava assumendo i contorni di un orribile sogno. Le energie lo stavano abbandonando, ma con un sovrumano sforzo di volontà decise di non lasciare al suo destino il fardello che si trascinava dietro; tese anzi addirittura una mano ad Antonia, attirando a sé anche lei. A poca distanza da loro, il segretario del porporato era scosso da violenti colpi di tosse e annaspava stremato.

Vasted si mise ad agitare vorticosamente le gambe, sforzandosi di vincere anche il dolore dei crampi, mentre con la destra continuava a tenere il capo di de Blasi fuori dell'acqua e con la sinistra aiutava la ragazza a rimanere a galla.

« Stiamo morendo », gridò Antonia, disperata.

Ma proprio in quel momento la massa solida di un remo batté con forza sulla schiena dell'ufficiale, che si voltò istintivamente. Tazpletacuz, il Figlio del Dio Avvoltoio, faticava a reggervisi, ma il relitto su cui aveva trovato scampo sembrava abbastanza

robusto. Messosi cautamente bocconi, si protese in avanti, porgendo il remo ai naufraghi.

Il repentino balzo del gesuita disorientò Vasted, che stava cercando di trascinare Antonia verso l'appiglio. La giovane venne letteralmente scavalcata dal segretario del cardinale, reso folle dal miraggio della salvezza. Ma il frangersi dell'onda lo colpì in pieno proprio mentre stava per issarsi a bordo della zattera, trascinandolo a diversi metri di distanza. La sua testa bruna scomparve per sempre sott'acqua.

Issatasi faticosamente, Antonia si sporse e, aiutata dall'indio, riuscì a tirare anche il cardinale sul relitto, che il giovane ufficiale riuscì invece a guadagnare con le sue forze. Vasted riprese immediatamente fiato, provvedendo subito a girare su un fianco il prelato, che, squassato da tremendi colpi di tosse, cominciò a vomitare. Si rese conto che il relitto era un pezzo del paiolato della tuga e che sarebbe stato molto arduo governarlo, e per di più con un solo remo.

«Dio ti benedica, Juan», furono le sole parole che, ansimando, riuscì a sputare, rivolto all'indio. Poi, preso il remo dalle sue mani, cercò di dirigere la zattera. La barriera corallina era a poche centinaia di passi da loro; già aveva notato un varco tra le rocce taglienti, poco più largo dello stesso mezzo di fortuna.

La forza delle onde e la risacca stavano sballottando impietosamente il relitto: portarlo a imboccare lo stretto passaggio pareva impossibile.

La massa di rocce taglientissime, ricoperta dalla schiuma dei frangenti, si parò minacciosa davanti a loro. Erano ormai a pochi metri tanto dallo sfracellamento e dalla morte quanto dalla salvezza. Vasted sapeva che la loro vita era ormai legata a un filo, affidata al puro caso. Chiuse gli occhi, arsi dal sale e dal vento. Sentì la zattera impennarsi come impazzita, temette che andasse a schiantarsi sulla massa corallina ma, finalmente, riaperti con un estremo sforzo di volontà gli occhi, vide compiersi quello che non poté non considerare un miracolo. Lo sgangherato fascio di legname planò, rasentando di poco la barriera mortale, e con un ultimo squassante scossone, andò a sistemarsi al traverso nel ricciolo della gigantesca massa di acqua franta.

Sopravvenne improvvisa una calma ancor più irreale del precedente incubo. Soltanto l'ululato del vento turbava l'incredibile quiete del mare. Ce l'avevano fatta! Avevano superato la bar-

riera e adesso si trovavano al sicuro nello specchio d'acqua protetto.

Sentire la sabbia sotto i piedi gli sembrò davvero un sogno. Il più bello, il più insperato dei sogni. Vide Juan che si prendeva cura di Antonia. Ancora una volta sostenne il cardinale e, malfermo sulle gambe, si avviò verso le mangrovie sferzate dal vento.

Piattaforma petrolifera Crude Brent. Mare di Norvegia. 1995.

Laura si alzò a sedere sul letto. Chi era? Qualcuno doveva avere qualcosa di veramente importante da dirle, per svegliarla nel cuore della notte, soprattutto dopo la spaventosa esperienza che aveva vissuto. Le nocche battevano sullo stipite facendo un rumore appena percettibile. Con un sorriso di sollievo, Laura pensò istintivamente alle manine di un elfo. «Avanti», disse, stringendosi con entrambe le mani la vestaglia sul petto.

Infatti era lui. Oswald Breil prese posto sulla poltroncina, mentre lei si tirava a sedere sul letto.

«La valvola dell'aria compressa è stata manomessa», disse d'un fiato.

«Ne è sicuro?» chiese lei, completamente svegliata da un incontenibile accesso di panico.

«Altroché, purtroppo. Qualcuno ha cercato di ucciderci. Lei sa benissimo, Laura, che un solo quarto di giro in più del volantino d'apertura avrebbe significato una colonna d'acqua a venti atmosfere, che ci avrebbe travolto.»

Laura annuì in silenzio.

E in silenzio rimasero entrambi per diversi secondi, prima che Oswald continuasse: «I martinetti idraulici erano in grado di percorrere soltanto metà della loro corsa, con il risultato che la compressione della guarnizione interna non era sufficiente a controbilanciare la pressione esterna». Ci fu ancora un attimo di silenzio, poi i due scienziati ripresero a parlare quasi contemporaneamente: «A questo punto non possiamo abbandonare», esclamarono.

«Prendiamo atto che qualcuno è contrario al recupero», continuò Breil, «e di conseguenza procediamo con maggiore cautela.»

«Sì, dobbiamo verificare scrupolosamente le attrezzature

prima di ogni immersione», gli fece eco Laura. «Ne deriverà un allungamento dei tempi, ma certo non un impedimento.»

«Tenga comunque conto che siamo in anticipo sulla tabella di marcia», precisò Oswald.

«Sì, si va avanti, dottor Breil», concluse con fermezza la donna.

L'ultima delle grosse putrelle in ferro venne cementata nella roccia cinque giorni più tardi. Lo scafo del sommergibile nazista era ormai protetto da una solida armatura, in grado di reggere il peso dei massi che le sarebbero precipitati e scivolati sopra.

Laura aveva terminato il suo turno in profondità. Nelle lunghe giornate trascorse sott'acqua non si era mai tirata indietro davanti a nessun lavoro, per quanto duro, per quanto massacrante, quasi volesse non far pesare sugli altri occupanti della Deep-House le limitazioni connesse con il suo sesso o le obbligazioni derivanti dal suo ruolo.

Oswald Breil non aveva mai varcato il portello stagno, ma era rimasto incollato per tutti e sei i giorni di immersione agli strumenti e agli impianti di comunicazione con la superficie: le strane tute protettive che infagottavano il corpo degli altri non venivano fabbricate con taglie da bambini, sicché non ce n'era una sola che potesse indossare. Ma per fortuna la loro permanenza sottomarina non era stata più turbata da alcun incidente, a parte qualche inconveniente di secondaria gravità, come la scoperta che due robot erano inutilizzabili e una serie di intoppi burocratici responsabili del blocco dei lavori per un giorno intero. Eventi, comunque, di ordinaria amministrazione, niente a che vedere con il sabotaggio di alcuni giorni prima.

Appena risaliti a bordo della Crude Brent vennero sottoposti a una serie di esami medici direttamente nella camera di decompressione, dove sarebbero rimasti alcune ore, seppure soltanto per precauzione.

La seconda fase del recupero prevedeva l'entrata in azione degli artificieri, incaricati di sistemare le cariche nei fori disposti in base ai dati dell'analisi sismologica.

Laura giaceva abbandonata sulla sua branda, nella camera iperbarica. Malgrado il senso di costrizione, si stava godendo un raro momento di riposo. Anche Oswald aveva un aspetto molto provato. Nel silenzio quasi assoluto, il rumore assordante dell'allarme si propagò per tutta la piattaforma, penetrando nel

cilindro metallico in cui erano chiusi. Dimentichi di ogni precauzione, si precipitarono fuori del portello della camera pressurizzata, correndo alla sala controllo, da dove venivano gestite tutte le operazioni sottomarine.

Il batiscafo della marina militare USA, calato in acqua poche ore prima dalla nave appoggio, con tre uomini a bordo e i primi dieci chilogrammi di esplosivo, era andato in frantumi. Nessuno sapeva che cosa potesse essere successo, visto che erano state adottate tutte le precauzioni necessarie per garantire la massima sicurezza. Le cariche erano del tipo a innescamento a infrarosso, e il comando d'innesco poteva essere impartito soltanto dalle apparecchiature della sala controllo, in seguito a un lungo e meticoloso complesso di operazioni preliminari. Comunque fossero andate le cose, quale che fosse stata la causa, là sotto tre uomini avevano trovato una morte orribile.

Laura partecipò a tutte le operazioni di recupero, e avrebbe fatto anche un'immersione se non le fosse stato proibito dal medico. Soltanto quando fu chiaro che non era possibile far niente, nemmeno recuperare i corpi dilaniati o quanto rimaneva del minisommergibile, si sentì pervadere il corpo e la mente da un'invincibile stanchezza fatta di dolore e disperazione. Spossata, si ritirò nella sua cabina. Aveva bisogno di ritrovare la lucidità e di riflettere.

Non erano ancora passati dieci minuti quando sentì bussare alla porta. Riconobbe il tocco leggero della mano. « Avanti, Oswald », disse con una voce affranta che probabilmente nessuno aveva mai sentito uscire dalle sue labbra.

Ugualmente affranto sembrava Oswald, che entrò a testa bassa. « Scusa se mi sono permesso di disturbarti a quest'ora e dopo una giornata come quella di oggi. Ma devo assolutamente parlarti. » E di punto in bianco sembrò rianimarsi, avere scoperto in qualche recesso della sua fragile struttura fisica un'insospettabile riserva segreta di energia. La sua voce aveva trovato nuova forza.

« Capisco quello che provi, Laura », continuò. « Capita anche a me di sentirmi scoraggiato, quando a bordo qualcosa va storto. Ma sei una donna forte, non devi cedere. Non puoi. Non... non possiamo. »

« Fai presto a dirlo », ribatté lei, con il medesimo tono di di-

sperazione. « Tre ragazzi di neanche trent'anni sono stati fatti a pezzi dallo scoppio di dieci chili di C4. A pezzi, capisci? E per che cosa? Per recuperare un vecchio sommergibile incastrato tra le rocce! » E la voce si spezzò definitivamente in un tremito irrefrenabile.

« No », riprese Oswald, scuotendo la testa. « Così non va bene, Laura. Lo so, il momento è terribile, ma, ti scongiuro, fa' uno sforzo. Cerca di ritrovare almeno la lucidità, se non la serenità. Sai perfettamente che quegli uomini avevano accettato di fare un lavoro molto pericoloso, e che un incidente del genere rientrava tra i prevedibili rischi del loro mestiere. Il vero problema, a mio modo di vedere, è un altro. E persino più spaventevole. Ovvero: è stato davvero un incidente? »

Laura scosse stancamente la testa, rimanendo in silenzio per qualche istante. Aveva già evidentemente pensato alla ripugnante possibilità. « Hai qualche sospetto? » chiese infine.

« Ho controllato tutti i sistemi di innesco a distanza », rispose Breil. « L'impulso non può essere partito da nessuno di essi. Il C4 è un esplosivo estremamente stabile, e questo significa che può deflagrare soltanto se viene stimolato con un detonatore o gettato in mezzo a un incendio. Sono assolutamente convinto che la morte dei tre artificieri non è stata accidentale, e che l'impulso è venuto da un'altra stazione in grado di usare i nostri codici. »

« Vuoi dire che c'è qualcuno tanto interessato al recupero di quella banana da uccidere? » chiese Laura.

« Ormai ne sono convinto, Laura. Al recupero, o piuttosto alla *distruzione*. E più che mai sono convinto che dobbiamo arrivare fino in fondo. »

« Secondo me, invece, siamo costretti a piantare in asso l'impresa, volenti o nolenti. Un nuovo batiscafo della marina, sempre ammesso che i militari vogliano continuare ad assisterci, non potrà essere qui prima di dieci giorni, e reso operativo prima di quindici. Non possiamo certo scendere in apnea a piazzare centotrenta chili di esplosivo ad alto potenziale. »

« In apnea sicuramente no, ma con il *Gorgonia* sì », ribatté prontamente Oswald, con un nuovo lampo di entusiasmo negli occhi.

« Il *Gorgonia* non è attrezzato per il trasporto di grandi quantità di esplosivi, Oswald. Lo sai meglio di me. E i suoi arti

meccanici non hanno una sensibilità sufficiente per maneggiare una simile quantità di C4», obiettò Laura, scuotendo la testa.

«Entro due, tre giorni al massimo, saremo in grado di portare giù dai quindici ai venti chili per volta», replicò Breil, in un tono sempre più entusiasta.

«Così ci rimane soltanto il trascurabile problema di chi siano gli assassini. Oltre a quello della mia coscienza. Credo di essere più turbata dal pensiero di quei ragazzi che dalla paura. Ma ho paura, Oswald. Inutile giocare con le parole. Ho paura di questo carnefice invisibile che secondo te vorrebbe la distruzione dell'*U115*. Quindi penso che domani stesso scriverò una rinunzia all'incarico e mi preparerò a pagare la penale capestro escogitata dai legali di Londra.»

Laura era in crisi. Una crisi che Oswald Breil temette di non poterla aiutare a superare. Ma era lui a non voler rinunciare. Le vere motivazioni per il recupero di quel relitto erano sue. Doveva spiegarglielo.

Fece appello alla pazienza e alle doti dialettiche che tutti gli riconoscevano. Sapeva di trovarsi davanti a una donna che conosceva il fatto suo come poche altre persone, determinata, coraggiosa, equilibrata. Quindi, convincibile. Cercò con la massima cura le parole più adatte.

«Ascoltami, Laura. Adolf Hitler lasciò la sua residenza alle otto e trenta del 27 aprile 1945 per rifugiarsi nel bunker di Berlino. Non vi fu alcun movimento di carri o soldati, al di là della sua normale scorta. Nessuno osava nemmeno pensare che Berlino sarebbe caduta, e di sicuro nessuno osava dirlo. Due giorni più tardi, nei pressi della casa vennero notati diversi mezzi pesanti e alcuni uomini che trasportavano un certo numero di casse stagne del tipo in dotazione alla marina nazista. Inesplicabilmente, tuttavia, non se ne vede traccia in nessun rapporto dei russi. Siamo sicuri che non sono state ritrovate.»

«Potrebbero averle sotterrate», interloquì Laura con una nuova luce di interesse nello sguardo.

«Giusta osservazione. Si dà però il caso che il 29 aprile l'*U115* sia partito da un molo di Amburgo dopo avere caricato diverse casse precisamente del tipo di quelle uscite dalla residenza del Führer. Prima di trivellare tutta Berlino – cosa che peraltro hanno già in larga parte fatto russi e americani –, sono convinto che sia più facile tentare il recupero dell'ultimo sommergibile da trasporto nazista. Non credi?»

«Sembri molto più informato di tutti noi sull'*U115*, ed è lampante che il suo recupero ti sta a cuore almeno quanto a qualche altra persona sta a cuore la sua distruzione. Carte in tavola, Oswald: perché vuoi quel sommergibile?»

«Per un motivo molto semplice, ma per me più che sufficiente. Perché sono convinto vi si possa trovare la verità, che vi siano nascosti i dati relativi a tutte le persone coinvolte nella tragica scelta di scatenare la seconda guerra mondiale, a tutte le responsabilità di vincitori e vinti, nessuna esclusa, nella pagina più oscura del nostro secolo.»

«Voglio sapere perché vuoi l'*U115*, Oswald!» incalzò Laura. Era ormai più che chiaro che non si trovava di fronte al semplice responsabile di una piattaforma petrolifera.

«D'accordo, carte in tavola. Ormai ho poco da perdere, e comunque conto sulla tua serietà e onestà. Ti sembrerà strano, soprattutto visto il tipo di romanzi che scrivi con tanto successo, ma certe cose succedono anche nella realtà. Nonostante questo mio fisico non certamente da... ehm, da superuomo, opero per un servizio segreto e sto cercando quel sommergibile da dodici anni.»

«Lavori per la CIA!» esclamò Laura, ormai sicura di trovarsi davanti a uno degli «amici» di cui le aveva parlato Pete.

Oswald scosse la testa. La parola gli uscì di bocca in un soffio quasi impercettibile.

«Mossad», disse. «Sono un maggiore del Mossad.»

Laura non rispose subito. Aveva bisogno di riflettere qualche istante, perché la situazione si stava facendo veramente complessa, al di là del fatto che sarebbe stata davvero perfetta per uno dei suoi romanzi.

Dunque: calma. Riorganizziamo le idee, si impose. Prima un rozzo e ricchissimo petroliere, presumibilmente legato ai servizi britannici. Poi Pete Dayle che la implorava di portare a termine la missione per conto della CIA americana, mettendole a disposizione nientemeno che le tecnologie della NASA e una nave militare. E adesso anche un agente del migliore ente di spionaggio del mondo, quello israeliano, impegnato già da una dozzina di anni nelle ricerche del sommergibile. Certo, concluse fulmineamente: che oca giuliva! A prescindere dalle tre vittime, già il sabotaggio di alcuni giorni prima avrebbe dovuto farla riflettere sulla singolare importanza che qualcuno dava alla missione.

« E allora si va avanti, Oswald! Quel benedetto sommergibile lo tireremo fuori, costi quello che costi », esclamò infine.

Anche se, le ribatté immediatamente nel cervello la dispettosa voce del buon senso che non riusciva mai a far stare zitta, c'era sempre il rischio che si trattasse soltanto di congetture del suo piccolo amico, rafforzate da una serie di coincidenze casuali.

I servizi segreti erano fin troppo capaci di inciampare nelle bufale e di coprirsi di ridicolo, persino più dei giornali. Ricordava perfettamente quando, alcuni anni prima, il ritrovamento in un lago italiano di tre casse di ferro aveva tenuto il mondo con il fiato sospeso, nella convinzione che contenessero i segreti di Mussolini, mentre non si trattava che di un po' di munizioni fradice e nient'altro. Non c'era il rischio che la stessa cosa potesse ripetersi con quel sommergibile dal presunto carico misterioso?

Ma quel sabotaggio... I tre morti...

Alzò su Oswald Breil uno sguardo fermo e deciso.

Mar dei Caraibi. 1622.

Avevano risalito il lieve pendio sabbioso della spiaggia con la stessa difficoltà che se avessero affrontato una parete rocciosa. Camminavano curvi, stremati. Vasted si scrollò finalmente di dosso il cardinale e lo depose sulla sabbia spazzata dalla pioggia violenta. Sembrava morto. L'ufficiale lo rivolse con il capo verso il mare e cominciò a massaggiargli la gabbia toracica con movimenti energici. I colpi di tosse si levarono sopra il sibilo della tempesta come l'urlo di un bambino che nasce, mentre la bocca del religioso sputava fiotti d'acqua.

« Dammi una mano, Juan », ordinò il giovane, indicando una mangrovia bassa e molto ampia. « Mettiamolo sotto quell'albero e occupiamoci della signorina Llobet! » Vasted si era rivolto al principe indio parlando, senza pensarci, in spagnolo. Ma poi si meravigliò, avvertendo che Juan pareva aver capito.

Quando raggiunsero la giovane, la trovarono distesa sulla sabbia. Il petto si alzava e abbassava ritmicamente con affanno. La veste leggermente strappata lasciava intravedere la pelle chiara del seno. I due uomini la presero sotto le ascelle, aiutandola a raggiungere il riparo. La pioggia scendeva su di loro in grossi rivoli, filtrando attraverso le fitte foglie dell'albero furio-

samente sferzate dal vento. Eppure, dopo tanto soffrire, per i quattro naufraghi quel ricovero di fortuna era pari a un palazzo. Tutt'intorno si vedevano palme divelte da un vento che sembrava non doversi placare mai.

Antonia riposò alcuni minuti, poi si accostò al cardinale, cercando di prestargli soccorso. Vasted e Juan, invece, precipitarono quasi simultaneamente in un sonno profondo. Ore dopo, la giovane, che non aveva saputo a sua volta resistere all'estenuante stanchezza, fu svegliata da un raggio accecante che le feriva gli occhi anche sotto le palpebre chiuse filtrando attraverso la vegetazione.

Il sole! pensò, tirandosi a sedere di scatto. L'uragano doveva essersi placato, anche se il vento rimaneva forte. Si girò di fianco: Vasted dormiva ancora a pochi passi da lei, dello schiavo indio cui erano debitori della vita non c'era traccia. Il cardinale, con quel colorito cereo e le labbra violacee, aveva un aspetto ancora più torvo, ma era del tutto cosciente e sembrava stesse riprendendo le forze.

Con un soprassalto di angoscia, la mente di Antonia tornò alla realtà, alle due ancelle morte in maniera così atroce, al coraggioso frate italiano scomparso tra i flutti. Venne presa da una crisi di terrore, e fu solo il suo autocontrollo a impedirle di scoppiare in lacrime.

Quando Vasted si svegliò, lo schiavo principe degli aztechi stava tornando verso di loro da nord. Inopinatamente, si mise a parlare in uno spagnolo tutt'altro che corretto ma perfettamente comprensibile: « Ci troviamo su di un'isola », disse, « e piuttosto grande. Ho camminato per diverse miglia verso nord, prima che la spiaggia curvasse a destra ».

« Un'isola », rifletté Vasted a voce alta, « ma quale? Nella rotta che abbiamo seguito ci sono alcuni riferimenti precisi, almeno fino a quando siamo stati chiusi in cella. Poi abbiamo incrociato la flotta al traverso di Cuba, mentre veleggiava in direzione di Bermuda. L'uragano è arrivato da sud sud-ovest. Se solo sapessi che rotta abbiamo preso quando abbiamo abbandonato la flotta, riuscirei a valutare con una certa approssimazione dove ci troviamo. Così alla cieca, invece, potremmo essere ovunque, dai Cayos della Florida alla costa orientale della penisola, ma anche su quella occidentale. »

Juan aveva capito. « Io ero sul ponte. Appena si è fatto buio abbiamo virato verso nord-ovest », disse.

Vasted era sempre più meravigliato per l'acutezza mostrata dallo schiavo e per la sua forza. In effetti, anche a bordo aveva sempre trattato Tazpletacuz con umanità, riconoscendo in lui doti non comuni tra gli altri schiavi.

« Questo non mi è di grande aiuto, Juan », commentò, « anche se restringe il campo del naufragio di alcune centinaia di miglia. Comunque, credo che ci troviamo lungo la costa occidentale della Florida, su qualche atollo del mare del Golfo. »

In effetti avevano proceduto verso nord. Ma la violenza del vento li aveva fatti scarrocciare molti gradi più a est, a circa cento miglia da dove Vasted pensava di trovarsi.

Mare di Norvegia. 1995.

L'elicottero atterrò sulla piattaforma della nave appoggio americana nelle prime ore del mattino. Pete Dayle scese rapidamente, stringendo nella destra una borsa da viaggio. Pochi minuti più tardi una lancia coperta lo conduceva alla piattaforma petrolifera. Più che un dirigente della CIA, chiunque lo avrebbe ritenuto un docente universitario. Salì con agilità lo scalandrone che portava dalle basi galleggianti ai ponti superiori della Crude Brent.

Laura se lo trovò davanti nella solita saletta delle riunioni, seduto a fianco del presidente della North Pole Oil.

« Pete Dayle! Che cosa diavolo ci fai qui? » esclamò d'impulso: era pur sempre un suo ex compagno di scuola, e sarebbe stato inutile cercare di nasconderlo.

« Bene, vedo che vi conoscete già », disse Rustom con la sua voce sgradevole. « Le presentazioni sono quindi superflue. Lascio a lei la parola, agente Boyle. »

Pete non era un agente – pensò Laura – ma un dirigente della CIA con diversi anni di anzianità. E, da quanto aveva potuto dedurre, sembrava lanciato verso il gradino più alto, che peraltro non doveva essere molto più in alto di quello che già occupava.

« Mi chiamo Dayle, Mr. Rustom. Pete Dayle, agente della Central Intelligence Agency, distaccato presso l'ambasciata degli Stati Uniti a Stoccolma e inviato su questa piattaforma per indagare sulla morte di tre militari americani. »

« Ne ho già preso atto, giovanotto. Ma non dovrebbero esse-

re i servizi militari a indagare sul caso? » chiese Rustom in tono irritato.

« I militari sono impegnati in questioni molto più importanti di una semplice indagine per un incidente sul lavoro. Comunque, dove si possono prendere simili decisioni, è stato deciso che un agente bastava per archiviare il caso per conto del Pentagono, signore », ribatté con prontezza Pete. « E adesso, con il suo permesso, dovrei visionare la sala comando e i sistemi di innesco. »

« Signorina Joanson, le spiace accompagnare l'agente Boystend in sala comando? » chiese gelidamente Rustom, tendendo la mano al funzionario americano.

Quando furono nel corridoio Laura sbottò: « Ripeto. Si può sapere che cosa diavolo ci fai qui? »

Pete le fece cenno di tacere, quasi temesse che le pareti potessero avere orecchi, e, parlando del più e del meno, si fece guidare nella sala comando.

Laura ebbe la netta sensazione che Oswald e Dayle si conoscessero già: manifestavano un evidente senso di stima reciproca. Pete si fece spiegare con calma le manovre di innesco, poi chiese agli altri due di seguirlo all'esterno.

Quando furono sulla pista, dove stazionava ancora l'elicottero della compagnia petrolifera, disse in un tono ormai scopertamente amichevole: « Questi incidenti mi hanno molto preoccupato, Oswald, se non vogliamo definirli attentati ».

« Proprio così, Pete », replicò Breil in tono grave. « Sono convinto che non si tratti affatto di incidenti. »

Laura li scrutava con gli occhi sgranati, affascinata dalla loro condizione di uomini che dovevano conoscere i segreti di mezzo mondo.

« Nell'MI5 », riprese l'americano, « c'è più di una sezione deviata. Persone che hanno molti motivi per temere che le confidenze di Hitler possano offuscare la memoria di qualche grande personaggio inglese, e naturalmente non hanno nessun piacere che vengano svelate verità fino a ora sconosciute e inimmaginabili. »

« Soltanto un esempio, Laura », interloquì Oswald, rivolto alla giovane scrittrice. « Tutti sapevano del genocidio, tutti sapevano che milioni di ebrei venivano ridotti allo stremo nei campi di lavoro e poi condotti a morte nei locali di sterminio. Ma c'è chi sostiene che Heidrich, il capo del famigerato Rsha, il

servizio segreto nazista, abbia offerto per conto di Hitler l'espatrio a cinquecentomila ebrei tedeschi e polacchi, poco prima che iniziassero le persecuzioni. E sai che cosa sembra gli sia stato risposto dai vertici alleati? Di tenerseli pure, visto che nessuno avrebbe saputo dove metterli nell'Europa in guerra. »

« In quel sommergibile possono essere custoditi questo e molti altri segreti », confermò Pete. « E non credi, Laura, che ci possano essere diverse persone pronte a tutto perché l'*U115* rimanga per sempre negli abissi del mare? »

La giovane annuì, intenta, mentre Oswald sembrava indicare con un cenno della testa un punto nell'acqua scura. « Fate finta di niente », disse. « Ma temo che ci stiano tenendo gli occhi puntati addosso. È meglio non parlare se non in luoghi aperti, quindi adesso fate finta anche voi di guardare il mare, là sotto. »

« Spero che la mia presenza possa mettere loro i bastoni fra le ruote », riprese Pete, quasi rispondendo allo sguardo interrogativo di Laura. « Ammesso che non conoscano già il mio ruolo nella ditta, lo sapranno di sicuro entro poche ore. Se un alto funzionario della CIA s'interessa a un'operazione, non ci sono molte persone che possano avere convenienza a intralciarlo. Se invece, in questo caso, ci sono, bisognerà scoprirle e impedire loro di nuocere più di quanto non abbiano già fatto. »

Londra. Aprile 1995.

Il capo del servizio segreto di Sua Maestà Britannica era in evidente imbarazzo. Lo sguardo del primo ministro non si staccava dal suo viso. Gli occhi, ingigantiti dalle spesse lenti, esprimevano incredulità mista a rabbia.

« Ha visto giusto, signore », ammise, avendo deciso di arrivare al dunque il più in fretta possibile. « Ma ricorda quello che è successo in Italia qualche anno fa? Una loggia massonica deviata è riuscita a fare proseliti tra le forze dello stato, ramificandosi all'interno di tutte le istituzioni e minandole alla base. E lei ha ragione: pare che qualcosa di analogo sia successo anche in Gran Bretagna. Gli esponenti più retrivi delle forze armate e di qualche servizio di informazioni sembrano avere tutti un unico punto di riferimento: un'associazione segreta denominata Lobby di Trafalgar. »

« Già. Proprio per questo abbiamo inventato lo specchietto

per allodole della fiscalizzazione degli oneri per il recupero dell'*U115*. Qualcuno sembra esserci cascato. Ma il punto è: di quanto potere dispongono?» chiese il primo ministro.

Poteva sembrare una domanda difficile e al tempo stesso superficiale, ma il capo del servizio segreto sapeva ormai fin troppo bene dare un valore preciso alle richieste dei politici. «Controllano soltanto una formazione di paracadutisti e alcuni personaggi sparsi tra esercito, marina, aviazione e servizi. Ma sembrano disporre di mezzi economici praticamente illimitati.»

Quindi, fatta una breve pausa a effetto, riprese: «A capo della Lobby di Trafalgar c'è Sir Robert Rustom, presidente e maggior azionista singolo della North Pole Oil».

Il premier si lasciò sfuggire una colorita esclamazione di stupore. «Il figlio dell'ammiraglio Rustom?» E tacque per qualche istante, riprendendo in tono meditabondo: «Del resto, perché, altrimenti, proprio lui si sarebbe precipitato a rispondere per primo all'offerta?»

«Sì, precisamente il figlio di un eroe dell'ultima guerra, il consigliere militare del suo predecessore di allora», confermò il capo dell'MI5.

«Risolva la questione, Mr. Pratt. Ha carta bianca. Ma nella massima riservatezza, s'intende. Nessuno deve sapere niente. Dal canto mio, informerò la regina soltanto a operazione conclusa.»

Mar dei Caraibi. 5 settembre 1622.

Le sembrò una fortuna impagabile scoprire la polla d'acqua dolce a pochi metri dalla spiaggia. Antonia si voltò, scrutando attentamente tra le mangrovie. Quando fu certa che nessuno poteva vederla, si sfilò quanto rimaneva dei suoi laceri indumenti e si immerse. Aveva bisogno di lavarsi di dosso sudiciume e salsedine ma soprattutto la paura e la stanchezza. Soltanto quando stava per uscire dal laghetto si accorse della presenza del cardinale. La stava guardando con occhi da cui trasparivano sentimenti ben lontani dalla devozione ai sacri voti. Un attimo d'imbarazzo, poi de Blasi si affrettò ad abbassare lo sguardo, chiedendo in un tono che non riuscì ad apparire tranquillizzante: «Non avrete timore di un uomo di Chiesa, Antonia?»

«No di sicuro, Eminenza», rispose prontamente la giovane.

«Però allontanatevi e voltatevi, per favore, finché non mi sarò rivestita.» Il cardinale si affrettò a obbedire, con un sorriso che pareva carico di comprensione, ma Antonia continuò per tutta la giornata a sentirsi addosso quello sguardo ambiguo.

Alle prime ore della sera il vento calò improvvisamente, così come si era levato, e i quattro naufraghi si accinsero a trascorrere una seconda notte all'aperto. Crollarono nuovamente in un sonno profondo, esausti.

Furono svegliati dal sole già caldissimo del primo mattino. Vasted si rivolse alla giovane con estrema gentilezza, dicendo: «Juan e io andremo in perlustrazione. Staremo probabilmente via fino a sera. Credo sia meglio che voi e il cardinale vi nascondiate tra la vegetazione ad aspettare il nostro ritorno. Non sappiamo ancora chi possa popolare queste coste, ed è meglio evitare spiacevoli sorprese».

Antonia si lasciò guidare verso una macchia di cespugli fitti, che formava una vera e propria caverna di verde, capace di ospitare diverse persone, oltre che, per grazia di Dio, di sfamarle abbondantemente con i suoi frutti. Ma tornò subito sulla spiaggia a seguire con lo sguardo i due uomini, fino a che non scomparvero alla vista.

«Sono andati?» chiese de Blasi, non appena lo ebbe raggiunto nell'anfratto verde. La giovane annuì, mentre l'altro continuava: «Desidero esprimervi la mia gratitudine, signorina Llobet. Senza le vostre cure non sarei probabilmente sopravvissuto. Ma purtroppo temo che questa gamba abbia subìto gravi danni». E così dicendo rimboccò i brandelli della tonaca, mettendo in mostra la gamba destra scarna e pelosa.

E di nuovo ad Antonia non poté sfuggire lo sguardo lubrico del cardinale, fisso sulla sua scollatura.

«Vi prego, signorina: controllate che non vi sia niente di rotto.»

«Io posso certamente assistervi, Eminenza, ma non diagnosticare fratture o contusioni», replicò la giovane, cercando di prendere tempo e di stabilire le opportune distanze. Quegli occhi subdoli e penetranti non le erano mai piaciuti, fin dalla prima volta che li aveva visti, ma dal giorno precedente avevano addirittura cominciato a riempirla di angoscia.

Il movimento fu rapido, quasi come l'attacco di un serpente. Antonia si trovò addosso due mani che la frugavano sotto gli stracci. Provò a divincolarsi, ma senza successo. In un attimo si

trovò stesa a terra, con il cardinale addosso. Nonostante l'età e il fisico macilento, sembrava dotato della forza di un uomo molto più giovane e prestante. Per quanto si sforzasse di allontanarlo da sé, la giovane non riusciva a liberarsi.

Ma finalmente, divincolata la gamba destra con la forza della disperazione, la frappose tra il suo corpo e quello del porporato. E con gli ultimissimi residui di energia riuscì ad allontanarlo finalmente da sé quanto bastava per sfuggirgli.

Il prelato sembrava pazzo di rabbia. Lo vide impugnare uno stiletto con due occhi da folle in un viso paonazzo. Fu soltanto il terrore ad aiutarla a muoversi con tanta rapidità. In un attimo fu in piedi, scartò di lato, evitando il cardinale che cercava di sbarrarle il passo, e si precipitò fuori dalla fitta vegetazione. Sapeva che l'avrebbe inseguita e che, se l'avesse raggiunta, per lei non ci sarebbe stato scampo.

Si mise a correre. Ma già dopo pochi passi si sentì penetrare nella carne la sottile lama, e subito de Blasi le fu di nuovo addosso. Stranamente, non sentiva nessun dolore, pur essendo sicura di essere stata ferita, e forse addirittura in maniera grave. Nonostante i sessant'anni, il cardinale l'aveva raggiunta in pochissimo tempo, e adesso, dopo averla nuovamente fatta rotolare sulla sabbia, le stava sopra con uno sguardo terribile, in cui la rabbia incontenibile si mescolava alla libidine.

Antonia vide alzarsi la lama, già resa scarlatta dal suo sangue. Chiuse gli occhi, rassegnata, e quasi contemporaneamente sentì un colpo violento. Si rese però conto subito che non si trattava della lama destinata a lei. Non si sentiva più addosso il peso schifoso dell'aggressore. Riaprì gli occhi.

Terrorizzata, rimase dov'era a guardare i due corpi che lottavano sollevando nuvole di sabbia bianca finissima. Finché quello che sembrava un selvaggio dal fisico possente non ebbe il sopravvento e si rialzò, abbandonando il cardinale esanime sulla spiaggia.

« Presto, Antonia, per carità », ansimò lo sconosciuto con voce affannata. « Due tagliagola di Funches stanno per arrivare qui. Dobbiamo nasconderci. »

Le ci volle qualche istante per riconoscere frate Pietro in quel selvaggio coperto dal solo perizoma. Si sentì invadere da una felicità incontenibile, forse addirittura più per averlo scoperto vivo che per il fatto di essere stata salvata. Perduta ogni incertezza, si alzò, cercando istintivamente di scrollarsi la sabbia

di dosso. Ma sentì le forze venirle meno, mentre una fitta alla schiena le toglieva il respiro. Senza una parola, il frate la raccolse come una bambola rotta e la riportò a braccia nel nascondiglio di fronde. Poi corse di nuovo fuori, per tornare lì trascinando sulla sabbia il corpo sempre esanime di de Blasi.

Hasar sembrava non aver subito conseguenze dal naufragio; camminava sulla battigia con un passo rapido ed elastico che rendeva difficile all'altro ammutinato stargli dietro.

«Sono sicurissimo, Hasar», stava dicendo l'altro. «L'ho visto nella catasta di legna che Funches voleva scaricare in mare, ti ripeto.

«Eravamo appena stati raggiunti dall'uragano, quando un colpo di mare ha mandato i legni a schiantarsi contro la base della maestra. Ho visto con questi occhi l'oro spuntare tra i tronchi che si sono riversati sul ponte, prima che l'albero venisse giù.»

«Il rum deve averti dato le traveggole, García», ribatté il marocchino. «La *Santa Esmeralda* trasportava un carico di legname. Che senso poteva avere che un tipo come Llobet cercasse di contrabbandare dell'oro, quando poteva benissimo tenerselo in Perù senza rischiare di venire scoperto e condannato, per non dire di perderlo, come è successo?»

«Ti dico che l'ho visto con i miei occhi», insistette il marinaio. «Diverse barre d'oro sparse su tutto il ponte.»

«Vabbè», tagliò corto Hasar. «Finita questa esplorazione, ne parleremo con Funches. Adesso però si tratta di capire dove diavolo siamo finiti, rientrare in terra spagnola da sfortunati naufraghi e organizzare il recupero del nostro tesoro. Quello vero, non quello che ti sei sognato tra i fumi dell'alcol.»

Antonia e Pietro rimasero nascosti, tenendo d'occhio attraverso la fitta vegetazione le due figure che avanzavano sulla spiaggia a non più di duecento passi dal loro nascondiglio.

Il cardinale accennò un lamento, e il frate si affrettò a tappargli la bocca, nel timore che potesse essere sentito dai due brutti ceffi. Ma per fortuna Hasar e il suo accolito erano abbastanza lontani, e il vento sibilava ancora con forza.

Come Dio volle, tirarono oltre, senza prestare attenzione alle tracce che l'altro gruppo di naufraghi aveva lasciato nei pressi della spiaggia.

Piattaforma petrolifera Crude Brent. Mare di Norvegia. 1995.

Per precauzione, la Deep-House era stata spostata di diverse decine di metri, e adesso sembrava sospesa nell'azzurro del mare del Nord. Dagli spessi vetri degli oblò si poteva comunque distinguere con chiarezza la curiosa sagoma della roccia che si levava prepotente dalle profondità degli abissi. Per niente al mondo Laura avrebbe rinunciato ad assistere all'esplosione. Alcuni attimi di silenzio accompagnarono il conto alla rovescia impartito dalla sala comando della piattaforma: «... tre... due... uno... zero». La voce metallica dell'altoparlante della stazione sommersa riempì l'ambiente un attimo prima che le cariche brillassero con bagliori arancioni alti non più di alcuni centimetri. Poi tutto sembrò velarsi di una foschia fittissima. L'onda d'urto diede un forte scossone alla Deep-House, quindi la fece ondeggiare sui cavi d'acciaio che la sostenevano. Poi calò di nuovo il silenzio dell'oceano.

«Come va là sotto?» chiese gradevole e quasi musicale la voce di Oswald, l'unico legame che avessero con la superficie.

«Tutto bene», rispose Laura china sul microfono. «Penso che possiate riportarci sul corno di roccia. Non appena la visibilità sarà migliorata, usciremo a verificare da vicino.»

«Buona fortuna», fu la risposta di Oswald. «Mi raccomando, Laura: cerca di essere prudente.»

«Puoi contarci», rispose la giovane scienziata, con un sorriso di soddisfazione.

Dopo qualche istante la stazione sottomarina cominciò a muoversi verso la prigione dell'*U115*, avvolta in un turbinio di sabbia e minuti frammenti di roccia.

Trascorsero comunque quasi due ore prima che la foschia si diradasse e che Laura e due sommozzatori potessero decidere di uscire. Indossarono la complicata attrezzatura da alta profondità, dotata di due bombole più una terza supplementare, caricate con una miscela di elio e ossigeno. Avevano a disposizione soltanto sei minuti di permanenza fuori della Deep-House.

Perlustrarono tutta la struttura in ferro: molte delle rocce si erano fermate su quella specie di tettoia, ma nella stragrande maggioranza erano scivolate via verso le profondità degli abissi. Sarebbero state sufficienti alcune giornate di lavoro dei robot subacquei, dopo di che il relitto dell'*U115* avrebbe potuto essere recuperato. Laura era soddisfatta del suo operato: erano tra-

scorsi soltanto ventiquattro giorni da quando aveva accettato l'incarico, e tra meno di una settimana il sommergibile avrebbe rivisto la luce del sole.

Dopo il rientro nella Deep-House, però, dovette rimanere quasi una giornata intera con i sommozzatori nella camera di decompressione, prima che il *Gorgonia* venisse a prelevarli per riportarli in superficie.

Sir Robert Rustom si aggirava per i ponti della piattaforma in uno stato di visibile agitazione. Aveva seguito l'immersione attimo per attimo, apprendendo le notizie positive circa gli effetti dell'esplosione guidata. Mentre si trovava nella sala controllo, Oswald non lo aveva perso d'occhio un solo istante.

Quando finalmente uscì dalla camera di decompressione, Laura era esausta. Per salire al suo alloggio dovette reggersi al corrimano della scaletta. Oswald la raggiunse lì.

«Adesso bisogna stare molto ma molto attenti nel sollevarlo», gli disse subito lei, riferendosi al relitto.

«Cercheremo di farlo molto lentamente», convenne Oswald.

«Cercherò», lo corresse lei, «visto che tu presidierai di nuovo le operazioni dalla stanza dei bottoni. O preferisci che mi capiti qualche incidente, proprio adesso che siamo arrivati alla fine?»

«Usciamo», la interruppe immediatamente Oswald. Laura capì che non poteva evitare di seguirlo, malgrado la terribile stanchezza.

Salirono fino alla piattaforma di atterraggio, dove, dopo essersi guardato più volte cautamente attorno, Breil riprese: «Sai chi era l'ammiraglio Francis Rustom?»

«Un parente del tuo odioso presidente, immagino», rispose lei di getto.

«Precisamente. Ma oltre a essere il padre di Robert Rustom, è stato il consigliere militare del primo ministro britannico per tutta la durata della guerra.» E, mentre lo diceva, si accorse con piacere che Laura lo stava ascoltando con attenzione raddoppiata.

«Come ben puoi immaginare, la sua vita era oggetto di continua attenzione da parte di tutti i servizi segreti. Mettendo insieme tutte le informazioni provenienti dalle più svariate fonti, sono riuscito a ottenere una biografia estremamente precisa. Nella vita del consigliere militare Rustom ci sono due momenti

bui che le mie ricerche non riescono a chiarire. Due brevi periodi in cui sembra che Rustom sia scomparso dalla faccia della terra, entrambi di tre o quattro giorni ed entrambi mentre le operazioni belliche sembravano prossime a far capitolare una delle parti. Il primo dal 16 al 19 marzo 1941, a soli due giorni da una massiccia incursione della Luftwaffe su Londra; il secondo, pochi giorni prima che Berlino cadesse. E noi sospettiamo che in entrambe le occasioni Rustom si sia incontrato con le più alte gerarchie naziste. Nel primo caso per trattare la resa della Gran Bretagna, stremata dai bombardamenti. Resa che poi, però, non ci fu. Nella seconda occasione, invece, abbiamo motivo di ritenere che sia successo il contrario, e cioè che sia stato raggiunto un accordo segreto, in vista della caduta del Reich.»

«Fammi capire bene. Sei convinto che sia stato nientemeno che Robert Rustom a organizzare i sabotaggi, per proteggere la memoria di questo suo paparino che aveva il vizio di negoziare con il nemico?» chiese animatamente Laura.

«Precisamente. E credo anche che non stia agendo da solo, sebbene con ogni probabilità il suo interesse si fermi qui. Ma sono convinto che a questo punto subentri qualcosa di più grosso e misterioso. Molto grosso e molto misterioso. Che solleva il vero problema. Ovvero: che cosa è stato concesso ai nazisti? Qual è stato l'oggetto delle trattative, e perché si è ritenuto necessario negoziare proprio quando Berlino era stretta nella morsa dell'avanzata dei russi? Sono convinto che le risposte a queste domande, almeno in parte, verranno proprio da quello che troveremo nell'*U115*.»

Laura non fece nessun commento. A parlare per lei era la sua espressione, al tempo stesso ammirata e sbalordita.

Mar dei Caraibi. 1622.

Vasted e Juan tornarono al nascondiglio correndo. «Ci siamo imbattuti nei due tagliagole che si aggiravano qua attorno», spiegò il giovane ufficiale. «Hanno pagato per la vita dei nostri compagni», concluse seccamente. Ma soltanto in quel momento si accorse della presenza di Pietro e del cardinale, legato e imbavagliato.

«Dio sia lodato», esclamò con un'evidente espressione di

piacere. «Bentornato tra i vivi, fratello! Ma volete spiegarmi che cos'è successo durante la nostra assenza?»

Fu Antonia, nonostante l'estrema debolezza provocatale dalla perdita di sangue, a rispondere. «Quell'uomo che ambirebbe al titolo di santo», disse, indicando il livido de Blasi, «ha cercato... Sì, prima ha cercato di usarmi violenza e poi, visto che non ci sarebbe riuscito, ha pensato che da viva sarei stata una testimone pericolosa.»

«Avrà anche lui quello che si merita, se mai riusciremo a ritornare nel mondo civile», disse Vasted guardando il cardinale con disprezzo. «Adesso però dobbiamo sbrigarci. Dubito che quei due fossero gli unici membri dell'equipaggio scampati, sicché, non vedendoli tornare, i loro compari li verranno di sicuro a cercare. Juan e io abbiamo scoperto che ci troviamo su un'isola. Dobbiamo andare via da qui, cercare di costruire una zattera con cui raggiungere la terraferma... Ma voi siete ferita, signorina Llobet!»

«Temo che la lama mi sia penetrata in profondità», annuì la giovane, che in quei pochi istanti si era fatta mortalmente pallida.

«Dobbiamo fare presto», interloquì il frate. «Purtroppo avete visto giusto, Vasted. Funches e altri dodici uomini, non contando i due che avete ucciso, sono riusciti a mettersi in salvo e hanno anche recuperato una delle lance della nave, alla deriva. E adesso sono accampati a circa sette miglia da qui.»

Il suolo era disseminato dei tronchi degli alberi abbattuti dall'uragano, utilissimi alla loro bisogna, ma erano comunque privi degli attrezzi e utensili necessari per costruire una zattera.

Il principe azteco cominciò subito a intrecciare foglie di palma, ricavandone legacci abbastanza solidi. Pietro e Vasted, invece, allinearono i fusti di una dozzina di alberi, che unirono l'uno all'altro con questi legacci vegetali. Infine, verificata alla meglio la solidità dell'insieme, issarono con un ramo una rudimentale vela, anch'essa fatta di foglie intrecciate. Quando gettarono la zattera in mare, era notte fonda.

Proprio in quel momento, alla luce di una grandissima luna, intravidero Funches e gli altri spuntare dalla curva della spiaggia, a circa mezzo miglio di distanza. Ne sentivano perfettamente le voci, portate dal vento che non aveva smesso un solo istante di soffiare. I brutti ceffi si accorsero della zattera soltanto quando stava per superare il varco nella barriera corallina. Per

fortuna era troppo tardi perché potessero cercare di raggiungerli a nuoto. L'ultima cosa che Antonia vide furono gli ammutinati che, dopo una concitata consultazione, tornavano di corsa sui propri passi. Poi la vista le si annebbiò e perse i sensi.

«Sono sicuramente andati a recuperare la lancia della *Santa Esmeralda*», commentò cupamente Vasted. «Se ci avvistano una seconda volta prima che riusciamo a doppiare l'isola, ci saranno addosso entro poche miglia. Dio ci assista.»

Mare di Norvegia. 1995.

Ancora una volta Laura scomparve nell'angusto passaggio attraverso cui si accedeva all'interno del *Gorgonia*. Sbalordita, vide Oswald ai comandi. Prima che potesse protestare, tuttavia, Breil si affrettò a informarla: «Il pilota è stato colpito da un grave attacco di gastroenterite, per cui, se vogliamo recuperare quel sommergibile, devi rassegnarti al fatto che mi metta io ai comandi, altrimenti dovremo aspettare che si rimetta».

«Sta' tranquilla», continuò subito dopo. «Nella sala dei bottoni c'è sempre Dayle. Non gli ho detto niente di Rustom, ma puoi star certa che lo terrà d'occhio. Il recupero dell'*U115* sembra premere più alla CIA che al nostro bravo presidente».

Dopo nemmeno cinque minuti il batiscafo era già sotto il pelo dell'acqua.

Raggiunsero il luogo dove si trovava il relitto e, prima di trasferirsi sulla Deep-House, vi fecero sopra un ampio giro. Lo scafo adesso si vedeva bene in tutta la sua lunghezza, completamente liberato dal corno di roccia che lo imprigionava. I robot e gli uomini rimasti in profondità avevano provveduto a sgomberare i massi rimasti sulla struttura metallica, rimuovendo successivamente anche quella.

Al centro, sulla prora e sulla poppa del sommergibile erano stati saldati alcuni grossi anelli in acciaio, a cui sarebbero stati assicurati i cavi di recupero. Giunti all'interno della stazione sottomarina, Laura e Oswald scambiarono cordiali strette di mano con la squadra che, ultimato il suo lavoro, sarebbe tornata in superficie.

Dopo qualche minuto, infatti, all'interno della Deep-House erano rimasti solamente loro due, assistiti da tre tecnici che

Laura non ricordava di avere mai avuto come compagni di immersione.

Restarono a lungo a seguire dagli oblò il lavoro degli uomini che assicuravano i robusti cavi di acciaio agli anelli saldati allo scafo. Un lavoro che sembrava interminabile. I minuti scorrevano con una lentezza esasperante. Ma finalmente venne il momento – non meno delicato – di impartire l'ordine di recupero.

Mentre guardavano con il fiato sospeso, letteralmente incollati agli oblò, il relitto cominciò a muoversi lentamente verso l'alto. Laura Joanson non seppe trattenere uno spontaneo grido di gioia, e con altrettanta spontaneità la giovane si chinò ad abbracciare il compagno di ventura.

La gioia fu però gelata sul nascere dalle pistole che videro improvvisamente apparire nelle mani dei tre uomini rimasti con loro a bordo della stazione sommersa.

«Un colpo di arma da fuoco contro le paratie», osservò Breil con straordinario sangue freddo, «farebbe disintegrare il nostro sigaro di metallo. A questa profondità, nessuno di noi avrebbe scampo.»

«Non abbiamo nessuna intenzione di spararvi, dottor Breil, ma di chiudervi nella camera iperbarica, in modo che non possiate crearci fastidi. E non credo che occorra fare uso delle armi. Conto sul vostro buon senso, dottoressa Joanson. Vi prego di accomodarvi senza fare storie.»

Laura dovette ammettere a denti stretti che colui che aveva parlato, evidentemente il capo del terzetto, aveva ragione. Una loro reazione non sarebbe servita a niente, tanto più che i tre sembravano sapere benissimo il fatto loro. Si lasciò quindi condurre docilmente con Oswald verso la camera di decompressione, senza accennare il minimo gesto di resistenza, nemmeno quando la porta stagna venne chiusa alle loro spalle.

In quel momento, uno dei tre carcerieri aveva preso il microfono e stava comunicando in superficie: «La dottoressa Joanson e il dottor Breil sono stati colpiti da embolia. Le loro condizioni sembrano gravi. Li abbiamo comunque introdotti nella camera iperbarica e tenteremo la terapia intensiva».

Oswald aveva capito che tipo di morte era stata loro riservata. Una morte terribile, intollerabile. In un impeto di furore si scagliò contro il volantino che azionava il meccanismo di apertura del portello, ma recuperò immediatamente la calma. Non c'era niente da fare. Contemporaneamente avvertì una pressio-

ne ai timpani e sentì il rumore delle apparecchiature della camera che si mettevano in azione.

La loro morte sarebbe sopravvenuta nel giro di pochi minuti per embolia gassosa, e nessuno sarebbe mai stato in grado di capire che era stata provocata artificialmente. Si voltò istintivamente verso Laura. Doveva cercare di distrarla da quello che anche lei sapeva benissimo essere il loro destino.

« C'è una cosa che non ti ho ancora detto », cominciò precipitosamente, togliendosi di tasca una scatoletta di metallo che conteneva un molare umano ingiallito. « Questo è un dente prelevato dal cadavere di Adolf Hitler nel bunker di Berlino. »

Laura lo interruppe immediatamente, mentre cominciava a sua volta ad avvertire il forte dolore alle orecchie. « Ti sembra il momento giusto? »

Oswald sembrò non averla nemmeno sentita e, rimossa agevolmente quella che sembrava un'otturazione in oro, continuò inesorabile: « Questo dente è sano, non presenta nessuna traccia di carie e non aveva alcun bisogno di essere curato. Sai che cosa significa? »

E sebbene Laura avesse annuito debolmente, andò avanti a spiegare: « Quando non sono leggibili le impronte digitali, il riconoscimento dei cadaveri avviene attraverso gli interventi effettuati sul loro corpo da dentisti, ortopedici, chirurghi e via dicendo ».

Fu interrotto dalla voce di Robert Rustom, che li raggiunse forte e chiara attraverso l'altoparlante interno: « Molto bene, maggiore Breil », disse il presidente della NPO. « Un'esemplare lezione di medicina legale. Ma penso che ne avrete presto bisogno anche voi due. Della medicina legale, intendo ».

Senza prestargli attenzione, Oswald riprese: « Il Führer aveva una serie di sosia, non soltanto simili a lui nell'aspetto, ma identici anche per quanto concerne qualsiasi intervento medico capace di lasciare il segno. Presentavano le stesse fratture, le medesime tracce di operazioni. Come hai visto tu stessa, persino le otturazioni dentarie corrispondevano alla perfezione... Cominci a capire il motivo di tutto questo pasticcio? » concluse, ma improvvisamente si zittì con una smorfia di dolore e fastidio. La pressione stava provocando a entrambi forti giramenti di testa.

I microfoni ad alta frequenza lo tenevano tuttavia in contatto

con Rustom, là sopra, e il presidente della NPO volle dargli quella che evidentemente considerava l'ultimissima spiegazione.

« Le cose non stanno come pensa lei, Oswald. Io non sto cercando di salvaguardare soltanto il buon nome della mia famiglia, ma anche quello di tutti i vincitori della seconda guerra mondiale. »

« In che senso? » si precipitò a chiedere Breil. Rustom aveva evidentemente fretta di chiudere il collegamento e di sbarazzarsi definitivamente di loro. Era di vitale importanza cercare di guadagnare tempo in qualsiasi modo, a qualsiasi fine. Ma non nutriva speranze. Si aspettava soltanto il silenzio che avrebbe preannunciato la morte. Invece dall'altoparlante sentì uscire di nuovo la voce gelida del presidente della NPO.

« Nel bagno di follia e sangue della seconda guerra mondiale si sono verificati eventi che nessuna pace avrebbe mai potuto cancellare dalla memoria dell'umanità », rispose Rustom, probabilmente immedesimato, al cospetto della morte dei suoi nemici, nel delirante ruolo di arbitro della storia. « Tutti », continuò, « avrebbero potuto dimenticare tutto, ma un ricordo non avrebbe mai potuto essere cancellato. Quello del genocidio degli ebrei. Quindi mio padre si preoccupò di stendere un velo di silenzio sulle autentiche responsabilità per la morte di milioni di persone. »

« Corrisponde dunque a verità che l'Inghilterra si è rifiutata di dare asilo a cinquecentomila ebrei? » chiese ancora Oswald, aggrappato all'ultimissimo filo di speranza.

« Non furono soltanto cinquecentomila, e non fu solamente l'Inghilterra a lasciare ad altri il peso materiale del massacro. La penso anch'io come lei, Oswald, come immagino sia arrivato a sospettare. Temo che queste e altre verità si possano trovare documentate dentro quel sommergibile.

« Quindi adesso chiuderò la linea e rimarrò qui a godermi la fine dell'ultimo sommergibile nazista. Sarà uno spettacolo sublime. Lo pregusto già. Mi spiace perdere un così valido collaboratore e una così bella ricercatrice, ma il rispetto della storia dei vincitori ha i suoi diritti, non credete? Addio, miei cari! »

La stazione sottomarina aveva cominciato la risalita quasi contemporaneamente al relitto. Ma quando entrambe le strutture arrivarono attorno ai cinquanta metri di profondità, il lento cammino verso la superficie sembrò subire una battuta di arresto. Dopo un attimo di immobilità, tuttavia, i cavi tornarono a

tendersi quasi con un lamento, riprendendo ad avvolgersi a velocità eccessiva.

« Stiamo salendo troppo veloci », disse Laura con una voce stranamente calma e professionale, cercando intanto di tergersi il naso che aveva cominciato a perdere sangue.

« Brava! » non poté fare a meno di riflettere Oswald in un impeto di ammirazione. I nervi d'acciaio di Laura non cedevano.

« Il relitto non resisterà », continuò la giovane scienziata, « e probabilmente neanche questa base sottomarina riuscirà ad arrivare in superficie sana e salva. »

La sagoma nera dell'*U115* sembrò torcersi su se stessa, il rumore di ferraglia portato fino a loro dall'acqua parve l'ultimo lamento di un animale ferito a morte, poi, da poppa a poco oltre la torretta, il sommergibile andò letteralmente in pezzi, facendo sprofondare definitivamente i suoi segreti negli abissi inviolabili dell'oceano.

Oswald era ridotto a una maschera di sangue. Tese una mano verso quella di Laura e cercò di stringerla con tutta la forza che gli rimaneva: « Stiamo per morire, Laura Joanson. Non è come in uno dei tuoi romanzi: stiamo andandocene davvero ».

L'ultima cosa che la giovane avvertì fu un formidabile scossone nella struttura della base sottomarina. Un pezzo del relitto, pesante diverse tonnellate, era andato a sbattere con violenza contro la parete della Deep-House, provocando una grossa falla. L'acqua penetrò all'interno con un sibilo furibondo, facendo letteralmente esplodere la stazione pressurizzata.

9.

La Habana. Cuba. 6 settembre 1622.

Il marchese di Cadereita stava tenendo una riunione con i comandanti delle navi che erano riuscite a raggiungere il porto. All'appello mancavano ben otto delle ventotto imbarcazioni che componevano la Flota de Tierra Firme. Tra di esse spiccavano i nomi della *Santa Margarita* e della *Nuestra Señora de Atocha*, i due galeoni carichi di uomini e, soprattutto, di oro. Quello del 1622 sarebbe stato, per la marineria spagnola, uno dei più gravi disastri mai verificatisi in termini di vite e carico andati perduti.

Alcuni equipaggi avevano visto la *Santa Margarita*, spinta dalla furia dell'uragano, dirigere verso una delle isole che costellano il sud della Florida. L'ammiraglio ne dedusse che anche l'*Atocha* doveva avere seguito la stessa rotta, visto che navigava affiancata all'altro galeone.

Due giorni più tardi la nave ammiraglia, la *Nuestra Señora de Candeleira*, uscì nuovamente in mare aperto, con a bordo una valente schiera di pescatori di perle e tutte le attrezzature necessarie per il recupero. Facevano parte del piccolo convoglio altre sei navi, scelte tra quelle che avevano subito meno danni nel corso del tremendo uragano.

L'isola di Cuba stava scomparendo all'orizzonte, quando la vedetta sull'albero dell'ammiraglia lanciò l'allarme: «Due vele in vista da sud, battono bandiera spagnola». L'ammiraglio ordinò di disporre la prora al vento, in modo da consentire che le navi non identificate raggiungessero la flottiglia dei soccorritori.

Come si furono accostate, Cadereita riconobbe immediatamente Francisco Llobet nella figura in piedi sulla lancia che remava verso l'ammiraglia. Era l'ombra di se stesso: un uomo disperato, alla disperata ricerca dell'unica figlia, scomparsa in un mare sterminato.

«Abbiamo avvistato la *Santa Esmeralda* più o meno in questa stessa posizione», gli disse Cadereita, non appena il mercante fu salito a bordo. «Ho avuto la sensazione che sul galeone qualcosa non andasse per il verso giusto, ben al di là della legge-

ra epidemia di cui mi parlò il señor Vasted. Successivamente, quando ho cercato di affiancarla per capire che cosa stesse succedendo, la *Santa Esmeralda* non era più nel convoglio. Poi è arrivato l'uragano, e capirete che non ho avuto tempo di occuparmene.»

«Qual era la sua posizione, ammiraglio, prima che la perdeste di vista?» chiese Llobet, affranto.

«Eravamo al traverso della Florida, in rotta verso Bermuda. Se si sono salvati, in questo momento devono essere dispersi in questi mari. Nessuno degli equipaggi della Flota ha più avvistato la *Santa Esmeralda.*»

«Ho solamente una figlia, ammiraglio», disse il mercante con una voce rotta dalla disperazione, «e non mi darò pace finché non l'avrò trovata. Fossi certo che lei non c'è più, non credo che avrei il coraggio di continuare vivere. Vedete, ho passato la vita ad accumulare ricchezze, trascurando le cose veramente importanti. E, improvvisamente, a soli tre giorni dalla partenza della *Santa Esmeralda*, mi sono reso conto che cosa fosse quel peso che gravava sul mio cuore. Ho deciso così di imbarcarmi su queste mie navi in partenza e di dirigere verso Cuba per continuare il viaggio al fianco della mia adorata figlia. La potenza dell'uragano ci ha soltanto sfiorato, ma ha colpito quanto mi è più caro. Oggi mi accorgo di quanto abbia sbagliato e prego Iddio che mi conceda di fare ammenda per la mia condotta.»

Commosso, il marchese lo abbracciò. Aveva visto l'uragano, e sapeva che sarebbe stato difficile trovare superstiti; tanto meno trattandosi di una giovinetta, troppo fragile – pensava – per sopravvivere alla violenza di quelle onde. I due uomini si avviarono su rotte differenti, proseguendo nella ricerca dei sopravvissuti, dopo essersi augurati vicendevolmente buona fortuna.

Il relitto della *Santa Margarita* fu avvistato il giorno dopo, inclinato su un fianco e adagiato sul fondo nei pressi della barriera corallina dei Cayos y Baxos del Marques. Sulla spiaggia furono trovati circa duecento naufraghi, stremati dalle fatiche e dalla fame, divorati dagli insetti. L'ammiraglio dispose il rientro dei superstiti a La Habana con una delle navi e organizzò l'immediato recupero di quanto possibile del carico del galeone.

I pescatori di perle, per la maggior parte originari dell'Isla Margarita, si immersero uno dopo l'altro, riportando alla luce

preziosi manufatti, barre d'oro e d'argento. Quando non riuscivano a portare in superficie il carico, lo assicuravano con robuste funi, consentendone il recupero da parte delle barche d'appoggio.

Il marchese de Cadereita conosceva ormai a memoria il manifesto di carico del galeone. Ma era impossibile sapere quale percentuale ne fosse stata recuperata, a causa dell'incalcolabile quantità di oro e preziosi che si trovava a bordo clandestinamente. Nel corso delle operazioni, infatti, erano già venuti alla luce migliaia di lingotti privi delle stampigliature che garantivano l'avvenuto pagamento delle tasse reali.

Dopo quindici giorni i ritrovamenti andarono facendosi via via più sporadici e rari, sicché l'ammiraglio decise di concentrare gli sforzi nelle ricerche dell'*Atocha*, l'altro galeone che molti dei superstiti della *Santa Margarita* giuravano di aver visto naufragare a poche miglia di distanza.

E, in effetti, dopo due soli giorni di ricerche gli uomini di Cadereita avvistarono un moncone dell'albero di maestra dell'*Atocha* che spuntava dall'acqua. Il relitto appariva integro, ben visibile dalla superficie.

Le lance d'appoggio furono subito calate in mare e gli uomini cominciarono a scandagliare e a dragare il fondo. I pescatori si immersero subito dopo, sicuri del recupero di un ingente bottino. Invece non fu così: la porta blindata della stiva era chiusa ermeticamente e, sebbene i tentativi si susseguissero per l'intera giornata, non ci fu modo di accedere all'interno del grande forziere collocato al centro della nave. Nel corso della notte, poi, il vento prese a rinforzare, minacciando un nuovo uragano. Cadereita, memore di quanto era successo pochi giorni prima, preferì levare le ancore, rimandando il recupero dell'*Atocha* a una nuova spedizione. Effettivamente la tempesta si scatenò, ma, per fortuna, quando la flotta di salvataggio si trovava ormai al sicuro nel porto di La Habana. L'intensità fu probabilmente minore di quella della precedente perturbazione, ma le condizioni rimasero proibitive per quasi quattro giorni.

La forza del vento e quella del mare spostarono il relitto dell'*Atocha* dal luogo del primo avvistamento. Quando Cadereita e i suoi si ripresentarono ai Cayos y Baxos del Marques, quasi a colpo sicuro, non trovarono più niente, così come sarebbe poi

successo a tutti coloro che avrebbero cercato il tesoro della *Nuestra Señora de Atocha* nei secoli.

Mare di Norvegia. 9 maggio 1995.

Gli elicotteri dei marines colsero di sorpresa tutti, compreso l'equipaggio della nave militare americana. Gli uomini si calarono per mezzo di cavi sulla piattaforma, mentre i grossi uccelli di metallo restavano immobili nell'aria. Erano dotati di armi leggere e tute da combattimento, ma per prendere la piattaforma non fu necessario sparare un solo colpo. L'elicottero che trasportava Pete Dayle atterrò in un secondo momento, non appena la situazione fu giudicata sotto il controllo dei militari americani.

Robert Rustom era tenuto in custodia da due di essi nella sala riunioni. Quando lo vide, Pete avanzò nella stanza con passi studiati, quasi stesse recitando una parte imparata a memoria: «Io la accuso di omicidio plurimo aggravato, cospirazione internazionale e destabilizzazione, Rustom!»

«Non capisco, Dayle», ribatté il presidente della NPO. «Non...»

«Siamo bravi almeno quanto lei a collocare microspie, Rustom», lo zittì immediatamente Pete. «E disponiamo di una registrazione perfetta della macabra conversazione che ha avuto con gli sventurati occupanti della Deep-House. Purtroppo siamo arrivati troppo tardi per salvare due innocenti.»

In quello stesso istante, senza bussare, fece irruzione nel locale un ufficiale dei marines. «Chiedo scusa, ma ho notizie di straordinaria importanza. La camera iperbarica è emersa integra a circa mezzo miglio dalla nave appoggio. Laura Joanson e il dottor Breil sono vivi, anche se in pessime condizioni, ma secondo i nostri medici se la caveranno, anche se dovranno rimanere diversi giorni in camera di decompressione.»

Pete lasciò Rustom in custodia ai suoi uomini più fidati e si precipitò all'infermeria dove erano stati ricoverati i due subacquei. I medici, però, gli vietarono con fermezza l'accesso alla camera iperbarica, dove si stavano prestando loro le prime cure. Prima di poter parlare con loro anche solo per pochi minuti avrebbe dovuto aspettare almeno ventiquattr'ore.

La concitata conversazione con i medici venne improvvisa-

mente interrotta da una raffica di mitraglietta che giunse fino a lì distinta, amplificata dalla struttura metallica della piattaforma.

Pete corse verso la sala riunioni, dove vide il corpo riverso a terra. Lo spettacolo era raccapricciante. Rustom era riuscito a impossessarsi dell'arma di uno degli agenti scelti e si era sparato in bocca.

Sulla nave appoggio, intanto, dopo avere ripristinato il funzionamento del sistema elettronico che comandava gli argani di recupero, si stava procedendo a issare a bordo quanto rimaneva dell'*U115*. L'anello di prora aveva retto alla perfezione, e circa quindici metri della parte anteriore del sommergibile stavano per essere deposti sul ponte.

Mar dei Caraibi. 8 settembre 1622.

Antonia Llobet perse conoscenza alle prime luci dell'alba, nonostante Vasted non avesse mai smesso di prestarle le poche cure possibili in quella situazione. La ferita provocata dalla lama di de Blasi era molto più grave di quanto apparisse superficialmente; c'era probabilmente qualche lesione interna, e di sicuro una emorragia.

Il cardinale era stato sistemato in un angolo della zattera, con i polsi stretti da due legacci. Non aveva mai chiuso occhio, saettava qua e là uno sguardo folle e carico di odio. Il vento spingeva la zattera verso nord con una lentezza esasperante. Gli sguardi dei naufraghi erano spasmodicamente fissi su un punto dell'orizzonte alle loro spalle, in attesa che comparisse l'imbarcazione di Funches.

Fu Pietro ad avvistarla, quando il sole era già alto. Antonia, ormai in preda al delirio, era stata adagiata all'ombra della vela del rudimentale mezzo di navigazione.

Stavano ancora costeggiando l'isola, in prossimità della punta settentrionale. Gli ammutinati guadagnavano cammino a vista d'occhio. Non c'era dubbio che in breve tempo li avrebbero raggiunti. Nella concitazione del momento, nessuno si accorse che il cardinale era riuscito a liberarsi le mani e stava armeggiando con le funi che tenevano uniti i tronchi. Paradossalmente, sapeva che avrebbe avuto maggiori possibilità di scampo in mano ai rivoltosi che non sulla zattera. Quei delinquenti non sarebbero stati insensibili all'oro che poteva offrire loro in cambio

della libertà, mentre Vasted e il frate lo avrebbero sicuramente condotto davanti a un tribunale che, nonostante la sua potente carica, non lo avrebbe mai assolto.

Non appena fu riuscito a recidere la fune, i legni a poppa della zattera cedettero di schianto. Vasted riuscì a trattenere Antonia e a far sì di non cadere in mare con lei, mentre Juan e Pietro riguadagnavano agevolmente la parte di zattera che non aveva ancora ceduto, rimanendo lì impotenti a guardare il cardinale che nuotava in direzione della lancia degli ammutinati, e poi veniva issato a bordo ansante in un coro di urla e risate.

I fuggiaschi sapevano di non avere scampo. Funches e i suoi sarebbero stati loro addosso in pochi minuti. I tre uomini si apprestarono a vendere cara la pelle, sicuri di morire.

Le due navi che doppiarono improvvisamente la punta dell'isola sembrarono un miraggio, una fantasia delle loro povere menti sconvolte. Contemporaneamente, nella direzione opposta, videro la lancia degli inseguitori arrestare la sua corsa e accennare un goffo tentativo di fuga. Era la salvezza. La più insperata delle salvezze.

Lo spettacolo offerto dalle due imbarcazioni non poteva lasciare adito a dubbi. Da una, con a bordo una donna evidentemente malata o ferita, arrivavano disperati cenni di richiamo. L'altra invece tentava di scappare. La prima bordata costellò di spruzzi il mare a pochi metri dalla prua degli ammutinati, che tuttavia non si fermarono ma cercarono di raddoppiare la forza sui remi.

I già scarsi dubbi si trasformarono in certezza. La seconda bordata centrò in pieno l'imbarcazione, non lasciando superstiti. Dopo pochi minuti, i naufraghi della zattera vennero raccolti, e fu lo stesso Llobet ad aiutare a issare a bordo sua figlia. Antonia non aveva mai ripreso conoscenza e fu affidata alle cure del medico che per fortuna il mercante aveva provveduto a portare con sé.

Llobet si inginocchiò sul ponte per pregare Dio che sua figlia riuscisse a salvarsi. Nonostante fossero stremati, Vasted e frate Pietro si inginocchiarono al suo fianco. Dopo circa un'ora il medico li raggiunse. «Signor Llobet», disse, «vorrei parlare con voi in privato.»

Il mercante si lasciò condurre in disparte, e l'altro continuò: «Vostra figlia è stata gravemente ferita da una punta acuminata che temo abbia perforato un polmone. C'è un'emorragia, e la

giovane ha già perso molto sangue. Dovete farvi coraggio, signor Llobet. Non credo che la poverina riuscirà a sopravvivere».

Francisco Llobet era un uomo forte, abituato al rischio, ma a una simile notizia si sentì venire meno. Stretta la testa tra le mani, mormorò quasi inaudibilmente con il viso rigato di lacrime: «Perché, allora, sarei riuscito a trovarla? Mio Dio, Nostro Signore, ti prego, fa' che viva. Prendi la mia vita, piuttosto. Oppure, giuro che dedicherò solamente a lei tutto il tempo che vorrai lasciarmi da vivere».

Quindi si allontanò lentamente, solo e a capo chino.

«Dio», continuò tra sé, «sono sicuro che oro e ricchezze non possono interessare alla Tua immensa misericordia, ma sai che la mente dell'uomo può esserne accecata. Con la *Santa Esmeralda* è andata perduta la maggior parte del mio patrimonio. Ma Ti giuro solennemente che, se Antonia vivrà, non tenterò nessuna operazione di recupero. Abbandonerò il mondo degli affari e renderò la libertà a tutti i miei schiavi.»

Piattaforma petrolifera Crude Brent. Mare di Norvegia. Maggio 1995.

Pete si chinò sul viso esangue di Laura, adagiata su uno dei due lettini della camera iperbarica. Sotto le narici e nelle orecchie si vedeva ancora qualche traccia di sangue rappreso.

La giovane aprì finalmente gli occhi, in uno stato di evidente confusione. «Dove sono?» chiese con un filo di voce.

«Sei al sicuro, Laura», rispose Pete. «Sta' tranquilla. Te la caverai.»

«Oswald, dov'è Oswald?» chiese ancora lei, con una voce appena udibile ma gonfia di angoscia, puntandogli addosso due occhi sgomenti.

Pete si fece da parte, lasciandole libero il campo visivo. Nel secondo letto della camera di decompressione, l'ufficiale del Mossad girò a sua volta la testa verso di lei, con evidente difficoltà ma anche lui vivo.

«Ve la siete vista veramente brutta», riprese il dirigente della CIA. «Ed è colpa mia. Mi sono allontanato dalla piattaforma per cercare di attirare in trappola Rustom. Credevo di poterne seguire tutte le mosse da lontano, attraverso le microspie, ma ci siamo accorti troppo tardi di quello che stava combinando. Era-

vamo appostati su una portaelicotteri americana a sole venti miglia da qui. Non appena abbiamo intercettato le vostre conversazioni ci siamo precipitati. Ma avrei dovuto essere più prudente, non muovermi dalla sala comando. È solo grazie a un miracolo se adesso posso parlarti. »

Quindi, dopo una breve pausa, riprese: « La Deep-House si è disintegrata quando si trovava a circa cinquanta metri di profondità. Ma per fortuna la camera iperbarica interna, dove eravate stati chiusi, non ha subito danni nelle strutture. Quello che secondo Rustom e i suoi accoliti sarebbe dovuto essere il vostro sepolcro si è invece trasformato in una cellula di sopravvivenza a prova di alte pressioni ed è risalito verso la superficie, facendovi miracolosamente emergere proprio quando avevamo perso ogni speranza di riavervi tra noi vivi ».

« Il sommergibile! » esclamò Laura, cercando inutilmente di sollevarsi su un gomito. « Che cosa ne è stato del sommergibile? »

« È stata recuperata solamente la parte prodiera. Gli esperti sono già al lavoro per analizzare il contenuto di quattro casse stagne rinvenute in una stiva, vicino alla camera di lancio. Si tratta comunque di roba di poco conto, almeno ai nostri fini. A parte alcune ingiallite foto di famiglia del Führer, che comunque provano il fatto che l'*U115* era al suo personale servizio, due di esse contengono oggetti di grande valore: nientemeno che un Raffaello e diversi altri dipinti rinascimentali, soprammobili d'oro e d'argento, una collezione di tabacchiere in argento e pietre dure e altri oggetti preziosi, tra cui tre statuette d'oro antiche, di cui rimane però da stabilire l'autenticità.

« La terza e la quarta cassa, invece, sono piene di documenti, ma niente che riguardi i segreti di Hitler: sembrerebbero caso mai appunti di astronomia, o qualcosa del genere. Ci vorrà un bel po' di tempo per capire che cosa c'è scritto. Temo che quello che non sappiamo ancora sui risvolti oscuri della seconda guerra mondiale non lo sapremo mai. È probabilmente finito sul fondo a oltre duemila metri di profondità, irrimediabilmente perduto. »

Key Largo. Florida. Dicembre 1927.

L'arcipelago delle Keys si estende per oltre centocinquanta miglia a sud della punta estrema della penisola della Florida. Il sole caldo e forte colora gli isolotti di tonalità intense. Il verde della vegetazione bassa degrada fino al bianco della sabbia corallina, per ricomporsi nei riflessi turchesi dell'acqua.

Il *Siegfried* I era all'àncora a poca distanza dalla costa occidentale dell'isola più grande dell'arcipelago. Era un veliero di quarantasei metri, voluto e progettato da uno dei più ricchi ereditieri dell'epoca. Siegfried Sachs, unico erede dell'impero industriale del maggior produttore tedesco di acciaio, si godeva gli ultimi giorni di sole caraibico.

Non era stato particolarmente colpito dalla notizia della malattia del padre. I febbrili impegni economici e politici del rigido capitano d'industria lo avevano completamente estraniato dalla famiglia. Il carattere del figlio, cresciuto quasi alla lettera tra quattro pareti d'oro, non poteva che esserne stato influenzato in maniera negativa. L'unico problema del viziato rampollo, nell'occasione, era infatti il rammarico di dover interrompere un periodo di vacanza dorata che si stava ormai concedendo da oltre un anno.

Il giovane Sachs non era sicuramente fatto per vestire i panni del capitano d'industria, ma, altrettanto sicuramente, il carattere autoritario e forse anche geloso del padre non lo aveva mai messo in condizione di intraprendere quella strada. Così, l'erede di uno dei più grossi patrimoni della vecchia Europa passava il tempo a spassarsela tra feste fiabesche, panfili da sogno e splendide donne. L'unica occupazione a cui Siegfried sembrava dedicarsi con passione era la ricerca accanita di qualsiasi manufatto umano sommerso, grazie al vitalizio paterno che sembrava gli fosse stato assegnato alla precisa condizione che rimanesse alla larga dalle fabbriche e da qualsiasi posto di comando nella complessa struttura aziendale creata dal vecchio Sachs.

In quel momento era dunque seduto a un tavolo sontuosamente imbandito sul ponte del panfilo, dove quattro camerieri si preoccupavano di fornire un servizio impeccabile a lui e ai suoi due ospiti.

Vista la recente serie di smacchi, Siegfried aveva deciso di sospendere le ricerche del galeone affondato e di godersi due giornate di mare, prima di rientrare in patria a soffrire i rigori

dell'inverno. Come tutti i cercatori, era roso da un tarlo che non gli dava pace. La *Nuestra Señora de Atocha* dominava i suoi pensieri. Erano ormai quasi due anni che inseguiva il sogno di recuperare uno dei più grandi tesori di tutti i tempi. Sapeva di essere vicino a sciogliere il bandolo della matassa, ma, ogni volta che gli sembrava di aver individuato l'esatta posizione del relitto, emergeva qualche nuovo elemento a vanificare la sua ricerca. Era un'impresa a cui si dedicava anima e corpo, dallo studio di antichi volumi e cronache presso gli archivi di Siviglia alle lunghe, estenuanti immersioni senza esito.

« Maledizione, deve pur essere da qualche parte! » esclamò di punto in bianco, rivolto alla bella americana che ornava il suo tavolo. « Abbiamo perlustrato la maggior parte delle Keys, abbiamo sondato milioni di metri cubi di sabbia, abbiamo raccolto due volumi di foto aeree, ma il solo risultato sono state poche monete d'oro e qualche barra di argento ossidato. »

« Sieg, ti scongiuro », replicò la bella donna, gettando indietro i capelli. « Mi avevi promesso che almeno in questi due giorni non ne avremmo più parlato. »

« Sì, d'accordo, dannazione, ma da qualche parte deve pur essere nascosta. Magari ci siamo passati sopra decine di volte senza rendercene conto. »

« Effettivamente », interloquì l'altro commensale, « queste isole costituivano una barriera naturale insormontabile per i vascelli spagnoli che incappavano nei frequenti uragani di questa zona. Si dice addirittura che gran parte della popolazione campi di sporadici recuperi di preziosi restituiti dal mare. »

« Gli spagnoli », insistette Sachs, « ci hanno messo poche decine di anni per depredare imperi tanto ricchi da avere persino le strade lastricate in oro. E quelle ricchezze incommensurabili dovevano obbligatoriamente passare per questi mari. Spesso non sono mai arrivate a destinazione. Provate a immaginare il contenuto delle stive dell'*Atocha*: oro, argento e smeraldi per un valore di due milioni di pesos, equivalenti oggi a diverse decine di milioni di dollari. Senza contare che su ogni vascello viaggiava clandestinamente una quantità di preziosi il cui valore superava spesso quello del carico ufficiale. »

« Goditi questi ultimi raggi di sole, Sieg », sospirò ancora la donna. « Pensa che poi ti aspettano le nebbie, la neve e le ciminiere delle tue fabbriche. »

« Forse hai ragione, devo piantarla con questa frenesia del te-

soro, che mi sta letteralmente ossessionando, e scordarmi dell'*Atocha*, almeno fino a quando non sarò di ritorno. »

Il mattino seguente, di buon'ora, Sachs si mise al timone del veliero e comandò di salpare l'àncora. Nonostante il suo nome e la sua potenza, il piroscafo di linea che doveva condurlo in Europa non lo avrebbe di sicuro aspettato, e aveva davanti almeno un giorno di navigazione per raggiungere Miami, da dove avrebbe proseguito in aereo per New York.

« Fermo, signore, non fate muovere la nave! » gridò improvvisamente il marinaio incaricato di seguire le operazioni a prora. Preoccupato, Siegfried arrestò immediatamente i due motori ausiliari. Quindi, lasciato il timone al comandante, corse verso la parte anteriore dell'imbarcazione. Vide subito quello che aveva provocato il grido del marinaio. Dalle marre dell'àncora pendeva una catena lunga diversi metri. Il sole traeva bagliori di un giallo intenso dall'oro di cui era composta, incredibilmente integro.

Nonostante il tremito febbrile da cui era stato preso, Siegfried non perse tempo. « Calate l'altra àncora, subito! » ordinò. « Presto, perdio, presto! »

La nave si dispose nuovamente al vento, quasi nello stesso punto dove si trovava poco prima. In un lampo vennero organizzate le operazioni di immersione.

Fu lo stesso Sachs a immergersi per primo. Indossato lo scafandro si fece calare nelle acque trasparenti e poco profonde, in preda a una curiosità senza limiti. Avvistò prima un gruppo di quattro cannoni, poi altri sei, poi altri ancora. Il relitto era sicuramente quello di un galeone, o di un'altra imbarcazione della stessa potenza di fuoco. Con il palmo aperto mosse l'acqua in corrispondenza del fusto di bronzo dell'arma. La data gli apparve chiara: 1621. Cercò ansiosamente di decifrare la scritta che si vedeva appena sopra, coperta dalla vegetazione e dai coralli.

Santa Esmeralda, riuscì a leggere. Nonostante tutto, provò un senso di delusione. Quindi si spostò cautamente tra le travi adagiate sulla sabbia, fatte probabilmente riaffiorare dal fondale da una recente tempesta. La sua attenzione venne attirata da quella che sembrava una catasta di tronchi lavorati. Il legno, corroso dal mare e dal tempo, aveva perso l'originaria solidità e compattezza.

Con un sentimento molto prossimo alla beatitudine di un or-

gasmo, all'interno della piramide di tronchi scorse il balenio dell'oro. Sembrò dimenticarsi di tutto, letteralmente abbagliato dalla scoperta. Dai suoi pensieri fu istantaneamente cancellato tutto ciò che non riguardava il recupero, dal viaggio di ritorno, alle condizioni di salute del padre, alle acciaierie Sachs.

Il *Siegfried I* rimase all'àncora ventidue giorni, nel corso dei quali il valore del tesoro recuperato andò via via accrescendosi a dismisura. Ogni sommozzatore riguadagnava la superficie portando con sé lingotti d'oro, barre d'argento, monete e manufatti di finissima realizzazione.

Sachs era in preda a un'euforia irrefrenabile. «È il giusto premio per tutti i miei sacrifici!» ripeteva senza tregua, totalmente dimentico del fatto che la sua dorata persona non sapeva nemmeno che cosa fossero sacrifici e privazioni.

Trascorsi i primi quindici giorni, i recuperi cominciarono a farsi sempre più sporadici, fino a cessare quasi del tutto nei giorni successivi. Di conseguenza Sachs decise di lasciare sul posto un segnale semisommerso, che gli consentisse di individuare con maggior facilità la collocazione del relitto della *Santa Esmeralda*. Sarebbe tornato non appena possibile, con nuove attrezzature ancora più sofisticate, in grado di fargli recuperare tutto ciò che non aveva ancora tirato a bordo.

Prima di abbandonare la spiaggia occidentale di Key Largo, tuttora roso dal suo tarlo implacabile, volle però immergersi un'ultima volta. Dopo diversi minuti di ricerche infruttuose notò qualcosa di verde emergere dalla sabbia. Vi affondò le mani protette dai guanti. Le ritirò dal fondo stringendo la croce di smeraldi appartenuta al messo del Papa nelle Nuove Terre. Galvanizzato dal ritrovamento, girò nuovamente attorno, con estrema lentezza, lo stretto campo visivo del casco da palombaro. Le vide a pochi passi di distanza, rovesciate e quasi completamente affondate nella sabbia, tenute vicine dai resti di quello che doveva essere stato un cofanetto di legno. Ma i visi erano scoperti. Le fattezze antropomorfe delle tre fasi lunari sembravano volerlo chiamare ma al tempo stesso irridere i suoi sforzi.

Tornato a bordo, fremente, Siegfried si sedette al tavolo sul ponte, vi dispose gli ultimi oggetti recuperati e si rivolse ai due ospiti.

«Credo che il valore del tesoro che abbiamo recuperato sia

difficilmente valutabile. Ognuno di voi riceverà un milione di dollari, a patto che non si lasci sfuggire nessuna notizia del ritrovamento. Gli uomini dell'equipaggio riceveranno a loro volta una gratifica consistente, e il panfilo dirigerà senza scalo verso l'Europa, in modo da ridurre al minimo i contatti con l'esterno dei marinai, che peraltro sono gente fidata. Non credo convenga a nessuno che la notizia si diffonda.»

Così detto, Sachs si soffermò qualche istante ad ammirare la croce di smeraldi, poi prese nelle mani le Pietre della Luna e considerò ad alta voce. «Proprio quello che ci voleva. Questi tre oggetti mi serviranno per garantirmi un ottimo biglietto da visita nel mondo della nuova politica tedesca.»

«In che senso, Sieg?» chiese la bella donna.

«L'anno scorso ho avuto occasione di conoscere Adolf Hitler, un uomo che sta diventando sempre più importante e potente. Conoscendo la sua passione per tutto ciò che è antico, penso che accetterà volentieri questo mio piccolo regalo», rispose, senza distogliere lo sguardo dalle Pietre della Luna.

«Hitler non è un personaggio credibile», ribatté la donna. «I suoi sono una banda di mascalzoni che sostengono perniciose teorie politiche e razziste. E tu dovresti tenerne conto più di tutti, Sieg. La tua famiglia non è di origine ebraica?»

«È proprio per questo, e per il mio futuro nelle aziende di famiglia, che ho deciso di sposare le idee di Hitler. E quale modo migliore posso avere per dimostrargli la mia ammirazione, che fargli dono di queste tre antiche statuette d'oro?»

Il veliero si era ormai portato a est dell'arcipelago e veleggiava in direzione della terra ferma, e Siegfried, quasi delirante di gioia, ancora parlava.

«Quello che abbiamo scoperto non era il relitto dell'*Atocha* ma di un galeone gemello, costruito soltanto un anno più tardi negli stessi cantieri di La Habana. L'errore è stato limitare le ricerche alla costa orientale. La Flota, quando fu colpita dall'uragano, pareva avesse già oltrepassato le Dry Tortugas, a sud delle Keys, diretta verso Bermuda. Ma forse i rilevamenti dell'epoca non potevano essere del tutto fedeli. In effetti, bastava un po' di foschia per avere un oscillazione di diversi gradi, e quindi di miglia, nella determinazione del punto nave. Anche le famose Matecumbe, che l'ammiraglio Cadereita cita più volte nel giornale di bordo, identificandole come il luogo del ritrovamento temporaneo del relitto, non sono probabilmente da mettere in rela-

zione con quella che oggi chiamiamo Key Matecumbe, ma con una definizione riguardante l'intero arcipelago. »

La donna era ormai annoiata, ma preferiva fingere attenzione, vista la ricca ricompensa che Siegfried le aveva promesso in cambio del silenzio. Annuì dunque battendo le folte ciglia perfettamente truccate, quasi fosse incantata. L'interesse dell'altro ospite per le spiegazioni del tedesco era invece autentico.

Lo sguardo del contrammiraglio Francis Rustom, già lanciato verso i vertici della carriera politico-militare del regno britannico, si fece ancora più intento, mentre Sachs continuava: « Rimane comunque il fatto che la *Nuestra Señora de Atocha* si trova ancora inviolata su quei fondali. Non appena avrò sistemato le cose in Germania, tornerò a cercarla ».

Purtroppo per lui e per il mondo intero, Siegfried Sachs non sarebbe mai più riuscito a mettere piede sul territorio della Florida, e tanto meno nelle sue acque.

Quando, pochi giorni più tardi, il piroscafo che lo conduceva in patria lasciò il porto di New York, salutato dal consueto coro di sirene delle imbarcazioni in navigazione nella foce dell'Hudson, il padre di Siegfried Sachs era morto da alcune ore.

Negli anni a venire, sarebbero poi avvenute molte cose terribili, che avrebbero sconvolto il mondo intero.

Buckingham Palace. Londra. 28 maggio 1995.

La cerimonia con cui venne loro consegnata l'alta onorificenza fu celebrata ai vertici dell'ufficialità, ma al tempo stesso difesa da un invalicabile muro di segretezza. La regina sedeva su una poltrona dorata, avendo alla sua destra il primo ministro e alla sinistra un eminente rappresentante della Camera dei Lord.

Oswald e Laura erano in piedi al centro della stanza. Stranamente, Laura non riusciva a sentirsi intimidita; l'aveva messa a suo agio un sorriso della sovrana, pieno di simpatia e umanità. « Brava », era parsa volerle dire.

« Ma sarà vero? » si sorprese a chiedersi. « Questa stupefacente cerimonia si sta veramente svolgendo, o me la sogno soltanto? »

Fu riscossa dalla voce del primo ministro che, giunto al termine del suo breve discorso, il capo chino in segno di rispetto,

annunciava: «Ho dunque il privilegio e l'obbligo di lasciare la parola a Sua Maestà britannica».

Elisabetta II si alzò, e le sue parole risuonarono alte e sicure tra gli affreschi della sala al primo piano di Buckingham Palace.

«Dottoressa Joanson, dottor Breil, il vostro coraggio e la vostra abnegazione hanno reso al nostro paese un servigio impagabile. Grazie a voi siamo riusciti a sgominare una pericolosa trama che minacciava di minare alle basi le istituzioni del regno. Il male si era annidato in ogni luogo di potere, comando militare e ufficio, pronto ad azioni eversive tese a destabilizzare la nostra regale funzione.

«Tra i documenti riservati di Rustom è stata rinvenuta la lista degli uomini prezzolati dal capo della Lobby di Trafalgar. Non vi nascondiamo di avervi letto nomi che hanno suscitato in noi profonda meraviglia. Diremo di più: sgomento. Quindi, adesso che siamo riusciti a rimuovere dai centri istituzionali i cospiratori e a punirli, riteniamo di dover rendere grazie e merito a coloro che ci hanno concesso di salvaguardare il bene del Regno Unito.

«Siamo anche al corrente di altri fatti molto gravi, venuti alla luce nel corso della vostra operazione. Riteniamo non superfluo sottolineare che simili scoperte, peraltro non suffragate da prove inconfutabili, potrebbero avere un impatto devastante sugli equilibri del mondo civile. Chiediamo pertanto, sebbene dubitiamo sia necessario, a voi stessi e agli organismi e nazioni a cui appartenete, di mantenere l'assoluto segreto su ogni possibile sospetto circa i risvolti segreti del secondo conflitto mondiale.»

Dopo una breve pausa, Sua Maestà continuò: «Noi, regina del Regno Unito, conferiamo con profondo orgoglio la cittadinanza onoraria ai valorosi Laura Joanson e Oswald Breil e li insigniamo del titolo di Pari del Regno».

I due esperti di ricerche sottomarine chinarono la testa, mentre il viso simpatico della regina si apriva in un altro cordiale sorriso rivolto a Laura.

«Siamo a conoscenza del fatto che lei ha un'immensa passione professionale per i reperti subacquei, tanto grande da indurla a fondare e gestire a sue spese un museo in Florida. È vero?»

«È così, Maestà», rispose la giovane, compiaciuta e confusa, mentre un valletto entrava nella stanza reggendo una scatola di raso rosso.

«Questo è il nostro modo personale di ringraziarvi, Lady Laura Joanson», concluse la regina, indicando la scatola.

Le Pietre della Luna, ripulite e sfavillanti, erano perfettamente allineate sulla morbida stoffa, il cui colore ne accentuava le singolari forme.

La fredda etichetta si stava ormai sciogliendo in tonalità di pura simpatia personale. «Immagino», continuò la regina, sempre rivolta alla giovane ma rinunciando alle intonazioni solenni, e prima di tutto al regale plurale, «che lei abbia raccolto materiale sufficiente per un nuovo romanzo, Lady Laura. Devo confessarle che lo aspetto con ansia: la morte di Patricia, nel precedente, mi ha lasciato molto amaro in bocca. Mi raccomando.»

PARTE TERZA

FUOCO

La paura

10.

Hierosolyma. Governatorato romano di Giudea.
Anno 837 dalla Fondazione di Roma.
[84 d.C. (N.D.T.)]

La carovana giunse nella città a notte fonda. Clelia si era appisolata all'interno della portantina, cullata dall'andatura degli schiavi. Fu destata dal rimbombare dei passi tra le vie strette, aprì i drappi azzurri e sporse il capo per guardare. La luce di poche lanterne si perdeva nelle vie deserte, ma, nonostante l'oscurità, gli effetti della distruzione ordinata quattordici anni prima da Tito erano ancora evidenti in tutta la loro drammaticità. Dalla generale malinconia dello spettacolo emergeva tuttavia la residenza del governatore di Giudea, che le grandi torce sorrette da bracci di ferro e disposte su tutta la facciata facevano sembrare un angolo baciato dal sole.

Sestilio accolse la sacra vestale con una certa freddezza: «Do il benvenuto nella mia modesta dimora alla nobile portatrice del sacro fuoco perenne», disse. «Un legato imperiale mi ha informato della tua missione in queste terre desertiche.»

Terre che, al contrario, alla giovane apparivano dense di civiltà e storia, mentre la «modesta dimora» avrebbe potuto tenere testa a una residenza imperiale, soprattutto se confrontata con le rovine che la circondavano.

«Mi auguro», continuò il governatore di Giudea, «che la tua missione si possa svolgere in maniera proficua e al riparo dalle mille sgradevoli sorprese che sa riservare questo paese.»

Clelia trovò la frase strana e fuori luogo; le fece pensare che il governatore volesse in qualche modo mettere le mani avanti. Fu soltanto un'impressione momentanea, un brivido rapido e sinistro, ma la giovane replicò: «La tua accoglienza, governatore Sestilio, è degna della munificenza di questa casa. La Sacra Vesta abbia cura di te e del focolare domestico. Insidie e pericoli», volle tuttavia sottolineare, «si possono celare dietro ogni angolo. Ma penso che una sacerdotessa ne debba essere al ripa-

ro, e del resto so che sotto il tuo governo questi territori sono diventati sicuri. Adesso, se vuoi scusarci, il lungo viaggio che abbiamo sostenuto comincia a far sentire i suoi effetti.»

L'etichetta avrebbe previsto un cenno di profondo rispetto di fronte all'emanazione in terra di una dea. Ma Sestilio preferì trincerarsi dietro il suo solito atteggiamento marziale, evidentemente inconsapevole di quanto male si sposasse con il suo fisico non certo aitante. A Clelia era capitato più volte di trovarsi in imbarazzo di fronte all'eccesso di certi gesti di sottomissione, ma l'atteggiamento arrogante del governatore la riempì di disagio.

Non poteva sapere che la coppia di sacrileghi amanti da lei scoperti a copulare come animali nei giardini dell'imperatore aveva deciso di non correre altri rischi e di toglierla definitivamente di mezzo. E che, ancora una volta, il potentissimo senatore aveva fatto pervenire un ordine segreto al più fido dei suoi sicari, divenuto governatore di Giudea.

Roma imperiale.

Non ci volle molto perché Giunio si rendesse conto che tra le sabbie mobili della vita politica non avrebbe mai saputo destreggiarsi con la stessa abilità con cui era stato capace di affrontare il campo di battaglia o le lotte del Circo.

L'amministrazione della cosa pubblica presentava molte somiglianze con la gestione degli affari privati, ma con regole del tutto diverse; per esempio, mancare alla parola data o all'impegno preso non sembrava costituire un'onta ma piuttosto un segno di abilità. Chiunque si occupasse di politica era protetto da una sorta di immunità che lo autorizzava a compiere atti che mai sarebbero stati perdonati a un comune cittadino di Roma. In breve comprese che chi si scagliava contro la corruttela con applaudite perorazioni era spesso il più corrotto dei senatori, e chi deplorava lo stato dei costumi era solito abbandonarsi in privato alle orge più sfrenate. Sotto questo teatrale velo di ipocrisia si muovevano interessi enormi, giochi di potere, tradimenti, cospirazioni.

Un mondo che non gli sarebbe mai potuto piacere. Affrontò tuttavia l'avventura di Marzio al senato del popolo romano con la stessa costanza e serietà che metteva in ogni suo impegno,

benché per la sua indole schietta non fosse certo facile calarsi in quel dedalo di mezze frasi, messaggi velati, scopi ignobili celati sotto abili giochi di parole.

Quel mattino la seduta convocata per emanare una legge era presieduta da Menenio, che si era appena assiso dopo avere brevemente introdotto l'argomento all'ordine del giorno. Sul senato era sceso un velo di silenzio. La maestosità dell'aula rendeva ancora più greve l'atmosfera solenne.

« *Quid censes?* » chiese il potente senatore a Marzio, quando fu chiamato a esprimere il suo voto. Qual è il tuo parere?

Atletico e slanciato nonostante gli anni anche sotto le larghe pieghe del laticlavio, il glorioso soldato parlò con voce ferma, affrontando senza alcuna emozione il suo primo intervento davanti all'assemblea.

« Io ho conosciuto nella carne il freddo dei ghiacciai », esordì. Ma, siccome i brusii non accennavano a placarsi, lasciò cadere una breve pausa, dardeggiando lo sguardo sicuro sui colleghi che, come soggiogati, finalmente tacquero. « L'ho conosciuto nella carne e nello spirito, eminenti padri. Ho visto corpi e armi dei nostri soldati riemergere integri allo sciogliersi delle nevi. Conosco lo schianto della battaglia e il valore delle genti di Roma. So come quel valore sia stato la vera forza che ha costruito, pietra dopo pietra, la potenza dell'impero più grande di ogni tempo. »

In una nuova pausa greve di significato, il suo sguardo si volse al presidente dell'assemblea. Erano due occhi fieri e implacabili, gli occhi di un uomo abituato a sfidare il nemico. « Ho combattuto per la conquista e la difesa di pochi passi di territorio, Menenio, ho visto tanti romani morire per garantire la sicurezza dei confini, per conquistare un brandello di spazio, per preservare le loro case e le loro famiglie dalla minaccia delle invasioni. »

E di nuovo si interruppe, facendo scorrere lo sguardo d'acciaio sui colleghi senatori, a uno a uno.

« Ma oggi », riprese, « una legge intenderebbe affidare le difese dell'impero alle armi degli abitanti delle province di Roma. Non ne metto in discussione il valore militare, anche se potrei farlo, e a ragion veduta. A lasciarmi perplesso sono le vere motivazioni che spingono quei soldati a combattere. Gli eminenti senatori possono certamente immaginare quanto sia diverso l'impeto di un genitore che difende i suoi figli. E i legionari ro-

mani sono appunto padri che difendono i loro figli, le loro case, le loro terre. Credono in quello che fanno perché lo fanno a difesa di quanto hanno di più caro.

«Ma potete immaginare un abitante della Giudea o dell'Egitto arroccato su una vetta alpina, pronto a esporre il petto al nemico per fare grande Roma? O per salvaguardarla? Io non posso. Chiedo pertanto che il senato del popolo romano discuta più a fondo la materia, prima di emanare il *senatus consultum.*»

Marzio si sedette, mentre il brusio riprendeva più forte di prima e i commenti al suo breve e incisivo discorso riempivano l'aria. I senatori sapevano che quel provvedimento era fortemente voluto dall'imperatore, preoccupato del progressivo abbandono delle colture da parte dei romani. E il senato doveva rispondere del proprio operato anzitutto al divino Domiziano. Marzio lo sapeva perfettamente, ma con quel suo intervento aveva voluto far capire subito quale sarebbe stata la sua linea di condotta in quell'assemblea.

Menenio annuì con un'espressione imperscrutabile. Aveva l'autorità di far proseguire la votazione, considerando semplicemente un voto negativo l'opinione espressa da Marzio, ma l'opportunità di metterlo subito in duro contrasto con il volere dell'imperatore gli appariva troppo preziosa per lasciarla cadere.

Dopo un attimo di silenzio trascorso in profonda riflessione, si alzò spegnendo ogni brusio con un brusco gesto del braccio. «In tutta franchezza», disse nel consueto tono ispirato, «nutro profondi dubbi circa l'opportunità di prolungare il dibattito su un *senatus consultum* praticamente già deciso. Comunque, visto che un autorevole senatore, un profondo conoscitore della realtà militare, sente questa nobile esigenza, dichiaro che da oggi a trenta giorni la discussione verrà riaperta.»

E sciolse la seduta con la tradizionale formula: «*Nihil vos moramur, patres conscripti*», «non vi tratteniamo oltre, padri coscritti».

In quel primo mese vissuto nella capitale nel suo nuovo ruolo, Giunio seguiva quotidianamente Marzio nei suoi impegni politici. Conosceva ormai a memoria il breve tratto di strada che portava dalla casa romana del suo generale al senato. Cammin facendo, erano molti i comuni cittadini che si avvicinavano al senatore; c'era chi chiedeva intercessioni, chi regalie, chi, ed erano la maggioranza, voleva semplicemente avvicinarsi e parlare a una persona di così alto rango. Marzio ascoltava con pa-

zienza e genuino interesse: Giunio non lo vide mai trattare con sufficienza o fastidio chi gli si accostava.

Giudea.

L'attacco avvenne di notte, nel campo montato a poca distanza dalla sponda occidentale del mar Morto. Le guardie che accompagnavano la sacra vestale vennero sopraffatte quasi subito. I portatori indigeni superstiti, una quindicina in tutto, furono radunati al centro dell'accampamento. Gli assalitori ne lasciarono in vita soltanto sei, ai quali permisero di fuggire alle prime ore del mattino perché diffondessero la notizia di un attacco dei predoni del deserto.

Clelia si sentì perduta, non tanto per paura della morte, che da troppo tempo considerava alla stregua di una liberazione, ma per quanto i suoi occhi erano stati costretti a vedere. Era circondata da una quarantina di uomini, assassini capaci di massacrare a sangue freddo poveri esseri inermi.

Vide avvicinarsi quello che sembrava il capo dei predoni. Stranamente, lo sentì parlare la lingua del popolo di Roma. « Mi spiace, sacerdotessa, ma è arrivata la tua ora », le annunciò. Quindi si rivolse a un gruppo di brutti ceffi poco distanti, che vagavano tra i corpi esanimi in cerca di bottino. Stranamente, di nuovo in latino. « Uccidetela », ordinò.

Ma gli uomini dovevano avere già discusso la questione tra loro, e una catena di sguardi indicò il delegato a parlare, che si accostò al suo capo a testa china.

« Signore », disse, « per tutti noi tu sei un ottimo ufficiale, sicché non penseremmo mai di discutere un tuo ordine. L'unica cosa che ti chiediamo è che tu non voglia da noi il più grave dei sacrilegi: spargere il sangue di una sacra vestale. »

Il comandante della guardia personale del governatore di Giudea, travestito da predone del deserto, ebbe un attimo di esitazione. Prima che potesse dare sfogo alla sua rabbia, il più anziano degli uomini continuò, quasi in tono di scusa: « Non possiamo macchiarci di una colpa così grave. Anche a Roma le vestali condannate a morte vengono seppellite vive, proprio perché nessuno abbia l'ingrato compito di vibrare il colpo mortale ».

Nelle sue parole c'era molto di giusto, rifletté l'ufficiale: in-

sieme a quegli uomini aveva compiuto scorrerie nefande, portato a termine molte turpi e sanguinose congiure ordite da Sestilio. Mai nessuno di loro aveva avuto la minima esitazione. E adesso non poteva certo biasimarli se si rifiutavano di compiere uno dei delitti considerati più sacrileghi dalla romanità.

«Sepolta viva», considerò a voce alta. «Già. Ottima idea. Legatele mani e piedi. Morirà nel modo in cui gli abitanti del deserto uccidono le adultere: sepolta nella sabbia fino al collo.» Le sue labbra si torsero in un ghigno sadico, mentre spiegava a Clelia: «Proprio così, donna. In modo che i tuoi occhi possano vedere l'aggressione degli scorpioni e dei serpenti sotto il sole rovente di queste terre».

Roma imperiale.

Quella sera Marzio sembrava più pensoso del solito, anche se Giunio lo vedeva scuro in volto fin dal giorno del suo primo intervento al senato. L'effetto che quelle sue parole avevano sortito su molti senatori era stato incredibile. Gli incontri con gli altri togati si erano susseguiti senza interruzione nei venti giorni successivi al suo discorso. Non era quindi la paura di aver urtato interessi troppo grandi a crucciarlo, quanto piuttosto il dissenso che sentiva serpeggiare nel senato, un dissenso che evidentemente aveva soltanto bisogno di una guida per emergere allo scoperto.

A rendere Marzio così cupo era precisamente la consapevolezza di essere di nuovo alla guida di una battaglia. La differenza con quelle che aveva combattuto in armi nel passato era la posta in gioco: i senatori che si proponevano di stroncare lo strapotere di Menenio miravano a loro volta a governare l'impero di Roma.

Il vino mielato stava cominciando a fare effetto su Giunio, che non era mai stato un forte bevitore. Ma molti degli eminenti personaggi convenuti nella casa sembravano avere il suo stesso problema. Fu a quel punto che Marzio si alzò dal triclinio, prendendo a parlare con voce calma.

«Il fatto che ci troviamo qui questa sera deve indurci a riflettere. Personalmente ritengo che stiamo agendo nel pieno rispetto dello spirito delle leggi di Roma, lungi da cospirazioni e trame di potere. Il nostro fine è che il senato di Roma sia il senato

del popolo, e non il mercato dove prosperano ristrette sfere di interessi più o meno leciti. A conti fatti, non riusciremo a raggiungere la maggioranza dei seggi; anzi ne siamo ben lontani. Ma la nostra voce si alzerà sempre alta, pronta a denunciare, a chiedere conto, a riportare l'assemblea a quei crismi di onestà morale che da troppo tempo sembra avere perso di vista. »

Nella grande sala della casa di Marzio erano riuniti almeno settanta uomini, per la maggior parte senatori o alti magistrati. Il grido che si levò unanime dai loro petti, agli orecchi di Giunio suonò simile a quello della folla nel Circo.

Giudea.

L'uomo aveva la pelle molto scura, bruciata dal sole del deserto. Teneva nella destra l'imbrigliatura del cammello, nella sinistra stringeva un bastone che gli sarebbe stato d'aiuto quando avessero incontrato le sabbie, oltre che per tenere lontani i serpenti. Sua moglie viaggiava sul cammello, quasi nascosta dalle provviste e dall'altro carico legato alle gobbe. Li seguiva un secondo animale, anch'esso carico all'inverosimile.

La donna lasciava vagare uno sguardo felice sul territorio oltre la distesa brulla che costeggia il mar Morto. Non erano certo una coppia giovane, ma le soddisfazioni tratte dalla loro unione compensavano di molto il lento declino fisico portato dal tempo. I figli, anzitutto, ma anche l'amore, il rispetto, la solidarietà di fronte a tutto e a tutti. E poi il Dio unico, il calore della fede e la certezza della vita eterna predicata da Cristo.

Aretas, così si chiamava lo scultore, abitante nella città di Petra, strattonò le briglie del primo animale. Quindi tirò una seconda volta, accertandosi che il morso facesse forza tra i denti del cammello. Il grosso ruminante, però, sembrò non voler sentire ragioni e tirò diritto su un percorso che si discostava sempre più dalla pista battuta. Aretas rinunciò a cercare di portarlo sulla via maestra e, con un sospiro, accondiscese alle sue bizze e alla sua scelta di quel percorso parallelo. Era un vecchio cammello, con alle spalle una lunga, saggia esperienza delle insidie del deserto.

Ma di lì a qualche istante capì che a spingerlo in quella direzione, più che l'esperienza, era stato l'istinto. Aveva infatti notato anche lui qualcosa che non armonizzava con la natura scabra

e piatta che lo circondava: una forma tondeggiante che spuntava dalla sabbia a diversi passi da lui. Non ci volle molto perché capisse che si trattava di una testa umana. Poco più in là vide i resti di un accampamento e le tracce evidenti di una battaglia.

Clelia aveva le labbra incise da profonde piaghe, il suo viso sanguinava in più punti per effetto della lunga, straziante esposizione ai raggi cocenti del sole. Era ormai lì da qualche ora. Formiche grosse come un'unghia avevano cominciato a scavarle le carni procurandole un dolore intollerabile, finché non aveva perso i sensi.

Aretas abbandonò le briglie a poca distanza da quello che era convinto fosse un cadavere. Corse là, chinandosi su quel volto martoriato. «Moglie», ordinò trepidante, «dammi l'acqua e gli attrezzi, presto: questa infelice è ancora viva.»

Ricevutili, e accostato un panno umido alle labbra ferite, si mise subito a scavare attorno al corpo della sacerdotessa, stando attento a non colpirne le carni con la punta del badile. Quando fu certo di poterla estrarre dalla sabbia, lasciò l'attrezzo e scavò febbrilmente con le mani. La moglie, intanto, cercava di portare aiuto come poteva.

«Prendi il panno, intingilo di nuovo nell'acqua e bagnale le labbra», disse Aretas, che sapeva quali effetti devastanti avrebbe potuto avere su un corpo disidratato un improvviso eccesso di liquidi. «Poi tienile sollevata la testa», continuò. «Dio, ti ringrazio per avere guidato il mio bravo cammello in soccorso di questa sventurata. Non credo sia molto più grande di nostra figlia», concluse, nuovamente rivolto alla moglie.

Roma imperiale.

Menenio ascoltava senza prestarvi attenzione, com'era sua abitudine, i discorsi melliflui della consueta cerchia di *clientes*. Quando uno dei servi gli si avvicinò, parlandogli all'orecchio, non ebbe un attimo di esitazione e congedò con modi spicci la corte di questuanti o semplici adulatori che gli faceva sempre da contorno nei momenti di tranquillità.

«Che cosa aspetti?» chiese allo schiavo in tono brusco e imperativo. «Conduci qui il senatore Gracco. Spicciati.»

Arrivato al suo cospetto, Gracco si batté la mano destra sul

petto e poi la tese alta nel gesto di saluto. Dal suo stato di agitazione era facile capire che era portatore di notizie importanti.

«Nessuno sospetta di me, i senatori fedeli a Marzio sono convinti che anch'io abbia sposato la loro causa...»

«Che cosa stanno tramando?» tagliò corto Menenio. «Lascia perdere i preamboli.»

«Cospirano contro l'impero e contro il senato.»

«Hai prove di quello che dici?»

«No... prove certe no. Nessuno minaccia di morte l'imperatore, però i seguaci di Marzio hanno giurato che vigileranno sull'operato della Curia con tenacia e costanza, nell'interesse del popolo di Roma.»

«E secondo te io posso andare da Domiziano a raccontargli che uno sparuto gruppo di senatori sta tramando contro l'impero perché vuole tutelare gli interessi di Roma e del popolo romano?» Lo sguardo di Menenio aveva assunto la ben nota espressione glaciale, capace di intimorire qualsiasi interlocutore.

«Sono molti», riprese Gracco. «Alla riunione in casa di Marzio eravamo più di settanta, ma pare che almeno centocinquanta tra senatori e magistrati siano pronti a schierarsi con lui... Devi fare qualcosa, prima che il dissenso dilaghi tra il popolo.»

Lo sguardo di Menenio sembrò attraversare il corpo dell'interlocutore per posarsi su uno dei dipinti greci che adornavano la sala.

«Sì», convenne, come mormorando tra sé. «Devo fare qualcosa.»

Giudea.

Clelia aveva ripreso i sensi soltanto la sera dopo. L'anziana coppia di nabatei si era alternata al suo giaciglio, posato su un tappeto al centro della tenda eretta da Aretas. Quando la videro aprire gli occhi, i due anziani sposi provarono un'emozione simile a quella che avevano vissuto al primo vagito dei loro figli. Restituire la vita era qualcosa di molto simile al procreare.

Rimasero ancora due giorni nella macchia di verde dove si erano accampati, in modo che Clelia si riprendesse quanto bastava per affrontare il viaggio, e la seconda sera Aretas decise che la temperatura era abbastanza fresca per rimettersi in cam-

mino. Con l'aiuto della moglie fece adagiare la giovane su una barella di fortuna, che legò al cammello. La luce arancione del tramonto tingeva tutto del suo colore. La piccola carovana risalì faticosamente il crinale di un'altura brulla e sassosa. Sotto di loro si allungava la distesa immobile del mar Morto, che avrebbe fatto loro compagnia per buona parte del viaggio.

Roma imperiale.

Giunio irruppe agitato nella stanza del neosenatore, forzando la porta. Vide subito il corpo di Marzio riverso a terra accanto al letto in una pozza di sangue che si stava allargando sul pavimento di mosaico. Lo girò con la più grande cautela. Ma capì subito che non c'era più niente da fare. Nel pallore del suo volto riconobbe i segni della morte.

«Addio figlio mio, abbi cura di te...» riuscì a dire il morente con un filo di voce, poi abbandonò la testa sul braccio che lo sorreggeva e se ne andò per sempre.

Giunio l'adagiò delicatamente sul pavimento. Non riusciva ancora a capacitarsi dell'accaduto. Finché la realtà non si fece luce all'improvviso, cancellando i contorni foschi di quello che sembrava un incubo. L'uomo che amava come un padre era appena spirato tra le sue braccia. La piccola ferita che aveva sul fianco sinistro continuava a gettare sangue. Lo stiletto con cui l'assassino aveva colpito doveva essere penetrato fino al cuore.

Si sentì invadere da un furore incontenibile, da un irrefrenabile bisogno di vendetta. Un gruppo di servitori si stava raccogliendo davanti alla porta della camera di Marzio. Giunio si allontanò con le mani che grondavano sangue. Tra la nebbia che gli velava gli occhi apparve confusamente il viso di Dario, il legionario che aveva sottratto alla schiavitù nelle miniere e che, di fatto, aveva preso il suo posto nella gestione degli affari di Marzio.

«Che cosa fai, Giunio? Che cosa è successo?» chiese. Giunio, in uno stato d'animo prossimo alla follia, non lo sentì. Si precipitò nella sua stanza e diede di piglio alla spada.

La notte della città era tutt'altro che deserta. Giunio non si accorse nemmeno che la gente si tirava da parte al suo passaggio. Raggiunse il muro di cinta dell'abitazione di Menenio e lo scavalcò agevolmente.

Petra.

Aretas non le aveva permesso di abbandonare la barella, sebbene Clelia avesse ormai riguadagnato quasi completamente le forze. Sdraiata sul suo giaciglio, la giovane osservava le pareti di roccia calcarea ai lati dello stretto sentiero per il quale stavano avvicinandosi alla città.

Petra apparve improvvisa in tutto il suo splendore. I templi si ergevano maestosi nelle loro tonalità rosate, le striature della roccia in cui erano scavati creavano disegni e ombre suggestivi. Al centro della valle, come apparsa dal nulla dopo il lungo sentiero tra le pareti di roccia, si stendeva la città di case basse, botteghe, strade brulicanti di persone, carri e animali.

« Questa è la nostra città, Clelia », spiegò Aretas in un latino stentato, mentre lei si alzava sui gomiti per vedere meglio lo spettacolo. Indossava gli abiti che le aveva prestato la moglie dello scultore. « Le grandi facciate degli edifici pubblici che vedi sono state pazientemente scolpite nella roccia, così come il loro interno. In ciascuno dei templi e mausolei che ci circondano sono racchiusi secoli di lavoro dell'uomo. »

In breve raggiunsero l'abitazione della famiglia, a pochi passi da un grandioso tempio funebre, un edificio alto più di centotrenta piedi e scolpito in una montagna di pietra rosa.

I sette figli, cui in assenza del padre era stata affidata la sua bottega di artigiano scultore, fecero alla nuova venuta un'accoglienza calorosa.

« Padre », annunciò poi subito il più adulto dei ragazzi, « c'è un mucchio di lavoro arretrato da portare avanti. Grazie a Dio, sei tornato. »

Aretas sorrise indulgente al rimprovero sottinteso nella frase: « Dovrei essere io a sollecitare te ad applicarti al lavoro, figliolo, e non il contrario », replicò con affetto. « Venti giorni di assenza dei vostri genitori non credo siano un'eternità, tanto più che lo scopo del nostro viaggio a Hierosolyma era appunto rifornirci di attrezzi per lavorare. » L'anziano artigiano batté una mano sulla spalla del figlio. « Ma adesso permetti che ci rifocilliamo », concluse. « Dopo tanti giorni passati nel deserto, nutrendoci quasi soltanto di datteri, vostra madre e io non vediamo l'ora di sederci a un tavolo ben imbandito. E anche la nostra ospite, credo. »

Quando tutta la famiglia si fu riunita, i due anziani nabatei

narrarono brevemente come avevano trovato e soccorso Clelia. Pur non comprendendo le loro parole, la giovane si rese conto che probabilmente gli abiti che indossava quando l'avevano estratta dalla sabbia erano talmente laceri e sudici da non permettere di identificare il suo rango. I suoi salvatori non avevano capito la sua condizione di sacerdotessa romana, e del resto, in quelle remote terre, forse nessuno avrebbe potuto riconoscere le vesti del suo sacro ufficio. Né, per il momento, le sembrava opportuno rivelarlo.

Aretas sedette a tavola, prese una forma di pane azzimo e levò alta e solenne la voce nel rendere grazie a Dio.

Roma imperiale.

La casa di Menenio era buia e molta vasta. Le quattro lucerne, sistemate agli angoli dell'impluvio, riuscivano soltanto a evocare sinistre ombre. Al piano superiore, almeno otto stanze si affacciavano sul cortile interno. Il suono cristallino dell'acqua delle fontane era l'unico rumore che si sentisse. Non gli era concesso margine di errore. Doveva individuare con assoluta certezza la stanza di Menenio. Giunio salì le scale senza fare il minimo rumore. A salvaguardia dell'incolumità degli inquilini erano stati posti due schiavi armati. I quali, però, immersi com'erano in un sonno profondo e scomposto, non potevano certo adempiere al loro incarico.

La voce del senatore gli giunse chiara. Lo sentì declamare, con stentorei toni di compiacimento, l'orazione che evidentemente intendeva pronunciare il giorno dopo davanti alla Curia. Ne distingueva perfettamente le parole: « È morto un uomo integerrimo, valoroso, sincero e giusto. Giuro davanti a voi che la mano assassina che ha colpito Marzio pagherà in modo esemplare ».

La rabbia di Giunio divampò più feroce che mai. Era trascorso pochissimo tempo dall'omicidio, e già Menenio aveva pronta l'orazione funebre. Chi lo aveva informato?

L'uscio era socchiuso, lo superò silenziosamente. La luce adesso era più viva. Girato di spalle, Menenio parlava e gestiva solennemente come se fosse davvero in piedi davanti al suo seggio presidenziale. Si accorse di Giunio soltanto quando questi gli fu quasi addosso.

Il volto gli si torse in un'orribile smorfia di paura, dalla bocca gli uscì un urlo strozzato. Ma a Giunio non importò niente che avesse dato l'allarme. Voleva quella sua odiosa vita, a qualsiasi costo. Sentì le grida delle guardie, ma non se ne curò. Levò alta la destra. La spada sembrava avere perso il suo peso. Vibrò il fendente dall'alto in basso con tutta la forza della disperazione da cui era pervaso. Il colpo che lo gettò a terra arrivò nello stesso istante in cui la sua spada si abbatteva sulla testa del senatore. Prima di cadere, vide che la parte destra del volto di Menenio era stata orribilmente sfigurata e in parte asportata dal fendente. Benché l'intervento delle guardie avesse deviato la sua lama, l'indegno senatore non sarebbe probabilmente riuscito a sopravvivere. Se lo augurò di tutto cuore. Così doveva essere.

In un residuo lampo di lucidità capì che gli uomini della guardia stavano per sopraffarlo. Menando fendenti alla cieca, riuscì con un guizzo a liberarsi dal groviglio di corpi e si preparò a vendere cara la sua pelle di combattente del Circo e di soldato.

Petra.

Clelia trascorreva gran parte del tempo a osservare il lavoro nell'officina, quelle mani abili e quegli attrezzi capaci di trarre forme dalle pietre. Ogni membro della famiglia aveva un compito preciso: Aretas e i tre figli maggiori erano i veri scultori, gli altri tre ragazzi si occupavano dei lavori più semplici, mentre la cura dell'amministrazione, come quella della casa, era affidata alle donne. Ogni sera si riunivano attorno alla tavola, intrattenendosi in affettuose conversazioni, scambiandosi opinioni e consigli.

Erano passati pochi giorni dal suo arrivo a Petra, quando si sentì in dovere di dare alcune spiegazioni a quelle persone tanto buone, anche se sapeva che non sarebbe stato facile. Parlavano un latino povero, elementare, e della loro lingua aveva imparato soltanto poche parole. Cercò comunque di farsi capire quanto meglio poteva.

« Credo di dovervi dire qualcosa », esordì, rivolta alla famiglia riunita. « Di dover spiegare... »

Aretas la interruppe subito: « Non devi sentirti in debito verso di noi, Clelia. Sei figlia di Dio come noi tutti. E tanto basta perché la nostra casa ti sia aperta. Dalla scorta e dal seguito di

servi che ti accompagnavano, era facile capire che sei una persona di alto lignaggio, forse appartenente all'aristocrazia di Roma. E credo anche di avere capito che forse ritieni sia meglio che a Roma ti credano morta, visto che non hai mai chiesto di essere portata dalle autorità locali del tuo imperatore».

«Gli uomini, quelli che ci hanno assalito», spiegò Clelia, «non erano veri predoni ma soldati romani travestiti.» Quindi, dopo una pausa di incertezza, riprese: «Sono una sacerdotessa, buoni amici, una vestale, se questo significa qualcosa per voi. Basti comunque dire che, nonostante la giovane età, rivesto una delle più alte cariche religiose dell'impero.

«Ma per mia sfortuna», continuò, «sono venuta a conoscenza di segreti così orribili da firmare la mia condanna a morte. Soltanto il vostro intervento e le vostre pietose cure hanno impedito che il disegno venisse portato a compimento.»

Aretas rimase in silenzio alcuni istanti, assorto, poi replicò: «Sappiamo che cos'è una vestale, anche se la nostra religione è un'altra. Sappi in ogni caso che questa nostra modesta casa è il tuo rifugio e che questi», concluse, indicando i figli, «saranno i tuoi fratelli... se vorrai».

Roma imperiale.

Non aveva idea di quanti uomini lo avessero assalito né di quanti avesse dovuto colpire, forse cinque, forse sei, prima di riuscire a riguadagnare il muro di cinta e darsi alla fuga.

La casa di Marzio era ormai vicina. Riconobbe nell'oscurità una figura familiare: uno schiavo che gli stava correndo incontro. «I pretoriani...» lo informò, cercando di riprendere fiato. «I pretoriani ti stanno cercando. Sei accusato dell'omicidio del nostro signore!»

Lui? Accusavano lui?! Aveva forse ucciso Menenio, ed era una colpa di cui sarebbe stato felice di dover rispondere, ma non era certamente responsabile della morte di Marzio.

«Che cosa dici? Calmati!» gridò, prendendo per un braccio lo schiavo e scuotendolo rabbiosamente.

«Dicono che lo hai ucciso per appropriarti del suo patrimonio. Dario ha testimoniato di averti visto nella stanza armato e con le mani grondanti sangue. Scappa, Giunio, scappa. Devi metterti in salvo!»

Accecato com'era dall'ira, non aveva riflettuto sulle conseguenze dei suoi gesti, su che cosa fare una volta compiuta la vendetta.

Comunque non perse tempo. Alle prime luci dell'alba aveva già percorso diverse miglia sulla via Julia Augustea, la strada che conduceva alla città di Luna. Era quello probabilmente l'unico luogo sicuro che gli rimaneva per nascondersi e organizzare una difesa.

Non poteva sapere quali ulteriori sventure avrebbe provocato la sua decisione.

11.

Key Biscayne. Miami. Florida. Ottobre 1995.

Gli oggetti, quasi tutti di grande valore o rarità, erano custoditi in teche di cristallo antisfondamento. Un'illuminazione sapiente li metteva nel giusto risalto.

Il Museo dei Reperti Sommersi creato con tanta passione da Laura Joanson non occupava grandi spazi, ma questo non ne limitava il pregio. La giovane esperta di ricerche sottomarine aveva cercato di dare un'esatta collocazione a quanto le mani dell'uomo avevano prima costruito e poi strappato dai fondali degli oceani, e i visitatori seguivano incantati un preciso ordinamento storico che andava da diversi manufatti greci antichi (statue, gioielli, utensili) ad alcuni pezzi di un servizio d'argento per la prima classe del *Titanic*, recentemente recuperati da una spedizione sottomarina.

Laura aveva appena finito di sistemare al centro della sala una teca retta da un piedistallo in mogano lucido. Si soffermò anche lei incantata a osservare come il fascio di luce alogena si rifletteva sulle superfici di oro rosso, intatte pur dopo tanti millenni. Sotto le Pietre della Luna, accanto a una breve descrizione, spiccava la dicitura: DONO PERSONALE DI SUA MAESTÀ BRITANNICA.

Una voce alle sue spalle ruppe l'incanto, citando con scherzosa solennità: « Arte preromana. Secondo millennio avanti Cristo. Probabile origine: Liguria, Italia settentrionale ». E, facendosi seria, la voce concluse: « Tre oggetti veramente eccezionali ».

Laura si girò con un'espressione di fierezza. Sì, certo, era fiera di quel dono regale. E come si permetteva questo... Sul petto della divisa dell'ufficiale dell'aeronautica che vide sulla soglia spiccava il logo dell'Agenzia Federale per la Ricerca Spaziale.

Pete Dayle, a cui l'operazione di recupero dell'*U115* aveva evidentemente portato ulteriori benefici di carriera, entrò nella sala facendosi precedere dall'ufficiale sconosciuto.

« Laura », disse, « ho il piacere di presentarti il colonnello

Kevin Dimarzio della NASA. Ho chiesto e ottenuto che si avvalga della tua preziosa collaborazione per... »

Laura sentì un inconfondibile odore di guai in arrivo.

« Per che cosa, Pete? » chiese con aria di scherzosa diffidenza, tendendo la mano al nuovo venuto e scrutandolo di sottecchi. Kevin Dimarzio aveva un bel viso maschio, che ben si accordava con un fisico atletico. Poteva avere tra i quaranta e i quarantacinque anni, molto ben portati. Gli occhi verde mare rivelavano un carattere forte e un'intelligenza viva. Certamente un bell'uomo, fu la conclusione di Laura alla fine del suo rapido ma attento esame.

« Per procedere all'analisi delle carte che hai riportato a galla », rispose prontamente Dayle, che evidentemente si aspettava la domanda.

« Pete, vorrei ricordarti che, a parte un paio di scarni mandati di pagamento emessi per qualche seminario che ho tenuto, e peraltro accreditati con discreto ritardo, io mi guadagno da vivere fuori della CIA », protestò Laura, pur rendendosi conto che il tono con cui lo diceva non era convincente. « Ti pregherei quindi », concluse comunque, « di non disporre del mio tempo come di quello della tua segretaria o di uno dei tuoi agenti. Prima di prendere impegni per mio conto, gradirei almeno che me lo chiedessi. »

« Conoscendoti », obiettò Pete, « ho pensato che non ti sarebbe piaciuto lasciare un'operazione a metà. Soprattutto dopo che hai rischiato la vita. »

« Devo restituire all'editore l'ultima bozza del mio nuovo romanzo entro trenta giorni, e nel frattempo ho due sondaggi petroliferi da seguire in Alaska. Ti sembrano sufficienti, come impegni? » ribatté Laura, decisa a non lasciarsi coinvolgere in una nuova avventura.

« Il tuo editore è un mio ottimo amico », replicò tranquillo Pete. « E le compagnie petrolifere sono talmente vicine alla Agency che possono senz'altro aspettare qualche giorno per le loro trivellazioni sottomarine. Se accetti, posso provvedere io a tutto. Inoltre, anche Oswald Breil caldeggia la tua partecipazione. Lo hai colpito profondamente. Sostiene che senza la tua presenza non sarebbe stata recuperata neanche una briciola dell'*U115*. Quindi, ti prego anche a suo nome... »

« Pete... » cercò di ribellarsi Laura, ma sapeva benissimo che Dayle aveva già risolto tutti quei problemi, prima ancora di

chiedere il suo consenso. E, soprattutto, avvertiva, preoccupata, l'eccitazione che sempre la prendeva alla prospettiva di una nuova ricerca.

« Pete Dayle! » riprese. « Già da ragazzo ti chiamavano 'Lenza'. Che cosa avresti potuto fare della tua vita, se non ci fosse stata la CIA? Vedo comunque che sto invecchiando: in passato sono stata capace di risponderti picche su questioni molto più interessanti. Adesso invece non riesco più a toglierti dai piedi. »

« C'è una stanza dove possiamo parlare con calma? » tagliò corto Pete.

Gerusalemme.

Oswald Breil scese dalla sedia con un leggero colpo di reni e un piccolo salto. Era poco più alto del tavolo da riunioni, ma la cosa non sembrava imbarazzarlo minimamente. Come ogni volta che presentava una relazione, fu preciso e puntuale, anche se gli avvenimenti si erano susseguiti con un ritmo da lasciare senza fiato. Il primo ministro lo ascoltò con attenzione, senza mai interromperlo.

« Così, dopo mezzo secolo di ricerche », esordì Oswald, « nemmeno questa volta siamo riusciti a trovare prove concrete sulla fine del maggiore responsabile del genocidio. E non era forse mai capitato che arrivassimo così vicini alla verità. Quel sommergibile trasportava davvero gli effetti personali del Führer verso un rifugio inaccessibile. E insieme a essi si trovavano di sicuro i documenti privati del dittatore nazista.

« Purtroppo, però, nelle casse recuperate è stato trovato soltanto qualche prezioso pezzo di arredamento. Dal canto mio, preferirei senz'altro avere un Raffaello in meno e una prova in più a conferma del fatto che il corpo scoperto nel bunker di Berlino era quello di Hitler. Mentre, se devo essere sincero, signor primo ministro, in questi anni ho accumulato una serie di indizi tali da convincermi che il capo della Germania nazista abbia continuato a vivere un'esistenza agiata e tranquilla in qualche angolo del mondo, anche senza il mirabile Raffaello finito in fondo al mare.

« Come ciascuno di noi sa fin troppo bene, dopo la fine della guerra molti caporioni nazisti, condannati come criminali di guerra, si sono rifugiati nell'America del Sud o in Africa, viven-

do tranquillamente e nell'agiatezza. Figuriamoci dunque che cosa può avere fatto e di quali protezioni ha potuto godere il capo del Reich. L'idea che Hitler possa essere morto tranquillamente nel suo letto, assistito dai suoi fedeli, a me fa semplicemente orrore. Non è stato certo usato questo trattamento nei confronti di milioni di nostri fratelli.»

Oswald tacque un momento, per tornare padrone delle sue emozioni, prima di riprendere:

«Ma torniamo alla recente operazione. Non sono ancora chiari i rapporti intercorsi tra la Lobby di Trafalgar, o comunque i Rustom, e il dittatore nazista. Sulla questione sta indagando la CIA, di concerto con i nostri uomini. Francis Rustom e poi suo figlio Robert sono diventati proprietari di un impero economico di enormi dimensioni. Non credo che la sete di denaro basti per arrivare a tanto. Dev'esserci dietro qualcosa di molto più importante».

«Lobby di Trafalgar?» lo interruppe il primo ministro, spingendo gli occhiali verso la radice del naso.

«Troverete tutto nel mio rapporto, signore», rispose Oswald, limitandosi poi a spiegare per sommi capi ciò che aveva diffusamente trattato in una relazione corredata da una serie di documenti fotografici e testi di ricerche computerizzate o intercettazioni.

«La Lobby di Trafalgar nasce subito dopo la seconda guerra mondiale, o perlomeno è da allora che ne abbiamo notizia. È un'associazione segreta, composta rigorosamente da trentatré membri eletti a vita e da un capo coadiuvato da un direttivo di sei membri. Le notizie trapelate su di essa dalla sua costituzione a oggi sono pochissime. Si sa soltanto che è composta da uomini potenti, legati da un vincolo di fratellanza indissolubile. La consegna del segreto è inviolabile. C'è chi sospetta che vi siano affiliati diversi capi di stato, o almeno importanti ministri. Forse sono forzature, ma se è vero che la Lobby è stata fondata dal padre di Sir Robert Rustom quando era consigliere militare del premier britannico, vedete bene che simili supposizioni avrebbero una forte conferma.»

A quel punto Oswald aprì il suo dossier e richiamò l'attenzione del primo ministro su alcune pagine, tanto per mettersi al sicuro dall'abitudine dei politici di accumulare senza leggerlo qualsiasi tipo di documento fosse loro sottoposto. Quindi riprese: «Purtroppo, eccellenza, nemmeno in questa occasione sia-

mo però riusciti a dare una risposta alle grida che reclamano giustizia dai lager. Ci sono ancora alcuni documenti che altre persone stanno finendo di analizzare, ma sembrano riguardare questioni di tutt'altro genere».

«Altre persone? Credevo che l'interesse per questa operazione si limitasse a noi, di concerto con la CIA», interloquì il primo ministro.

«Si tratta di documenti che sembrerebbero riguardare calcoli spaziali, o roba del genere. Sono stati affidati a un laboratorio della NASA.»

«A chi, precisamente, alla NASA?» Il primo ministro conosceva fin troppo bene i trucchi e i depistaggi che si possono mettere in atto per sottrarsi a un alleato scomodo e alla sua curiosità. Ma Breil era pronto a rispondere anche a questa domanda. Riprese a sfogliare il dossier e si fermò a una foto: «Il colonnello Kevin Dimarzio», rispose, «è un uomo NASA al cento per cento. Laurea a pieni voti in ingegneria aeronautica. Master in astrofisica al Massachusetts Institute of Technology. Uno tra i migliori allievi del suo corso di pilota, comandante del 187° stormo NATO, di stanza alla base di Southend-on-Sea, vicino a Londra. Trasferito alla NASA all'età di ventisei anni. Pilota e collaudatore di diversi progetti, ha al suo attivo diciannove voli extra orbitali a bordo della navicella *Columbia*. Insomma, è una specie di guru dello spazio».

«Ma nelle stanze della NASA noi non siamo ammessi, vero?» incalzò il primo ministro.

«Non soltanto noi, ma pare che da quelle parti non sia particolarmente ben accetta neanche la CIA. Hanno esplicitamente chiesto che rimanessimo tutti fuori dai piedi, ad aspettare i risultati delle analisi.»

«E lei ha lasciato due casse di documenti nazisti nelle mani dell'ente spaziale americano?»

«Pete Dayle e io siamo riusciti a imporre un nostro esperto, che seguirà i lavori punto per punto e riferirà congiuntamente alla CIA e a noi.»

«E chi sarebbe questo infiltrato nei sacri penetrali dello spazio?»

«*Questa*», lo corresse Oswald. «È una donna, signore. Si chiama Laura Joanson.»

«Ah, certo», prese atto il ministro con un vago sorriso. «La

scrittrice che ha rischiato la vita nella recente missione di recupero.»

«Consentitemi di dire che è qualcosa di più di una scrittrice o di un'esperta di ricerche sottomarine. Se mi è concesso, signore, mi permetterei di affermare che è... una donna con le palle!» esclamò Oswald, raggiante come ogni volta che parlava di Laura.

«Bene, maggiore», lo congedò il premier, «raccomandi alla sua infiltrata dagli attributi maschili di fornire un'informazione perfetta ed esauriente anche a noi e non soltanto agli americani.»

«Certo, signore. Sarà mia premura comunicarlo a Laura Joanson non appena riuscirò a informarla che sta lavorando anche per noi oltre che per la CIA», fu lì lì per rispondere Oswald, ma si trattenne in tempo.

Key Biscayne. Miami. Florida.

Laura fece accomodare Pete e il colonnello nel suo ufficio.

«Ha esperienza di arte antica, colonnello?» chiese. «Ho notato che si interessava molto alle Pietre della Luna.»

«No, però la mia famiglia è originaria dei luoghi da cui ho visto che provengono quelle statue. I terreni attorno all'antica città di Luna sembra siano disseminati di stele simili a quelle in suo possesso. In pietra, però. È per questo che le ho riconosciute. I miei antenati si sono tramandati un'antica leggenda, legata appunto a un complesso di statue come quelle. Pare addirittura che riguardasse un mio avo illustre.»

Laura si accorse che gli occhi dell'uomo erano fissi su di lei, ma in quello sguardo non leggeva stima, nemmeno interesse, soltanto la cortese freddezza imposta dal grado militare.

Non appena ebbero preso posto attorno alla scrivania di Laura, Dimarzio attaccò: «Da un primissimo esame delle carte, sembra che si tratti di documenti e appunti dell'osservatorio astronomico di Berlino». Aprì la borsa di pelle che aveva con sé ed estrasse una cartellina contrassegnata dalla scritta MASSIMA RISERVATEZZA. Conteneva diversi numeri ingialliti di vecchi giornali e alcune foto di un elegante signore in abiti anni '20.

«Questo è il professor Leonard Speitz, già direttore dell'osservatorio astronomico di Berlino», spiegò. «Un vero pioniere

dell'astronomia e precursore dell'astrofisica. Le sue relazioni a una quantità di congressi sono ancora citate con rilievo dai libri di testo. Si ritiene sia morto durante l'assedio di Berlino. Speitz era un infaticabile osservatore dello spazio, ha scoperto molti corpi sconosciuti e stelle lontane. Negli ambienti universitari, la sua modestia era proverbiale. Amava dichiarare che entrava nei segreti del cosmo in punta di piedi, perché l'infinito non si svegliasse all'improvviso...

«Credo proprio che altrettanta modestia dovrebbero mostrare certi scienziati del nostro tempo, convinti di sapere tutto. Ma questo non c'entra, scusatemi. Comunque», proseguì rivolto a Laura, «le ho detto quanto sembra emergere da un primo esame delle carte. Penso però che ci vorranno almeno cinque settimane per esaminare e analizzare tutta la documentazione.»

«Cinque settimane?» scattò Dayle, incredulo.

«Signore, mi permetto di ricordarle che questa faccenda, sebbene mi sia stata affidata d'autorità e senza un mio preventivo accordo, è sotto la tutela della NASA e il mio personale comando.»

E, così detto, il colonnello rivolse di nuovo lo sguardo verso Laura, aggiungendo in tono di monito: «Non permetterò pertanto intromissioni o critiche ai miei metodi di lavoro».

Affermazione che non valse certamente a facilitare il proseguimento del dibattito. Quando furono usciti dall'ufficio, Laura approfittò di un momento in cui Dimarzio si era allontanato per chiedere a Pete: «E questa nuova perla dove l'avresti pescata?»

«È responsabile di un progetto NASA che studia la stessa materia di Speitz», riuscì soltanto a rispondere Pete sottovoce, prima che il colonnello li raggiungesse di nuovo. «Me lo son trovato sulla testa anch'io, non sono andato a cercarlo.»

Cocoa Beach. Florida.

Oswald aveva già capito che, per lui, il materiale recuperato era di scarsissima importanza. Le tele di enorme valore o le preziose cornici con le foto private del Führer non potevano essere di nessun aiuto per la sua ricerca.

Più di una ragione lo induceva comunque a non abbandonare del tutto le speranze e a non trascurare l'esame del materiale recuperato. Avendo lasciato per evidenti motivi il suo incarico a

copertura profonda presso la North Pole Oil, era praticamente disoccupato e libero da impegni ufficiali. Inoltre, la sua celebre testardaggine gli vietava di gettare la spugna.

Diversi uomini erano morti nel tentativo di riportare in superficie il carico dell'*U115*, e gli sembrava che questo gli creasse quasi un obbligo di cercare, tra le poche carte in mano ai tecnici NASA, qualcosa che ne giustificasse il sacrificio. Infine, il pensiero di Laura non cessava di farlo sognare. Non che si facesse illusioni. Aveva piena coscienza del suo aspetto fisico. Ma che cosa importava? Sapeva che tra lui e la bella scienziata americana era scattata la scintilla di una profonda simpatia umana, e tanto bastava a farlo contento di averla vicina.

La villetta che voleva prendere in affitto a Cocoa Beach, poco distante da Cape Canaveral, in Florida, si stava rivelando dotata di tutti i comfort. Il grande patio dava direttamente sulla spiaggia. Sbrigate le formalità con l'addetto dell'agenzia immobiliare, posò i bagagli sul letto e si infilò sotto il getto tonificante della doccia.

Cape Canaveral. Florida. Kennedy Space Center.

« Colonnello », esclamò Laura furibonda, « vuole smetterla di trattarmi come un suo subalterno o la sua assistente di laboratorio? Le ricordo invece che sono una ricercatrice di una certa notorietà, e merito ed esigo rispetto e considerazione. »

La prima settimana di convivenza con Kevin Dimarzio aveva messo a dura prova la sua pazienza. Indossava il camice d'ordinanza, con il cartellino di identificazione sul petto. Sotto, portava un paio di pantaloni leggeri e una t-shirt bianca. L'animosità la rendeva ancora più bella. Fu forse una delle prime volte che il colonnello Kevin Dimarzio le sorrise. E, suo malgrado, Laura dovette riconoscere la perfezione quasi scultorea dei suoi lineamenti, illuminati dagli occhi chiari in cui si rifletteva la luce del sole filtrata dalle finestre del Centro Ricerche.

Stavano forse per dirsi qualcosa che non aveva niente a che fare con il loro lavoro, quando il telefono interno si mise a squillare.

« Dottoressa Joanson? » chiese la centralinista. « Mi dicono di avvertirla che in portineria c'è una visita per lei. »

«Una visita?» domandò Laura incredula. «E chi può essere venuto a trovarmi in questo posto?»

«Il dottor Oswald Breil, signora.»

«Oswald!» esclamò Laura, felice, riappendendo la cornetta. Lo sguardo glaciale – ma così singolarmente illuminato dal sole – del colonnello non si era staccato un solo istante da lei.

La saletta visite del Centro Ricerche presentava un'inquietante rassomiglianza con il salotto di attesa di un dentista: qualche vecchia rivista buttata su un tavolino, un posacenere pubblicitario della birra Budweiser sistemato immediatamente sotto la scritta VIETATO FUMARE. Il malinconico scenario era completato da alcune poltrone primi anni '70. Ma, certo, in quell'ala superprotetta della base spaziale di Cape Canaveral, le visite non dovevano essere frequenti.

Quando Laura entrò, Oswald era girato verso la finestra. Represse a stento l'impulso di prenderlo sotto le ascelle e sollevarlo, come avrebbe fatto per stringere tra le braccia un bambino. Si abbracciarono con profondo affetto.

«Come diavolo hai fatto ad arrivare fino a qui?» gli chiese, sapendo dei ben sei sbarramenti di sicurezza che dovevano essere superati per arrivare al Centro Ricerche.

«Per il figlio di un popolo abituato a far aprire le acque del mar Rosso, oltrepassare quei posti di blocco è stato un gioco da ragazzi», rispose lui, strizzando l'occhio.

«Come vanno le cose da queste parti?» chiese poi.

«Documenti, documenti e documenti... Scritti in tedesco, oltre tutto. Posizioni delle stelle a ogni ora del giorno e della notte, per trent'anni. E un diluvio di appunti. Il professor Speitz aveva la buona abitudine di scrivere minuziosamente tutto, ma purtroppo non aveva il dono dell'ordine. Mi sembrano comunque notizie di scarso interesse. Spero proprio che questa storia finisca presto. Inoltre, il mio caporal maggiore non fa assolutamente niente per rendere piacevole il soggiorno. Anzi.»

«Alludi al bel colonnello di stirpe italica?»

«Credo che Kevin Dimarzio sia il più grosso stronzo che io abbia mai incontrato!»

Ma un improvviso rumore di passi nel corridoio li costrinse a sospendere una conversazione che rischiava di assumere sempre più le tonalità del pettegolezzo. Quasi guidato da un richiamo telepatico, Kevin Dimarzio entrò nella stanza con il suo passo

elastico. Stretta distrattamente la mano a Oswald dopo la presentazione di Laura, tagliò immediatamente corto:

« Dottoressa Joanson, purtroppo devo assentarmi per qualche ora. La pregherei comunque di continuare la catalogazione degli appunti anche in mia assenza ».

E, senza attendere risposta, ripeté un saluto distratto a Breil e scomparve.

« Capitano tutti a te i simpaticoni », scherzò Oswald. « Forse faceva meglio a mandare un carceriere per informarci che l'orario delle visite è finito. »

12.

Città di Luna. Anno 837 dalla Fondazione di Roma.
[84 d.C. (N.D.T.)]

LA via costruita da Emilio Scauro divideva la città di Luna esattamente in due. La porta che dava a oriente sarebbe stata chiusa, come ogni sera, al calare delle tenebre. Giunio era in viaggio da sei giorni e aveva volutamente evitato di percorrere la strada maestra, preferendo le sabbie dei litorali al comodo dorso della via Aurelia. Sapeva che i mendicanti e i piccoli commercianti stazionavano appena fuori le mura in attesa di rifugiarsi all'interno della città per trascorrervi la notte. Sedette quindi a terra fra loro nell'ampio spiazzo davanti alla porta. Era stremato, le gambe sembravano non volerlo più reggere. Dopo quei sei giorni di cammino estenuante poteva benissimo essere scambiato per uno degli umili personaggi tra cui si era dissimulato.

Approfittando di un momento di forte traffico, confuso tra un gruppo di quei poveretti, superò indenne il corpo di guardia – che quella sera notò essere particolarmente munito – ed entrò in città. Ebbe subito la sensazione che qualcosa non andasse per il verso giusto. Le strade erano deserte, mentre di solito, nelle calde sere d'estate, erano piene di gente che usciva a cercar frescura e a passeggiare lungo il decumano massimo. Niente di tutto ciò. Soltanto il silenzio e un diffuso, quasi palpabile senso di timore. La città, per lui, non aveva segreti, e vi si mosse con la massima cautela, nascondendosi negli angoli bui e controllando di continuo che il percorso fosse libero. L'imperatore aveva sicuramente messo sulle sue peste i migliori segugi e i più feroci pretoriani. Doveva stare molto attento.

« Giunio! » si sentì chiamare in un mormorio da una volta buia sulla sua destra. Trasalì, ma si tranquillizzò subito. Illuminato dai primi raggi di luna gli era comparso davanti Abis, il mercante di fiere.

« Fermati, Giunio », disse. « Non andare a casa. »

La sua espressione era sincera e, nonostante la difficoltà a

esprimersi correttamente in latino, sembrava veramente preoccupato per lui.

« Sono due giorni che ti aspetto », continuò l'uomo scampato al massacro soltanto grazie al suo intervento. Giunio si sentì trascinare nell'angolo buio da cui l'egizio era emerso.

« Che cosa dici, Abis? Dove sono mio padre e mia madre? »

« Sono arrivato in porto ieri mattina », spiegò Abis. « Quasi contemporaneamente alla mia nave sono arrivati i soldati: in città stazionano più di cinquanta pretoriani mandati qui con il preciso compito di catturarti. Non si parla d'altro, e nessuno sa dove abbiano portato tua madre e tuo padre. La mia nave terminerà le operazioni di carico questa notte. Vieni con noi, è l'unico modo che hai per salvarti. »

« Ti ringrazio, Abis, ma non posso abbandonare i miei genitori nelle mani di quegli assassini. »

« Non hai scampo, Giunio di Luna, sei braccato come le fiere che trasporto nelle mie gabbie. Niente potranno i tuoi artigli contro le sbarre di ferro che stanno per chiudertisi intorno. Vieni con me: tra poco meno di un mese saremo in Africa, dove potrai rifarti una vita o aspettare che le acque si plachino per rientrare a Roma. Restando qui non faresti che peggiorare la tua situazione e quella dei tuoi cari. »

Il mercante egizio aveva ragione.

Petra. Anno 838 dalla Fondazione di Roma.
[85 d.C. (N.D.T.)]

Aretas stava terminando di scolpire la base di un capitello nella roccia rossastra. Preferiva di gran lunga lavorare direttamente la roccia viva, intagliarvi in bassorilievo le diverse parti di quei monumenti maestosi. Tutto il contrario dei figli, che preferivano rimanere nell'officina e creare nella pietra statue o fregi da trasportare successivamente alla loro destinazione. Scese dall'impalcatura che gli permetteva di lavorare a diversi piedi d'altezza.

« Ave, scalpellino! » Un modo di definire la sua professione che aveva il potere di irritarlo profondamente. Si rivolse con uno sguardo fermo al suo interlocutore: « Dimmi, Vilco, hai bisogno di qualcosa? »

Il legato del governatore di Giudea indossava una divisa troppo stretta per le sue forme tondeggianti e portava l'elmo in un modo assai poco marziale.

« Pare che la tua famiglia sia cresciuta, eh? » Il pingue romano aveva un'autentica mania per i controlli e le delazioni, e sapeva sempre ogni minima cosa su tutti gli abitanti di Petra.

« Ho portato con me da Hierosolyma la cugina dei miei figli », tagliò corto Aretas, caricandosi gli attrezzi in spalla e facendo il gesto di andarsene.

« Ma la sorella di tua moglie non è morta due anni fa? » incalzò il romano.

« Appunto, ho portato tra noi la giovane orfana. Dovevo forse chiedere il tuo benestare? » ribatté il nabateo in un tono fattosi inquieto.

« No, nessun benestare. Grazie agli dei, il governo di Roma è civile e aperto, e lascia grande autonomia agli abitanti delle province. Ma guarda come veniamo ripagati. Lo sai che qualche giorno fa alcuni predoni del deserto hanno trucidato una sacra vestale con tutto il suo seguito? Proprio sulla strada di Hierosolyma. »

« Davvero? » finse di meravigliarsi Aretas, come se la notizia non lo riguardasse affatto, e si avviò definitivamente verso casa.

« Verrò a trovarti, scalpellino », gli gridò dietro il legato del governatore.

Mare di Alessandria d'Egitto.

L'acqua aveva cambiato colore, segnalando che la costa era ormai vicina. L'idea di essere fuggito di fronte alle sue responsabilità continuava ad angustiare Giunio, sommandosi all'angoscia per la morte di Marzio e all'ansia per la sorte dei suoi genitori. In quei trentasei giorni di viaggio si era fatto crescere la barba, per rendere più difficile un riconoscimento.

L'immagine del corpo di Marzio privo di vita non abbandonava mai i suoi pensieri. Si ritrovava di continuo a fare congetture e ipotesi, nel tentativo di capire a chi appartenesse la mano assassina che aveva agito per ordine di Menenio. Nessuno degli schiavi avrebbe mai osato colpire il suo signore; al contrario, molti di loro avrebbero dato la vita per lui. Ma non aveva visto segni di lotta o di scasso, quindi l'assassino doveva essere una

persona nota al senatore, in grado di arrivargli vicino senza suscitare sospetti.

Ricordò improvvisamente che a terra erano sparsi alcuni rotoli scritti. Li conosceva bene: contenevano i rendiconti delle attività che aveva creato lui stesso insieme al grande patrizio romano. Probabilmente Marzio li stava esaminando quando...

Dario! Come mai era a Roma? Soltanto Marzio o lui avrebbero potuto convocarlo lì, e nessuno dei due lo aveva fatto. Perché ci era venuto? L'immagine si fece sempre più nitida. Si rivide comparire davanti il suo uomo di fiducia mentre si precipitava sconvolto fuori della stanza di Marzio. Lui!

Si impose la calma, il ragionamento. Le sensazioni non servivano a niente: occorrevano prove. Soltanto una volta sicuro del ruolo di ogni singola persona nell'omicidio avrebbe potuto procedere alla più spietata delle vendette. Ma come indagare, adesso che era in quelle terre remote?

Abis lo raggiunse a prora. Si era dimostrato molto abile. Prima aveva disposto con grande segretezza il piano per il suo imbarco. Poi, dal porto di Luna a quello di Pozzuoli, primo scalo del viaggio, aveva preteso che rimanesse nascosto nella stiva, tra le gabbie vuote delle fiere. Infine, mentre la nave faceva provviste nella cittadina, lo aveva fatto sbarcare alla chetichella, fingendo poi di incontrarlo sulla banchina e di ingaggiarlo, presentandolo al resto dell'equipaggio come un nuovo marinaio. Sulla sua testa era sicuramente stata messa una taglia cospicua, e molti di quei brutti ceffi non avrebbero esitato un solo istante a tradirlo anche per pochi assi. Ma il bestiario non aveva avuto motivo di pentirsi della commedia inscenata: avevano incontrato mare burrascoso e vissuto momenti non facili, in cui l'aiuto del fuggiasco si era rivelato prezioso.

«A che cosa pensi, Giunio?» chiese l'egizio.

«Ai miei genitori, Abis, e a Marzio ucciso in quel modo vigliacco.»

«Per il poco che conosco i romani, ne ho viste ben di peggio. Quanto ai tuoi genitori, te lo ripeto: nella città di Luna ho sentito dire che erano stati portati via dai pretoriani, ma nessuno sapeva dove.»

«Devo trovarli, Abis. A qualunque costo.»

«Bisogna avere pazienza, Giunio», replicò l'africano. «Devi aspettare che la situazione torni tranquilla. Non sappiamo ancora se Menenio è sopravvissuto al tuo assalto. A Pozzuoli non so-

no riuscito ad avere notizie. Nessuno sembrava sapere niente. Ed è strano. In ogni caso, non ho voluto fare troppe domande. Avrei potuto suscitare qualche sospetto. Però non so, tra i due mali, quale sia il peggiore: un'accusa di duplice omicidio o avere ancora una volta il senatore, vivo e vegeto, alle calcagna.»

L'imponente torre del faro di Alessandria era ormai in vista. Giunio si voltò a guardare negli occhi il suo salvatore: «Credo di doverti la vita, bestiario», disse in tono di sincera gratitudine.

«Consideralo il saldo di un vecchio debito. Noi che viviamo di commercio non possiamo permettere che circolino voci di una nostra insolvenza», rispose l'altro con un sorriso cordiale.

«Per salvarmi, hai sfidato le leggi di Roma. Conosci la sorte riservata ai traditori dell'impero? Una croce poco fuori le mura, o il pozzo in un carcere da dove è impossibile uscire. Ti sarò grato per tutta la vita, Abis.»

Petra.

Aretas aveva riunito la famiglia. Il suo tono tradiva un'agitazione lontanissima dalla sua solita compostezza e calma. «Il legato del governatore mi ha fatto diverse domande in merito alla tua presenza, Clelia», disse in latino. «Sospetta qualcosa. Ha anche parlato dell'aggressione di cui sei rimasta vittima, ma credo sia un fatto del tutto casuale e che non immagini chi sei veramente. Ha comunque detto che ci verrà a trovare. Come possiamo fare? Tu non parli la nostra lingua, e i tuoi lineamenti e la tua carnagione sono molto diversi da quelli della nostra gente.»

«Volevo parlartene io stessa da tempo», rispose la giovane. «Ecco, vedi, avevo già deciso di lasciare la vostra casa. Credimi, questi giorni passati con voi sono stati meravigliosi. Ho capito di non avere mai vissuto veramente. Qui ho potuto conoscere le gioie di un'esistenza normale, tra le mura di una casa, tra gli affetti di una famiglia. Proprio per questo ho deciso che non posso rimanere. La mia presenza potrebbe rappresentare un grave pericolo per tutti voi.»

«Ci ho pensato a lungo anch'io, purtroppo», convenne l'anziano nabateo. «E sono giunto a questa conclusione. Ho un parente che possiede una bottega di panettiere ad Alessandria. Può sicuramente darti ospitalità. E tu puoi ricambiarlo con il lavoro. Ti ci accompagnerò io stesso.»

«È rischioso», obiettò Clelia. «E ormai credo di sapermela cavare da sola.»

Non finì nemmeno la frase che già Rabel, il maggiore dei figli, la interrompeva dall'angolo della stanza dov'era seduto in atteggiamento assorto. «Non ti lasceremo mai sola ad affrontare il deserto con le sue orde di predoni. Magari persino inseguita dai romani. Padre, con il tuo permesso, chiedo di poterti accompagnare.»

Lasciarono la città con le tenebre. Le torce illuminavano i templi di pietra, rendendoli ancor più affascinanti. Clelia montava il primo dei due cammelli; il velo le scendeva sul viso nascondendolo quasi completamente e lasciando in vista soltanto gli occhi color cobalto. Era vestita con gli abiti della moglie di Aretas. Speravano così di ingannare gli sguardi indiscreti della gente e, soprattutto, delle spie romane.

Alessandria. Porto del Bruchium.

Giunio prese dal ponte uno dei sacchi di cui era composto il carico. Quindi si avviò per la passerella che univa la nave al molo. Posato il sacco tra gli altri già scaricati, si dileguò tra la moltitudine che affollava le banchine. Non avrebbe mai scordato le parole che gli aveva detto Abis, salutandolo e mettendogli in mano una borsa piena di monete: «Queste sono per te. Non credo tu abbia danaro, e in queste terre che non conosci ti è indispensabile. Abile come sei, non dovresti comunque faticare a trovare un lavoro. Se un giorno dovessimo rivederci, e se potrai, me li restituirai».

Aveva accettato quello che riteneva un piccolo prestito, ma con stupore si era poi accorto che la borsa conteneva ben duecento sesterzi. Con una somma simile, un'intera famiglia benestante avrebbe potuto campare per oltre due mesi. Ormai però era troppo lontano dalla nave per restituire il danaro che riteneva in eccesso.

«Ehi, marinaio», lo chiamò alle spalle una voce chiara e imperiosa. Dal tono, capì immediatamente che si trattava di un militare. Non si girò.

« Dico a te », insistette l'altro, alzando ulteriormente la voce. « Sei sordo? »

Parole che gli diedero un'ispirazione improvvisa: continuò a camminare come se niente fosse.

Una mano energica lo afferrò alla spalla, costringendolo a voltarsi. Si vide davanti due soldati di Roma, uno attempato, l'altro un giovanetto imberbe di prima nomina. Valutò istintivamente i potenziali avversari: se fossero arrivati a uno scontro, avrebbe potuto agevolmente avere ragione di entrambi.

Il più anziano lo stava scrutando. « Chi sei, marinaio? »

Giunio emise un suono gutturale, indicandosi le orecchie. Il suo interlocutore prese a parlare a gesti e a scandire le parole: « Vuoi dire che sei sordomuto? »

Annuì con un largo sorriso ingenuo, facendo intendere che il problema era precisamente quello.

« Da dove vieni? Il tuo viso non mi è nuovo », continuò il legionario più anziano, perplesso.

Indicò a caso una delle tante navi affiancate alla banchina, sul cui ponte si vedevano gabbie simili a quelle in cui Abis trasportava le sue fiere.

« Ah, capisco. Sta' sempre ben attento che quelle gabbie siano perfettamente chiuse. » E, così detto, il militare si esibì in una buffa mimica, scoppiando in una risata. Giunio rispose facendo il verso di un leone e, abbandonandosi a sua volta a una risata rauca, si allontanò.

Aveva fatto pochi passi quando sentì di nuovo, ancora più stentorea, la voce del legionario.

« Giunio di Luna », urlò.

Ancora una volta fece finta di niente e continuò per la sua strada.

« Come lo hai chiamato? » chiese il collega più giovane.

« Giunio di Luna, il più grande gladiatore di tutti i tempi, oltre che un esempio per tutti i nostri comandanti militari. Bah! Quel marinaio muto sembrava il suo sosia. »

Chissà che cosa avrebbe pensato, il brav'uomo, nell'apprendere che il suo eroe preferito era in fuga, ricercato per omicidio.

Una volta abbandonato il porto con questo stratagemma, Giunio si rese conto che la città pullulava di militari romani. Non era certamente un posto sicuro per lui.

Deserto nei pressi di Petra.

Le zampe dei cammelli compivano uno strano movimento nel distendersi al passo. Sembrava continuamente che gli sgraziati animali stessero per vacillare, privi di forze. Ma ogni volta gli zoccoli facevano saldamente presa nel pietrisco della strada, imprimendo a tutto il corpo e al carico un movimento ondulatorio singolarmente simile a quello di una nave in alto mare. Clelia aveva faticato ad abituarsi a tutti quegli sballottamenti, ma finalmente aveva trovato la posizione giusta. Dalla sua postazione elevata osservava i due uomini che tenevano in mano le briglie.

Non potevano sapere quanto tempestiva fosse stata la loro partenza. Il mattino dopo, la moglie e i figli di Aretas avevano ripreso da poco le normali occupazioni, quando sulla soglia videro comparire il legato del governatore.

« Dov'è tuo marito, donna? » chiese di malagrazia il romano, entrando senza chiedere permesso.

« È tornato a Hierosolyma per cambiare alcuni attrezzi che non andavano bene », mentì la donna, indicando la direzione esattamente opposta a quella in cui stavano viaggiando i suoi cari.

« E tu non sei andata con lui? » domandò l'uomo, sedutosi a gambe larghe, mentre tentava di farsi vento con alcune lamine di ferro che, sempre senza curarsi di chiedere permesso, aveva preso dal tavolo da lavoro. Ma nessun vento, nemmeno il più gelido e impetuoso, avrebbe mai potuto asciugare il sudore che gli colava dalla fronte sul viso.

« No, sono troppo vecchia e stanca per affrontare un altro viaggio a così breve distanza di tempo. »

« Strano, perché le sentinelle mi hanno riferito che ieri sera sei partita assieme ad Aretas e al tuo figlio maggiore. »

« Non ero io », ribatté prontamente la donna, sforzandosi di rimanere all'altezza della situazione, ma con la faccia invasa da un rossore che rischiava di tradirla. « Era la figlia di mia sorella, che ha chiesto di tornare a casa. »

« È un vero peccato che sia rimasta qui così poco tempo. Petra non è dunque stata di gradimento per la fanciulla dagli occhi turchini di cui si sente tanto parlare? E pensare che questa mattina ero venuto qui proprio per vederli finalmente anch'io, e conoscere la nostra nuova concittadina. »

Ma di punto in bianco i modi dell'uomo cambiarono, facen-

dosi aspri. « Questa storia non mi piace, donna », riprese in tono minaccioso. « Ricordati che ho tanto cervello quanto grasso in corpo, e che so riconoscere a prima vista il marcio. Non vorrei che qualcuno stesse nascondendo qualcosa... chissà... Esigo spiegazioni, non appena tuo marito sarà rientrato. Anche se penso che lo raggiungerò quasi sicuramente sulla strada di Hierosolyma, dove sono stato convocato dal governatore Sestilio. »

E, così detto, il legato del governatore si alzò di scatto, avviandosi verso la porta. Ma, prima di uscire, con uno sguardo ammonitore, si rivolse ai ragazzi che da quando era entrato avevano abbandonato le loro occupazioni: « State in guardia, nabatei, state bene in guardia. A Vilco non sfugge niente ».

Un'oasi nel delta del Nilo.

« Ecco che cosa ci hanno portato i romani », disse Aretas rivolto a Clelia, riparandosi gli occhi dal sole con una mano. « Una strada e l'ultimo capitolo della nostra storia, temo. » E indicò la via che costeggiava tutta la fascia mediterranea.

Erano ormai in viaggio da otto giorni; avevano marciato a tappe forzate, quasi senza riposare, nel timore che qualcuno li stesse inseguendo. Rabel, il figlio di Aretas, colmava di continue attenzioni la giovane. Sull'orizzonte, una macchia scura di verde sembrava sfidare la perenne aridità di quella terra. Avrebbero trascorso la notte nell'oasi, e il mattino seguente avrebbero ripreso il viaggio di buon'ora. Ormai mancavano soltanto due giorni per raggiungere Alessandria.

Poche ore prima, dalla stessa città era partito il fuggiasco Giunio, convinto che non avrebbe mai potuto trovarvi un rifugio sicuro. Era temprato nei confronti di qualsiasi gelo, ma non abituato a quel caldo torrido. Per fortuna, invece, il cavallo che era riuscito a comperare in città sembrava non risentire della temperatura. Trottava anzi instancabile, facendogli almeno godere una brezza leggera.

Quando si era posto il problema di una nuova destinazione, era stato preso dalla più grande incertezza. Non poteva certamente restare ad Alessandria: le sue gesta di gladiatore lo avevano reso troppo famoso, qualche altro militare o cittadino roma-

no avrebbe prima o poi finito con il riconoscerlo. Ma dove andare? Si sentiva perso in quelle remote terre in cui tutto gli era sconosciuto, lingua, usi, luoghi.

Così, non appena era arrivato a un bivio poco fuori la città, aveva allentato le briglie, affidando il suo destino all'istinto di sopravvivenza dello splendido animale. Il quale, senza la minima esitazione, si era avviato verso oriente, imboccando la strada desertica che conduceva a Petra e poi a Hierosolyma.

Stava cavalcando ormai da diverse ore, quando uno spiazzo verdeggiante gli indicò la sicura presenza di una fonte o di un pozzo. Decise che vi avrebbe trascorso la notte.

Intanto Rabel stava dimostrando nel drizzare la tenda la stessa abilità che metteva nel lavoro di assistente scultore: sosteneva addirittura che in poche ore sarebbe stato capace di edificare un'intera città.

Oggetto di tante attenzioni, Clelia si sentiva sempre più piena di imbarazzata gratitudine nei confronti di Aretas e di suo figlio. Come ogni notte, si sarebbe riparata all'interno della tenda, mentre i due uomini si sarebbero stesi davanti all'apertura su due giacigli di fortuna.

Improvvisamente, a un centinaio di passi da loro vide un uomo solitario, con un cavallo. Lo osservò per alcuni istanti, poi si sentì calare addosso improvvisa e insostenibile la stanchezza del viaggio, che la convinse a ritirarsi nella tenda.

Il cavallo si stava abbeverando a poca distanza da Giunio, che lo osservava con attenzione: era un animale di taglia più piccola rispetto a quelli cui era abituato, ma non per questo meno forte o veloce. Al contrario. Probabilmente era un cavallo dell'Arabia Petrea, se non addirittura della remota e favolosa Arabia Felix, animali svelti e nervosi di cui aveva tante volte sentito parlare ma che non aveva mai visto. Aveva l'impressione che avesse imparato subito a conoscerlo e già gli si fosse affezionato. Volgendo lo sguardo sulla macchia di vegetazione che lo circondava, vide non lontana quella che gli parve una famigliola in viaggio. Avrebbero condiviso l'ospitalità dell'oasi per quella notte. Continuò a seguirli con lo sguardo.

I due uomini erano in piedi accanto al fuoco. La donna, invece, era scomparsa nella tenda e non ne era più uscita. Scambiò un cenno di saluto con i due da lontano, senza mai rivolgere

loro la parola. Non avrebbe saputo in che lingua farlo – le popolazioni di quelle terre remote e aspre potevano conoscere il latino? –, e comunque non voleva correre il rischio di dover dare spiegazioni. Posò la testa sulla sacca in cui aveva chiuso le sue poche cose e, prima di cedere a un sonno profondo, la sua mente riprese a vagare tra le cose che gli erano care.

Ripensò alla giovane vestale che lo aveva incantato. Immagini confuse, lontane nel tempo e sconvolte dagli avvenimenti. Ma Clelia aveva ormai un posto fisso nei suoi ricordi felici, anche se non aveva più notizie di lei da quando l'aveva vista partire. Sapeva che la sua destinazione si trovava a non grande distanza dalle terre in cui si trovava lui in quel momento, ed era del tutto possibile che fosse ancora in Giudea. Ma non avrebbe mai potuto immaginare che la protagonista di tanti suoi pensieri fosse lì, a pochi passi da lui, tra i componenti della piccola carovana in compagnia dei quali avrebbe trascorso la notte nel deserto.

Quando si svegliò, il sole era già alto, e il suo calore gli bruciava la pelle. La famigliola doveva aver levato la tenda all'alba. Era rimasto completamente solo nell'oasi. Il cavallo, lasciatosi montare con la consueta docilità, riprese di buona lena il cammino verso la sconosciuta meta che si era scelto da solo.

Hierosolyma. Residenza del governatore di Giudea.

Con cadenza mensile, ogni delegato del governatore doveva rendergli conto dello stato dei territori contigui alla provincia. Erano incontri brevi, scambi di poche parole o informazioni. Sestilio seguiva le procedure con disattenzione e svogliatezza, mentre i suoi subalterni lo colmavano di ricchezze e di espressioni melliflue.

Vilco, il pingue responsabile della città di Petra, era uno dei suoi migliori emissari: attento, scrupoloso, astuto, tanto interessato a fare carriera nei ranghi militari quanto maligno e servile.

«Signore», esordì, «Petra aumenta di continuo la sua prosperità. Essendo passaggio obbligato di tanti traffici, vanta una ricchezza con cui poche altre terre possono competere. Ma mi spaventa il dilagare anche in quelle terre dell'empio pensiero

cristiano. Credo di dover porre fine alla piaga con una lezione esemplare. »

« Che cos'hai in mente? » lo interruppe Sestilio.

« C'è la famiglia di uno scalpellino, molto nota e stimata in città, che sospetto dedita ai sacrileghi riti cristiani. Il loro comportamento non mi sembra chiaro. Qualche tempo fa, per esempio, il vecchio scalpellino e sua moglie sono rientrati da un viaggio qui a Hierosolyma portando con loro una giovane dagli occhi turchini e dalla carnagione chiara e affermando che si trattava della loro nipote. Io invece sono convinto che si tratti di una cristiana che ha cercato rifugio presso di loro fuggendo da questa provincia. »

Il comandante delle guardie personali del governatore smise di giocherellare con l'elsa della spada e cominciò a prestare un'attenzione inquieta a ciò che diceva il legato di Petra.

Il quale stava continuando: « Penso proprio che, se tu facessi dare una dura lezione a questo scultore di nome Aretas, l'evento potrebbe essere d'esempio per tutti i nabatei, dissuadendoli dal seguire i riti del cristianesimo ».

« Come pensi che potremmo agire, Vilco? Petra non è una provincia romana. I nabatei sono un popolo libero e fiero. »

« Petra, certo, ma in questo momento so che lo scalpellino è in viaggio nelle nostre terre... »

Le sue parole e le riflessioni di Sestilio furono interrotte da Cassio, il comandante delle guardie, che chiese: « Parlaci di questa giovane, Vilco. Quanto tempo fa è arrivata a Petra? » Sentirlo chiedere un chiarimento stupì profondamente il governatore, mettendolo all'erta.

« Non ho avuto modo di incontrarla, ma chi l'ha vista dice che è molto bella, anche se ha il viso segnato da tracce di ferite e ustioni superficiali. Pare che non sembri affatto una nabatea o una giudea. Comunque è rimasta soltanto pochi giorni a Petra, poi è voluta tornare a Hierosolyma. Per questo lo scalpellino è in viaggio nei nostri territori. Il tutto è successo alcune settimane fa, pochi giorni dopo il tremendo eccidio perpetrato dai predoni ai danni della nostra sacra vestale e del suo seguito. »

Cassio trasalì visibilmente: un fastidioso dubbio si era insinuato nella sua mente.

« Chiedo di conferire con te da solo, Sestilio », disse con evidente imbarazzo.

Alture desertiche.

Giunio stava sempre all'erta, pronto a nascondersi al primo avvistamento di una pattuglia di soldati. Ma, per sua fortuna, nei primi due giorni di cammino incontrò solamente due lunghe carovane di mercanti che procedevano nel suo stesso senso di marcia e alcuni gruppetti di uomini che andavano invece verso l'Egitto. Fu soltanto il mattino del terzo giorno che li scorse dall'alto di un'altura. I cinque cavalli procedevano al galoppo, lasciandosi alle spalle una nuvola di polvere. Anche da quella distanza, riuscì a distinguere il colore purpureo delle divise e il luccichio delle armi.

Cancellò in gran fretta le tracce del suo bivacco notturno e trovò riparo con il cavallo in una grotta della montagna, in attesa che il drappello passasse oltre. Non fu tuttavia così: Giunio, allarmato, sentì che i soldati avevano ridotto il passo e il drappello si stava fermando a poca distanza dal suo nascondiglio. Ne udiva distintamente le voci. Pregò gli dei che il cavallo non tradisse con un nitrito la sua presenza, ma l'animale sembrava tranquillo e a suo agio nel fresco della grotta.

«Fermiamoci a riposare un po'», disse quello che sembrava il capo del drappello.

Scostando leggermente la vegetazione rinsecchita che copriva l'ingresso della grotta, Giunio era in grado di vedere perfettamente i cinque uomini, che per sgranchirsi le gambe si erano messi a camminare avanti e indietro nello spiazzo sottostante l'altura.

«Che cosa ha detto il governatore, quando gli hai confessato la nostra colpa, Cassio?» chiese il più anziano al comandante.

«Sapete che Sestilio» – il solo sentire quel nome ebbe il potere di acuire i sensi di Giunio, cancellando dal suo spirito ogni timore – «lascia difficilmente trapelare le sue emozioni. Credo comunque che abbia capito i motivi per cui non abbiamo portato a compimento la nostra missione. Ha promesso di dimenticare tutto, purché catturiamo Clelia e la mettiamo nelle sue mani», rispose Cassio.

«In venti anni che sono al servizio della famiglia del governatore, è la prima volta che non obbedisco a un ordine», interloquì un altro dei cinque, un uomo non più giovane, con il viso sfigurato dalle ferite. «Ho eseguito qualunque comando del padre del nostro signore Sestilio, e per Sestilio ho pedinato, tortu-

rato o ucciso diversi uomini. Sono arrivato ad aggredire compagni legionari tra i ghiacci eterni. Ma chiederci di trucidare una sacerdotessa è troppo anche per gente fedele come noi!»

«Proprio tu parli di fedeltà, Britannico, quando sappiamo tutti che sei fedele soltanto ai sesterzi?» lo schernì il comandante, facendo scoppiare il resto del drappello in una risataccia.

«Sono ormai sei giorni che pattugliamo questa strada, ma non abbiamo trovato tracce della vestale né dei suoi accompagnatori. Ma, ringraziando gli dei, la figlia dello scalpellino non ha resistito alle torture degli uomini pagati da Vilco e ha rivelato dove erano veramente diretti», replicò l'anziano legionario. «A Petra Vilco ha dovuto agire nell'ombra e con grave pericolo, ma qui governa Roma. Ci vorrà poco, ad Alessandria, per trovare il forno di Silleo, cugino dello scultore Aretas.»

«Infatti», tagliò corto Cassio. «Ormai conosciamo la loro destinazione, sicché, male che vada, cattureremo Clelia dal fornaio parente di Aretas, e così riusciremo a placare l'ira di Sestilio. Adesso però riposiamo qualche ora. Non appena la temperatura si sarà abbassata ci rimetteremo in movimento.» Mentre così diceva, già si era preparato un giaciglio di fortuna e vi si era allungato.

Giunio aveva il cuore in tumulto. Clelia! In fuga da una terribile minaccia, persino più terribile di quella che incombeva su di lui. E, ancora una volta, gli uomini di Menenio, ancora una volta Sestilio contro di lui e contro chi gli era più caro. Una sorta di maledizione a cui sembrava non riuscisse a sfuggire.

Doveva cercar di fermare quegli uomini prima che raggiungessero la vestale. Ma come? Per non dare nell'occhio, ad Alessandria, aveva preferito non comperare armi lunghe. Disponeva soltanto di un pugnale affilato, che portava alla cintura.

Inoltre i suoi avversari erano cinque militari, sicuramente esperti, e lui era solo. Ma una forza indomabile gli vietava di rinunciare, costasse quel che costasse. Fremente, decise di aspettare che qualcuno di loro prendesse sonno, prima di passare all'azione.

Alessandria.

Clelia era stata accolta dai cugini di Aretas con la stessa gentilezza che aveva incontrato presso la famiglia dello scultore di

Petra. Erano una coppia anziana, il cui unico figlio aveva preferito la vita militare a quella del fornaio. La loro vita era faticosa, e un aiuto non poteva che essere ben accetto.

Sul retro della bottega si trovava il locale del forno, dove ogni notte Silleo, il marito, insieme a due inservienti, macinava il grano, impastava la farina e cuoceva i pani da vendere il giorno dopo. Lavoro duro, faticoso, ma di buon reddito. La moglie lo raggiungeva all'alba e si occupava della vendita.

« Riposerai qualche giorno per riprenderti dalle fatiche del viaggio », disse Silleo alla giovane fuggiasca in un latino dalle musicali inflessioni greche, migliore di quello di Aretas, « e poi aiuterai mia moglie in bottega. Sono sicuro che non avrai difficoltà. »

Portato a termine il loro generoso compito, Aretas e Rabel si apprestavano a rimettersi in viaggio. Clelia li salutò commossa: avevano messo a repentaglio la vita per salvarla, niente al mondo avrebbe mai potuto cancellare l'affetto e la riconoscenza che nutriva per loro. Volessero gli dei... volesse il *loro* dio che un giorno potesse rivederli.

« Dio unico e misericordioso, veglia su di loro », invocò in silenzio, incurante che, in bocca a lei, quell'invocazione era un sacrilegio. « Non potrò mai ringraziarvi abbastanza per quello che avete fatto », disse con gli occhi pieni di lacrime.

« Cristo », replicò solennemente Aretas, « ci ha insegnato l'amore, la fratellanza e la pietà. Abbiamo semplicemente fatto quello che dovrebbe fare ogni essere umano onesto. Tu stessa non avresti agito diversamente. Non ci devi niente, Clelia. Il tuo breve soggiorno nella nostra casa è stato una gioia. »

« Però vi siete attirati i sospetti dei romani », disse lei tristemente. « Temo per voi, sulla via del ritorno... »

« I romani ambiscono a conquistare la nostra terra », replicò l'anziano scultore. « Ma la principale causa dell'odio che nutrono per la mia famiglia è il Dio in cui crediamo, e non certo la tua persona. Prima o poi saremo costretti a fare i conti con Vilco e i suoi sicari. Il fatto che ti abbiamo salvato dalla morte poco aggiunge a quella che considerano la nostra colpa. »

Le si avvicinò anche Rabel, con due occhi buoni e pieni di amore. La bellezza e la dolcezza di Clelia non avevano potuto lasciarlo indifferente. Quanto aveva sognato che restasse per sempre nella loro casa.

« Quando tutto sarà tornato tranquillo verrò a riprenderti,

Clelia», disse con voce timida. Quante volte doveva aver provato e riprovato quelle poche parole in latino, povero giovane. Le accarezzò rapidamente la mano, poi chinò la testa e seguì il padre, che si era già avviato.

Clelia rimase sulla soglia della bottega a seguirli con lo sguardo mentre si allontanavano per la strada affollata, finché non scomparvero alla sua vista.

Alture desertiche.

Britannico era seduto su un masso e gli girava le spalle. I suoi commilitoni, invece, sembravano sprofondati in un sonno pesante. A Giunio parve meglio spostarsi, anche perché il cavallo cominciava a dare segni d'insofferenza. Strisciò senza rumore, attento a non farsi vedere dal legionario.

Quando Britannico si accorse della sua presenza, era troppo tardi. Le mani dell'ex gladiatore lo afferrarono in una presa ferrea alla nuca e sotto il mento. Giunio gli torse la testa con una forza moltiplicata dal furore, finché un sinistro scricchiolio non lo avvertì che l'assassino dei suoi compagni di battaglie tra i ghiacci era andato a raggiungere coloro che aveva trucidato a tradimento.

Adagiò a terra il corpo e gli sfilò la spada dal fianco. Il marchio delle fucine imperiali impresso sulla lama apparve nitido: un capitolo oscuro della sua vita aveva trovato definitiva spiegazione e riparazione.

Due soldati dormivano a poca distanza; non concesse loro il tempo di svegliarsi e di vedere la morte in faccia. La lama letale imperiale agì rapidissima e silenziosa.

Cassio e l'altro legionario si erano invece sistemati a qualche cubito di distanza, all'ombra di un cespuglio spinoso. Giunio puntò risoluto verso il comandante delle guardie di Sestilio. Ma proprio in quell'istante lo vide aprire gli occhi.

«Uomini, siamo attaccati, all'armi», gridò Cassio, immediatamente all'erta. Non pensava di sicuro che un uomo solo fosse così pazzo da assalirne cinque. Ma tre dei suoi già non potevano rispondere.

I due furono subito in piedi. Giunio si meravigliò di essere ancora così agile e veloce, dopo un così lungo periodo di inatti-

vità; schivare i colpi delle loro armi gli riusciva facile come un gioco.

Ma erano pur sempre in due, contro lui solo. Stava fronteggiando Cassio, quando si sentì afferrare alle spalle dalle braccia dell'altro. Si trovò immobilizzato dalla sua presa ferrea. Si vide puntare contro minacciosa la lama del comandante delle guardie, pronta a trafiggerlo. Con un violento colpo di reni e una torsione del busto – forza della disperazione ma anche frutto dei lunghi allenamenti e dell'esperienza fatta nel Circo – riuscì a liberarsi dalla presa e si lasciò cadere a terra. La lama passò poco sopra la sua testa, conficcandosi nel torace dell'uomo che gli stava alle spalle.

Si rimise in piedi con un balzo felino. Adesso le forze erano pari. « Siamo rimasti soli, assassino! » gridò con voce arrochita dall'affanno.

« Chi diavolo sei? » chiese l'altro, muovendosi lentamente in tondo, leggermente chino, le braccia larghe, spasmodicamente all'erta.

« Sono il prezzo che pagherai per tutto il male che hai fatto », rispose Giunio. E con un balzo furente gli fu addosso. Le lame cozzarono con violenza. Giunio tirò un primo fendente, che Cassio schivò con grande abilità, e immediatamente un secondo, che lo ferì superficialmente a un braccio. Ma lo slancio lo aveva sbilanciato, facendolo cadere.

Dall'infelice posizione in cui si trovava seguì con lo sguardo le gambe del nemico che si accostavano, il suo piede destro che si abbatteva sulla mano stretta sull'elsa. Si trovò disarmato in pochi istanti.

Il nemico gli fu addosso, vide balenare la sua lama. La destra corse precipitosamente al pugnale che teneva alla cintura, gli si serrò sopra, lo brandì. Il bersaglio apparve nitido e indifeso nel corpo proteso a vibrare il colpo. Prima che la spada del nemico si abbattesse su di lui, Giunio affondò la lama poco sotto il costato, dal basso verso l'alto.

Cassio rimase immobile qualche istante in una strana posizione, con la spada puntata al cielo e gli occhi sbarrati, poi un fiotto di sangue gli riempì la bocca e, inerme, rovinò addosso all'avversario.

Giunio si scosse di dosso il corpo esanime, che non degnò di uno sguardo. Il petto gli ansava fino a dolere. Ma senza fermarsi un solo istante corse a recuperare il cavallo, nel timore che po-

tesse essersi liberato e fosse scappato. Doveva assolutamente arrivare in tempo per mettere in salvo Clelia, prima che Sestilio si rendesse conto che i suoi sicari non sarebbero mai più tornati.

Alessandria.

I primi due giorni di lavoro furono un vero piacere per Clelia. Benché non conoscesse la lingua, riusciva a farsi intendere dai clienti esprimendosi con gesti e sorrisi. I pani erano perfettamente allineati sul banco di marmo, non doveva far altro che tagliarli in corrispondenza delle tacche che Silleo aveva inciso prima della cottura, riscuotere il danaro ed essere gentile.

«Se i nostri avventori», le disse sorridendo il fornaio al termine della seconda giornata, «sapessero che vengono serviti da una delle massime autorità religiose dell'impero di Roma, non so proprio come reagirebbero.»

«È un ruolo che faremo meglio a dimenticare, per la nostra tranquillità», rispose prontamente lei. «Visto anche che non potrò certo tornare a Roma finché l'impero sarà governato da persone che mi vogliono morta.»

«Potrai fermarti con noi finché vorrai, Clelia», intervenne la donna. «Qui sei al sicuro. Chi potrebbe venire a cercarti in questo umile forno?»

«Siete veramente buoni, come lo sono stati Aretas e tutta la sua famiglia. Ma mi riempie di angoscia la scia di morte e di problemi che, mio malgrado, mi trascino dietro. Che cosa ho mai fatto per provocarla? E come potrò sfuggirle?» Mai Clelia avrebbe potuto dimenticare gli uomini del suo seguito, trucidati dai finti briganti, e tutti gli altri spettacoli di dolore cui aveva dovuto assistere impotente e incolpevole. Il suo cuore, inoltre, era oppresso dal pensiero del pericolo a cui, per lei, erano esposti Aretas e la sua famiglia.

«Non preoccuparti», intervenne pacatamente Silleo. «Le minacce dei romani non fanno certo paura a due vecchi che vivono da sempre del proprio lavoro.»

Nelle stesse ore Giunio stava percorrendo a ritroso la via che si era appena lasciato alle spalle, senza dare riposo al suo povero cavallo, che peraltro sembrava felice di correre su quella sabbia

sottile. In soli due giorni giunse in vista della città, sebbene anche questa volta avesse preferito tenersi il più possibile ai margini della via principale.

Aveva nascosto nella grotta i corpi dei cinque scherani del governatore, liberato i loro cavalli e cancellato con la massima cura le tracce del combattimento, ma doveva ugualmente fare presto: di lì a poco, Sestilio, non vedendoli tornare, avrebbe mandato a cercare i suoi uomini.

Il terzo mattino, Clelia aveva finito di servire alcune clienti e la bottega era deserta. La figura dell'uomo si stagliò possente contro la luce dell'esterno. Lo riconobbe quasi subito, malgrado la barba.

« Giunio! » gridò. « Oh, Giunio! » mentre si puliva istintivamente in un panno le mani bianche di farina. Abbandonò il banco di vendita e gli si precipitò incontro. Si lasciò abbracciare e lo strinse a sé, come avrebbe voluto fare in tante interminabili notti insonni. Gli fece scorrere le dita tra i capelli, accarezzò il viso segnato dalle lotte e dalla fatica.

Giunio aveva gli occhi chiusi, perso nel piacere dell'abbraccio. Da quanto tempo lo sognava? Quando finalmente li riaprì, vide l'anziano fornaio e i due inservienti che, abbandonando il lavoro, si erano precipitati nella stanza brandendo le pale del forno. Erano stati richiamati dal grido di Clelia.

Ma, trovando i due abbracciati, prima esitarono incerti e poi, viste le loro espressioni rapite, tirarono un respiro di sollievo e posarono le armi improvvisate.

L'abitazione di Silleo si trovava nello stesso gruppo di case in cui era la bottega. L'uomo fu lieto di condurvi anche Giunio, che in quanto amico di Clelia poteva soltanto essere anche amico loro.

Clelia fu informata rapidamente di quanto avevano detto le guardie di Sestilio, anche se Giunio evitò con cura di addentrarsi nei particolari dello scontro.

« Rimanendo qui corri un grave pericolo », concluse. « E lo fai correre anche a questa brava gente. Non ci vorrà molto perché arrivino altri soldati a cercarti. Devi venire via con me, dobbiamo trovare un posto veramente sicuro. »

« Giunio ha ragione », intervenne Silleo con il suo dolce, cantilenante latino. « A due poveri vecchi come noi importa poco dei pericoli, non ci rimane ormai molto da vivere. Ma tu sei giovane. Rimanendo qui verrai catturata dagli uomini del gover-

natore di Giudea, che non avranno pietà. Sulle alture desertiche dell'Hhóreb vive una comunità di cristiani che vi si sono rifugiati per sfuggire alle persecuzioni. Il loro capo è un nabateo, mio amico fin dall'infanzia. Sapranno sicuramente darvi ospitalità e aiuto. Noi non possiamo metterci in viaggio con voi, la nostra età non lo consente. Rimarremo qui e, quando arriveranno i soldati, cercheremo in ogni modo di ritardarli e depistarli. Vi consegnerò comunque uno scritto con cui vi presenterete alla comunità. »

« Non posso passare la vita a fuggire », ribatté animosamente Clelia, « compromettendo tutti coloro che cercano di aiutarmi. È meglio che affronti il mio destino da sola, consegnandomi ai soldati romani qui in Egitto e raccontando tutto quello che è stato tramato contro di me. »

« E pensi che ti crederanno? » la interruppe Giunio. « Pensi che non avvertiranno subito Sestilio, consegnandoti a lui? Secondo me, all'infuori delle poche persone che lo hanno fatto con tanto coraggio in questi giorni, non esiste nessuno disposto ad aiutarti, né così potente da far arrivare la sua voce fino all'imperatore.

« Ormai soltanto un intervento di Domiziano potrebbe salvarti la vita, e non so quanto l'Augusto abbia voglia di contrariare i servi da cui è accerchiato. E poi, Clelia », concluse, fissandola negli occhi, « adesso che ti ho ritrovato, niente potrebbe costringermi a perderti un'altra volta. »

Deserto dei Monti Neri.

Il cavallo da tiro del fornaio era di taglia robusta e tozza. Silleo lo offerse in prestito, ricevendo in cambio la promessa che, una volta giunti a destinazione, Giunio e Clelia lo avrebbero affidato a una delle carovane che venivano in città, con la richiesta di riconsegnarlo al proprietario. E fu di nuovo il deserto, la fuga, braccati da uomini che avevano l'ordine di catturarli, se non addirittura di ucciderli senza lasciare tracce di loro.

Il viaggio verso le alture desertiche dell'Hhóreb si presentava meno irto di difficoltà di quello che Giunio aveva appena compiuto, ma la presenza della donna amata lo teneva in ansia, anche se Clelia si era subito rivelata un'ottima compagna di viaggio e un'infaticabile cavallerizza. Viaggiavano nelle ore più fre-

sche, all'alba e al calar della sera, fermandosi durante la notte, che rendeva troppo difficile orientarsi, e prima che il sole fosse alto e accecante. Nel corso delle pause forzate, si raccontavano gli sciagurati eventi che li avevano portati in quella situazione. Era la prima volta che potevano stare insieme a lungo, ma pareva che si conoscessero e amassero da sempre.

Le indicazioni di Silleo erano state precise ed esaurienti. Dopo alcuni giorni di viaggio, la punta dei Monti Neri detta Hhóreb si stagliò davanti a loro illuminata dai colori del tramonto. Giunio decise che avrebbero passato la notte lì, e che il mattino seguente avrebbero affrontato i sentieri della montagna.

Quando lei si girò su un fianco, accostandosi, Giunio non sapeva se Clelia stesse dormendo. Sentì il profumo della sua pelle, percepì con un'eccitazione mai provata il contatto dei loro corpi. La baciò con trasporto. Le braccia della giovane lo strinsero appassionatamente: « Ti amo, Giunio di Luna, ti amo da sempre. Non ho mai smesso di pensarti neanche per un istante, nemmeno nei momenti più difficili. Anzi, più mi sentivo sola e perduta, più pregavo di averti vicino ».

Lui la baciò ancora, stringendola forte.

« Ho un voto solenne da rispettare, ricordalo », lo ammonì lei, fattasi improvvisamente seria. « Anche se ormai non so più a che cosa possa servire. Comunque, no, non posso violarlo. »

Non era facile, ma Giunio s'impose di rispettarla nello stesso modo in cui avrebbe mantenuto un giuramento. Si addormentò accanto al corpo della donna che amava e che avrebbe amato per sempre.

Quando i primi raggi di sole lo costrinsero ad aprire gli occhi, vide Sestilio in piedi davanti a loro. La destra corse istintivamente a cercare la spada, ma non la trovò. Qualsiasi resistenza sarebbe comunque stata inutile: erano circondati da almeno venti soldati in armi. Anche Clelia si era svegliata e fissava con uno sguardo terrorizzato il governatore della Giudea.

« Sono proprio contento di rivederti, tribuno Giunio », gracchiò Sestilio con la sua voce nasale. « Anche se forse sarebbe più opportuno chiamarti Giunio l'assassino. E guarda in che piacevole compagnia ti troviamo: nientemeno che tra le braccia di questa sacra fanciulla, sicuramente non più vergine. Incatenateli! »

Giunio provò a ribellarsi, ma era del tutto inutile, come aveva capito fin dal primo momento.

« Non immaginavo davvero di ritrovarti in queste terre sventurate », continuò il governatore della Giudea. « Potevi anche venire a far visita al tuo vecchio compagno d'armi, invece di costringermi a far torturare intere famiglie di nabatei per poterti rintracciare con la tua ganza.

« Sai, non mi fidavo più di questi uomini, che già una volta avevano disobbedito ai miei ordini, sicché mi sono messo personalmente sulle tracce di Cassio e dei suoi, pochi giorni dopo che erano partiti. Come vedi, non ho sbagliato. Soltanto che adesso i miei piani dovranno cambiare. Non c'è modo di evitarlo.

« A Roma ti aspettano con ansia, Giunio di Luna, e sto seriamente pensando di farti arrivare nella città in buona compagnia », continuò, dardeggiando lo sguardo perfido su Clelia. « Sapranno loro come punire una vestale che ha infangato il suo voto. E per di più con uno spregevole assassino, poco meno che un parricida. »

Sestilio era davanti al suo nemico giurato, faccia a faccia. Incapace di trattenersi, Giunio sputò con violenza sul volto del traditore, per poi venire messo in ginocchio dai violenti colpi dei soldati incaricati di trattenerlo.

Il governatore si pulì il viso con calma e abbassò gli occhi a guardarlo con commiserazione. « È così che cerchi di consolarti, Giunio di Luna? Pagherai caro anche questo. Voglio essere presente quando sarai giustiziato, e quella sì sarà una soddisfazione straordinaria. Quanto a te, Clelia, sai bene il destino che ti è riservato. Una morte ben peggiore di quella che abbiamo appena inflitto ai miserabili cristiani che hanno voluto aiutarti. »

La mente della sacerdotessa corse al ricordo indelebile di Aretas, di Rabel, di Silleo e sua moglie e di tutte le persone che l'avevano aiutata senza chiedere niente. La disperazione cedette alla rabbia: « Tu sia maledetto per sempre, Sestilio! » gridò, gli occhi blu ridotti a due fessure stillanti odio.

PARTE QUARTA

ARIA

Le stelle

13.

Cocoa Beach. Florida. 1995.

Oswald Breil era appena rientrato nel suo villino in affitto. Il suo computer portatile, molto più piccolo di una ventiquattrore, era posato sul letto accanto agli altri bagagli. Non si preoccupò nemmeno di disfare le valigie. Aprì soltanto il portatile, sistemandolo sul tavolino. Quindi prese da una borsa una spina telefonica doppia con inserito un led rosso: un rivelatore per verificare che la linea non fosse sotto controllo.

La inserì nella presa del telefono, dopo avervi collegato il cavo del modem interno del computer. Un suono gracchiante uscito dall'altoparlante dello strumento gli confermò che era in linea. Per poter accedere al livello desiderato, gli archivi del Mossad, forse il più completo centro di informazioni del mondo, dovette digitare tre formule segrete di identificazione.

Abilitato alla ricerca, inserì il nome di Kevin Dimarzio, e una scritta prese quasi immediatamente a lampeggiare sullo schermo, invitandolo ad attendere. Qualche istante più tardi lo schermo si oscurò, per tornare a illuminarsi aprendo la scheda personale del colonnello della NASA. In alto a destra si vedeva una foto aggiornata del militare, di fianco e sotto, tutti i dati di cui il Mossad era in possesso.

Praticamente le stesse informazioni di cui disponeva già. Un curriculum impeccabile, esente dalla benché minima ombra. Oswald scosse la testa: l'apparente superuomo doveva pur avere qualche punto debole. Tutto era talmente perfetto da non sembrare vero: mai una rissa tra commilitoni, una qualsiasi nota di demerito, una consegna in caserma per avere disobbedito a un ordine, un goccio di alcol in più, una sbandata sentimentale, un minimo gesto men che «politicamente corretto», neanche una tastata di sedere alla chetichella. Soltanto imprese fortunate, brillanti e degne di essere ricordate.

A lui, invece, Kevin Dimarzio non piaceva fino in fondo, e capitava di rado che il suo intuito si sbagliasse. Digitò ancora sulla tastiera, finché non ebbe accesso alla linea diretta con l'Intelli-

gence. Preferiva quel modo di comunicare a qualsiasi telefono, anche il più sicuro: era molto più difficile intercettare un computer, soprattutto se impostato per comunicare in linguaggio criptato, che non un apparecchio telefonico dotato di scrambler.

Non appena il cursore prese a lampeggiare sul video, digitò semplicemente due parole: UFFICIO FICCANASO.

In risposta, sul monitor scorsero in tempo reale le seguenti parole: SÌ, MAGGIORE BREIL, SONO IL SERGENTE BERNSTEIN DELL'INTELLIGENCE. A TEL AVIV C'È IL SOLE E LA LUNA SORGERÀ TRA POCHE ORE.

A JAFFA C'È L'ALTA MAREA, rispose immediatamente. E poi: QUANDO LA SMETTERETE CON QUESTE PAROLE D'ORDINE COSÌ CRETINE? NON VI HANNO INFORMATO CHE NON LE USA PIÙ NEMMENO 007?

È LA PRASSI, SIGNORE, vide scorrere sullo schermo.

VA BENE, LASCIAMO PERDERE, SERGENTE. HO BISOGNO CHE FACCIATE LE PULCI A UN COLONNELLO DELLA NASA. NOME E COGNOME: KEVIN DIMARZIO.

RISALENDO DI QUANTE GENERAZIONI, SIGNORE? Era incredibile come un computer riuscisse a trasmettere a migliaia di miglia di distanza l'impassibilità del giovane e scrupoloso sergente dei servizi israeliani.

RISALI FINO AI GENITORI, SERGENTE. SE HO BISOGNO DI ANDARE ANCORA PIÙ INDIETRO, TE LO FACCIO SAPERE.

DOVE POSSO FARLE AVERE LE INFORMAZIONI, MAGGIORE?

IN UNA DELLE MIE CASELLE DI POSTA ELETTRONICA. QUELLA ALL'INDIRIZZO DI MASSIMA SICUREZZA. NON APPENA MI SARÀ POSSIBILE, CARICHERÒ TUTTO NEL COMPUTER. SHALOM.

Key Biscayne. Miami. Florida. Novembre 1995.

Dopo tre settimane passate a esaminare documenti privi di interesse, Laura Joanson aveva deciso di trascorrere un week end di riposo a casa sua. Così, pur sapendo che il colonnello Dimarzio non avrebbe gradito – o forse proprio perché lo sapeva –, la sera del venerdì, alle sette precise, scomparve dalla circolazione.

«Dolce casa!» esclamò una mezz'oretta più tardi, appena superato il ponte che conduceva all'isola a sud di Miami dove abitava. Il portiere di notte la salutò con grande cordialità, consegnandole un pacco di posta. Salì fino all'ultimo piano della

Biscayne Tower, sfogliando distrattamente estratti conto, dépliant di concorsi a premi, bollette del telefono e pubblicità di supermercati.

Si diede appena il tempo di fare una rapida doccia ristoratrice. Dopo pochi minuti era sprofondata in un sonno che soltanto una cannonata avrebbe potuto interrompere.

Infatti, del tutto simile a una cannonata suonò al suo orecchio lo squillo del telefono molte ore più tardi. Si svegliò di soprassalto, scoprendosi completamente riposata e piena di energie. L'orologio digitale, sul basso tavolino da notte, indicava mezzogiorno e venti minuti di sabato 4 novembre 1995. Aveva dormito quasi sedici ore filate. Sollevò la cornetta.

« Bentornata a casa », le augurò dall'altro capo del filo una voce che la riempì di un'ondata di simpatia.

« Oswald! Dove sei? »

« In questo momento sono su un taxi diretto a casa tua e sto per invitarti a un brunch. Vietato negarsi. »

Ma sì. I pochi problemi arrivati con la posta potevano aspettare ancora un po', si disse Laura, visto che avevano già aspettato venti giorni e quelle sedici ore. Inoltre, non avendo mangiato niente dal mezzogiorno prima, l'idea di un buon brunch non poteva che sorriderle.

« Okay », rispose di slancio. « Faccio una doccia e scendo. Questione di qualche minuto. »

Il Caffè Milano si trova al centro di Ocean Drive, nel quartiere déco della città. È un vero ristorante italiano, con proprietari italiani, camerieri italiani, cibo e vini italiani e, soprattutto, conti rigorosamente italiani. Laura aveva indossato un tailleur leggero color pastello che le stava benissimo. Alle persone che affollavano la strada, la coppia doveva sembrare molto singolare: una donna alta, elegante, di una bellezza fuori del comune, in compagnia di una specie di bambino sui quarant'anni.

« Come vanno le tue ricerche? » chiese subito Oswald, quando si trovarono seduti davanti a un aperitivo a base di Picolit friulano freschissimo.

« Niente di nuovo, stiamo caricando tutti i dati sui computer, ma mi pare che siano notizie di scarsa rilevanza, per me come per te. »

« Cerchiamo di procedere con ordine, partendo da un presupposto che è la mia filosofia operativa: non esiste niente di non interessante. Anche la più insignificante delle notizie va

schedata, catalogata, analizzata e conservata. Non si sa mai. Come avremmo fatto, altrimenti, a diventare il servizio più efficiente del mondo? »

« Sto preparando una relazione per Pete. La CIA te ne farà sicuramente avere una copia. »

« Figurati! » pensò Oswald. La sua bella amica stava preparando una relazione per Pete ed era convinta che la CIA sarebbe stata così gentile da fargliela pervenire in copia. Benedetta ingenuità. In quel campo Laura aveva evidentemente bisogno di un rapido corso di aggiornamento. Lo rinviò comunque a un altro momento. Cautela e astuzia, si disse.

« Non vorrei distrarti dalle consegne che hai ricevuto », replicò, « ma noi e l'ufficio di Pete stiamo lavorando insieme a questo caso. Quindi credo che qualsiasi cosa arrivi sul suo tavolino debba arrivare in contemporanea anche a me. E direttamente da te, in questo caso. »

Laura lo guardò negli occhi.

« No, caro dottor Breil. Non andiamo bene. Mi dispiace essere scortese con te, ma voi e i vostri servizi mi avete davvero rotto le scatole. Sono giorni e giorni », replicò con voce calma ed espressione serena, come se stessero conversando del più e del meno, « che scartabello montagne di scartafacci ammuffiti su tutte le stelle dell'universo, e per di più in compagnia di un orso a cui, senza volerlo, ho occupato la grotta del letargo. Per le vostre smanie investigative sto mandando a rotoli il lavoro che mi dà da vivere. Quindi, dottor Breil, sono stufa marcia di prendere ordini, da dovunque vengano. »

« Spiace molto anche a me, Laura », ribatté Oswald, « ma, fino a quando non sarà archiviata, questa questione dev'essere trattata con la massima attenzione. La posta in gioco è la scoperta della verità sulla fine del più grande criminale del ventesimo secolo. »

« Che oggi avrebbe l'improbabile età di centosei anni », sbottò lei. Ma Oswald continuò imperturbabile, come se non l'avesse sentita:

« A me sta a cuore scoprire come si è conclusa una delle pagine più nere dell'umanità. Per quanto riguarda, poi, le smanie investigative a cui accennavi, ti dirò: magari si tratta soltanto delle supposizioni o sensazioni di due coglioni di agenti segreti, che, però, proprio grazie alla loro idiozia si dà il caso siano arrivati a occupare posizioni di tutto rispetto ».

«Mi hai tolto le parole di bocca, Oswald. Perché, vedi, c'è un piccolo particolare. Io non dipendo da nessuno dei vostri servizi, né tanto meno da voi due personalmente. Sono arcistufa di prendere ordini da tutti, e per di più in malo modo. Quindi, in primo luogo, porterò a termine il lavoro per mia curiosità personale. Ma devo dirti che vi state comportando male con me. Molto male. Di conseguenza, altrettanto male mi comporterò io con voi. E adesso mi accompagni a casa, dottor Breil. Pensavo che mi avesse invitato a un brunch, non a un rapporto militare. Mi è venuto un gran mal di testa e mi è passata la fame.»

Costernato, Oswald pagò il conto degli aperitivi, lasciando vagare uno sguardo malinconico sui tavoli sontuosamente imbanditi.

Uscirono nella via affollata; le automobili dei cittadini usciti a godersi la libertà del sabato formavano una lunga coda, quasi immobile. In quell'ingorgo era molto improbabile che riuscissero a trovare un taxi. Svoltarono in Washington Avenue. La Oldsmobile bianca parcheggiata accanto al cordolo sembrò impennarsi come un cavallo imbizzarrito, facendo un balzo in avanti. Oswald sentì l'improvviso stridere delle gomme alle loro spalle e scattò. Il movimento della sua gamba destra fu immediato, mentre la mano premeva con forza sulle reni della giovane. Tutta presa dalla sua irritazione, Laura non si aspettava uno sgambetto, sicché cadde pesantemente, mentre nelle orecchie le risuonava come una pistolettata l'ordine del suo minuscolo compagno: «Giù!»

Il silenziatore spuntò dal finestrino posteriore destro dell'auto. Le ruote della Oldsmobile stavano ormai lasciandosi dietro una scia di fumo bianco. Il *pop-pop-pop* silenziato del mitragliatore sembrò esplodere interminabile, facendo saltare una lunga fila di schegge di intonaco dalla parte bassa della facciata alle loro spalle.

Erano ancora appiattiti sul marciapiede, proteggendosi la testa con le mani, quando una monovolume Chrysler dai vetri oscurati superò l'incrocio nei pressi del quale si trovavano. Prima ancora che l'auto si fermasse con un teatrale stridere di freni, già ne smontavano due uomini con in mano il distintivo dorato dei Servizi Federali.

«Presto, salite prima che tornino indietro», ordinò precipitosamente uno dei due, mentre l'altro teneva d'occhio la strada

con l'arma spianata. Oswald e Laura, rialzatisi, obbedirono senza fare obiezioni.

«Ci perdoni per il ritardo con cui siamo intervenuti, dottoressa Joanson, ma con quel traffico non siamo riusciti a rimanervi abbastanza vicini da proteggerla come si deve. Agente Terranova della CIA», si presentò l'uomo del servizio federale.

Una volta al sicuro nella vettura, Laura cominciò a sentir montare l'adrenalina. Si accorse soltanto in quel momento della paura da cui era pervasa. Prima non ne aveva avuto il tempo.

«Siamo incaricati di proteggerla. Il dottor Dayle è convinto che lei abbia già corso abbastanza rischi. Ma, come vede, non siamo stati capaci di fare il nostro lavoro. Me ne scuso. Se non fosse stato per la prontezza del maggiore Breil...» E l'agente rivolse un cenno di ringraziamento al piccolo uomo che, seduto sul sedile posteriore, sfoderava una calma imperturbabile.

«Visto che all'attentato hanno assistito centinaia di persone, non è possibile tenere la cosa sotto silenzio», continuò l'agente. «Ma, se non le spiace, dottoressa, provvederemo noi a denunciare il fatto alla polizia locale, fornendo la versione ufficiale di un atto di delinquenza comune.»

In quello stesso istante squillò il telefono dell'auto. Rispose l'agente che era al volante. Informato rapidamente l'interlocutore dell'accaduto, passò la cornetta a Oswald Breil, dicendo: «Il dottor Dayle vuole parlare con lei, maggiore».

«Mi devi spiegare, Pete», attaccò immediatamente Oswald, «se a questo caso lavoriamo insieme o ciascuno per conto suo. Perché in questo caso ti ricordo che saranno i tuoi a rimetterci importanti informazioni che soltanto noi possiamo fornirvi.»

«Avrai modo di presentare le tue rimostranze in un altro momento, Oswald», replicò Pete dopo un attimo di silenzio. «Perché purtroppo devo darti una pessima notizia», continuò d'un fiato. «Il primo ministro Rabin è stato ucciso in un attentato dieci minuti fa. La notizia non è ancora ufficiale, ma dovrebbe diventarlo tra poco.»

«Grazie dell'informazione», fu l'unica cosa che Oswald riuscì a dire. Riconsegnò il ricevitore all'uomo al volante, con lo sguardo apparentemente perso davanti a sé. L'orologio digitale sul cruscotto indicava le 3.05 pomeridiane di sabato 4 novembre 1995, ora della Florida.

Gerusalemme.

Nelle prime file avevano preso posto i capi di stato, molti dei quali non riuscivano a nascondere la profonda commozione. La stella di David azzurra in campo bianco della bandiera che copriva la bara era l'unica nota di colore tra tutte quelle persone vestite a lutto. Le alte sfere del Mossad erano raggruppate tra la quarta e la quinta fila.

Tra di loro sedeva Oswald. Tutti sapevano che, in conseguenza dei suoi limiti fisici, non avrebbe mai superato il grado militare di tenente colonnello, eppure era riuscito a salire nei ranghi dei servizi fino a far parte dello staff dirigenziale.

Montò sul palco la nipote del primo ministro: una bella giovane dai colori ramati, con il viso sparso di efelidi e gli occhi verdi. Le sue parole seppero toccare i cuori più di quelle di tutti i capi di stato che l'avevano preceduta.

«... sarai sempre tra di noi», riuscì a concludere, prima che le lacrime avessero il sopravvento.

Oswald si accorse di averne a sua volta il viso rigato, ma non lo asciugò: erano in molti a piangere. «Sarai sempre con noi, Grande Leone», mormorò tra sé. «Sempre.»

Le critiche ai servizi interni si stavano facendo sempre più aspre. Prima la sconvolgente serie di attentati, poi gli attacchi al confine del Libano. Infine si era permesso a un attentatore solitario di sparare tre colpi alla schiena del primo ministro. Da ogni parte si reclamava un intervento, ma Oswald non poteva sapere che l'uomo chiamato ad assumere la responsabilità del servizio di controspionaggio e antiterrorismo israeliano, lo Shin Bet – lasciando quello di spionaggio, il Mossad – di lì a poco sarebbe stato lui.

Per il momento aveva una sola idea fissa: portare a termine la missione *U115*.

Florida.

Laura era ancora profondamente scossa. Da quando si era lasciata attirare in quell'avventura, non aveva fatto altro che rischiare la vita. Quando il lunedì mattina varcò l'ultimo posto di blocco all'interno della base, aveva ancora negli orecchi gli spari soffocati di meno di due giorni prima.

Le venne incontro Kevin Dimarzio, i cui modi si erano fatti improvvisamente molto più urbani. «Come si sente, dottoressa Joanson? Deve avere vissuto un momento molto brutto. La diffusione della delinquenza sta diventando davvero intollerabile.»

Si riferiva evidentemente alla notizia apparsa su tutti i giornali, secondo cui Laura sarebbe stata vittima di una tentata rapina. «Va tutto bene, colonnello. Vorrei soltanto portare a termine questo lavoro il più presto possibile e tornare alla mia vita normale.»

Pochi minuti più tardi avevano raggiunto la loro stanza e ripreso l'analisi degli appunti di Leonard Speitz.

Nel frattempo Oswald Breil, seduto alla scrivania nella casa di Cocoa Beach, aveva aperto il computer portatile e lo aveva collegato alla linea telefonica. Ripeté meticolosamente la procedura di identificazione. Lo schermo si oscurò, mentre il led rosso sulla spina cominciava a lampeggiare. Un segnale preciso. La linea era sotto controllo.

Trattenne a stento un moto di irritazione. Quindi disinserì lo spinotto. Era sicuramente difficile che un infiltrato riuscisse a decifrare i messaggi di un computer che trasmetteva in un linguaggio criptato con la sofisticazione raggiunta dal servizio israeliano, ma la prudenza non era mai troppa. Dal pomeriggio stesso dell'attentato, infatti, la villetta era tenuta d'occhio con discrezione da tre uomini del Mossad, e anche la CIA aveva sicuramente disposto un servizio di vigilanza.

E, tutto sommato, quello che Oswald voleva era proprio che qualcuno venisse allo scoperto, aiutandolo a superare il punto morto in cui sembrava impantanato. Proprio per questo, all'infuori di Laura, Pete Dayle e lui, nessuno era stato messo a conoscenza dell'esatta importanza ed entità del materiale recuperato. Certo, essere preso a colpi di mitra non era la sua massima aspirazione, ma il succedersi dei tentativi per metterlo a tacere per sempre gli diceva che doveva aver in qualche modo imboccato la pista giusta.

In quello stesso istante sentì suonare il campanello dell'ingresso secondario. Andato ad aprire, vide due agenti del Mossad ai fianchi di un uomo in tuta da operaio della compagnia telefonica. Il terzo israeliano gli si era piazzato alle spalle, tenendolo probabilmente sotto il tiro di un'arma nascosta in tasca.

«Questo signore non vuole dirci che cosa stava facendo nei

paraggi della cabina di derivazione telefonica. Ha un cartellino di riconoscimento della AT&T, ma non risulta nell'elenco dei dipendenti. Aveva addosso un impianto ricevente degno di una base missilistica. L'abbiamo disturbata soltanto per informarla che due di noi lo accompagneranno in sede a Miami, maggiore. Credo che abbia un mucchio di cose da raccontarci.»

Oswald sentì un brivido alla schiena: per niente al mondo avrebbe voluto subire un interrogatorio da parte degli uomini del Mossad.

La stessa sera, tardi, Laura era ancora impegnata a caricare sul programma di schedatura alcuni appunti dell'astronomo tedesco. Il procedimento era della massima semplicità: uno scanner leggeva il documento e lo interpretava come testo, inserendolo nella memoria elettronica. Una volta finita la catalogazione, si sarebbe potuto procedere a esaminare i testi con maggiore precisione e più in profondità, oltre che con notevole risparmio di tempo, usando tutte le possibilità di ricerca semplice e incrociata dei programmi di analisi.

La complessa equazione matematica era proprio nell'ultima pagina del quaderno. Laura fermò il programma di lettura testi e ne caricò uno di calcoli astronomici. Vi copiò con estrema cura i simboli matematici ed eseguì il comando di avvio. Sullo schermo comparvero i tre assi cartesiani, conferendo al disegno una fisionomia tridimensionale. Laura rimase qualche attimo incantata, come le capitava sempre di fronte a quelle macchine capaci di elaborare milioni di calcoli in pochi minuti e di darne una precisa rappresentazione grafica. La figura ellittica stava cominciando a prendere forma, quando l'esecuzione si interruppe e il computer segnalò un errore nella formula. Laura tentò più volte di rilanciare il programma, ma senza ottenere migliori risultati.

Mentre era intenta a provare ancora una volta, Kevin Dimarzio entrò nella stanza e le si mise di fianco, chinandosi sullo schermo. «Avevo detto che avremmo analizzato i dati in un secondo momento», disse in tono di amichevole rimprovero. I rapporti tra i due sembravano aver trovato in quelle ultime ore un punto di equilibrio, o almeno di non belligeranza.

«Era l'ultima pagina, colonnello. Non ho resistito. Però, guardi lì. Chissà perché il programma non gira.»

Dimarzio tirò una poltroncina davanti allo schermo e sedette a fianco della giovane studiosa. Forse il contatto dei loro due

corpi non fu del tutto occasionale, ma entrambi sembrarono rendersi conto soltanto in quel momento di essere di sesso opposto, giovani e non proprio indifferenti l'uno all'altra.

Salutati i tre uomini del Mossad e rientrato nel suo studio, Oswald Breil aveva verificato l'eliminazione dell'interferenza sulla linea e ricollegato il computer. I tre agenti avevano evidentemente colto nel giusto. Ma era difficile che il finto operaio delle linee telefoniche potesse rivelare qualcosa di sostanziale. Manovalanza locale, assunta di volta in volta per lavoretti secondari e priva di vere informazioni. Sperava soltanto che le sue rivelazioni «spontanee» potessero dare una mano a risalire più in alto di lui.

Il collegamento venne stabilito. La foto di Kevin Dimarzio apparve nitida sullo schermo. Rispetto all'ultima consultazione della scheda, però, Oswald trovò due pagine di informazioni in più. Scorse velocemente le ultime notizie: riguardavano ancora la vita militare del colonnello della NASA, ma con l'aggiunta di diversi dati su quella del padre, anch'egli ufficiale pilota nella seconda guerra mondiale, in forza presso la Royal Air Force britannica.

Il messaggio del sergente Bernstein dell'Ufficio Ficcanaso, che prese a scorrere improvviso nella parte bassa dello schermo, lo colse di sorpresa. CONFRONTO INCROCIATO: SIR ROBERT RUSTOM.

Sentendosi montare dentro un fiotto di eccitazione che gli inaridì la bocca, comandò alla macchina di eseguire il suggerito confronto tra Kevin Dimarzio e il suo ex datore di lavoro, presidente della NPO. Lo schermo si riempì immediatamente di notizie.

Con un sincero moto di gratitudine, Oswald benedisse la pignoleria del sergente israeliano. Sullo schermo stava leggendo che George Dimarzio, maggiore dell'aeronautica USA, distaccato presso la settima brigata aerea della RAF, era il pilota del velivolo personale dell'ammiraglio Francis Rustom.

Inoltre, tra i due figli dei personaggi indicati, il presidente della compagnia petrolifera e il colonnello della NASA, le meticolose ricerche del sergente israeliano avevano scoperto un'altra coincidenza: avevano entrambi un conto personale presso una banca di Zurigo, legata all'Unione di Banche Svizzere.

Dieci ore più tardi Breil si sarebbe imbarcato su un Jumbo della Swissair che lo avrebbe portato da Miami a Zurigo.

Intanto, di ore ne erano passate quasi due da quando Laura Joanson aveva provato a far tracciare dal computer il disegno grafico risultante dall'equazione di Leonard Speitz. Ma, nonostante l'intervento di Kevin, non erano ancora arrivati a una soluzione.

Era molto tardi, ma la nuovissima sensazione di piacere fisico che la giovane provava nell'avere vicino il già quasi odioso Dimarzio non le faceva pesare il trascorrere del tempo. Quando le loro ginocchia erano venute a contatto, nessuno dei due aveva accennato a ritrarre la gamba. L'infallibile molla dell'attrazione erotica era scattata. Si erano resi conto entrambi che l'attenzione prestata allo schermo era puramente fittizia. Respiravano più in fretta.

E finalmente Laura sentì la mano ferma del bel colonnello sfiorarle l'esterno della coscia, non più tanto per caso. Era troppo incuriosita ed eccitata per accennare un qualsiasi tentativo di reazione. Fece una cosa che non ricordava di avere mai fatto, almeno non durante il lavoro: troppi i rischi di trovarsi impegolata in un'interminabile disputa ideologica su molestie e « correttezza politica ». Comunque: spinse la gamba verso l'esterno per incoraggiare il « molestatore ». Quasi senza saperlo, si ritrovò tra le sue braccia, travolta da un bacio appassionato.

Kevin la sollevò di peso e la depositò su una scrivania sgombra a poca distanza da loro. Chissà come, riuscì a spegnere la luce. Laura sentì le sue mani esplorarla, esperte e abili. Si trovò nuda sotto di lui, e capì definitivamente che non aveva forse mai desiderato altro. Incurante della posizione scomoda e, anzi, doppiamente eccitata, si aprì e lui la penetrò, affondando nel suo corpo con potenti colpi delle anche. Provò un piacere del tutto nuovo, una sensazione quasi animalesca di godimento e di gusto del proibito, ulteriormente accentuata dal rischio di essere scoperti. Kevin le si inarcò sopra in un ultimo spasimo e il calore del seme la invase mentre veniva scossa dall'orgasmo.

Quando tutto fu finito, ebbero un attimo di imbarazzo. Il corpo nudo e perfetto di Laura era illuminato dai raggi della luna. Kevin rimase immobile a guardarla, quasi stesse cercando di recuperare la sua solita aria distaccata da irreprensibile servitore

dello stato, esente da ogni pecca. « La luna », mormorò inesplicabilmente.

Due secondi dopo, Laura lo avrebbe preso a ceffoni. Si era allontanato di scatto, precipitandosi di nuovo al computer e sedendosi. Dopo qualche istante lo sentì ripetere: « La luna! Nel grafico non c'è la posizione della luna! Ecco perché il computer segnala un errore di calcolo! »

In un attimo si infilò alla meglio i vestiti, allacciò qualche bottone del camice e lo raggiunse.

Seguì con attenzione spasmodica i movimenti con cui Kevin stava apportando alcune correzioni alla formula originaria. Come per incanto, il disegno si delineò finalmente completo. Kevin si voltò a guardarla con un'espressione preoccupata.

« L'ellisse sembrerebbe la traiettoria di un corpo celeste », spiegò. « Molto probabilmente un asteroide di grandi dimensioni che Speitz aveva individuato. Vedi, Laura, questa serie di tracciati corrisponde alle orbite che il corpo celeste ha percorso nel nostro secolo. In alcuni casi si avvicinano alla Terra fino a pochi milioni di chilometri. »

Poi Kevin Dimarzio seguì una delle ellissi con un dito, proseguendo: « È nel corso di questa che Speitz deve aver individuato l'asteroide: le date corrispondono a quelle degli studi dello scienziato tedesco. A impedire alla macchina di sviluppare il programma era l'ultima delle orbite. Qualcosa di sbagliato o mancante: i calcoli manuali dell'astronomo del Reich non hanno tenuto conto della forza di attrazione lunare. Forse non ha fatto in tempo a inserire i dati, visto che la formula compare in fondo ai suoi appunti. In ogni caso », continuò, tornando a studiare attentamente il disegno computerizzato, « di qualsiasi cosa si tratti, la sua traiettoria verrà inevitabilmente deviata quando passerà vicino alla luna, e la velocità subirà una notevole accelerazione. Dovrò fare i calcoli fino ai minimi dettagli. Ma da quelli approssimativi che sono riuscito a fare mentalmente in questi pochi minuti, ci sono moltissime possibilità che questa massa celeste precipiti sulla Terra con una velocità devastante ».

« Ero convinta che lo spazio fosse tenuto sotto costante monitoraggio », osservò Laura, sentendosi le gambe molli per un'eccitazione di natura completamente diversa da quella da cui era stata travolta poco prima. « Se non altro quello più vicino a noi, voglio dire. »

« Certo », rispose Kevin. « I pianeti sono oggetto di costante

studio, ma è praticamente impossibile seguire il movimento di asteroidi e piccole comete lontane, a meno che non vengano scoperti per caso e tenuti sotto continua osservazione.»

Zurigo. Dicembre 1995

Non ricordava di avere mai visto la città così grigia. Ma attribuì la sensazione al naturale termine di confronto che aveva in mente: qualunque metropoli sarebbe apparsa grigia a uno che arrivava direttamente dalle spiagge della Florida.

Arrivò in perfetto orario all'appuntamento con il presidente della banca, ma fu Ceorsky a farlo aspettare venti minuti prima di riceverlo nel suo ufficio.

«Il dottor Breil?» chiese quando fu finalmente arrivato al suo cospetto, non facendo niente per dissimulare un'espressione perplessa di fronte alla statura del visitatore. Si aspettava evidentemente ben altro.

«Sì, sono precisamente Oswald Breil, dottor Ceorsky.» E gli tese la mano minuta sorridendo compunto e accomodandosi con decisione, senza aspettare l'invito, in una delle due poltroncine sistemate davanti alla scrivania in noce.

«In che cosa posso esserle utile, dottore? Il consolato israeliano, quando ha fissato l'appuntamento, non ha voluto fornire nessuna spiegazione circa il motivo della visita.»

«Sono un dirigente del Mossad, direttore, ed è in questa veste che ho bisogno del suo aiuto», tagliò corto Breil.

Ceorsky non poté dissimulare un trasalimento, ma recuperò immediatamente il suo aplomb, riprendendo in tono grave: «Qualsiasi cosa possa esserle utile, nel rispetto delle qualità di riservatezza che hanno reso famoso il sistema bancario di questo paese...»

«Credo proprio che ciò che sto per chiederle dovrà invece aggirare un po' la rinomata ermeticità degli istituti di credito svizzeri. Sono qui precisamente per raccogliere informazioni su alcuni conti correnti personali.»

Il direttore si irrigidì: «Lei sa che sono previste alcune procedure. Rogatorie internazionali, esame dei documenti e conseguente benestare della procura cantonale...»

«Non dispongo di niente del genere, né credo di avere tem-

po per seguire la prassi burocratica», ribatté Oswald con estrema fermezza.

L'altro mantenne il suo atteggiamento di distaccata cortesia, ma cercò comunque di dribblarlo, se non addirittura di metterlo alla porta su due piedi. «Non metto in dubbio il valore del suo tempo, dottor Breil, ma la prego di considerare altrettanto limitato il mio. Sono cinquantatré anni che lavoro in questo istituto, salendo i gradini della carriera a uno a uno, da impiegato semplice fino a presidente. Crede che oggi, a settantasei anni, potrei venire meno a uno dei miei principi fondamentali?»

Oswald, come sempre con le gambe penzoloni dalla sedia, sembrò improvvisamente un bambino intento a recitare la poesia di Natale.

«Misha Ceorsky», attaccò, «immigrato in Svizzera presso una zia paterna all'età di dodici anni. I genitori e un fratello maggiore rimangono invece a Varsavia, dove gestiscono una botteguccia di alimentari nel quartiere ebraico. In via Leszno, per la precisione. Mi corregga se sbaglio.»

Quindi, dopo uno stupefatto cenno di assenso dell'altro, riprese: «La famiglia è vittima di un rastrellamento nel 1942 e viene internata nel campo di Auschwitz. I suoi sfortunati parenti vengono messi a lavorare presso una delle fabbriche belliche situate nelle vicinanze del lager. Ma verso la fine dell'anno spariscono. I loro compagni di sventura, i pochi sopravvissuti, li credono morti. Inspiegabilmente, invece, a guerra finita, la famiglia Ceorsky ricompare in scena, sana e salva, proprio qui a Zurigo, dove ha da tempo raggiunto il figlio e fratello Misha, ormai lanciato verso un'importante carriera bancaria».

Seguì un lungo istante di silenzio assoluto, prima che Oswald ricominciasse, ormai sicuro di stringere il coltello dalla parte del manico: «Tutti sanno come, durante la guerra, la Confederazione Elvetica sia diventata il forziere del mondo. Anche le enormi fortune dei gerarchi nazisti hanno dovuto transitare per i vostri conti cifrati. Non c'è motivo di scandalizzarsi se, approfittando dei contatti dovuti al suo impiego, un bravo impiegato di banca ebreo ha cercato di salvare i genitori e un fratello dalla camera a gas. Dio ne scampi. Era un suo preciso dovere umano.

«Il grave sarebbe se oggi, a cinquant'anni di distanza, ci venissero precluse informazioni di cruciale importanza per fare luce sui crimini della storia. Il mio aereo parte domani pomerig-

gio, signor Ceorsky. Ha qualche ora di tempo per pensarci. Se ha bisogno di me, mi trova all'Hôtel Baur au Lac. »

E, così detto, Oswald posò sulla scrivania un foglietto su cui erano scritti i numeri dei conti di Robert Rustom e Kevin Dimarzio. Quindi, fatto dietrofront e senza più dire una parola, lasciò a passo spedito l'ufficio del presidente della banca.

14.

Porto di Ostia. Anno 838 dalla Fondazione di Roma.
[85 d.C. (N.D.T.)]

La luce del sole, dopo venti giorni passati in una stiva buia, era così accecante da provocargli una sensazione di dolore. Benché riuscisse a malapena a distinguerne le immagini, Giunio riconobbe immediatamente i moli della città di Ostia. Attraversò la banchina con le catene ai polsi e alle caviglie, scortato da un manipolo di guardie. Le espressioni della gente che incontrava, quella stessa gente che fino a non molto tempo prima plaudiva al suo modo di operare nel mondo del commercio, erano cariche di disprezzo.

Gli sguardi che sfuggivano il suo e le parole ostili lo riempirono di vergogna e disperazione. Avrebbe voluto gridare a tutti la sua innocenza, ma era talmente confuso da non poter profferire parola. Fu fatto montare, assieme a quattro soldati, su un carro di cui ogni apertura era bloccata da pesanti sbarre. Gli animali si avviarono, e il convoglio, composto dal carro e da una forte scorta di cavalieri, si mosse verso Roma.

Non aveva più saputo niente di Clelia da quando lo avevano tradotto sulla nave ad Alessandria. Sapeva che avrebbe dovuto compiere il viaggio di ritorno sul suo stesso vascello e che, come lui, una volta a Roma sarebbe andata incontro a un destino terribile.

Non avrebbe mai potuto togliersi dalla mente il suo profumo, il suo corpo così vicino, la sua indescrivibile dolcezza, la determinazione con cui aveva preteso di rispettare i voti.

Rivedeva la scia di morte che si era lasciato dietro, tutte le persone innocenti che avevano pagato con la vita per le terribili congiure di Menenio e dei suoi accoliti. Implorò gli dei di averlo ucciso davvero con quel fendente.

Ripensò con angoscia ai suoi genitori: chissà se erano stati liberati, chissà dove si trovavano in quel momento. Si guardò cautamente attorno: fuggire era impossibile. Sentiva che la sua

naturale sicurezza lo stava abbandonando definitivamente: doveva reagire, non doveva arrendersi di fronte a niente, nemmeno davanti a una condanna a morte.

Clelia, invece, aveva trascorso la maggior parte del viaggio chiusa nell'alloggio di un ufficiale. Sapere che sotto le tavole della coperta era imprigionato l'uomo che amava, la riempiva di una doppia disperazione.

Una volta a Roma non avrebbe avuto scampo, le celle segrete del Campo Scellerato l'avrebbero quasi sicuramente accolta e sepolta viva per sempre. Aveva una sola speranza: non si era macchiata della colpa per cui era prevista la pena di morte. E nessuno avrebbe mai potuto incolparla di aver mancato ai voti.

« Mancato ai voti... » ripeté tra sé un'ennesima volta, mentre i pretoriani la scortavano verso Roma. Il pensiero si fece intollerabile: Giunio sdraiato accanto a lei, la notte piena di stelle... Sarebbe forse stato meglio cedere. Lo avrebbe certamente fatto, se avesse saputo che cosa l'aspettava.

Roma imperiale.

Oltrepassò ancora una volta il portale della caserma dei pretoriani trascinato dalle guardie che reggevano le catene. Venne portato in una stanza spoglia. Riconobbe immediatamente Sestilio, mentre l'altro uomo gli dava le spalle. Ma la menomazione sul volto di Menenio divenne sempre più evidente man mano che il senatore si voltava. Erano trascorsi soltanto pochi mesi, la carne della cicatrice era rosea e fragile. Dalla tempia fino al mento, la parte destra del volto del suo persecutore non esisteva quasi più. La lama della spada aveva inciso le ossa della mascella, frantumandole, con la conseguenza che adesso, potendo usare soltanto la parte sinistra della bocca, il senatore parlava biascicando.

Giunio non aveva mai visto uno sguardo così carico d'odio, nemmeno negli occhi di un nemico morente. « Questa volta pagherai per i tuoi delitti », disse Menenio, come schizzasse veleno. « A Roma si è fatto un gran parlare delle accuse che pesano su di te. Soltanto per questo non ti uccido adesso con le mie mani: è meglio che la tua morte sia decretata da un processo re-

golare», e così dicendo la sua voce salì in un crescendo d'ira. «Sta' sicuro: questa volta non ci saranno miracoli, sulla tua strada di condannato non appariranno vestali. Anzi, forse una la incontrerai, sì, ma sconsacrata, e farete insieme il viaggio verso il giudizio estremo.»

Giunio vide che Sestilio stava sorridendo. Prima che le guardie lo trascinassero fuori, riuscì a urlare, disperato: «Mio padre, mia madre! Dove sono i miei genitori, maledetti vigliacchi? Sapete prevalere soltanto sequestrando vecchi indifesi o attentando alla vita di giovani sacerdotesse inermi. Vi maledico, assassini!»

In tutt'altra zona di Roma, dovettero trascorrere alcune ore prima che Clelia sentisse che qualcuno stava aprendo la porta. Le apparve, persino più arcigno del solito, il viso della Vestale Massima, lividamente illuminato dal basso dalla lucerna che teneva in mano. Le tre donne che l'accompagnavano erano di corporatura tozza e robusta. Troppo tardi la giovane si accorse dei legacci: prima che potesse ribellarsi, si trovò saldamente legata al letto.

Le vesti le furono strappate di dosso, vide la fiamma che scendeva a illuminarle il sesso. Osservò impotente Cornelia chinarsi per avere conferma alle sue accuse dal ripugnante esame, poi, con sollievo, la vide scuotere la testa con evidente disappunto.

«Clelia», mormorò la terribile virago, fissandola negli occhi, «sembra che tu non abbia perso la verginità.»

«Non ho mai mancato ai sacri voti», ribatté lei, animata da un nuovo coraggio.

Il lampo di odio nello sguardo della Vestale Massima la raggelò. La vide chinarsi verso una delle donne che la tenevano ferma e sussurrarle qualcosa all'orecchio. La donna uscì dalla stanza, rientrandovi poco dopo.

Non capì subito che cosa avessero intenzione di farle, finché non sentì di nuovo le mani aprirle il sesso e un oggetto fare una pressione terribile, lacerante. Provò a dibattersi, a sottrarsi all'infame violazione, ma fu inutile. Il dolore le annebbiò la vista. Provò distinta la sensazione che qualche cosa di lei, dentro di lei, si fosse spezzato. Sentì il sangue colarle sull'interno delle cosce.

Cornelia era ai piedi del letto e reggeva alto il grosso fallo di legno sottratto a una statua di Priapo.

« Adesso », esclamò con un sorriso carico di perfidia, « il tuo sacrilegio sarà evidente a tutti. »

La porta della stanza venne chiusa a chiave dall'esterno, mentre Clelia precipitava in un deliquio di dolore e disperazione.

Altrettanto buia era la cella dov'era stato rinchiuso Giunio, e fetida. Gli dolevano le ossa, gli occhi sembravano volergli schizzare dalle orbite. Prima di gettarlo nelle segrete del carcere, i soldati avevano provveduto a placare i suoi spiriti a furia di bastonate e frustate. Dal buio sentì arrivare un fruscio.

« Chi sei? » chiese una voce vecchia e fragile.

« Giunio della città di Luna. E tu? » rispose lui, massaggiandosi la testa dolorante.

« Mi chiamo Valeriano, la mia accusa è di credere in Dio. »

« Io invece sono ingiustamente incolpato di avere ucciso l'uomo che amavo e tuttora amo come un padre », replicò Giunio, mentre a poco a poco gli occhi si abituavano al buio, consentendogli di cominciare a distinguere i contorni dell'interlocutore. « Come mai non sei ancora stato buttato in pasto ai leoni, cristiano? »

« Chi può conoscere il volere di Dio? Sembra che i romani mi abbiano dimenticato qui. Anche se, a conti fatti, è una ben dura prova, quella che mi è stata imposta. In certi momenti preferirei addirittura aver condiviso la sorte dei miei fratelli, piuttosto che dovermi cibare di topi e di insetti in questa cella. »

« Sia il volere del tuo dio, di quelli di Roma o del destino, la vita è veramente strana, vecchio. Anche la mia vicenda è incredibile. I miei persecutori erano già riusciti una volta a condannarmi, ma una sacra apparizione è stata capace di evitarmi la morte », disse Giunio, scuotendo sconsolatamente la testa. « E l'unico modo che ho trovato per sdebitarmi è stato mettere in pericolo di vita anche la sacerdotessa che mi aveva salvato: Clelia. »

« Hai detto Clelia? » esclamò il vecchio in tono incredulo e concitato, sforzandosi di alzarsi e di avvicinarsi.

« Sì », rispose Giunio. « E a ogni istante che passa mi rendo

sempre più conto di quanto sia importante per me la sacra giovane. Ma perché tanta emozione, Valeriano? Conosci Clelia?»

«Se la conosco...» rispose il vecchio, in tono sognante. Parlarono a lungo, uno accanto all'altro nel fetido antro, raccontandosi l'un l'altro le loro vicissitudini.

Nato in un remoto villaggio dell'Illyricum, Valeriano era stato portato a Roma poco più che bambino, e schiavo. Era entrato al servizio di una famiglia patrizia e presso di essa aveva trascorso gran parte della vita, prima come giovane servitore del primogenito dei suoi padroni e poi come suo uomo di fiducia. Ne aveva visto nascere uno dopo l'altro i figli, cui si sentiva legato come uno zio. Quando, in segno di gratitudine, il più giovane di questi, da cui era stato ereditato, aveva fatto di lui un liberto invitandolo a crearsi una casa e una famiglia a Roma, sulle prime era quasi rimasto sgomento. Dove andare, nella metropoli, che fare? Già da tempo aveva stretto legami con i cristiani, si era rivolto a loro, aveva ricevuto tutto l'affettuoso aiuto che poteva aspettarsi. Ma uscire dalla famiglia aveva significato per lui abbandonare una bambina a cui si era affezionato come un nonno.

La prima nata del suo padrone. Una piccola di nome Clelia, che sapeva ancora parlare a stento ma che con le sue esili gambine già accorreva a lui ogni volta che lo vedeva, appunto come da un buon nonno.

Ma non poteva rinunciare alla libertà così generosamente offertagli. Gli avrebbe consentito di lavorare con ancor maggiore devozione per la religione che aveva abbracciato in segreto. Aveva lasciato la casa del suo buon padrone portando chiusa in petto l'immagine della piccola.

«E non puoi immaginare la mia commozione», concluse il vecchio con un sospiro, «il giorno che riconobbi quella bambina, cresciuta, in una sacra vestale che incontrai mentre mi conducevano in carcere. La mia piccola Clelia! Non potevo certamente rivelarmi a lei, che senso avrebbe avuto? Le avrei soltanto dato pena. E probabilmente non ricorda nemmeno la mia esistenza. Ma non avrei mai distolto lo sguardo dal suo viso. È dunque stata lei a salvarti? È davvero il destino che ha voluto farci incontrare qui.»

« Hai notato di quanto sei sceso sotto terra, prima di entrare nelle segrete? » chiese qualche ora più tardi Valeriano. E, senza aspettare la risposta di Giunio, riprese subito in un mormorio appena udibile: « Siamo appena sotto il livello del Tevere. Capisci che cosa significa, tu che mi hai raccontato di avere combattuto con la pendenza per far affluire le acque a Roma? »

« Che sopra le nostre teste, da qualche parte, dovrebbe esserci una condotta di scolo », rispose d'impulso Giunio.

« Precisamente. Ora, vedi, la mia occupazione da uomo libero era l'agrimensore. Il mio lavoro consisteva nel pianificare e costruire l'enorme reticolato di fognature che corre sotto la città. Conosco meglio le gallerie sotterranee che non le strade in superficie » riprese il vecchio, stringendo la mano scarna, con una forza imprevedibile, intorno al braccio dell'interlocutore. « Lassù », continuò poi, indicando con l'altra mano la volta della cella, nel buio quasi totale, « scorre non una semplice condotta di scolo, ma addirittura la Cloaca Massima. »

La fogna di Roma! Mai avrebbe creduto di poterla assimilare a un'idea di libertà. Eppure, per quanto improbabile e folle potesse apparire la prospettiva, le cose avrebbero proprio potuto stare così. Attraverso le fogne sarebbero potuti scappare. Quella speranza di liberazione, sebbene così vaga, fece dimenticare a Giunio il dolore fisico.

« Ma come si può fare? » esclamò, improvvisamene riportato alla realtà dei fatti. « Come possiamo riuscire ad aprire un varco, nelle poche ore che mi restano da vivere? »

La voce del vecchio si fece improvvisamente quasi allegra: « Che cosa credi che abbia fatto, negli anni che ho trascorso chiuso qui dentro? » E strinse con ancora maggior forza la mano sul braccio del compagno.

Desolata nel buio della sua camera di contenzione, Clelia piangeva, benché il dolore fossa ormai poca cosa. Era trascorso diverso tempo da quando avevano ignobilmente abusato di lei. La porta della sua stanza si aprì ancora una volta, ma non certamente per portarle soccorso o sollievo.

L'esame del medico e dei due sacerdoti fu estremamente superficiale, e a niente valsero le sue proteste e accuse: i tre turpi individui, morbosamente compresi nell'accertamento del sacrilegio, sembravano sordi alle sue suppliche. Dopo uno scorrere

di istanti che le parve interminabile, rimase nuovamente sola con la sua disperazione.

Aveva trovato un po' di sollievo alla vergogna e allo sfinimento in un breve sonno, quando una mano affettuosa le accarezzò la schiena. Si voltò di scatto. Vide il volto amico di Gaia.

« Come hai fatto a entrare? » mormorò.

« Hanno sbarrato la finestra con assi, sicché non l'hai riconosciuta, ma questa è la nostra stanza di un tempo, Clelia. E io ne ho conservato una chiave. » Le tese le braccia, a cui Clelia si abbandonò in uno slancio di affetto.

« Se ti scoprono, ti troverai in un brutto guaio », mormorò.

« Temo molto di più per quelli in cui sei andata a cacciarti tu, mia povera amica », rispose Gaia, stringendola a sé come per proteggerla. « Che cosa hai fatto? Come hai potuto venir meno al voto? Lo sai che cosa ti aspetta adesso? »

« Io non ho fatto niente di male, Gaia, non ho mancato a nessun voto, te lo giuro su quello che ho di più caro » riuscì a balbettare l'infelice, sentendosi strozzare da un nodo in gola. Nessuno avrebbe dunque mai creduto alla sua innocenza?

Gaia annuì malinconicamente. « Sì, credo di capire. No, non dire niente, Clelia, non occorre. Quelle persone terribili non si fermano neanche davanti alle più ignobili menzogne. Ma il processo è imminente, non puoi sfuggirgli. E non c'è dubbio: sarai condannata a essere sepolta viva. »

Le lacrime sgorgarono libere e disperate, mentre il ricordo della violenza subita tornava a riempirla di dolore e angoscia: « No, lasciami parlare, Gaia. I medici non mentono. È vero che il mio corpo è stato violato. Ma con la forza, non per amore. È stata Cornelia », si levò alta la sua voce tra i singhiozzi, « ad abusare di me in un modo infame, togliendomi la verginità! Aiutami, Gaia. Sono innocente. Non voglio morire ».

La mano di Valeriano era ancora stretta sull'avambraccio di Giunio. Con movimenti lenti, senza alzarsi ma procedendo carponi, lo condusse vicino alla parete sulla loro destra. E lì arrivato cominciò subito a rimuovere il sottile strato di sabbia che ricopriva gli interstizi tra i blocchi di tufo. Giunio si rese immediatamente conto che quattro di essi si potevano asportare, lasciando un varco abbastanza ampio da far passare un uomo.

Seguì il vecchio che s'infilava con imprevedibile agilità nel

passaggio. Il buio era assoluto, ma si rese conto che stavano salendo verso la faccia esterna della volta della cella. A mano a mano che avanzavano lo spazio aumentava, finché non andò a sbattere contro Valeriano, che si era fermato senza avvertirlo.

La sua voce gli giunse amplificata dal vuoto: « Dio mi ha aiutato. Mi ha fatto incontrare questa vecchia cisterna per l'acqua proprio sopra il soffitto della nostra cella. Appoggia l'orecchio qui ». E si sentì guidare la testa dalle mani del vecchio. Udì distintamente lo scroscio, come se al di là del muro scorresse un fiume.

Posati sul fondo del cunicolo riconobbe al tatto gli oggetti che il cristiano aveva usato per scavare: due tiranti in ferro, di quelli che i muratori inseriscono all'estremità di un muro per renderlo più solido. Diede di piglio al più vicino e, nel buio, prese a picchiare con forza sul diaframma che li separava dalla libertà.

Valeriano lo fermò immediatamente, avvertendolo: « La Cloaca Massima è un fiume sotterraneo che scorre nelle viscere di Roma. Sono convinto che questo muro che vorresti demolire si trovi sotto il livello delle acque; se lo sfondassi, l'acqua si riverserebbe in questa intercapedine con una violenza tremenda. Non avremmo il tempo di aprire un varco abbastanza grande da consentirci di passare al di là. E poi, anche se riuscissimo a vincere la pressione, la nostra fuga verrebbe scoperta nel giro di poco tempo, non appena qualcuno notasse l'allagamento, anche se le guardie scendono di rado nelle segrete del carcere ».

« Preferisco di gran lunga il rischio di morire annegato al supplizio della pena capitale », esclamò Giunio.

Il vecchio scosse la testa. « Hai ragione », replicò. « Ma dobbiamo procedere con cautela. »

Decisero di separare di nuovo la cella dal cunicolo in cui si trovavano, rimettendo a posto i blocchi di tufo dall'esterno e incastrandoli nel muro. Avrebbero comunque opposto una certa resistenza alla pressione dell'acqua, ritardando l'allagamento. Finita questa operazione, Giunio attaccò la prima barriera di mattoni della cisterna.

Quando l'acqua cominciò a zampillare da una breccia, era ormai passato diverso tempo. Trasse Valeriano vicino a sé, a ridosso del muro, e colpì con raddoppiata forza. Alcuni mattoni vennero letteralmente fatti schizzare al centro della cavità, mentre un fiotto di acqua maleodorante cominciava a invaderla.

Senza perdere un istante, Giunio riprese a martellare il muro con il ferro: doveva aprire un varco abbastanza ampio perché potessero passare di là prima che l'acqua avesse allagato completamente l'angusto spazio in cui erano chiusi. Quando ritenne di esserci riuscito, la pressione iniziale era diminuita, ma l'acqua era ormai alta e lasciava soltanto un sottile strato d'aria, appena sotto il soffitto.

Fece cenno a Valeriano di respirare profondamente, quindi lo strinse per un braccio e lo trascinò sott'acqua. Arrivato all'altezza della breccia che aveva aperto, lo spinse dentro con forza. Quindi tornò in superficie e si riempì i polmoni che sentiva bruciare, ormai con la bocca a ridosso del soffitto della cisterna, quasi completamente invasa.

Rituffatosi, raggiunse il passaggio della salvezza e infilò la testa nella breccia. Le spalle passarono a fatica, ma ce la fecero. Il torace, invece, forse a causa della pressione dell'acqua che continuava a scorrere in senso contrario, rimase incastrato nel varco, ancora troppo stretto per la sua corporatura. Provò a divincolarsi, a fare forza aggrappandosi con le mani ai bordi taglienti dei mattoni demoliti. L'aria nei suoi polmoni stava per finire, quando riacquistò un attimo di lucidità. L'aria non serviva più a niente. Meglio provare a espellerla. Svuotò i polmoni soffiando con forza, riuscendo a ridurre di un po' lo spessore della cassa toracica.

Nel suo petto sembrava essere scoppiato un incendio, ma in un lampo di rinnovata speranza sentì la morsa allentarsi. Fece ricorso alle ultime energie, divincolandosi e mulinando con forza le braccia per raggiungere la superficie.

Sentì cinque dita intrecciarsi a quelle della mano tesa più in alto, nocche fare forza sulle nocche. La mano del vecchio cristiano lo tirò verso l'aria, verso la salvezza, verso una luce che, per quanto scarsissima e lurida di esalazioni venefiche, era quella della vita. Il sorriso di Valeriano fu la prima cosa che intravide. Si sentì tirare verso una specie di camminamento lastricato, che si allontanava dal corso del fetido fiume sotterraneo.

Gli occhi gli bruciavano, il corpo doleva di cento piccole ferite, aveva il petto squassato dalla tosse, ma era libero. Ancora una volta, quale che potesse essere la divinità che lo aveva voluto, quale che potesse essere la nuova missione che gli era affidata. Anche se la conosceva già, mossa per mossa. Non poteva averne un'altra.

Cercò a tentoni il corpo del vecchio e lo strinse a sé in uno slancio di affetto e riconoscenza. Rimasero immobili in silenzio a lungo, cercando di recuperare le forze, finché non fu lo stesso Valeriano a incamminarsi, dimostrando di conoscere quel labirinto sotterraneo in ogni suo segreto. Di quando in quando si fermava, preso da un attimo d'incertezza davanti a una delle infinite diramazioni del dedalo, ma ogni volta imboccava risoluto una direzione, riprendendo ad avanzare con le mani protese davanti a sé. Senza di lui, Giunio sapeva che sarebbe rimasto là sotto chissà quanto tempo, e magari avrebbe finito con il riemergere proprio al centro di una piazza d'armi.

Di punto in bianco, tenue e lontano, comparve un filo di luce che ai loro occhi dolenti sembrò un faro. Pareva voler indicare loro la strada, sempre più preciso a mano a mano che avanzavano. Svoltarono ancora una volta, e finalmente il cunicolo cominciò ad allargarsi. L'ansa in cui si trovavano era illuminata da un paio di torce; una grata metallica sbarrava un passaggio.

Valeriano spostò uno dei cardini, e la griglia si mosse con un cigolio. Giunio capì che stavano per entrare in uno dei cunicoli sotterranei nei quali si mormorava che si riunissero i cristiani. Ne aveva sentito parlare spesso, ma non aveva mai prestato particolare fede alle voci.

Dopo pochi istanti dovette ricredersi. Non avrebbe mai immaginato che il sottosuolo della città potesse essere così popolato. Vide tempietti illuminati, effigi sacre, persone raccolte in piccoli crocchi nei punti dove le dimensioni delle gallerie lo consentivano. Dovevano avere un aspetto ben singolare, Valeriano reduce da anni e anni di segrete, lui ancora sanguinante per le percosse ricevute, e comunque dopo avere nuotato entrambi nelle fogne di Roma. Un giovane dai capelli castani si fece loro incontro, in guardia, scrutandoli con apprensione.

Improvvisamente il suo viso si aprì in un largo sorriso. « Ma io ti conosco », esclamò, rivolto al vecchio. « Sei Valeriano, cugino di mio padre. Tutta la famiglia ti credeva morto. Chi porti con te, cugino? »

« È Giunio della città di Luna, un mio compagno di sventura. Gli devo la vita e il successo della nostra evasione. »

« Sia fatta la volontà di Dio. Chiunque conosca la carità è nostro fratello », concluse pacatamente il giovane, indicando loro una polla di acqua fresca per dissetarsi e lavarsi.

Con quale ineffabile piacere sentirono quei rivoli gelidi e pu-

liti sul corpo. Non avrebbero più smesso, bevendo l'acqua come se fosse un nettare, gustandone il sapore, riconoscendola per quella fonte di vita che è, gettandosela sugli occhi, inspirandola nel naso, usandola come linimento per le ferite.

Vennero rivestiti di abiti poveri ma puliti, e il giovane si offrì di fare loro strada. Quando giunsero in vista di un secondo tempietto cristiano, una visione fece trasalire Giunio: davanti a tre uomini vedeva una giovane vestale che parlava animatamente, accompagnando le parole con gesti ansiosi. Gli dava le spalle, e per un attimo ebbe l'illusione di avere ritrovato Clelia.

Gaia girò la testa proprio mentre il terzetto si stava avvicinando. Le ci volle qualche istante per mettere a fuoco le tre figure, ma poi, nonostante la scarsa luce e le ferite sul volto, in una di esse riconobbe Giunio della città di Luna, il gladiatore che era stato capace di infiammare l'animo di tutto il Circo e – come ormai sapeva fin troppo bene – anche il cuore della sfortunata Clelia.

« È il destino che ti manda, Giunio », esclamò con voce strozzata, senza preamboli. « Presto, presto! Clelia è in grave pericolo. »

« Calmati, vestale », replicò Giunio, incredulo, « riprendi fiato. » Poteva davvero essere che la sorte lo rimettesse così presto sulle tracce della donna della sua vita? Quali dei volevano... Quale dio...

« Sono Gaia, l'unica amica di Clelia da quando eravamo poco più che bambine », riprese la vestale con voce angosciata. « Abbiamo ricevuto i voti insieme. In questo posto sto rischiando la vita. Come tutti voi, del resto. Qualcuno potrebbe avere già riferito alla Vestale Massima che stavo cercando di mettermi in contatto con i cristiani. Ma siete la mia ultima speranza, gli unici che possono aiutarmi a salvare Clelia dall'essere sepolta viva. »

Uno degli uomini che la circondavano scosse la testa. « Noi non siamo un esercito in armi, non abbiamo dimestichezza con la lotta, non potremmo mai... »

« Dov'è », la interruppe Giunio, come impazzito. « Dov'è Clelia? »

« In questo momento si trova ancora nell'Atrium Vestae, sorvegliata a vista da un manipolo di guardie », rispose la sacerdotessa. « Ma domani mattina presto sarà portata sotto scorta al Campo Scellerato, perché venga eseguita la condanna. »

« Avete armi o spade in questi sotterranei? » chiese ancora Giunio, girando sui presenti uno sguardo carico di furore ma soprattutto di speranza.

« Calmati, Giunio », lo interruppe il vecchio Valeriano in tono pacato. « Usa il ragionamento. Non sarà certo con le armi che potremo sottrarre Clelia ai suoi carcerieri. »

15.

Zurigo. Dicembre 1995.

Oswald scostò la tenda e guardò fuori: il traffico ordinato di Zurigo scorreva sotto il cielo plumbeo di dicembre. Stava quasi sicuramente per mettersi a nevicare. Stipò le sue cose nel borsone da viaggio e chiuse la lampo. In quello stesso istante squillò il telefono.

«Stavo per lasciare la stanza, dottor Ceorsky», disse, non appena ebbe sollevato la cornetta. «Pensavo di fare un giro in città prima di recarmi all'aeroporto. Il mio volo per la Florida parte nel pomeriggio.»

«Può concedermi un'oretta, prima di partire?» chiese il presidente del Banco Cantonale con voce chiaramente agitata. «Dovrei dirle alcune cose in merito alla questione di suo interesse.»

Si accordarono per pranzare insieme in un ristorante del centro.

Key Biscayne. Miami. Florida. Museo dei Reperti Sommersi.

Kevin Dimarzio non conosceva sicuramente il fremito che prova ogni collezionista davanti a un'opera d'arte, altrimenti lo avrebbe immediatamente individuato nel sentimento da cui si sentiva prendere ogni volta che osservava le tre statuette d'oro. Per le Pietre della Luna provava un'attrazione irresistibile. Le sentiva familiari, amiche, riconosceva in loro l'arcana importanza che...

Nella sala del museo entrò Laura, interrompendo le sue riflessioni. «Pochi minuti e sono pronta, Kevin», disse.

«Non preoccuparti, Laura, sono talmente preso nell'ammirazione per questi oggetti che il tempo sembra non esistere.»

«Mi sono informata sulle Pietre della Luna, o almeno sulla loro storia recente. Furono regalate a Hitler nel 1928 da un amico: Siegfried Sachs, erede dell'impero tedesco dell'acciaio.

Sembra che il Führer fosse molto affezionato a quelle statuette, che compaiono tra l'altro in diverse foto del dittatore ripreso nel suo studio. Sachs, invece, nonostante l'amicizia con quello che sarebbe diventato l'uomo più potente e spietato del suo secolo, nel 1942 fu chiuso in un campo di concentramento, dove letteralmente scomparve. Le sue aziende vennero nazionalizzate e completamente asservite alle esigenze di una Germania impegnata nello scontro bellico con il mondo intero.

« Il caso Sachs viene ricordato spesso dai biografi per sottolineare il cinismo del Führer. È provato che il gruppo Sachs è stato uno dei più importanti finanziatori del partito nazionalsocialista, ma il presidente dell'impero dell'acciaio ne ha ricevuto in cambio soltanto deportazione e morte. E stupisce l'accanimento con cui è stato perseguitato Siegfried Sachs. Era ospite del Führer nella residenza della Foresta Nera, e soltanto una settimana dopo è stato prelevato nel suo ufficio da un maggiore delle ss per essere internato la notte stessa in un campo di concentramento. »

« Può darsi che la fama di conquistatore di Sachs avesse fatto breccia nel cuore di Eva Braun », replicò Kevin scherzosamente. « Vedo comunque che la raccolta di informazioni sta facendo passi da gigante. »

« Sono ormai otto mesi che mi trovo coinvolta in questa storia, Kevin, e un certo contributo penso di averlo dato anch'io, nonostante i miei limiti di donna », ribatté la giovane, scoccandogli uno sguardo carico d'ironia. Quindi, mentre il colonnello le rispondeva con un sorriso franco che metteva in risalto il candore dei denti nel viso abbronzato, continuò:

« Quello a cui proprio non riesco a risalire, però, è il vero segreto di quelle statuette d'oro. Che cosa sono? Qual è la loro origine? Dove sono state, nei secoli precedenti il momento in cui Sachs le ha regalate a Adolf Hitler? Penso che prima o poi dovrò fare un viaggio nella bella Italia dei tuoi avi, Kevin ».

« Sarò felice di accompagnarti, Laura », replicò lui galante, abbozzando un inchino.

« Sono pronta », annunciò lei dopo qualche minuto, rientrando nella sala del museo dove aveva lasciato il colonnello.

Kevin Dimarzio non poté trattenere un moto di ammirazione, vedendola così sicura, slanciata ed elegante nel suo tailleur di lana.

« Hai fatto bene a coprirti », commentò, incapace di trovare

altri argomenti. « Sembra che a New York la temperatura sia un bel po' sotto lo zero. »

Zurigo.

Seduto in un salottino riservato del lussuoso ristorante che gli era stato indicato, Oswald Breil era al secondo Martini: un ritardo di mezz'ora non sembrava il comportamento tipico del presidente di una banca, per di più svizzera.

I due agenti della polizia elvetica improvvisamente comparsi sulla soglia presentarono il tesserino prima di esprimersi con parole.

« Il dottor Ceorsky ha avuto un grave incidente », lo informò senza preamboli uno dei due. « Ha detto che ha assolutamente bisogno di parlare con lei, dottor Breil. La preghiamo di seguirci. Dobbiamo fare presto, temiamo che le ferite riportate non gli lascino molto tempo. »

Oswald balzò in piedi con la solita insospettabile agilità e li seguì con i suoi passettini veloci. Lungo il tragitto, che l'auto percorse a forte velocità con le sirene spiegate, fu informato che un pirata della strada, riuscito a dileguarsi, aveva investito Misha Ceorsky negli immediati pressi della banca, provocandogli gravi lesioni interne.

Nella lussuosa clinica nascosta tra i pini, dove il presidente della banca aveva chiesto di essere ricoverato, furono immediatamente introdotti nello studio del primario. La sua espressione lasciava poche speranze. « Lei è un parente? » chiese a Breil, alzandosi prontamente dalla scrivania e andandogli incontro. Una frase chiaramente di rito, pronunciata con un'espressione di circostanza.

« Il dottor Breil è la persona che il ferito ha chiesto di incontrare », spiegò uno degli agenti.

Il primario annuì. « Certo, certo, capisco, sono stato personalmente informato dal dottor Ceorsky, che tuttavia mi ha pregato di prendere qualche comprensibile precauzione. È in condizioni veramente disperate. Non può essere disturbato, né visto da nessuno. Ma mi ha chiesto di fare questa eccezione. Si accomodi, prego, signor Breil, la accompagno. Agisca tuttavia con grande delicatezza: temo che siano gli ultimi momenti di lucidità del poveretto. »

Il presidente della banca zurighese giaceva nel lettino di una camera, isolata nel cuore dell'elegante struttura medica e protetta da una triplice serie di pesanti porte di acciaio con serratura di sicurezza a combinazione digitale, che il primario fece scattare personalmente con pochi tocchi esperti delle dita.

Precauzioni eccezionali che non stupirono Breil. Andando a cercare Ceorsky nella sua banca, sapeva che rischiava di esporlo a un grave pericolo. In realtà non pensava di poter ottenere da lui la minima informazione. E, successivamente, si era caso mai meravigliato della leggerezza con cui l'alto dirigente bancario sembrava avere preso la questione, la tranquillità con cui aveva usato il telefono per invitarlo in un locale pubblico. Il suo apparecchio era con ogni probabilità protetto da uno scrambler contro le intrusioni indesiderate, ma non di sicuro il centralino dell'albergo.

L'unico rumore nell'ambiente asettico in cui entrò era il sommesso ronzio delle apparecchiature elettroniche di rianimazione. Sul viso tumefatto del banchiere erano ormai chiaramente dipinti i segni della morte.

Ceorsky aprì gli occhi, tentando faticosamente di alzare la testa dal cuscino. Con altrettanta fatica fece cenno ai presenti di allontanarsi, chiedendo con un filo di voce di essere lasciato solo con il visitatore.

Breil gli si accostò, pronto a raccogliere le sue rivelazioni, quasi sicuramente le ultime parole che avrebbe potuto pronunciare prima di morire.

South Miami. Sweetwater Military Airport.

Sull'aeroporto militare poco fuori Miami spirava una leggera brezza calda da sud. Il Grumman della NASA, fermo sulla pista di rullaggio, spiccava per il suo biancore in mezzo allo spartano monocromatismo militare degli apparecchi dell'Air Force. Salita a bordo, Laura si stupì nel constatare che non c'era equipaggio.

« Ti puoi accomodare nel salotto per i passeggeri, Laura », le disse Kevin, scorrendo rapidamente il piano di volo. Avrebbe evidentemente pilotato lui stesso l'aereo. « Oppure, se preferisci, puoi rimanere qui con me in cabina di pilotaggio. Scegli tu. »

Con un rapido cenno di ringraziamento, Laura passò nel salotto che le era stato indicato, dove sedette nervosamente su uno dei comodissimi sedili di cuoio. Ci mise alcuni minuti a vincere la naturale diffidenza che provava sempre nei confronti di qualsiasi oggetto capace di sollevarsi da terra, compresi gli ascensori dei grattacieli. Ma la curiosità finì per prevalere, mista a un vago senso di eccitazione che provava già da qualche minuto. Sistemati i suoi effetti personali nel comodo armadietto sopra la poltrona, puntò con espressione risoluta verso la porta che separava la cabina di pilotaggio dall'alloggio passeggeri. Il jet bianco con la striscia blu si stava già muovendo sulla pista.

Cercando di rendere ancora più risoluta la sua espressione, prese posto nella seggiola del copilota, trovò la cintura di sicurezza, la chiuse con uno scatto secco e sbirciò di sottecchi, alla sua sinistra, Kevin Dimarzio che stava comunicando via radio con la torre di controllo. Vide le sue mani forti ma affusolate premere sulle manette, e, evitando di guardare davanti a sé, avvertì che l'aereo si lanciava nella sua corsa verso il cielo. Il muso si sollevò da terra, mentre i tre reattori di coda scaricavano tutta la loro potenza. Sentì il rumore metallico del carrello che rientrava e quello dei flap che assumevano la posizione di volo.

Una volta in rotta, si accorse che i suoi movimenti agitati nell'angusto spazio di pilotaggio le avevano fatto risalire la gonna fin sopra il bordo delle calze nere che aveva indossato quel mattino. Con intenzione? si chiese. Nel senso delle calze nere. Chissà. Non aveva voglia di pensarci. Comunque non sistemò la gonna.

Finse anzi intrepidamente di non essersi accorta della vasta esposizione di seta nera, nemmeno quando vide gli occhi di Kevin Dimarzio fissarsi sul confine tra la seta e la carne, con un'espressione indecifrabile. L'altezza aveva acuito lo strano senso di eccitazione da cui era stata presa già nel momento in cui era salita sull'aereo, quando aveva scoperto che erano a bordo da soli.

Non aveva nessuna voglia di trattenersi. Qualsiasi diversivo contro la paura di volare, mentì spudoratamente a se stessa, era ben accetto. Con un lento movimento della gamba cercò di esibire ancora di più, tenendo lo sguardo ostinatamente fisso sul parabrezza, quasi che tutto il suo interesse fosse rivolto agli sfilacci di vapore che l'aereo perforava.

Non abbassò gli occhi nemmeno quando sentì una mano

febbrile sul famoso confine tra seta e pelle, verso l'interno della coscia. Il suo sguardo aveva già individuato la leva per fare indietreggiare il sedile. La manovrò di scatto, senza una parola, lasciandosi andare languidamente sullo schienale, e guardò finalmente Kevin che, affidato il jet al pilota automatico, le si chinava sopra.

Inarcandosi, gli consentì di rialzarle la gonna fin sopra la vita, quindi seguì con lo sguardo i movimenti sempre più febbrili delle mani che le accarezzavano le cosce, infilandosi sotto gli elastici del reggicalze.

Scese con la destra a slacciargli la cintura e a sbottonargli i pantaloni dal primo all'ultimo bottone.

Non riuscì a trattenere un sospiro roco. Con la sinistra spostò di lato le mutandine di raso, di quel tanto che bastava perché niente più si frapponesse al contatto. Lo guidò con la mano, se lo sentì penetrare in corpo con l'impeto che ormai conosceva e che, aveva notato con qualche preoccupazione, stava minacciando di diventare una presenza fissa nei suoi pensieri.

L'aereo andava da solo. Per il momento, ogni paura di volare era vinta.

Zurigo. Clinica Conrad von Gesner.

« Sono stati loro », erano state le prime parole che Misha Ceorsky aveva mormorato, « i miei fratelli della Lobby di Trafalgar... »

Dopo venticinque minuti di faticoso monologo, interrotto soltanto da qualche rapida domanda di Oswald, l'alto dirigente bancario aveva perso definitivamente conoscenza, sprofondando nel coma irreversibile. Breil aveva chiamato immediatamente il primario, ma si era già reso conto che non c'era più niente da fare. Dieci minuti più tardi Misha Ceorsky fu dichiarato clinicamente morto. Oswald ne osservò a lungo il viso contratto, i lineamenti deformati dall'ultimo sforzo: quello per restare in vita il tempo necessario a confessare la sua colpa e aiutare a fare luce su un cupo mistero.

Quasi senza accorgersene si ritrovò disorientato sul viale alberato che attraversava il parco della clinica. L'auto della polizia era lì ad aspettarlo. Vi montò immerso in profondi pensieri. Dopo pochi minuti di riflessione decise che il suo programma

avrebbe subito un cambiamento. Doveva andare in Israele e conferire con il primo ministro. Un argomento così scottante non poteva avere come unico custode e arbitro la sua persona.

Consultò febbrilmente il precisissimo orario mondiale delle aviolinee, di cui il servizio israeliano muniva ciascuno dei suoi affiliati ogni quindici giorni. Il primo aereo per Tel Aviv sarebbe ormai partito da Zurigo soltanto il mattino seguente. Troppo tardi. La Lobby di Trafalgar non sarebbe di sicuro rimasta a guardare. Ma da Francoforte, in serata...

Si fece lasciare in pieno centro, nella via più affollata che vide. Tagliò quasi di corsa per una traversa pedonale e poi per una seconda e una terza, a zig zag, sentendo strisciare rovinosamente sulla pavimentazione il pesante borsone, fino a sbucare in un'altra via su cui scorreva un tranquillo traffico di auto.

«Taxi», chiamò freneticamente. «Taxi!»

Rannicchiatosi in un angolo del sedile posteriore, per le cinque ore di viaggio non distolse un solo istante lo sguardo dallo specchietto retrovisore. Non erano seguiti. Ce l'aveva fatta.

New York. Palazzo delle Nazioni Unite.

Laura si spogliò, lasciando scivolare sulla moquette gli indumenti, e si infilò nella cabina della doccia, all'interno della toilette del jet, verso la coda del velivolo. Forse sarebbe arrivata al Palazzo di Vetro con i capelli ancora umidi, ma indubbiamente più fresca e rilassata.

«Vi trattate bene alla NASA, mi sembra giusto che il Congresso voglia tagliarvi i fondi», scherzò, rientrando nella cabina di pilotaggio ancora avvolta in un accappatoio pulito.

«Questo è l'aereo che utilizzano le alte cariche per i loro spostamenti», rispose Kevin, che si era rimesso ai comandi del velivolo. «Credo che me lo abbiano assegnato per non sfigurare, quando dovremo portare indietro con noi il presidente della commissione delle Nazioni Unite.»

«Il viaggio di ritorno sarà di sicuro molto meno appassionante di quello di andata», scherzò di nuovo lei, mentre si rivestiva.

La presenza della Grande Mela era segnalata nel cielo freddo e terso da una nuvola scura che ricopriva come un manto la città. Laura cominciava a distinguere le forme dei grattacieli in lonta-

nanza, quando l'ufficiale gracchiò, simulando un tono nasale: « Il comandante informa che tra dodici minuti atterreremo all'aeroporto La Guardia di New York. La NASA si augura di ospitarvi nuovamente a bordo dei propri aerei. Vi raccomandiamo di non dimenticare il bagaglio a mano e gli oggetti personali ».

Un'ora e quaranta minuti più tardi, l'auto di servizio della NASA si fermava davanti all'ingresso principale del palazzo delle Nazioni Unite. Laura scese prima che il suo cavaliere fosse arrivato ad aprirle lo sportello. Sarebbero potuti sembrare due attori occupati nelle riprese di un film, piuttosto che due tecnici diretti a riferire a una commissione scientifica permanente.

Di lì a poco, seduta al tavolo circolare, Laura Joanson si sentiva davvero un pesce fuor d'acqua o, meglio, un'esperta di ricerche sottomarine in un simposio di astrofisici, come in realtà era.

Ognuno dei cinque uomini seduti attorno al tavolo aveva davanti a sé un dossier di trenta pagine, scrupolosamente redatto dal colonnello Kevin Dimarzio e poi tradotto con precisione impeccabile nella lingua madre di ciascuno dei presenti, massime autorità mondiali nella conoscenza del cosmo.

« La nostra commissione », esordì uno di loro, « ha esaminato con molto interesse la documentazione proposta, ma, pur condividendo alcune delle sue supposizioni, colonnello Dimarzio, siamo giunti a una conclusione molto diversa e più confortante. Non esistono possibilità che l'asteroide, ribattezzato con il nome di Leonard Speitz, possa entrare in rotta di collisione con l'orbita terrestre. Secondo i calcoli da noi elaborati, il corpo celeste dovrebbe transitare a oltre novecentomila chilometri dal nostro pianeta. Molto vicino, certo, ma non tanto da poter rappresentare una fonte di pericolo. »

« Signori », ribatté Kevin Dimarzio con voce ferma e sicura, « se fossero suffragate da certezze, le vostre teorie non farebbero altro che sollevarmi da un peso. Ma come è possibile formulare ipotesi senza un margine di dubbio? Chi può escludere l'intervento di eventuali fattori esterni, allo stato attuale ancora sconosciuti? L'asteroide Speitz-42 viaggia a circa duecentomila chilometri all'ora, e in questo momento dovrebbe trovarsi a metà strada tra l'orbita di Saturno e quella di Giove, a oltre novecento milioni di chilometri dalla Terra. I sei mesi che ci separano da un eventuale impatto sono a malapena sufficienti per organizzare un piano di difesa, mettere a punto una spedizione

spaziale dotata di mezzi idonei per tentare di modificare la rotta del corpo celeste. Vi rendete conto di quel che potrebbe succedere se una sciagura di centosessanta chilometri di diametro si abbattesse sulla terra a quella velocità? Secondo il modello computerizzato che abbiamo sviluppato in laboratorio, oltre due terzi della popolazione terrestre non sopravvivrebbero all'impatto.»

Stranamente, il presidente della commissione, Gregory Bender, pioniere della messa a punto della bomba H e progettista e sostenitore dello scudo di difesa stellare, si teneva quasi in disparte. Dopo avere introdotto i due relatori ed espletato i convenevoli, aveva lasciato la parola al suo vice, un giapponese i cui toni supponenti stavano mettendo a dura prova la pazienza del colonnello Dimarzio.

«Ci renderemmo di sicuro conto del pericolo se ci fosse qualche possibilità che si verificasse», aveva intanto ripreso il giapponese, nel tono carico di albagia del depositario di una verità assoluta, che comunque non gli impediva di inciampare su tutte le «erre» e le «elle» della lingua inglese. «Ma, sono costretto a ripetermi, abbiamo trascorso giorni e notti a seguire l'asteroide, pervenendo alla conclusione che ho appena espresso: non esistono possibilità di contatto. Né margini di dubbio. Né possibilità di intervento di fattori esterni.»

«Nessuno, fino a non molto prima che la cometa Shoemaker-Levy devastasse il pianeta Giove, nel 1994, poteva nemmeno immaginare che cosa sarebbe successo», ribatté di nuovo Kevin, rischiando di perdere la sua calma glaciale di fronte all'ostinazione dei soloni delle stelle.

«E, alla stessa stregua, nessuno potrà dirci che cosa succederà alla Terra se non pochi giorni prima di rischiare di essere cancellati dal sistema solare. Insisto perché lo sforzo di organizzare una missione abbia il sostegno delle Nazioni Unite, in modo da trovarci pronti a prevenire il pericolo qualora dovesse presentarsi.»

Fu ancora una volta lo scienziato giapponese a prendere la parola. «Colonnello Dimarzio, lei è personalmente responsabile di un ambizioso progetto della NASA che si occupa, tra l'altro, del monitoraggio dello spazio proprio al fine di prevenire che qualche macigno ci cada in testa. Devo essere io a invitarla a continuare a farlo, seguendo anche questo caso?»

«Lei può sicuramente immaginare la risposta che riceverei

dell'economato della NASA: il budget è impegnato per i prossimi cinque anni, anzi è già stato speso. Professor Deng, per il mio progetto dispongo della sensazionale cifra di centocinquantamila dollari l'anno. Dove crede che potrei andare a trovare le centinaia di milioni che sarebbero necessari anche soltanto per predisporci all'evenienza? La sua testardaggine», continuò il colonnello, rinunciando a ogni ipocrisia e passando a un tono schietto, come imponeva l'atteggiamento altezzoso e scostante del suo interlocutore, «non mi stupisce più di tanto. È fin troppo nota, nei nostri ambienti. A preoccuparmi, e molto, è l'idea che da queste sue ostinate convinzioni possa dipendere il destino della Terra. Fino a oggi, il solo compito della vostra commissione è stato quello di procedere alla sistematica lottizzazione dello spazio tra le grandi potenze. Il solo problema che vi ponete è il modo di disciplinare il futuro sfruttamento minerario di Marte o di Saturno.

«Ma non siete riusciti a fare nemmeno quello, pressati come siete dai potentati economici internazionali e dai politici di mezzo mondo. E oggi, di fronte a una vera situazione d'emergenza, siete capaci soltanto di sciorinare come un oracolo un rapporto stilato da uno qualsiasi dei vostri solerti assistenti.»

Così detto, acceso in viso, Kevin riordinò le carte che aveva davanti. «Ma non sarò certamente complice della vostra superficialità e continuerò con ogni mezzo, per quanto limitato, a cercare di salvare il genere umano», concluse. Stava per alzarsi, quando la placida voce del presidente Bender lo fece rimanere dov'era.

«A questo punto credo che s'imponga un mio intervento», disse soave l'eminente premio Nobel. Il suo parere, anche se la carica di presidente era più che altro onoraria, aveva sempre un grande potere di persuasione sui membri della commissione.

«Ritengo che al colonnello Dimarzio debba quanto meno essere riconosciuto il credito che il suo lavoro e la sua figura meritano. Quindi, anche se il parere espresso dalla nostra commissione non è a favore di un approfondimento del fenomeno, penso che l'asteroide Speitz-42 debba essere posto sotto attenta e costante osservazione, e suggerisco che vengano predisposti fin d'ora piani dettagliati per prevenire un'eventuale situazione di crisi.

«Io stesso, visto che sono stato incaricato di verificare personalmente le teorie del colonnello Dimarzio, mi farò garante del-

la correttezza dell'operazione e riferirò periodicamente a questa commissione che presiedo. E adesso, dottoressa Joanson, colonnello Dimarzio, consentitemi di accompagnarvi all'aeroporto. L'autista ci sta aspettando.»

Mentre l'anziano scienziato parlava, Laura aveva avuto l'inesplicabile ma netta sensazione che le sue folte sopracciglia le stessero facendo dei cenni ammiccanti. Doveva avere visto male. Comunque fosse, il risultato conseguito era molto lontano da quello che lei e Kevin speravano, ma costituiva una soluzione intermedia da non trascurare.

Congedatisi dalla commissione, scesero nel garage sotterraneo del Palazzo di Vetro, dove li aspettava la limousine a disposizione di Bender. Durante il tragitto fino all'aeroporto, Kevin rimase incupito nei suoi pensieri, che sia la giovane sia il presidente della commissione preferirono non disturbare. Mentre smontavano dall'auto, tuttavia, l'anziano e cortese signore gli posò una mano su un braccio con gesto amichevole, dicendogli: «Teniamo duro, colonnello, teniamo duro. Vedrà che troveremo una soluzione».

Raggiunto l'aereo della NASA, Laura rimase un attimo interdetta. Ai piedi della scaletta li aspettava il secondo pilota. Prese imperiosamente Kevin per un braccio e lo costrinse a fermarsi, chiedendo: «Come mai questa volta c'è il copilota?»

Il sorriso di Kevin, dopo più di tre ore a nervi tesi, le fece capire che le parole del premio Nobel avevano rasserenato l'atmosfera. «Per questo tipo di velivolo è necessaria o comunque prevista dalla legge la presenza di almeno due piloti.»

«E perché, allora, nel volo di andata non c'era?» incalzò lei, che credeva comunque di avere intuito la risposta.

«Ho chiesto al capitano di prendere un volo di linea per raggiungere New York, dato che come copilota avrei avuto te. E che però non sapevo se saresti tornata indietro con me e il professor Bender.»

«Ma io non sono capace di pilotare neanche un aeroplanino di carta. Dove avevi la testa?» finse di protestare lei.

«Oh, quante storie», replicò Kevin in tono di scoperta complicità. «Lo sai come sono distratto. Mi sono confuso tra le tue abilitazioni a guidare batiscafi e quelle necessarie per governare un trireattore.» Quindi, lasciandole il passo davanti alla scalet-

ta: « Spero non ti sia dispiaciuto », concluse sottovoce, strizzandole l'occhio.

Gerusalemme.

Oswald Breil aveva un'opinione del tutto personale sugli edifici pubblici israeliani. Più che sembrargli un palazzo funzionale della fine del secondo millennio, la sede della Knesset, il parlamento di Israele, gli ricordava un mausoleo assiro babilonese. Le consultazioni si erano concluse da poco, e la sostituzione del primo ministro era stata ratificata dalla quasi unanimità dei presenti. Il suo paese stava sicuramente attraversando un momento di gravissime difficoltà proprio quando la pace sembrava a un passo.

Il dirigente del Mossad e il primo ministro si conoscevano da molto tempo, e tra di loro c'era sicuramente un profondo senso di reciproca ammirazione e fiducia, anche se Oswald era stato più legato allo sfortunato predecessore. L'espressione del premier era tesa: la votazione parlamentare di pochi istanti prima doveva aver richiesto non poche energie e generato molta apprensione.

« Prima che lei mi riferisca il motivo che l'ha portata qui con tanta urgenza, Breil », tagliò corto il primo ministro una volta conclusi gli spicci convenevoli, « desidero informarla che i problemi del nostro servizio di controspionaggio e antiterrorismo mi inducono a sollecitare il suo passaggio almeno temporaneo dal Mossad allo Shin Bet, di cui assumerà la direzione. Fino a oggi, tra integralismi, falchi e colombe, una sola istituzione era stata raramente messa in discussione: proprio questo servizio. Adesso, però, e non posso dare torto a nessuno, si vuole ridiscutere tutto: leggi, metodi, uomini. L'assassinio del mio sfortunato predecessore è stato la molla che ha fatto scattare in tutto il mondo una serie di critiche alle nostre strutture. E, come logico, le opposizioni si sono fatte sentire immediatamente. Per ottenere i risultati che ci aspettiamo e di cui abbiamo un bisogno vitale, ci occorre la piena disponibilità di uomini come lei. La invito ad accettare. Anzi, glielo ordino. »

« Sono agli ordini, signor primo ministro. Come sempre », rispose Breil, mettendosi quasi sull'attenti. « Ma », continuò, « credo che, quando avrà ascoltato quanto ho da dirle, dovrà

convenire con me che sarà bene che lo Shin Bet aspetti ancora un po'.»

Roma odierna. Laboratorio di Sara Terracini.
Primi di giugno 1996.

«Dove diavolo sarà finito Oswald Breil?» si chiese per l'ennesima volta Sara. Sembrava scomparso dalla sua vita e da quella dei personaggi evocati dal testo del frate italo-spagnolo.

Cominciava a convincersi che i suoi sospetti sull'inafferrabile gnomo non fossero soltanto una creazione della sua fantasia giocosa ma un'interessante realtà romanzesca.

Che Oswald fosse davvero una diabolica spia, non una creatura reale ma una proiezione dei romanzi di John Le Carré o di Laura Joanson?... Ah, Laura Joanson. Avesse potuto conoscerla, un giorno, esprimerle tutta la sua ammirazione. Sgridarla, anche, un po', per la mania che aveva sempre di mettere in difficoltà i suoi personaggi più simpatici, se non addirittura di farli morire nel più straziante dei modi.

Patricia, per esempio! C'era bisogno di ammazzarla? E di far piangere lacrime di fuoco alla lettrice Sara Terracini? Oh, se le fosse mai capitato di conoscere Laura Joanson, gliele avrebbe cantate chiare e tonde. Senza virgolette né punti di sospensione.

Intanto, però, non ne poteva più di aspettare che si decidesse ad arrivare anche nelle librerie romane il suo nuovo romanzo, che aveva visto annunciare dai giornali con titoli cubitali e aggettivi iperbolici. Ah, imparare a scrivere come lei, mirabile giocoliera del suspense, a raccontare come sapeva fare lei. Un giorno o l'altro avrebbe provato. Eh, sì. Riraccontando, magari, e romanzando, le vicende di Giunio di Luna e del suo discendente frate Pietro. Perché no? Alla faccia dello spione Oswald Breil.

Il teatrale sospiro di autocommiserazione che stava per esplodere fu bloccato sul nascere dallo scampanare del computer e dallo sbandierare dell'avviso MESSAGE! MESSAGE! MESSAGE!

A CHE PUNTO SIAMO? vide scorrere sullo schermo. L'ometto diabolico, evocato dalle sue capacità telepatiche, era ricomparso senza il minimo preavviso dallo spionistico nulla in cui era sparito.

ABBASTANZA BUONO, digitò d'impulso, dopo avere premuto i tasti CTRL e R. SI VA AVANTI.

CORRI DI PIÙ, PER FAVORE, fu l'immediata risposta. RIASSUMI DI PIÙ. PERDONAMI, MA ABBIAMO UNA GRAN FRETTA DI SAPERE COME VA A FINIRE QUESTA STORIA. CIAO. E la comunicazione fu bruscamente tagliata, lasciando la giovane con le mani sospese sopra la tastiera.

« Maledizione! » sbottò la giovane romana, scoppiando a ridere.

« Abbiamo una gran fretta »? Chi? Vai a saperlo. E, lei, Sara Terracini, che cosa ci guadagnava, a parte il prestigio derivante dalla trascrizione e dal fatto che gli antichi volumi sarebbero rimasti di proprietà dell'ente che le pagava lo stipendio?

Stipendio? Un salario da fame, da veri e propri lavori forzati.

Sorte crudele. E, adesso, le toccava anche « correre di più, riassumere di più », dannato Oswald Breil. Le dita tornarono a posarsi sui tasti, mettendosi a galoppare.

Roma imperiale. Anno 838 dalla Fondazione.
[85 d.C. (N.D.T.)]

Una leggera bruma velava le luci dell'alba. Clelia guardò il sole che sorgeva oltre i bastioni della grande Roma. Non aveva paura, soltanto il rammarico di dover morire in un modo così atroce senza avere mai veramente vissuto. Remissiva e a capo chino si lasciò condurre verso la porta che avrebbe rappresentato la fine della sua vita. Prima di precipitare nelle tenebre perenni, si girò un istante per guardare un'ultimissima volta il sole ormai alto in tutto il suo splendore. Accolse nelle mani, quasi senza rendersene conto, la lanterna e il pane che rappresentavano tutto il bagaglio con cui doveva affrontare l'ultimo viaggio.

Entrata nella cella e giratasi, al di là del muro che veniva rapidamente innalzato vide il volto delle altre vestali. Ma scoppiò a piangere soltanto quando si accorse che Gaia non riusciva a frenare le lacrime. Sgomenta, guardò gli ultimi mattoni che venivano collocati a sigillare l'ingresso. Si trovò completamente sola, in un silenzio che ai suoi occhi suonava come il preannunzio della morte.

Alzò la lanterna per guardarsi attorno. Il tufo trasudava in

diversi punti, e la cella sotterranea in cui era stata sepolta viva era pervasa da un disgustoso odore di umidità. Sedette in un angolo, accingendosi ad affrontare con coraggio e rassegnazione la sua terribile sorte.

«Non ci riusciremo mai!» stava intanto inveendo Giunio, mentre scuoteva la testa studiando il disegno che Valeriano aveva tracciato sul terreno con un bastone.

«Quanto tempo abbiamo a disposizione? Due giorni, forse tre, sempre ammesso che l'aria in quella stanza del Campo Scellerato sia sufficiente per mantenerla in vita. In soli due giorni dovremmo scavare una galleria di oltre duecento passi. È al di fuori di ogni possibilità umana.»

«Possiamo contare», lo interruppe pacatamente Valeriano, «su dieci squadre, ciascuna di tre uomini, che si alterneranno giorno e notte nel lavoro. Sono gli stessi giovani che hanno scavato questa città sotterranea nelle viscere di Roma, e la loro esperienza non è sicuramente da sottovalutare.»

Parole che ebbero il potere di rinnovare istantaneamente le speranze di Giunio. «Il vostro dio ci assista, cristiani», esclamò. «Presto, cominciamo subito a lavorare. Abbiamo le ore contate.»

Clelia guardò disperata la fiamma della lanterna tremolare negli ultimi bagliori prima di spegnersi. Il buio assoluto e il fetore di umidità fecero sembrare l'aria ancor più soffocante. Non aveva il coraggio di togliersi la vita, né del resto avrebbe saputo come farlo, altrimenti si sarebbe forse abbandonata a un gesto fatale. Quanti giorni, quante ore la separavano dal perdere conoscenza? Come sarebbe arrivata la morte? In silenzio, nel sonno, o fra atroci terrori e tormenti provocati da sete e fame?

Giunse le mani davanti al petto e pregò Dio – l'unico Dio in cui ormai credeva – di alleviare il suo supplizio, quindi tornò a rivolgersi a Lui e alla Sua misericordia affinché avesse cura delle persone che le erano care. Quante ne erano rimaste? Ben poche, fu costretta a pensare con una terribile stretta al cuore.

Ricordò ciò che le aveva sussurrato la spietata Cornelia poco prima di farla condurre al supplizio: «Sappi che il tuo bel gla-

diatore sarà processato e condannato domani mattina. Rallegrati. Nell'Averno starete in buona compagnia».

Non aveva strumenti con cui contare il tempo, ma dal livello dell'olio nella lucerna valutò che doveva essere trascorso più o meno un giorno intero da quando l'avevano sepolta. Quindi, con ogni probabilità, in quello stesso istante Giunio stava esalando l'ultimo respiro.

Il pensiero le tolse ogni forza residua. Cadde a terra esanime.

A non molta distanza da lei, i turni di lavoro procedevano con un ritmo massacrante. In particolare per Giunio, che sembrava incapace di riposare e rimaneva sempre nella galleria a seguire i progressi fatti. Gli era stato spiegato che le catacombe non distavano di molto dal luogo dove Clelia era stata sepolta viva. Ma il dislivello tra la loro posizione iniziale e le celle ermetiche del Campo Scellerato era di diverse braccia. Traguardare l'obiettivo dovendo scavare in salita presentava quindi un'ulteriore difficoltà, nonostante i calcoli precisi che Valeriano non si stancava mai di aggiornare.

Ma di punto in bianco vide il vecchio illuminarsi in viso, nonostante la polvere di tufo che lo ricopriva.

«Abbiamo raggiunto una cavità», esclamò concitato. «Ancora poco e il diaframma dovrebbe cadere.»

Giunio si sentì invadere dalla gioia, dal petto gli si levò spontanea la preghiera che gli scavi avessero proceduto nella giusta direzione. Si sentiva animato da una forza sovrumana. Andò a prendere una torcia e uno stoppino e tornò indietro strisciando per gli oltre duecento passi di scavo, largo a malapena quanto bastava per far passare un uomo.

Gli uomini addetti al mantice che assicurava la circolazione dell'aria nel cunicolo lavoravano di lena per compensare l'assoluta mancanza di aria all'interno della stanza nella quale lui stava per penetrare.

Lo spettacolo che gli si presentò, quando la paratia finalmente cadde, era tale da sconvolgere qualsiasi mente. Le vesti della sacerdotessa avevano mantenuto il loro splendore originario, la mancanza di aria aveva impedito il processo di decomposizione del corpo. Il cadavere della donna, lì sepolta senza dubbio da molti anni, era accasciato vicino al muro, con le mani scarnifi-

cate fino all'osso dall'estremo, vano tentativo di riacquistare la libertà.

Giunio rabbrividì al pensiero che lo stesso destino poteva forse essere già toccato a Clelia. Ma la ragione gli disse che, sebbene il primo tentativo fosse andato a vuoto, adesso avevano la sicurezza di essere penetrati nel Campo Scellerato. E il corpo mummificato dell'infelice che avevano scoperto non poteva certo essere quello di colei che stavano cercando.

Brandendo davanti a sé la torcia identificò immediatamente il muro eretto per seppellire viva la sventurata. Vi si precipitò e, aiutato dai bravi cristiani che lo avevano raggiunto, fece crollare anche quello, incurante di qualsiasi appello alla prudenza.

In superficie si aggiravano almeno una cinquantina di guardie a presidiare quel luogo di morte. Ma niente avrebbe potuto fermarlo.

Al di là del passaggio vide un lungo corridoio segnato da diversi altri passaggi, alcuni murati e altri aperti su cubicoli di anguste dimensioni, identici a quello in cui aveva trovato la sacerdotessa mummificata.

Facendo scorrere la mano lungo la parete scabra, su una delle aperture murate incontrò la calce ancora umida. Senza parole, chiese gli attrezzi con lo sguardo. Si avventò sul muro che era sicuramente ormai l'unico ostacolo che lo separava dalla donna amata.

Clelia aveva ormai perduto ogni nozione del tempo. La debolezza non le consentiva nemmeno di tirarsi a sedere. L'aria respirabile stava per esaurirsi. Si sentì risuonare in testa i colpi delle mazze, lontani come un miraggio. O come un sogno di definitiva liberazione celeste.

Aretas le aveva parlato molte volte del canto argentino degli angeli, e forse erano proprio loro che venivano a prendere la sua anima. Si rannicchiò su se stessa e rasserenata attese la morte.

Che cosa poteva essere, se non il delirio degli ultimi istanti, a farle vedere il muro che crollava, la luce di una torcia che esplorava la sua prigione? Chiuse gli occhi beata. Era davvero la fine. La pace. Perse conoscenza.

Non sentì le forti braccia di Giunio che la sollevavano da terra per condurla verso la salvezza terrena.

Menenio camminava avanti e indietro a grandi passi nel sudicio locale del corpo di guardia come una fiera in gabbia. Nella rabbia dimenticava di esporre soltanto il suo profilo migliore, nascondendo la deformità che era stata imposta al suo viso, come in altre circostanze aveva sempre estrema cura di fare. Ogni volta che percorreva la stanza da sinistra verso destra, la tremenda ferita infertagli da Giunio appariva evidentissima in tutto il suo orrore.

L'ufficiale responsabile del carcere era immobile davanti a lui in una rigida posizione marziale che non serviva in alcun modo a nascondere lo stato di imbarazzo, di vero e proprio terrore in cui si trovava.

« Che cosa significa 'è fuggito'? » tuonò la voce del senatore, sebbene la menomazione la rendesse querula e biascicata. « È dunque così facile scappare dalle carceri di Roma e sottrarsi alla vostra guardia? Che cosa stavate facendo? Giocavate alla tavola dei dodici numeri? Dormivate? Vi trastullavate in compagnia dei vostri uomini più gagliardi? Parlate, per gli dei! »

« Insieme al compagno di cella, un cristiano di nome Valeriano, è riuscito a raggiungere il condotto fognario attraverso un cunicolo che l'altro stava evidentemente scavando da tempo. Non dormivamo di sicuro, illustre senatore. Quando hanno imprudentemente rimosso i massi di tufo che i fuggitivi avevano posto ad arginare l'acqua, tre dei miei uomini sono morti annegati », rispose l'ufficiale con voce non meno querula.

« Siete degli autentici imbecilli. Degli inetti. L'uomo più pericoloso dell'impero romano viene chiuso in cella con un compagno, anch'esso pericoloso per il semplice fatto di essere un irriducibile, scaltro cristiano, e lasciato lì senza essere guardato a vista », urlò letteralmente il senatore torto in un'orribile smorfia di furore.

« Da quelle segrete nessuno è mai riuscito a uscire, onorevole Menenio, se non avvolto nel telo funebre. Ripeto: quel cristiano aveva evidentemente già scavato il cunicolo nel corso degli anni della sua prigionia », balbettò il militare, sempre più terrorizzato.

« Avrò modo di ricompensarvi in seguito per la vostra idiozia », ribatté lividamente Menenio. « Imparerete a conoscere meglio quelle segrete. Adesso però voglio che Roma venga passata al setaccio, senza tralasciare nessun luogo, e prima di tutto i sotterranei dove gli odiosi cristiani tengono le loro riunioni e i

loro riti sacrileghi. Correte, rompetevi il collo, andate agli inferi, ma riportatemi quell'uomo. O la sua vita, o la vostra. Fuori di qui.»

«I soldati romani vi stanno cercando ovunque», annunciò dopo qualche ora il giovane cristiano che Giunio vide arrivare di corsa nel suo rifugio, senza fiato, sconvolto. «Sono già penetrati in alcune catacombe, dove hanno seminato la morte tra i nostri fratelli, infierendo su donne e bambini. Amico mio, Valeriano, dovete andare via, nascondervi meglio. E anche la donna.»

Giunio si voltò disperato a guardare Clelia, adagiata su un giaciglio a poca distanza da loro. Non era in pericolo di vita, poche energiche cure erano bastate a farla riavere, ma sarebbero stati necessari diversi giorni perché potesse rimettersi in forze.

Ancora una volta si fece sentire la voce saggia di Valeriano. «Io posso dissimularmi tra i miei fratelli, Giunio. Nessuno di quei carcerieri ricorda di sicuro la mia faccia. In realtà non l'hanno mai nemmeno vista, nascosta com'era sotto una barba di anni. Tu, invece, sei fin troppo conosciuto. Rimanendo qui verresti sicuramente catturato, perché non c'è dubbio che prima o poi gli sgherri riusciranno ad arrivare fino a noi.»

E, così detto, il vecchio fece una breve pausa, meditabondo, giocherellando distrattamente con il bastone su cui si appoggiava ormai con regolarità. Ma d'improvviso s'illuminò in volto, lasciando capire che forse aveva trovato una soluzione.

«Ma certo!» esclamò. «Un posto dove nessun soldato entrerebbe mai, e dove le vostre probabilità di sopravvivere sono senza dubbio maggiori, esiste. Come non averci pensato prima? Andiamo, presto», concluse, alzandosi con l'agilità datagli dal rinnovato entusiasmo e avviandosi nella galleria.

Emersi con mille cautele dalla catacomba, scegliendo con attenzione l'uscita – che doveva essere al sicuro da sguardi indiscreti ma al tempo stesso ben collocata –, non dovettero camminare molto.

La sentinella posta a guardia dell'ingresso al campo dei lebbrosi stava sonnecchiando. I pochissimi infelici che, impazziti, tentavano di allontanarsi da quella bolgia di disperazione passando di lì venivano abbattuti senza pietà, ma non aveva senso con-

trollare chi varcava la soglia in entrata. Chi avrebbe mai potuto andare a seppellirsi in quella cloaca di corpi marcescenti, se non vi era costretto dalla più terribile delle sorti?

I due uomini coperti di cenci e la donna che reggevano non distolsero l'uomo di guardia dall'accidiosa pigrizia in cui era affondato. Alzò straccamente un dito per fare cenno al terzetto di togliersi di mezzo il più in fretta possibile e, seguitolo brevemente con lo sguardo lungo il sentiero che conduceva alla grotta dell'infamia, tornò al suo abisso di noia.

Il suo cuore di soldato non ebbe un solo moto di compassione. A quella grotta non si era mai avvicinato, e non si era mai spinto a immaginare le condizioni dei lebbrosi che vi erano reclusi, le mutilazioni sanguinanti, la morte orribile. Erano gli stessi malati ancora in forze che provvedevano a caricare i cadaveri sui malandati carri che di tanto in tanto venivano alla porta per portarli via. Dove finissero dopo, gli interessava persino meno.

I panni che gli coprivano la testa, limitando il suo campo visivo, cominciavano a dare fastidio a Giunio. Continuò tuttavia ad avanzare simulando un passo esausto e sorreggendo Clelia, che invece aveva veramente bisogno del suo aiuto e di quello del vecchio.

Aveva cercato a lungo di dissuadere Valeriano dall'idea di seguirli nella pericolosa avventura. Ma non era stato possibile.

« Sono vecchio, Giunio », aveva replicato con fermezza. « E rimango ricercato esattamente come te per l'evasione dal carcere. Restando tra i miei fratelli, ne metterei soltanto a repentaglio la vita. Inoltre, con Clelia in questo stato, avrai sicuramente bisogno d'aiuto. Senza contare, poi, che molti dei lebbrosi sono nostri fratelli in Cristo. Molti di loro non sono nemmeno malati, ma si sono segregati volontariamente in quel luogo di orrore al fine di predicare a quegli sventurati la buona novella, in vista della nuova vita che li aspetta. Conoscono il lebbrosario in ogni recesso. Entrare, come vedrai, è facile. Non altrettanto uscire. Ma loro sanno come fare. E, al momento opportuno, potranno sicuramente aiutarci nella fuga. »

Al loro passaggio i malati si stringevano negli stracci logori che li coprivano, quasi volessero nascondere la vergogna delle mutilazioni ai nuovi venuti. Ombre spettrali che cedevano il passo ai nuovi condannati a quell'Averno in terra.

La grotta era interminabile, qua e là si vedeva brillare nella penombra un fuoco. Attorno ai bagliori arancioni delle fiamme

proseguiva incredibilmente la vita: intere famiglie di malati si radunavano, consumavano i loro magrissimi pasti, si stringevano in preghiera, in attesa che il morbo inesorabile li liberasse da ogni pena.

Giunio adagiò Clelia in una zona della grotta dove non si trovava nessuno. Alle sue spalle, a breve distanza, sentiva gli ansiti strazianti di un vecchio morente. Passò le mani tra i capelli della giovane amata. Si vedeva un certo miglioramento, ma il suo volto, imperlato di sudore, era duramente segnato dalla stanchezza.

« Come stai? » le chiese, accarezzandoglielo.

« Molto meglio », rispose lei con un filo di voce. Ma l'angoscia del suo sguardo era fin troppo eloquente.

La voce del vecchio moribondo, alle sue spalle, si levò flebile e improvvisa quanto impensabilmente ferma: « Riconoscerei la tua voce anche in una piazza affollata, figlio! »

Come avrebbe potuto, anche lui, non riconoscere la voce che, in anni lontani ma non dimenticabili, lo aveva avviato alla vita?

Giunio si sentì pervadere da un irrefrenabile fiotto di gioia, subito smorzato, tuttavia, da un penoso senso di impotenza e disperazione. Il vecchio aveva sollevato la testa dal giaciglio. I suoi sentimenti trovavano espressione anche al di là del buio degli occhi.

« Padre! Padre! » esclamò Giunio. Nessuno e niente avrebbe potuto frenare lo slancio con cui corse ad abbracciare il vecchio corpo martoriato.

« Piano, fai piano, Giunio! Il male mi ha quasi completamente distrutto il corpo. Stavo aspettando il silenzio eterno della morte, e ho sentito la tua voce. »

« Mia madre, dov'è mia madre? » chiese lui, dardeggiando lo sguardo nella penombra.

« Se n'è andata pochi giorni fa, figliolo, lasciandomi solo a portare avanti questa pena. Ma la raggiungerò presto tra i buoni. »

« L'infame Menenio pagherà per tutte le sue colpe, padre mio. E con lui i suoi spregevoli complici. Te lo giuro. »

« Non ho mai creduto a quello che sentivo dire, figlio mio. Non ho mai creduto che potessi essere un traditore e un assassino. Ci hanno messo in prigione, tua madre e me, e poi, quando

mi sono ammalato, ci hanno rinchiusi in questa anticamera dell'Averno.»

«È prima di tutto colpa mia, padre, della mia sconsiderata fuga dalla nostra città. Non sai quanto mi pesi. Ah! Non potrò mai trovare pace, né chiedere perdono.»

«Perché parli di colpa, figlio mio? Quale? Quella di esserti sempre battuto per la giustizia e per Roma? Il mio destino era comunque segnato. Il morbo è soltanto il mezzo che mi permetterà di raggiungere tua madre nel regno dei buoni.»

Giunio non si era accorto che Clelia si era avvicinata. La mano dell'amata scivolò tra le sue, scendendo a sorreggere la nuca del morente.

«Di chi sono queste mani morbide e caritatevoli?» chiese il vecchio, avendone riconosciuto la diversità al tatto, girando la testa verso Clelia.

«Della donna che amo, padre», rispose Giunio senza esitazione, fissando Clelia negli occhi. «Molte cose sono successe da quando ci siamo incontrati l'ultima volta...» Ma il tremito di morte da cui sentì pervadere il corpo del padre gli impedì di proseguire.

«Ricordati di tua madre», riprese il vecchio con un filo di voce. «Lo sai, viveva soltanto nell'attesa che tu le regalassi qualche nipote a cui fare da nonna. E adesso sa che li avrà. Anche se non potrà accudirli come sognava. Ma, chissà. Come sarà il mondo dei buoni, dopo la morte? In questo luogo di desolazione ho sentito parole di speranza su una vita al di là di quella che viviamo in questa terra. Fra non molto la vedrò, perché dove sto per andare troverà luce anche il mio buio, nel quale peraltro so vedere e percepire molte cose. Ricordati di me, figlio mio, e dell'unico dono che ti ho fatto, oltre ad averti dato la vita. Le Pietre della Luna, che adesso si trovano nelle mani di chi ti vuole morto...»

«Torneranno della nostra famiglia, padre, te lo giuro.»

Ma non c'era più niente da fare. Nella disperazione dell'impotenza, vide la testa del vecchio reclinarsi per l'ultima volta. Non fece niente per frenare i singhiozzi che gli scuotevano il petto.

In un altro sotterraneo, la Vestale Massima, impettita e imperiosa come un capo militare, stava ordinando a un soldato di ab-

battere il muro di accesso al Campo Scellerato. Gli occhi le brillavano di una macabra soddisfazione. Era sicura di trovare Clelia ormai priva di vita nella sua cella murata, al di là del terzo sigillo.

Ma già mentre percorreva il corridoio sotterraneo, il suo perfido sorriso si spense, alla vista dei detriti disseminati ovunque. Raggiunta la prigione di Clelia e abbattuto l'ultimo muro, il presagio divenne certezza.

Menenio non aveva osato accedere al luogo sacro ed era rimasto in attesa della notizia appena fuori del Campo. Era certo che, appena libero, Giunio avrebbe cercato con ogni mezzo di salvare la sua compagna. Ma, lo sapeva benissimo, era un'impresa impossibile, e godeva all'idea che, dal disperato tentativo, il suo odiato nemico non avrebbe potuto che trarre ulteriore pena. Ah, avesse potuto vederlo scavare con le mani e con i denti, senza risultato!

Il dubbio, tuttavia, il dubbio! Non lo lasciava dormire, non gli dava pace. Troppe volte quell'uomo dalle mille vite aveva saputo sfuggire al destino cui sembrava definitivamente condannato.

Per questo, dopo un'altra notte insonne, si era deciso a chiedere a Cornelia di verificare che il corpo della giovane fosse chiuso là dentro, senza vita.

No, non potevano esserci dubbi! Non dovevano!

Vedendo l'espressione torva della sacerdotessa che riemergeva dal labirinto sotterraneo, si sentì prendere da un fremito di terrore.

Giunio lasciò il lebbrosario con Clelia e Valeriano sette notti dopo la sepoltura del padre. I cristiani furono di molto aiuto, guidandoli per un lungo e tortuoso cunicolo che forse lui non sarebbe mai riuscito a percorrere, pur avendo dovuto forzatamente imparare e perfezionare più volte le arti dell'evasione.

Quando trovò la forza di voltarsi a guardare l'imbocco segreto della grotta, erano ormai lontani. Non lo vide più. E forse non sarebbe mai più riuscito a individuarlo. La sola idea che gli eventi potessero costringerlo a cercarlo ancora una volta gli diede un brivido.

«Nel Fretum Taphros, il tempestoso braccio d'acqua che separa la Sardegna dalla terra dei còrsi», gli spiegò Valeriano

mentre camminavano insieme, « ci sono alcune isole battute dal mare e dal vento, e trascurate dagli uomini. Ho avuto occasione di visitarle da giovane, e più di recente me ne hanno dato notizia alcuni marinai conquistati alla nostra fede. Sono ancora come un tempo, disabitate ma ricche di animali selvatici e di vegetazione.

« È il luogo ideale per creare una colonia dove i cristiani possano finalmente vivere al riparo dalle persecuzioni. Per questo siamo partiti oggi. Prima dell'alba, una nave governata da nostri fratelli salperà da una insenatura rocciosa quasi inaccessibile, a sud di Roma, e ci condurrà laggiù, assieme a una cinquantina tra uomini e donne che desiderano soltanto vivere in pace e fratellanza. »

« No », ribatté Giunio con fermezza. « Non posso partire così. Non potrò mai avere pace finché non avrò compiuto la mia vendetta. La reclamano troppi morti innocenti. »

« Ragiona, Giunio », replicò Valeriano con altrettanta fermezza, ma nel suo solito tono pacato. « Vendetta è una parola che non voglio sentir pronunciare. La punizione spetta unicamente a Dio. Quello che conta è che tu possa ottenere la riabilitazione dalle gravi accuse e magari recuperare, un giorno, le Pietre che sono il simbolo della tua famiglia. Ma potrai farlo soltanto da uomo libero, non vivendo alla macchia, braccato dai sicari di Menenio.

« Ti scongiuro, vieni con noi nelle isole. Abbiamo bisogno di te e dell'esperienza di cui ti sei arricchito facendo rifiorire i campi di Marzio e dirigendo i suoi commerci. Non sprecare tanta ricchezza, mettila al nostro servizio. La mia gente ha un bisogno disperato della tua guida e Clelia ha bisogno di averti vicino. »

La strada era ancora lunga. Giunio la percorse in silenzio, immerso in profondi pensieri.

« Va bene », esclamò improvvisamente. « Rimarrò con voi fino a quando ce ne sarà bisogno. Ma quegli uomini infami non possono rimanere senza punizione. E un giorno l'avranno. »

Trovarono i cristiani radunati sull'angusta spiaggia sassosa, da dove una barca faceva la spola per caricare provviste e uomini sulla nave. Salparono nel cuore della notte, frementi dello spirito di avventura che fa battere il cuore di ogni pioniere.

16.

Florida. Dicembre 1995.

Gregory Bender si era lasciato sprofondare nel divanetto del jet. Con il fare più naturale di questo mondo, l'anziano Premio Nobel si era tolto le scarpe, aveva allungato le gambe e dato di piglio al comando del televisore, inserito nel mobiletto bar. Già aveva chiesto ai due compagni di viaggio di chiamarlo Greg come facevano tutti gli amici. Laura lo osservava divertita: era stupefacente che una personalità di livello mondiale sapesse comportarsi in maniera così informale alla rispettabile età di sessantanove anni. Una volta a suo agio, il presidente della commissione spaziale dell'onu sembrò ricordarsi finalmente della sua presenza.

«Il nostro amico ha fatto bene a cantargliele a quel... a quel brutto muso giallo», disse di punto in bianco.

«Non sono affatto convinto delle conclusioni a cui sono giunti quei sapientoni. Ho studiato a fondo le teorie di Leonard Speitz. Non fosse che per il rispetto dovutogli per la sua statura di grande scienziato, penso che seguire e studiare nei minimi dettagli un oggetto spaziale da lui scoperto, e che porta il suo nome, rappresenti un autentico dovere. Oltre che, non si sa mai, una giusta precauzione.»

E, imprevedibile come sempre, assunse un buffo tono di complicità, piegandosi di lato, accostandosi all'orecchio di Laura e dicendole sottovoce: «Qui lo dico e qui lo nego, ma le rivelerò che le mie conclusioni personali collimano quasi perfettamente con quelle del colonnello Dimarzio. Se non riusciamo a deviarne la rotta, ci sono molte probabilità che l'asteroide Speitz-42 finisca con il caderci sulla testa, provocando un disastro tale non soltanto da cancellare la maggior parte delle specie viventi ma da innescare anche una serie di ripercussioni del tutto imprevedibili sul moto degli astri».

«E perché non lo ha fatto presente alle mummie della commissione?» non riuscì a trattenersi Laura.

«Sa, le strane leggi di fair play che governano il nostro sim-

posio vogliono che il presidente non abbia diritto di voto. Io sono una figura puramente simbolica. Di prestigio? Non so. Certo, è una sorta di riconoscimento per il Nobel che ho ricevuto. Ma si tratta di roba ormai vecchia. Diciamo un fiore all'occhiello. E non sa quante animosità può creare l'assegnazione persino di una medaglietta. Si figuri il Nobel.

«Crede che un settantenne un po' suonato, che fa una fatica terribile a usare una calcolatrice elettronica, per non parlare di un computer, possa essere preso in considerazione da questi eminenti studiosi impegnati nella conquista dello spazio, ciascuno nella fetta più grossa possibile per il suo paese?»

Ultimate le operazioni di decollo, Kevin aveva lasciato il secondo nella cabina di pilotaggio e li aveva raggiunti proprio durante l'agrodolce sfogo dello scienziato.

«Non preoccupatevi comunque», continuò Bender indicandosi la fronte. «Questa testa sarà anche un po' scoppiata, ma continua a funzionare benissimo e contiene un grosso bagaglio di informazioni riservate, che ci saranno di immensa utilità per il nostro lavoro.»

Atterrarono sulla pista 7 del Kennedy Space Center, in Florida, circa due ore più tardi. Appena arrivati in sede, Kevin chiese e ottenne un appuntamento immediato con il generale Steps, responsabile della gestione equipaggi per le missioni spaziali.

Ferdinand Steps era il classico militare da ufficio. Ma forse proprio per questa sua abilità nel passare le carte e fare lo slalom nei meandri della burocrazia aveva raggiunto il grado di generale prima di Kevin, sebbene fossero compagni di corso. Di colore, aveva combattuto contro le preclusioni di natura razziale fino dai tempi dell'accademia, avendo come quasi unico alleato il giovane collega Kevin Dimarzio.

«A che cosa devo la visita dell'eroe dei due mondi?» chiese con aria allegra, indicando a Kevin un divanetto e aprendogli sotto il naso una scatola di fragranti sigari cubani.

«Voglio tornare a volare, Ferd», tagliò corto Dimarzio.

«Non ti sembra di essere un po' stagionato per infilarti nella cabina di un F16 in missione nei cieli di Bosnia?» ridacchiò il generale, avvolto in una nuvola di fumo.

«Vorrei essere subito inserito nella rosa degli equipaggi dell'STS 74», replicò Kevin, andando dritto al cuore del problema e spegnendo immediatamente la risata del suo interlocutore.

«Sei sempre stato un guascone, Kevin Dimarzio, fin da

quando mi lasciavi le soluzioni dei test scritti nel cesso della scuola di volo, perché le copiassi. Ma non temi di avere qualche problema? Non offenderti, ma, voglio dire... sei sulla soglia dei quarantacinque, se non li hai passati. Il climaterio... L'appannarsi dei riflessi... Che cosa ti succede? Nostalgia della gioventù rosata? Hai provato a sentire un analista? »

Il tono di Ferd era rimasto cordiale e scherzoso, consentendo a Kevin di continuare, senza irritarsi: « È inutile che ti spieghi tutto adesso. D'altra parte non potrei nemmeno farlo. Ti dico soltanto che, secondo qualche mio calcolo, la sopravvivenza dell'umanità potrebbe essere in serio pericolo. L'unico modo che abbiamo per garantire l'esistenza dei nostri figli è che io possa tornare nello spazio per predisporre una difesa adeguata ».

Qualsiasi discorso sui figli faceva sempre colpo su Ferd, che ne aveva cinque, senza contare l'ascendente che Kevin Dimarzio aveva sempre avuto su di lui. Annuì pensosamente.

« Non puoi dirmi di più, eh? Be', che militare sarei se non sapessi rispettare la consegna del silenzio? D'accordo. Domani mattina stessa comincerai il training con gli altri astronauti. A parte qualche non indifferente problemino di ruggine fisica, che nel caso ti prego – anzi, ti ordino – di riferire immediatamente, non credo che farai moltissima fatica. Non sono cambiate molte cose dal *Columbia* che hai pilotato diverse volte all'*Atlantis* su cui si passeggia oggi per lo spazio. Saranno sufficienti alcune ore di simulatore di volo e un bel bagaglio di aggiornamenti tecnici. Sempre ammesso che il tuo vecchio cuore regga allo sforzo fisico... »

E il simpatico ufficiale gli tese la mano, strizzando l'occhio.

« Reggerà, reggerà, non preoccuparti, vecchio mio », ribatté Kevin.

Isola del Cavallo. Sud della Corsica.
Anno 844 dalla Fondazione di Roma.
[91 d.C. (N.D.T.)]

Verso nord si ergevano maestose le bianche scogliere della terra dei còrsi. L'isola era costantemente spazzata da un vento teso che portava con sé i profumi della terraferma e della libertà.

L'epidemia colpì improvvisamente gli animali quando Marzio, il primogenito di Giunio, aveva appena compiuto due anni. Fino a quel momento la vita della comunità si era svolta nel modo più pacifico e nella più grande armonia. Pur non avendone abbracciato la religione, a differenza di Clelia, Giunio rispettava le usanze dei cristiani. Era un uomo forgiato dalle battaglie. Per qualche tempo si era quasi sentito scelto dagli dei per una missione. Ma erano tempi ormai lontani. E quali dei, comunque? In ogni caso, il rispetto delle abitudini altrui apparteneva all'educazione che gli era stata impartita da bambino e che aveva affinato sotto la guida del suo generale.

« Gli animali sono decimati da un male incurabile, Giunio », fu il responso di Luca, un fervente cristiano che, prima delle persecuzioni, era famoso nelle campagne attorno a Roma come uno dei migliori veterinari dell'impero.

« Ci sono pericoli per la gente? » chiese Giunio, preoccupato al pensiero delle ormai oltre settanta persone che popolavano l'isola.

« No, non sembra contagioso per gli uomini », fu la risposta.

Secondo Giunio, l'unico motivo per cui avevano potuto vivere in tranquillità fino allora era la totale autonomia dell'isola. Ogni bene necessario al loro sostentamento veniva prodotto localmente, senza bisogno di alcun contatto con il mondo esterno. Certo, addomesticare gli animali che prima del loro arrivo vivevano allo stato brado non era stato facile, ma alla fine aveva dato i suoi frutti. Adesso, però, di fronte alla moria del bestiame, si trovavano a dover affrontare un improvviso quanto imprevedibile stato di incertezza: se avessero cominciato a intrattenere relazioni commerciali con gli abitanti delle grandi isole vicine, in breve tempo anche Roma avrebbe inevitabilmente scoperto la loro esistenza.

Clelia lo raggiunse mentre passeggiava accigliato sulla spiaggia di sabbia bianca. Si mise al suo fianco in silenzio, rispettando la sua concentrazione.

« Non possiamo arrenderci adesso », rifletté Giunio ad alta voce. « Non possiamo... Ma sta di fatto che, se ci troveremo senza cibo e senza latte per i nostri figli, dovremo per forza abbandonare l'isola. A meno che non intraprendiamo qualche commercio. Ma che cosa può offrirci questa terra, così aspra, più del poco che ci basta per vivere? Tanto più se si pensa che

da domani potrebbe non garantire nemmeno il nostro sostentamento. »

Vide trotterellare il piccolo Marzio sulla battigia, per fermarsi con aria incantata davanti a un masso di granito dalle stranissime forme scolpite dal mare e dal vento.

Di punto in bianco gli tornarono alla mente le cave dei marmi di Luna, le pietre pazientemente tagliate dagli uomini, i grossi blocchi caricati sulle navi alla fonda e la prosperità della sua città natale grazie a quell'unico commercio.

Preso in braccio il bambino, con la mano libera accarezzò la roccia rossa e levigata, meditabondo. Ma a poco a poco il volto gli si aprì in un largo sorriso. Certo! Il colore della pietra gli aveva fatto affacciare alla mente la prospettiva di un destino più roseo per tutta la comunità isolana.

Gerusalemme. Sede della Knesset. Dicembre 1995.

Il primo ministro israeliano sollevò la cornetta del telefono interno: « Per un'ora non voglio essere disturbato per nessunissimo motivo », ordinò alla segretaria personale. Quindi congiunse le punte delle dita e si mise più comodo nella poltrona.

« Sono tutto per lei, maggiore Breil », disse, fissando Oswald negli occhi.

L'omino non tradì la minima emozione, mettendo immediatamente in moto il suo meticoloso ordine mentale per riferire al capo di stato le scoperte fatte.

« Procederò per sommi capi », cominciò tranquillo il suo minuscolo interlocutore, « scendendo nei particolari a mano a mano che andremo avanti. Se qualcosa non dovesse esserle chiaro, la prego di interrompermi, signor primo ministro.

« Credo lei sappia che per qualche tempo, con la qualifica di direttore di una piattaforma petrolifera, mi sono occupato di ricerche sottomarine. In realtà avevo cercato quell'incarico per portare avanti una mia vecchia idea: l'individuazione e l'eventuale recupero dell'*U115*, l'ultimo sommergibile nazista partito dalla Germania, che secondo me – e anche secondo altri, come vedremo – custodiva i segreti personali del Führer.

« Purtroppo però, come sappiamo, il sommergibile si è spezzato a pochi metri dalla superficie, consentendo il recupero di una minima parte del suo carico.

«Dietro a questo e ad altri incidenti, che hanno provocato molte vittime e messo a repentaglio la mia e altre vite, si è scoperto che c'era sempre Sir Robert Rustom, il presidente della North Pole Oil, la compagnia petrolifera presso cui avevo cercato lavoro in base a una serie di ragionamenti e sospetti. E anche questo ci è noto.»

Così detto, Oswald si concesse una breve pausa, quasi volesse verificare se l'interlocutore lo seguiva con la giusta attenzione. Quindi riprese: «Non potendo sopportare l'onta del carcere per il suo tradimento, Rustom si è suicidato. Sempre che non *sia stato* suicidato... Non so... Comunque, la sua famiglia si era ammantata di una fama di eroismo nella recente storia del Regno Unito, nel cui corso suo padre era consigliere militare di Winston Churchill.

«Ma veniamo al dunque. Gli oggetti trovati nella parte recuperata dell'*U115*, purtroppo, sono di scarso interesse per documentare l'idea personale a cui ho accennato».

«E quale sarebbe, Oswald?» lo interruppe il primo ministro.

«Non ho mai creduto che Hitler sia morto suicida nel bunker di Berlino, né che il corpo rinvenuto dai russi e poi inspiegabilmente scomparso fosse quello del Führer. Ma se mi permette, signore, proseguirei per gradi.

«A quel punto, pur nella scarsità d'informazioni documentali, ero arrivato a scoprire che il passato dei Rustom è pieno di lati interessanti, per non dire inquietanti, certamente oscuri, centrati sulla creazione di un'associazione segreta, il cui comando e ogni altra carica vengono tramandati di padre in figlio. Come il diritto a un trono. In secondo luogo, la ricchezza della famiglia appariva sospetta: c'era un salto di qualità troppo forte tra il normale benessere di un ammiraglio e la possibilità di acquistare la più potente compagnia petrolifera britannica del dopoguerra, come ha fatto suo figlio.

«Terzo, la vita dell'ammiraglio Rustom presentava due vuoti assoluti in due momenti precisi. Il primo nel cuore della seconda guerra mondiale e l'altro pochi giorni prima della caduta di Berlino.

«A questo punto è indispensabile fare un passo indietro nel tempo. Anni '40, nell'isola apparentemente felice rappresentata dalla Svizzera nell'Europa devastata dalla guerra. Un giovane impiegato di banca di origini ebraiche svolge il suo lavoro in un

istituto bancario di Zurigo. Si occupa della gestione del caveau, tiene aggiornato il registro cifrato dei conti e accompagna i clienti nelle grandi stanze blindate. Naturalmente, soltanto dopo aver proceduto alla loro identificazione tramite le cifre segrete del conto. Il cliente deve anche essere in possesso di una chiave, che costituisce l'unica possibilità di accedere a quanto nascosto nelle celle se usata contemporaneamente alla chiave universale custodita dalla banca e affidata all'impiegato.

«Nel 1942, Misha Ceorsky, così si chiamava il giovane bancario, viene avvicinato da un sedicente uomo di affari tedesco, che in realtà è un alto ufficiale del Reich, responsabile della Deutsche Erde und Steinwerke. Insomma, il braccio finanziario delle ss.

«Altra piccola parentesi, e altro passo indietro. Siegfried Sachs, unico erede dell'impero metallurgico tedesco, è un ricchissimo perdigiorno che si diletta di cercare relitti nei mari a sud della Florida. Per puro caso, un pomeriggio del 1927 si imbatte nel più grosso tesoro mai recuperato: un galeone sommerso il cui carico è composto quasi esclusivamente di lingotti d'oro, barre d'argento e pietre preziose. A bordo del suo panfilo ci sono, oltre all'equipaggio – poi misteriosamente scomparso con l'imbarcazione durante il viaggio di ritorno in Europa –, un alto ufficiale britannico e una non meglio precisata amichetta americana del momento.

«Torniamo all'incontro di Zurigo nel '42. L'ignoto uomo di affari tedesco notifica a Ceorsky che i beni personali della famiglia Sachs sono stati confiscati e che identico destino devono subire le loro proprietà all'estero, compreso il forziere dove Siegfried Sachs ha messo al sicuro un tesoro valutabile oggi in circa mille milioni di dollari. A sostegno della sua pretesa, il funzionario nazista esibisce la chiave del caveau. Ma non può non ammettere che né lui né i suoi mandanti conoscono il codice segreto del conto.

«Ligio al dovere, Ceorsky si rammarica con lui, sebbene questi badi bene a sottolineare più volte che il Führer in persona saprebbe come ricompensarlo. 'La legge non mi consente di concederle l'accesso alla stanza blindata di chicchessia', ribatte adamantino il giovane bancario, suggerendo al nazista di chiedere al suo governo di intraprendere le pratiche burocratiche internazionali necessarie per rivendicare il diritto all'accesso. Al che i toni gentili del tedesco cambiano di colpo.

« 'Sappia che i suoi genitori hanno raggiunto il campo di Auschwitz proprio ieri', spiega senza mezzi termini allo sgomento giovane. 'E voglio immaginare che la loro vita le stia molto più a cuore di una piccola infrazione alla legge bancaria svizzera. Ci pensi su, signor Ceorsky, non abbiamo fretta.' »

Arrivato a questo punto, Oswald si concesse un'altra pausa per versarsi un bicchiere d'acqua e schiarirsi la voce, ma, stimolato dallo sguardo intento del primo ministro, proseguì subito: « Che cosa era successo, nel frattempo? Siamo sempre nel '42, ma poco prima dell'incontro di Zurigo. L'Inghilterra e gli alleati sono in difficoltà. Londra è sotto la minaccia della Luftwaffe, ma resiste. L'ammiraglio Rustom prende spunto da un discorso in cui Churchill aveva detto: 'Se avessi questo Hitler qui davanti a me, prima di accompagnarlo al patibolo mi piacerebbe dirgliene quattro'.

« Rustom vede la sconfitta alle porte. Non si perde tuttavia d'animo e con la velocità del fulmine organizza una missione segreta nel nord della Francia. Dispongo di diversi documenti che provano come il 16 marzo 1942, lunedì mattina, l'ammiraglio Rustom si sia incontrato a tu per tu con Adolf Hitler, trattando direttamente con lui una sua personalissima versione della resa alleata. Che evidentemente non viene accettata.

« Ma il bravo ammiraglio fa un'altra mossa, sicuramente per assicurarsi un salvacondotto per il futuro, non si sa mai. Rivela a Hitler la scoperta di cui è stato testimone alcuni anni prima nel mar della Florida a bordo dello yacht di Siegfried Sachs. Detto fatto. Di punto in bianco Sachs cade in disgrazia, viene spogliato di ogni suo avere e internato in un campo di concentramento. Le ss confiscano le sue proprietà in Germania e avanzano i loro diritti su quelle depositate all'estero. È in questo contesto che avviene l'incontro tra Ceorsky e l'inviato nazista. Il giovane impiegato non cede subito, cerca di tergiversare, ma sta di fatto che, qualche giorno dopo l'incontro, i suoi genitori vengono liberati da Auschwitz e tradotti segretamente in Svizzera. Di fronte alla vita dei suoi cari, anche la sua rettitudine aveva vacillato, ma nessuno di noi vorrà criticarlo. Io, no di sicuro.

« Lo scenario cambia di nuovo, siamo agli ultimi giorni di guerra. Hitler si sente braccato, vede i fronti delle sue truppe cedere sotto le avanzate alleate. I russi sono quasi a Berlino. Si ricorda dell'alto ufficiale inglese, riesce a contattarlo tramite la sua rete di spionaggio e lo ricatta, minacciando, se non gli dà

una mano, di rivelare a tutto il mondo i contenuti dell'incontro segreto di alcuni anni prima. Hitler vuole tagliare la corda, sfangarsela, nascondersi sotto falso nome in un posto tranquillo, da dove cercare eventualmente di riorganizzare le sue forze. In cambio del disturbo è disposto a offrire il tesoro di Sachs.

«Ancora una volta, il nostro giovane impiegato di banca è testimone involontario di una pagina segreta della storia. Pochi giorni prima della caduta di Berlino, Ceorsky viene contattato dal medesimo inviato tedesco, che gli ingiunge di modificare una seconda volta il nome dell'intestatario del conto cifrato, ma soltanto quando avrà espressamente ricevuto un ordine, che gli trasmetterà lui stesso de visu, in assenza di orecchi e occhi indiscreti.

«L'ordine di trasferire la disponibilità del caveau all'ammiraglio Rustom viene impartito a Ceorsky la mattina del 30 aprile 1945. Quello stesso giorno i russi prendono Berlino, e Hitler, a bordo dell'aereo personale della massima autorità militare britannica, raggiunge sano e salvo il suolo americano. Adolf Hitler, nascosto sotto l'identità del proprietario terriero Deumir Magruder, è morto in Texas nel 1964 per ictus cerebrale, circondato e pianto dalle vacche del suo ranch e da una schiera di anziani e meno anziani fedelissimi.

«Ecco le foto e i risultati della perizia necroscopica sul corpo di Magruder, che ho fatto riesumare ieri con richiesta di urgenza tramite i nostri responsabili di zona. Una velocissima telefonata in codice dall'aeroporto di Francoforte. Mi sono arrivati un paio d'ore fa, sempre in codice. Li abbiamo decodificati e stampati».

E Oswald posò sulla scrivania del premier un plico di fogli, continuando: «È inutile che le dica che ho già controllato personalmente negli archivi elettronici: Hitler e Magruder sono senza ombra di dubbio la stessa persona».

Quindi, atteso con una pausa di silenzio assoluto che la notizia fosse colta in tutta la sua drammatica importanza, Breil riprese: «Ma tra le mani dell'ammiraglio britannico, vincitore della seconda guerra mondiale e diventato improvvisamente ricchissimo, era rimasta una bruttissima gatta da pelare. Una fuga di notizie da parte del Führer o dei suoi era del tutto improbabile, ma che fare con l'altra trentina di persone al corrente dell'operazione? Tutti, dal falsario che aveva preparato i documenti di Hitler, all'impiegato di banca che conosceva le origini del

conto, al pilota dell'aereo personale di Rustom, erano stati gratificati con fortissime cifre. E di sicuro, aggiungo io, con una convincente promessa di morte violenta in qualsiasi caso di distrazione.

« Ma erano comunque troppi: a) per potere stare tranquilli, b) per poterli far scomparire senza che le tracce riconducessero a lui. Doveva legarli ancora di più a sé, minacciandoli di rendere pubblica l'azione indegna di cui erano stati complici. Morirà Sansone, deve aver più o meno detto, ma con lui moriranno tutti i filistei. E quelli hanno abbozzato, accettando la sua proposta. Quale?

« Rustom padre, una mente evidentemente fervida, si è inventato un'associazione segreta – forse l'aveva già creata, su questo punto non si può avere nessuna certezza – e li ha iscritti tutti quanti di forza, vincolandoli al silenzio e alla solidarietà reciproca, ma, di fatto, mettendoli uno contro l'altro. Dopo di che, sempre fervido, ha iniettato nelle casse dell'associazione diversi milioni di dollari presi dal tesoro ex Sachs, assicurando a tutti carriera, ricchezza e silenzio.

« Ma non soltanto per loro, visto che anche i figli primogeniti sono vincolati a far parte della Lobby e continuano a godere dei privilegi dei padri, oltre che a tenersi d'occhio a vicenda. E ad assicurare il reciproco silenzio. Morto Rustom, l'associazione segreta è quindi sopravvissuta, anche se rimane tuttora da scoprire chi ne sia il nuovo capo. Ci arriveremo, spero. Per adesso sono riuscito a identificare la maggior parte dei soci originari e dei loro discendenti. Ma, arrivato a questo punto, ho cominciato a sentire forte il peso della responsabilità di conservare questo segreto tutto per me ».

Il premier israeliano posò gli occhiali sul tavolo e si strinse la testa fra le mani: « Vada avanti con le indagini, Oswald. Intanto io valuterò se sia il caso di rendere note queste informazioni al mondo. Devo quanto meno consultarmi con il presidente degli Stati Uniti e con il capo del governo britannico ».

Dopo un vigoroso cenno di assenso, Oswald fece per alzarsi. Era sicuro fin dall'inizio che avrebbe ricevuto quella risposta, ma si sentiva profondamente sollevato per essersi potuto scaricare dalle spalle la responsabilità di un segreto così grave.

Isola del Cavallo. Anno 849 dalla Fondazione di Roma. [96 d.C. (N.D.T.)]

Il secondo figlio di Giunio nacque quando il primogenito, Marzio, aveva cinque anni. Mentre la levatrice aiutava Clelia a metterlo al mondo, Giunio era nei pressi della cava, preso nelle operazioni di varo della loro prima oneraria. Il commercio delle lastre di granito era cominciato su piccola scala, con sporadiche offerte ai villaggi delle coste vicine che provvedevano al trasporto con mezzi loro, ma era andato via via crescendo. Avevano volutamente scelto di sfruttare una cava piuttosto lontana dal loro villaggio, in modo che gli equipaggi delle navi che venivano a caricare non andassero a curiosare tra le case, spesso decorate con immagini od oggetti di culto cristiano.

Erano ormai sull'isola da circa sei anni: la popolazione era quasi raddoppiata e i bambini scorrazzavano felici. Clelia era una compagna insostituibile e una madre dolcissima, sempre presente e premurosa.

Giunio però non aveva mai dimenticato l'impegno preso con suo padre. E anche sua moglie accennava di quando in quando alla solenne promessa pronunciata mentre il padre gli moriva tra le braccia, nella speranza che il tempo avesse sanato le ferite.

« Intendi sempre prestare fede al tuo voto? » gli chiese senza preamboli una sera.

« Ho un debito verso Menenio – gli devo la morte di tante persone – e un credito nei confronti del tesoro dei romani, sicché prima o poi sarò costretto a far fede al debito e a reclamare il credito. Me lo impone la coscienza. Ma stai tranquilla, abbiamo ancora tempo, non ho fretta di compiere la mia vendetta e non lo farò di sicuro prima che i nostri figli siano diventati grandi. »

« Ho paura, Giunio. Ogni giorno mi sveglio con il terrore di vederti partire. Ti scongiuro, marito, rinuncia. Accontentiamoci di questa esistenza tranquilla, che abbiamo fatto tanta fatica a conquistare », replicò Clelia con voce velata dall'ansia.

Fu forse la prima volta che Giunio perse la calma con lei. « Proprio tu mi parli di mancare a un voto? » sbottò. « Pensi dunque che debbano rimanere impuniti i responsabili della morte di tante persone care, gli artefici delle odiose trame che ci hanno disonorato e costretto alla clandestinità, i ladri dei sacri lasciti dei miei avi? »

« E noi? » ribatté lei animosamente, stringendosi al petto i figli. « Noi non ti siamo cari? Non sei legato a noi da un vincolo quasi ugualmente sacro? Abbandonarci non significherebbe niente? »

Le parole gli arrivarono diritte al cuore, con un profondo senso di malinconia. Guardò il volto spaurito di Marzio e il fresco sorriso che scavava due tenere fossette nelle guance del piccolo in braccio a Clelia. Non trovando risposta migliore, cercò una scusa per troncare la discussione: « Andiamo a casa, Clelia. Domani mattina devo raggiungere il molo di buon'ora, per dirigere le operazioni di carico di una nave arrivata questa sera ».

Quel pomeriggio aveva lasciato presto la cava, e non aveva ancora visto l'oneraria che aveva dato fondo in rada.

Il mattino seguente Valeriano si presentò a casa sua poco dopo il sorgere del sole. Si occupava con successo degli aspetti tecnici di questa loro nuova attività. « Il mercante romano proprietario della nave ha espresso il desiderio di conoscere il capo della nostra comunità », gli disse. « Credo che abbia intenzione di organizzare una serie di collegamenti periodici per trasportare il nostro granito in tutto l'impero. È meglio che parli personalmente con lui, Giunio. »

Il piccolo Marzio lo raggiunse sulla soglia e, strattonandolo per la tunica, non lo lasciò finché non accondiscese a condurlo con sé al molo.

Lungo la strada Giunio alternò i giochi con il bambino ai discorsi di lavoro con Valeriano. Ma non appena ebbe aggirato lo sperone di roccia che precludeva la visuale sulla baia, provò un tuffo al cuore, fatto di angoscia e presentimento. All'àncora, nell'acqua cristallina della loro isola, dondolava pacificamente una nave che lui stesso aveva progettato, l'ammiraglia della flotta appartenuta un tempo a Marzio. Anche da quella distanza riconobbe immediatamente Dario, in piedi sulla banchina, ed ebbe la netta sensazione di essere stato a sua volta visto, prima che fosse riuscito a nascondersi dietro la roccia.

È incredibile come i profondi e sacri istinti siano in grado di modificare qualsiasi indole: in un altro momento avrebbe messo mano alla spada senza esitare un attimo a battersi contro colui che riteneva l'esecutore materiale dell'omicidio di Marzio. In quel momento, invece, le sue mani strinsero il figlio nel cui nome aveva voluto perpetuare il ricordo del suo signore assassinato.

Il saggio Valeriano capì subito e gli si accostò. « Credo che quell'uomo ti abbia visto », disse. « Non ha più distolto lo sguardo dal punto in cui eravamo. Chi è? »

« Dario, uno schiavo che ho salvato da una miserabile morte in miniera e che invece, una volta conquistata la mia fiducia e quella del nostro signore, sospetto si sia macchiato del più orribile dei tradimenti. »

« Torna a casa con tuo figlio, Giunio. Con quell'uomo posso parlare io. Inventerò una scusa, dirò che hai avuto un malessere e non sei potuto venire a riceverlo. »

La faretra con i giavellotti era posata in un angolo della stanza, accanto alla spada. Dal momento in cui era sbarcato sull'isola, Giunio aveva fatto ricorso alle armi soltanto per andare a caccia di animali selvatici. Clelia lo guardò afferrarle angosciata, senza parlare.

« Devo andare, amore mio, è inevitabile. Devo farlo per il bene di noi tutti », le spiegò. « Temo che quell'uomo mi abbia riconosciuto e, se è così, tra pochi giorni arriveranno i soldati. A centinaia. Per distruggere tutto ciò che abbiamo creato. La nostra piccola nave è più agile e veloce. Ho già detto a Valeriano di ritardare le operazioni di carico il più possibile. Quando Dario arriverà a Ostia, incontrerà la mia lama prima di potermi denunciare. »

Clelia gli appoggiò il capo sulla spalla. Gli passò la mano morbida tra i capelli e accostò le labbra alle sue: « Dio ti protegga, marito. Sarò qui con i nostri figli ad aspettare il tuo ritorno ».

Lui la strinse appassionatamente a sé, fino a quando non furono le piccole mani di Marzio a separarli. « Dove vai, padre? » chiese nella sua innocenza.

Giunio rispose la prima cosa che gli venne in mente: « Devo uscire a pesca, sarò di ritorno tra pochi giorni ».

« Portami con te, ti prego », implorò il bambino.

« Non posso, piccolo », rispose lui. « È una pesca pericolosa, adatta soltanto agli uomini grandi. »

« Ma io sono grande », replicò prontamente Marzio, indicando la spada di legno che portava al fianco. Ma per fortuna si lasciò convincere di buon grado a rinunciare.

La piccola nave si allontanò dal lato dell'isola opposto a

quello dov'era ormeggiata l'oneraria. Arrivati abbastanza lontani da essere sicuri di non essere visti, virarono verso Ostia.

Cape Canaveral. Florida. Kennedy Space Center.
Gennaio 1996.

Greg Bender amava recitare – e recitava bene – il personaggio dell'insegnante affabile. E Laura e Kevin non si stancavano mai delle sue battute e della semplicità degli esempi con cui sapeva illustrare qualsiasi concetto, anche il più complesso.

« Sapete che cosa ho risposto a un giornalista che mi chiedeva come pensavo si potesse scongiurare una catastrofe cosmica sul tipo di quella che ci preoccupa? » chiese l'anziano scienziato, calamitando ancora una volta la loro attenzione.

« Bastano cento milioni di dollari », gli ho detto. « Il necessario per realizzare un ordigno nucleare ottocento volte più potente di quello di Hiroshima, in grado di disintegrare i corpi celesti più piccoli o di deviare la rotta di quelli più grossi. »

« Domanda! » interloquì Laura, alzando scherzosamente una mano come una scolaretta. « Come facciamo a realizzare un ordigno di quella potenza in così poco tempo, dovendo per di più tenere a bada lo scetticismo del mondo scientifico e avendo a disposizione fondi pressoché inesistenti? »

« Chi ha detto che dobbiamo realizzarlo? » replicò Bender con un sorriso malizioso. « Basta accontentarsi di quello che c'è già... nello spazio. »

Laura e Kevin gli piantarono in viso sguardi ancora più perplessi.

« Come tutti sanno, la massima aspirazione del presidente Ronald Reagan era probabilmente quella di passare alla storia come il realizzatore di un piano di difesa stellare degli Stati Uniti d'America. A quei tempi io fui chiamato a dirigere il coordinamento del progetto Scudo Spaziale, un disegno veramente efficace per difendere il territorio da un attacco nucleare.

« Semplificando, il sistema di difesa avrebbe dovuto funzionare così: diverse batterie di missili a testata nucleare avrebbero dovuto ruotare attorno alla terra come normali satelliti. Alcuni dei vettori dovevano essere intercettori, capaci di far esplodere in volo le testate dirette contro le nostre città, altri invece dove-

vano avere il compito di cancellare ogni forma di vita nel territorio nemico.

«Prima che il congresso ci tagliasse i fondi e che il comunismo, autoestinguendosi, cancellasse persino il concetto di pura emulazione militare della guerra fredda, il mio staff e io siamo riusciti a mettere in orbita quasi sessanta missili, con un potere detonante pari a quattrocento chilogrammi di esplosivo nucleare: circa seicento volte l'ordigno di Hiroshima.»

L'anziano scienziato lasciò cadere una breve pausa per osservare l'effetto delle sue parole sugli interlocutori, quindi riprese: «È inutile che mi guardi con quell'espressione severa, dottoressa Joanson. I suoi begli occhi non ci guadagnano. Ero e sono convinto che una bomba atomica sia molto meno pericolosa in volo attorno all'orbita terrestre che sepolta in questa o quella base segreta sotto il salotto buono di casa nostra».

«Crede che i suoi missili possano bastare per scongiurare il pericolo dell'asteroide Speitz?» tagliò corto Kevin.

«Calma, colonnello. Non so ancora se possano bastare al nostro scopo, sempre ammesso che se ne verifichi la necessità, però conosco molto bene le difficoltà connesse con l'operazione. Prima di tutto, bisogna infatti trovare un veicolo idoneo e mettersi a girare per lo spazio in cerca delle batterie di missili. Mi sembra comunque che l'*Atlantis* possa fare al caso nostro.

«Una volta raggiunte le stazioni di puntamento, occorre poi che una persona di ottima dimestichezza con quegli ordigni faccia una passeggiata nello spazio per disinnescare le testate e smontarle dall'affusto dei missili. Dopo di che, le ogive nucleari possono essere ricoverate nella stiva del mezzo spaziale con l'ausilio del braccio meccanico dello Shuttle.

«A questo punto, però, viene veramente il difficile. Con quale vettore verranno portate sull'obiettivo le testate nucleari?»

E Bender fece una nuova breve pausa, con aria meditabonda, riprendendo: «Forse si potrebbe legarle a grappolo attorno a un razzo e lanciarle direttamente dalla stiva contro la presunta minaccia spaziale. Sempre che, ripeto, questa minaccia si verifichi davvero. Chissà».

«Non sarebbe più semplice lanciare da terra una navicella già equipaggiata con le armi nucleari?» chiese Laura.

«Giusta osservazione», annuì Bender. «Ma c'è un grosso 'ma'. Lei era presente quando i massimi responsabili dello spazio ci hanno manifestato il loro scetticismo circa il presunto pe-

ricolo. E ci scontreremmo di sicuro con lo stesso atteggiamento delle grandi potenze se chiedessimo *adesso* di poter attingere agli arsenali nucleari. Se la minaccia dovesse diventare una certezza, non avremmo sicuramente problemi. In quel momento tutti farebbero a gara per aiutarci. Basterebbe un ordine del presidente degli Stati Uniti. Ma potrebbe essere tardi. Anzi, sarà sicuramente tardi.

«Inoltre», proseguì pensosamente Bender, «esiste una seconda remora di enorme importanza per l'opinione pubblica, e di conseguenza per i politici. Si immagina uno Shuttle imbottito di megatoni che parte dalla Terra? Un qualsiasi incidente al momento del decollo, o poco dopo, potrebbe avere conseguenze terribili, persino più catastrofiche della *presunta* minaccia dell'asteroide. No, allo stato attuale nessuno autorizzerebbe una simile procedura. Dobbiamo prepararci da soli.»

Porto di Ostia. Anno 849 dalla Fondazione di Roma.
[96 d.C. (N.D.T.)]

Giunio scese a terra con il favore del buio notturno, coprendosi con una tunica e un turbante scuri, alla maniera di molti marinai africani, per evitare il rischio di essere riconosciuto da qualche concittadino.

La nave oneraria carica di granito arrivò in porto la sera dopo. Dal suo nascondiglio sotto una barca da pesca tirata in secco, Giunio seguì con attenzione la manovra di ormeggio. Vide distintamente Dario sulla prora. Notò che i suoi modi tradivano una grande agitazione.

Scese a terra prima ancora che le gomene venissero fissate alle bitte. Poco mancava che corresse: la taglia che pendeva sulla testa del fuggiasco accusato di omicidio continuava evidentemente a fare presa sul suo spirito avido.

Giunio gli si parò davanti all'improvviso, uscendo dal nascondiglio con la spada brandita. Nonostante l'oscurità, vide con chiarezza il suo viso torcersi in una smorfia di terrore. Ma, passato il primo attimo di panico, Dario riuscì a ricomporsi e ad abbozzare un sorriso: «Giunio», esclamò, «mio salvatore! Il mio cuore si gonfia di gioia nel vederti!»

«Basta con le commedie, Dario», ribatté lui, stringendo la mano sull'elsa. «Sono tornato per farti pagare le tue colpe.»

« Aspetta, fratello, che cosa fai? Io non ho mai creduto alla menzogna con cui hanno infangato il tuo nome », replicò l'altro, spostandosi leggermente di lato.

Giunio aveva stampato indelebile nella mente il ricordo di quei momenti terribili. Rivide Marzio esanime a terra, i rotoli della contabilità sparsi a poca distanza dal suo corpo. E Dario! Dario, la prima persona che gli si era fatta incontro quando era uscito dalla stanza dell'assassinato.

« L'hai ucciso tu », continuò puntandogli alla gola la punta della spada. « L'hai fatto, congiurando con i suoi odiosi nemici, soltanto per la tua disgustosa avidità. Come premio, hai avuto le proprietà dell'onesto uomo che hai trucidato. E adesso devi morire. »

« Aspetta, Giunio, fermati. Sono un uomo ricco e potente, ormai. Posso offrirti benessere e impunità », invocò Dario con uno sguardo fattosi supplichevole. « Pensa alla mia famiglia, ai miei figli. »

Famiglia! Figli! Ancora una volta l'astuto fenicio aveva saputo toccare un nervo sensibile. Giunio ebbe un attimo di esitazione, che bastò a Dario per impugnare un pugnale nascosto tra le vesti e balzargli addosso menando un terribile fendente.

Ma ancora una volta l'esperienza del Circo soccorse Giunio, che scansò il colpo con un'abile torsione del corpo. Non trovando il bersaglio, Dario si sbilanciò in avanti oltrepassandolo di slancio, piegato in due. Preso da una gelida risoluzione, Giunio alzò il braccio destro e vibrò un fendente letale.

« Muori, traditore! » esclamò, mentre la lama colpiva il suo avversario alla base della nuca, troncandogli il collo e uccidendolo sul colpo. La vendetta, attesa da anni, era in parte compiuta. Ne assaporò con gusto il sapore aspro.

Miami. Florida. Febbraio 1996.

Oswald Breil ascoltò attentamente quanto diceva Pete Dayle, che lo aveva convocato con Laura a una riunione ristretta. Passati rapidamente in rassegna gli avvenimenti, il dirigente della CIA concluse: « Il nostro compito si esaurisce qui. Puoi tornare alle tue normali attività, Laura. La tua partecipazione all'impresa è stata preziosa, ma il possibile pericolo rappresentato dall'asteroide Speitz-42 non è di pertinenza dei servizi segreti. Ci

penserà chi dispone delle conoscenze e dei mezzi adeguati. Per quanto concerne noi tre, considero il caso *U115* chiuso e propongo di archiviarlo.»

Proposta perlomeno prematura, considerò Oswald, anche al di là delle sconvolgenti informazioni di cui, dei tre, soltanto lui era in possesso. No, non poteva perdere la preziosa fonte di informazioni dall'interno della NASA rappresentata da Laura. Ma per fortuna fu la stessa Laura a replicare bellicosamente, evitandogli di intervenire.

«Dopo che ho dovuto piantare in asso tutti i miei impegni per quasi un anno, e con una massa di roccia che sembra avere tutte le intenzioni di caderci sulla testa, per non tacere il fatto che sono scampata per miracolo a diversi attentati, tu, Pete, vieni a dirmi che il caso è archiviato? No, per quanto mi riguarda, sono una donna libera, quindi non abbandonerò questo caso fino a quando non troverà una vera conclusione, quale che possa essere, egregio signor Dayle!»

«Be', che sei una donna ce ne siamo accorti tutti», ribatté seccamente Pete. «Compreso, a quanto pare, il gagliardo colonnello della NASA...»

«I miei affari privati non ti riguardano, Pete!» scattò Laura, sul punto di perdere la pazienza.

Oswald si rese conto che la discussione stava per degenerare e che questo poteva avere effetti disastrosi per i suoi fini reconditi. Aveva praticamente già ottenuto ciò che desiderava: che Laura continuasse a collaborare con la NASA. Lo aveva deciso lei stessa, e nessuno sarebbe riuscito a farle cambiare idea. Ma, soprattutto, lui aveva bisogno di guadagnare tempo per sistemare i pochi tasselli sparsi che ancora rimanevano da scovare.

«Calma, ragazzi, calma», disse pacatamente. «Niente ci vieta di considerare esaurito il primo filone delle indagini, quello riguardante Adolf Hitler e il passato. In effetti», continuò, mentendo con la freddezza di un giocatore di poker, «il poco che siamo riusciti a recuperare dall'*U115* non ci è stato di nessun aiuto per fare luce sul destino del Führer e dei suoi fedelissimi. Ma, a mio modo di vedere», concluse in tono conciliante, rivolto a Pete, «Laura può benissimo continuare a lavorare alla NASA e sviluppare fino in fondo le ipotesi emerse in quella sede. Oltre a tutto, mi sembra di capire che il colonnello Dimarzio ne avrebbe molto piacere.»

Roma imperiale. Anno 849 dalla Fondazione.
[96 d.C. (N.D.T.)]

Il palazzo delle terme dava su una via di intenso traffico nel cuore di Roma. Sempre avviluppato nei suoi panni, Giunio attese la sera in una taverna poco distante, conversando con un occasionale compagno di tavolo, che si spinse fino a rivelargli come tra la popolazione e le milizie serpeggiasse un forte malcontento, motivo di ben più di un moto di ribellione. Popolano abituato a rincorrere tutte le voci, era convinto di riferire cose già note anche al presunto marinaio africano.

Era ormai buio quando Giunio si avventurò su gambe che fingeva malferme all'interno dell'impianto termale. Le ordinate spalliere di lauro gli offrirono un ottimo nascondiglio fino alla chiusura. Quando la tranquillità fu totale, ne emerse ed entrò nel complesso di edifici, puntando senza esitazioni sulla vastissima sala del sudatorio, dove nascose le armi sotto una panca in legno. Quindi cercò un riparo sicuro, dove aspettare il giorno e il momento in cui la struttura pubblica si sarebbe riempita dei notabili della città, tra cui era sicuro che ci sarebbe stato anche Menenio. Era lì, infatti, celato tra i fumi del vapore, che aveva l'inveterata abitudine di gettare i suoi ami e avviare le sue trame.

Nascostosi in un cubicolo dei lavaggi, Giunio dormì alla meglio, svegliandosi alla primissima luce e rimanendo in attesa dell'apertura delle terme. Dal suo nascondiglio poteva tenere perfettamente d'occhio l'ingresso e riconoscere ogni nuovo venuto. Attese e attese, ma, con il passare del tempo, la sua impresa andava sempre più assumendo i toni del fallimento. A pomeriggio inoltrato, Menenio non era ancora comparso sull'ingresso.

Tenendo a freno l'agitazione, Giunio cercò di elaborare un piano alternativo, anche se trovare un altro posto per portare a compimento la sua vendetta gli appariva molto difficile. I tempi erano malsicuri, aveva detto l'uomo della taverna, e i senatori si facevano sempre accompagnare da una nutrita scorta armata.

Fu proprio la scorta a metterlo all'erta. Stava elaborando un'ennesima serie di congetture e ipotesi, quando, poco prima della chiusura, un drappello di soldati si arrestò appena oltre l'ingresso del complesso termale. Dalle loro schiere emerse Menenio, ancora in laticlavio. Al suo fianco, Sestilio stava parlando animatamente. Sentì distintamente il senatore anziano ordinare

agli inservienti di sgomberare il salone, invitandoli ad aspettare all'esterno che avesse finito di servirsi dell'impianto. Fu obbedito senza fiatare, dagli inservienti come dagli ultimi frequentatori rimasti nel sudatorio.

Giunio seguì attentamente con lo sguardo i due biechi individui che, rimasti finalmente soli, si dirigevano verso lo spogliatoio. Non li avrebbe persi di vista un istante, in attesa del momento propizio per pareggiare un conto troppo pesante e aperto da troppo tempo.

Cape Canaveral. Florida. Kennedy Space Center.
Aprile 1996.

Il fattore imprevisto, temuto da Kevin Dimarzio e con tanta albagia escluso dagli scienziati della commissione ONU, si era purtroppo verificato. Oltre la scia della cometa Yakutake, completamente nascosto dal suo accecante chiarore, era improvvisamente comparso l'asteroide Speitz-42 su un'orbita completamente diversa da quella calcolata. Come non era riuscito a tenere conto della forza di attrazione della luna, ancor meno Leonard Speitz aveva potuto prevedere la comparsa dell'immensa cometa, con il subbuglio che essa avrebbe potuto provocare nelle traiettorie dei corpi celesti. Né la potevano prevedere gli scienziati, così testardamente ancorati alle loro certezze e decisi a escludere qualsiasi imprevisto. Inutile recriminare. L'asteroide era indubitabilmente, inesorabilmente puntato verso la Terra.

E troppo tardi i presuntuosi sapienti dello spazio avevano preso atto di quello che stava per succedere al loro pianeta. Ovvero, troppo tardi sarebbe stato se Laura Joanson, Kevin Dimarzio e l'anziano professor Bender non avessero portato avanti con puntiglio il loro lavoro tra tante ostilità ottuse e colpevoli. Certo, alla luce delle certezze scientifiche, il piano da loro elaborato presentava più di un aspetto di preoccupante sommarietà, ma i tre erano fermamente sicuri del suo successo. In ogni caso, era l'unica carta da giocare, l'unico tentativo in grado – forse – di salvare l'umanità dal disastro.

«Dio sa quanto avrei voluto che i nostri timori venissero smentiti», disse Greg Bender, mentre Laura e Kevin pendevano letteralmente dalle sue labbra. Davanti a loro il tavolo era coperto di mappe e tabulati di computer.

« D'altra parte, gridare ai quattro venti che avevamo ragione non servirebbe a niente. Dobbiamo assolutamente passare all'azione e attuare il piano che abbiamo studiato a tavolino. I calcoli sono di una precisione assoluta. Ormai mancano soltanto ventisei giorni all'impatto. »

Così detto, Bender prese una foto dell'asteroide Speitz-42, ricostruita grazie alle immagini del radiotelescopio di monte Palomar, e, indicando una zona più scura sulla crosta della gigantesca sfera di rocce spaziali, continuò:

« Questo è un cratere che penetra nelle viscere dell'asteroide. Se si riuscisse a piazzare in questo punto una carica di seicento chili di esplosivo nucleare, quasi sicuramente le pareti di roccia si trasformerebbero in un cono propulsore e, sotto la spinta dell'esplosione atomica, l'asteroide devierebbe di diversi gradi dall'orbita attuale, scongiurando il pericolo che si abbatta sulla Terra ».

« Ma come facciamo a trovare tutta questa potenza? » chiese Kevin. « Ha detto lei stesso che nello spazio ruotano testate nucleari complessivamente pari a circa seicento volte la bomba di Hiroshima, sicché, per raggiungere il nostro scopo, siamo in debito di quasi duecento chilogrammi di esplosivo nucleare, che non mi sembrano davvero pochi. Inoltre, quand'anche fossimo sicuri di disporre del potere detonante necessario, come faremmo a guidarlo con precisione nel cratere? »

« I sovietici, tanto per non essere da meno, hanno messo a loro volta in orbita subito dopo di noi due stazioni missilistiche, che adesso, per mancanza di fondi e in conseguenza del vuoto di potere sopravvenuto, sono abbandonate nello spazio. Basterebbe raggiungerle e servirsi... » rispose Bender, meditabondo. « Per correttezza », continuò, « ho comunque informato il premier russo dell'emergenza, e Eltsin ha assicurato la sua massima disponibilità. Un esperto di testate nucleari si sta già allenando nella base spaziale di Gorny. Farà parte del suo equipaggio, colonnello. Mi scusi se non l'ho informata prima, ma la massima segretezza era di rigore. Veniamo quindi al vettore. »

Bender estrasse diverse foto da una cartellina e riprese: « Non mi sono limitato a contattare i russi. E per fortuna, una volta tanto, di fronte alla catastrofe è scattata una vasta solidarietà tra le potenze. Questo è Long March 4, un razzo vettore usato negli esperimenti della repubblica popolare cinese. Pesa a vuoto novemila libbre, e le dimensioni ne consentono il traspor-

to nella stiva dello Shuttle. Il muso è capiente quanto basta per accogliere tutte le nostre testate. È sufficiente che una sola di queste sia innescata per provocare un'esplosione a catena di tutte le altre.

« Il governo di Pechino ne ha messo a disposizione un esemplare, che è già in viaggio verso il Kennedy Space Center, dove verrà adattato al trasporto. Per quanto concerne la mira, però, è vero: la faccenda si complica parecchio. La velocità dell'asteroide, una volta definitivamente scaricato dall'orbita lunare, si attesterà attorno ai duecentotrentamila chilometri orari. Nessun razzo e nessun sistema di puntamento elettronico, anche in assenza di gravità, potrebbe mai seguire una meteora che viaggia nello spazio a quella velocità. La finestra di tiro durerà soltanto pochi secondi, non appena l'asteroide spunterà da dietro la luna per dirigersi verso la Terra. »

Roma imperiale. Anno 849 dalla Fondazione.
[96 d.C. (N.D.T.)]

Il vapore diffuso nell'aria limitava la visibilità. Tra i fumi, Giunio scorse Menenio e Sestilio che andavano a sistemarsi sulla gradinata in marmo, a non molta distanza da dove aveva nascosto le armi, mettendosi a chiacchierare animatamente, finché, di punto in bianco, il primo non tornò a scendere i gradini, raggiungendo la porta e chiudendola dall'interno con il paletto. Un ennesimo scrupolo a garanzia della sua sicurezza personale, evidentemente. Giunio non poté non sorridere al pensiero che, così facendo, il senatore aveva probabilmente firmato la propria condanna.

La cupola del sudatorio rifletteva il calore, riempiendo il vasto ambiente di una fitta foschia. Fu con la sua protezione che Giunio andò furtivamente a mettersi alle spalle dei suoi due mortali nemici, aggirandoli e piazzandosi tra loro e la porta chiusa. I due non si accorsero di lui e continuarono la loro animata discussione.

« Non credo che sia stato un rapinatore a uccidere Dario », stava dicendo Sestilio.

« Il colpo di spada gli ha troncato la testa quasi di netto », convenne Menenio. « Dario è sempre stato uno dei miei uomini

più scaltri e capaci, non era uno sprovveduto e sapeva difendersi. L'omicida deve essere per forza un uomo molto abile con le armi. »

I due si scambiarono uno sguardo preoccupato, quasi avessero timore a pronunziare il nome che avevano entrambi sulla punta della lingua.

« Dopo tanto tempo? » mormorò Sestilio. « Giunio? »

Il senatore lo guardò per un istante, annuendo, ma non riuscì a pronunciare parola.

« Sì », esclamò una voce alle loro spalle, « sono stato io a punire quel traditore, e la stessa sorte è riservata a voi, infami! »

E, così detto, Giunio estrasse le armi dal loro nascondiglio, godendosi l'espressione di terrore dipinta sui loro volti.

« Non intenderai uccidere due uomini disarmati? » chiese Sestilio, tremebondo.

« Non farei altro che mettermi al vostro livello », replicò lui, « con la differenza che non sarei mai capace di accanirmi contro donne inermi come fate voi, vigliacchi. Ma non voglio uccidervi a sangue freddo, non ne sarei mai capace. Faticavo a farlo anche in quel Circo a cui mi avete condannato con le vostre indegne trame. »

E, così detto, lanciò la spada e un giavellotto nella loro direzione, tenendo nelle mani il più leggero dei suoi dardi.

Menenio si precipitò sulla spada. Il suo corpo nudo, imperlato di sudore, si erse impugnandola. Il viso già deforme era torto in una malvagia espressione mista di terrore e odio.

Accecato com'era dal desiderio di vendetta, Giunio puntò immediatamente su di lui, senza curarsi delle mosse di Sestilio. Il giavellotto scagliatogli contro dal suo ex collega tribuno apparve improvviso tra le nubi di vapore. Soltanto grazie alla sua prontezza di riflessi riuscì a evitare che la punta acuminata gli si conficcasse in pieno petto. Fu colpito di striscio.

Valutò con un'occhiata rapida la gravità della ferita alla spalla sinistra: non era preoccupante, ma l'indolenzimento gli aveva fatto perdere quasi completamente l'uso del braccio. Menenio intanto si stava facendo avanti, mulinando la spada. Doveva prendere tempo e non ingaggiare il duello prima di avere recuperato l'uso del braccio. Aggirò destramente l'aggressore, fino a quando il suo corpo non si frappose tra lui e Sestilio. In quel preciso istante caricò il braccio destro con tutta la rabbia che aveva in corpo.

Il dardo partì scagliato dalla forza stessa del furore. Vide la punta di ferro centrare in pieno petto Menenio, che strabuzzò gli occhi, piegandosi sui ginocchi. Sestilio era esattamente alle sue spalle, quasi volesse farsi scudo dell'uomo che gli aveva impartito tanti infami ordini. I loro corpi nudi erano quasi a contatto. La punta del giavellotto uscì tra le scapole del senatore e concluse la sua corsa nel costato di Sestilio.

I due uomini che avevano cercato di distruggere la sua vita giacevano riversi in un lago di sangue, quasi avvinghiati in un indecente atto di sodomia, così come erano stati uniti nell'ordire tante macchinazioni.

Nelle lunghe ore trascorse in solitudine nelle terme, Giunio aveva studiato con la massima attenzione la disposizione degli ambienti. Recuperati e gettatisi addosso la lunga tunica africana e il turbante, si era già dileguato per un'uscita secondaria.

La sua vendetta era compiuta. Giustizia era fatta.

Cape Canaveral. Florida. Kennedy Space Center.
2 maggio 1996.

La navicella spaziale era in posizione verticale a ridosso della grigia rampa di lancio. Il serbatoio di idrogeno liquido da trecentottantamila galloni svettava di molto sopra la prua dello Shuttle. Il conto alla rovescia era cominciato già da due giorni. Le condizioni meteorologiche erano ideali per il lancio.

Kevin Dimarzio era ospitato nella residenza riservata al comandante della missione, una villetta poco distante dagli alloggi del centro spaziale. Laura, che non era riuscita a chiudere occhio tutta notte, aspettava che uscisse dallo spogliatoio annesso al bagno. Se lo vide venire incontro già pronto, nella tuta verde con gli stemmi della NASA che brillavano dei loro colori vivaci. Non aveva bisogno di porsi domande, sapeva di trepidare per lui, di amarlo. Gli andò incontro a sua volta, nascondendosi il cofanetto dietro la schiena.

« Ho deciso di consegnarti questi oggetti prima che tu parta, Kevin. Ho visto come li guardavi, ogni volta che sei venuto al museo. Sembrava quasi che fra voi si fosse stabilito un rapporto segreto. Sono convinta che ti faranno compagnia nel corso del viaggio. Ma, soprattutto, te li consegno come augurio che me li riporterai. »

Il colonnello aprì lentamente il coperchio del cofanetto. Le Pietre della Luna comparvero sfavillanti nei loro riflessi dorati. Kevin sapeva quanto fossero importanti quelle statuette per la sua compagna. Ma sapeva tante altre cose, che non aveva mai rivelato a nessuno.

Ringraziò con un sorriso pieno di gratitudine la donna che anche lui aveva scoperto di amare, chiuse coperchio e fermaglio e infilò il cofanetto nella borsa di tela che avrebbe portato con sé.

« Non temere, Laura », rispose. « Te li riporterò. »

« Non temo soltanto per te », replicò lei, appoggiandogli la testa sul petto e parlando d'un fiato, « ma anche per il figlio che mi sta crescendo in grembo. »

Pronunciate queste parole, si sentì sollevare da un terribile peso. Aveva dibattuto a lungo tra sé sull'opportunità di rivelargli la sua gravidanza, ma alla fine aveva deciso di farlo. Sperava che la notizia gli fosse di stimolo e lo aiutasse a tornare sulla Terra per vedere l'erede, amarlo ed educarlo.

Kevin la strinse in un abbraccio appassionato, quindi le diede un tenero bacio sulla bocca e mormorò: « Ti amo, Laura Joanson. E ti ringrazio. Mi hai dato la notizia più bella della mia vita. Nostro figlio sarà meraviglioso come lo è il nostro amore. Riporterò sulla Terra i tre portafortuna per te e per lui ».

Uscì dalla villetta che era ancora buio. Raggiunse la saletta ai piedi della rampa circa un'ora più tardi, dopo aver indossato la tuta bianca di volo. I membri del suo equipaggio erano già lì seduti nelle poltroncine, impegnati negli ultimi controlli medici. Salutò il copilota, il tecnico di bordo e i due tecnici di testate nucleari. La tensione era fortissima, quasi fisicamente avvertibile.

Dopo qualche istante, come prevedeva la prassi, furono raggiunti dal generale Steps, responsabile degli equipaggi. Ma Kevin rimase allibito. Alle sue spalle aveva visto fare capolino Gregory Bender. Anche lui in tuta di volo. Il suo dubbio divenne certezza non appena sentì l'anziano premio Nobel dire, con un sorriso da monello: « Non fare quella faccia, Kevin. È tanto tempo che mi addestro a tua insaputa, per abituarmi all'assenza di gravità e alla forza di accelerazione. Te lo leggo negli occhi: vorresti obiettare che ho quasi settant'anni, vero? Be', l'esperienza spaziale manca al mio curriculum, e non voglio perdere questa occasione unica per farla ».

« Non è il momento di scherzare, Greg », ribatté Kevin in tono profondamente irritato, scoccando uno sguardo di ghiaccio

in direzione del generale Steps. «Non so chi sia il responsabile di questa buffonata, ma so di sicuro che non posso accettarla come membro di un equipaggio che lavora in assoluta sintonia da mesi.»

«Ho sovrinteso personalmente alla costruzione delle stazioni missilistiche spaziali», replicò Bender in un tono fattosi improvvisamente serio e determinato. «Conosco quegli arnesi componente per componente, circuito per circuito, vite per vite. Credo che lassù ti sarò molto più utile di quanto tu possa immaginarti, Kevin Dimarzio. D'altra parte, ti ho sentito ripetere più volte a Laura che ormai un viaggio spaziale a bordo dello Shuttle assomiglia sempre più a un tranquillo volo intercontinentale. Vuoi smentirti proprio adesso?»

Ferdinand Steps porse un foglio al comandante della missione: «È un messaggio del presidente degli Stati Uniti, che ti prega caldamente di accettare a bordo il professor Bender, Dimarzio. Un eufemismo burocratico per dirti che te lo ordina», tagliò corto.

Kevin scosse la testa e, senza aggiungere altro, puntò risoluto con tutto l'equipaggio verso l'ascensore che li avrebbe portati al portello d'imbarco.

Roma imperiale. Anno 849 dalla Fondazione.
[96 d.C. (N.D.T.)]

La notizia della morte di Menenio percorse tutta la città in un baleno. Quasi fosse il segnale della rivolta, il popolo scese nelle piazze armato di tutto ciò che aveva a disposizione, immediatamente spalleggiato da molti militari in congedo e in servizio. Si ribellarono anche le legioni ai confini nord-orientali, che puntarono su Roma a tappe forzate. Domiziano cadde vittima di una congiura, ucciso dalla stessa arte in cui si era dimostrato tanto abile da esasperare ogni cittadino romano.

Giunio combatté a fianco dei rivoltosi per diversi giorni, nella ferma convinzione che fosse l'unico modo per riabilitare il suo nome dall'infamia da cui era stato macchiato.

Cocceio Nerva, il magistrato imparentato con Marzio che anni prima si era onestamente interessato al suo caso, fu acclamato principe della romanità. Giunio era tra gli uomini della sua

cerchia più intima quando pronunziò il primo discorso nella piazza del Foro, gremita di popolo festante.

«Assumo il comando dell'impero in vostro nome e per vostra volontà», dichiarò Cocceio. «Giuro davanti agli dei che assolverò a questo divino ufficio secondo gli stessi principi di equità e giustizia che hanno ispirato la mia carriera di magistrato. Sono molte le stirpi nobili che, in questi anni di malsano dominio, la *gens* Flavia ha voluto ferire, se non addirittura annientare.

«Unici protagonisti della vita politica di Roma sembravano diventati i tradimenti e le congiure. Troppo spesso abbiamo visto calpestati dalla crudeltà di Domiziano i nostri ideali. Il compito che mi accingo a intraprendere non sarà facile, ma vi assicuro, cittadini di Roma, che a dare luce al mio cammino sarà unicamente la Giustizia.»

Dalla folla si levò un'acclamazione. Gli ultimi anni dell'impero di Domiziano erano stati veramente penosi per chiunque non fosse nelle grazie dell'imperatore o dei suoi scherani. Tutti gli altri cittadini di Roma, dal più nobile dei cavalieri all'ultimo degli uomini liberi, erano trattati alla stregua di schiavi, e la loro vita non voleva più di pochi assi.

«Temo», continuò Nerva, «che non riuscirò a rendere giustizia a tutte le vittime del mio predecessore. Non basterebbero dieci vite per porre rimedio alle sole malefatte di Domiziano. Voglio però riabilitare pubblicamente e definitivamente agli occhi dei romani la figura di un eroe dell'impero che, in venti anni di spietate e ingiuste persecuzioni da parte dei Flavii e dei loro sgherri, ha visto morire i genitori e le persone che gli erano più care.

«Non soltanto: anche la figura di Publio Marzio, integerrimo comandante delle legioni e senatore, è stata più volte infangata da accuse infamanti. E soltanto la rettitudine dell'uomo di cui vi parlavo ha tentato di opporsi alle trame dei suoi nemici.

«Quest'uomo è presente tra voi e lo conoscete tutti. In anni non ancora lontani, lo avete gratificato della più appassionata ammirazione. Vi chiedo di rinnovarla. Il suo nome, sebbene io dubiti sia necessario ricordarvelo, è Giunio di Luna.

«Ebbene, al cospetto del popolo di Roma chiedo che vengano rispettate le volontà testamentarie di mio cugino Publio Marzio. Vieni avanti, Giunio. Ti nomino erede unico di quello che è stato il tuo grande protettore e al tempo stesso il tuo pro-

tetto. In nome di Roma ti attribuisco il suo nome e ti reintegro nel grado di alto ufficiale. Il tuo coraggio ha saputo innescare il meccanismo, troppo a lungo represso, della giusta rivolta contro i tiranni. La tua valentia e il tuo coraggio ci hanno liberato dal più indegno dei potenti.»

Ancora una volta l'urlo della folla si levò alto a scandire il suo nome. Giunio si avvicinò al nuovo imperatore nello stesso momento in cui l'Augusto si voltava verso uno schiavo che reggeva sulle braccia tese un drappo di porpora.

«So», riprese Nerva, «che queste statue appartengono a te e alla tua famiglia, tribuno Giunio. È giusto che ti vengano rese.»

Giunio afferrò letteralmente le Pietre della Luna dalle sue mani, sentendosi invadere da un irrefrenabile tremito di emozione. L'oro rosso rifletteva i raggi del sole. Alzò le stele al cielo in segno di ringraziamento agli dei per avere posto termine al suo incubo.

«C'è bisogno di te, Giunio Marzio», concluse l'imperatore. «La tua presenza non potrà che essere d'esempio al senato di Roma.»

Cape Canaveral. Florida. Kennedy Space Center.
2 maggio 1996.

Kevin Dimarzio era ai comandi nella cabina di pilotaggio. La voce gli giungeva forte e chiara nella cuffia del casco: «Meno tre. Due. Uno. Lancio!» Si sentì comprimere dalla pressione contro il sedile, mentre lo Shuttle si alzava da terra in una nuvola di fumo. Dopo qualche istante disse nel microfono: «Capcom a Controllo Missione di Houston, qui tutto bene, chiedo conferma dei seguenti dati: peso al decollo 4,5 milioni di libbre; potenza di spinta al momento del decollo 6,5 milioni di libbre; consumo dei combustibili al minuto sessantaquattromila galloni».

«Qui Houston», arrivò immediata la risposta. «Dati corretti. Siete pronti per lo sgancio degli SRB?» Dopo qualche altro istante i due razzi a combustibile solido, ormai inutili, si sganciarono dai fianchi della navicella.

«Capcom a Houston. Controllo della velocità. Stiamo viaggiando a seimilacinquecento piedi al secondo?» chiese ancora Kevin dopo poco più di tre minuti. «Chiedo conferma.»

« Affermativo, Capcom. Vi siete liberati del peso dei razzi ausiliari e sentite sempre meno la gravità. Siete a 51 miglia nautiche di altitudine, a una velocità quasi sei volte superiore a quella del suono. »

Laura Joanson, nel soggiorno della villetta, aveva acceso il televisore con molto anticipo sull'inizio della diretta. Come un'infinità di altre persone in tutto il mondo, aveva assistito al decollo dello Shuttle davanti al video. Ma tra lei e l'anonima folla dei telespettatori c'era una differenza fondamentale. Conosceva il vero scopo di quella missione, che al resto del mondo era invece stato tenuto nascosto, nel timore che potessero esplodere ingovernabili manifestazioni di panico.

Il campanello della porta d'ingresso squillò nello stesso istante in cui le telecamere non riuscirono più a seguire la navicella spaziale.

Aprendo, Laura si vide davanti sull'attenti un capitano della Air Force, che, senza mai abbandonare la rigida posizione marziale, le porse una lettera, dicendo: « Il colonnello Dimarzio mi ha ordinato di consegnarle questo, dottoressa Joanson, immediatamente dopo il decollo ».

Non disse altro. Battuti rumorosamente i tacchi e fatto il saluto militare, scomparve.

La voce di Kevin continuava a raggiungere regolarmente la base di controllo: « Capcom a Houston. Orbita raggiunta. Motore principale spento. Vi stiamo girando attorno a quasi diciassettemila miglia all'ora.

« Da qui sembrate fermi », continuò il comandante in tono scherzoso.

« Tra diciotto minuti cominciamo i Bus Stop. »

« Bene, Capcom, ricevuto », fu la risposta che arrivò da terra.

La scherzosa espressione « Bus Stop » era stata coniata dal professor Bender in uno dei suoi frequenti momenti di humour adolescente, per indicare le diverse soste che lo Shuttle avrebbe dovuto compiere per il prelevamento delle testate nucleari dalle stazioni missilistiche in orbita.

La manovra di avvicinamento alla prima non fu complessa. Non appena la navicella si fu messa su un'orbita parallela a quella della stazione missilistica, Kevin azionò i comandi per aprire la stiva. Intanto gli uomini stavano indossando le tute

pressurizzate. La fusoliera della navicella si aprì esattamente al centro. Il tecnico di bordo fu il primo a uscire nello spazio, mettendosi ai comandi esterni del braccio retrattile di oltre quindici metri.

Agganciata la stazione orbitante con la lunga proboscide, fu poi il turno dei tecnici di testate nucleari. Nella cabina di pilotaggio e dagli oblò laterali, Kevin, Bender e il copilota seguivano con spasmodica attenzione le operazioni. La rampa delle testate nucleari sembrava un tronco cilindrico del diametro di diciotto metri. Al suo interno erano disposti i missili, protetti da una schermatura in grado di resistere a pressioni altissime e calori insopportabili.

Con profondo sollievo, mentre dal suo posto seguiva l'andirivieni degli uomini nello spazio, Kevin dovette riconoscere che, nonostante la specifica preparazione dei tecnici, i consigli di Greg Bender erano davvero preziosi. Dopo undici ore di lavoro ininterrotto, le ogive erano stivate nella fusoliera dello Shuttle. Soltanto in un secondo momento i tecnici avrebbero provveduto a disporre le testate all'interno del razzo vettore cinese, anch'esso disposto longitudinalmente nella stiva.

Lontana miglia e miglia di vuoto, Laura Joanson stava leggendo e rileggendo la lettera di Kevin. L'aveva aperta immediatamente. A mano a mano che scorreva i fogli scritti di suo pugno da Kevin Dimarzio, aveva sentito il bisogno di sedersi e concentrarsi nella lettura.

Cape Canaveral, 1° maggio 1996

Mia carissima,

non so, visto il lavoro che hai svolto a contatto con i servizi di informazione, quanto tu abbia avuto occasione di venir a sapere sulla mia persona e sul mio passato. Quando leggerai queste righe, sarò in viaggio nella notte dello spazio. Esattamente quello che desidero per le cose personalissime che devo dirti. Consentimi però, anzitutto, la premessa che, all'età di quarantacinque anni, mi sono innamorato per la prima volta in vita mia. Ho sempre voluto imputare la mia vita di scapolo a una sorta di ribellione nei confronti di qualsiasi legame, ma sapevo benissimo che in realtà era dovuta al mio carattere aspro e chiuso.

Ogni volta che mi sentivo troppo legato a una donna, facevo i bagagli e scappavo. Un brutto carattere, certo, ma determinato da che cosa?

Sta di fatto che, se appaio così chiuso e scostante, è perché non ho mai avuto il coraggio di confessare una sorta di peccato originale, che mi pesa addosso con la forza di una fatalità.

Quanto sto per dirti non l'ho mai confessato a nessuno e ti prego di non rivelarlo, a tua volta, ad anima viva. Mi fido di te. Come non potrei, amore mio?

Intanto, nello spazio, i risultati del lavoro miglioravano a mano a mano che Kevin e i suoi uomini procedevano nell'affiancamento delle stazioni americane, al punto che dall'ultima stazione orbitante riuscirono a estrarre tutte le trenta testate nucleari in meno di sei ore e quaranta minuti, compresi gli indispensabili intervalli. Una volta richiusa la stiva e ripressurizzata la cabina, il compito dei tecnici continuava con l'inserimento delle ogive nell'ampio scomparto ricavato nella testata del missile. Per affrontare la parte veramente operativa della missione, mancavano ormai soltanto le due «fermate di autobus» presso le stazioni ex sovietiche.

Erano ormai nello spazio da otto giorni, e si erano concessi veramente poche pause. La stanchezza cominciava a farsi sentire per tutti. Tranne, apparentemente, per l'anziano scienziato, che riusciva a non perdere mai il buon umore ed era sempre pronto alla battuta scherzosa, se non addirittura goliardica, e alla parola di conforto, accompagnandole alla profondità di un'esperienza che si stava rivelando sempre più preziosa.

Finalmente, il computer di bordo guidò la navicella accanto alla prima rampa sovietica. Sebbene il concetto ispiratore della struttura fosse il medesimo, l'aspetto della batteria spaziale era molto diverso da quello dei «Post-Boost» americani.

Gregory Bender rivolse un paterno sorriso di incoraggiamento al giovane russo: «Adesso siamo nelle tue mani, Yuri», disse. «Senza di te, non sapremmo assolutamente che cosa fare. Buon lavoro!»

Aveva appena finito di parlare che già il tecnico si esibiva in una perfetta capriola in assenza di gravità, dopo di che volò letteralmente fino al locale di vestizione, calandosi dentro l'unico indumento in grado di farlo sopravvivere all'esterno della navicella.

Era trascorsa una mezz'ora circa, quando la voce di Yuri gracchiò nel microfono con il suo inconfondibile accento russo: « C'è un problema, comandante Dimarzio ».

« Che cosa succede, Yuri? » chiese Kevin, inquieto.

« Forse dipende dalla scarsa manutenzione del reattore nucleare che assicura la propulsione della stazione orbitale con a bordo le testate atomiche. »

« Scusa, Kevin », si inserì in linea la voce di Bender. « Hai misurato la radioattività, Yuri? Controllala di nuovo con la massima attenzione. »

Gli attimi di silenzio che seguirono riempirono Bender e Kevin di profonda ansia. Spinto dall'entusiasmo, il giovane russo aveva forse trascurato di tenere sotto controllo il contatore Geiger inserito nella tuta. Il timore fu purtroppo confermato dalla voce di Yuri, che tornò finalmente a farsi sentire dicendo:

« Cristo! Qui dentro sembra di essere nel centro di Nagasaki il giorno dopo lo scoppio! »

« Via, Yuri, via subito! Lascia stare tutto e allontanati da lì », ordinò immediatamente Bender. « E, rientrando, passa per il locale di decontaminazione, mi raccomando. »

L'operazione complessiva avrebbe richiesto alcune ore, prima che il giovane russo potesse tornare nella zona comune pressurizzata. Kevin e Bender le trascorsero in preda a una profonda ansia.

« Le tute in dotazione riescono a schermare una modesta contaminazione radioattiva. Il ragazzo potrebbe cavarsela », disse il comandante della missione, aggrappandosi a un filo di speranza.

« Yuri ha lavorato troppo tempo in presenza di una radioattività molto elevata », replicò lo scienziato scuotendo la testa. « Temo che ci siano poche speranze. Prepariamoci al peggio. »

La previsione, purtroppo, si rivelò tragicamente giusta. Yuri rientrò nella stanza comune con la polo blu che faceva parte della loro divisa nei momenti di pausa. Sembrava un turista dalla carnagione lattea che si fosse steso per un'intera giornata al sole dei tropici. Cominciò presto ad accusare un forte malessere, mentre le chiazze rosse si gonfiavano come vesciche.

Bender gli somministrò un po' di iodio e una fiala di morfina, le uniche sostanze presenti nell'infermeria di bordo che potessero essere di qualche utilità in quella situazione imprevedibile, quindi si ritirò al tavolo del carteggio, dove s'immerse in

calcoli, dovendo per giunta contrastare la difficoltà di tenere ferme penne e matite, che continuavano a librarsi nell'aria.

Circa un'ora più tardi raggiunse Kevin. « Ho riformulato tutti i calcoli », disse, « azzerando ogni tolleranza in eccesso. Penso che potremmo farcela anche senza quelle testate, ma ci occorrono assolutamente le ogive dell'altra stazione sovietica. »

« Abbiamo osservato Yuri da lontano, mentre operava per smontare i missili », interloquì il tecnico di testate americano. « Forse ho capito qualcosa, anche se non garantisco la riuscita. »

« Posso uscire anch'io a dare una mano. Tu, Kevin, sei perfettamente in grado di tenere in rotta questo aggeggio anche senza il mio aiuto », intervenne immediatamente il copilota.

Mezz'ora più tardi affiancavano l'ultima delle stazioni orbitali.

A terra, Laura leggeva e rileggeva la lettera di Kevin con la stessa emozione della prima volta.

Vedi, Laura, ci sono cose troppo gravi, di fronte alle quali anche il coraggio e l'amore per la verità possono vacillare. Spesso è il danaro a convincere gli uomini a compiere azioni aberranti, altre volte è il potere a farli cadere in trappole fatali. Questa mia scorza fredda e scostante, credimi, dipende dal fatto che soffro da anni e anni per mantenere il segreto su un crimine della storia o, meglio, sul contributo che mio padre ha dato per salvare il più grande assassino di massa del nostro secolo.

Io appartengo per discendenza a un'associazione segreta a numero chiuso, costituita tra tutti coloro che hanno partecipato a una sciagurata missione.

Il giorno prima che i russi prendessero Berlino, in una località nei pressi della costa tedesca Adolf Hitler salì su un aereo pilotato da mio padre. La mattina seguente il Führer sbarcava sano e salvo negli Stati Uniti d'America. Tutto questo non per un'adesione ideologica o politica, ma semplicemente per danaro, una quantità enorme, con cui la mente organizzatrice dell'operazione ha saputo tappare la bocca ai suoi complici.

Tutti noi, primogeniti dei responsabili dell'operazione, divenuti a nostra volta automaticamente membri dell'associa-

zione, siamo vincolati al silenzio da un patto mortale. Ma non è per questo che ho taciuto in tutti questi anni. Se l'ho fatto, è stato soltanto per non vedere il mio nome macchiato, nonostante la rettitudine a cui ho sempre voluto improntare la mia vita.

Ma ormai, credimi, non ce la faccio davvero più. Non ho mai avuto ambizioni di ricchezza: quanto guadagno onestamente con il mio lavoro è sempre stato sufficiente per i miei bisogni. Prova ne sia che non ho mai attinto un solo centesimo dal conto a me intestato presso una banca svizzera. Ma sono stanco, amore mio, e non sai quanto sollievo io trovi semplicemente nello svelarti questo segreto.

Greg Bender era salito nella cabina di pilotaggio e aveva preso posto nel sedile sulla destra di Kevin. Le tre statuette emanavano raggi rosso dorati dal cruscotto, sul cui piano erano assicurate con alcuni elastici che impedivano loro di librarsi nell'aria. Lo scienziato non ci fece caso; le aveva già viste, ma riteneva si trattasse di amuleti che il colonnello amava portare con sé a fini scaramantici.

Dimarzio manovrava manualmente i razzi laterali per tenere in assetto il velivolo. Il braccio meccanico si mosse dall'interno della stiva e riuscì ad agganciare la rampa sovietica al primo tentativo. Erano capovolti rispetto alla Terra e viaggiavano a una velocità superiore ai ventottomila chilometri orari. Dopo il tempo necessario per rimuovere gli schermi protettivi, l'artificiere annunciò nel microfono: « Qui le cose vanno bene. Nessun segnale del contatore né durante l'avvicinamento né nelle immediate prossimità. Tutto è in ottime condizioni e non si riscontrano tracce di radioattività neanche all'interno della struttura ».

Era toccato a Bender il compito di collegare i centri vitali di Yuri al sistema di monitoraggio in contatto con la base a Terra. Lo sfortunato giovane russo era in coma da diverse ore.

« Houston a Capcom, Houston a Capcom. Allarme. Allarme. Problemi per il ferito. Le apparecchiature segnalano una crisi cardiocircolatoria », si sentì annunciare concitatamente dal sistema di comunicazione interno.

Kevin lasciò i comandi e si tuffò di slancio nel passaggio che portava al piano inferiore. Trovò Yuri in preda a nausea e vomito, con il corpo ridotto a un'unica ustione. Poi lo vide inspirare

più a lungo del solito, e infine reclinare la testa, paralizzato. Era morto, mentre il suo comandante, impacciato per l'assenza di gravità, cercava inutilmente di praticargli un massaggio cardiaco. Il fisico di Yuri, già debilitato, cedette molto prima di quanto normalmente avvenga in analoghe circostanze.

Kevin lo guardava immobile, con un'amara espressione di sconforto, quando si sentì prendere per un braccio. «Vieni via», gli disse Greg Bender. «Non c'è più niente da fare, pensiamo agli altri là fuori.»

Quando rientrarono nella cabina di pilotaggio, il carico di testate nucleari era stato quasi completato. Kevin diede una rapida occhiata agli strumenti e, quando scorse le tracce sul radar, ebbe un sussulto.

«Meteoriti in avvicinamento. Ripeto: meteoriti in avvicinamento. Rientro immediato! Presto, mio Dio, rientrate!» ordinò concitatamente nel microfono.

Era troppo tardi. Il primo oggetto, poco più grosso di una pallina da golf, colpì il tecnico in volo verso la stazione missilistica alla velocità di circa ottantamila chilometri orari. Il corpo dello sventurato venne scagliato con incredibile violenza a oltre un miglio di distanza. La tuta si lacerò in più punti, e, dopo pochi istanti, dell'uomo non esisteva più traccia.

Una sola procedura poteva salvare la navicella e la vita dei suoi occupanti: chiudere la stiva e abbandonare nello spazio chi era fuori. La responsabilità del comando gli avrebbe imposto di agire così, ma Kevin non se la sentì di compiere quel gesto, che avrebbe significato la sua salvezza ma anche la morte sicura del copilota e del tecnico di volo.

La navicella cominciò a scuotersi furiosamente, finché una vera e propria grandinata di piccoli sassi non si abbatté sugli scudi protettivi di prora con una violenza inaudita. Quando la pioggia cosmica cessò, dei due astronauti rimasti nello spazio non c'era più traccia.

Kevin e Greg si guardarono in silenzio. Sapevano entrambi che non avrebbero potuto fare niente per salvare la vita dei loro compagni. Ma, se si fossero accorti in tempo della minaccia che si stava abbattendo su di loro...

«Capcom a Houston. Capcom a Houston.»

«Avanti, *Atlantis*. Vi sentiamo forte e chiaro.»

«Siamo stati investiti da una tempesta di meteoriti. Passo.»

«Conseguenze, Capcom? Interrogativo. Passo.»

« Abbiamo perso tre uomini e il russo è morto pochi istanti fa. Siamo rimasti soltanto il professor Bender e io. »

La notizia fu seguita da un lungo silenzio, poi la voce dalla base riprese:

« Siete riusciti a portare a termine il caricamento delle ogive? Interrogativo. Avete danni a bordo? Interrogativo. Passo ».

« Al momento della disgrazia il caricamento era quasi ultimato. Non so se lo scomparto di carico abbia riportato danni. Mentre i meteoriti ci piovevano addosso, le ali della stiva sono rimaste aperte. Passo. »

« Previsioni circa l'esito della missione? Interrogativo. Passo. »

« Io non ho neanche la più vaga idea di come si faccia a caricare le bombe atomiche nel razzo, né sono a conoscenza dell'efficienza dello Shuttle. Verifico i check up elettronici e vi contatto tra pochi istanti. »

Bender, che non aveva ancora aperto bocca, lo stava fissando con aria decisa: « Ti rendi conto che non portare a termine la missione significherebbe la fine del nostro pianeta, Kevin? » chiese. « Ci è stato affidato un compito d'importanza cosmica, che non consente di arrendersi di fronte a niente, nemmeno davanti all'impossibile. »

« Ma come facciamo a innescare gli ordigni e a caricare le ultime testate nel razzo? Che cosa possiamo usare, una miccia a combustione lenta e una fionda di elastico, per attaccare l'asteroide? » ribatté Kevin, esasperato, mentre una serie di spie si mettevano a lampeggiare sul pannello di controllo.

« Io sono capacissimo di innescare una testata, Kevin. Non dimenticare che sono creature mie. Il problema più grosso è inserire le ultime ogive in Long March 4, ma posso provarci », rispose il professore con la sua solita calma.

« Guarda qui », ribatté Kevin, indicando una spia rossa, « il sistema di chiusura della stiva è danneggiato. Ci vorranno diverse ore perché io riesca a ripararlo, mentre », e guardò l'orologio digitale a lato del complicato cruscotto, « mancano soltanto sedici ore alla finestra aperta sull'asteroide. Non ce la facciamo, Greg, non abbiamo tempo. »

« Posso uscire dalla navicella e compiere le mie operazioni all'esterno. Non vedo problemi, se la stiva rimane aperta », rispose ancora lo scienziato in tono di assoluta sicurezza.

« Sei pazzo, un vecchio pazzo rimbambito », sbottò Kevin.

Ma la sua espressione era cambiata di colpo, illuminata da un filo di speranza. « E io sono più pazzo di te, visto che ti do retta. Capcom a Houston. Capcom a Houston », continuò in tono concitato.

« Vi sentiamo forte e chiaro. Avanti, Capcom. »

« Adesso facciamo una passeggiata all'aperto e vediamo di rimettere in sesto i petardi. Domani ci aspetta una giornata dura. Chiudo. »

Sulla saletta di comando, a Houston, calò un silenzio di gelo. Le parole del comandante erano scherzose, ma il tono disperato. La missione appariva legata al più esile dei fili, se non condannata. E con essa la Terra.

La lettera continuava:

> Penso, Laura, che, costi quello che costi, sarò presto costretto a rivelare al mondo ciò che ho sempre tenuto per me, ma temo che a quel punto possa prevalere un sentimento vecchio come il mondo: l'istinto di sopravvivenza. Diciamo pure la paura, Laura.
>
> Sì, ho proprio detto « paura », amore mio. Non temo la morte, le battaglie aeree, il vuoto degli spazi infiniti, ma mi atterrisce il solo pensiero di dover denunciare il crimine di mio padre, del quale, volente o nolente, con il mio silenzio sono diventato complice. A tutti gli effetti.
>
> Ci penso praticamente da sempre, ma soprattutto da quando hanno attentato alla tua vita. Mi sono sentito riempire di rimorsi, anche se al tempo stesso ho capito quanto eri importante per me.
>
> Tornerò, amore, tornerò per stare con te, per vivere al tuo fianco, ma sappi che mi sentirò libero soltanto quando mi sarò sollevato da questo peso che non posso più sopportare. Se però, per qualsiasi motivo, non dovessimo più rivederci, bada bene a quanto ti dico ancora. Guardati dalle persone che hai attorno: anche alcune di loro nascondono segreti terribili. Perdonami se non posso dirti di più.
>
> E ricorda sempre che ti amo.
>
> Kevin

Il testo era concluso da un ultimo foglio, evidentemente aggiunto in tutta fretta subito prima dell'imbarco sullo Shuttle.

P.S. Questa mattina, Laura, mi hai dato la gioia più grande e intensa della mia vita. Abbi cura di nostro figlio durante la mia assenza.

Nel ripiano più alto della libreria nel soggiorno di casa mia troverai un pacco di antichi fogli ingialliti, incrostati tra loro e completamente illeggibili. Dovrebbero essere quattro volumi, ma sono ridotti a un unico blocco, che non ho mai potuto affidare a un centro specializzato di restauro e analisi.

Se, per qualsiasi motivo, non dovessi tornare, abbine cura e, un giorno, consegnali a nostro figlio. Avrei voluto parlartene al mio ritorno, ma la notizia inattesa che mi hai dato questa mattina non consente più un simile ritardo. Rischierei di non parlartene mai. Mentre quegli antichi scritti sono di straordinaria importanza per me e lo saranno anche per nostro figlio. Non so di preciso che cosa contengano; te lo ripeto, non ho mai avuto modo di farli restaurare e interpretare, ma secondo le nostre tradizioni di famiglia vi sarebbe narrata la storia delle nostre origini e, con essa, di tutto ciò che ancora non sai sul passato delle Pietre della Luna.

Sì, Laura, le Pietre della Luna. Ho sempre saputo che cosa fossero, fin dal primo momento che le ho viste. Per questo le guardavo sempre con tanto interesse. E, credimi, parte del gelo che ostentavo nei tuoi confronti era proprio dovuta alla consapevolezza che il fatto che tu ne fossi diventata la depositaria ci univa indissolubilmente e inesorabilmente.

Non ho tempo di spiegarmi meglio, Laura, ma, sempre secondo le nostre tradizioni di famiglia, quel vecchio documento sfatto dovrebbe essere la trascrizione di alcuni rotoli risalenti all'età romana, fatta nel Seicento da un nostro antenato frate. Pare che, tra l'altro, spieghino appunto che cosa sono in realtà le Pietre della Luna, da dove provengono e come sia destino che tornino sempre in nostro possesso, quali che siano le loro vicissitudini. In *nostro* possesso, Laura. In possesso della mia famiglia. Quindi, mio e tuo. E dei nostri figli, un giorno.

Ancora una volta: ti amo per la vita.

Laura piegò i fogli, asciugandosi le lacrime. Quindi abbassò lo sguardo sul tavolino davanti al divano dov'era seduta, nella residenza abituale di Kevin. Il pacco di antichi fogli, ridotto a un unico grosso grumo di impasti apparentemente inestricabili, era lì. Ce lo aveva posato lei ormai da diversi giorni.

D'impulso, sollevò la cornetta del telefono e digitò il numero di Oswald Breil. Era l'unica persona a cui, in quel momento, si sentiva di chiedere conforto e aiuto.

Kevin aiutò l'anziano scienziato a indossare la tuta spaziale e a mettersi in spalla il voluminoso zaino contenente la riserva d'aria e i razzi direzionali. Per fortuna si trovavano in assenza di gravità: sulla Terra, quel fardello sarebbe pesato più di ottanta chili.

Il portello della cabina pressurizzata si aprì. I due astronauti furono investiti dalla pressione, e dopo qualche istante si trovarono sospesi nello spazio infinito. Greg stava cercando di prendere dimestichezza con i due booster necessari per muoversi nello spazio. Si esibì in una mezza capriola, quindi sbandò una prima volta sulla sinistra e poi a destra, finché, con qualche sforzo, non riuscì a riprendere il controllo.

«Alla fine di quest'avventura», commentò rompendo il silenzio radio, «se sulla Terra sarà rimasto qualcuno in grado di stampare il Guinness dei primati, prenoto fin da adesso una pagina intera.»

Per tutta risposta Kevin scosse la testa protetta dal casco spaziale, portandosi faticosamente l'indice alla tempia e ruotandolo un paio di volte.

Le diciotto testate russe erano allineate in un angolo della stiva, assicurate al pavimento con cinghie e reti d'acciaio. Erano di una lega metallica lucida, su cui risaltava il simbolo giallo e nero d'identificazione del materiale radioattivo.

Kevin si stupì che oggetti così piccoli potessero racchiudere una simile potenzialità distruttiva. Greg, che li conosceva perfettamente, si mise al lavoro senza indugi. Un solo minuto perso avrebbe potuto significare la catastrofe.

Aperta la testa del razzo vettore, Dimarzio rimase interdetto di fronte al groviglio di fili elettrici che vide dipanarsi tra le ogive già collocate al loro posto. Con estrema cautela e pazienza, le mani dello scienziato, protette dai guanti, stavano già seguendo

lentamente a uno a uno i contatti, dal punto in cui il filo usciva da una testata fino a quello in cui rientrava nel sistema elettronico d'innesco di un'altra.

Improvvisamente alzò la testa. Se il vetro del casco non fosse stato a specchio per resistere ai raggi cosmici, Kevin avrebbe potuto vedere la soddisfazione che gli brillava negli occhi.

« Hanno fatto davvero un ottimo lavoro, quei poveretti », lo informò via radio Greg Bender. « Ci resta soltanto il compito di portarlo a termine. »

Quattro ore più tardi videro la Terra, che da quella quota sembrava una grossa palla variopinta da spiaggia. Le perturbazioni coprivano interi continenti con un manto ovattato. Gli oceani sembravano laghi di un colore blu intenso.

« Credo non sia ancora giunta la tua ultima ora, vecchia mia! » esclamò Bender, risigillando la testata del razzo vettore.

« Capcom a Houston. Capcom a Houston », chiamò il comandante, chino ancora una volta sul microfono, appena furono rientrati a bordo.

« Qui Houston. Avanti, colonnello. »

« Abbiamo seri problemi e una capacità detonante molto ridotta, ma pensiamo di farcela. Il sistema idraulico di chiusura dei portelloni della stiva è danneggiato. Non abbiamo tempo per un tentativo di riparazione. Dirigiamo verso l'incontro. »

E, data l'informazione, Kevin accese i razzi principali onde avere una spinta maggiore per allontanarsi ulteriormente dall'orbita terrestre. Manovrare la navetta in quelle condizioni creava qualche difficoltà, ma l'assenza di atmosfera facilitava i problemi aerodinamici della navicella spaziale.

Vista da quella distanza, la luna perdeva gran parte del suo fascino argenteo. Era una distesa brulla e grigiastra, disseminata di crateri che rompevano qua e là la monotonia delle pianure sconfinate.

« Dieci minuti alla finestra », annunciò Greg, scandendo il tempo.

« Otto minuti alla finestra », continuò dopo un po'. « Processo di innesco elettronico attivato. »

L'asteroide Speitz-42 spuntò finalmente da dietro il satellite. Illuminato dai raggi del sole, il suo colore rosso acceso risultava ancora più vivo. In pochissimo tempo attraversò completamente l'orizzonte lunare.

«Fuori il razzo vettore!» disse Kevin, ripetendo a voce alta i comandi che stava eseguendo, mentre Greg continuava a scandire il tempo.

«Sei minuti alla finestra.»

«Cristo, Greg, il braccio meccanico non si muove. Non riesco a sbalzare il vettore fuori della stiva.»

«Prova ancora, Kevin! Prova! Quattro minuti alla finestra...»

«Non vuole saperne, Greg, è bloccato!»

«Tre minuti alla finestra», continuò imperturbabile Bender.

La lenta rotazione dell'asteroide stava per mostrare loro il grande cratere in cui avrebbero dovuto far arrivare il razzo. Kevin tentò un'ultima volta di azionare il meccanismo indispensabile per il lancio.

«Non c'è niente da fare, Greg. I meteoriti l'hanno danneggiato. Non c'è niente da fare», ripeté in tono sconsolato.

«Due minuti alla finestra.»

Ormai il cratere era davanti a loro.

Kevin cominciò a ripetere le procedure d'emergenza ad alta voce, mentre le sue mani si muovevano esperte tra i comandi.

«Procedura di eiezione capsula iniziata. Contatti inseriti, sicure rimosse...»

Bender seguì con espressione impassibile i movimenti rapidi e precisi delle dita di Kevin sui comandi. Capì che le procedure di espulsione della capsula erano terminate quando vide il colonnello togliere le tre antiche statuette d'oro dal cruscotto e infilarle nella piccola borsa che si era già agganciato alla vita.

Pochi attimi più tardi il cono di roccia sembrò inghiottire la navicella imbottita di cinquecentotrenta chilogrammi di esplosivo nucleare. Tutto avvenne nella frazione di pochi secondi. Un immenso bagliore illuminò i silenzi dello spazio.

Alla base di Houston un liberatorio urlo di gioia salutò la deviazione dell'asteroide. Presi da un'emozione irrefrenabile, i tecnici si abbandonarono a scomposte manifestazioni di entusiasmo, del tutto estranee alle loro abitudini di compassata imperturbabilità. Chi si abbracciava, chi rideva istericamente, chi batteva le mani, chi gettava in aria il berretto di ordinanza.

Per qualche istante tutti trascurarono il fatto che dallo spazio non arrivava più nessun segnale umano.

Dopo i pochi attimi di follia collettiva, recuperata la calma in

un silenzio di tomba, i presenti presero atto con espressioni di cupo imbarazzo che la salvezza della Terra era costata il sacrificio di altri due eroi.

Gli strumenti, intanto, continuavano implacabili a ticchettare e lampeggiare le loro informazioni.

EPILOGO

Lima. Perù. Primavera 1623.

Se fosse avvenuto soltanto alcuni mesi prima, il matrimonio di Maria Antonia Llobet sarebbe sicuramente stato celebrato con ben diverso sfarzo e sfoggio di ricchezza. I notabili della città non riuscivano a capacitarsi dell'improvviso stato di scarse disponibilità in cui sembrava essere precipitato uno degli uomini più ricchi delle Americhe.

Ma, purtroppo, per ripianare l'esposizione verso la Banca Centrale di Spagna, Llobet era stato costretto a vendere gran parte dei suoi possedimenti. Ormai era un benestante come tanti altri, lontanissimo da ciò che era stato un tempo. Ma una nuova ricchezza aveva illuminato la sua vita: quella di una serena felicità.

Vasted uscì raggiante dalla chiesa, in alta uniforme di ufficiale dell'Armada. Felice, si concesse alle congratulazioni dei presenti abbracciando la bellissima sposa. La tremenda avventura che avevano vissuto non aveva lasciato segni nelle loro giovani menti. Aveva, caso mai, arricchito e cementato i loro sentimenti. Adesso li aspettava la vita.

Francisco Llobet si asciugò le lacrime, senza fare niente per nasconderle. Era felice come non era mai stato e come non aveva mai immaginato si potesse essere. Nessun tesoro al mondo poteva valere quegli attimi di gioia profonda, nemmeno quello perduto con la *Santa Esmeralda*, che, per non mancare al solenne voto fatto, non avrebbe comunque mai cercato di recuperare.

Baciò la figlia e abbracciò il giovane ufficiale. E di nuovo la commozione ebbe il sopravvento. Cercò ancora una volta di tergersi gli occhi, mentre il suo sguardo offuscato si posava amorosamente sull'unico vero bene che aveva in questo mondo. L'abito bianco volteggiava vaporoso nell'aria.

Frate Pietro gli si accostò e gli batté con forza sulla spalla una mano simile a un maglio.

I due furono raggiunti dal principe azteco, emerso dalla folla

dei convenuti in chiesa. Vestiva l'abito regale del suo popolo, l'agile corpo brunito era quasi nascosto dalle piume variopinte.

Il singolare terzetto rimase immobile e sorridente a osservare gli sposi al centro della Plaza de la Catedral. Nessuno di loro, per nessun motivo al mondo, avrebbe mai rivelato il segreto nascosto sul fondo del mare nel ventre della *Santa Esmeralda*.

«La leggenda», stava tuttavia pensando frate Pietro. «La leggenda...»

Sapeva per antica tradizione che, prima o poi, ineluttabilmente, le Pietre della Luna sarebbero tornate in possesso dei discendenti della sua famiglia. Non potevano rimanere per sempre in fondo al mare, ne era sicuro.

Poi la sua mente corse ai preziosi rotoli, quelli sì irrimediabilmente perduti. Ringraziò Dio di avere avuto la preveggenza e il tempo di tradurli e trascriverli, e soprattutto di avere messo in salvo i quattro volumi.

La memoria dei suoi avi era salva, le tradizioni della sua gente si sarebbero conservate nei secoli. Le osservazioni e cronache personali di cui aveva già costellato la trascrizione, e quelle che avrebbe ulteriormente aggiunto nell'ultima parte, ancora bianca, del quarto volume avrebbero definitivamente chiarito le vicende di Giunio e delle Pietre della Luna.

E chissà, qualcuno, leggendole, avrebbe forse potuto provvedere un giorno al recupero delle antiche statuette. Bisognava soltanto fare in modo che, quando Dio lo avesse chiamato a sé nella Sua infinita misericordia, i parenti rimasti in Europa potessero entrare in possesso dei volumi manoscritti.

Terre dei liguri. Anno 870 dalla Fondazione di Roma.
[117 d.C. (N.D.T.)]

La vegetazione davanti al porticato scendeva fino al mare. Il golfo si chiudeva davanti ai suoi occhi, a quasi quattro miglia di distanza. Poco oltre lo sperone di roccia, lo stretto separava la più grande delle due isole dalla terraferma. Sulla sommità del promontorio, a picco sul mare aperto, sorgeva il tempio dedicato a Venere. Clelia, nonostante l'età, portava i segni di un'indelebile bellezza. Non era cambiata molto da quando l'imperatore Nerva aveva voluto che fosse riabilitata con una solenne cerimonia.

Giunio era un po' invecchiato e stanco. Lo spirito era rimasto indomito, ma il corpo non poteva non mostrare le tracce delle antiche battaglie, oltre al lungo servizio prestato per oltre un ventennio nel senato del popolo di Roma.

Aveva deciso di ritirarsi a vita privata con la fedele sposa e di trascorrere serenamente gli ultimi anni nelle terre dei suoi avi. Aveva fatto costruire quella villa già da diversi anni. E adesso, finalmente, poteva godere la fresca brezza del mare della sua primissima gioventù.

Clelia gli si accostò. « A che cosa pensi, senatore? » chiese amorevole.

« A niente, moglie. Dopo tanti anni di pensieri a volte persino angosciati ma sempre tumultuosi, mi sto accorgendo con mio stesso stupore che non penso a niente. »

« Stai diventando vecchio, Giunio, e io con te. »

« Ti dispiace, dolcissima amica? »

« Penso che sia una delle sensazioni più belle che si possano provare. Quella di poterti stare accanto mentre il tempo ci porta con sé, a volte leggero, a volte grave e ineluttabile. »

Giunio la strinse a sé, entrambi con lo sguardo perduto sul mare. A riscuoterli vennero le grida di gioia di uno degli schiavi. Il maggiore dei loro figli, il tribuno Marzio, era tornato senza preavviso dal fronte orientale dell'impero.

Irruppe nel loggiato indossando fieramente l'uniforme che il padre conosceva fin troppo bene.

« Padre, madre! Quanto tempo è passato! » esclamò con occhi gonfi di felicità.

Come imponeva la tradizione, il padre scese a prendere dalla cantina un'anfora di vino dolce, consapevole che stava ritualmente ripetendo, a uno a uno, i gesti che compiva suo padre tanti anni prima, ogni volta che lui stesso rientrava da una missione militare. Sorrise tra sé nella protettiva penombra del sotterraneo.

« Marzio », esortò pochi istanti dopo, porgendo al figlio una coppa colma del liquido ambrato. « Che notizie porti dai confini dell'impero? »

Acceso in viso, Marzio si diffuse per ore sulle sue imprese e su quelle dei compagni di tante battaglie, finché sua madre non decise che era tempo di andarsi a coricare e li lasciò, baciandoli entrambi lievemente sulla fronte.

Rimasto solo con il primogenito, Giunio prese dallo stipo segreto i venti rotoli e il cofanetto delle Pietre.

« Sono vecchio, figlio mio. Il tempo non si arresta. Credo sia venuto il momento di consegnarti ciò che la nostra famiglia si tramanda di padre in figlio. »

E, così detto, osservò attentamente la reazione del giovane, l'orgoglio e la felicità di cui si riempirono i suoi occhi alla vista delle Pietre della Luna. Le statuette d'oro gli erano entrate immediatamente nel cuore, così come era stato per suo padre, per il padre di suo padre e per tanti loro avi, di generazione in generazione. Ebbe la certezza che quei sacri oggetti non avrebbero potuto trovare custode migliore.

Infine Giunio indicò i rotoli.

« In questi scritti », concluse, « ho voluto riassumere le vicende della mia vita e di quella di tua madre. Te li affido con orgoglio. Nei momenti di solitudine e di malinconia, quando ti coglierà il timore di avere smarrito la rotta tra le asperità della vita, leggili con attenzione. La storia non ha fine, figlio mio.

« Non ha fine perché si rivolge su se stessa, ripetendosi all'infinito. »

Roma odierna. Giugno 1996.

Sara Terracini si abbandonò sul sedile ergonomico. Gli occhi le dolevano per effetto delle lunghe ore passate anche quel giorno davanti allo schermo. Rovesciò la testa sullo schienale, lasciando che i capelli lo coprissero soffici e sciolti. La macchina davanti a lei aveva appena spedito il suo ultimo messaggio criptato all'amico Oswald. Lo immaginò lontanissimo, perduto negli immediati pressi dell'Isola Che Non C'è, intento però comunque a scorrere quelle pagine, catturato dallo stesso senso di profonda emozione che aveva rapito anche lei.

Che stesse addirittura rimpiangendo la sorta di piacevole prigionia cui l'aveva costretta il diabolico nano? Come in un inarrestabile caleidoscopio continuavano a lampeggiarle nella mente le immagini della vicenda che, più che trascrivere, aveva letteralmente vissuto: gli antichi templi, le battaglie, i protagonisti di quella storia vecchia di quasi due millenni e, probabilmente, prima di lei, non letta da altro sguardo umano per diversi secoli.

La bandierina prese a lampeggiare soltanto pochi istanti do-

po che la spedizione elettronica era stata ultimata. Si trovò in linea con Oswald, che sembrava fosse rimasto appostato nell'ombra ad aspettare il gran finale.

È TUTTO? lesse sulla parte bassa dello schermo. Si affrettò a rispondere: SÌ, È TUTTO, COMANDANTE. AGLI ORDINI. OCCORRE ALTRO? NON SO, FORMA DI PARMIGIANO FRESCO, PROSCIUTTO DI SAN DANIELE, OLIO EXTRAVERGINE D'OLIVA, BRUNELLO DI MONTALCINO? Ma abbandonò subito il tono scherzoso, mentre le dita, sulla tastiera, sembravano interpretare il suo stato psicofisico. SONO STANCA, OSWALD, riprese a digitare. QUESTO VIAGGIO NELLA MACCHINA DEL TEMPO MI HA VERAMENTE STRONCATO.

PERÒ INTANTO MI HAI FATTO VENIRE L'ACQUOLINA IN BOCCA, vide scorrere sullo schermo. COME SI CHIAMA QUEL RISTORANTE A TRASTEVERE? ANTICA RESA? PRENOTA PER DUE A NOME MIO, ANCHE SE DOVRAI RIMANERE SUL VAGO CIRCA LA DATA. A PROPOSITO, DALLE TUE PARTI DOVREBBERO ESSERE LE UNDICI E UN QUARTO DI SERA. TEMO CHE TU NON ABBIA ANCORA CENATO. BEVI UN BICCHIERE DI QUEL BRUNELLO ALLA MIA SALUTE, PER FAVORE. SEI STATA IMPAGABILE E NON HO MODO DI RINGRAZIARTI. MA VEDRÒ DI FARLO. TI VOGLIO BENE. OSWALD.

Sara scosse la testa, le sue labbra carnose si schiusero in un sorriso. Tornò a chinarsi sulla tastiera: ANTICA *PESA*, DOTTOR BREIL. HAI IN MENTE UNA « PESA »? ADESSO IMMAGINALA ANTICA, INTENTA A PESARE ASSI DI GRANO, O STATUE D'ORO. ANTICA COME QUEI MILLENNI DI APPASSIONANTE STORIA. HAI IN MENTE ROMA? UN PO' A NORD DI GERUSALEMME. PATRIA DI GIUNIO DELLA LUNA E SIGNORA. MA NON CREDERE DI CAVARTELA CON UN IMPROBABILE INVITO A CENA A LUME DI CANDELA, CON CONTORNO DI QUALCHE AVANCE GALANTE. SAPREI BENE COME RESISTERTI. MI ASPETTO SE NON ALTRO UN RESOCONTO DETTAGLIATO ANCHE DA PARTE TUA. CHE COSA DIAVOLO STAI COMBINANDO, DA QUELLE PARTI? VABBÈ: TI VOGLIO BENE ANCH'IO, MALEDIZIONE. BUONE FERIE SULLA TUA ISOLA SPERDUTA. SHALOM.

E, digitate queste ultime parole, picchiò con decisione sui tasti CTRL e Q, accompagnando il gesto con un sonoro: « Buonanotte! »

Quindi sollevò la cornetta e compose un numero interno. Dall'altra parte del filo, Toni rispose quasi istantaneamente.

Chissà se aveva una casa, se gli capitava mai di andare a dormire. Macché: era ancora lì a riordinare le sue bacinelle di acidi e pulire gli strumenti. Finiti i quattro volumi del frate, si era immediatamente precipitato su altre cartacce incartapecorite come se fossero la più squisita delle leccornie. Però sembrava stremato anche lui.

« Chiudiamo bottega, Marradesi? » gli chiese. « Qui si sta facendo notte, tanto per cambiare. Che cosa ne diresti di una pizza? Paghi tu. »

Il suo vecchio compagno di tante battaglie accettò di buon grado.

Sara premette il pulsante di spegnimento generale. Un fruscio annunciò il meritato riposo delle macchine. Si alzò dalla sedia, sgranchendosi ostentatamente le gambe.

Fuori faceva caldo, un vero caldo da estate romana, ma moderato dal soffio di un delizioso ponentino. Magnifico. Prese Toni Marradesi sotto braccio e aprì il volto in un sorriso.

« Piccolo uomo... grande Diavolo... l'Isola Che Non C'è... » stava pensando con un sentimento indefinibile, a metà tra l'ammirazione cieca e il risentimento verso l'amato soldo di cacio da cui si era lasciata schiavizzare. Le tornarono in mente le indicazioni di Peter Pan per raggiungere l'Isola: « Prima stella a destra, poi diritti fino al mattino... »

Baciò Toni Marradesi sulla guancia, d'impulso, senza preavviso e senza curarsi della sua espressione allibita. Soltanto per ringraziarlo di esistere.

Non poteva immaginare quanto fosse arrivata vicino al vero con la cantilena di Peter Pan, né quanto qualcosa di molto simile a una stella del primissimo mattino avesse appena finito di angustiare il suo amico Breil. Anzi: tutt'altro che finito.

Strinse il braccio al collega e, canticchiando l'allegro ritornello dell'Isola Che Non C'è, scomparve con lui nella calda notte romana.

Miami. Florida. 14 giugno 1996.

Oswald Breil posò l'ultimo foglio del grosso pacco su cui aveva stampato il file ricevuto per posta elettronica dalla formidabile Sara Terracini. La sua mente fervida stava correndo vertiginosamente. Che bella storia era emersa dal marcescente e impastato

blocco di carta su cui l'antenato di Kevin Dimarzio aveva fissato una cronaca di famiglia che risaliva a poco meno di due millenni. Millenovecento anni!

Certo, la storia del popolo di Israele era ben più antica, il suo calendario indicava il 5756, ma lui, personalmente, di quanto sarebbe potuto risalire all'indietro nell'albero genealogico? Non poco, lo sapeva benissimo, le cronache della sua famiglia erano state tramandate con meticolosa cura dalla notte dei tempi come quelle dei Giunio, Marzio, Dimarzio. Ma millenovecento anni!

Chi l'avrebbe mai potuto pensare, guardando Kevin Dimarzio, con la sua aria efficiente e pragmatica di uomo del nostro tempo, tutto proiettato verso il 2000 e l'inarrestabile progredire dell'evoluzione tecnico-scientifica? Era ben strano che, con i mezzi di cui poteva disporre alla NASA e presso gli altri enti statali nordamericani, non avesse mai provato a far decifrare quei documenti, non avesse cercato di risalire al proprio passato remoto. Adesso, purtroppo, non avrebbe più potuto farlo.

Ma, chissà, probabilmente glielo aveva impedito un timore personalissimo, la gravosa coscienza della macchia che, attraverso suo padre, doveva pesargli addosso come un macigno. Perché colpe sue personali non sembravano esistere.

Che sollievo aveva provato nel leggere la sua lettera, che per fortuna Laura gli aveva mostrato nonostante l'esplicito divieto. Mentre aveva sentito un'orribile sensazione di gelo quando, frugando con puntigliosa cura negli archivi elettronici del suo servizio e facendo tutti i controlli incrociati possibili con i dati fornitigli dal povero Ceorsky, aveva scoperto un codice indissolubilmente legato al cognome Dimarzio.

Ma era vero: di quell'imponente cifra, grondante dolore e sangue, Kevin non aveva mai fatto uso. Non aveva mai prelevato un solo centesimo. Evidentemente suscitava in lui un orrore che gli vietava di servirsene. Le informazioni erano precise e non lasciavano dubbi. Kevin Dimarzio si era trovato iscritto a forza, per eredità, tra le file della Lobby di Trafalgar ma, come non aveva mai toccato l'enorme ricchezza lasciatagli dal padre, allo stesso modo non sembrava coinvolto in nessuna delle oscure attività dell'associazione. Era veramente e assolutamente una persona perbene.

Ma quando avrebbero potuto dargliene atto? Kevin era scomparso per sempre, probabilmente ridotto in cenere o altre

impalpabili sostanze spaziali dal suo generoso e fortunato tentativo di salvare il pianeta Terra e il genere umano.

E le Pietre della Luna? Perdute, anch'esse. Che straordinario e tenace filo legava quegli antichi liguri allo spazio infinito, all'universo eterno. Si poteva sperare che la leggenda avesse ancora una volta ragione delle avversità, che le Pietre della Luna ricomparissero insieme all'ultimo loro destinatario? No, era una speranza che andava troppo al di là della dura realtà dei fatti.

Doveva parlarne con Laura, farle leggere la sbarazzina ma brillante trascrizione/riduzione dell'antico testo fatta dalla brava Sara Terracini. Ma quanta delicatezza ci sarebbe voluta. Quanta affettuosa cautela.

Con un profondo sospiro, Oswald riordinò il pacco di fogli e lo chiuse in una grossa busta gialla. Non aveva ancora capito se quella lettura gli avesse dato più piacere o amarezza.

Laura cominciava soltanto allora, dopo oltre un mese, a rendersi conto che Kevin non sarebbe mai più tornato. L'intensità del loro breve amore era stata profonda e indimenticabile. Se non avesse avuto coscienza della creatura che le cresceva in grembo, avrebbe forse abbandonato la sua maschera di donna forte cedendo alla disperazione.

Per fortuna era riuscita a trovare un grande aiuto nel lavoro, in cui si era gettata con impeto, consegnando all'editore il nuovo romanzo, che a quanto le prenotazioni e le anticipazioni di stampa lasciavano prevedere sarebbe subito balzato in testa alle classifiche di vendita. C'era poi stata l'analisi, forzatamente ritardata, dei dati sull'effettuabilità e convenienza delle perforazioni petrolifere. E il museo, che aveva bisogno di cure quotidiane.

In quel momento se ne stava appunto occupando. Rimase immobile qualche istante a osservare la teca vuota che un tempo conteneva le Pietre della Luna. Aveva deciso che sarebbe rimasta così, senza nessun reperto in esposizione. Forse per rispetto nei confronti dell'uomo che amava, o forse perché sapeva che le avrebbero richiamato alla mente troppi ricordi. Immaginava le magiche statue lassù, in volo chissà dove nello spazio infinito. Affidate all'eternità. Si accarezzò con dolcezza il ventre che cominciava a mostrare i segni della gravidanza.

Pete Dayle aveva insistito a lungo perché quella sera si incon-

trassero con Oswald. Per fare il punto della situazione, aveva detto. E alla fine lei aveva accettato, soprattutto in considerazione del fatto che anche Breil le aveva chiesto di parlarle.

Desiderava molto incontrarlo, prima di tutto per il piacere che le dava sempre lo stare con lui, e poi perché era animata da una profonda curiosità. Non lo vedeva da quando si era lasciata convincere a mostrargli la lettera di Kevin e a consegnargli il muffoso blocco di carta incartapecorita. Breil le aveva assicurato di poterlo far restaurare e decifrare da un'amica, di cui non aveva però voluto dirle niente.

Dayle, invece, non lo vedeva da prima dell'incidente, sebbene gli avesse spesso parlato al telefono. Li vide arrivare insieme, poco dopo l'orario di chiusura del museo.

« Sei sempre bellissima, Laura », la salutò Oswald, chinandosi con la solita spontanea gentilezza a sfiorarle la mano con le labbra.

Appena si furono accomodati nel suo studio privato, fu Pete a prendere la parola. « Adesso credo che il caso *U115* sia veramente concluso », esordì. « Ma, prima di procedere alla definitiva archiviazione, la mia posizione nell'Agency mi impone di chiedervi se siete entrati in possesso di ulteriori informazioni e, nel caso, se le avete trasmesse a qualcuno. »

Laura non aveva nessuna intenzione di rivelargli il contenuto della lettera di Kevin; non lo avrebbe mai fatto. A che scopo? L'aveva mostrata solamente a Breil, in un momento di sconforto. Ma per fortuna fu lo stesso Oswald a prendere subito la parola per rispondere.

Parlò a lungo, riassumendo e spiegando il quadro storico messo pazientemente insieme tassello per tassello come un mosaico. Lo fece in piena sincerità, non nascondendo niente ai compagni d'indagine.

« Purtroppo, però », concluse, « non esistono documenti che dimostrino gli appoggi locali di cui Hitler ha goduto nel corso del suo soggiorno americano. Anche se deve per forza esserci stato un basista che si è preoccupato di sistemarlo qui, ormai libero e persino più ricco di prima. Un giorno o l'altro mi metterò magari a cercarlo per mia soddisfazione personale. »

Così detto, lasciò intendere di non aver altro da aggiungere e si dichiarò favorevole all'archiviazione del caso. Nelle alte sfere, di sicuro nessuno si sarebbe mai preso la responsabilità di rac-

contare al mondo che il Führer era sopravvissuto. E a quel punto s'interruppe un istante.

« Però, Pete, dovrei chiederti di spiegarmi una cosa... » riprese poi in tono casuale.

Il dirigente della CIA impallidì visibilmente. Un sorriso gli si dipinse sulle labbra, mentre nella sua mano destra compariva come per incanto una Beretta bifilare.

« Sarò felice di rispondere a qualsiasi tua domanda, Oswald. Anche perché il vostro destino è segnato », replicò, mentre Laura lo guardava allibita.

« Comunque, fino a questo punto è tutto esatto, professore nano, tranne un piccolo particolare: ovvero, che adesso il capo incontrastato della Lobby di Trafalgar sono io. »

Oswald rimase imperturbabile, anche se dentro di sé era in tumulto. Non avrebbe mai immaginato che la sorte potesse essergli così favorevole, che Dayle perdesse la testa e cedesse di schianto in quel modo sconsiderato, autodenunciandosi.

« Gran bella soddisfazione, Pete », replicò senza battere ciglio. « Essere il capo indiscusso di un esercito senza nemmeno un soldato. Congratulazioni. »

« Sai quanti soldati si possono comperare con un miliardo circa di dollari in oro e pietre preziose? Quel cretino di Rustom stava veramente perdendo il controllo della situazione », ribatté Dayle con un'espressione di follia nello sguardo. « Caro nanerottolo, non sei affatto bravo come credi. E di errori ne hai fatti almeno altri due. Evidentemente credi alle favole. Come hai potuto lasciarti convincere che Rustom si fosse veramente suicidato? Pensi che un simile rottame umano sarebbe mai riuscito a strappare di mano un mitragliatore a una delle mie guardie? Mi fai pena. Inoltre, nella tua ricostruzione da primo della classe ti sei scordato del terzo testimone a bordo dello yacht di Sachs! »

« No, Pete, non me ne sono affatto dimenticato », replicò Oswald, compunto proprio come un primo della classe sicuro di aver imparato la lezione a memoria e quindi di non poter essere colto in castagna. « L'avventuriera bionda, che non eravamo riusciti a identificare, la basista del Führer sul suolo americano, si chiamava... »

Il colpo di pistola gli tagliò le parole in bocca. Il proiettile gli si conficcò nel ginocchio sinistro, facendolo cadere a terra con una smorfia di dolore.

«Questo per insegnarti ad avere più rispetto per mia madre!» urlò Dayle.

Oswald cercò di mantenere i nervi saldi e di vincere il dolore. L'unico modo per tentare di salvare se stesso e l'incolpevole Laura era prendere tempo e cercare di far saltare definitivamente i nervi a Dayle.

«Non le manco di rispetto, Pete. La realtà è quella. Faceva l'unico mestiere che sapeva fare. La puttana di lusso. Ecco quindi definitivamente spiegati i sabotaggi alle cariche, il presunto suicidio di Rustom e...»

Dayle lo interruppe con una risata sgangherata, gli occhi stravolti da una definitiva luce di follia.

«Bravo, nano, bravo. Meriteresti la lode. Purtroppo, però, i miei uomini non sono riusciti a eliminare le persone in grado di svelare i segreti della Lobby di Trafalgar. Quindi devo pensarci io», urlò. «Pace all'anima tua, Oswald!»

Come Breil sperava, gli erano completamente saltati i nervi. Gli tremava visibilmente la mano.

Il proiettile si perse nell'imbottitura di un divano alle sue spalle.

Atterrita, Laura vide Dayle stringere istericamente l'arma con entrambe le mani, prendere la mira e apprestarsi a esplodere una raffica mortale di colpi.

Toccava a lei. La forza della disperazione diede impeto al suo repentino balzo in avanti, le sue unghie si conficcarono nella carne del braccio teso di Pete. Lo tirò verso di sé con tutta la forza che si era sentita nascere in corpo, e per un attimo l'uomo sembrò perdere l'equilibrio, ma si ricompose quasi immediatamente. Laura si ritrovò a terra dolorante, con la canna della pistola piantata in mezzo agli occhi.

«Addio, splendida Laura», sentì dire dalla voce impazzita dell'uomo che un tempo aveva saputo smascherare come infiltrato della CIA nei gruppi di studenti contestatori, ma che mai avrebbe sospettato nel ruolo di un mortale nemico in quell'operazione. Aveva già chiuso gli occhi. Sentì lo sparo echeggiare contro le pareti della stanza.

Attese la morte a occhi chiusi, ma non la sentì venire. Dopo qualche istante si rese conto di non provare alcun dolore. Aprì gli occhi. Incredula, vide davanti a sé Dayle che barcollava: da un foro rosso, esattamente al centro della fronte, usciva un fiotto di sangue scarlatto. Le cadde quasi addosso, rovinosamente.

Riuscì a scansarlo con un balzo laterale di cui non si sarebbe mai ritenuta capace.

Seduto sul pavimento macchiato del sangue che gli usciva abbondante dal ginocchio, Oswald stringeva ancora nella destra l'automatica Uzi. Ebbe la forza di strizzarle un occhio, ma poi li chiuse tutti e due, con una nuova smorfia di dolore. Buffa, questa volta, sebbene autentica.

Laura corse a inginocchiarsi al suo fianco.

Miami. Florida. Jackson Memorial Hospital. 15 giugno 1996.

Il Ryder Trauma Center è il reparto più all'avanguardia del Jackson Memorial Hospital di Miami. Laura indossò con trepidazione gli indumenti sterilizzati. Quindi dovette fare una breve sosta nella camera di decontaminazione, abbagliata dalle lampade ultraviolette. Infine poté entrare nella stanza.

Il suo piccolo amico era steso sul letto, sopra cui pendevano inerti i pesi della trazione ortopedica. Oswald si voltò a guardarla, e il suo viso si aprì in un sorriso da monello, mentre la gola di Laura si strozzava in un singhiozzo.

« Grazie, maggiore Breil », riuscì finalmente a dire di slancio. « Grazie per tutte le vite che devo al tuo coraggio. Ormai ho perso il conto. »

« Chiamami Bond », replicò lui, allargando ancora di più il sorriso. « Ma, ripensando a ieri, devo considerare che siamo pari. Quindi, grazie a te. »

Così dicendo, Oswald non riuscì a mascherare una smorfia. La brutta ferita, che aveva fratturato diversi ossicini del ginocchio, gli faceva sicuramente male, ma niente al mondo avrebbe potuto distoglierlo dalla perenne abitudine a cercare di sdrammatizzare qualsiasi situazione. Salvare vite faceva parte della sua missione, era il suo lavoro. Essere salvato, rientrava nei fringe benefit del servizio. Essere salvato dalla donna a cui voleva più bene a questo mondo, poi...

Ma aveva alcune cose da dire, che aspettavano ormai da diverse ore.

« Apri quella borsa, Laura », disse, indicandole la cartella posata sul tavolino accanto alla finestra. « C'è dentro una cosa che avrei voluto darti ieri sera, se avessi potuto. È molto interessante. »

« Che cos'è », chiese lei, incerta.

« Un semplice pacco di fogli di stampante, Laura, ma... »

Non poté proseguire, interrotto dalla porta che si apriva di schianto, in un modo assai poco consono a un ospedale. Sulla soglia videro comparire un Ferd Steps quasi irriconoscibile, non soltanto per il modo in cui era bardato, con la cuffia, i guanti e il camice sterilizzati, ma soprattutto per l'espressione agitata del suo viso.

« Generale Steps! » esclamò Laura, stupita. « Che cosa... »

« Signorina Joanson, dottor Breil, vogliate scusarmi, ma non potevo... Dovevo dirvi subito... »

Così detto, il generale cercò di ricomporsi e, quasi si fosse ricordato soltanto in quel momento le regole della buona educazione, tese la mano a stringere quella della donna e poi a fare un cenno di saluto a Oswald.

« Quanto sto per dirvi », esordì finalmente, « si basa semplicemente su un sospetto labile, poco meno di una sensazione epidermica. Con Kevin Dimarzio ho passato alcuni momenti tra i più belli della mia vita, l'ho visto con questi occhi superare situazioni veramente molto difficili, cavarsela in missioni al limite dell'impossibile. È quindi forse per l'ammirazione che provo per lui, per una sorta di fiducia cieca, se non sono mai riuscito a credere alla sua morte. No, non ci ho mai creduto e... e ancora meno ci credo adesso. Ma cercherò di venire al dunque. Non appena l'inchiesta ufficiale si è conclusa, ho chiesto che mi venissero consegnate le registrazioni dei colloqui intercorsi tra l'*Atlantis* e la base di Houston. »

Laura lo fissò con uno sguardo bruciante, sentendo che il cuore cominciava ad accelerare i battiti. « Continui, generale, la prego », esclamò.

Ferdinand Steps annuì, quindi infilò la mano destra nel camice che aveva dovuto indossare ed estrasse un disegno schematico della navicella spaziale *Atlantis*, riprendendo:

« Devo fare un passo indietro. Il 28 gennaio 1986 il *Challenger* 61-L, comandato da Dick Scobee, esplose a pochi minuti dal decollo sotto gli occhi di milioni di telespettatori. La tragedia innescò una lunga serie di polemiche sulla sicurezza delle missioni dello Shuttle e soprattutto sull'assenza di una qualsiasi via di salvezza in caso di incidente.

« Come ricorderete, i voli spaziali sono stati sospesi per più di due anni, nel cui corso i nostri gruppi di ricerca hanno fatto

l'impossibile per cercare di mettere a punto un sistema che consentisse all'equipaggio l'abbandono del vettore in difficoltà. Ci sono riusciti, sembra, anche se il collaudo definitivo...

« Insomma: l'*Atlantis* STS-74, la navicella su cui Kevin e Bender potrebbero – ripeto: *potrebbero* – essere morti nell'esplosione nucleare, era la prima a montare la capsula sperimentale di eiezione. Un congegno simile al sedile dei piloti di jet, con la differenza che l'intera zona alloggi viene espulsa verso il basso e lateralmente ».

Ammutolito, Oswald si aggrappò alla maniglia per tirarsi faticosamente a sedere, mentre Ferd spiegava il foglio sul letto, per chiarire la sua esposizione indicando i diversi particolari a mano a mano che li accennava: « Questa è la cabina di pilotaggio. E qui, immediatamente sotto, si trovano gli alloggi e le riserve di aria. Alcune cariche detonanti guidate, che agiscono contemporaneamente a un sistema idraulico, sono in grado di espellere l'intera zona alloggi indipendentemente dalla velocità a cui sta viaggiando la navicella.

« Se la procedura avviene nell'atmosfera, la ricaduta a terra dell'equipaggio è frenata dai paracadute automatici. Nello spazio, invece, in assenza di gravità, la velocità di espulsione può portare la capsula di sopravvivenza a diverse decine di miglia dalla nave madre, forse quanto potrebbe bastare per consentire all'equipaggio di sopravvivere anche a un'esplosione nucleare come quella che ha deviato la rotta dell'asteroide ».

Laura sentì che le tremavano le mani. Non riusciva più a prestare attenzione. Né a trattenere la domanda che le bruciava in gola dall'inizio. « Significa che Kevin è vivo, generale? » chiese con un soffio di voce.

L'ufficiale assunse un'espressione indecifrabile.

« Preferirei forse poterle rispondere di no con assoluta certezza, dottoressa Joanson », rispose. « Mi creda, è probabilmente meglio essere uccisi da un'esplosione nucleare che sentire le proprie forze spegnersi a poco a poco, abbandonati nel silenzio degli spazi infiniti. Ho ascoltato per giorni le registrazioni degli ultimi momenti del volo, individuando a uno a uno i comandi che ha eseguito Kevin. Ha sicuramente attivato la procedura di emergenza per l'espulsione. Ne sono assolutamente certo. Ma i primi *bip* del May Day non hanno mai raggiunto la Terra. Questo aveva fatto pensare a tutti, me compreso, che la capsula non

si fosse staccata abbastanza dalla navicella, venendo distrutta anch'essa. Ma... »

« Ma? » incalzarono all'unisono Laura e Oswald.

« Come vi ho detto », riprese Step, « non potevo credere che Kevin fosse morto. Ho continuato a pensarci e a riflettere. E finalmente, consultando uno studio sugli effetti dell'esplosione nucleare di Hiroshima, ho avuto quella che mi auguro sia un'illuminazione. A seguito di quella reazione atomica, ogni comunicazione radio, ogni trasmissione elettromagnetica si interruppero.

« E lo stesso fenomeno si è verificato nello spazio, per la durata di oltre sessantotto ore. Così i tecnici della NASA non hanno potuto registrare il segnale di May Day, che invece veniva emesso regolarmente dalla capsula. L'ho scoperto io stesso, poco prima di correre qui, procedendo all'ascolto a oltranza di tutte le registrazione delle molteplici onde radio che hanno attraversato lo spazio nei tre giorni successivi all'incidente. E in questo momento mi sento di affermare con quasi assoluta certezza che la capsula di sopravvivenza dello Shuttle non è stata distrutta dall'esplosione.

« Non è però possibile affermare con altrettanta sicurezza che Kevin e il professor Bender siano sopravvissuti. »

« Che autonomia hanno, e dove pensa possano trovarsi adesso? » chiese concitatamente Oswald.

« A bordo della capsula ci sono viveri, acqua e aria sufficienti a coprire il fabbisogno di un equipaggio di sette uomini per quindici giorni: il tempo medio per consentire di organizzare una missione di soccorso e procedere al recupero dei naufraghi spaziali », rispose Steps. « Quindi, calcolando che sullo Shuttle sono rimasti in due, Kevin e Bender dovrebbero disporre di una cinquantina di giorni di autonomia. »

Oswald non avrebbe voluto dirlo, proprio nel momento in cui aveva visto accendersi un lampo di speranza nello sguardo di Laura, ma non riuscì a trattenere l'amara conclusione.

« Visto che l'incidente è avvenuto ai primi di maggio, questo significa che mancherebbe poco tempo alla fine delle riserve. Circa una settimana. »

« Potrebbe anche essere un po' di più, perché calcoli e rifornimenti vengono sempre fatti in modo da garantire un discreto margine di sicurezza. Ma, in assenza di comunicazioni, non è possibile saperlo. »

«Perché non organizzate una spedizione di soccorso e non cercate di recuperarli?» intervenne Laura in tono concitato.

Ferd Steps scosse malinconicamente la testa. «La mia scoperta è arrivata troppo tardi, e non potrò mai perdonarmelo. Una nuova navicella non potrebbe essere pronta al lancio prima di quattordici giorni, e non sappiamo quale possa essere la posizione della capsula. I segnali radio che ho captato sembravano provenire da un'orbita prossima alla Luna, ma è un dato del tutto insufficiente.»

«È mai possibile che non riusciate a individuare dove si trovano in questo momento?» esplose Laura in un tono che rendeva ancora più evidente la fatica che faceva per mantenere la calma.

«Non è possibile, dottoressa Joanson», rispose cupamente Steps. «Attorno alla Terra ruotano almeno centomila relitti spaziali. E almeno trentamila attorno al nostro satellite. Anche se riuscissimo a individuare con buona approssimazione la loro posizione, sarebbe impossibile individuarli con certezza.»

La minuscola mano di Oswald si strinse con forza su quella di Laura. Ma la giovane non riuscì a trattenere i singhiozzi. Si avvicinò con passo incerto alla finestra e alzò lo sguardo alla luna. Sembrava mormorare qualcosa, ma dalla sua bocca non usciva nessun suono. Rimase così qualche istante, in un silenzio assoluto. Fu riscossa da un frettoloso picchiettare sulla porta, che si aprì una seconda volta. Giratasi di scatto, vide sulla soglia un giovane ufficiale della NASA sull'attenti.

«Messaggio per il generale Steps dal suo ufficio comunicazioni», annunciò. «Signore!» E battendo i tacchi tese all'alto ufficiale una busta sigillata. Steps la prese e la lacerò in un baleno, estraendone un foglio. Lo lesse per un istante, con un'espressione impenetrabile, mentre Laura, come calamitata, si spostava quasi al rallentatore verso di lui. Si incontrarono all'altezza del letto di Oswald Breil. Il foglio passò dalle mani dell'alto ufficiale a quelle tremanti della donna.

Le bastò un attimo per leggerlo. Diceva semplicemente: «Messaggio ripetuto dallo spazio. Indecifrabile. Impossibile capire provenienza. Ottimizziamo sintonizzazione. Una sola sicurezza. Inequivocabili espressioni 'vivi' e 'Kevin'».

Il generale Steps era già scomparso dalla stanza. Cerea come la morte, Laura si lasciò cadere sul letto dell'amico ferito. Oswald la strinse teneramente a sé, sentendo le sue roventi lacrime di liberazione sulla pelle attraverso il tessuto della maglietta.

RINGRAZIAMENTI

ANZITUTTO a mia moglie Consuelo – prima e attenta lettrice – e alle nostre figlie Andrea e Beatrice: se attorno a me ci fosse « quella magica atmosfera ovattata » che si pensa circondi chi scrive, non riuscirei a buttare giù nemmeno una lettera di auguri.

A Mel Fisher, la persona a cui è dedicato questo volume. Il 20 giugno 1985, dopo sedici anni di ricerche fatte di delusioni, amarezze e grandi dolori, ha individuato il relitto della *Nuestra Señora de Atocha*. In seguito la sua Compagnia di Recuperi ha portato alla luce un tesoro per un valore, dichiarato al governo della Florida, di 400 milioni di dollari. Lo ringrazio per la capacità di sognare che ha saputo risvegliare in molti uomini.

Ringrazio tutti coloro che hanno scritto su Roma. In particolare ho consultato: le *Notti Attiche* di Aulo Gellio, nella versione di G. Bernardi Perini (Torino, 1992), per le parole di Fabio Pittore a proposito della « cattura » delle vestali; le *Eroidi* di Ovidio: il verso citato è nella traduzione di E. Salvadori (Milano, 1996); il saggio di Hubert Cancik nel volume *Princeps Urbium* (Milano, 1991) per la descrizione del sacrificio. Gli altri dati sulla vita di vestali, imperatori o di Roma in genere sono tratti da Svetonio e Plutarco, da *Il lessico classico* di Federico Lübker (Bologna, 1989), dal *Dizionario della civiltà classica* a cura di F. Ferrari, M. Fantuzzi, M. C. Martinelli, M. S. Mirto (Milano, 1993) e da *La religione romana arcaica* di Georges Dumézil (Milano, 1977). Le notizie sulla città di Luna sono tratte da *Luni*, a cura del Centro Studi Lunensi (Sarzana, 1993). Le informazioni sulle flotte del regno di Spagna sono tratte da: *Treasure of the Athocha*, di R. Duncan Mathewson III; *The Treasure Diver's Guide* di John S. Potter Jr.; *The Book of Old Ships* di Henry B. Culver. I dati sulle missioni spaziali sono tratti da *Space Shuttle* di George Torres. Ringrazio lo sconfinato universo di Internet e l'Accademia di Studi Lunensi, piccola roccaforte di scienza, passione e avventura. Quanto all'*U115*, è... una licenza d'autore. Ma i dati tecnici a esso riferiti sono veri: progettato nel 1937, non venne mai varato.

Grazie infine a tutti coloro che mi hanno dato una mano.

INDICE